Ariadne Krimis: Inwiefern anders?
Ariadnes Spezialität ist spannender Lesestoff mit literarischem *und* aufrührerischem Anspruch. Für uns muss ein *guter* Krimi folgende Kriterien erfüllen: Der Suspense muss auf mehreren Ebenen stattfinden. Also nicht nur: wer hat gekillt bzw. wird er oder sie überführt?, sondern zusätzliche Rätsel, Fragen, Unklarheiten, Gefahren, Ängste und Nöte. Der Erzählkosmos darf keine heile Welt sein, die nur durch ein einsames Verbrechen gestört und mit der Lösung des Falls wieder blitzsauber wird – vielmehr zieht ein guter Krimi seine Spannung auch aus den Lücken, Grauzonen und Fehlern herrschender Moral und Rechtsvorstellung. Gerade hier sehen wir die Herausforderung einer zeitgemäßen Krimikultur: eingängig und spannend Geschichten zu erzählen, die gesellschaftliche Widersprüche und Ungerechtigkeiten ausleuchten, Zweifel an kulturellen, moralischen, sozialen Selbstverständlichkeiten wecken, kritischen Argwohn gegenüber den gängigen Glücks-, Erfolgs- und Wohlstandsversprechungen schüren, zum Misstrauen gegen blinde Ideologien, Dogmen und Normen anregen.

Ariadne Krimis neigen zum Subversiven. Dass Frauen darin stets die Hauptrollen besetzen, war vor zwölf Jahren ein mittlerer Skandal, heute stehen wir damit nicht mehr so allein. Dass die Hälfte unserer Protagonistinnen Sex mit Frauen bevorzugt, ist schon weniger gängig und entspricht dem Off-Mainstream-Anspruch der Ariadne Krimis. Die Heldinnen und Antiheldinnen sind meist Figuren, die an den üblichen Rollenmustern rütteln und neue Wege zu gehen versuchen. Bei den deutschsprachigen Autorinnen suchen und fördern wir diejenigen, die mit dem Genre experimentieren, über den Tellerrand spähen, sich dreist auf neues Terrain wagen. Krimis sind für uns eine Art Widerstandskultur. Das muss man natürlich nicht genauso sehen, man kann auch einfach die spannenden Bücher genießen, die wir verlegen.

Zu diesem Buch
Lilli Lukas, Buchhändlerin mit Leib und Seele und Mutter von Zwillingen, hat eigentlich keine Vergangenheit. Das stört sie auch nicht weiter, bis sie in die Bücherstadt Wünsdorf zieht. Dort treten plötzlich diese Migräneattacken wieder auf, die sie gehofft hatte für immer überwunden zu haben. Und nicht nur das: In der ehemals »verbotenen Stadt« eskalieren die Folgen einer Vorgeschichte, von der Lilli nicht die leiseste Ahnung hat.

Mit ruhiger Hand entwirft Dagmar Scharsich das weite Panorama von Lillis Leben und spitzt es in unnachgiebig sich steigerndem Tempo zu einem Thriller-Szenario von klaustrophobischer Enge zu.

Dagmar Scharsich, geboren 1956 in Magdeburg, studierte Kultur- und Theaterwissenschaften und machte eine Ausbildung zur Pantomimin. Seit 1989 arbeitet sie als freie Autorin und veröffentlichte einen Kriminalroman, ein Sachbuch, diverse Kurzkrimis und Hörspiele sowie ein Theaterstück. Sie lebt mit ihren drei Kindern in Potsdam.

Dagmar Scharsich

Verbotene Stadt

Ariadne Krimi 1142
Argument Verlag
ariadne

Ariadne Krimis
Herausgegeben von Else Laudan
www.ariadnekrimis.de

Von Dagmar Scharsich bei Ariadne bisher erschienen:

Die gefrorene Charlotte *(Ariadne Krimi 1048)*
Verbotene Stadt *(Ariadne Krimi 1142)*

Deutsche Originalausgabe

Eppendorfer Weg 95, 20259 Hamburg
Telefon 040/4018000 – Fax 040/40180020
www.argument.de
Texterfassung durch die Autorin
Lektorat & Satz: Iris Konopik
Umschlaggestaltung: Martin Grundmann
Druck: Clausen & Bosse, Leck
Gedruckt auf säure- und chlorfreiem Papier
ISBN 3-88619-872-3
Erste Auflage 2002

THX to LorD NikoN

Mathilde ist tot.

Sie ist nicht in Frieden gegangen und ich habe sie nicht hier begraben, an der Elbe, wo wir so lange gelebt haben. Ich weiß nicht, wie Mathilde sich ihre Beerdigung gewünscht hätte. Jetzt kann sie mir nicht mehr sagen, wo sie gerne ihr Grab hätte. An so vielen Abenden haben wir zusammen auf der Brücke gestanden und über den Strom gesehen. Zwanzig Meter unter unseren Füßen glühte das schwarze Wasser der Elbe in der Abendsonne. Wir haben geredet und geredet. Aber über das Wichtigste in unserem Leben hat sie nie gesprochen. Ich versuche, sie zu verstehen. Das ist alles normal, sage ich mir. Zeig mir die fünf oder sechs Frauen in Europa, die keine Probleme mit ihrer Mutter haben. Ich kenne keine davon. Nur – wenn sie ihr Schweigen gebrochen hätte? Ein paar Tage eher, ein paar Wochen?

Ein endloser Fluss glühenden Wassers schiebt sich einem dunkel schimmernden Horizont zu. Stromaufwärts steht der Dom wie ein riesiges schwarzes Schiff und blickt auf die Elbe hinab. Hinter seinen den Himmel berührenden Türmen geht jeden Abend die Sonne unter. Es hat dreihundert Jahre gedauert, ihn zu bauen. Dreihundert Jahre, in denen es Kriege gab, Hungersnöte und kleine Weltuntergänge. Aber der Dom steht. Und wir? Fünfundzwanzig Jahre haben wir an diesem Fluss gelebt. Wie Treibholz mitten in einem Strudel. Immer ganz kurz vor dem Abgrund …

Vielleicht war es dieser Sonntag im Mai. Vielleicht hat Mathilde ihn an diesem freundlichen sonnigen Frühlingstag zum ersten Mal gesehen. Fünfundzwanzig Jahre lang hatte sie sich davor gefürchtet, Tag für Tag.

Die Elbe war hellblau. Vor dem hohen Ufer unter dem Dom spiegelte sich der Frühlingshimmel in den Wellen. Weiße Wolken ließen sich von einem leichten Wind über das Wasser treiben. Der Mai war nicht heiß und der Fluss war noch klar und roch erst ein ganz kleines bisschen nach toten Fischen und Brackwasser und faulenden Kähnen. Vor der Stadt, ein paar Kilometer stromaufwärts, hätten wir vielleicht sogar baden können.

»Und warum gehen wir nicht auf die Elbwiesen? Lilli? Mathilde? Zwischen den Buhnen ist das Wasser schon warm. Die Kinder könnten mit den Füßen ins Wasser, Mathilde passt auf sie auf und Lilli und ich gehen ein paar Schritte spazieren?!«

Frank, mein Mann. Wenn er etwas sagt, hat er vorher gut überlegt. Das Problem erfasst, die Bedingungen analysiert und seine Entscheidung getroffen. An diesem Morgen hatte er zwei Stunden Frühstück hinter sich, drei Spiegeleier, zwei Orangen, Salami, Edamer und Schinken. Sein pausenlos arbeitendes Gehirn war endlich einmal etwas ruhiger geworden. Jetzt stand er auf dem Balkon und ließ seinen Blick über die Elbe schweifen.

Die Tür zum Kinderzimmer flog auf, Frank junior und Liane waren sofort neben uns.

»Wir gehen baden? Juchhu, wir gehen in der Elbe baden!!«

»Nein! Nur die Füße!«

Frank. Und Mathilde. Beide gleichzeitig und völlig synchron, wie der Chor der antiken Tragödie. Jeder lauschte den Worten nach, die der andere gesagt hatte, sie starrten sich an. Mathildes Mundwinkel rutschten nach unten. Frank runzelte die Stirn und wandte sich ab, ließ seinen Blick wieder über die Elbe schweifen. Solche Szenen gab es häufig, wenn die beiden aufeinander trafen. Allerdings meisterte Mathilde diese Situationen sehr viel besser als Frank. Sie regte sich niemals wirklich über ihn auf, während es Frank deutlich anzusehen war, dass er erst langsam bis zwanzig zählte, bevor er den nächsten Satz sagte. Mathilde guckte ihm ruhig und gelassen dabei zu, lächelte, rückte die Stühle auf der Terrasse gerade. Nur ihre Augen verrieten manchmal, dass sie Frank ganz genau im Blick hatte.

Ich stellte meine Teetasse ab und fing an, den Tisch abzuräumen. Packte Mineralwasserflaschen in eine Tasche, Kekse, Gummibärchen.

Dann ging ich in Richtung Badezimmer, um meine Jeans anzuziehen, meine windsicheren Ohrringe anzulegen und meine Haare zusammenzubinden. Meine Haare sind rot wie die gescheckten Kühe auf den Werbefotos für Kaffeesahne, aber das ist nicht das Problem. Sie sind wellig wie chinesische Lockennudeln, inzwischen reichen sie mir beinahe bis zu den Hüften und ich muss sie flechten und zusammenbinden, damit sie sich im Frühlingswind auf den Elbwiesen nicht zu einem unlösbaren Knäuel verwirren.

»Ich packe die Liegedecken ein!«, rief Mathilde hinter mir her. »Und für dich einen Sonnenhut, Lilli! Wegen deinen Kopfschmerzen!«

Ich hatte die Türklinke vom Badezimmer schon in der Hand, aber ich wusste, dass das noch nicht alles war. Gleich würde noch ein Satz kommen, und den musste ich unbedingt auch noch abwarten.

»Du musst auf dich aufpassen, Lilli! Sonst bekommst du von der grellen Sonne vielleicht sogar wieder deine Migräne!«

Nun gut, da hatten wir es. Jetzt konnte ich gehen. So war das zwischen ihr und mir. Sie sorgte sich ständig um mich. Dass ich inzwischen dreißig Jahre alt war und selber zwei Kinder hatte, hielt sie nicht davon ab. Sie forderte von mir Meldungen über mein Wohlbefinden, so regelmäßig wie der Deutsche Wetterdienst Temperaturen und Luftdruck von seinen Beobachtungs-Stationen abfordert. Und genau das war es. Ich gehörte eben nicht zu den fünf Frauen in Europa, die keine Probleme mit ihrer Mutter haben. Irgendetwas war immer. Ich schloss die Badtür hinter mir ab und holte tief Atem.

Dieser Tag wurde schön. Wir fuhren zum Herrenkrug hinaus. Stellten die Autos vor dem Rondell auf den neuen Parkplatz und liefen hinunter zum Ufer.

Eine neue Brücke überspannte die Elbe an der Bootsanlegestelle. Von ihr hätten wir den Blick über den Fluss bis hinüber zur Eisenbahnbrücke genießen können. Aber zur Elbe fahren und nicht sofort hinunter zum Wasser zu gehen, das war mit Frank junior und Liane überhaupt nicht möglich. Sie sprangen aus dem Auto und rannten vor uns her zum Ufer. Die beiden waren in diesem Jahr fünf geworden. Sie haben glücklicherweise nicht die schlaffen dünnen Haare von ihrem Vater geerbt. Ihre Locken standen wie wuschelige kleine

Heiligenscheine rund um ihre Köpfe, von dem Tag an, als sie auf die Welt kamen. Liane war immer schon etwas kleiner als Frank junior. Sie glich das aus, indem sie ihr Mundwerk öfter und lauter benutzte als ihr Bruder. Frank junior war stiller, langsamer, ruhiger. An diesem Sonntag setzte er sich am Ufer in den Sand, hob einen Stein auf, sah ihn lange an und fing an zu erzählen, was der Stein alles schon gesehen hatte in seinem Steinleben. Und wie er sich fühlte, zwanzig Meter tief am Grund der Elbe. Liane ging zu ihm, nahm ihm den Stein aus der Hand und warf ihn zurück in den Fluss. Zwanzig Meter tief. Darüber lachten sie beide. Meine Zwillinge ergänzten sich immer wieder auf überraschende Weise.

Irgendwie schafften wir es nicht, noch weiter bis zu den Buhnen zu laufen. Gleich an der Brücke zogen wir die Schuhe aus und wateten durch das flache Wasser am Ufer. Sammelten Treibholz, suchten nach Krebsscheren. Staksten ins Wasser und fischten nach Flusskieseln, Muschelschalen, polierten Glasscherben. Die Elbe umspülte kalt unsere Füße, aber der Sand war warm. Mathilde lachte, sie sah glücklich aus. Sie ließ ihren Blick über das Ufer schweifen, über die neue Brücke, über die Wellen.

Vom Parkplatz herüber kam ein Mann. Es waren noch andere Spaziergänger unterwegs, die den warmen Sonntag im Frühling genießen wollten. Aber an diesem Mann blieb Mathildes Blick hängen. Sie kniff die Augen zusammen, sah ihm zu, wie er langsam zur Brücke hinaufging. Ihre Mundwinkel rutschten herab. Ihr Gesicht verfinsterte sich. Der Mann blieb stehen, vertiefte sich in den Anblick der Brückenkonstruktion. Lehnte sich auf das Geländer. Sah den Fluss hinunter. Genoss den Blick stromaufwärts, bis zum Kloster Unserer Lieben Frauen, bis zum Dom. Eine Kamera mit riesigem Teleobjektiv hing um seinen Hals. Er machte sie startklar, fotografierte das Panorama von Fluss und Stadt. Fotografierte den Blick von dort oben über das Flussufer. Auf dem wir saßen und standen und hin und her liefen, um Krebsscheren zu suchen. Als er merkte, dass Mathilde und ich zu ihm hinaufsahen, hob er den Arm und winkte zu uns herunter. Ich überlegte zwei, drei Sekunden, dann winkte ich ihm zurück.

»Lilli! Lass das!«

Liebe Güte, nein, ich dachte nicht weiter darüber nach, warum sie mich in diesem Moment so anfuhr. Warum ihr die Mundwinkel herabrutschten und ihr Gesicht finster wurde – das kam öfter vor! Für mich stand dort oben einfach ein Spaziergänger, mit dunkler Jacke und Seemannspullover, ein wenig zu warm bekleidet für diesen sonnigen Tag. Ein harmloser Mann, der den Fluss fotografierte, eine nette Familie auf dem Ufer, eine wunderschöne Stadt. An diesem Abend hätte sie mit mir reden müssen. Als dieser Tag zu Ende ging, wusste sie, dass der Moment gekommen war. Sie muss ihn erkannt haben, oben auf der Elbbrücke, da bin ich ganz sicher. Und ich war kein Kind mehr, ich hätte sie schon verstanden.

Hätte, wäre und wenn, das sind nicht eben meine Lieblingswörter. Inzwischen habe ich sie so oft gedacht, dass ich sie auf das Brett schreiben lassen könnte, das ich schon so viele Jahre vor meiner Stirn trage. Oder auf den Grabstein von Mathilde. Zusammen mit ihrem richtigen Namen.

Hätte, wäre und wenn. Mathilde, meine Mutter.

Das war unser letzter gemeinsamer Ausflug. Irgendwann an diesem Tag zwischen Elbstrand und kaltem Wasser sagte ich Frank, dass ich vorhatte, die Zwillinge in den Kindergarten zu geben und endlich wieder zu meiner Arbeit zu gehen. Alles sah gut aus, ruhig, friedvoll. Nichts deutete darauf hin, was in den nächsten Wochen passieren würde. Wenn ich geahnt hätte, wie wichtig dieser einsame Spaziergänger für uns war und wo mir die Fotos wiederbegegnen würden, die er von uns an diesem Nachmittag gemacht hatte, dann hätte ich ihn mir genauer angesehen. Oder ich wäre auf die Brücke gestiegen und hätte mit ihm gesprochen …

Und genau das ist es wieder. Hätte … und wäre … und dann?

* * *

Zwei Monate später fuhr ich zum ersten Mal wieder in die Buchhandlung. Nach fünf langen Jahren. Manche nennen es Babypause, andere nennen es Dienst in der Galeere. Ich fand es schön, solange es dauerte. Aber an diesem Morgen, als nach einer Woche Eingewöhnungszeit im Kindergarten endlich kein Schrei mehr hinter meinem Rücken ertönte, während ich aus der Tür ging, hatte ich das Gefühl, ich würde vom Boden abheben und auf einen fliegenden Teppich steigen. Ich segelte die Treppen hinab, warf die Kindergartentür hinter mir zu und fing an zu lachen.

Schwang mich auf mein Fahrrad, legte einen schweren Gang ein und stemmte mich in die Pedalen. Überquerte die Friedensbrücke, raste bergab in die Gartenstraße, riss den Lenker herum und bog ein in die Zollstraße. Aus alter Gewohnheit. Wenn ich irgendwann hundert Jahre alt sein werde oder fünfundfünfzig Jahre, wie Mathilde es in diesem Jahr war, dann werde ich wahrscheinlich immer noch mit dem Fahrrad durch die Zollstraße rasen.

Früher haben alle meine Wege hier in dieser Straße begonnen. In dem riesigen Wohnblock an der Ecke habe ich mit Mathilde gewohnt. Damals war der Block noch schneeweiß und das Linoleum in den Fluren glänzte so heftig vom Bohnerwachs, dass ich mich darin spiegeln konnte. Ich war ein artiges kleines Mädchen mit Wuschelzöpfen und Kugelzopfhaltern und reichte bei meinem winzigen Kinderrad gerade eben mit den Zehenspitzen auf die Pedalen hinunter. Die Linden auf dem Gehweg vorm Haus verdeckten noch nicht den Blick auf das Elbufer. Wenn wir aus dem Fenster guckten, sahen wir die Stromelbe hinauf und hinunter, bis zum Zollhafen und zum Kloster Unserer Lieben Frauen. Hinter den Türmen vom Dom ging für uns jeden Abend die Sonne unter.

Inzwischen fuhr ich ein Sportrad mit Gangschaltung. Der alte Wohnblock hatte mit Brettern vernagelte Eingänge und sah aus, als wäre ein Heuschreckenschwarm über ihn hergefallen, um die Farbe von seiner Fassade zu nagen. Mathilde wohnte nun in einer Wohnung am Rothehorn-Park, in deren Scheiben sich jeden Abend das glühende Rot der untergehenden Sonne spiegelte. Sie hatte einen traumhaften Blick auf die Alte Elbe und den Cracauer Wasserfall, aber wenn sie von der Arbeit im Museum nach Hause kam, nahm sie sich nie die Zeit, diese Aussicht zu genießen. Und von diesem Tag an hatte sie noch weniger Zeit aus dem Fenster zu sehen, denn jetzt würde sie sich jeden Nachmittag um unsere Zwillinge kümmern.

Ich umkurvte den Wohnblock. Atmete tief die warme Julimorgenluft und den Geruch von faulendem Fisch. Ließ meinen Blick über die Elbe schweifen. Dann zog ich das Handy aus der Tasche, das Mathilde mir vor zwei Tagen geschenkt hatte, damit wir uns wegen der Betreuung der Kinder besser verständigen konnten, und rief sie an.

Alle Telefonnummern von Mathilde hatte ich eingespeichert, die Nummer von ihrem Telefon in der Wohnstube, die Nummer vom Museum. Und natürlich die Nummer von ihrem neuen Handy, das Frank ihr sofort geschenkt hatte, nachdem ich der ganzen Familie am Abendbrottisch glücklich mein neues Handy vorgeführt hatte.

Mathilde meldete sich prompt. »Ja? Hallo? Wer ist da?«

Im ersten Moment klang ihre Stimme am Telefon immer so gramvoll wie die einer schwer kranken Neunzigjährigen auf dem Totenbett. Jeder, der sie anrief, war zuerst bestürzt und fragte, ob wirklich Mathilde am Telefon war und ob er vielleicht den Notarzt verständigen sollte. Ich kannte dieses Manöver seit vielen Jahren, ich kam sofort zur Sache.

»Hallo, Mama! Guten Morgen!«

»Bist du das, Lilli?«

»Na klar doch. Wer soll hier denn sonst sein?! Wer hat sonst deine Handynummer?!«

»Stimmt. Hallo, Lilli!«

Jetzt hörte sie sich gesünder an. In zwei Sekunden hatte sie sich um mindestens vierzig Jahre verjüngt. Mathilde war schlank, groß, hielt sich sehr gerade. Sie war immer brünett gewesen und hatte bis heute kein einziges graues Haar bekommen. Ihre Stimme klang deutlich nach ihrer gut entwickelten Willensstärke. Wenn sie das wollte.

»Und, wie geht's dir, Lilli? Fühlst du dich wohl? Hast du auch keine Kopfschmerzen?«

Ich hörte das Klappern ihrer Teetasse, ein leises Glucksen. Mathilde goss sich gerade den ersten Tee des Tages ein.

»Nein. Mir geht's gut. Ich habe gerade die Zwillinge in den Kindergarten gebracht. Und jetzt fahre ich zur Arbeit. Mit dem Fahrrad, durch die Zollstraße. Und sehe über die Elbe, hinüber zum Dom.«

»Und willst mir sagen, wie schön alles ist und wie brackig es riecht und wie aufgeregt du schon bist.«

»So ungefähr, ja.«

Ihre Teetasse klapperte wieder. Ein Auto fuhr von hinten an mich heran, brummte ein paar Meter weit neben mir her und fuhr langsam an mir vorbei. Ich hörte nicht ganz genau, was Mathilde in diesem Augenblick zu mir sagte. Aber im Hintergrund hörte ich etwas, das klang wie die Stimme eines Mannes.

»Was hast du gerade gesagt, Mama? Hast du Besuch? Ist jemand bei dir in der Wohnung?«

Es dauerte eine kleine Sekunde, bis sie mir antwortete. »Ja, sicher ist jemand bei mir. Der Nachrichtensprecher. Ist gerade gekommen und erzählt mir, was heute für Wetter wird.«

Ich schwieg, lauschte. Aber es war nichts mehr zu hören.

»Bist du noch dran, Lilli?«

»Ja, bin ich.«

»Gut. Heute gehe ich Punkt zwölf los und hole die Zwillinge aus dem Kindergarten. Das klappt schon alles. Mach dir bloß keine Sorgen.«

»Nö.«

»Und übernimm dich nicht, hörst du. Mach nicht zu viel, gleich am ersten Tag.«

»Nein, ganz bestimmt nicht.«

Eine Wolke schob sich langsam vor die Morgensonne. Ich trat in die Pedalen.

»Nicht, dass du mir wieder Kopfschmerzen kriegst.«

»Nein, Mama.«

Da, da war sie wieder, diese Männerstimme. Ganz weit im Hintergrund sagte jemand etwas von Untersuchung und zum Arzt gehen. Ich hörte diese Worte ganz deutlich.

»Mama, bist du wirklich alleine?«

»Ja, Kind! Und nun lass uns aufhören! Wir reden später weiter.«

Ich war ohnehin gerade an der Strombrücke angekommen.

»Mach's gut, Mama!«

Ich beendete das Gespräch. Dachte nicht mehr an Mathilde, nicht mehr an Frank junior und Liane, vergaß auch diese Männerstimme, falls ich sie überhaupt wirklich gehört hatte. Ich dachte nur noch an die Buchhandlung und trat kräftig in die Pedalen.

Eines war für mich immer klar: Wenn ich in dieser Stadt ein Buch kaufen wollte, wären all diese neuen Buchhandlungen, die die Bücher in ihren Regalen nach Farbe, Größe und Anlass ordneten wie Schuhläden ihre Schuhe, für mich kein Thema. Solche Schuh-Buchhandlungen gab es in allen großen Städten. Sagt Frank, und der muss es wissen, schließlich ist er ein weit gereister Buchhändler, mit mehreren Jahren Berufserfahrung in Paris, in London und sogar in Amerika.

Ich kannte seit der Geburt unserer Kinder nur noch die Buchhandlungen in *einer* großen Stadt. Und auch die nur von außen, denn seit fünf Jahren hatte ich nicht einmal mehr meine Lieblingsbuchhandlung betreten. Aber sie hatte mir gefehlt, trotz der Zwillinge. Und das ganz bestimmt nicht nur, weil sie das beste Sortiment hat und die nettesten Mitarbeiter. Ich erinnere mich an beinahe gar nichts aus meiner Kindheit, aber daran, wie eine freundliche Verkäuferin mir in genau dieser Buchhandlung mein erstes Buch in die Hand drückt, gleich im Erdgeschoss, hinten links in der Ecke vor dem Regal mit den Kinderbüchern, daran kann ich mich ganz genau erinnern. Das war die Geschichte vom Teufelchen, der Großmutters Pfannkuchen stiehlt und dann vom ganzen Kaspertheater verfolgt wird – und es war das erste Buch, das Mathilde für mich gekauft hat. Und das hat mich geprägt. Wie die kleinen Enten, die aus den Eiern schlüpfen, auf die roten Watschelfüße ihrer Mutter geprägt werden und von da an immerzu diesen Füßen hinterherlaufen.

Als ich nach dem Abitur Buchhändlerin werden wollte, da war Mathilde und mir völlig klar, dass ich meine Ausbildung gerade hier machen musste, in dieser Buchhandlung.

Ich radelte über die Strombrücke, bog in den Breiten Weg ein, alles in rasantem Tempo. Und dann stand ich auf der Straße vor der Buchhandlung, ließ meinen Blick über die breiten Schaufenster schweifen und über die schicke neue Ladentür und trat von einem Bein auf das andere. Der neue Schriftzug über dem Eingang stach ganz schrecklich ins Auge. Früher stand dort »Elbe-Buchhandlung«, einfach mit schwarzer Farbe auf die weiße Hauswand gemalt. Und jetzt? BUCHHANDLUNG LUKAS – in Leuchtbuchstaben, hellgrün wie eine aufgeschnittene Kiwi. Davon hatte Frank mir gar nichts erzählt. Aber ich hatte nicht vor, wieder aufs Fahrrad zu steigen und mich von hier zu verdrücken. Ich versenkte mich in den Anblick der Schaufenster. Nur um ein bisschen Zeit zu gewinnen. Zwei Schaufenster voll mit Küstensand, Sonnenbrillen, Seesternen und kleinen Buddelschippen aus Plastik. Darüber Landkarten, Reiseliteratur, Krimis und dicke Strandkorb-Romane. Ich überflog die Titel, höchstens zwei oder drei davon hatte Frank als Leseexemplare zu Hause gehabt.

Im dritten Schaufenster hatte Frank sein neues Standbein ausgebreitet. Bevor er die Buchhandlung kaufte, hatte er in der Stadt gut recherchiert: Welche Universitäten, welche Fachschulen gab es, mit welchen Fachrichtungen und wie vielen Studenten. Seine Theorie war: Studenten fahren billige Autos und sparen am Essen – aber bestimmt nicht an Büchern. Somit bestellte er von der ersten Woche an dicke Wälzer über Maschinenbau, Fachbücher über Anatomie und Allgemeinmedizin und das komplette Spektrum der Pädagogik für Vorschulkinder. Ich beugte mich vor und versenkte mich in den Anblick einer aufgeklappten Bauchhöhle in einem Anatomie-Atlas. Herz, Leber, Galle und Magen. Das Organ, das gerade jetzt in meinem Bauch pikte, war nicht eingezeichnet. Ich sah genauer hin. Auf dem Bild war ein Mann. Anscheinend war bei Männern an dieser Stelle überhaupt nichts vorhanden. In dem Moment, als ich diesen Gedanken dachte, fiel mir ein, dass ich ihn schon irgendwo gelesen hatte. Hera Lind? Eva Heller? – Für eine ausgebildete Buchhändlerin wusste ich von den Dingen, die sich in den letzten Jahren auf dem Buchmarkt ereignet hatten, erschreckend wenig.

»He, Lilli, willst du jetzt doch lieber Medizin studieren?!«

Ich richtete mich auf. In der Tür der Buchhandlung stand Lisa. Blond und sommersprossig, wie einem Reiseführer über Schweden entstiegen. An ihrem Ohr baumelte ein länglicher grüner Glasohrring. Dieser Stil war an ihr neu. Genauso neu waren die Lachfalten in ihren Augenwinkeln, ein kleiner Schwimmring um ihren Bauch, ein winziges Hüftpolster. Lisa hatte mit mir zusammen ihre Lehre in der Buchhandlung begonnen. Gemeinsam hatten wir vier oder fünf Chefs kommen und gehen sehen und mit den Jahren unsere eigenen Ideen entwickelt, wie wir diesen Laden führen würden.

Vor sechs Jahren, als die Buchhandlung zum Verkauf stand, waren wir beide so weit. Wir hatten unsere Ersparnisse zusammengelegt, hatten uns Geld von Freunden geborgt und versucht, einen Kredit von der Bank zu bekommen. Aber dann erschien Frank. Er konnte drei eigene Buchhandlungen vorweisen, die in anderen Städten richtig solide schwarze Zahlen schrieben. Frank hatte ordentliches Eigenkapital und ein bestechendes Auftreten. Das hatte die Banken schnell überzeugt. Lisa und ich und die vier oder fünf anderen Bewerber waren sofort aus dem Rennen. Ich war so böse auf diesen Mann, dass ich etwas machte, was ich noch niemals in meinem Leben gemacht hatte. Ich rief ihn an und beschimpfte ihn. Meine ganze Wut über unsere zerstörten Träume schrie ich durch das Telefon. Er hörte mir lange zu, wahrscheinlich, weil er erst überlegen musste, ob diese Irre imstande war, ihm die Reifen von seinem BMW zu zerstechen. Als er nach fünf Minuten seinen ersten Satz sagte, lud er mich zum Tee in den Herrenkrug ein. Und das wurde ein richtig schöner Abend.

Niemals hätte ich fünf Jahre lang mit den Zwillingen zu Hause bleiben können, wenn Lisa und ich damals die Buchhandlung bekommen hätten. Aber jedes Mal, wenn ich in den letzten fünf Jahren mit ihr telefonierte, malten wir uns aus, wie sich das anfühlen könnte, wenn wir inzwischen ohne Schulden und unsere eigenen Chefinnen wären. Du machst das clever, Lilli. Wenn du dir keine Buchhandlung leisten kannst, dann heiratest du sie eben. Diesen Satz hatte Lisa mir vor die Füße geworfen wie einen Fehdehandschuh. Damals, als ich sie bat, falls ich wirklich Frank heiraten würde, meine Trauzeugin zu werden. Das war das einzige Mal, dass wir beide es fertig brachten, uns richtig zu verkrachen. Aber inzwischen hatte es auch in Lisa aufgehört so unangenehm zu piken, an der Stelle in der Bauchhöhle, an der sich im Anatomie-Atlas kein Organ befand.

Lisa sprang aus der Ladentür und legte ihre Arme um meine Schultern. Und das half mir, ich schob mein Fahrrad in den Hausflur, holte noch einmal tief Luft und ging mit Lisa in den Laden hinein.

Das erste Mal nach fünf Jahren. Hier war der Tisch mit den Neuerscheinungen. Da drüben die Reisebücher und Landkarten. Das Regal mit den Kinderbüchern war nicht mehr da. Der Leseteppich und das kuschelige Sofa, mit denen Lisa und ich die Schmökerecke für die Kinder eingerichtet hatten, waren verschwunden.

»Ja, Lilli, hier hat sich vieles verändert. Du hast dich lange nicht sehen lassen.«

»Hör mal, wir haben doch telefoniert?!«

»Klar, haben wir. Und ich habe mich jedes Mal gewundert, wieso du nicht merkst, wie unser Chef unsere Buchhandlung umkrempelt. Dann wärst du jetzt nicht so platt.« Aber dann grinste Lisa wieder und legte den Arm um mich. »Du siehst richtig gut aus, Lilli. Immer noch in Shirt und Edeljeans. Kein Hintern und ein Waschbrettbauch vom Kinn bis zu den Zehen. Barbie würde dich um deine Figur glatt beneiden.«

»Aber dich nicht mehr, Lisa. Wir werden uns keine Konkurrenz machen.« Ich lächelte, sogar für ihre kleinen Gemeinheiten war ich Lisa heute dankbar.

»Deine Haare sind noch länger geworden. Wie eine verwuschelte Madonna. Die Kunden werden dir zu Füßen liegen.«

»Uns beiden werden die Kunden zu Füßen liegen! Und die Madonna, die du meinst, hatte niemals kuhrote Haare.«

»Schön, nun ist alles geklärt. Und jetzt, Lilli, bist du bereit für das Irrenhaus? Dann komm!«

Um zehn Uhr öffnete jede ordentliche Buchhandlung in der Stadt ihre Türen. Wir waren eine ordentliche und außerdem konkurrenzbewusste Buchhandlung. Wir öffneten um neun. Bis unsere Ladentüren aufgingen, füllten wir und die anderen sechs Kollegen die Regale auf, richteten die Buchrücken Kante auf Kante, saugten die Teppichböden und brachten den Laden auf Vordermann.

Lisa und ich schleppten Kartons in die Taschenbuch-Abteilung. Ich lief voraus. Ich hatte Power wie nach fünf Jahren Urlaub. Jeden Morgen stemmte ich zwei schwere Kinder aus ihrem Hochbett, hob sie auf ihre Kinderstühle, trug ihnen die Roller nach unten.

»So viel Kraft hattest du früher nicht, Lilli. Und was macht dein Kopf?«

»Mein Kopf? Nichts. Der macht gar nichts.«

»Ich kann mich genau erinnern: Eigentlich hattest du immer Kopfschmerzen. Du hast oft gefehlt, wegen deiner Migräne. Und wenn du da warst, warst du meistens auch nicht in Ordnung.«

»Das ist lange vorbei. Kopfschmerzen habe ich nur noch ganz, ganz selten. Und Migräne … Das ist alles weg, seit die Zwillinge da sind.«

»Sehr schön, sehr schön! Und wo hast du die beiden heute?«

»Im Kindergarten. Und nach dem Mittagsschlaf holt meine Mutter sie ab.«

Lisa zog die Augenbrauen nach oben. »Das hat sich wohl nicht geändert – du und Mathilde?«

»Na, hör mal, sie ist die Oma, sie kann sich doch um die Kinder kümmern. Ohne sie geht es nun mal nicht.«

Punkt neun ging Lisa nach unten, um die Tür aufzusperren. Die ersten Kunden kamen zu uns nach oben. Die Gespräche über die Zwillinge, über die umgekrempelte Buchhandlung und über Mathilde waren für die nächsten Stunden aus meinem Kopf verschwunden. Ich beriet Kunden, suchte im Computer nach einem Krimi, in dem eine junge Frau mit Indianern durch den Grand Canyon reitet um ihre Freundin zu suchen, nahm zwanzig oder dreißig Bestellungen auf und verkaufte und verkaufte und verkaufte.

Irgendwann zwischen elf und zwölf klingelte in meiner Hosentasche das Telefon. Zart wie ein Glockenspiel. *Üb immer Treu und Redlichkeit* … In der Taschenbuchabteilung wurde es still. Alle blickten sich um, guckten hinunter auf ihre Einkaufstaschen, lauschten … *Bis an dein kühles Grab. Und weiche keinen Finger breit* … Das war mein Handy! Ich entschuldigte mich bei der Kundin, die ich gerade beraten hatte. Holte das Handy aus meinen Jeans und nahm das Gespräch an.

»Ja, Mama?«

»Lilli, ich wollte nur hören, wie es dir geht.«

»Gut geht es mir, danke. Du willst wissen, ob ich keine Kopfschmerzen habe?«

»Ja, das auch.«

»Die habe ich nicht, nein.«

»Da bin ich erleichtert …«

»Wolltest du noch etwas?«

»Ich … ja … ich …«

»Mama, ist alles in Ordnung?«

»Doch … ja … Ich wollte dich nur erinnern, dass du gut auf dich aufpasst. Es gibt doch nichts dort in der Buchhandlung, was dich unruhig macht ...?«

Von hinten fasste jemand über meine Schulter. Lisa. Sie drehte energisch meine Hand zu sich herum und schnarrte ins Telefon. »Hallo, Frau Schneider! Hier herrscht Handy-Verbot für die Angestellten. Sorry!«

Ich zog das Handy zu mir zurück. »Das war Lisa. Hast du sie erkannt, Mama?«

»Hab ich, Lilli. Ich weiß, dass Lisa nichts böse meint. Dann bis heute Abend, mein Kind. Und bitte, sei vorsichtig!«

Sie trennte die Verbindung. Ich schob mein Handy in die Hosentasche zurück. Warf einen Blick in die Runde. Die meisten hatten sich längst wieder den Bücherregalen zugewandt. Nur in der Ecke mit den Science-Fiction-Storys stand ein Mann und guckte mich immer noch unverwandt an.

An diesem Morgen um sieben hatte Frank mit mir zusammen die Zwillinge in ihre langen Hosen gesteckt, hatte uns dreien jeweils einen Kuss gegeben und uns einen guten Tag gewünscht, und war in die Buchhandlung entschwunden. Hier saß er seit sieben Uhr dreißig in seinem Büro. Ein Verlagsvertreter gab heute dem nächsten die Klinke in die Hand.

Erst am Nachmittag fand Frank Zeit, seine Mitarbeiterin zu begrüßen, die aus dem Babyurlaub zurückgekommen war. Er warf die Tür zu seinem Büro hinter sich zu und kam mit eiligen großen Schritten quer durch die Abteilung auf mich zu. Ich strahlte ihm entgegen.

»Na, Lilli, wie läuft es?«

»Es läuft bestens. Danke ... Chef.«

Er grinste. Frank ist das, was man bei uns in der Gegend einen Sitzriesen nennt. Wenn er steht oder geht, wirkt er klein und stämmig. Mit Jeans und T-Shirt sieht er aus wie die kräftigen jungen Landwirte, die hier in der Börde Kartoffeln anbauen. Dieser graue Anzug, mit dem er jeden Morgen unsere Wohnung verließ, sein tadelloser Haarschnitt und der unwiderstehliche Duft, mit dem er sich jeden Morgen umgibt, waren ein perfektes Buchhandlungsbesitzer-Outfit, aber sie machten keinen glatten Manager aus ihm. An diesem Nachmittag hatte Frank neun Stunden Arbeit in seinem Büro hinter sich.

Sein Anzug war zerknautscht, als hätte er den ganzen Morgen Kartoffeln geerntet. Ich zog seine Krawatte gerade.

»Lilli, du siehst so froh aus. Man sieht dir an, dass die Arbeit dir Freude macht.«

»Ja, Frank. Dir sieht man es auch an.«

»Lady Madonna – sag mir, wenn ich dir noch irgendwie helfen kann!«

Ich zuckte die Schultern. Wir hatten in den letzten Wochen jedes Detail geplant. Die Kinder, den Kindergarten, das Staubsaugen, die Bügelwäsche, Mathildes Hilfe am Nachmittag.

»Eigentlich ist doch alles klar, Frank.«

»Wenn du willst, fahre ich nachher einkaufen, mit dem Auto.«

Ich nickte. Einkaufen war heute eigentlich meine Arbeit. Er drehte sich um und verschwand wieder in seinem Büro.

»Als Chef mag er ja diesen und jenen Fehler haben«, sagte Lisa dicht neben meinem Ohr, »aber als Ehemann – da ist er wohl wirklich in Ordnung.«

* * *

Mathilde wohnte in einer kleinen Wohnung in der Potsdamer Straße. Im Frühjahr, wenn nach der Schneeschmelze das Hochwasser kam, tobte der Cracauer Wasserfall so heftig, dass ich in Mathildes Küche den Eindruck hatte, als rauschte der Fluss dicht unter ihrem Fenster vorbei.

Vor zwanzig oder fünfundzwanzig Jahren war ich mit Mathilde auf den Elbwiesen spazieren gegangen. Stromab an der Zollstraße oder hier oben am Wasserfall. Im Frühsommer, wenn das Hochwasser wieder zurückging, hinterließ es ein breites Schlammbett. Dann wuchs das Gestrüpp an den Ufern noch dichter. Zwischen alten Kopfweiden, dürren Erlen und Holunderbüschen brieten Angler ihre Fische über kleinen Treibholzfeuern.

Jetzt spielte Mathilde an diesen Ufern mit meinen Kindern. Auch hier am Wasserfall war im letzten Jahr vom Rothehorn-Park bis hinüber nach Cracau eine tomatenrote Hängebrücke aus Holzbohlen gebaut worden.

Mathilde und ich hatten eine Verabredung. Bis fünf Uhr am Nachmittag würde sie mit den Zwillingen am Ufer spielen. Wenn das Wetter schlecht war, hatten wir Handy-Kontakt vorgesehen. Und nach fünf Uhr war sie, egal ob Regen oder Sonnenschein, mit den Kindern oben in ihrer Wohnung.

Es war ein strahlend schöner Abend und es war lange nach fünf. So verzichtete ich darauf, ans Ufer zu gehen und dort unten nach den dreien zu suchen. Ich fuhr gleich in die Potsdamer Straße, lehnte mein Fahrrad an die Hauswand und klingelte bei Mathilde. Dreimal kurz, einmal lang.

Aber alles blieb still, niemand betätigte den Summer an der Haustür. Erst nach ein paar Minuten hörte ich schlurfende Pantoffelschritte durch den Hausflur näher kommen. Es waren ausnahmslos Singles, die die Wohnungen in diesem Haus bewohnten. Junge aufstrebende Singles, die morgens um acht das Haus verließen und erst spät in der Nacht wiederkamen. Oder alte Damen und Herren, die nur noch selten ausgingen und immer den Überblick hatten, wer gerade kam, wer schon da war oder wer ging.

Die Dame, die mir die Tür öffnete, gehörte eindeutig zu diesem Hausbewohner-Modell. Ihre akkurat aufgewickelte weiße Lockenpracht umgab ihren kleinen Kopf so leuchtend wie das Engelshaar, das ich immer in unseren Weihnachtsbaum hängte. Ich hatte sie schon öfter im Hausflur getroffen und jedes Mal über ihre strahlende Erscheinung gestaunt.

»Ah, Frau Lukas, guten Abend. Ihre Mutter ist noch unterwegs. Sie ist vor zwei Stunden mit den Enkelchen aus dem Haus gegangen.«

»Schön, dann weiß ich Bescheid. Guten Abend, Frau Brömme. Es ist wirklich sehr aufmerksam von Ihnen, dass Sie mir die Tür aufmachen.«

Ich ging an ihr vorbei zur Treppe und nickte ihr freundlich zu. Sie lächelte mich an, ließ die Tür wieder zuklappen und schlurfte zurück zu ihrer Wohnungstür.

Während ich langsam die Treppe nach oben stieg, hörte ich, wie sie unten im Hausflur leise murmelte. »Ein Betrieb ist das heute, wie auf dem Hauptbahnhof in seinen besten Jahren.«

Mathilde wohnte oben im vierten Stock. Das Haus war alt, es gab keinen Fahrstuhl. Aber es war im letzten Jahr modernisiert worden, und von seinen Fenstern aus hatte man diesen traumhaften Blick auf die Alte Elbe und auf den Wasserfall. Das Treppenhaus war durch die Modernisierung freundlicher und heller geworden. Mathildes Wohnung war verwinkelt und finster geblieben. Warum sie gerade diese Wohnung mit den vielen Wandschränken und den unüberschaubaren Ecken und Winkeln gemietet hatte, habe ich nie verstanden. Ich mochte die Wohnung nicht.

Ich besaß einen Schlüssel für ihre Wohnungstür, aber ich hätte niemals ihre Wohnung betreten, wenn sie nicht dabei war. Ich stieg die Treppe nach oben und wollte mich gerade auf die obere Stufe setzen, um mich auszuruhen und den Tag noch einmal an mir vorbeiziehen zu lassen. Nur ganz kurz sah ich zu ihrer Wohnungstür. An der Klinke hing etwas. Etwas Großes, Buntes. Ich ging hinüber und sah es mir an.

Mit den Stielen nach oben hing da ein Blumenstrauß. Alte englische Rosen, deren Blütenblätter sich wellig umeinander legten. Weißes Schleierkraut, grüne Hortensienblüten und blaue Schwertlilien. Dieser Strauß sah wunderschön aus. Und er duftete wild und heftig wie ein ganzer Garten. Ich atmete diesen Duft tief ein. Da fiel mein Blick auf ein kleines Päckchen, das zwischen Rosen und Hortensiendolden befestigt war. Eine Schachtel, so flach und klein, dass höchstens ein schmales Paar Wiener Würstchen hineinpassen würden. Oder ein Armband. Oder eine goldene Armbanduhr.

Ich war so vertieft in meine Überlegungen, dass ich gar nicht gehört hatte, wie Liane, Frank junior und Mathilde schwatzend die Treppe heraufstiegen. Liane war als Erste oben und kam zu mir an die Wohnungstür.

»Mami! Ich habe einen Fisch gefangen!« Sie hielt beide Hände fest zusammengepresst vor ihren Bauch. Zwischen ihren kleinen Fingern sah ein Fischschwanz heraus.

Ich zog sie zu mir herüber. »Den Fisch will ich sehen!«

Sie klappte die Hände auf. Eine kräftige Plötze.

»Wahnsinn! Wer hat die Plötze geangelt, du oder die Oma?«

»Ich, ganz alleine. Die gibt's heute zum Abendbrot.«

Jetzt kam auch Mathilde zusammen mit Frank junior an der Wohnungstür an. Sie nahm Liane sanft den Fisch aus der Hand. »Den Fisch gibt es morgen, wenn ihr wieder bei mir seid, als zweites Mittagessen. Und bis dahin lege ich ihn in den Kühlschrank.«

»Ich sehe, ihr hattet einen schönen Tag.«

Alle drei nickten glücklich. Da fiel Mathildes Blick auf den Blumenstrauß, den ich in der Hand hielt. Sie lächelte. »Blumen hast du gekauft? Für mich?«

Das war mir ein ganz kleines bisschen peinlich. Warum war ich nicht auf diese Idee gekommen. Schließlich war das der erste Tag, an dem Mathilde auf die Zwillinge aufpasste, damit ich wieder zur Arbeit gehen konnte. Ich schüttelte den Kopf. »Nein, Mama, leider nicht. Die Blumen hingen hier, an deiner Wohnungstür. Und diese hübsche Schachtel …«

Mathildes Lächeln erstarb. Sie drückte Liane den Fisch wieder in die Hand. Schloss die Wohnungstür auf, einen Schlüssel, noch einen Schlüssel und noch einen dritten Schlüssel drehte sie in verschiedenen Schlössern, dann war die Tür endlich offen. Die Kinder rannten hinein und Mathilde nahm mir wortlos Blumen und Schachtel aus der Hand, knallte mit einem Fußtritt die Wohnungstür hinter uns zu und riss sofort das Einwickelpapier von der Schachtel herunter. Hob den Deckel ab. Und erstarrte.

»Das kann doch nicht wahr sein!«

Ich beugte mich mit ihr gemeinsam über die offene Schachtel und sah keinen Grund, so erschreckt zu sein. Eher im Gegenteil. In der Schachtel lag eine Brosche, gebettet auf glänzender cremefarbener Watte. Dazu passend ein Ring, ein paar Ohrringe. Auf allen Schmuckstücken saßen geschliffene rote Granate in einem Bett aus winzigen Rosen aus Silber. Die Schmuckstücke waren alt, wahrscheinlich sehr alt.

»Wer schenkt dir denn solche Kostbarkeiten?« Fragend guckte ich zu ihr hinüber und erschrak. Ihr Gesicht war weiß geworden wie die Flurwand. Sie hob mühsam die Hand und versuchte, sich am Türrahmen abzustützen. Ich schob meinen Arm unter ihre Achsel und hielt sie. »Das ist doch kein Grund, sich so aufzuregen. Komm, setz dich auf dein Sofa, ich koche dir Tee.«

Sie schüttelte den Kopf. »Ich brauche keinen Tee, Lilli. Das geht gleich vorbei!«

Sie drückte sich von der Wand ab und wankte ins Wohnzimmer. Als ich ihr nachsah, fiel mein Blick zufällig auf den kleinen Teppich im Flur. Ein Kärtchen war aus der Schachtel gerutscht und zu Boden gefallen. Ich hob es auf, dann ging ich in die Küche und setzte Teewasser auf.

Als ich mit dem Tee ins Wohnzimmer kam, hatte Mathilde sich auf dem Sofa ausgestreckt. Der Blumenstrauß lag direkt vor dem Sofa auf dem Teppich. Und während ich damit beschäftigt war, Teegläser auf kleine Teller zu stellen und das Stövchen anzuzünden, schwang Mathilde behende ihre Beine über die Sofakante, griff sich den Strauß vom Boden und wankte damit in die Küche. Als ich hinter ihr herging, um Zucker und Zitrone aus der Küche zu holen, sah ich nirgendwo die Vase mit den Blumen stehen. Aber noch von der Stube aus hatte ich in der Küche den Mülleimer klappen gehört.

Mathilde hatte sich schon wieder auf ihrem Sofa ausgestreckt. Sie war immer noch blass. Ihre Hände zitterten. Ich breitete die Wolldecke über sie.

»Geht es dir nicht besser, Mama?«

»Doch, das siehst du doch wohl!«

»Und wo hast du den Schmuck?«

Sie hob die Hand und deutete auf eine der Türen in ihrer Schrankwand.

»Aber wieso denn?«

»Du weißt, dass ich keinen Schmuck trage. Ich kann solche bombastischen Teile nicht ausstehen!«

»Diese Brosche ist nicht bombastisch. Im Gegenteil, der Schmuck ist schlicht und liebevoll.«

»Liebevoll?! Das weiß ich ja wohl besser!«

Ich konnte nur hoffen, dass ihre Laune heute Nachmittag noch nicht so übel gewesen war. Liane und Frank junior hatten allerdings nicht den Eindruck gemacht, als hätten sie einen halben Tag lang unter einer übellaunigen Oma gelitten. Sie lärmten hinten in Mathildes Schlafzimmer. Ich ging zu ihnen. Nahm Liane den Fisch aus der Hand, trug ihn in den Kühlschrank. Ging wieder zurück zu den Kindern und half ihnen dabei, ihre Jacken anzuziehen und ihre Brottaschen von den

Kleiderhaken zu holen. Ich hatte nicht vor, mir meine wunderbare Laune von Mathilde verderben zu lassen.

»Sagt auf Wiedersehen zur Oma. Und dann gehen wir.«

Sie stürmten in die Stube und stürzten sich auf Mathilde. »Oma, wir gehen jetzt!«

»Ja, geht mal.«

»Es ist sicher besser, wenn wir dich jetzt alleine lassen, Mama.«

Sie nickte, ohne mich anzugucken. Ihr Blick war starr auf den Fußboden gerichtet, ihr Mund wirkte ziemlich verbissen. Ich ging noch einmal zurück in die Küche, klappte den Mülleimer auf. Und da lag der Blumenstrauß, zwischen Kartoffelschalen und alten Teeblättern. Ich zog ihn heraus.

»Mama, soll ich die Blumen noch in die Vase stellen? Ich mache es gerne!«

Sie hob den Blick und guckte mich an. Ihre Augen funkelten trotzig. »Du lass die Finger davon! Du hast keine Ahnung!«

»Entschuldigung! War nicht böse gemeint!«

Frank junior kam zu mir, ergriff meine Hand und zog mich in Richtung Wohnungstür. Liane ging zu Mathilde und streichelte vorsichtig ihre Wange. Ich klemmte mir den Blumenstrauß unter den Arm.

»Kommt, Kinder, wir gehen! Mach's gut, Mama!«

»Tschüß, Oma! Bis morgen!«

Sie stand langsam auf und ging mit uns zusammen bis zur Wohnungstür. »Bis morgen, Frank junior. Bis morgen, Liane.«

Wir winkten ihr zu. Nach dem ersten Treppenabsatz blieb ich stehen und drehte mich noch einmal zu ihr um. Da stand sie, groß, schlank, tadellos mit ihrer geraden Haltung. Immer ein wenig so, als hätte sie einen Besenstiel verschluckt. Oder eine Angel.

Und während wir weiter die Treppe hinunterstiegen, hörte ich, wie sie die Wohnungstür hinter sich zuschlug und die Schlüssel in ihren Schlössern drehte. Einen Schlüssel, noch einen und einen dritten Schlüssel. Danach schob sie den oberen Riegel vor, dann den mittleren Riegel und zuletzt den unteren Riegel. Dass sie sich derartig in ihrer Wohnung einschloss, dass sie sich regelrecht verbarrikadierte, war mir bis zu diesem Nachmittag noch nie aufgefallen.

Draußen vor ihrer Haustür kam gerade der erste Abendwind vom Wasser herüber. Die Sonne färbte sich langsam dunkel, ein wenig rot und ein wenig orange. Ich hängte die Kindergarten-Taschen an die Lenkstange von meinem Fahrrad.

»Und wie war es im Kindergarten? Haben euch die großen Kinder auch mit den Bausteinen spielen lassen?«

»Alles okay, Mama, kein Problem.«

Ich atmete auf. Es sprach also nichts dagegen, dass sie morgen früh wieder in den Kindergarten gehen würden. Ohne Tränen.

Wir liefen los. Nach den ersten Schritten fiel mir die kleine Karte ein, die aus der Schachtel mit den Schmuckstücken zu Boden gefallen war. Ich hatte sie aufgehoben, aber ich hatte sie nicht Mathilde gegeben. Jetzt fing ich an, nach ihr zu suchen. Fand sie in der hinteren Tasche meiner Jeans. Eine schmale hellgrüne Karte mit dunkelgrünem Rand. Ich hielt sie in meiner Hand, zögerte einen kleinen Moment, aber dann drehte ich sie doch herum und las: *»Ich wusste immer, wir sehen uns wieder!«*

Die Schrift war unregelmäßig und ungelenk und passte weder zu den Schmuckstücken noch zu der schönen Schachtel oder zu der eleganten Karte. Wer mochte das sein, der meiner Mutter solche Geschenke machte? Vielleicht hatte sie bei der Arbeit im Museum jemanden kennen gelernt. Vielleicht schon vor Jahren. Hatte ihn abblitzen lassen und war jetzt wieder mit ihm zusammengetroffen. Mathilde und Männer oder sogar Verehrer, das war schon immer ein schwieriges Thema gewesen.

»Liane, steck die Karte in Omas Briefkasten!«

Liane lief zurück und warf die Karte ein, dann gingen wir weiter. Und während ich mein Fahrrad über die Anna-Ebert-Brücke schob und über das Brückengeländer hinunterguckte, auf den ruhigen Wasserspiegel der Alten Elbe, sah ich mich schon wieder an meiner Arbeit, am Computer mit dem Sortiment des Großhandels, an den Bücherregalen. An Mathilde dachte ich nach zwei oder drei Minuten eigentlich gar nicht mehr.

* * *

Unsere Wohnung lag hoch über dem Elbufer. Frank ließ es sich jeden Monat eine Menge Geld kosten, eine große Terrasse zu haben, von der herab er diesen phantastischen Panorama-Blick über die Elbe genießen konnte. Von der Strombrücke bis hinüber zum Kloster Unserer Lieben Frauen und zur Lukas-Klause lag ihm alles zu Füßen. Mir ist dieser Blick über den Fluss vertraut, ich kenne ihn, solange ich auf der Welt bin. Aber Frank hatte eine von Tannen beschattete Kindheit im Schwarzwald. An dem Abend, als ich zum ersten Mal mit ihm im Herrenkrug Tee trank, erzählte er, dass er sich niemals um unsere Buchhandlung bemüht hätte, wenn nicht die Elbe und der Sonnenuntergang und dieser Blick über den Fluss und den Dom ihn von Anfang an fasziniert hätten. An diesem Abend war ich zum allerersten Mal wütend auf die Elbe. Aber als ich Lisa am nächsten Tag davon erzählte, zeigte sie mir einen Vogel und sagte nur ein einziges Wort: *Landrattenlegende*. Womit sie meinte, dass Frank sich niemals um eine Buchhandlung mit nur mittelmäßiger Geschäftsprognose bemüht hätte. Nicht einmal dann, wenn aus ihren Schaufenstern ein Panoramablick auf die Niagarafälle möglich gewesen wäre.

Ich kam mit den Zwillingen nach Hause, stellte Mathildes Blumen in eine Vase, ließ im Badezimmer das Wasser ein, machte Abendbrot, setzte Frank junior und Liane in die Badewanne. Kochte Tee, öffnete weit das Terrassenfenster, hockte mich mit dem Tee auf mein Sofa und sah in den Himmel hinauf.

Zehn Minuten später kam Frank nach Hause. Er guckte sauertöpfisch, als ich nicht aufstand, um ihm die Einkaufskiste in die Küche zu tragen. Kam nach zehn Minuten zu mir ins Zimmer, sah die Blumen auf dem Tisch stehen und guckte noch saurer. »Wer schenkt dir denn Blumen, Lilli?!«

»Niemand. Die sind von Mathilde.«

»Ah ja.«

Jetzt goss er sich Tee ein, verkniff sich jedes Wort über seinen Einkaufsstress und setzte sich zu mir. Gemeinsam holten wir später Frank junior und Liane aus der Badewanne. Aßen mit ihnen Abendbrot und setzten uns mit ihnen zusammen wieder auf unsere Sofas am Fenster. Ich hatte Liane auf meinem Schoß, Frank hielt Frank junior im Arm.

Die Sonne über dem Dom hatte sich schon verfärbt. Wir sahen zu, wie der Himmel langsam grau wurde, dann rosa und violett. Als es völlig dunkel war, waren die Kinder in unseren Armen eingeschlafen. Frank stand auf und trug Frank junior ins Kinderzimmer. Kam zurück, nahm Liane und trug auch sie in ihr Bett.

Unsere Abende begannen, wenn wir Glück hatten, mit einer solchen ruhigen Stunde. Danach ging Frank in sein Arbeitszimmer. Auf mich wartete der Abwasch, eine schwimmende Badewanne, zwei zerrissene Kinderhosen. Frank gab mir einen Kuss und schloss leise die Tür hinter sich.

Er verbrachte jeden Abend damit, die Buchhaltung für seine vier Buchhandlungen zu machen, Literatur-Rezensionen zu lesen oder die Leseexemplare durchzusehen, die die Verlagsvertreter ihm dagelassen hatten. Das war die Arbeit, bei der ich ihm immer am liebsten geholfen hatte. Einen Moment lang blieb ich sitzen und blickte hinaus in die Dunkelheit. Es war ein schöner Tag, der da zu Ende ging. Und dieses gute Gefühl wollte ich noch ein paar Minuten lang in mir festhalten.

Als im Flur das Telefon klingelte, wartete ich nicht lange. Ich stand auf und nahm das Gespräch an. Mathilde sollte nicht denken, dass ich ihr wegen irgendetwas böse war.

* * *

Der nächste Tag begann so glücklich wie der Tag zuvor. Ich brachte die Zwillinge in den Kindergarten. Schwang mich aufs Fahrrad. Rief Mathilde an. Fuhr zur Buchhandlung. Ließ mir die neue Lieferung auf die Arme laden und schleppte die Kartons nach oben, in die Taschenbuch-Abteilung. In unsere Taschenbuch-Abteilung.

Lisa keuchte hinter mir die Treppe herauf. »Deinen Schwung möchte ich haben, Lilli. Aber wenn ich mir vorstelle, was ich da nach oben trage – dann ist mir dein schöner Elan wirklich zu schade dafür.«

Sicher, man kann die Kartons vom Großhändler auch mit einer einfachen Schere öffnen. Sogar mit den Fingernägeln. Lisa benutzte dafür ein Messer, dessen Klinge so groß war, dass man damit Schlachtschweine aufschlitzen konnte. Sie kniete sich auf den Boden, setzte die Klinge an, stach tief in den Karton hinein und zog, quer nach hinten. Und der nächste: Klinge ansetzen, einstechen, durchziehen. Ritsch. Als auch der letzte Karton offen war, wühlte sie mit angeekeltem Gesicht die Bücherstapel heraus.

»Was machst du hier, Lisa?«

»Das, was ich jeden Morgen mache. Ich packe die Bücher aus, die dein Mann bei den Vertretern bestellt hat.«

»Es sieht aus, als hättest du etwas gegen diese Bücher. Oder hast du einfach nur schlechte Laune?«

»Ich? Schlechte Laune?«

Sie warf das Messer zurück in die Schublade, treffsicher aus einem Abstand von fast einem Meter, und setzte sich auf den Boden. »Lilli, ist dir gestern aufgefallen, was für Bücher wir ausgepackt haben?«

Natürlich war mir das aufgefallen. Jeden einzelnen Titel hatte ich mir angesehen. Zehn Exemplare hatte Frank von dem Buch geordert, in dem Chefarzt Dr. Sommer sich in eine arme Malerin verliebte. Sie hatte dann einen üblen Autounfall, er rettete ihr mit einer gewagten Operation das Leben und am Ende war Happy End. Beim zweiten Buchtitel hieß der Chefarzt nicht Dr. Sommer, sondern Professor Freitag, leitete eine große Klinik inmitten herrlicher Berge und verliebte sich in eine arme Krankenschwester, die lange Zeit sehr spröde zu ihm war. Aber nur deshalb, weil sie einfach nicht wagte, seine Liebe zu erwidern. Doch am Ende war Happy End. Im dritten Buch traf der verwitwete Landarzt Doktor Lauenstein nach dreißig Jahren seine Jugendliebe und erlebte einen zweiten Frühling. Und so ging es von Buchtitel zu Buchtitel weiter.

»Warum sagst du nichts, Lilli? Kriegst du schlechte Laune?!«

»Ich? Ich habe nie schlechte Laune!«

»Dann mach jetzt deine Kartons auf, Lilli! Es gibt keine Schonzeit. Und schon gar nicht für Chef-Ehefrauen.«

Ich sagte kein Wort mehr, räumte meine Bücher in die Regale. Ich spürte Lisas Blick in meinem Rücken, aber ich drehte mich nicht zu ihr um.

»Schön, Lilli. Es hätte mich auch sehr gewundert, wenn du dich so völlig verändert hättest.« Sie kam herüber zu mir. »Weißt du, ich möchte ja Bücher verkaufen. Aber die hier – die sind wie Pudding mit Schlagsahne.«

Sie hatte die Stimme gesenkt, stand dicht bei mir. Ich legte meine Hand auf ihren Arm. »Gut, ich würde auch lieber Thomas Mann oder Irmtraud Morgner verkaufen. Und das tun wir ja auch. Hin und wieder.«

»Hin und wieder? So gut wie niemals, Lilli.«

»Das liegt aber nicht daran, dass wir Chefärzte und Monster in den Regalen haben.«

Sie lachte höhnisch.

»Lisa, ich glaube, dein Problem ist ein anderes. Du möchtest einfach selber entscheiden, was in den Regalen steht. *Du* möchtest mit den Verlagsvertretern sprechen, *du* willst den Buchmarkt beobachten und das Konzept für die Buchhandlung entwickeln. Und wenn im Regal ein Arztroman steht, dann deshalb, weil du das selbst so entschieden hast.«

»Wir haben uns fünf Jahre nicht gesehen, Lilli.«

»Ich hatte keine Zeit«, sagte ich kleinlaut.

»Entweder man hat es mit den Büchern oder man hat es nicht. Und dein Mann – der will einfach Geld verdienen.«

»Lisa, er ernährt eine große Familie!«

Lisa schüttelte den Kopf, straffte ihren Rücken. »Nein, Lilli! Vor einer Woche habe ich mich in dem Reisebüro auf dem Altmarkt beworben. Und ich glaube, der Chef dort nimmt mich. Der weiß, was ich kann.«

»Lisa – das darfst du nicht machen!«

»Sag noch ein Wort, um deinen Mann zu verteidigen – und in einer Woche kündige ich.«

Punkt neun Uhr ging Lisa nach unten, um die Eingangstür aufzuschließen. Unser Gespräch war beendet. Aber während ich nun Kunden beriet, Bestellungen aufnahm, Bücher aus hohen Regalfächern herunterholte, im Computer nach Buchtiteln oder Autoren suchte, guckte ich immer wieder zu ihr hinüber. Ob es ihr wirklich ernst war mit dem Reisebüro? Diesen Mann, der sich mindestens schon dreißig Minuten in unserer Abteilung zwischen den Büchertischen herumdrückte, hin und wieder ein Buch in die Hand nahm und es nicht eines einzigen Blickes würdigte, diesen Mann bemerkte ich zwar, ja, aber an diesem Tag dachte ich unentwegt über Lisa nach.

Mitten in meine Gedanken hinein klingelte ein Handy. *Üb immer Treu und Redlichkeit.* Mein Handy klingelte, in meiner Hosentasche. Alle Blicke wandten sich mir zu. Lisa grinste. Ich zog das Handy hastig heraus und nahm das Gespräch an.

»Ja, Mama?«

»Lilli, bist du in der Buchhandlung?«

»Ja, Mama.«

»Hat dort heute Morgen jemand mit dir gesprochen?«

»Ja, klar. Ständig. Dachtest du an jemand Bestimmten?«

»Ich … ja … nein … eigentlich …«

Es wurde still in der Leitung.

»Ist etwas nicht in Ordnung? Hast du ein Problem? Bist du im Museum? Soll ich schnell mal zu dir kommen?«

»Nein … nein, nein!«

»Sicher?!«

»Bitte, wirklich, es ist nichts!«

»Na gut, wie du meinst. Dann sehen wir uns heute Nachmittag. Ist das früh genug?«

»Sicher, sicher.«

»Gut, dann machen wir Schluss. Ich bin mitten in der Arbeit, Mama.«

»Ja, Lilli, gut, ich warte.«

Ich beendete die Verbindung. Jemand legte mir den Arm um die Schultern. Ich zuckte zusammen, drehte mich um. Frank stand neben mir. Zerzauste Haare, schief sitzende Krawatte, verrutschtes Jackett. Der letzte Verlagsvertreter ging eben die Treppe hinunter.

»Nun, Lady Madonna.«

»Ja, Chef?«

»Geht's dir gut?«

»Danke, sehr gut.«

»Dann verkraftest du sicher eine kleine Frage: Wie oft hat sie heute angerufen?«

»Wer? Mathilde?«

»Ja, Mathilde.«

»Nur einmal.«

»Und wie oft hast du sie angerufen?«

»Auch einmal.«

»Einmal heute Morgen und einmal jetzt, am Mittag?«

»Ja.«

»Also habt ihr zwei Mal miteinander gesprochen. Und am Nachmittag seht ihr euch. Und am Abend ruft sie ganz sicher schon wieder an. Und gestern war es genauso oft und sie hat dir außerdem Blumen geschenkt.«

Er sprach leise und ruhig. Keiner der Kunden nahm Notiz von uns. Sie blätterten alle weiter in ihren Büchern oder standen bei Lisa am Computer und guckten mit ihr auf den Bildschirm, um eine Bestellung aufzugeben. In einer Ecke lungerte der seltsame Typ, der die Bücher nicht ansah. Aber ich hatte auch jetzt nicht den Nerv, zu ihm zu gehen und ihm meine Beratung anzubieten.

»Das macht mir schon lange Sorgen, Lilli. Du solltest unbedingt mal mit ihr reden! Das geht so nicht weiter!«

Ich zuckte die Schultern. Diese Art von Gesprächen vermied ich immer, sofern Frank sie mich vermeiden ließ.

»Nun sag mir mal eines, Lilli: Was für ein Problem hat diese Frau? Vielleicht hätte sie sich irgendwann wieder einen Mann suchen sollen. Witwe hin, Witwe her. Aber doch nicht dreißig Jahre. Was glaubst du – ist diese Frau noch normal?!«

* * *

Auch an diesem Nachmittag war die Zeit für den Cracauer Wasserfall lange vorbei.

Schon zwei Etagen unter Mathildes Wohnung hörte ich die Zwillinge toben. Als ich so klein war wie die Zwillinge jetzt, saß ich meistens still in einem Sessel. Oder ich spielte mit Treibholz und Muschelschalen am Elbufer, baute Sandburgen und unterhielt mich mit unsichtbaren Tiefseetauchern. Aber laut war ich nie. Sagte jedenfalls Mathilde. Ich konnte mich an gar nichts erinnern. Nicht an die Zeit, als ich fünf war, und nicht an die Zeit davor. Diese Erinnerung daran, wie Mathilde mir das Buch mit dem Pfannkuchen-stehlenden Teufelchen kaufte, war eine einsame Ausnahme. Normalerweise war Leere in meinem Kopf. Wenn Frank auf dem Fußboden im Kinderzimmer saß und mit den Zwillingen Brücken aus Bausteinen baute, dann versuchte ich manchmal mich zu erinnern, wie mein Vater früher mit mir gespielt hatte, auf welchem Fußboden, in welchem Kinderzimmer. Aber ich wusste nicht einmal mehr, wie er überhaupt aussah.

Ich klingelte an Mathildes Tür. Dreimal kurz, einmal lang. Die Zwillinge wurden einen Augenblick still. Mathildes Stimme klang weit entfernt, wie aus einem der Wandschränke hinten im Schlafzimmer, mit geschlossener Tür. »Ich komme, Lilli!«

Die Zwillinge kreischten los. Mathildes Schritte kamen eilig und fest den Flur herunter.

»Wer ist da?«

»Ich bin es, Mama. Das weißt du doch längst.«

»Weg von der Tür, Kinder, sonst kann ich nicht aufschließen.«

Sie drehte den Schlüssel. Im oberen Schloss und im mittleren, im Türriegel. Dann hob sie das schwere Türeisen zur Seite. Vielleicht war ihre Wohnung ja gar nicht so finster – aber sie erweckte mit dieser Anhäufung von Sicherheitsmaßnahmen jeden Tag wieder den Eindruck, so unnahbar zu sein wie die Festung Königstein.

Mathilde machte die Tür auf. Die Zwillinge sprangen in meine Arme. »Mami, die Oma fährt mit uns in den Karussellpark. Zu Hansa. An der Ostsee! Und Welle kommt auch mit!«

Ich hob sie hoch. Beide, gleichzeitig. Diese Nummer hatten wir in den letzten fünf Jahren täglich geübt. »Was für ein Park? Was für eine Welle?« Ich fing an mich zu drehen. Frank junior und Liane kreischten und lehnten sich weit nach außen.

»Wenn die beiden nachmittags bei mir lieb sind, fahre ich mit ihnen in den Vergnügungspark.«

»Lieb sein sollen sie auch ohne Belohnung. Und Vergnügungsparks sind für kleine Kinder viel zu gefährlich.«

Ich hörte auf mich zu drehen. Stellte die Zwillinge auf den Boden zurück. Alle drei standen vor mir und starrten mich an.

»Aber, Lilli! Das war so eine gute Idee!«

»Nein, war es nicht! – Und nun lass uns mal reden: Was war los mit dir, Mama, geht es dir wieder besser?«

»Besser?« Sie blickte zu Boden und wich meinem Blick aus.

»Du hast mich heute Mittag angerufen, weil es dir nicht so gut ging.«

Sie winkte ab, zuckte die Schultern. »Ach das. Schon wieder in Ordnung.«

Ich guckte prüfend in ihr Gesicht. Jetzt erst sah ich, dass sie dabei war, sich schön zu machen. Sie trug einen silbergrauen Unterrock, ihre halblangen braunen Haare waren schon zur Hälfte nach oben gesteckt. Das war wirklich ungewöhnlich, dass Mathilde sich abends noch schön machte. Ich konnte mich gar nicht erinnern, wann ich sie das letzte Mal so gesehen hatte. Dieser Anblick stimmte mich wieder versöhnlich.

»Soll ich mich beeilen mit den Kindern? Bist du verabredet?«

»Mit wem sollte ich verabredet sein?! Ich will nur ein bisschen zum Wasserfall.«

»Dann lass dich nicht stören. Wenn du möchtest, kann ich uns noch schnell einen Tee machen?«

Sie schüttelte den Kopf, nickte dann doch, ging wieder nach hinten ins Schlafzimmer. Ich setzte Teewasser auf. Und bis es kochte, ging ich ins Wohnzimmer, ließ meinen Blick über den Wasserfall schweifen, über die Bäume vom Rothehorn-Park, und versuchte, meine Kampfeslust gegen Mathilde zu zügeln.

»Mami, komm in die Küche!«

Im hinteren Teil der Wohnung kreischten die Zwillinge. Ich ging hinüber. Liane hatte den Backofen aufgezogen, auf dem Gitter stand eine Form aus Alufolie. Frank junior hob die Form hinüber auf den Küchentisch. Ein braunäugiger Plötzenkopf, eine saubere Mittelgräte. Kurz vor der Schwanzflosse hingen noch ein paar kleine Fischstücke.

»Iss, Mami! Das haben wir dir übrig gelassen.«

»Das ist lieb von euch. Danke.«

Ich nahm eine Gabel aus der Schublade vom Küchenschrank, tröpfelte Zitrone über das Schwanzstück und kämpfte ein wenig mit meinem Ekel. Der Fisch war gestern geangelt, heute Mittag gebacken. Konnte man den überhaupt noch essen? Aber er schmeckte. Ich schob mir einen ersten, einen zweiten und sogar einen dritten winzigen Happen in den Mund. Dann hörten Liane und Frank junior auf, mir auf den Mund zu starren, rannten aus der Küche und ich war erlöst.

Als ich mit den Teegläsern ins Schlafzimmer kam, hatte Mathilde ihre Haare fertig aufgesteckt und ließ gerade ihr meergrünes Kleid über ihre Schultern gleiten. Das meergrüne oder das rehbraune, egal, sie konnte anziehen, was sie wollte. Mit ihrer Figur und ihren dicken braunen Haaren sah sie immer gut aus. Eine schöne Frau von fünfundfünfzig Jahren. Meine Haare sind störrisch, rot wie eine grasfressende Buntgescheckte, ich bin groß und hager und habe Füße, die so lang und schmal sind, dass ich nur selten Schuhe finde, in die ich wirklich hineinpasse. Außer natürlich Turnschuhe, aber wer will die schon ständig tragen?! Ich stellte die Teegläser auf die Kommode und zog Mathilde den Reißverschluss auf dem Rücken zu.

»Du guckst so griesgrämig, Lilli. Ich glaube, ich weiß, was du gerade denkst.«

Ich sagte gar nichts.

»Du bist so hübsch, Lilli! Und mit deinen Wuschelhaaren ...«

»Ich weiß – sehe ich aus wie die Jungfrau Maria ...«

»Gemalt von Dürer. Auf dem Rosenkranzfest. Ganz genau, Lilli.«

Unsere Gesichter spiegelten sich im Aufsatz der Waschkommode. Wir beide sahen uns überhaupt nicht ähnlich.

»Ich sehe aus wie ein Kuckucksei!«

»Nun hör endlich auf so maulig zu sein!« Sie strich sich noch einmal über die Haare.

»Mathilde?«

»Ja?«

»Wie hast du eigentlich früher ausgesehen?«

»Ich? – Genau wie du. Groß, dunkelhaarig und ein bisschen hager.«

»Verkohl mich nicht!«

Sie schüttelte den Kopf. Sogar das sah bei ihr elegant aus.

»Und du meinst, irgendwann werde ich so wie du aussehen?!«

»Ja, das meine ich. Und das habe ich dir schon immer gesagt. – Sag mal, Lilli, hat dir etwas die Laune verdorben?«

Ich schüttelte den Kopf.

»Gut, dann lass uns jetzt unseren Tee nehmen und ins Wohnzimmer gehen!«

»Es wäre nett, wenn du mir mal ein paar Fotos zeigen würdest. Von dir, früher ...«

»Das dachte ich mir, dass das jetzt auch noch kommt. Ich habe dir Fotos gezeigt, Lilli.«

»Das stimmt nicht!«

»Gut, ich gebe zu, es waren nicht besonders viele. Aber mehr habe ich nicht.«

»Du hast mir kein einziges Foto gezeigt! Gleich wirst du mir wieder erzählen, dass du alles verloren hast. Der Krieg, Ausplünderungen, der Treck, und dass du froh warst, dass du dein Leben retten konntest.«

Mathilde drehte sich zu mir um, zog fragend die Augenbrauen nach oben. Ich nickte heftig.

»Doch, Mama, als ich dich das letzte Mal nach Fotos von früher gefragt habe, da hast du mir genau das erzählt. Und damals habe ich dir geglaubt. Aber inzwischen habe ich gelernt zu rechnen – als die Trecks unterwegs waren, gab es dich noch gar nicht!«

»Ich habe gesagt, es waren meine Umzüge. Wir sind oft umgezogen, wir beide. Da war keine Rede vom Krieg. – Und jetzt ist Ruhe damit, Thema beendet!«

Mathilde warf einen letzten Blick in den Spiegel, malte sich noch einen Hauch von Apricot über die Lippen, griff nach ihrem Teeglas und ging aus dem Zimmer. Ich nahm meinen Tee und stiefelte hinter ihr her.

Wir stellten unsere Gläser auf den kleinen Tisch zwischen den Sofas am Fenster. Es war genau dieses Arrangement, das ich für mein Wohnzimmer und für meinen Blick auf die Elbe übernommen hatte. Schweigend blickten wir über den dampfenden Tee zum Rothehorn-Park. Hörten den Wasserfall rauschen. Lange saßen wir da und sagten kein Wort mehr. Ich versuchte, den Wortwechsel der letzten zehn Minuten zu rekonstruieren. Was hatte ich alles zu Mathilde gesagt?! Warum war ich so schrecklich wütend geworden? Wegen einer Fahrt in den Vergnügungspark, wegen meiner Figur und meinen großen Füßen oder wegen ein paar alten Fotografien?

Alte Fotos … ich überlegte kurz, ob ich wirklich irgendwann einmal Fotografien von Mathilde als Kind gesehen hatte. Vielleicht … nun ja, wenn sie das sagte. Möglicherweise hatte ich es ja nur vergessen, wie so vieles. Und sie war so taktvoll, meine üble Laune zu ertragen. Ich atmete tief durch.

»Entschuldige bitte!«, sagte ich leise.

Sie holte ihren Blick zurück ins Zimmer und lächelte mich an. Nach ein paar Minuten ging ich in die Küche, holte die Teekanne, goss uns noch einmal Tee ein. Zündete in der Mitte des kleinen Tisches das Stövchen an. Wieder sahen wir beide nach draußen und schwiegen. Dann wandte Mathilde den Kopf und guckte mich an.

»Was ist heute mit dir los, Kind? Hast du doch wieder deine Kopfschmerzen?«

»Überhaupt nicht.«

»Und was ist dann das Problem? Du bist sehr gereizt ...« Sie guckte prüfend in mein Gesicht. »Ich merke genau, wenn du missgestimmt bist. Also – bist du mit mir unzufrieden? Oder gefällt deine Arbeit dir nicht?«

»Nein, Mama, an dir liegt es nicht!«

»Sprich dich ruhig aus, Kind!«

Ich schüttelte den Kopf. Bis eben war mir das alles noch gar nicht klar gewesen. Aber jetzt spürte ich, dass etwas in mir nicht so war wie noch vor drei Tagen. Ich war nicht mehr voller Vorfreude. Etwas nagte in mir und zerbröselte meine Kräfte. Es machte mich aggressiv. Und wie schon oft wusste Mathilde viel eher als ich, dass etwas in meinem Leben nicht mehr in Ordnung war.

»Du hast Recht, Mama, etwas stimmt nicht.«

»Ja?«

»Das ist ... ich komme zurück in die Buchhandlung. Und nichts ist so, wie es mir gefällt. Wie ich es machen würde.«

»Was hast du erwartet, Lilli?«

Ich trank noch einen Schluck aus dem Teeglas, überlegte. »Weiß nicht. Ist vielleicht auch egal. Frank soll machen, wie er will. Es ist seine Buchhandlung.«

»*Eure* Buchhandlung«, korrigierte sie leise.

Ich schüttelte den Kopf. »Es ist sein Konzept, er hat alles verändert.«

»Ist es das, was dich stört: Er macht, was er für richtig hält – und nicht du?«

Ich fing an zu nicken. Typisch Mathilde. Sie brauchte zwei Minuten, dann hatte sie meine Probleme entwirrt und auf den Punkt gebracht.

»Lilli, du warst immer sehr selbständig. Und clever. Wenn auch etwas anfällig, gesundheitlich nicht auf der Höhe …«

»Ich glaube, ich weiß, worauf du hinauswillst. Nein, Mama, denk nicht mal daran! Ich kann keine Konkurrenz-Buchhandlung aufmachen!«

»Dir fällt schon etwas ein, Kind. Vielleicht solltest du erst einmal mit ihm reden. Aber was du auch tun willst – ich bin für dich da! Ich unterstütze dich, ich nehme dir die Zwillinge ab, ich hole sie jeden Tag aus dem Kindergarten. Und wenn sie krank sind, werde ich mich um sie kümmern. So gut ich das kann.«

* * *

Ein kleiner Lastkahn fuhr die Elbe stromabwärts. Es war einer dieser offenen alten Lastkähne, in denen drei Tonnen Schrauben und zehn Tonnen Kies in Fächern nebeneinander liegen, wie Löffel und Gabeln in einer Besteckschublade. Auf dem hinteren Deck war eine lange Wäscheleine gespannt, daran hingen weiße Bettbezüge und blaue Laken zum Trocknen. Ein Fahrrad lehnte nahe bei der Reling an der Kajütenwand. Langsam, aber stetig tuckerte der Kahn die Stromelbe hinab. Ich stand hinter meinem sonnigen Panoramafenster und legte die Wäsche zusammen, die ich gestern Abend gewaschen und durch den Trockner gewirbelt hatte, und sah ihm dabei zu.

Plötzlich riss auf dem Lastkahn die Wäscheleine. Das abgerissene Ende rutschte ins Wasser, dann das erste der blauen Bettlaken, das zweite, der erste Bettbezug. Und dann ging alles ganz schnell. Als der Kapitän endlich bemerkte, dass etwas auf seinem Kahn nicht in Ordnung war, stürzte er von der Brücke nach draußen. Das lose Ende der Leine zischte an seinem Kopf vorbei ins Wasser. Das Schiff stoppte so ruckartig, als hätte man bei einem Auto auf die Bremse getreten. Das Fahrrad an der Kajütenwand setzte sich in Bewegung, rollte, der Kapitän machte einen großen Schritt darauf zu, aber bevor er es mit den Händen erreichen und festhalten konnte, war es schon über Bord gerollt und im Wasser verschwunden. Und während der Mann noch stand und seinem Fahrrad nachsah, drehte das Schiff sich langsam mit seiner Breitseite in den Strom.

Ungefähr so wie dem Kapitän von diesem Lastkahn ging es mir an diesem Abend. Ich kam nach Hause und die Wäscheleine auf dem Hinterdeck war schon sehr angespannt. Sie riss noch nicht, eine Stunde oder zwei Stunden. Aber viel hielt sie nicht mehr aus.

Ich legte Wäsche zusammen, machte Teewasser heiß, drehte das Badewasser auf, ging in den Flur zurück und blieb vor dem Regalfach mit den neuesten Leseexemplaren stehen. *Der Chefarzt und die Königin der Nacht.* Noch niemals hatte ich so ein Buch auch nur aufgeschlagen. Ich fing an zu lesen. Nahm das Buch mit in die Stube und setzte mich damit auf mein Sofa, vor meinen Panoramablick. Las weiter, wollte nach meiner Teetasse greifen und bemerkte, dass ich mir noch keinen Tee gekocht hatte. Ging in die Küche und schüttete Teeblätter in die Teekanne. Dabei fiel mir ein, dass ich das Badewasser gleich nach dem Teewasser angestellt hatte. Stellte die Teekanne zurück und rannte hinüber ins Badezimmer. Gerade noch rechtzeitig. Ich schickte die Kinder in die Badewanne, brühte mir Tee auf, nahm das Buch wieder in die Hand. Aus dem Badezimmer hörte ich das Schreien der Kinder. Beider Kinder. Frank junior war immer ein stilles und ruhiges Kind. Wenn er vor Wut schrie, dann war wirklich etwas nicht in Ordnung. Ich warf das Buch zur Seite. Rannte ins Bad. Die Badewanne war leer. Die Kinder saßen darin, auf dem Trockenen. Jetzt riss mir wirklich die Leine. Die Dinge, die ich darauf geklammert hatte, begannen mir zu entgleiten. Aber ich fing nicht an zu schreien. Ich machte es wie Frank: zählte innerlich langsam bis zwanzig. Und brachte mich wieder auf Kurs.

»Was ist los, Leute?«

»Mami, Liane lässt das Wasser aus der Wanne.«

Liane sah mir kampflustig entgegen. »Das ist so im Schiffshebewerk. Ist doch klar, wenn die Schiffe bergab wollen. Wenn sie drin sind, muss das Wasser raus.«

Bei Liane halfen keine Verbote und kein Schimpfen. Das Einzige, was bei ihr wirkte, waren Argumente. Und die mussten richtig gut sein. »Und was passiert, wenn du das ganze Wasser herauslässt? Dann fährt das Schiff überhaupt nicht mehr. Und wenn du dann das Schleusentor aufmachst, kippt es um. Also – wo ist der Stöpsel?!«

Sie guckte in das Gesicht von Frank junior, überlegte, dann holte sie ihre Hand hinter ihrem Rücken hervor und hielt ihn mir hin. »Bitte. Hier.«

»Danke.« Ich stöpselte die Wanne wieder zu und drehte das Wasser auf. »Da habe ich doch letztens bei Papa ein Buch gesehen, über ein Schiffshebewerk an der Elbe. Ich glaube, das würde euch gefallen.«

»Ich will kein Buch! Bloß nicht!« Lianes Antwort kam heftig und schnell.

»Doch! Ich will das!«, sagte Frank junior, ruhig und bedächtig.

Ich nahm die Tigerbürsten und fing an, ihnen den Rücken zu waschen. Beiden gleichzeitig. Es klingelte an der Wohnungstür. Ich ging in den Flur, um die Tür zu öffnen. Draußen stand Frank. In jedem Arm eine volle Büchertasche. Unter seinem Kinn klemmte eine Tüte mit Weintrauben.

Er stellte die Bücher im Flur auf den Fußboden und nahm mich in die Arme. »Na, hast du mit ihr geredet?«

Ich guckte forschend in sein Gesicht. War das ein Scherz oder hatte er wirklich gemeint, dass ich mit Mathilde reden müsste, über sein Problem. »Mit wem geredet?«

»Mit Mathilde. Tu nicht so, als ob du das nicht wüsstest.«

Ich zuckte die Schultern. »Nein … eigentlich nicht. Im Moment bin ich viel zu angespannt, um solche grundsätzlichen Gespräche zu führen.«

Frank stemmte die Hände in die Hüften wie ein Kartoffelbauer, dem gerade sein Traktor kaputtgeht. So stand er vor mir, Stirn gerunzelt, Augenbrauen zusammengeschoben. Das Gesicht zur Faust geballt, würde Lisa dazu sagen. »Wie schafft Mathilde das nur immer wieder?«

»Wie schafft sie was, bitte?!«

»Sie zieht dir einen Ring durch die Nase und führt dich daran spazieren. Schon bemerkt?«

»Was willst du damit sagen?!«

Wir wurden beide immer lauter. Franks Augen funkelten. Er holte tief Luft und öffnete den Mund, aber schon der nächste Satz kam nicht mehr aus ihm heraus. Er stand da und schwieg. Ich guckte ihm ins Gesicht. Mein Atem ging hastig. Manchmal liebte ich ihn dafür, dass er nie die Geduld verlor, dass er immer die Übersicht behielt und immer wusste: Keine Sache war es wert, sich aufzuregen und sich wirklich miteinander zu streiten. Tränen stiegen mir in die Augen. Frank drückte mich an sich.

»Keine Schwiegermutter der Welt ist es wert, dass man seine Frau zum Weinen bringt.«

Das machte alles noch schlimmer. Ich schluchzte.

»Madonna mia. Wenn du weinst, muss ich auch weinen!«

Er verzog sein Gesicht. Charly Chaplin, mitten in meiner Küche. Ich lachte. Der Druck in meinem Inneren verschwand. Kuss. Happy End. Ende der Aufregung. Ich hatte eine gerissene Leine und meine Sachen rutschten über die Reling ins Wasser. Aber meine Schraube gab nicht ihren Geist auf. Und ich fuhr einfach langsam weiter, und fuhr und fuhr. Weil Frank eben so war wie er war.

»Lilli – ich bringe den Süßen die Weintrauben in die Badewanne.«

Ich nickte. Mir fiel ein, dass ich schon wieder vergessen hatte, das Badewasser abzustellen. »Und beeile dich bitte.«

»Wieso denn beeilen?«

»Das wirst du schon sehen.«

Ich hatte keine Sorge, dass sie inzwischen untergegangen sein könnten. Unsere Kinder waren pfiffig, die blieben nicht einfach in einer randvollen Badewanne sitzen und ertranken. Die retteten sich, ganz sicher. Aber sie ließen wahrscheinlich das Wasser weiter laufen und guckten zu, was passierte, wenn eine Wanne überlief. Nun gut, damit würde Frank fertig werden. Wer mein Schiff davor bewahren konnte, in Seenot zu geraten, und seinen Mitarbeitern befehlen konnte, Bücher zu verkaufen, die sie eigentlich niemals verkaufen wollten – der konnte auch dem Badewasser befehlen, in der Wanne zu bleiben, sogar zehn Zentimeter über dem Wannenrand. Ich setzte Teewasser auf. Hörte, wie Frank mit Schwung den Flur hinuntersegelte.

»Hallo, meine kleinen Matrosen. Leinen los! Anker lichten! Der Papa kommt!«

»So, Lilli, gleich werden die Süßen schnarchen.«

Frank schloss leise die Tür hinter sich. Die Teekanne stand auf dem Tisch. Er goss sich eine Tasse ein und ließ sich auf sein Sofa fallen. Völlig fertig. Wir sahen beide hinaus auf die Elbe. Auf die Lichter über dem Fluss, die beleuchteten Ufer. Die hell angestrahlten Türme vom Dom.

»Nun sag mal ehrlich, Lilli – wie läuft es bei deiner Arbeit?«

»Gut, danke«, sagte ich betont munter.

»Na, dann ist es ja gut. Und ich Trottel hatte irgendwie den Eindruck, du wärst unzufrieden. Wie komme ich nur darauf?«

»Na ja …«, sagte ich vorsichtig. »Es ist alles … anders als vor fünf Jahren.«

»Bestimmt ist alles anders. Und das ist gut so. Egal, was die Kollegen sagen. Der Laden brummt, das ist das Wichtigste.« Er streichelte mir über den Kopf wie einem Kind, das doch bitte endlich einsehen soll, dass nicht Papas BMW, sondern der kleine Plastik-Traktor sein Lieblingsspielzeug zu sein hat.

Ich stand auf. Ging zu dem Regal, in dem Frank Zeitschriften und Leseexemplare aus den vergangenen Jahren aufbewahrte, zog ein paar Bücher heraus. Frank räkelte sich auf dem Sofa. Sah mir versonnen zu.

»Was suchst du denn da?«

»Ein Sachbuch, das ich bei dir mal gesehen habe. Vielleicht war es auch nur ein Artikel im Börsenblatt. Über Antiquariate – wie richte ich eins ein, worauf sollte ich achten, oder so ähnlich.«

»Antiquariate? Nein, darüber habe ich nichts.« Er sah zu mir herüber, wie ich immer weiter Zeitschriften aus dem Regal zog, kniete sich neben mich und fing auch an zu suchen. »Das Einzige, woran ich mich erinnern kann, ist … warte, ich habe es gleich … hier, diese Ausschreibung.«

Ich las. *Wünsdorf – Waldstadt – Bücherstadt.* Eine Stadt voller Buchläden, irgendwo in Brandenburg. Mehr als dreißig Antiquariate sollten sich dort ansiedeln. Das klang interessant. Ich nahm die Zeitschrift und ging damit zurück zu meinem Sofa. Vielleicht fand ich hier ein paar Anregungen. Frank setzte sich neben mich. Legte mir den Arm um die Schultern. Trank seinen Tee und streichelte meinen Nacken, während ich las.

Wünsdorf war eine kleine Stadt in der Nähe von Berlin. Mehr als siebzig Jahre lang war erst die Reichswehr, dann die Wehrmacht und danach die Rote Armee in ihr zu Hause gewesen. Als die russische Armee in den neunziger Jahren abzog, stand diese ganze Stadt leer. Jetzt wurde sie restauriert, renoviert, neu besiedelt. Und mitten darin sollte eine Straße entstehen, in der ein Antiquariat neben dem anderen lag.

»Die sind ja pfiffig! Eine Bücherstadt ist eine tolle Geschäftsidee! Findest du nicht, Lilli? Die werden Geld verdienen! Zwar nicht gleich, aber irgendwann sicher.«

Frank lehnte sich zurück und streckte genüsslich seine Arme. Wenn er über Geld redete, klang er manchmal wie ein Gourmet, dem gerade ein Festmahl mit exquisiten Zutaten über die Zunge wandert.

»Sag mal – warum fragst du mich eigentlich nach einem Antiquariat? Willst du eines aufmachen?«

Ich nickte. Grinste. Fing an zu lachen. Vor einer Viertelstunde hatte ich das selber noch nicht gewusst. Aber gegen diese Idee war eigentlich gar nichts einzuwenden. Ich ließ einen kleinen Versuchsballon aufsteigen. »Das würde ich gerne, ja. Und so ein klitzekleines Antiquariatchen passt doch noch rein in deinen riesigen Laden?«

Er senkte den Kopf, schloss die Augen. Atmete tief durch. Es sah aus wie eine meditative Übung, um inneres Feuer zur Ruhe zu bringen. Dann hatte er sich wieder auf der Reihe. »Da brauchst du aber eine Extraausbildung.«

»Daran soll die Sache nicht scheitern.«

»Gut, Lilli. Schauen wir mal.«

Es klappte. Mein Versuchsballon war in die Wolken geflogen, ohne dass jemand auf ihn geschossen hatte. Und ich ließ ihn noch weiter hinauf. »Und, Frank, ich möchte da hinfahren. Kann ja sein, dass ich mir etwas abgucken kann.«

»Du lässt wohl nie locker, was?!«

»Nö.«

Ein Gefühl wie beim Entkorken einer Sektflasche stellte sich bei mir ein. Mein Herz klopfte. Was hatte ich da eigentlich eben gemacht? Hatte ich ihn gefragt, ob ich in der Buchhandlung eine eigene Abteilung eröffnen durfte? In der ich bestimmen würde, über das Sortiment, die Preise, das Personal. Und er hatte wirklich *Ja* gesagt? Doch, er hatte!!!

Mit unbewegtem Gesicht guckte ich ihm in die Augen. Aber innerlich lachte ich von einem Ohr bis zum anderen und wahrscheinlich noch weit darüber hinaus.

Frank ging zurück ans Regal und holte aus dem Fach mit den Leseexemplaren einen schmalen Bildband heraus. »Mir ist noch etwas eingefallen: Hier, sieh mal, über dieses Wünsdorf, in dem sie die Bücherstadt bauen, gibt es sogar schon ein Buch.«

Wir fingen an zu blättern. Der Bildband hatte den Geruch frisch gedruckter Bücher lange verloren.

Auf den ersten Seiten gab es fast nur Fotografien von diesen typischen alten Armeebauten, die eine lange Geschichte und viele Besitzer hinter sich haben. Mannschaftsunterkünfte, ein Offizierskasino, die Heeres-Sportschule, Reitställe und Werkstätten, alte Villen, Siedlungshäuser, ein gemauerter Torbogen … Alles frisch renoviert und historisch getreu gelb angestrichen. Dann folgten Aufnahmen aus Künstlerateliers, die dort in alten Armeebauten mitten im Wald entstanden. Ein paar Arbeiten dieser Künstler wurden vorgestellt. Holzfiguren, kantig und hoch wie die Bäume, aus denen sie entstanden waren. Ein Stuhl aus einem Baumstamm, dessen Sitzfläche ungefähr einen Meter über den Grashalmen der ungemähten Wiese schwebte, auf der er stand.

»Sieht interessant aus, nicht wahr, Lilli?«

Jetzt bloß nicht triumphierend loskichern, dachte ich noch. »Ja, Frank.«

Und da begann es. Ganz plötzlich. Ich spürte, dass meine Hände anfingen zu zittern. Legte das Buch auf die Sofalehne. Meine Hände zitterten immer heftiger. Und ganz tief aus meinem Inneren stieg eine Übelkeit in mir auf. Deckte alles um mich herum zu, Frank, das Zimmer, den Teppich, und trennte mich davon ab.

»Lilli? Lilli? Du siehst ja so blass aus?«

In diesem Moment kam der Schmerz. Stieg aus dem Rücken in meinen Kopf, breitete sich aus, wurde immer größer, füllte meinen Kopf aus, wollte nach außen, drückte, pulsierte, drückte. Mir wurde grün vor den Augen, dann schwarz, mein Herz fing an zu rasen. Ich hörte auf zu atmen.

»Um Himmels willen. Lilli! Luft holen! Atme! Komm, leg die Beine hoch. Ich hole ein Glas Wasser. Und deine Tabletten. Ruhig bleiben, ruhig bleiben, Lilli. Mach dir bloß keine Sorgen, ich bin ja bei dir. Das haben wir früher schon oft überstanden, gleich ist es geschafft.«

Ich guckte auf seinen Mund. Hörte ihn reden, in weiter Ferne. Hörte im Flur das Telefon klingeln. Dann versank alles. Das Letzte, was ich von der Welt hörte, war ein an- und abschwellendes Rauschen.

Als ich zu mir kam, lag ich auf meinem Bett.

Frank saß auf der Bettkante, drückte Wasser aus einem zusammengefalteten Handtuch und legte es auf meine Stirn. Ich sah mich um. Meine Beine waren hoch gelagert, das Fenster geöffnet. Das Fläschchen mit Minzöl, das ich vor sechs Jahren das letzte Mal benutzt hatte, stand geöffnet auf meinem Nachttisch. Alles vorschriftsmäßig, wie im Erste-Hilfe-Kurs. Frank sah vollkommen fertig aus.

»Lilli, da bist du ja wieder. Geht es dir besser?«

Ich nickte. Zuerst vorsichtig, langsam. Aber es ging, mein Kopf fühlte sich wieder leichter an. Frank achtete auf jedes Zucken meiner Mundwinkel. Langsam entspannte er sich ein wenig.

»Mein Gott, Lilli, ich dachte, du wärst gesund. Du hättest keine Kopfschmerzen mehr. Keine Anfälle. Keine Migräne.«

»Das habe ich auch nicht.«

Meine Stimme klang immer noch schwach und leidend. Franks Augenbrauen rutschten erschreckt nach oben.

»Vielleicht war es ja der Fisch«, sagte ich schnell. »Ich habe vorhin ein winziges Stück von einer Plötze gegessen, zwei Tage alt, in der Elbe geangelt.«

Er nickte. »Das könnte eine Erklärung sein.« Mit besorgtem Blick sah er über meine Stirn, meine Augen, meine Wangen. Er hörte auf zu nicken. »Nein, das ist keine Erklärung. Nicht bei diesem Aussehen. Kannst du dich noch erinnern: Als ich dich kennen lernte, hattest du immer Kopfschmerzen. Und manchmal schwere Migräneanfälle. Ich weiß noch genau, wie du damals immer aussahst.«

»Und? Wie sah ich aus?«

»Soll ich dir einen Spiegel holen?!«

»Du meinst …?«

Ich beendete den Satz lieber nicht. Aber er tat es, ohne Umschweife.

»Ja, Lilli, so ist es. Ich glaube, es hat wieder angefangen.«

* * *

»Na, Lilli, du hast wohl nicht gut geschlafen?« Lisa sah mit bedauerndem Blick zu, wie ich mir meine Bücherpakete auflud.

»Doch, danke, Lisa. Wir haben gestern Abend noch lange diskutiert.«

»Ach? Über was denn?«

Sie wurde schlagartig neugierig. Diese Spannung wollte ich genießen. Ich hob die Pakete an und lief los.

»Lilli, warte doch mal. Über was habt ihr diskutiert? Das hört sich interessant an. Nun sag schon.«

»Gleich, gleich.«

Erst oben, in der Abteilung für das unsägliche Taschenbuch, blieb ich stehen und stellte meine Pakete auf den Fußboden. »Du kannst ja mal raten, worüber wir geredet haben. Ich wette, du kommst nicht drauf.« Ich ließ sie noch ein paar Sekunden zappeln. Und dann: »Gut, ich sage es dir. Was hältst du davon, wenn wir beide –«

Weiter kam ich nicht. In meiner Hosentasche klingelte das Telefon. *Üb immer Treu und Redlichkeit.* Diese Melodie weckte langsam Aggressionen in mir.

»Ja, Mama?«

»Lilli, ist das wahr, was ich eben von deinem Mann gehört habe?!«

»Das kommt darauf an. Was hast du gehört?«

»Er hat mir erzählt, dass du wieder Kopfschmerzen hattest. Einen Migräne-Anfall, gestern Abend.«

»Möglich wäre das schon, Mama.«

»Möglich wäre es schon? – Was soll denn das heißen?! Hattest du oder hattest du nicht?«

»Ja, ich hatte.«

»Oh, mein Gott. Und warum sagst du mir nichts? Rufst mich an, heute Morgen, auf deinem Fahrrad – und sagst nichts davon?«

»Ich hätte es dir noch gesagt, Mama, später. Heute Nachmittag.«

»Kind, das liegt bestimmt an der vielen Arbeit in der Buchhandlung. Du gehörst ins Bett. Du musst sofort nach Hause.«

»Nein, Mama, so läuft das nicht. Eben darum erzähle ich dir nichts. Du machst dir zu viele Sorgen.«

Sie schwieg.

»Bist du noch da, Mama?«

»Ja.« Ihre Stimme klang ein ganz kleines bisschen zickig.

»Nun sei mal nicht böse, Mama. Wir sehen uns dann heute Nachmittag. Und jetzt muss ich arbeiten, ich lege jetzt auf, ja?!«

Ich trennte die Verbindung. Mein Blick fiel wieder auf Lisa. Ich hatte während der ganzen Zeit ziemlich dicht neben ihr gestanden. Wahrscheinlich hatte sie, ob sie das wollte oder nicht, jedes Wort von Mathilde gehört. Und es war auch sehr wahrscheinlich, dass sie während unseres Telefongesprächs den Kopf geschüttelt hatte, denn das tat sie jetzt immer noch.

»Sag mal, Lilli ...«

Ich hob abwehrend meine Hand.

»Gut, dann sage ich nichts. Da geht's mir genau wie dir – mir wird auch schlecht, wenn mir jemand erzählt, wie sich meine Gespräche mit meiner Mutter anhören. Aber das muss ich loswerden: Ihr beide, du und Mathilde, ihr seid immer noch ... wie ein Ei und ein Kuchen.« Sie grinste. »Nein, das ist nicht der richtige Ausdruck. Wie alter Kaugummi auf einem neuen T-Shirt – das trifft es genauer, gelle?!«

Ich brummte zerknirscht.

»So, und jetzt musst du mir sagen, worüber ihr diskutiert habt, Frank und du?«

»Wir haben darüber diskutiert, ob wir beide vielleicht ein Antiquariat eröffnen sollten. Ich und du.«

»Wie? Was?« Lisa klappte den Mund auf und schnappte nach Luft wie ein Fisch ohne Wasser. »Lilli!! Was? – Du willst ... mit mir zusammen ...?«

»Mit wem sollte ich sonst wollen?!«

»Was für eine tolle Idee! Eine richtig tolle Idee! Und was sagt Frank dazu?«

»Frank versteht, dass ich etwas Eigenes möchte.«

»Ein Wunder!«

»Er gibt uns das erste Geld. Und eine Ecke in seinem Laden.«

»In eurem Laden.«

Ich nickte. Wenn sie Recht hatte, hatte sie Recht.

»Und er mischt sich nicht ein? Er verlangt nicht, dass wir sofort schwarze Zahlen schreiben? Er versucht nicht, unser Sortiment zu optimieren?«

»Nein, das wird er alles nicht machen«, sagte plötzlich eine Stimme dicht hinter uns. Frank. In unserer Begeisterung hatten wir völlig übersehen, dass er aus seinem Büro zu uns herübergekommen war. »Zumindest nimmt er sich das ziemlich fest vor. Guten Morgen, Lisa.«

Lisa nickte. Guckte unauffällig zu mir herüber. Aber auch ich war mir nicht sicher, ob er jetzt sauer oder belustigt war.

»Eigentlich war ich gekommen, um dich zu fragen, wie es dir geht, Lilli. Was macht dein Kopf?«

Ich fiel in mich zusammen. »Was mein Kopf macht? Jetzt hörst du dich auch schon wie meine Mutter an. Wie geht's dir, Lilli? Fühlst du dich wohl? Bist du gesund?«

Er nickte. Guckte mir fest in die Augen. Ich wich seinem Blick aus.

»Du hast völlig Recht, Lilli. Das ist es ja, was ich meine. Hat sie heute schon bei dir angerufen?«

Ich schwieg.

»Einmal? Zweimal? Oder dreimal?«

Ich zog die Schultern nach oben.

»Heute Morgen hast du mit ihr telefoniert, von unterwegs, mit dem Handy. Und vor einer Viertelstunde hat sie mich angerufen, weil sie der Meinung war, deine Stimme klang so, als würdest du ihr irgendetwas verheimlichen. Über deinen Kopf oder deine Gesundheit oder irgendwelche anderen schrecklichen Dinge, von denen ich nichts verstanden habe. Völlig crazy! Wenn ich du wäre, Lilli, und wenn ich möglicherweise noch keine Kopfschmerzen hätte – davon würde ich welche kriegen.«

Ich senkte den Blick und sah auf den Boden.

»Und da wir nun schon dabei sind: Hat sie nicht eben gerade wieder angerufen? Auf deinem Handy? Keine fünf Minuten, nachdem sie mich eine Viertelstunde lang nach dir ausgefragt hatte.«

Ich guckte immer noch auf den Boden.

»Lilli! Hat sie dich eben angerufen oder nicht?«

Ich schüttelte trotzig den Kopf. »Nein, hat sie nicht.«

»Doch, hat sie«, sagte Lisa leise. »Das kannst du ruhig zugeben, Lilli. Einmal mehr oder weniger rettet bei dieser Frequenz überhaupt nichts.«

* * *

Als an diesem Abend die Zwillinge endlich in der Badewanne saßen, fühlte ich mich rostig und völlig fertig, wie der alte Lastkahn, der gestern unter unserem Fenster seinen letzten Schnaufer getan hatte. Für abgetakelte Lastkähne gab es nur noch ein Ziel auf der Welt: das abgestandene Wasser vom Zollhafen. Und für mich blieb die Taschenbuch-Abteilung in Franks Buchhandlung. Aber Frank junior und Liane waren gut gelaunt, und alles blieb friedlich. Aber noch ehe ich mit einer Tasse Tee auf meinem Sofa zusammensacken und mich am Blick über die Elbe und in den Abendhimmel erholen konnte, klingelte es an der Wohnungstür.

Frank klingelte nur, wenn er die Arme voll mit Büchertaschen oder Einkaufstüten hatte. Ich ahnte, wer draußen stand. Vorhin, als ich die Kinder bei ihr abgeholt hatte, war sie sehr schweigsam gewesen und hatte kein einziges Wort über meine Kopfschmerzen gesagt. Missmutig klappte ich die Tür auf.

Aber es war nicht Mathilde. Vor der Tür stand ein Mann. Groß, Mitte zwanzig, lange Haare, Sandalen und Strickpullover. Ich hielt die Tür fest und guckte wahrscheinlich wie die Plötze, die Liane vor zwei Tagen geangelt hatte.

»Na – dann komme ich mal rein, was?!«

Ich rührte mich nicht von der Stelle.

Er bückte sich leicht nach unten, griff sich meine rechte Hand und schüttelte sie. »Mager, Steve. Guten Abend!«

»Guten Abend, Herr Mager.«

»Gut, das hätten wir. Und jetzt? Wir können sofort anfangen, ich werde schließlich nach Stunden bezahlt.«

»Ah ja. Und womit fangen wir an?«

Ich ließ meinen Blick an ihm hinauf- und hinunterwandern.

Muskulöse Arme, breite, weiche Hände. Vielleicht war er Masseur. Oder nein ... Physiotherapeut war vielleicht das bessere Wort für das, was er möglicherweise war. Ob Mathilde den zu mir geschickt hatte? Quatsch, das war nicht ihre Art.

»Sie kommen zu meinem Mann? Der hat manchmal einen sehr verspannten Rücken. Aber er ist noch nicht da.«

Er guckte mich an, als wollte er feststellen, ob meinen Gehirnwindungen mit einer kleinen Massage zu helfen war. »Nein, Frau Lukas, eigentlich möchte ich zu Ihren Kindern. Ihr Mann hat mich gebucht. Ich bin der Babysitter für heute Abend.«

Steve Mager räkelte sich auf meinem Sofa, trank meinen Tee und genoss meinen Blick auf die Elbe, während ich mich am Telefon abmühte, um Frank zu erreichen. In der Buchhandlung ging niemand mehr ans Telefon. Ich versuchte es im Kanuclub und bei unserem Steuerberater. Frank war nirgends zu finden.

»Was mache ich denn jetzt mit Ihnen?«

»Da könnte ich mir vieles vorstellen.« Er übersah souverän mein hilfloses Grinsen. »Ach was. Nehmen Sie es locker, Frau Lukas. Wenn Ihr Mann verhindert ist, dann gehen Sie doch einfach alleine aus. Im Theater läuft heute *Aida*. Vielleicht mögen Sie so etwas?«

Ich guckte an mir hinunter. Enge Jeans und ein Twinset aus grüner Seide. Sah ich wie ein Fan von *Aida* aus?!

Er klappte seine Umhängetasche auf und zog eine Zeitung heraus. Blätterte zwischen den Seiten und fand endlich den Veranstaltungs-Service. »Darf ich Ihnen vorlesen: *Warten auf Godot* in den Kammerspielen. Im Thalia läuft heute der neue Film mit Robert Redford an. Im Kino unter der Brücke der neue Film mit Clint Eastwood. Oder stehen Sie eher auf Julia Roberts? Das wär genau das Richtige für eine Frau in Ihrem Alter: *Erin Brokovich* läuft im Vorstadtkino.« Er hielt mir die Zeitung hin.

»Danke, Sie machen entzückende Komplimente.«

Ich hatte schon Lust, mir *Erin Brokovich* anzusehen. Aber ich fühlte mich nicht wohl bei der Vorstellung, diesen Mann mit meinen Kindern alleine zu lassen. Fünf Minuten gab ich mir, um in mich hineinzuhorchen und meine Ablehnung zu überdenken. Vielleicht sollte ich wirklich ins Kino gehen? Aber wenn dann die ganze Zeit vor meinem inneren Auge ein Film über meine armen Kinder lief, die vielleicht gerade von einem sandalentragenden Babysitter ermordet wurden …

Ich schob diese Vorstellungen beiseite. Und während ich in die Küche ging, um mir nun endlich auch eine Tasse Tee zu holen, hörte ich, wie draußen die Fahrstuhltüren aufgingen. Schritte näherten sich unserer Wohnungstür.

Mathilde – nun kam sie also doch noch. Ich machte die Tür auf.

»Lilli – du bist überhaupt nicht fertig??!«

Draußen stand Lisa. Die Haare zu einem wild abstehenden Pferdeschwanz aufgekreppt. Einen riesigen apfelgrünen Ohrring im linken Ohr. Und mit einem Röckchen, dessen Saum ungefähr eine Handbreit unter ihrem Bauchnabel endete.

»Vielleicht kommst du mal rein und erklärst mir, was für ein Tag heute ist.«

Sie rauschte an mir vorbei, durch den Flur, in die Stube hinein. Ich hörte, wie sie zu Steve Mager munter Hallo sagte und dann in das andere Sofa plumpste. Ich schloss die Wohnungstür und ging in die Küche, um zwei Tassen Tee zu holen. Als ich damit in die Stube kam, saßen beide da, guckten versonnen nach draußen, hinunter über die Elbe und die Lichter vom Dom.

»Hätten Sie für mich vielleicht noch eine zweite Tasse Tee, Frau Lukas?«

Ich holte tief Atem. Lisa lachte und strahlte ihn an. »Steve, gehen Sie doch einfach selbst in die Küche und holen sich Tee. In den nächsten Stunden müssen Sie in der Wohnung von Frau Lukas auch alleine klarkommen.«

Er nickte und entschwand brav in die Küche.

»Ist er nicht süß!«, sagte Lisa verträumt, als er aus dem Zimmer war.

»Du kennst ihn?«

»Na klar doch. Er kauft bei uns seit zwei Jahren medizinische Fachbücher. Und er hat schon vier oder fünf Mal auf die Kinder von anderen Kollegen aufgepasst. Übrigens kamen danach keine Klagen. Du kannst Liane und Frank junior also ruhig mit ihm alleine lassen.«

»Gut, das wäre dann geklärt.« Ich war wirklich erleichtert.

»Und jetzt zieh dich an, Lilli.«

Ich blieb unbewegt vor ihr stehen und guckte sie an.

»Mir scheint, du bist die Einzige, die nicht weiß, dass sie heute Abend ausgehen wird.«

»So sieht es aus.«

»Hat er also vergessen, es dir zu sagen. Unser überarbeiteter Chef, das sieht ihm ähnlich. Also – ich schlage den grün schillernden samtigen Rock vor, falls du den noch hast, Lilli. Und dazu dieses orange glänzende Oberteil. Und nicht zu unauffällige Ohrringe.«

»Vielleicht tun es auch meine schwarzen Jeans, Lisa? Zum Essengehen ist der Rock viel zu vornehm.«

»Ist er nicht, Lilli. Dein Mann hatte eine grandiose Idee. Er geht mit uns heute in den Herrenkrug.«

Früher war der Herrenkrug ein großes Ausflugslokal. Es hatte immer diesen Charme der Jahrhundertwende, wenn auch mit den Jahren etwas verblichen. Die abgenutzten Dielen im Fußboden knarrten, von den dicken Holzbalken blätterte die Farbe, die Säulen aus Eisenguss, die das ausladende Dach in der Schwebe hielten, hätten dringend einen neuen Anstrich gebraucht. Aber das störte früher niemanden. Die Leute kamen in Scharen. Abends nach der Arbeit fuhren sie auf ein Bier hier heraus, und am Wochenende kamen sie mit der ganzen Familie. Quetschten sich dicht aneinander in die Straßenbahn, die aus der Stadt genau bis vor die Tür fuhr. Das war zwanzig Jahre her. Oder sogar dreißig.

Mathilde ging mit mir früher oft in den Herrenkrug. Während sie an einem der Gartentische saß, schaukelte ich auf dem Spielplatz an einem Klettergerüst. Über mir zwitscherten Vögel und irgendwo weit hinter den großen Kastanien tuteten die Ausflugsdampfer, die die Elbe herunterkamen. Mathilde kaufte mir grüne Brause. Und für sich einen Kaffee, in einer von diesen zentimeterdicken weißen Kaffeetassen, die die die Mitropa auch in den alten Eilzügen verwendete. Weil sie nie kaputtgehen konnten, nicht bei Zugunglücken und nicht bei den Saalschlachten, die damals im Herrenkrug häufig ausbrachen.

Jetzt war ich erwachsen und hier war alles anders geworden. Keine weißen Mitropa-Tassen. Das alte Fachwerkhaus war cremeweiß gestrichen, der Eisenguss restauriert. Alles schicker. Unnahbarer. Und auf eine distanzierte Weise gemütlich. In einem perfekt gestylten Raum saßen jetzt vornehme Menschen, löffelten Hechtklößchen-Suppe und ließen sich von erlesen höflichem Personal verwöhnen.

Der kleine Parkplatz lag rund um ein Rosen-Rondell. Franks BMW entdeckten wir gleich bei unserer ersten Runde. Er stand links, außen in der Reihe vor dem Clematis-Spalier. Lisa stellte ihren klitzekleinen VW drei Parklücken weiter ab. Wir gingen hinüber zum Restaurant. Eine junge Frau nahm unsere Jacken ab und begleitete uns in den Gastraum. Frank saß alleine an einem langen Esstisch, unter einem ausgewaschenen Schwemmholz, das hoch über ihm an der Decke hing und ein paar üppigen Pflanzen als Rankhilfe diente. Aus einer kleinen Stehlampe flutete dezentes Licht über den Tisch. In der Mitte stand eine voll beladene Obstschale.

Frank stand auf wie ein spanischer Kavalier und lächelte uns entgegen. »Guten Abend, Lisa. Guten Abend, Lilli. Ihr seht beide fantastisch aus. Absolut umwerfend.« Er drückte mir einen Kuss auf die Wange. Lisa blickte er tief in die Augen. »Meine Damen, kommt, setzt euch.«

Ein freundlicher junger Mann schwebte heran und nahm unsere Bestellungen auf. Zwei Minuten später kam er zurück und brachte die Aperitifs für Frank und für Lisa. Ich mag keinen Alkohol, ich bekam einen Tomatensaft, blutrot und duftend wie ein Hochsommergarten.

Wir stießen an.

»Auf deine Geschäftsidee, Lilli. Lisa – auf gute Zusammenarbeit.«

Es machte klong. Ich hatte noch zwei entspannte Minuten, in denen ich mich der Illusion hingab, wie angenehm doch diese Geschäftsessen waren, von denen Frank manchmal erst spät in der Nacht nach Hause kam. Dann kam Frank zur Sache. Knallhart und unerbittlich.

»Also, meine Damen: Ich habe mich heute sachkundig gemacht. Fünf Antiquariate gibt es in dieser Stadt. Drei von ihnen haben Spezialgebiete, bieten aber außerdem auch die ganze Breite des Sortiments an. Ein modernes Antiquariat ist dabei, und das ist das einzige, bei dem ich sicher bin, dass es gute Gewinne macht. Bei den anderen konnte ich es nicht ganz genau feststellen, meine Partner sind noch beim Recherchieren. Aber nach meinem Dafürhalten ist keines dabei, was sich nicht immer mal wieder kurz vor den roten Zahlen bewegt. Ihre Situation ist schwierig.«

Mir klappte der Mund auf. Ich setzte mich kerzengerade hin und stellte den Tomatensaft zurück auf das Tischtuch.

»Ihr müsst also eine Strategie finden, wie sich euer Antiquariat wirklich tragen kann. Ich kann es mir nicht leisten, mein Geld in ein Verlustgeschäft zu investieren, schließlich habe ich Familie.«

Ah ja. Lisa und ich schwiegen. Trotzdem: Das klang vollkommen überzeugend. Franks Sarkasmus spornte mich an.

»Wie wäre es mit einem Bereich Technik und Medizin. Da könnten wir gleich die Bücher aus unserem eigenen Bestand übernehmen, von denen es neue Auflagen gibt oder die überarbeitet worden sind.«

»Technik und Medizin gibt es schon in zwei anderen Antiquariaten als Spezialgebiete.«

»Und wie wäre es mit Kinderbüchern?«

Bereits während ich diese Frage aussprach, wusste ich, dass das Unsinn war. Kinderbücher waren schon im normalen Buchhandelsalltag nur zu Weihnachten ein wirklicher Renner.

»Muss ich dir darauf antworten, Lilli?!«

Nein, das musste er nicht. Ich starrte in meinen Tomatensaft. Das konnte doch jetzt nicht wahr sein. So kurz vor dem Ziel, eigentlich schon auf der Ziellinie, durfte einfach nichts dazwischenkommen.

Ich hätte ihn besser kennen müssen. Frank bückte sich unter den Tisch und zog dieses Buch aus seiner Aktentasche, in dem wir beide gestern Abend geblättert hatten. *Voilà! Une surprise* – wie ein richtiger Zauberer.

»Ach übrigens, Lisa, kennen Sie dieses Buch? *Wünsdorf – Waldstadt – Bücherstadt* – das müssen Sie sich unbedingt einmal ansehen.«

Lisa nahm den Bildband in die Hand und fing an zu blättern. Ihr Interesse schien mehr höflich und ein wenig gespielt zu sein. Aber dann wurde sie von Seite zu Seite interessierter und interessierter. Der Salat kam. Frank beugte sich emsig über seine Gurkenscheiben. Lisa rührte den Salat nicht an, schob ihren Teller zur Seite und blätterte weiter.

»Das sieht ja spannend aus. Irgendwie fremd und exotisch.«

»Gefällt es Ihnen auch so wie mir, Lisa?« Frank mümmelte undeutlich durch ein Salatblatt.

»Aber klar doch. Diese Bücherstadt – was für eine verrückte Idee. Gibt es so was schon irgendwo anders?«

»Eine Bücherstadt gibt es in Holland, eine in England und, ich glaube, eine auch in Amerika. Übrigens suchen sie hier in Wünsdorf noch nach Antiquaren, die sich beteiligen wollen. Es gibt eine Ausschreibung.«

»Aber das wär's doch!«

Lisa lauschte den Worten nach, die sie da eben gesagt hatte. Sie verzog den Mund, hob die Schultern. Ein wenig theatralisch, wie Tilla Durieux in ihren grandiosesten Tagen.

Ich hatte seit fünf Minuten eine kleine Tomatenscheibe auf meiner Gabel und guckte von einem zum anderen. Was lief hier eigentlich ab?

»Lilli, nun sitz nicht da wie ein Denkmal. Das müssen wir einfach machen!«

Die Tomatenscheibe platschte zurück auf meinen Teller. »Was soll denn das heißen? Was müssen wir machen, Lisa?«

»Wir eröffnen unser Antiquariat dort.«

»Du und ich, da, in Wünsdorf?! Lisa, ist dir aufgefallen, dass das nicht gerade von hier aus um die Ecke ist!«

»Aber du hast doch gehört, was unser Chef gesagt hat. Hier in der Stadt gibt es viel Konkurrenz. Und der geht es noch dazu schlecht.«

»Sag mal, willst du den Laden alleine führen? Oder soll ich abends immer zu den Zwillingen nach Hause fahren? Drei Stunden über die Autobahn?!«

»Zweieinhalb Stunden.«

»Das klingt ja viel besser. Lisa??!«

Frank saß völlig ungerührt, kaute Grünzeug und guckte von einer zur anderen. Nahm die Serviette, tupfte sich über den Mund. Und ergriff schließlich das Wort. Das Machtwort. Unser König verkündete seinem Hofstaat seine Entscheidung.

»Ich finde Lisas Idee wunderbar, Lilli. Das ist innovativ. Und es löst viele Probleme auf einmal.« Er angelte mit der Zunge nach einem Gurkenstück zwischen den Zähnen. »Und mach dir keine Sorgen, Lilli, ich kann mich um die Zwillinge kümmern. Ich kann jemanden einstellen, der mir hilft.«

Ich schnappte nach Luft. Meine Kinder. Mit Steve Mager als Mutter und Frank als Vater?

»Das kannst du vergessen! Ich verzichte auf diese Idee!«

»Nein!!!«, schrie Lisa.

»Auf keinen Fall!«, sagte Frank. Kurz und knapp.

»Lilli, das ist die Sache, die wir uns immer gewünscht haben. Gib jetzt bitte nicht auf. Wir nehmen die Zwillinge mit. Dort gibt es auch Kindergärten. Wir sind zwei Frauen, wir werden das schaffen. Und am Wochenende fahrt ihr immer nach Hause.«

Ich überlegte. »Ich könnte Mathilde bitten. Vielleicht kommt sie mit.«

Jetzt fielen Franks Tomatenscheiben auf den Teller zurück. Lisa verdrehte nicht eben unauffällig die Augen.

»Oh nein, bitte. Wir schaffen das, Lilli. Lass deine Mutter da, wo sie ist.«

Und da saß ich. Mir fiel nichts mehr ein. Ich fühlte mich wie einer dieser Igel, die platt wie Briefmarken auf den Landstraßen liegen. Keine Spur mehr von Stacheln, keine Pfoten um wegzulaufen.

»Ihr habt mich total überfahren! Was soll ich denn jetzt sagen?«

»Sag einfach nichts mehr«, bat Lisa.

»Sag: Ich denke darüber nach«, beschloss Frank.

»Aber sag nicht *Nein*. Lilli, bitte.«

Ich schloss meinen Mund.

Die Hechtklößchen-Suppe schmeckte umwerfend. Sie war der guten Bilanz des Herrenkrugs sicher sehr förderlich, um es in Franks Kategorien zu sagen, die jetzt auch meine Kategorien werden sollten. Frank schaufelte Hirschbraten und Pilze in sich hinein und plauderte dabei ununterbrochen mit Lisa. Sie waren beide so auffallend guter Laune. Ich versuchte mich zu erinnern, wer vorhin eigentlich wirklich diese Idee gehabt hatte, dass Lisa und ich nach Wünsdorf gehen sollten. War es Lisa? War es Frank? Oder waren es beide gemeinsam? Was für ein Spiel spielten die beiden da miteinander? Oder spielten sie etwa mit mir?

Na gut, warum sollte ich mir darüber Sorgen machen? Für mich kam es eigentlich nur darauf an, ob ich mich mit dieser Idee anfreunden könnte. Ganz überraschend schienen unsere Träume so greifbar nahe. Durch Franks Hilfe war uns sogar ein Kredit bei der Bank sicher. Also – wovor hatte ich Angst?

Ich schob meinen leeren Teller zur Seite. Noch ganz in Gedanken zog ich den Bildband zu mir herüber und blätterte die Seiten um. Wünsdorf war wirklich ein interessanter Ort. Diese riesige Heeres-Sportschule hatte eine seltsame Architektur. Dazu diese lang gestreckten hohen Häuser, in denen früher die Mannschaften untergebracht waren. Sie waren jetzt Sitz von Ministerien und Verwaltungsstellen geworden. Dazwischen die alten Spitzbunker, die im Krieg Schutzräume für die Zivilbevölkerung gewesen waren. Jetzt standen sie, zerstört oder unzerstört, wie riesige Zigarren aus grauem Beton zwischen den Häusern in den renovierten Wohnvierteln. Lange Mauern. Verschlossene Tore. Die restaurierten Kasernengebäude, in denen vor vier Jahren die ersten Antiquariate eröffnet worden waren. Die meisten Häuser waren bereits fertig. Alles leuchtete frisch und neu in einem beinahe freundlichen hellen Kasernen-Gelb. Ich legte das Buch wieder weg.

»Wir sollten hinfahren und uns das ansehen«, murmelte ich leise.

»Ja, das denke ich auch.«

Sagten beide, gemeinsam. Diesen Chor der antiken Tragödie kannte ich schon von Frank und Mathilde. Er bedeutete nicht jedes Mal bedingungslose Übereinstimmung. Aber dieses Mal schon. Lisa und Frank guckten sich an, schlugen die Augen nieder und blickten schweigend auf ihre Teller. Zwei Sekunden, drei Sekunden, dann prusteten sie los.

»Ich finde das gar nicht komisch. Ich quäle mich, um eine Entscheidung zu treffen …«

Sie hörten auf zu kichern.

»Und? Hast du dich schon entschieden, Lilli?«

»Mir fällt nichts ein, was dagegen spricht – so weit bin ich schon.«

Lisa fing an zu jubeln. Frank grinste, ein bisschen gönnerhaft wie ein reicher Erbonkel. – Und ich spürte plötzlich, wie meine Hände zitterten. Ein stechender Schmerz schoss von meinem Nacken nach oben in meinen Kopf und breitete sich darin aus. Wurde spitzer, heftiger, drückend. Mir wurde grün vor den Augen.

»Frank …«

»Ja, Lilli?«

Er legte sein Besteck aus der Hand und guckte mich an. Stieß Lisa seinen Ellbogen in die Seite. Lisa guckte zu mir herüber.

»Lilli, wie siehst du denn aus? Ist dir nicht gut?«

»Genau so sah sie gestern Abend aus. Ich habe es doch gesagt – es geht wieder los.«

»Nichts geht los! Könnte ich bitte ein Glas Wasser haben?!«

»Aber selbstverständlich.«

Frank winkte dem jungen Mann, der uns den Aperitif gebracht hatte. Das Glas Wasser schwebte heran. Ich trank.

»Vielleicht war es ja auch der Fisch«, sagte ich kleinlaut. »Vielleicht die Hechtklößchen-Suppe?«

»Komm mir nicht wieder mit einer Fisch-Allergie, Lilli. Nimm einfach deine Migränetabletten und schau, ob sie anschlagen.«

Er winkte ein zweites Mal. »Noch ein Glas Wasser, bitte.«

Lisa nahm meine Hand zwischen ihre Hände. »Du zitterst. Ein paar Tage bist du wieder in der Buchhandlung – und schon so überarbeitet? Lilli, du wirst doch jetzt nicht krank werden!«

Frank griff sich meine andere Hand und tätschelte sie. Jetzt hielten beide meine Handgelenke und fühlten meinen Puls, wie zwei chinesische Ärzte bei der Diagnose.

»Ein bisschen Abstand von hier wird dir nicht schaden, Lilli. Denk mal darüber nach«, mahnte Frank.

Das war das Schlusswort für diesen Abend.

* * *

Eine Stunde später saßen wir in unserer Küche. Frank hatte Melissentee gekocht. Mich hatte er fest in eine Decke gewickelt. Es war weit nach Mitternacht. Ich hatte noch immer Kopfschmerzen, aber die Migränetabletten hielten mich in einem Zustand, den ich gut ertragen konnte.

»Lilli, Lilli, wenn ich nur wüsste, was mit dir los ist. Hast du zu viel gearbeitet? Regst du dich über irgendetwas auf? Ist der Stress zu groß, diese Sache mit dem Antiquariat zu entscheiden?«

Ich schüttelte den Kopf. Trank noch einen Schluck heißen Tee.

Soweit ich mich erinnern konnte, hatte ich überhaupt nichts entschieden. Oder?

Im Flur fing das Telefon an zu klingeln. Frank zuckte zusammen.

»Das kann doch nicht wahr sein. Um diese Zeit noch!« Er guckte aufmerksam in mein Gesicht. »Oder willst du ihr jetzt erzählen, dass du wieder krank bist?«

»Vielleicht morgen. Wenn überhaupt.«

»Gut, dann lassen wir es klingeln. Wir gehen einfach nicht ran.«

»Und die Kinder? Wenn sie sie aufweckt?«

»Dann bin ich noch wütender auf sie als ohnehin schon.«

Das Telefon klingelte noch dreimal, dann hörte es auf. Wir lauschten. Es blieb ruhig im Kinderzimmer. Frank grinste.

»Da hat sie aber Glück gehabt. Hier ist noch Melissentee in der Kanne, Lilli. Willst du noch eine Tasse?«

Am nächsten Morgen rief ich sie nicht an, um den Anblick von Elbe und Dom mit ihr zu teilen. Ich schaltete mein Handy gar nicht erst ein. In der Buchhandlung ließ ich es ausgeschaltet und legte es in meinen Schrank zwischen meine Sachen. Schleppte Bücherkartons, verkaufte, nahm Bestellungen an. Aber ich hatte ständig ein Bild von Mathilde vor Augen: wie sie mit ihrem Handy im Museum stand und ununterbrochen versuchte, mich zu erreichen.

Die Buchhandlung war noch keine halbe Stunde geöffnet, da deutete Lisa hinüber zu Franks Büro. »Lilli, dein Mann … ich glaube, er will dir etwas sagen.«

Ich drehte mich um. Die Bürotür war offen, Frank stand davor, das Gesicht verbissen wie ein alter Hofhund, und winkte mir zu.

»Kommst du mal eine Minute ohne mich aus, Lisa?«

»Wenn die Minute nicht mehr als tausend Sekunden hat – dann bitte.«

Ich trabte los.

Frank trampelte von einem Fuß auf den anderen. »Lilli, diese Frau macht mich wahnsinnig. Die ersten drei Male habe ich sie abgewimmelt. Das war ziemlich unhöflich, ich weiß, entschuldige bitte. Aber sie lässt sowieso nicht locker. Und ich muss arbeiten, ich habe zwei Mitarbeiter einer Unternehmensberatung hier sitzen. Die halten mich inzwischen für den Dackel meiner Schwiegermutter oder für ihren Bettvorleger.«

Ich warf ihm einen Blick zu, von dem ich selber nicht wusste, was er bedeuten sollte. Er reagierte sofort.

»Ja, gut, was die denken oder nicht denken, das ist vielleicht auch egal. Komm, rede mit ihr. Vielleicht schaffst du, dass sie Ruhe gibt.«

Er wies mit dem Arm auf sein Büro und ließ mich vorausgehen. Ich trat ein. Auf seinem Schreibtisch lag lauernd wie eine Klapperschlange der Telefonhörer. Vor seinem Schreibtisch saßen zwei Männer, ein leichtes Lächeln zwischen den Mundwinkeln, und guckten mich erwartungsvoll an.

»Guten Morgen, meine Herren.«

Ich nahm den Hörer und wappnete mich für einen heftigen Streit. »Ja, hallo?«

»Lilli! Da bist du ja endlich. Geht es dir besser? Was war mit dir los?«

Sie klang ehrlich erleichtert. Ich guckte hinunter in die erwartungsvollen Gesichter der beiden Männer vor dem Schreibtisch.

»Eigentlich nichts«, sagte ich leise. »Eigentlich nur das Übliche.«

Sie schwieg. Zwei Sekunden, drei Sekunden, vier, fünf. Aber diese Pause reichte ihr aus, um sich vorzustellen, in was für einer Situation ich war. »Lilli, du kannst jetzt nicht sprechen?«

»Ganz genau.«

»Gut, ich weiß ja nun, dass du den Kopf wieder auf den Schultern hast. Alles andere muss ich dir heute Nachmittag erzählen. Und du bleibst doch heute in der Buchhandlung? Du bist immer da, wo viele andere Menschen sind?!«

»Ja … auf jeden Fall, ja.«

»Gut, dann bin ich beruhigt. Wir sehen uns heute Nachmittag. Mach's gut, Lilli.«

Sie legte auf. Ich legte auf. Nickte den beiden Unternehmensberatern knapp zu. »Auf Wiedersehen, meine Herren.«

Schickte Frank ein freundliches Lächeln. Und schritt an ihm vorbei, zurück in den Verkaufsraum.

* * *

Manchmal brauchen Gefühle lange, um in mir anzukommen. Ich treffe nach fünf Jahren meine beste Freundin wieder und stelle fest, dass ich mich mit ihr immer noch so gut verstehe wie früher. Oder ich darf entscheiden, ob ich eine eigene Buchhandlung haben möchte, was schon so lange mein Traum ist. – Aber ich kann mich nicht darüber freuen. Ich sehe nur noch Dinge, die dazwischenkommen werden. Finde Argumente, warum das alles eigentlich gar nicht so gut sein kann, wie es mir vorkommt. Aber irgendwann, Stunden oder sogar Tage später, spannt sich eine kleine Hängematte in meinem Bauch auf. Und darin sitzt ein kleines Wesen und fängt an zu schaukeln und zu hüpfen und meinen Bauch zu kitzeln. Dann ist es endlich so weit: Ich fange an mich zu freuen.

Dieses Mal dauerte es einen ganzen Tag, und es war beinahe schon Abend, als die Hängematte sich endlich aufspannte. Ich saß gerade auf meinem Fahrrad und fuhr über die Strombrücke und sah auf den breiten Strom hinunter. Da kam es. Schaukelte, hüpfte, kitzelte mich. Und so radelte ich hinüber über die Alte Elbe, rannte bei Mathilde die Treppen hinauf und klingelte Sturm an ihrer Wohnungstür.

»Ja doch, ja doch!«

Mathilde schob Ketten und Riegel zur Seite, die Schlüssel drehten sich in den Schlössern. Dann war die Tür endlich offen. Ich schloss Mathilde sofort in meine Arme.

»Ach, Mama!«

»Na, was ist los, Lilli. Sind die Kopfschmerzen verschwunden? Geht es dir besser?«

»Viel besser, ja, danke! Mir geht's richtig gut!«

»Das freut mich, Kind.«

Sie zog mich in die Wohnung und schloss die Tür hinter mir zu. Drei Schlösser klickten in meinem Rücken. Hatte sie das sonst auch immer so gemacht? Aber ich verschwendete keine zwei Sekunden an diesen Gedanken. Ich stiefelte hinter ihr in den Flur und von dort in die Küche. Und ununterbrochen hüpfte es in meinem Bauch auf und ab und ich redete und redete und redete.

»Du wirst es nicht glauben, Mama. Du kannst dir überhaupt nicht vorstellen, was inzwischen passiert ist. Wir beide, die Lisa und ich, wir werden … miteinander …«

Mathilde drehte den Wasserhahn auf, füllte Wasser in den Kocher und setzte es auf. Sie drehte sich zu mir um, guckte in mein Gesicht und ließ meine Worte auf sich niedersprudeln wie eine Dusche. Blass war sie heute, wirkte müde, sogar irgendwie kleiner und ein bisschen weniger gerade als sonst immer. Aber sofort, als sie sah, dass ich ihr Gesicht betrachtete, setzte sie ein strahlendes Lächeln auf.

»Nun, was ist das, was ihr beide miteinander machen werdet?«

Und ich erzählte. Mein Redeschwall wurde so heftig wie der Cracauer Wasserfall, und ich ließ jeden Gedanken, der zum Thema Antiquariat in mir war, in Mathildes Küche rauschen. Mitten hinein in meinen Redeschwall klingelte ein Telefon. Ich war sofort still, lauschte, aber dieses Mal war es nicht mein Handy. Es war das Telefon von Mathilde.

Mathildes Gesicht wurde ernst, ihre Mundwinkel rutschten herab, ihr Rücken beugte sich noch tiefer, wie bei einer alten Frau, die an Osteoporose leidet. Als Mathilde das Gespräch annahm, war ihre Stimme wieder die einer Neunzigjährigen. Ich setzte mich auf eine Kante vom Küchentisch und sah ihr staunend bei dieser Verwandlung zu.

»Ja? Bitte? Wer ist da?«

Ihr Partner am Telefon musste sich richtig anstrengen. Ich hörte ihn am anderen Ende des Telefons schreien, wie man es macht, wenn man sich mit schwerhörigen Menschen verständigen möchte und nicht Gesicht und Hände zu Hilfe nehmen kann. Ich konnte mir ein Grinsen nicht mehr verkneifen.

»Ach, du bist es. Sag das doch gleich!«

Zack, ihre Stimme war wieder ihre Stimme.

»Nein, ich hatte nur einen Frosch im Hals … nein, mir geht es wirklich gut. Warum rufst du an?«

Sie lauschte, ließ den anderen ausreden. Lächelte.

»Nein, ich kann morgen Nachmittag nicht einspringen. Auch nicht als Aufsicht im Dom, und wenn das noch so verlockend ist … Ich mache zur Zeit nur Frühdienst, weil ich auf meine Enkelkinder aufpasse …«

Sie hängte auf, lächelte mir zu. Füllte grünen Tee aus der grünen Teehaus-Tüte in die Kanne, goss das Wasser auf. »Nun erzähl endlich weiter, Lilli! Du bekommst eine eigene Abteilung?! In eurer Buchhandlung?!«

Ich öffnete den Mund und wollte gerade den nächsten Redeschwall in Mathildes Küche ergießen. Da krachte es hinten in Mathildes Schlafzimmer, ein Stuhl fiel um, die Tür wurde aufgerissen, Frank junior und Liane stürmten heraus. Liane sprang kreischend auf meinen Arm, Frank junior schmiegte sich an mich.

»Mutti, Mutti, da bist du endlich. Kommst du die Brücke angucken, die wir gebaut haben?!«

»Hallo, ihr Matrosen. Wartet, gleich komme ich. Ich will nur der Oma etwas erzählen.«

Sie blieben stehen und rührten sich nicht von der Stelle.

»In fünf Minuten komme ich zu euch, okay? Vielleicht baut ihr noch eine Eisenbahnbrücke neben eure Brücke, bis ich bei euch bin.«

»Damit du Ruhe hast, um mit Oma zu reden, ja? Den Trick kennen wir schon.«

Sie standen immer noch mitten in der Küche und überlegten, ob sie sich wirklich ins Schlafzimmer verziehen wollten, da klingelte das Telefon zum zweiten Mal. Ich behielt Liane auf dem Arm und setzte mich auf der Tischkante zurecht. Mathildes Mundwinkel rutschten herab, ihr Rücken krümmte sich.

»Ja? Bitte? Wer ist da?«

Diese Stimme war großartig. Liane zuckte zusammen, ließ meinen Hals los und drehte sich zu Mathilde um. Frank junior lehnte sich fester an mich. Als er sah, dass ich lächelte, lockerte sich sein Griff wieder. Wir standen erwartungsvoll da und sahen Mathilde zu. Aber die Stelle in ihrer Vorstellung, in der ihre Stimme wieder zurückkippte und ich loslachen konnte, diese Stelle kam dieses Mal nicht.

»Wer ist da? Wie bitte? Ich kann Sie schlecht verstehen!«

Mathildes Gesicht wurde bleich. Ein ganz kleines bisschen Panik flackerte in ihren Augen auf. Zumindest sah es für zwei, drei Sekunden so aus. Ihre Hand klammerte sich fest an die Kante des Küchentisches. Ich stand auf und schob ihr einen Küchenstuhl hin. Sie bemerkte es nicht einmal.

»Ja … Mathilde Schneider, so heiße ich …«

Ihre Augen weiteten sich. Sie guckte, als würde gerade ein Gespenst vor ihr aus dem Boden wachsen. Ich nahm sie vorsichtig bei den Schultern und drückte sie hinunter auf den Stuhl.

»Wie? … Nein … da müssen Sie mich verwechseln, mein Herr, ich bin neunzig Jahre alt!«

Frank junior und Liane drehten mir ihre Köpfe zu und guckten mich fragend an. Ich lächelte ihnen aufmunternd zu und legte den Zeigefinger an die Lippen.

»Nein, Sie sollen nicht herkommen und gucken, wie alt ich bin … Ich weiß überhaupt nicht, wovon Sie reden. Wenn Sie klingeln, rufe ich die Polizei an! Lassen Sie mich in Ruhe!«

Eine halbe Stunde später lag Mathilde gut zugedeckt auf ihrem Sofa im Wohnzimmer, hielt schon die zweite Tasse Tee in der Hand und beruhigte sich langsam. Frank junior und Liane bauten noch eine zweite Brücke durch Mathildes Schlafzimmer. Und ich stand am Fenster und sah hinunter auf den Wasserfall.

Erst als Mathildes Wangen wieder etwas rosiger waren, wagte ich es, sie nach dem Telefongespräch zu fragen.

»Frag nicht, Lilli!«

»Ich will's aber wissen!«

»Ist besser, du weißt nichts davon.«

»Wovon soll ich nichts wissen?!«

Keine Antwort.

»Hat es mit deiner Arbeit zu tun? Ist im Museum etwas nicht in Ordnung?«

Nichts. Sie schwieg, ihr Blick wanderte nach draußen. Abweisend wie eine Sphinx saß sie auf ihrem Sofa und sah aus dem Fenster. Erst als in ihrer Tasse kein Tropfen Tee mehr war und ich nicht eilfertig zu ihr kam und neuen eingoss, kehrte Mathilde mit ihren Gedanken ins Zimmer zurück.

»Ist der Tee schon alle?«

»Ja, Mama. Soll ich noch welchen machen?«

»Das wäre sehr nett, Lilli, danke. Und zur Feier des Tages könntest du uns etwas Besonderes kochen. Grünen Tee mit Ginkgoblättern. Oder mit Jostabeeren. Wir haben doch etwas zu feiern, oder?«

Während das Teewasser heiß wurde, hatte ich genügend Zeit, darüber nachzudenken, ob heute der richtige Tag war, ihr von meinem Projekt in Waldstadt zu erzählen. Ich hatte ja immer noch keine Entscheidung getroffen.

Als ich das heiße Wasser über Jostabeeren und Tee goss, beschloss ich, es für heute mit dem kleineren Teil meiner Neuigkeiten bewenden zu lassen. Ich trug die Teekanne hinüber ins Wohnzimmer. Mathilde war inzwischen wieder in die senkrechte Lage zurückgekehrt. Sie saß kerzengerade auf der vorderen Kante des Sofas, und ihr war anzusehen, dass schon diese Haltung sie einige Mühe kostete. Wie eine Verdurstende griff sie nach ihrer gefüllten Teetasse.

»Also, Lilli? Du hast es geschafft – ein eigener Buchladen?«

Ich nickte. Setzte mich ihr gegenüber auf das andere Sofa. »Es wird keine Buchhandlung sein. Es geht um ein Antiquariat.«

»Ah ja. Ein Antiquariat ist keine Konkurrenz, das ist die Auflösung des gordischen Knotens.«

»Frank hilft mir mit Kapital. Und Lisa wird meine Mitarbeiterin.«

»Wunderbar. Und an welche Lage denkst du? Am Hasselbachplatz gibt es schon ein Antiquariat, aber es gibt noch keines auf dem Altmarkt.«

Ich schwieg, guckte Mathilde an. Jetzt kam unser Gespräch in die Gewässer, die ich heute nicht so gerne befahren wollte.

»Oder wolltest du noch nichts Eigenes mieten?«

Ich schüttelte den Kopf.

»Nun, was ist denn? Wenn du für den Anfang mit einem Teil von eurer großen Buchhandlung zufrieden bist, dann könntest du erst einmal testen, wie du dich fühlst als Geschäftsfrau …«

Sie neigte den Kopf vor, sah mich wartend an. In diesem Moment erinnerte sie ein wenig an die schwerhörige Greisin, die sie vorhin so überzeugend gespielt hatte.

»Sagtest du etwas, Lilli?«

»Es gibt eine Ausschreibung. Das Antiquariat liegt in Waldstadt.«

»Wie bitte?«

Natürlich hatte sie nichts verstanden, ich hatte ziemlich zaghaft und leise gesprochen.

»Magst du noch einen Tee, Mama?«

»Also doch etwas Eigenes. Das ist sowieso besser. Du wirst vielleicht anfangs ein paar Fehler machen. Aber du kannst auch alleine für diese Fehler einstehen.«

Ich nickte langsam.

»Und wo liegt dieses Waldstadt? Ist das weit weg von hier?«

Ich nickte wieder. »Zwei …«, sagte ich leise.

»Zwei Kilometer?«

»Zwei Stunden … Fahrzeit … auf der Autobahn.«

Sie guckte in mein Gesicht. Sehr konzentriert, sehr aufmerksam. Ich sah, wie sich ihre Augen veränderten. Groß wurden, die Pupillen weiteten sich. Ihr Mund wurde schmal wie eine Mondsichel.

»Aber das geht nicht!«

Ich hatte erwartet, dass sie mir vorschlagen würde, die Kinder in ihrer Obhut zu lassen. Und dann jeden Abend nach Hause zu fahren. Oder wenigstens jeden zweiten Abend. Aber nach den Kindern fragte sie nicht.

»Lilli, das kannst du nicht machen!«

»Warum nicht?«

»Wegen einem blöden beliebigen austauschbaren Buchladen ziehst du von hier weg?!«

»Es ist ein Antiquariat, Mama.«

»Das habe ich längst verstanden. Du darfst nicht von hier weggehen! Lilli!«

Wenn ich es nun schon so weit hatte kommen lassen, dass sie alles aus mir herausfragen konnte, dann musste ich jetzt auch versuchen, sie von meinem Vorhaben zu überzeugen, und zwar restlos. Ich ignorierte das Beben in ihrer Stimme und fing einfach an.

»Es kommt etwas plötzlich für dich, das gebe ich zu. Aber für mich kam es auch überraschend. Es war meine Idee, und auch Franks Idee. Und auch Lisas. Irgendwie ist dieser Gedanke in uns allen gewachsen, beinahe gleichzeitig. Und auch du … du hast hier gesessen und hast gesagt, ich muss mir etwas einfallen lassen.«

»Nicht von hier weggehen! Bitte!«

»Und dann kam uns diese Ausschreibung in die Hand. Und Frank dachte plötzlich wieder an diesen alten Bildband. Und als wir uns den ansahen, da wurde uns klar, dass das eine ganz besondere Sache war. Und eine Herausforderung. Und irgendwie einmalig.«

»Lilli!«

Meine schönen Worte schienen bei ihr keine Wirkung zu haben. Mir fiel ein, dass ich den Bildband noch in meiner Tasche hatte. Vielleicht halfen die Aufnahmen von dieser interessanten alten Stadt und den jungen Künstlern, die dort ihre Ateliers eingerichtet hatten, um ihr meine Begeisterung verständlich zu machen. Ich stand auf, holte den Bildband aus dem Flur, legte ihn vor sie auf den Wohnzimmertisch. Noch einmal goss ich ihr Tee ein.

Sie rührte den Tee nicht an. Und sie griff auch nicht nach dem Bildband. Saß einfach nur da, guckte darauf hinunter, ließ die Arme hängen. »Bitte, du musst jetzt hier bleiben, in meiner Nähe. Du darfst nicht weggehen. Nicht jetzt!«

Immer im gleichen Tonfall wiederholte sie monoton diese Sätze. Ich sah sie dort sitzen, als würde ich von außen durchs Fenster in diese Wohnung sehen und uns beide beobachten. Das konnte doch alles nicht wahr sein. Eine fünfundfünfzig Jahre alte Mutter, die es nicht schafft, ihr dreißigjähriges Kind loszulassen. Die es auf Schritt und Tritt durch sein Leben begleiten möchte. Oder sollte ich sagen: VERFOLGEN. Solche Schrecklichkeiten gab es nur in Filmen. Oder in den Romanen, die Lisa und ich nicht mehr verkaufen wollten. Niemals hätte ich mir vorgestellt, dass Mathilde so sein könnte.

»Mama, ich bin nicht aus der Welt. Du hast ein Auto. Es sind nur zwei Stunden.«

Plötzlich ging ein Zucken durch ihren Körper. Bis eben hatte sie apathisch auf den Einband des Buches hinuntergesehen. Jetzt griff sie danach, hob es hoch, hielt es dicht vor ihre Augen, als müsste sie den Titel des Buches noch einmal ganz deutlich lesen. Sie schüttelte den Kopf. Ihre Hände zitterten. Sie las noch einmal. Sprang auf. Warf das Buch vor meine Füße. Fing an zu schreien.

»Waldstadt, ja? Du hast gesagt, es heißt Waldstadt?!«

Ich nickte. Ließ sie nicht aus den Augen, bereit, jederzeit zu ihr zu springen und sie aufzufangen.

»Du hast gesagt, es heißt Waldstadt?! Du denkst wohl, ich merke das nicht!! Das heißt Wünsdorf!« Ihre Hände zitterten immer stärker. Dann zitterten auch ihre Knie. Und dann zitterte sie am ganzen Körper. Ihr Atem ging schneller, tiefer, heftiger. Sie lehnte sich weit vornüber. Schrie noch viel lauter als eben. »Wer hat dir das eingeredet?! Wer hat dir das bloß eingeredet?! Es muss doch irgendwo mal ein Ende geben! Lilli!«

Sie konnte sich nicht mehr auf den Beinen halten. Schwankte hin und her, ihre Arme flogen herum wie bei einem epileptischen Anfall. Ich rannte hinaus in die Küche und kam mit einem Glas Wasser wieder zu ihr ins Wohnzimmer. Rannte noch einmal in die Küche, suchte nach ihrer Handtasche, fand sie nicht, rannte ins Schlafzimmer, Liane und Frank junior sahen mir erwartungsvoll entgegen, ich lief zwischen ihnen hindurch zu Mathildes Nachtschrank, fand die Handtasche, warf die Schlafzimmertür wieder hinter mir zu.

»Ich komme gleich, Kinder!«

Rannte mit der Handtasche zurück ins Wohnzimmer. Das Glas Wasser war leer. Ich reichte Mathilde die Handtasche über den Tisch, sie wühlte darin herum, bis sie die kleine Packung mit Beruhigungstabletten fand, die sie immer bei sich hatte.

»Noch ein Glas Wasser bitte!«

Ich holte es ihr. Sie schluckte die doppelte Dosis von dem Beruhigungsmittel. Dann ließ sie sich rückwärts auf ihr Sofa plumpsen, japste nach Luft und wartete darauf, dass die Wirkung eintrat.

»Mama, was ist mit dir los?«

Keine Antwort. Sie rang nach Atem.

»Ich will wissen, was los ist!«

»Nichts.«

Ihre Luft reichte kaum für dieses eine Wort.

»Wie – nichts?«

»Nichts. Gar nichts. Geht gleich vorüber.«

Ihr Atem wurde langsam ruhiger. Ganz langsam. Immer noch saß sie aufrecht, stützte sich mit den Händen an der Tischkante ab und versuchte ein- und auszuatmen.

»Lilli, ihr geht jetzt!!!«

»Mama?«

»Ich muss nachdenken!«

In meinem Nacken spürte ich plötzlich den Schmerz. Er sammelte sich zwischen meinen Schulterblättern und stieg meinen Nacken hinauf. Die sanfteren Vorzeichen des Migräne-Anfalls musste ich in der Hektik übersehen haben. »Gut, wir gehen!«

Sie hob den Kopf und guckte mich ungläubig an. Ich ging in den Flur hinaus, öffnete die Schlafzimmertür.

»Kommt, Kinder, nach Hause!«

»Und unsere Brücken? Die Eisenbahnbrücke ist auch schon fertig!«

Ich trat ins Zimmer und warf einen Blick darauf.

»Schön! Schön gebaut! Aber ganz genau kann ich sie mir morgen erst ansehen, mir geht es gerade nicht gut. Oma lässt eure Brücken bestimmt bis morgen stehen.«

»Aber, Mami, du solltest noch –«

Liane guckte in mein Gesicht, unterbrach sich mitten im Satz. Beide standen auf.

»Wir kommen schon.«

»Dann los, Schuhe anziehen. Die Jacken. Nehmt eure Brottaschen!«

Im Wohnzimmer schimpfte Mathilde. »Geh jetzt nicht, Lilli! Ich hab es nicht so gemeint! Ich muss mit dir reden!«

Der Schmerz in meinem Nacken wurde heftiger. Wenn ich vor dem Migräne-Anfall zu Hause sein wollte, musste ich mich beeilen.

»Ich rufe dich an, Mama, morgen.«

Wir klappten die Tür hinter uns zu. Liane und Frank junior gingen schweigend die Treppe hinunter. Sie hielten sich bei den Händen. Das machten sie nie. Außer wenn eine Situation ihnen unangenehm war oder wenn sie Angst hatten. Ich hielt mich am Treppengeländer fest und stapfte hinter ihnen her. Der Schmerz in meinem Kopf nahm langsam seine übliche Gestalt an.

»Au, mein Kopf. Das kann doch nicht wahr sein.«

Ein Schluck von dem Tee, der jetzt gut gewärmt auf dem Stövchen in Mathildes Wohnzimmer stand, hätte mir gut getan. Stufe für Stufe quälte ich mich hinunter. Aber zurückgehen und mich bei Mathilde ausruhen, das kam überhaupt nicht in Frage.

Im Erdgeschoss wurde die Haustür geöffnet. Jemand kam herein, schloss die Tür hinter sich. Stieg langsam die Treppe herauf. Mir fehlten noch ein paar Stufen nach unten, da begegneten wir uns. Ich nahm ihn nur ganz am Rande meines Gesichtsfeldes wahr. Ein Mann, groß, massig, kräftiges weißes Haar.

»Guten Abend.«

Ich brachte keinen Gruß mehr über die Lippen. Stieg die letzten Stufen hinab. Spürte, wie er hinter mir stehen blieb, wie er mir nachsah.

»Was ist denn los? Ist Ihnen nicht gut, junge Frau?«

»Doch. Danke.«

Meine Stimme war nur noch schwach. Ich war unten angekommen, hielt mich am Geländer fest. Er stieg wieder herunter zu mir. Fasste vorsichtig meine Schultern.

»Kommen Sie, setzen Sie sich auf die Stufen. Ich hole Ihnen ein Glas Wasser.«

Meine Gegenwehr war so schwach wie ein Lüftchen im Frühling. Ich ließ mich auf die letzte Stufe plumpsen. Frank junior und Liane standen vor mir und starrten mich an.

»Kinder, ihr bleibt hier stehen und passt auf eure Mutter auf. Kann ich mich auf euch verlassen?«

»Ja. Klar.«

Sie klangen begeistert. Dieses Spiel war für sie neu. Es gefiel ihnen. Sie streichelten meine Wangen, wie ich es bei ihnen machte, wenn ich sie trösten wollte. Dann hockten sie sich vor mir auf den Steinfußboden und beobachteten mich. Wäre ich jetzt ohnmächtig geworden und von der Stufe gekippt, hätte das Spiel ihnen sicher noch besser gefallen.

Hinter mir hörte ich, wie der Mann die Treppen nach oben stieg. Endlich klingelte er an einer Wohnungstür. Die Klingel klang wie die von Mathilde, aber wahrscheinlich klangen in diesem Haus sowieso alle Klingeln gleich. Eine Wohnungstür wurde geöffnet. Ich hörte einen Schrei. Hielt den Atem an. Für eine Sekunde stoppte das Pulsieren hinter meinen Schläfen.

Ein paar Sätze wurden gewechselt, die nicht sehr freundlich klangen. Noch einmal ein Schrei, dann wurde es still, die nächsten Sätze wurden wahrscheinlich nicht mehr im Treppenflur, sondern in der Wohnung gesprochen. Ich hatte immer noch mit mir selber zu tun, mit meiner Übelkeit, mit den Schmerzen, die mir den Atem nahmen. Aber ich hörte seine Schritte schwer und behäbig die Treppe herunterkommen. In diesem Moment drückte irgendetwas in mir auf den Alarmknopf. Ich stand auf, so schnell oder vielmehr so langsam ich aufstehen konnte.

»Kommt, Kinder, wir gehen. Zieh mich hoch, Frank. Liane, halt mir die Tür auf.«

Wir gingen hinaus. Ich nahm mein Fahrrad und stützte mich darauf. Die Kinder liefen neben mir her, Hand in Hand. Ich begann zu rennen, die Kinder rannten neben mir her, ohne zu diskutieren oder zu fragen. In neuer Bestzeit sausten wir vor bis zur Straßenecke und rannten dort um die Kurve. Und wer auch immer jetzt mit einem Glas Wasser in der Hand aus Mathildes Haustür kam und nach uns suchen wollte – wir waren für ihn unsichtbar.

* * *

Als wir an diesem Abend nach Hause kamen, ging die Sonne gerade unter. Meine Kopfschmerzen waren beinahe verschwunden und ich hatte es geschafft und zwei Stunden lang fast überhaupt nicht an Mathilde gedacht. Frank stand schon oben in der geöffneten Wohnungstür und sah uns entgegen.

»Lilli, ich habe mir Sorgen gemacht. Mathilde hat auch schon zweimal angerufen. Wo kommt ihr jetzt her?!«

»Wir waren spazieren«, sagte ich. Kurz und knapp.

»Auf den Elbwiesen«, sagte Liane und drängte an uns vorbei.

»Holz suchen und Butterstullen schmeißen«, sagte Frank junior.

»Nun ist ja alles klar. Danke.«

Frank schloss die Wohnungstür hinter uns. Er gab nie gerne zu, wenn er etwas nicht verstand. Und schon gar nicht, wenn unsere Kinder Ausdrücke benutzten, die ein Junge, der nicht von der Elbe stammt, nicht verstehen kann. Er trat dicht neben mich und flüsterte in mein Ohr. »Wieso wirft das Kind mit Butterstullen?«

Ich guckte ihm ins Gesicht. Dann platzte mein Lachen aus mir heraus wie eine Detonation. Mir wurde auf einmal klar, wie sehr sich die Stimmung bei uns zu Hause in den letzten Tagen verändert hatte. Wut, Spannungen, Ängste, Sorgen. Das Lachen war fast völlig aus unserem Alltag verschwunden.

»Ganz einfach, Frank: Er wirft flache Steine und lässt sie übers Wasser springen – das sind bei uns Butterstullen. Und jetzt hör bitte auf, mich so fürsorglich zu behandeln als wärst du meine Kindergärtnerin.«

Er klappte den Mund zu. Um seine Mundwinkel begann es zu zucken. Aber nicht so, als würde er gleich loslachen. Und ehe er vielleicht zu schreien begann, kniff ich ihm einfach in seine Hinterbacke.

»Lilli!«

Er quiekte wie ein Marzipanschwein, die Situation war gerettet. Bis eben hatte ich nicht gewusst, dass ich zu so etwas fähig war. Frank junior stand mitten im Flur und guckte mit offenem Mund seinen Vater an.

»Geht ins Kinderzimmer und zieht euch gleich aus, Kinder. Ich mache euch Badewasser. Heute gibt's Abendbrot in der Wanne.«

Sie rannten schreiend ins Kinderzimmer und schlugen die Tür hinter sich zu.

»Gut, Lilli, und ich mache uns Tee. Mit Jostabeeren. Wenn ich Mathilde richtig verstanden habe, hast du vorhin bei ihr den Feiertagstee nicht mehr getrunken.«

Nicht einmal dreißig Minuten später lagen Frank junior und Liane in ihren Betten. Ich hatte meine Migränetabletten genommen. Wir saßen auf unseren Sofas, mit Blick auf den Abendhimmel und eine tiefschwarze Elbe, in der die Lichter vom Dom versanken. Frank goss mir Tee ein und reichte die Tasse herüber.

»Tut mir Leid, Lilli. Ich bin bestimmt der Letzte, der dich mit Fürsorglichkeit verfolgen will. Mathildes Hysterie ist vielleicht ansteckend. Diese Frau erwartet ständig irgendein Unglück.«

Ich sagte gar nichts. Nahm ihm die Tasse ab und sah wieder aus dem Fenster.

»Willst du mir erzählen, warum du dich mit Mathilde gestritten hast?«

Ich schüttelte den Kopf. »Möglicherweise würde ich es dir sagen. Wenn ich es wüsste.«

»Macht sie sich Sorgen wegen deinen Kopfschmerzen?«

»Sicher. Das auch.«

»Das hat sie schon gemacht, als du noch gar keine hattest. – Vielleicht hat sie Angst davor, dass du sie nicht mehr brauchst? Dass euer Kontakt nicht mehr so intensiv ist, wenn du mit den Zwillingen die Woche über in Waldstadt bist?«

»Weiß nicht. Keine Ahnung.«

Vielleicht gingen Franks Fragen ja auch in die falsche Richtung. Vielleicht war ich die Streitsüchtige und nicht sie. Ich war unleidlich geworden, ständig hatte ich diese nervenden Kopfschmerzen. Wir schwiegen beide und sahen lange auf die Elbe hinaus.

»Ich weiß eigentlich nur eins ganz genau«, sagte ich irgendwann leise. »Ich habe mich noch niemals mit ihr gestritten. So voller Wut, voller Aggressionen wie sie heute war – das hatten wir nie.«

Frank hörte auf, über die Elbe zu gucken. Er stand von seinem Sofa auf und kam herüber zu mir. Setzte sich neben mich, nahm mich in den Arm. Und das ist etwas, was ich noch nie vertragen konnte, wenn es mir schlecht ging. Immer will ich dann hart sein wie Vulkanstein. Mir nichts anmerken lassen. Bloß nicht zeigen, dass ich verunsichert bin. Aber dann kommt jemand und fragt einfach nur freundlich und teilnahmsvoll, wie es mir denn geht. Oder Frank legt mir den Arm um die Schultern und fängt an, meinen Nacken zu streicheln. – Und dann schreie ich ihn an. Oder, und das ist noch viel schlimmer als alles andere, ich fange ganz einfach an zu weinen.

Ich schluchzte los. Schob seinen Arm von meiner Schulter herunter und wühlte mein Gesicht in die Kissen.

»Lass es einfach heraus, Lilli. Lass es fließen.«

Wie ich solche Sprüche hasse. Die machen alles nur schlimmer. Dabei war es doch schon schrecklich genug.

»Gib mir ein Taschentuch, sofort!«

Er blieb völlig ruhig, griff hinter sich und reichte mir eine ganze Packung Taschentücher. »Du musst nicht grantig werden, nur weil du weinen musst.«

Er versuchte es noch einmal und legte seinen Arm um mich. Versenkte die Hände in meine Haare, zog mich zu sich heran. Streichelte über meinen Rücken, sanft, sehr sanft. Ich roch seinen Körper. Fühlte, wie behutsam er mit mir umging. Wie gut mir das tat. Mein Rücken entspannte sich. Mein Widerstand nahm langsam ab. Er reichte mir ein zweites Taschentuch aus der Packung und ich nahm es ohne Gegenwehr aus seiner Hand.

Seine Hände glitten immer weiter über meinen Rücken. Über meine Arme. Bis hinunter zu meinem Bauch und wieder hinauf. Ich ließ mich fallen. Ließ meine Hände über seinen Rücken gleiten. Immer tiefer schob ich sie unter seinen Hosengürtel, unter den Bund seiner Unterhose. Frank zerschmolz unter meinen Händen wie Butter in der Mittagssonne. Im Flur klingelte das Telefon.

Ich zuckte zusammen. Frank setzte sich kerzengerade auf.

»Lass es klingeln!«, knurrte ich leise.

»Sie wird keine Ruhe geben.«

»Ist doch egal. Sie gibt sowieso niemals Ruhe.«

»Dann weckt sie die Kinder auf.«

Er hob meine Hände aus seiner interessanten Zone. Schob meine Arme von seinem Rücken. Das machte er langsam, sehr behutsam und rücksichtsvoll. Stand auf und ging hinaus in den Flur. Nahm den Hörer ab.

»Mathilde, was willst du?!«

Seine Stimme klang nicht so wütend, wie ich es erwartet hätte. Sie klang noch viel wütender als an allen Tagen davor.

»Natürlich weiß ich, wer dran ist. Wer ruft uns denn sonst so spät am Abend noch an?!«

Seine Stimme bebte, wie ein Heißluftballon angefüllt mit zurückgehaltenen Aggressionen. Mein Rücken zog sich zusammen. Das wollte ich alles nicht mehr hören.

»Ja, jetzt ist sie nach Hause gekommen … Doch, ihr geht's wieder besser … Nein, sie kommt nicht ans Telefon … Nein, sie hat sich gerade erst hingesetzt, um sich auszuruhen.«

Ich legte mir die Hände über die Ohren. Aber das nützte überhaupt nichts. In meinem Nacken zogen sich wieder die üblichen Schmerzen zusammen. Trotz Migränetabletten und langem Spaziergang wanderten sie zügig über den Hinterkopf bis zu meiner Stirn.

Ich atmete ruhig, tief, ruhig. Von Minute zu Minute kostete mich das mehr Mühe und gegen die Schmerzen half es eigentlich überhaupt nicht. Vielleicht würde es helfen, wenn ich ihm den Telefonhörer aus der Hand nahm und einfach auflegte?

Nein, so wollte ich das nicht. Nichts wollte ich so, wie es hier ablief. Ich verstand nicht einmal, was vor sich ging. Langsam stand ich auf.

»Nein, Mathilde, sie entscheidet alleine. Nicht du und nicht ich.«

Ich ging hinaus in den Flur. Zog meine Schuhe an.

»Mathilde, das werde ich nicht machen, nein, ihr seht euch doch morgen, wenn sie die Kinder abholt. Machen wir Schluss für heute! Schlaf gut.«

Er legte den Hörer auf. Ich griff gerade nach meiner Jacke.

»Wo willst du denn hin, Schatz?«

»Ich gehe an die frische Luft.«

»Aber du musst dich doch ausruhen!«

»Nein, muss ich nicht!«

»Du wirst mir noch krank werden. Du klappst mir zusammen.«

»Bin ich ein Klappstuhl?!«

Ich warf die Tür hinter mir zu. Und hatte sofort ein schlechtes Gewissen. Frank wollte wirklich nur freundlich sein, da war ich ganz sicher. Also noch einmal zurück, Schlüssel ins Schloss, aufschließen. Er stand direkt vor mir und nahm gerade seine Jacke vom Haken.

»Entschuldigung«, sagte ich leise. »Ich bin nicht so gut drauf. Aber du musst nicht den Notarzt rufen!«

Er streckte die Hand nach mir aus und legte sie auf meine Wange. »Soll ich doch lieber mitgehen, Lilli?«

Ich schüttelte den Kopf. »Mach dir keine Sorgen um mich. Ich setze mich nur ein bisschen ans Ufer und bin in einer Viertelstunde zurück.«

Ob das stimmte, war mir in dem Moment egal. Ich spürte, wie schon wieder diese Übelkeit in mir aufstieg. Noch ein paar Minuten Diskussion mit Frank, dann würde ich wieder auf dem Sofa landen und Minzöl schnüffeln. Also quälte ich mir ein Lächeln ab und zog die Tür noch einmal hinter mir zu. Etwas leiser als eben.

* * *

Das Haus war eines dieser wunderschönen großzügigen Gründerzeit-Häuser, die die Gegend um den Hasselbachplatz so anziehend machten. In jeder Etage des Hauses hingen zwei kleine Balkons mit geschwungenen schmiedeeisernen Gittern. Jetzt, in der Mittagszeit, standen alle Fenster offen. Die grünen Fensterläden neben jedem Fenster und jedem Balkon waren weit aufgeklappt. Weiße Gardinen bewegten sich träge im warmen Mittagswind.

Irgendwann vor ein paar Jahren war Frank einmal mitten auf dem Breiten Weg stehen geblieben, hatte hinunter zum Hasselbachplatz geschaut und geschworen, dass es hier aussah wie in den Straßen von Paris. Nur dass hier, als Sahnehäubchen gewissermaßen, auch noch ständig Straßenbahnen aus allen Richtungen kamen, einen großen Kreis über den Hasselbachplatz fuhren und wieder in alle Richtungen entschwanden.

Über der Tür des Hauses lächelte das Gesicht einer schlangenhaarigen Medusa geheimnisvoll auf den Besucher herunter. Ich drückte auf die Klingel, ein sanfter Summer ertönte. Das Treppenhaus hell, ein Fahrstuhl, ein breiter Flur, in dem zwei Rollstuhlfahrer locker ein kleines Rennen gegeneinander fahren konnten. Die Praxis war oben im zweiten Stock. Ich verzichtete darauf, den Fahrstuhl zu nehmen.

Vorne an der Eingangstür saß eine dunkelhäutige schwarzlockige Sprechstundenhilfe und brühte sich gerade einen duftenden Cappuccino auf. »Wir haben Mittagspause! Möchten Sie vielleicht auch einen Kaffee?«

Ich schüttelte den Kopf. Mir war fast noch genauso übel wie gestern Abend und überhaupt nicht nach Essen oder Trinken zumute. Sie deutete auf eine gut gepolsterte Stuhlreihe vor dem offenen Balkonfenster.

»Gibt es etwas anderes, womit ich Sie jetzt verwöhnen könnte?«

Ich schüttelte wieder den Kopf. »Ein Glas Wasser vielleicht.«

Sie brachte es mir.

»Die ersten acht Patienten heute Nachmittag sind entweder Männer oder sehr alte Damen. Ist es möglich, dass Sie überhaupt keinen Termin bei ihm haben?«

Ich nickte.

»Ich bin ein Notfall.«

»Aber Sie können doch laufen?!«

»Trotzdem. Er ist mir noch etwas schuldig.«

Sie guckte mich an, grübelte, sagte kein Wort mehr.

»Ich habe ihn immer abschreiben lassen. In Physik und in Mathe.

Da hat er überhaupt kein Land gesehen. Er wäre heute nicht hier, ohne mich.«

Jetzt hatte sie es. Sie ging zurück zu ihrem Tresen, holte die Tasse mit dem duftenden Cappuccino und drückte sie mir in die Hand. »Wenn das so ist, dann sollten Sie ihm heute seinen Kaffee servieren. Und dann werden wir sehen, ob er weiß, was sich bei einer alten Rechnung gehört.«

Ich drückte die Tür zum Sprechzimmer auf, schob mich mit der heißen Tasse in der Hand um den Türflügel und blieb stehen.

Er saß an einem modernen Schreibtisch mit Stahl und Glasplatten, lehnte sich genüsslich hintenüber und hatte die Beine so lang über den dicken Teppich gestreckt, dass mir seine Schuhsohlen entgegensahen.

Ich lachte ihn an. »Geht's dir gut, Ulrich?«

Sofort richtete er sich gerade, tastete auf dem Schreibtisch herum, bis er seine Brille gefunden hatte, und setzte sie auf. Auch schon vor zehn Jahren konnte er ohne Brille allerhöchstens unsere Rocklängen erkennen. Er blinzelte durch die dicken Kompottschüsselgläser zu mir herüber. »Suse?«

»Nö.«

»Sandra?«

»Nö. Noch ein falscher Name und ich lasse deinen Kaffee hier fallen, wo ich gerade stehe.«

Er grinste. »Schade. Ich hätte dich gerne noch ein bisschen geärgert. Dann komm her, Lilli, und setz dich. Mit deinen Wuschelhaaren kann man dich sowieso nicht verwechseln.«

Ich setzte mich ihm gegenüber und besichtigte ihn. Zum letzten Klassentreffen war ich nicht gegangen, weil die Zwillinge gerade frisch geboren waren. Beim vorletzten Klassentreffen hatte Ulrich mitten in irgendwelchen Prüfungen gesteckt. Und jetzt betrachtete ich die grauen Haare an seinen Schläfen und die kleine Stirnglatze, die er sich in den letzten zehn Jahren zugelegt hatte.

»Wenn du so etwas schon mit dreißig hast – willst du dann mit 35 komplett weiße Haare oder eine Vollglatze haben?«

»Hattest du früher auch schon so eine große Klappe, Lilli? Dann mach dich mal frei und dann werden wir sehen, was wir bei dir auf die

Mängelliste schreiben müssen. Ich hoffe, du hast noch Garantie auf deine beweglichen Teile?«

Gut, ich zog mich aus. Dabei erzählte ich ihm in Stichworten, was sich bei mir in den letzten Tagen ereignet hatte, und er schlürfte seinen heißen Cappuccino und hörte mir zu. Schließlich stand ich in Unterwäsche vor ihm, musste mich mit dem Rücken zu ihm drehen und mich nach unten beugen, bis meine Fingerspitzen den Boden berührten.

»Und jetzt richte dich auf, langsam, Wirbel für Wirbel.«

Ich machte, was er mir befohlen hatte.

»Das sieht alles sehr gut aus. Dein Rücken ist völlig gerade.«

Dann war seine Kaffeetasse leer und er stand auf und tastete meine Halswirbel, meinen Schultergürtel, meine Arme, meine Hände, meine Finger, meine Rückenwirbel, meine Füße ab. Im Stehen, nach vorne gebeugt, auf seiner Untersuchungsliege in Bauchlage und in Rückenlage. Hämmerte an meinen Reflexen und leuchtete in meine Pupillen.

»Hier gibt's nirgends etwas zu reklamieren.«

»Gut, dass du nicht Gynäkologe geworden bist, Ulrich. Wo hätte ich dann heute hingehen sollen?!«

»Aber ich fürchte, als Orthopäde werde ich dir auch nicht viel nützen. Warum bist du nicht zu einem Neurologen gegangen?«

»Weil ich keinen kenne. Und weil ich nicht zwei Wochen auf einen Termin warten kann. Ich muss jetzt wissen, was mit mir los ist.«

»Orthopädisch bist du völlig in Ordnung, Lilli. Von irgendwelchen Fehlhaltungen oder Abnutzungen kommen deine Kopfschmerzen nicht. Hattest du irgendwann einen Unfall?«

»Nein.«

»Hast du dich heftig gestoßen?«

»Nein.«

»Sag mal, du hattest doch in der Schule schon diese Probleme? Oder verwechsle ich dich da mit Isolde?!«

Ich konnte nicht anders, ich musste ihn in den Hintern kneifen.

»Au!«

»Isolde war die mit den Menstruationsproblemen.«

»Gut, dass du mich erinnerst, danke. Ich bin mit ihr verheiratet. Du hattest damals nicht nur Kopfschmerzen, du hattest regelrechte Migräne-Anfälle. Stimmt's?«

Ich nickte.

»Dann überweise ich dich jetzt zu einem Psychologen.«

»Ich habe nur Kopfschmerzen, ich bin nicht verhaltensgestört.«

»Das hat keiner behauptet. Ich gebe dir die Adresse von einer Kollegin, der man alles erzählen kann – Stress im Beruf, Stress mit dem Ehemann, Stress mit Vater und Mutter ...«

»Ich hätte lieber ein Röntgenbild, auf dem ich meinen Kopf von innen sehen kann. Oder eine Computertomographie.«

»Können wir alles machen. Trotzdem gehst du bitte zu dieser Kollegin. Isolde war auch schon da.«

»Ich habe aber keine Menstruationsprobleme. Ich will Kopfschmerztabletten, Migränetabletten ...«

»Migränezäpfchen!«

»Bitte, wenn du meinst. Ich dachte, du hilfst mir. Ich darf jetzt nicht krank werden!«

»Du *bist* krank, Lilli!«

Ich grapschte nach meinen Sachen und stieg wieder in meine Jeans, in mein Shirt, in meine Schuhe. »Ich gehe jetzt, Ulrich!«

»Bist du mit mir nicht zufrieden?«

»Wenn du meinst, dass ich Kopfschmerzen hab, weil ich Probleme mit meiner Mutter habe – solche Sprüche höre ich schon genug zu Hause, von meinem Mann.«

»Die klassische Konstellation.«

Ich riss die Tür auf. Stampfte nach draußen. Im Wartezimmer saßen ein paar übergewichtige Herren und gebeugte alte Damen auf den Stühlen vor dem Balkonfenster und guckten mich mit aufgerissenen Augen an. Vor der Tür, die nach draußen ins Treppenhaus führte, lehnte die dunkelhäutige Schönheit und hielt mir eine Hand voll Formulare entgegen.

»Damit Sie nicht ganz umsonst hier waren: Hier ist Ihr Rezept für Kopfschmerztabletten und Migränezäpfchen. Eine Überweisung zum Allergologen und eine Überweisung zum Psychologen. Dann habe ich hier noch eine Order für ein gründliches Kopfröntgen. Eine Liste der Röntgeninstitute, mit denen wir gut zusammengearbeitet haben, füge ich unaufgefordert bei. Und ob wir ein CT anordnen, das entscheidet der Herr Doktor, wenn er die Röntgenaufnahmen auswertet. Okay?«

Ich senkte den Blick, nahm ihr Zettel für Zettel aus der Hand. Es war klar, dass ich so laut geredet hatte, dass hier im Wartezimmer jedes einzelne Wort meines Streites mit Ulrich zu verstehen gewesen war.

»Danke. Tut mir Leid, wirklich.«

»Und beim nächsten Mal bringen Sie bitte Ihre Chipkarte mit, sonst müssen Sie all diese kostspieligen Dinge am Ende noch selber bezahlen.«

Ich nickte einsichtig.

»Vielleicht möchten Sie jetzt einen Cappuccino? Ich mache Ihnen gerne einen. So wie Sie drauf sind, sollten Sie besser nicht in Ihr Auto steigen.«

Ich schüttelte den Kopf und gab mir Mühe, dabei einigermaßen sanft auszusehen. »Ich habe kein Auto, ich fahre nur Fahrrad.«

»Da bin ich wirklich erleichtert.« Sie versuchte ein aufmunterndes Lächeln, rückte zur Seite und gab die Tür für mich frei.

* * *

Ziemlich genau zwei Monate später ließ ich den Motor an. Wir saßen im Fahrerhaus eines kleinen Lastwagens, auf der Straße vor unserem Hochhaus. Auf den Panoramablick über die Elbe würde ich für die nächsten Monate gerne verzichten. Die heiße Julisonne heizte unser Autodach. Der Geruch nach Brackwasser und Seetang zog durch die offenen Wagenfenster. Die Kinder hinter uns auf der Ruhebank waren schon nach den ersten fünf Minuten in dieser Hitze träge und schläfrig.

Lisa ordnete unsere Papiere in einer kleinen Tasche auf ihren Knien, zum dritten Mal hintereinander. Ich guckte sie an.

»Na? Kann es losgehen?«

»Klar, Lilli. Los geht's!«

Ich legte den Gang ein. Gab Gas, ließ die Kupplung kommen. Das war bei diesem Laster ein richtig starkes Gefühl. Noch dazu, weil ich mit diesem Laster *meine* Sachen transportierte. Für *meinen* Umzug und für *mein* Antiquariat. Ich musste mich manchmal kneifen, um zu wissen, ob ich die letzten Wochen wirklich erlebt hatte. Lisa und ich, wir beide hatten wirklich alles geschafft. Lisa war nach Wünsdorf gefahren, hatte die Räume besichtigt, mit der Kreisverwaltung verhandelt, die Ladeneinrichtung bestellt, eine Wohnung gemietet und für alle Anträge, die wir zu stellen hatten, die Formulare besorgt. Ich hatte während dieser Zeit alleine unsere Taschenbuchabteilung geführt und mit dem Ankauf von Büchern begonnen. Mathilde hatte sich weiter jeden Nachmittag um die Kinder gekümmert, jedenfalls in den ersten Wochen. Vor unserem ganz großen Streit.

Als Lisa zurückkam aus Wünsdorf, hatte sie die Taschenbuchabteilung übernommen. Ich hatte mich um die Anträge gekümmert, die sie mitgebracht hatte, war zu den Banken gegangen, zum Steuerberater, zum Wirtschaftsamt. Von da an waren wir beide zu Wohnungsauflösungen gefahren oder zu alten Leuten, die sich auf unsere Annoncen gemeldet hatten. Ende Juni war unser Bestand groß genug. Wir hatten den Grundstein für unser erstes Sortiment. Geschichte, Medizin, Technik. Und Kinderbücher, natürlich.

Ich ließ die Kupplung kommen und gab Gas. Frank stand in der Haustür und winkte.

»Tschüß, Kinder!«

»Tschüß, Papa. Mach's gut. Sei nicht traurig ohne uns.«

Wir rollten hinaus auf die Straße. Hinter mir wechselten drei oder vier Autos auf die Überholspur, um mir Platz zu machen. Sogar ein Mercedes war dabei. Dieser Laster war super. Ich gab Gas, schob ein paar Lieder von Bruce Springsteen in den Recorder und fing an mitzusingen. Frank junior und Liane kannten den Text schon lange.

Driving home she grabs something to eat
Turns a corner and drives down her street
Into a row of houses she just melts away
Like the scenery in another man's play
sang Springsteen. Und wir sangen mit.

Kurz vor Michendorf löste Lisa mich beim Fahren ab. Ich lehnte mich zurück in die weichen Polster des Beifahrersitzes, zog meine Schuhe aus und legte die Füße hoch. Kühle Luft umströmte meine Beine. Springsteen sang immer noch. Die Kinder wühlten sich in die Kissen und schliefen ein. Keiner verlangte mehr nach einer Raststätte, kalter Cola oder Pommes. Nun war endlich Ruhe und wir kamen unserem Ziel näher und näher.

Gegen vier oder fünf Uhr am Nachmittag fuhren wir in Wünsdorf ein. Wünsdorf war das alte Dorf, das Zentrum, um das herum damals vor achtzig Jahren die Militärstadt errichtet worden war. Und diese Stadt, mit Casinos, Mannschaftsunterkünften, Verwaltungsgebäuden und Offiziersvillen hatte man später Waldstadt genannt. Und zwar erst in den neunziger Jahren, als die russische Armee abzog und das Gelände wieder öffentlich zugänglich war. Es war auch klar zu sehen, warum sie diesen Namen gewählt hatten. Die kleine Stadt lag mitten in einem Wald aus hohen Kiefern und dürren Akazien. Wie an einem Lineal entlang führte die Bundesstraße von Zossen mitten durch diese Stadt in den Wäldern hindurch.

Auch wir fuhren durch die duftenden Akazien. Immer wieder tauchten auf beiden Seiten Wohngebiete auf oder Wegweiser. *Zur Bücherstadt. Zur Grundschule. Zum Bahnhof. Zur Landesregierung.*

»Na, Lilli, drehen wir noch eine kleine Besichtigungsrunde?«

Ich nickte. »Wacht auf, Kinder. Wir sind da. Gleich fahren wir an dem Haus vorbei, in dem unsere Wohnung ist.«

Lisa blinkte nach links und wir fuhren in ein Wohngebiet. Viele lang gestreckte, einzeln stehende Häuser. Alle frisch renoviert und in freundlichem Sonnengelb angestrichen. Zwei Etagen, darüber ausgebaute Dachgeschosse. Breite Balkons, von denen Geranien und blaue Männertreu hingen. Hohe Kiefern spendeten Schatten. Der Boden war grasbewachsen und hügelig, als wäre die Stadt wirklich aus dem Waldboden herausgewachsen. Es gab keine Gartenzäune, keine Vorgärten. Alles sah ruhig aus, entspannt und sympathisch. Nur dieses freundliche Sonnengelb ging mir mehr und mehr auf die Nerven. Beim Anblick dieser Farbe war mir immer schon mulmig geworden, zu meinen Jeans hatte ich kein einziges Mal ein Shirt in dieser Farbe getragen. Wenn ich so etwas anprobierte, revoltierte mein Magen. Und das war jetzt nicht anders.

»Lisa sagt, wir wohnen in einem Haus mit einer Ecke?«

Liane rieb sich den Schlaf aus den Augen. Frank junior hatte während unserer Runde durch das Wohngebiet auf der hinteren Bank gesessen und sich umgesehen, ohne ein Wort zu sagen.

»Nicht *mit* einer Ecke, sondern *an* einer Ecke.«

Wie immer ging er alles ruhig und sachlich an.

»Wir fahren gleich dran vorbei. Da vorne ist es.«

Frank junior kroch zu uns nach vorne. Liane drückte ihr Gesicht an die Seitenscheibe.

»Da ist ja ein Spielplatz!«

Na bitte, den Spielplatz hatten sie gleich entdeckt. Darauf hatte Lisa beim Aussuchen der Wohnung geachtet. Der Kindergarten war weit entfernt, aber das würde ich mit meinem Fahrrad mühelos schaffen. Und wenn in den nächsten Wochen Lisa ihr Auto nach Waldstadt holte, hatten wir sowieso keine Probleme mehr mit dem Einkaufen oder mit dem Kindergarten. Nicht einmal bei wochenlangem Landregen.

»Und jetzt in die Bücherstadt?«

Lisa schaltete den Blinker ein. Die Bücherstadt lag nur zwei Querstraßen von unserer Wohnung entfernt. Ein mausgraues Lenin-Denkmal, dessen angeschlagene Ohren gipsweiß über die Straße leuchteten, hatte den Arm zur Begrüßung erhoben. Ein altes Offizierskasino, grau und heruntergekommen, die Fensterhöhlen mit Brettern vernagelt. Dann die Häuser, in denen die Antiquariate untergebracht waren. Gelb und freundlich, spitze Dächer, hohe Giebel, breite Schaufensterfronten. Wir hielten vor unserem Laden.

Unser Laden! Lisa hatte ihn mir so oft beschrieben. Ich drehte die Scheibe herunter und genoss diesen Anblick. Jetzt die Bücherkartons ausladen, die seit Lisas letztem Transport dazugekommen waren. Dann nach Hause, in unsere neue Wohnung. Badewanne und Abendbrot für die Kinder machen. Möbel aufstellen und Kisten auspacken.

Aber es kam nicht so, wie ich es mir vorgestellt hatte. Noch während ich saß und den Ausblick auf den Laden genoss, spürte ich, wie der Schmerz kam. Tief von unten über meinen Rücken, über meinen Nacken nach oben.

»Lisa …?«

Lisa war bereits ausgestiegen. Gerade eben hob sie Frank junior aus dem Laster. Liane stand schon vor unserem Schaufenster und drückte ihr Gesicht an die Scheibe, um hineinzuspähen. Ich rief noch einmal.

»Lisa …!«

Sie drehte den Kopf und guckte zu mir herüber. »Lilli? Du siehst ja so blass aus?!«

Ich nickte.

»Ich dachte, das hättest du inzwischen wunderbar unter Kontrolle?!«

Sie setzte Frank junior auf dem Boden ab, kam um den Laster herum und öffnete meine Tür. »Schön tief Luft holen. Du wirst mir doch nicht ohnmächtig werden und aus dem Auto kippen?«

Ich schüttelte den Kopf. Lisa wühlte in meiner Tasche. Ich sah ihr zu, vor lauter Druck in meinem Kopf völlig teilnahmslos.

»Hast du keine Topfen, keine Tabletten? Lilli, ich kann hier nichts finden!«

Ich war nicht in der Lage, ihr behilflich zu sein. Mir war nur noch übel. In meinem Kopf pulsierte und drückte es, drückte, drückte …

»Hier sind ja die Dinger, in der Seitentasche. Ist es in Ordnung, wenn ich dir zwei davon gebe?«

Ich schüttelte schwach den Kopf.

»Eine? – Hier steht es ja: Bei Bedarf eine Tablette mit viel Flüssigkeit unzerkaut schlucken. – Okay, das machen wir jetzt.«

Wir machten es also. Wir schluckten die Tablette und tranken viel Flüssigkeit. Dann drehte Lisa die Scheibe auf meiner Seite ganz herunter, damit mir die Luft nicht knapp werden konnte, und schlug die Autotür zu.

»Bleib sitzen, Lilli. Ich lade nur schnell die Kisten aus. Und dann fahren wir nach Hause.«

Lisa hob die Kisten von der Ladefläche und schleppte eine nach der anderen in den Laden. Ich guckte vom Fahrerhaus dabei zu. Den Kopf nach hinten an die Polster gelehnt. Ich konnte es nicht verhindern: Mir liefen die Tränen über die Wangen. Zum ersten Mal wollte ich mir meinen Laden ansehen – und schon hatte ich wieder eine Krankenschwester nötig. Und ließ Lisa die ganze Arbeit alleine machen. War etwas nicht in Ordnung mit meinem Traum vom Selbständig-Sein?

* * *

Nicht einmal eine Stunde später lag ich in einem freundlichen hellen Zimmer. In einer Wohnung, von der ich noch nicht viel mehr als dieses eine Zimmer kannte. Auf einer Futon-Matte, die Lisa alleine vom Laster gehoben und alleine nach oben geschleppt hatte. Die Balkontür stand offen. Ein warmer Wind, der nach Sand und Kiefernharz duftete, wehte herein. Im Zimmer nebenan spielten die Kinder.

»Mach dir keine Gedanken, Lilli. Ich esse mit ihnen Abendbrot und bringe sie ins Bett. Du bleibst einfach liegen.«

»Bin ich froh, dass du das für mich tust.«

»Ich mag deine Mäuse. Sehr sogar.«

Draußen im Flur krachte etwas zu Boden. Scherben klirrten. Lisa stand auf und ging völlig ruhig aus dem Zimmer. Ich hörte, wie sie kurz mit Liane und mit Frank junior sprach. Dann kam sie zurück, eine flauschige Wolldecke auf dem Arm.

»Das waren nur die Suppenteller. Bleib bitte liegen. Ruh dich aus.« Sie breitete die Decke über mich, stopfte die Ränder um mich herum fest und setzte sich neben mich auf die Matte. »Wenn wir hier alles am Laufen haben – vielleicht solltest du dann endlich zu einem Spezialisten gehen. Eine komplette Diagnostik machen lassen. So wie jetzt geht's doch nicht weiter.«

Ich kuschelte mich in die Decke. Es fing an, mir besser zu gehen. »Aber ich war doch beim Spezialisten. Alle Untersuchungen sind gemacht.«

Sie guckte mich skeptisch an. »Und? Was hat der gefunden?«

»Nichts! – Seine Sprechstundenhilfe hat gesagt, sie hat schon Fälle erlebt, da haben die Frauen sich ihre langen Haare abgeschnitten, und dann wurde es besser.«

»Na, dann mach doch!«

»Was glaubst du, was Frank dazu sagen würde?«

»Madonna mia?«

»Genau. Und Mathilde erst. Die mit ihrem Dürer und ihrem Rosenkranzfest. Ich hatte schon immer ganz lange Haare.«

»Hat sie sich eigentlich wieder beruhigt nach eurem herzhaften Streit?«

»Überhaupt nicht. Erst hat sie mich angebettelt, dass ich nicht weggehen soll. Dann hat sie mich angeschrien. In den letzten drei Wochen haben wir kein Wort mehr miteinander geredet.«

Lisa schüttelte den Kopf, überlegte. »Dann lass deine Wuschelhaare halt dran, wechsle den Arzt und schick deine Mutter zum Psychiater. Und jetzt kannst du ganz ruhig schlafen. Denk nicht mehr an sie, mach die Augen zu, Lilli!«

Sie zog mir die Wolldecke hoch bis an mein Kinn. Streichelte kurz meine Schulter und ging aus dem Zimmer. Ich hörte, wie sie nebenan mit den Kindern sprach. Ihre Stimme klang fröhlich und locker.

»He, Fränki, roll mal die Matte aus. Los, Liane, du nimmst die andere Seite. Jetzt wird es hier richtig gemütlich.«

Die Kinder stöhnten und ächzten. Ich konnte sogar durch die Wand hören, wie sie sich anstrengen mussten, um ihre Schlafmatten und ihre Bettdecken in die richtige Position zu bringen. Und wie sie dabei glücklich und zufrieden lachten.

Ich ließ meinen Kopf in die Kissen sinken und entspannte mich langsam. Und während ich einschlief, ging mir noch ein allerletzter Gedanke durch den Kopf. Was für seltsame Dinge hatte Mathilde in den letzten Wochen zu mir gesagt? Sie hatte sich völlig verändert. Begann bei ihr der Alzheimer, vor dem sie so große Angst hatte? Aber sie war nicht vergesslich. Manchmal war sie aggressiv, manchmal weinerlich. Manchmal schwankte sie zwischen angestrengter Freundlichkeit und plötzlichem Verstörtsein. Vielleicht hatte sich bei ihr eine Schraube gelockert? Aber gab es das auch schon mit fünfundfünfzig? Wie würde das weitergehen, in fünf Jahren, in zehn Jahren? Diesen Gedanken wollte ich lieber nicht weiter denken. Jedenfalls nicht heute Abend.

* * *

Ich träume niemals. Frank sagte immer, es gibt keine Menschen, die überhaupt nicht träumen. Es gibt aber Menschen, bei denen verwischen sich morgens mit dem Aufwachen alle Erinnerungen an die Erlebnisse und Erfahrungen, die sie nachts gemacht haben. Gut, hatte ich immer gedacht, einer von diesen Menschen bin ich. Und damit konnte ich leben.

In dieser Nacht änderte sich das. Ich saß in der Straßenbahn.

Niemand saß neben mir, ich war ganz alleine im Waggon. Die Straßenbahn fuhr und ich sah aus dem Fenster, auf die grauen alten Häuser, auf die breiten Straßen. Die letzten Mietshäuser ratterten an mir vorüber, Bäume, Blumenrabatten, eine lange Allee. Und ich wusste noch immer nicht, dass ich träumte. Dann die Wendeschleife. Wir waren angekommen am Herrenkrug. Überall unterwegs war das Gras grün gewesen, hingen Blätter an den Bäumen, die Sonne schien. Hier nicht. Die Kastanienbäume waren kahl. Der Himmel darüber war grau, schwer, voller Schnee. Die Straßenbahn hielt, die Türen öffneten sich. Ich stieg aus. In dem Moment, als ich meinen Fuß in den Schnee setzte, begann ich zu ahnen, dass das hier ein Traum war.

Ich stapfte hinüber zum Herrenkrug. Aus dem Schnee heraus ragten die weißen Gartenstühle, die schon seit hundert Jahren hier standen. Das Restaurant war geschlossen. Mir war kalt. Schneeflocken rieselten auf mein Gesicht. Kein Mensch war zu sehen. Ganz weit hinten am Musikpavillon hoppelte ein Hase vorüber. Seine Pfoten drückten tiefe Spuren in den Schnee. Und plötzlich hatte ich Angst. Richtige heftige Angst. Mein Herz fing an zu rasen. Ich sah mich um, aber da war nichts, wovor ich mich fürchten müsste. Und trotzdem: Mein Herz raste und raste und raste. Ich schrie.

Üb immer Treu und Redlichkeit! … Üb immer Treu und Redlichkeit … Ein leises Glockenspiel erklang, mitten hinein in den Schnee, direkt neben meinem Ohr. Woher kannte ich dieses Lied? *Bis an dein kühles Grab … Und weiche keinen Finger breit …* Ich schlug die Augen auf. Um mich herum war es dunkel. Nicht eiskalt, aber so finster, wie es in unserer Wohnung an der Elbe noch niemals war. *Üb immer Treu und Redlichkeit …* Schon wieder diese seltsamen Töne. Ich wusste, dass der Schnee verschwinden würde, weil er aus einem Traum war. Aber ich kam nicht darauf, wo ich war. Mir fiel nur ein, was dort so piepsig vor sich hin klingelte. Mein Handy. Es war mitten in der Nacht und ich hatte klamme Finger und eiskalte Füße, aber ich schaffte es, das Handy zu finden, und drückte auf den richtigen Knopf.

»Ja? Hallo?«

Nichts. Schweigen.

»Wer ist denn da?«

Jemand atmete ein, schwer und tief. Atmete langsam aus. Das klang nicht nach einem lustigen Telefonstreich um Mitternacht, sondern nach einem verzwickten Problem am anderen Ende der Leitung. Das machte mich munter.

»Wenn Sie mich angerufen haben, um mir etwas zu sagen, dann sollten Sie das jetzt tun!«

Was für ein kluger Satz. Der Atem auf der anderen Seite der Leitung wurde davon nicht weniger heftig.

»Also?«

Nichts. Mir blieb genug Zeit, um zu überlegen, ob das vielleicht der Atem von Mathilde war, den ich dort hörte. Aber würde sie mich mitten in der Nacht anrufen, wenn sie in den letzten drei Wochen kein einziges Wort mit mir geredet hatte? Oder Frank? Vielleicht wollte er hören, ob wir heil und gesund in Waldstadt angekommen oder stattdessen in der Unfallchirurgie eines Krankenhauses gelandet waren? Nein, Frank würde bestimmt nicht ins Telefon atmen und überhaupt nichts sagen. Noch dazu um diese Zeit. Es war einfach zu spät für einen Scherz.

»Nun, was machen wir jetzt? Ich zähle langsam bis zehn und Sie haben die Möglichkeit, etwas zu sagen. In Ordnung? Und wenn Sie nichts sagen – bei Zehn lege ich auf.«

Schweigen. Völlige Stille.

»Eins, zwei, drei …«

Der Atem setzte wieder ein. Ich glaubte sogar, ganz kurz nur den Ansatz eines Wortes zu hören. Eine Männerstimme, tief, sonor, kräftig.

»… fünf, sechs, sieben …«

Der Atem wurde schneller. Der Mann am anderen Ende der Leitung begann zu brummen. Das klang überhaupt nicht komisch. Irgendwie wütend, nach einer ungeheuren zurückgehaltenen Kraft.

»… acht, neun, zehn.«

Und tschüß, das war's. Ich drückte den Knopf, um die Verbindung zu trennen. Er hatte kein Wort gesagt, aber ich hatte trotzdem das Gefühl, als ginge von ihm etwas Bedrohliches und Gefährliches aus. Mich fröstelte immer noch. Mein ganzer Körper fühlte sich eiskalt an. Ich zog Lisas Kuscheldecke fester um mich. Wollte ich etwa anfangen, mich zu fürchten? Der Typ stand doch nicht vor der Wohnungstür.

Nebenan schlief Lisa – ich war nicht alleine. Langsam beruhigte ich mich. Versuchte, nicht mehr an diesen Menschen zu denken. Doch, halt, eine Frage kam mir noch in den Sinn. Dieser Typ hatte keine Nummer gewählt, die einfach im Telefonbuch stand. Woher, zum Kuckuck, hatte der Mann die Nummer von meinem Handy?

* * *

Der nächste Morgen war sonnig. Meine Balkontür stand offen. Die Vorhänge fehlten noch, die jetzt im Morgenwind hätten wehen und leise rascheln können. Aber auch ohne Tüllromantik sah dieses Sonnenlicht hinter den Fensterscheiben ziemlich vielversprechend aus.

Ich streckte wohlig meine Arme aus, meine Beine. Bewegte langsam und vorsichtig meinen Kopf. Nichts. Kein Schmerz mehr. Alles klar.

Ich wälzte mich aus dem Bett und drehte die erste Runde durch unsere neue Wohnung. Lisa bewohnte ein großes Zimmer mit Ausblick auf einen Luftschutzbunker. Frank junior und Liane hatten das Zimmer in der Mitte zwischen uns. Mein Zimmer war nicht so groß wie das von Lisa, dafür hatte ich den Balkon. Das Bad und die Küche teilten wir uns. Wir hatten sowieso vor, gemeinsam einzukaufen und zu kochen. Das hatten wir uns seit unserer Lehrzeit in der Buchhandlung gewünscht. Nur das Wort Wohngemeinschaft hatte damals bei uns in der Stadt noch niemand erfunden.

Gut, jetzt hatten wir unsere WG. Im Flur türmten sich noch unsere Umzugskartons, aber beim nächsten Regenwetter würden Frank junior und Liane hier eine prima Piste zum Rollern haben. Selbst dann, wenn wir noch einen Garderobenständer und ein paar Bücherregale aufstellen müssten. Die Tür zur Küche stand offen. Eine moosgrüne Anbauküche. In der Ecke waren die Kartons mit dem Esstisch aus Kiefernholz und den Sitzbänken aufgestapelt, die wir zusammen im Ikea-Katalog ausgesucht hatten. Daneben Kisten mit unseren Töpfen und Tellern. Blumentöpfe mit Petersilie und Rosmarin. Der große Korb mit unserem Frühstück für heute Morgen. Eine Tischdecke und ein paar Kissen für ein gemütliches Picknick auf dem Fußboden.

Ich lehnte mich gegen den Türrahmen. Ließ mich langsam mit dem

Rücken daran herunterrutschen. Ein Kribbeln und Prickeln breiteten sich in meinem Bauch aus. Dass ich lange brauchte, bis die Freude in meinem Inneren ankam, stimmte nicht mehr. Nicht heute Morgen. Die Hängematte spannte sich auf, mitten in meinem Bauch. Sie war viel zu klein, um mein riesiges Glück in sich aufzunehmen.

An diesem Vormittag hatte ich Schonzeit. Lisa lud nach dem Frühstück meine Zwillinge auf die Rückbank vom Lastauto. Ich durfte auf dem Beifahrersitz thronen wie eine Millionärsgattin und gar nichts machen. Zuerst brachte Lisa mich in die Gutenberg-Straße. Vor dem Antiquariat hielt sie, ich stieg aus und Lisa fuhr weiter. Danach wollte sie Liane und Frank junior im Kindergarten abgeben. Die beiden waren inzwischen zwar ziemlich geübt und fanden, dass es ganz okay war, jeden Tag in den Kindergarten zu gehen, zu spielen, seinen Spaß zu haben. Aber auch erfahrene alte Hasen vergießen manchmal noch eine Träne, wenn der Kindergarten neu für sie ist. Also wollte Lisa auf jeden Fall bei ihnen bleiben, bis sie sich ganz bestimmt wohl fühlten. Und zum Schluss musste der Laster zurück zur Mietwagen-Firma gebracht werden. Lisa hatte mein Fahrrad hinten auf der Ladefläche und konnte von dort aus zurück nach Waldstadt radeln. Fünfundzwanzig Kilometer über Landstraßen und Waldwege. Ich beneidete sie um jeden einzelnen Meter. Aber ich hatte ja auch etwas, worauf ich mich freute.

Ich zog die Ladenschlüssel aus meiner Handtasche. Langsam und vorsichtig, so als würde ich einen Korb mit rohen Eiern auf meinem Kopf balancieren, ging ich über den breiten Fußweg bis zur Ladentür. Aber nichts passierte, keine Kopfschmerzen, keine Migräne. Gleich beim ersten Versuch zog ich den richtigen Schlüssel aus dem großen Schlüsselbund. Der Geruch alter Bücher schlug mir entgegen, vermischt mit einem süßlichen schweren Duft, den ich nicht einordnen konnte. Unsere Ladenklingel erklang. Barocke Glocken, mehrstimmig, tiefe und hohe Töne, wie die Glocken einer Kleinstadtkirche. Ich blieb stehen und lauschte. Frau Brömme mit dem engelsweißen Lockenkopf hatte mich in Mathildes Hausflur angesprochen und ich hatte ihr von unserem Traum von der eigenen Buchhandlung und von unserem Antiquariat in der Bücherstadt erzählt. Sie hatte mich sofort in ihre Wohnung geholt, hatte mir eine große Kiste mit alten Büchern verkauft. Und ganz zum Schluss hatte sie die Ladenglocke aus ihrem Kleiderschrank geholt. Früher hatte sie in ihrer Bäckerei über der Tür gehangen. Jetzt sollte sie mir Glück bringen. Lisa hatte die Glocke inzwischen über unserer Ladentür anbringen lassen. Und nun läutete sie und tönte. So schön hatte ich mir ihren Klang nicht vorgestellt. Ich machte die Tür auf und wieder zu und öffnete sie noch einmal, um sie immer wieder zu hören.

So, und nun Tür zu und an die Arbeit. Ich guckte mich um. Ein lang gestreckter Raum, eine lange Fensterfront. An der Rückwand zwei schmale Durchgänge in einen zweiten Raum. Schwere Bücherkisten waren überall übereinander gestapelt. Vor einigen Wänden standen auch schon die hellen Bücherregale, die Lisa bestellt hatte. Auf einem der Kistenstapel unser Telefon. Links vor der Fensterfront war eine richtige Ladentheke. So breit und lang, dass sie jedem Saloon in Texas zur Ehre gereicht hätte. Und jetzt sah ich, was ich außer den alten Büchern die ganze Zeit über gerochen hatte. Mitten auf dieser Ladentheke stand in einem alten Steintopf zum Einlegen von sauren Gurken ein riesiger Strauß weißer Levkojen.

Es war schon Mittag und mein Magen begann gerade zu knurren, als vor der Tür die Bremsen von einem Fahrrad quietschten. Von meinem Fahrrad. Lisa donnerte das Rad gegen die Schaufensterscheibe und spazierte herein in den Laden. Glücklich nach drei Stunden Fahrradfahren.

»Na, Lilli, geht es dir besser?! Ist dein Kopf wieder in Ordnung?!«

»Völlig in Ordnung. – Wie kommst du darauf?«

»Weil du so viel geschafft hast. Du hast Kisten ausgepackt wie ein Transportarbeiter.«

»Oder wie eine Antiquarin.«

Sie holte Luft, um mir zu antworten. Guckte mir ins Gesicht und fing an zu lachen. »Antiquarin – bei dir hört sich das an wie ein Adelstitel.«

»Vorne mit Anti. Das klingt nicht eben vornehm zurückhaltend.«

»Stimmt auch wieder. Aber weil du fleißig warst, habe ich dir eine China-Pfanne aus dem Imbiss in Zossen mitgebracht.«

Sie öffnete ihren Rucksack und ein würziger Duft breitete sich im Laden aus. Ich stürzte mich auf Tofu und Mungosprossen. Lisa ließ sich auf eine Bücherkiste fallen und sah mir beim Essen zu.

»Übrigens, Lisa: Vielen Dank für die Blumen.«

»Das Gleiche wollte ich zu dir sagen. – Die Levkojen sind schön. Aber die sind nicht von mir.«

»Ach?«

Wir sprangen beide auf, hechteten gleichzeitig hinüber zur Ladentheke und wühlten zwischen den Stängeln nach einer Karte mit einem Glückwunsch zur Geschäftseröffnung. Aber da war nichts.

»Schade.«

»Wirklich schade. Ich weiß immer gerne, wer mich liebt und mir Blumen schickt.«

»Wer uns liebt und uns Blumen schickt«, korrigierte ich.

Lisa nickte. Ich beugte mich wieder über meine Sprossen. Lisa ging ins Hinterzimmer und hob die nächste Bücherkiste vom nächsten hohen Stapel herunter. Zehn Minuten später machte auch ich wieder das, was wir beide wahrscheinlich noch tagelang machen würden. Wir packten Bücher aus.

Gegen zwei Uhr am Nachmittag setzte sich unsere Ladenklingel in Bewegung. Ich richtete mich auf, stellte den Bildband, den ich gerade gesäubert hatte, oben ins Technik-Regal.

»Oh, eine schöne Ladenglocke!«

»Das Geschenk einer alten Dame.«

Lisa war schneller im vorderen Ladenraum als ich. Sie stand da und lächelte freundlich. Überfreundlich. In der Ladentür stand ein Mann. Irgendwo zwischen fünfzig und hundert. Nach hinten gekämmte graue Haare, Halbglatze, eckige schwarze Heiner-Müller-Brille vor den auffallend wachen Augen, glatt rasiert. Das Sakko, das er über seinem blumigen Hemd trug, umspielte leger seinen kugelförmigen Bauch. Er balancierte ein kleines silbernes Tablett in beiden Händen. Auf dem Tablett standen Tassen, eine kleine Kanne, ein Stövchen.

»Ich dachte, nach so vielen Stunden Kartons auspacken ist Ihnen nach etwas anderem zumute.«

Er trippelte hinüber zu unserer Saloon-Theke und stellte das Tablett darauf ab. Begann die Tassen auf die Untertassen zu stellen. Die Teekanne auf das Stövchen. Zündete die Kerze darin an.

»Wir haben hier eine erstklassige russische Teestube. Und der nette junge Kollege dort hat gesagt, Herr Müller, nehmen Sie Grünen Chinesen, der bringt die Kräfte zurück wie der junge Morgen. Und das haben wir alle nötig, oder?«

Er stellte weiter die Utensilien für unseren gemeinsamen Nachmittagstee auf, als würde er seit zwanzig Jahren zur Teestunde bei uns erscheinen. Ich stand immer noch in der Tür zum hinteren Ladenraum und starrte ihn an.

»Mögen Sie keinen Tee, junge Frau?«

Ich lachte. Ging auf ihn zu.

»Oh, Verzeihung, meine Damen, Sie werden entschuldigen ... Ich habe mich noch nicht vorgestellt. – Gustav Müller vom Brandenburgischen Geschichtsantiquariat.«

Er nickte erst Lisa, dann mir zu und fing an Tee einzugießen. Lisa sprang nach hinten, holte den einzigen richtigen Stuhl, den wir hatten, und stellte ihn für Gustav Müller neben unserer Theke auf. Ich nahm die Tasse, die er mir hinhielt, aus seiner Hand.

»Herzlichen Dank für Ihren netten Empfang. Ich bin Lilli. Und das ist Lisa.«

Auch Lisa nahm ihre Tasse und nickte artig.

»Lisa und Lilli. Das klingt nicht nach Büchern – das klingt wie ein Blumenladen.«

Jetzt lächelten wir beide. Wie zwei kleine Mädchen, die Besuch von ihrem alten Großonkel haben. Und wenn sie schön artig sind, kauft er ihnen später ein großes Eis. Wir lächelten, lächelten und ließen uns erschöpft auf zwei leere Bücherkisten fallen. Der Grüne Chinese schmeckte wunderbar. Lisa nahm ein paar zarte Schlückchen, richtete sich auf ihrer Kiste auf und strahlte ihn an.

»Ihr Tee ist super, Herr Müller. Genau wie Ihre wunderschönen Blumen. Die überduften sogar diesen Modergeruch von den alten Büchern.«

Er guckte sich um. Sah auf die Blumen, als würde er sie jetzt erst wahrnehmen. Die Blumen der Damenwelt waren ihm eindeutig näher als duftende Pflanzen in einem Gurkentopf. Er schüttelte den Kopf.

»Nein, Irrtum, die Blumen sind nicht von mir. Außerdem bin ich der Meinung, dass alte Bücher niemals nach Moder riechen. Wenn überhaupt, dann verströmen sie den Geruch von Historie, von großen Ereignissen und bewegten Jahren. Dabei fällt mir ein: Kennen Sie schon unser Städtchen? Ist Ihnen aufgefallen, dass die Straße, die hierher führt, schnurgerade wie mit einem Lineal gezogen ist? Straßen, die so gebaut sind, merkt man an, dass sie nicht über die Jahrhunderte hinweg gewachsen sind. Hier wurde nicht aus einem kleinen Weg zwischen zwei Äckern irgendwann eine kleine Landstraße. Einfach weil viele Menschen diesen Weg benutzten, weil sie irgendwann auch mit Pferd und Wagen darüber fuhren, weil sie später diesen Weg befestigten und Alleebäume an seinen Rändern pflanzten. Die Straße, die hierher führt, wurde auf einem militärischen Reißbrett geplant.«

Ich guckte zu Lisa. Die stellte ihre Tasse aus der Hand und starrte Gustav Müller an. Er sah von ihr zu mir und von mir zu ihr, grinste.

»Sie kennen noch nicht unsere Sehenswürdigkeiten? Unsere Attraktionen?«

Wir schüttelten brav die Köpfe. »Wir sind gestern Abend erst angekommen. Und seitdem packen wir Kisten aus.«

»Dann wird es Zeit für eine kleine Stadtrundfahrt. Über jedes Haus kann ich Ihnen Geschichten erzählen. Über das alte Wünsdorf, die Kaserne, die Dörfer rundum. Sobald Sie Zeit haben, bitte. Ich führe leidenschaftlich gerne. Und zuallererst sollten wir natürlich tief in die Erde steigen und uns den Bunker ansehen.«

Das klang spannend. Wir richteten uns auf, guckten ihn neugierig an. »Bunker? Was denn für ein Bunker, Herr Müller?«

Er genoss unsere Aufmerksamkeit und wuchs unter unseren bewundernden Blicken Zentimeter um Zentimeter. »Sie kennen nicht Bunker Zeppelin?! Den Heeres-Fernmeldebunker der Deutschen Wehrmacht. 26 Meter tief in die Erde gebaut. Zwei Stockwerke nach unten und ein Kellergeschoss. Das ist sehenswert, und auch fühlenswert, Sie werden sich wie eingesargt fühlen unter drei Meter dicken Betondecken. Bombensicher.«

Das klang immer interessanter, nach Abenteuer und Entdeckungsreisen. Wir waren hingerissen von jedem seiner Worte.

»Und diesen Bunker kann man sich jetzt ansehen?«

»Eigentlich nicht. 41 Jahre lang durfte kein Zivilist dort hinein. Und auch jetzt nur, wenn Führungen sind. Aber ich habe natürlich einen Schlüssel, ganz heimlich. Wenn Sie dort unten stehen, dann können Sie feststellen, wie Moder wirklich riecht. Da fault die grüne Ölfarbe von den Wänden. Das Kellergeschoss steht komplett unter Wasser, das Untergeschoss ist auch noch nicht trocken gelegt. Sie werden begeistert sein, meine Damen. Passt es Ihnen heute nach Feierabend?«

Vielleicht war es der Grüne Chinese. Keine Ahnung. Es kam so plötzlich wie ein Wasserrohrbruch. Und genauso heftig. Noch zehn Sekunden, und ich würde kaum noch die Augen offen halten können. Aber dieses Mal war ich vorbereitet. Ich startete durch, holte meine Tasche aus dem Hinterzimmer, wühlte meine Tabletten heraus.

»Natürlich kommen wir mit. Wir müssen uns nur überlegen, was wir mit den Kindern machen, während wir unten in diesem Bunker sind. Nicht wahr, Lilli?!«

Lisa guckte mich an. Es wurde still im Raum. Jetzt starrten beide mich an.

»Lilli ...?«

Ich schluckte eine Tablette, wie gestern. Gustav Müller assistierte sofort, nahm meine Teetasse und rannte damit zum Wasserhahn. Ich war brav und trank drei volle Tassen Wasser. Jetzt musste ich nur noch dreißig Minuten warten, dann würde es mir wieder besser gehen.

»Was hat sie, um Himmels willen?«

»Eigentlich ist es mittlerweile eine ausgewachsene Migräne. Und die hat sie nicht erst seit heute, sondern seit Wochen. Manchmal ist sie völlig verschwunden. Und dann plötzlich ...«

»Soll ich Sie vielleicht zu einem Arzt bringen. Ich kenne da einen erstklassigen, der sein Fach wirklich versteht.«

Ich schüttelte heftig den Kopf. Noch mehr Röntgenaufnahmen, noch eine Computertomographie. Wozu sollte das gut sein.

»Ich werde jetzt auf mein Fahrrad steigen und langsam nach Hause fahren. In Ordnung?«

»Und ich hole die Mäuse vom Kindergarten. Auch in Ordnung?«

»Ja, danke.«

»Wenn ich mir eine Bemerkung erlauben darf: Ich habe ein Auto. Und solange Gustav Müller ein Auto bedienen kann, muss keine Dame nach Hause radeln. Noch dazu, wenn sie ihren Kopf schon fast unter dem Arm trägt.«

»Sie kennen Lilli nicht. Wenn Lilli radeln will, dann radelt sie. Aber wenn Sie so freundlich wären, mir bei den Kindern behilflich zu sein?«

* * *

Ich schwang mich aufs Rad. Natürlich fuhr ich nicht nach Hause zu meiner Schlafmatte. Mein Kopf brummte, meine Schläfen drückten. Aber Lisa hatte mir fünfundzwanzig Kilometer Radfahren voraus. Ich trat in die Pedalen. Fuhr aus dem Innenhof zwischen den Antiquariaten, einmal links um die Ecke und noch einmal links abgebogen, dann stand vor mir ein Schild: *Zu den Bunkeranlagen.* Zu diesen muffeligen Kellergewölben wollte ich ganz bestimmt nicht. Aber hier gab es keine Elbe, keinen Wasserfall, keine Brücken. Wohin sollte ich bloß fahren?

Ich rollte am grüßenden Lenin vorbei, kreuzte zwischen den Wohnhäusern durch ein paar Straßen. Kinder spielten zwischen geparkten Autos, Frauen schoben langsam ihre Kinderwagen. Das Einzige, was heute noch darauf hinwies, dass diese Siedlung damals für die Familien von Offizieren und für den großen Krieg gebaut worden war, waren die Luftschutzbunker. Sie standen mitten zwischen den Häusern, wie ich es schon auf den Fotos im Bildband gesehen hatte.

Neben der Reißbrettstraße gab es einen breiten Radweg, auf dem ich noch schneller als auf der Strombrücke vorwärts kam. Ich fuhr zwischen den duftenden Akazien entlang, im Schatten schmaler hoher Kiefern. Meine Kopfschmerzen wurden schwächer. Es dauerte keine fünf Minuten, dann passierte ich schon das Ortsschild von Zossen. Gleich dahinter parkte ein kleiner schwarzer VW am Straßenrand, in dessen Rückfenster eine Radarfalle stand. Drei oder viel Mal zuckten rote Blitze über die Straße, während ich in die Stadt hineinfuhr.

Flache Einfamilienhäuser in gepflegten kleinen Gärten, ein großer Platz, eine Ampelkreuzung. Dann stand ich am Marktplatz. Ein rotes Backsteinrathaus, eine sonnengelb gestrichene Kirche, eine zitronengelb gestrichene Post. Vor dem Postamt zwei Reihen parkender Autos, ich hatte Mühe, einen Weg für mein Fahrrad zu finden. Ein Taxi wendete in einer Parklücke und versperrte mir in zwanzig Metern Entfernung die Durchfahrt. Und noch während ich überlegte, ob ich rechts oder besser links daran vorbeifahren sollte, kamen ein Mann und eine Frau aus der Post und öffneten die Tür des Taxis. Die Frau war Mathilde.

Es ging alles sehr schnell. Ich bremste und blieb hinter den parkenden Autos stehen. Der Mann hielt die Tür des Taxis geöffnet und ließ Mathilde einsteigen. Heute hatte sie ihr rehbraunes Kleid an. Aber bis ich das alles ganz genau betrachtet hatte, sah ich nur noch ihren Kopf mit den aufgesteckten Haaren durch das Rückfenster, dann saß der Mann neben ihr, die Tür wurde zugeschlagen, das Taxi fuhr los.

Ich sah ihm nach. Nein, das war nicht Mathilde. Warum sollte sie nach Zossen kommen und mit einem Taxi durch die Straßen fahren? Warum sollte ich gerade im richtigen Augenblick an der richtigen Stelle sein, um sie zu sehen? Aber ich litt doch nicht an Halluzinationen! Also bitte, wenn es nicht Mathilde war, die in dem Taxi dort vorne gerade auf die Hauptstraße auffuhr, dann sollte sie mir das selber sagen. Ich zog mein Handy aus der Tasche und wählte ihre Telefonnummer. Der Ruf ging raus, ich ließ es lange klingeln. Aber sie nahm nicht ab. Und ihr Handy? Es war mir nicht angenehm, sie irgendwo unterwegs anzurufen, wenn sie gerade beim Einkaufen war oder noch zwischen ihren Sandsteinfiguren im Museum stand. Vielleicht müsste ich mir eine Entschuldigung abringen, da zwischen uns in den letzten Wochen alles so schief gelaufen war. Aber wenn sie gerade in einem Taxi durch Zossen fuhr, dann wollte ich das wissen. Ich wählte die Nummer ihres Handys. Auch hier ging der Ruf raus. Leise ertönte das Rufzeichen. Ein riesiger Laster fuhr vorüber. Seine Karosserie schepperte. Unter meinen Füßen vibrierte der Boden. Ich presste des Handy fest an mein Ohr. Aber als der Laster vorbei war und auf der Straße nur der übliche Lärm blieb, erklang der leise Rufton in meinem Ohr immer noch.

Als Lisa an diesem Abend die Kuscheldecke um mich legte, schüttelte sie missmutig den Kopf. »Wir hatten hier so viel vor. Und jetzt bist du schon wieder krank. Ist dir eigentlich klar, was du alles versäumst?«

»Klar ist mir das klar. Was soll ich dagegen machen?«

»Keine Ahnung. Mir fällt nur der Arzt ein, den Gustav Müller dir heute empfohlen hat, und den willst du ja nicht. Aber ich würde das gerne verstehen: Gestern hast du stundenlang diesen Laster gesteuert. Über die Autobahn, auf die Raststätte, wieder zurück auf die Autobahn, wieder runter auf einen Parkplatz. Und nebenbei hast du völlig locker deine Kinder gemanagt – keine Cola ins Auto schütten und keine Schokolade auf die Sitze schmieren und und und. Da hatte ich Kopfschmerzen, weil mir das viel zu viel Stress war. Aber dir ging es gut. Und dann auf einmal …«

Ich zog langsam die Schultern nach oben, schüttelte den Kopf. »Weißt du, dass ich heute Mathilde in Zossen gesehen habe?«

Lisa guckte mich an, zog die Augenbrauen nach oben.

»Doch, glaub mir, es war mitten auf dem Marktplatz, bei heller Nachmittagssonne.«

»Und was sagt sie, warum sie in Zossen ist? Und wann kommt sie uns besuchen?«

»Sie sagt gar nichts. Es ging alles so schnell. Sie stieg in das Taxi und das Taxi fuhr los. Ich konnte sie gar nichts fragen. Sie hat mich nicht mal gesehen.«

»Vielleicht haben die Tabletten, die du ständig einnimmst, starke Nebenwirkungen? Pass auf dich auf, Lilli, vielleicht beeinträchtigen sie die Fahrtauglichkeit?«

Wir guckten uns an. Wenn ich richtig bei mir gewesen wäre, wäre mir auf so viel Unverschämtheit sicher eine flotte Antwort eingefallen. An diesem Tag reagierte ich ziemlich kläglich.

»Lisa – ich würde dir gerne die Stelle als Krankenschwester bei mir anbieten. Aber die ist schon besetzt. Die hat Frank.«

»Macht nichts, Lilli, dann nehme ich die Stelle als Kindergärtnerin.« Lisa kicherte.

Ich schloss erschöpft die Augen. »Ich wusste nicht, dass ich jetzt auch schon so etwas brauche.«

»Peinlich, peinlich. Ich meine natürlich, ich werde Kindergärtnerin bei deinen Kindern.«

»Wie konnte ich nur denken, dass du dir um mich Sorgen machst.«

»Richtig, Lilli – kein Mensch sorgt sich um dich. Und jetzt schlaf. Frank junior und Liane tun das schon lange. Da fahre ich schnell mal zum Laden. Gustav Müller wollte dort auf mich warten. Vielleicht machen wir heute Abend die erste Stadtrundfahrt.«

* * *

Ich hatte keine Ahnung, wie lange ich schon geschlafen hatte. Ich wusste auch nicht, warum ich plötzlich hellwach war. Das Abendlicht flutete durch die geöffnete Balkontür. Es war still in der Wohnung. Die Kinder schliefen und Lisa war noch nicht nach Hause gekommen. *Üb immer Treu und Redlichkeit* trällerte mein Handy neben meinem Kopfkissen. Ah ja, das war es also, was mich geweckt hatte.

»Ja, hallo, wer ist da?!«

Eine halbe Sekunde später bereute ich, das Gespräch überhaupt angenommen zu haben. Sein Atem war heute noch viel heftiger als beim ersten Mal.

»Wird es bei Ihnen jetzt zur Gewohnheit, mich nachts mal kurz anzurufen?!«

Schweigen. Atmen. Zögern. Luft anhalten. Ausatmen. Begleitet von einem leisen Schnaufen. Der Typ schien ein ziemliches Schwergewicht zu sein.

»Sagen Sie mal, haben Sie Asthma?«

Sein Atem stockte. Er hielt tatsächlich die Luft an. Zwei, drei Sekunden, dann atmete er weiter.

»Oder haben Sie einfach nur Übergewicht? Sie hören sich nach gut einem halben Zentner zu viel an.«

Dieses Mal begann sein Atem zu springen. Preschte vorwärts, stockte, ballte sich zusammen und explodierte. Ich hatte fast den Eindruck, er würde lachen.

»Hallo, Lilli!«

Sein erstes Wort. Diese Stimme klang mindestens dreißig Jahre zu alt für jemanden, der Telefonstreiche macht. Kräftig, tief, brummig. Ein wenig belegt, wie bei einem Raucher. Oder bei einem, der jeden Abend mit ein paar Gläsern Whisky beschließt.

»Mädel, du bist mir vielleicht ein Früchtchen geworden!«

Er lachte wirklich. Irgendetwas war so komisch für ihn, dass er überhaupt nicht mehr damit aufhören konnte. Jetzt hielt ich den Atem an.

»Na, meine Kleine, haben dir die Levkojen gefallen?«

Ich saß da, sperrte den Mund auf und schnappte nach Luft.

»Hat es dir die Sprache verschlagen?«

»Nein … nein … eigentlich nicht.«

Doch, es hatte mir die Sprache verschlagen. Wie, zum Geier, kam dieser Mensch an den Schlüssel zu meinem Laden? Wer ließ so einen Typen zu mir herein? Ohne mich um Erlaubnis zu fragen!

»Wenn Sie schon so weit sind, dass Sie mir Blumen schenken – dann könnten Sie mir doch auch Ihren Namen sagen. Oder?«

Er atmete ein, und ich glaube, er wollte mir wirklich eine Antwort geben. Aber irgendwo neben ihm wurde plötzlich eine Tür geöffnet. Eine Frau begann zu reden. Schritte, die sehr schnell näher kamen.

»Ich rufe später wieder an!«

Sagte er leise und legte sanft den Hörer auf. Als wollte er sich dafür entschuldigen, dass er unser interessantes Gespräch so abrupt beenden musste.

Ich kam nicht dazu, lange darüber nachzudenken. In dem Moment, als ich das Handy neben meinem Kopfkissen ablegen wollte, klingelte es zum zweiten Mal. Ich drückte die Taste und stellte die Verbindung her.

»So fix habe ich Ihren Anruf nicht erwartet.«

»Wie bitte? Was?«

Die Stimme von Mathilde. Völlig aufgelöst.

»Lilli, bist du das?«

»Aber ja doch, Mama.«

»Ich bin es, Lilli, hörst du?!«

»Schön, dass du anrufst. Schön, deine Stimme mal wieder zu hören.«

»Störe ich? Hast du schon geschlafen?«

»Du störst überhaupt nicht.«

»Ich habe es nicht mehr ausgehalten! Ich muss wissen, ob es dir gut geht.«

»Mir geht es gut. Manchmal habe ich Kopfschmerzen, aber nicht so heftig. Und wie geht es dir?«

»Mir? Mir? Ich wünschte, du wärst hier. Dann würde es mir gut gehen.«

»Mama, das haben wir so oft besprochen.«

Ich zögerte. Sie klang so erschöpft, abgehetzt.

»Sag mal, weißt du, dass ich schon in Waldstadt bin?«

Sie atmete tief, brummte irgendetwas Unverständliches.

»Mama?«

Eine Sekunde verging, eine zweite, eine dritte und vierte Sekunde. Lange Denk- und Schweigezeiten gab es bei ihr jetzt immer häufiger. Sie atmete aus, schwieg. Ich hörte, wie der Deckel einer Teekanne klapperte, der Tee gluckste beim Eingießen. Sie trank einen Schluck.

»Natürlich weiß ich, dass du dort bist. – Du bist dort und du wirst dort bleiben. Ich kenne deinen Dickkopf. Und genau deshalb rufe ich dich an.«

Ah ja. Gleich würde ein Satz kommen wie: Ich bin sowieso schon in Zossen, morgen früh um fünf stehe ich mit frischen Brötchen auf der Matte. Oder: Mach mal die Tür auf, ich bin schon da.

»Solange du in Wünsdorf bist, kann ich nichts für dich tun.« Ihre Stimme klang immer noch schrecklich erschöpft, jetzt wurde sie leiser und leiser. »Ich kann dort nicht hinkommen. Aber es gibt jemanden, der jetzt für dich da ist.«

Ich schwieg, hörte ihr zu. Das Bild der Frau im rehbraunen Kleid, die auf dem Marktplatz ins Taxi stieg, zog gerade noch einmal vor meinen Augen vorbei. Sie war nicht allein gewesen. Da war noch jemand, ein Mann. Zu dumm, auf diesen Mann hatte ich überhaupt nicht geachtet.

»Lilli, bist du noch da?«

»Ja, Mama, ja.«

»Halt mich bitte nicht für verkalkt, wenn du nicht verstehst, wovon ich rede. Er wird es dir erklären. Das hoffe ich jedenfalls. Und wenn du das nächste Mal hier bist, dann komm bitte … bitte …«

»Natürlich werde ich zu dir kommen … Mama?«

Sie schwieg.

»Ich verstehe aber wirklich nichts von dem, was du sagst. Wer soll hier für mich da sein? Ich habe Lisa, und wenn es mal richtig heftig wird, habe ich Frank.«

»Ach, Lilli. Du brauchst Hilfe! Und du brauchst Schutz. Wir beide brauchen … das kannst du nicht verstehen, weil … Er wird … sich melden … und dann …«

»Mama, was soll denn das alles bedeuten?«

Es kam keine Antwort mehr. Eine Sekunde verging, zwei, vier, zehn

Sekunden. Ganz leise hörte ich ihren Atem, der manchmal stockte. Vielleicht weinte sie.

»Das … muss … muss aufhören … Lilli …«

Jetzt konnte sie gar nicht mehr sprechen. Sie schniefte und schluchzte.

»Mama? Geht's wieder, Mama?«

»Ich … rufe … morgen … an.«

Ein Klicken. Sie hatte die Verbindung getrennt. Langsam nahm ich das Handy von meinem Ohr. An diesem Tag passierten ziemlich viele Dinge, die ich irgendwie nicht verstand.

* * *

Am nächsten Nachmittag, als Gustav Müller Teetassen und Stövchen wieder auf das silberne Serviertablett räumte, hatten wir viel geschafft. Wir hatten Bücherkisten ausgeräumt, viel mehr, als unser gesamtes Tagespensum erfordert hätte. Wir hatten eine wunderbare Teestunde mit Gustav Müller verbracht. Und ich hatte nicht vergessen, meine Migränetabletten einzunehmen, noch bevor die Schmerzen wieder begannen.

»Einen schönen Nachmittag wünsche ich, meine Damen!« Gustav Müller hatte die Türklinke schon in der Hand.

»Ach, Gustav … ob Sie mir heute vielleicht noch einmal behilflich sein könnten?«

Gustav blieb stehen. Lisa zog blitzschnell ihre Sandalen an, die sie beim Kistenauspacken und Leiterbesteigen gestört hatten.

»Lilli, hättest du etwas dagegen?«

Ich blickte auf. »Wogegen sollte ich etwas haben?«

»Dagegen, dass ich heute wieder die Mäuse aus der Kita abhole?!«

»Überhaupt nicht. Mir machst du eine Freude damit.«

»Und mir auch! Ist schon komisch – eigentlich mag ich Kinder am liebsten, wenn sie sich ein Buch bei mir kaufen. Dann kann ich mit ihnen fünf Minuten über *Harry Potter* diskutieren oder über die *Drei kleinen Schweinchen.* Aber danach sollen sie ruhig wieder gehen. Und jetzt deine Kinder – wenn ich wüsste, dass meine eigenen Exemplare auch so gut gelingen würden, würde ich mir noch welche anschaffen.«

Ich grinste. Gustav Müller senkte schnell seinen Kopf. Ich hätte gerne gesehen, welche Gemütsregung er da vor uns verstecken wollte.

Dann gingen die beiden. Ich packte meine Tasche, schloss unsere Ladentür zu. Schwang mich aufs Fahrrad. Eine geschenkte halbe Stunde. In der auf den erstklassigen Radwegen von Waldstadt eine ordentliche Entfernung zurückzulegen war.

Als Lisa mit den Zwillingen nach Hause kam, hatte ich schon das Abendessen vorbereitet. Wir machten immer noch Picknick auf dem Fußboden im Balkonzimmer. Lisa und ich hatten beide schon einen Anlauf hinter uns, aber den Küchentisch zusammenzubauen war keiner von uns gelungen.

Ich hockte auf dem Fußboden und legte Radieschen und Salatblätter auf jeden Teller. Unsere Wohnungstür flog auf, Liane und Frank junior stürmten in den Flur, rasten durch alle Zimmer, bis sie mich gefunden hatten.

»Hey, Mutti. Das ist doch total blöd hier!«

»Hallo, Liane. Hallo Frank. Wieso ist es blöd? War es nicht schön im Kindergarten?«

»Die sind ja so lahm. Die gehen überhaupt nie an die Elbe.«

»Ach?«

»Und die spielen nur mit Eichen.«

»Mit Eicheln«, verbesserte Frank junior.

»Vielleicht liegt das daran, dass es hier keine Elbe gibt. Hier gibt's überhaupt keinen Fluss.«

Sie hoben die Köpfe und guckten mich an. »Nein? Was gibt es denn sonst hier?«

»Einen See, der ziemlich groß ist. Und viele kleine Seen und unheimlich viel Sand. Man kann hier mit dem Fahrrad fahren, im See baden, angeln oder mit Steinen spielen oder eben mit Eicheln.«

»Und Schiffe gibt's auch nicht?« Frank junior starrte mich an und schüttelte den Kopf wie früher mein alter Mathelehrer, wenn ich Ulrich die Rechenwege zugeflüstert hatte, während der an der Tafel stand und ein Integral herleiten musste.

Nur Liane hatte noch gar nichts verstanden. »Und wo ist hier eine Brücke? Und Strand? Und ein Schiffshebewerk?«

Frank junior schüttelte schon wieder den Kopf, dieses Mal nicht über mich. »Du bist heute dumm, Liane. Und du hast immer nur schlechte Laune.«

Liane ließ sich auf das Fußende meiner Schlafmatte fallen. Schloss kurz die Augen. Ich bemerkte, dass ihr Gesicht gerötet war. Trotzdem sah sie irgendwie blass aus. Ich fasste unter ihr Kinn und drehte sanft ihren Kopf. Hinter dem Ohr breitete sich ein großer roter Ausschlag aus. Ich guckte zu Lisa hinüber, die im Türrahmen stand und sich gerade die Sandalen von den Füßen streifte.

»Sag mal, Lisa, siehst du auch, was ich sehe?«

»Sie kratzt sich. Sie kratzen sich beide. Ob es Läuse gibt in diesem Kindergarten? Oder Flöhe?«

Ich schüttelte den Kopf. Zog Liane zu mir heran. Tastete mit den Fingerspitzen. Die Lymphknoten an ihrem Hals waren geschwollen. Die unter den Armen ebenfalls. Auch an ihrem Hals und an ihren Armen breitete sich dieser fleckige rote Ausschlag aus.

»Ich glaube, jetzt ist es vorbei mit meiner Selbständigkeit!«

Lisa ließ ihre Sandalen fallen und guckte mich an. »Wie meinst du das, Lilli?«

Ich zog jetzt auch Frank junior auf meine Knie und untersuchte ihn genauer. Seine Augen waren gerötet und ein wenig geschwollen, als hätte er Heuschnupfen. Auf seinem Arm waren rote Flecken. Und hinter seinen Ohren. Eben diese typischen roten Flecken. Er hob die Hand, um sich dort zu kratzen.

»Ich glaube, Lisa, das sind die Masern.«

»Nein! Nicht jetzt, bitte!!«

»Doch. In den letzten Tagen hatte ich manchmal das Gefühl, dass die beiden erkältet sind. Ein bisschen Husten, Halsschmerzen, bisschen Schnupfen.«

»Und das sollen Masern sein?«

»So können sie anfangen.«

»Das geht aber nicht! So nimmt sie doch morgen früh der Kindergarten nicht!«

»Stimmt.«

»Aber du willst morgen zum Landratsamt. Und zur Bank. Und ich muss Kartons auspacken.«

Ich nickte. »Stimmt auch.«

»Ja. Und? Was sollen wir denn jetzt machen?«

»Nichts. Gar nichts. *Rien ne va plus.* Masern sind eben Masern.«

»Und unsere Eröffnung? Bis dahin ist es nicht mal mehr eine Woche …«

»Die können wir erst mal vergessen.«

»Das kommt überhaupt nicht in Frage!«

»Ich finde mit Sicherheit keinen Babysitter, der das Risiko eingeht und zwei Kinder mit Masern pflegt.«

Sie guckte mich an. Überlegte. »Doch, wenn das unsere Rettung ist – einen Babysitter weiß ich.«

Ich sah zu ihr hoch. Schüttelte heftig den Kopf.

»Doch, Lilli!«

»Nein, Lisa!«

Sie lief schnurstracks zu meiner Schlafmatte, holte mein Handy und reichte es mir. »Du musst sie nur anrufen. Du musst nur ein bisschen höflich sein und sie freundlich bitten. Wenn du ihr sagst, wie wichtig dir das alles hier ist – dann kommt sie. Wetten?!«

Ich stöhnte. Aber ich nahm das Handy aus ihrer Hand. Checkte mich in mein Telefonbuch und wählte Mathildes Nummer.

* * *

Ding dong. Die Glocken unserer Ladentür klangen. Ich sprintete nach vorne. Gustav Müller stand in der geöffneten Tür, das Tablett mit unserer kompletten Teezeremonie in der Hand.

»Herr Müller – hatten Sie jemals in Ihrem Leben die Masern?«

»Oh, was für ein origineller Empfang!«

Er blieb stehen. Legte den Kopf in den Nacken wie Sterntaler im Sternenregen und grübelte.

»Doch, doch. Das ist lange her, das war in dem Winter, als hier in Zossen der Zülowkanal derartig anstieg, dass alle Wiesen überschwemmt waren. Und alle gingen dort Schlittschuhlaufen. Nur mich hat meine Mutter nicht hingehen lassen, weil ich überall rote Pusteln hatte. – Habe ich Ihre Quizfrage zufrieden stellend beantwortet?«

»Das war leider keine Quizfrage.« Ich schloss die Ladentür hinter ihm und nahm ihm das Tablett aus der Hand. »Gucken Sie mal ins Hinterzimmer.«

Er ging nach hinten, stellte sich an die Tür und guckte. Auf einer Matte am Fußboden saßen Frank junior und Liane und spielten. Beinahe friedlich. Frank hatte das Modell eines Raddampfers in der Hand und ließ es durch die Luft rauschen. Liane hatte sich in die Kissen gekuschelt und sah sich ein Buch an. Das Auffälligste an den beiden war, dass sie den Mund hielten. Das konnte nur bedeuten, dass es ihnen gar nicht gut ging.

»Wie süß die beiden immer wieder aussehen. Ich träume seit Jahren von eigenen Enkelkindern.«

»Die beiden Süßen sind ansteckend. Und wenn Sie die Masern noch nicht gehabt hätten, hätte ich Sie nicht hereinlassen dürfen.«

»Aber jetzt bin ich ja drin. Jetzt ist Teepause, meine Damen. Soll ich euch Kekse holen, Kinderchen?«

Sie ließen langsam ihre Blicke zum ihm hinüberwandern. Guckten ihn an, als hätte er ihnen pürierte Krötensuppe angeboten.

»Gut, Kinderchen, hab schon verstanden. Gute Besserung.«

Wir gingen zurück zur Ladentheke. Lisa stellte unseren Stuhl neben die beiden leeren Bücherkisten. Das gleiche Arrangement wie gestern und vorgestern. Nur noch ein bisschen enger zusammen.

Gustav Müller nahm die Tassen vom Tablett, zündete die Kerze für das Stövchen an. »Dann weiß ich ja schon die neuesten Neuigkeiten: Die Masern sind ausgebrochen. Und – was gibt es sonst noch?«

Er goss Tee ein. Reichte mir eine Tasse. Die nächste Tasse für Lisa. Die dritte Tasse für sich. Dann setzte er sich zwischen uns und wir fingen an zu genießen. Grünen Chinesen, das Beste, was es geben konnte nach Kinderarzt, Landratsamt, Bürgschaftsbank und fünf Stunden Bücherkisten auspacken.

»Ich bin gestern Abend noch ein bisschen herumgefahren, mit Lillis Fahrrad. Und ich habe viele interessante Häuser entdeckt, die Sie mir noch nicht gezeigt haben.« Lisas Augen blitzten, während sie davon erzählte.

»Waren Sie auch an der Heeres-Sportschule?«

»Die würde ich gerne mal von innen sehen.«

»Lässt sich machen. Und das Haus der Offiziere?«

»Aber ja. Auch interessant. Und dann gibt es ja noch viel interessantere Dinge bei Ihnen!«

Er stellte langsam seine Teetasse ab und blinzelte Lisa an. »Ah so, langsam verstehe ich, worauf Sie hinauswollen. Wie wäre es mit heute Abend?«

Lisa nickte heftig.

»Und Sie, Lilli? Wollen Sie mitkommen?«

»Wohin will ich mitkommen?

»Eine klitzekleine Stadtführung machen, Lilli. Oder gleich in den Bunker. Ich habe schon Bauchschmerzen vor Neugier.«

»Wir wollen einfach ein wenig in die Geschichte eintauchen.«

»Ihr meint, ihr wollt euren geheimen Schlüssel benutzen und einbrechen? Doch, da komme ich mit. Wenn hier alles so geht, wie ich es geplant habe.« Ich warf einen Blick nach hinten. »Wenn nachher Mathilde kommt und sich um die beiden kümmert, dann bin ich dabei. Aber sie hat mir gestern Abend so vehement erklärt, dass sie keinen Fuß in die Waldstadt setzen wird. Und dass diese Masern ein eindeutiger Wink des Schicksals sind, dass ich zurückkommen soll. – Vielleicht wird sie gar nicht hier erscheinen.«

»Die lässt dich nicht hängen, Lilli. Du wirst sehen.«

Wir beugten uns wieder über unsere dampfenden Tassen. Tranken. Schwiegen. Jeder hing seinen Gedanken nach. Ich schloss die Augen und sah Mathilde vor mir, wie sie in ihrem blauen VW Passat über die Autobahn raste, pausenlos mit den anderen Autofahrern schimpfte und sich gleichzeitig in Gedanken mit mir herumzankte. Sollte es wirklich so sein, dass intensiv gedachte Gedanken die Tendenz hatten wahr zu werden, dann war Mathilde jetzt auf dem Weg hierher.

Und da kam sie wirklich! Unsere Tür wurde aufgerissen, unsere Ladenklingel schepperte. Die barocken Glöckchen machten Salto mortale. Mathilde rauschte herein, schaute nicht rechts noch links. Stampfte zu unseren Kisten bei der Ladentheke und baute sich vor uns auf.

»Meine Güte, waren heute Morgen viele Idioten auf der Autobahn unterwegs. Guten Morgen, Lilli! Morgen, Lisa! Morgen, Herr … Lilli, du siehst überhaupt nicht gut aus. Was macht denn dein Kopf?«

Ich musste tief durchatmen, um ihr eine ruhige Antwort zu geben. »Tut immer ein bisschen weh, Mama, aber nicht so heftig. Die Kinder sind übrigens im Hinterzimmer.«

»Gut, ich kümmere mich gleich um sie. Aber denk ja nicht, dass das zur Gewohnheit wird. Ich bin wirklich nicht gerne hier!« Sie griff in ihre Jackentasche und holte eine Zigarettenschachtel heraus. Wühlte darin, bis sie endlich eine Zigarette in der Hand hatte.

»Mama, du rauchst ja?!«

Gustav Müller sprang an ihre Seite und hatte flugs wie David Copperfield ein brennendes Feuerzeug in der Hand. Er hielt Mathilde die Flamme vors Gesicht. »Bitte!«

Sie wendete überrascht den Kopf, sah ihn an, kniff die Augen zusammen. Aber dann stieß sie doch ihre Zigarette in seine brennende Flamme. Gustav Müller ließ sein Feuerzeug wieder zuklicken und zog sich zurück, wortlos und unauffällig. Mathilde stand mitten in unserem Laden und rauchte. Ihr Blick wanderte über unsere Bücherregale, über die leeren Kisten, über die Ladentheke, den Blumenstrauß. Langsam wurde sie ein ganz kleines bisschen ruhiger. Sie zog den Rauch tief ein, schloss kurz die Augen und entspannte sich.

»Schöne Ladenklingel habt ihr. Ist eine von früher, nicht wahr?«

Wir nickten und Mathilde rauchte weiter. Ihr Blick glitt über mein Gesicht, über meine Augen, meinen Mund, meine Wangen.

»Wieso soll ich eigentlich mit den Kindern hier bleiben, Lilli? Wollen wir nicht alle zusammen nach Hause fahren? Dann kann ich dich gleich ein bisschen pflegen. Lisa schafft das hier doch auch alleine.«

»Ich kann nicht mal einen Tag lang auf Lilli verzichten.«

Mathilde drehte sich um und blitzte Lisa an. Ein Blick, scharf wie ein Dart-Pfeil. »Darüber ist das letzte Wort noch nicht gesprochen. Gut, reden wir später weiter.«

Ich nickte und schüttelte den Kopf. Zumindest fühlte es sich so an.

»Und du kommst heute Abend sofort in deine Wohnung. Sobald du hier fertig bist.«

»Ja, Mama. Zu Befehl.«

»Mach dich nicht lustig über mich, Lilli. Zu dem Thema hätte ich viel zu sagen.«

Sie rauchte weiter. Aber schon nach dem nächsten oder übernächsten

Zug straffte sich ihre Haltung. Mit energischem Schwung drückte sie die Zigarette in unseren Aschenbecher.

»Ich muss los, Kinder. – Ach, ehe ich es vergesse: Ich würde gern mal dein Telefon benutzen, Lilli. Ich habe kein Guthaben mehr auf meinem Handy und das Gespräch ist ziemlich dringend.«

Ich bückte mich unter die Ladentheke und reichte ihr unser Telefon. Sie griff danach, hielt schon den Hörer in der Hand und wollte anfangen zu wählen. Da bemerkte sie unsere Blicke. Lächelte kurz, schüttelte den Kopf. »Hast du nicht auch noch ein Handy?«

Also gab ich es ihr. Sie wählte, ohne in ihr Notizbuch zu gucken, eine ziemlich lange Nummer. Und als der Teilnehmer sich meldete, ging sie aus dem Laden hinaus auf die Straße.

»Ja, hallo ... Ich bin es ... ja ja ja ...«

Sie zog die Ladentür hinter sich zu. Sprach draußen weiter. Nickte ein paarmal heftig. Stampfte mit dem Fuß auf. Das dauerte alles in allem eine knappe Minute. Dann trennte sie die Verbindung und kam zu uns zurück.

»So, und jetzt bringt mir die Kinder ins Auto. Ich nehme sie gleich mit. Und in einer Stunde sitze ich in der Wohnung und warte auf dich, Lilli. Aber geh nicht noch irgendwo anders hin, hörst du!«

Wir setzten Frank junior und Liane auf die Rückbank von Mathildes Passat. Ich beugte mich ins Auto, streichelte ihnen über die Wangen. »Bis nachher, ihr Süßen.«

Liane legte sich ihr Kopfkissen zurecht. Kuschelte sich hinein. »Wenn Oma da ist, hört es bestimmt auf zu jucken.«

»Ganz sicher, Käpt'n. Die Salbe vom Kinderarzt ist in der kleinen Tasche. Oma reibt euch zu Hause gleich noch einmal damit ein.«

»Na dann ist ja gut.«

Frank junior legte seinen Kopf an Lianes Schulter. Sie sahen so zart aus und so hilfsbedürftig, ich konnte gar nicht aufhören, sie zu streicheln.

»Mach jetzt keine langen Arien, Lilli. Ich muss los.«

Ich richtete mich auf. Mathilde setzte ihren Fuß in das Auto. Noch einmal hielt sie inne, guckte mich an.

»Lilli, wir müssen unbedingt reden.«

»Ja, Mama, leg los.

»Nein, nicht jetzt! Heute Abend!«

»Einverstanden. Sag mal … ist irgendetwas passiert?«

»Nein, es ist nichts passiert. Es ist nur …«

Sie senkte den Blick. Ein, zwei Sekunden lang. Dann hatte sie sich wieder vollkommen auf der Schiene und war zu keinem weiteren Wort bereit. »Bis dann!«

Sie schlug die Autotür zu. Ich streichelte noch einmal meine kranken Matrosen. Prüfte, ob die Sicherheitsgurte ordentlich saßen. Schloss ihre Tür.

»Macht's gut, Kinder.«

Mathilde warf den Motor an. Schmiss den Gang ein. Trat aufs Gaspedal und weg war sie. Ich drehte mich zu Lisa um.

»Ich hab was vergessen – ich habe ihr gar nicht unsere Adresse gesagt.«

»Keine Sorge. Ich habe alles auf einen Zettel geschrieben, eine Skizze dazu gemacht und den Zettel vorne ins Auto gelegt.«

»Na dann ist ja gut.«

Mathilde war schon vorne an der Ecke. Sie beschleunigte heftig, der Motor des Passat heulte auf. Als sie oben an der Gutenberg-Straße um den Spitzbunker bog, hörte ich neben mir eine leise Stimme.

»Sie werden entschuldigen, meine Damen, wenn ich immer noch da bin.«

Ich drehte mich um. Gustav Müller. Den hatte ich völlig vergessen. »Tut mir Leid, Herr Müller, wenn Sie jetzt so mitten in mein wildes Familienleben geraten sind.«

»Nein, machen Sie sich keine Vorwürfe, Lilli. Das war sehr interessant für mich. Wenn ich mir eine Bemerkung erlauben darf: Ihre Frau Mutter ist ein richtiger Wirbelwind.«

»Glücklicherweise ist sie nicht immer so.«

»Oh nein, sie war ein wunderbares Erlebnis. Worüber ich lange nachdenken werde. Vielleicht sollten wir jetzt einmal nachsehen, ob das Stövchen gut gearbeitet hat. Wir könnten noch eine heiße Tasse Grünen Chinesen vertragen, ehe wir alle wieder an unsere Arbeit gehen.«

* * *

Die Nachmittagssonne schien schon ins Schaufenster, als ich mir die für diesen Tag letzte Kiste vom Stapel nahm. Zwei volle Stunden hatte ich damit zugebracht, mit Desinfektionsspray alles zu behandeln, was meine kranken Kinder angefasst oder auch nur angeatmet haben könnten. Jetzt war unser Laden wieder gefahrlos zu betreten. Auch das Auto von Gustav Müller hatte ich einer gründlichen Behandlung unterzogen. Ich öffnete den Deckel der letzten Kiste. Lisa nahm sich gerade unsere Preisliste, um die Technik-Bildbände mit ihrem Preis zu versehen.

»Willst du wirklich noch eine Kiste auspacken, Lilli?! Lass Mathilde lieber nicht so lange warten. Sie war heute Mittag schon ziemlich übel drauf.«

Das war ungefähr das, was mir auch durch den Kopf ging. Aber gerade deshalb hatte ich keine große Lust, zu Mathilde nach Hause zu gehen.

»Irgendwann muss es ja doch sein.«

Ich ließ den Deckel zurück auf die Kiste fallen. Ging nach hinten, um mir die Hände zu waschen. Schnappte mir meine Tasche und radelte los. Fünf Minuten später schloss ich unsere Wohnungstür auf.

»Hallo, ich bin da!«

Keine Antwort.

»Entschuldigung, Mama, ist ein bisschen später geworden!«

Immer noch keine Antwort. War sie etwa noch immer so übellaunig wie heute Mittag? Ich ging durch den Flur und klappte die Kinderzimmertür auf. Die Stille schlug mir entgegen wie Flammen bei einem Wohnungsbrand.

»Ihr müsst euch nicht verstecken. Ich finde euch sowieso.«

Nichts. Alles blieb still. Ich schlich mich zum Kinderkleiderschrank und riss beide Türen auf.

»Buh!«

Es war niemand darin. Einen Trick hatte ich noch, der funktionierte immer.

»Liane, komm raus, ich habe dich gesehen!«

Niemand kam. Alles blieb still. Ich ging in die Küche. Unser Frühstücksgeschirr stand noch so, wie wir es heute Morgen auf dem Fußboden hatten stehen lassen. Keine neuen Teller waren dazugekommen, keine Gläser für die Kinder, keine Kaffeetasse. Plötzlich spürte ich sie wieder, meine Kopfschmerzen. Und ich fühlte, wie mein Herz schlug. In meinem Bauch, ganz tief unten. Und genauso heftig schlug es oben in meinem Hals. Nur wo mein Herz eigentlich hingehörte, spürte ich nichts mehr.

Ich klappte meine Handtasche auf, wühlte mein Handy heraus und wählte die Nummer von Mathildes Handy. Aber Mathilde nahm den Anruf nicht an. Ich wählte ein zweites Mal. Ließ es klingeln, lange, lange. Nichts. Sie ging einfach nicht ran.

Ich wählte ein drittes Mal. Diesmal die Nummer von unserem Laden.

»Hallo – hier ist Lisas und Lillis duftender Blumenladen. Was kann ich für Sie tun?«

»Lisa, ich bin es. Stell dir vor, die Frau macht so einen Wind, dass ich sofort nach Hause kommen soll – und dann ist sie nicht da.«

Lisa brauchte eine Sekunde, dann wusste sie, dass für Witze nicht der richtige Moment war. »Nicht da? Aber sie kann doch die Kinder nicht alleine lassen!«

»Die Kinder sind nicht alleine. Die sind auch nicht da.«

»Ruf doch mal auf ihrem Handy an.«

»Habe ich schon. Es ist eingeschaltet, aber sie geht nicht ran.«

»Hm. Vielleicht ist sie mit ihnen beim Arzt?«

»Bisschen spät für den Kinderarzt, findest du nicht? Es sieht auch so aus, als wäre sie mit den Kindern überhaupt noch nicht hier gewesen. Weißt du, was ich denke?!«

»Sag es mir!«

»Ich denke, die blöde Kuh ist mit den beiden nach Hause gefahren.«

»Aber das war nicht verabredet!«

»Sei nicht so naiv, Lisa.«

»Du meinst, das macht sie? Einfach so, ohne dich zu fragen?«

»Vielleicht will sie mich damit von hier wegholen. Vielleicht denkt sie, ich komme nach, wenn die Kinder bei ihr sind?«

Lisa überlegte. »Wenn sie das gemacht hat, Lilli, dann ist sie zu weit gegangen. Aber ich glaube das nicht. Mathilde weiß, wo ihre Grenze ist.«

»Nein, ganz sicher, das weiß sie nicht!«

»Lilli, du kennst sie, du musst es wissen.«

Eigentlich wusste ich überhaupt nichts.

»Was mache ich denn jetzt?«

»Nichts. Du kannst nichts machen. Du bleibst, wo du bist, und wartest, bis sie kommt. Oder bis sie dich anruft. Vielleicht sollte ich im Laden bleiben, vorsichtshalber, könnte ja sein, dass sie sich hier meldet.«

»Danke!«

»Ach ja, du könntest Frank anrufen. Vielleicht fährt er mal rüber in ihre Wohnung. Möglicherweise sind sie alle schon wohlbehalten dort eingetroffen.«

Ich ließ mich in einen Sessel fallen. Fühlte mich wie eine dicke Plötze bei Niedrigwasser, kraftlos und ausgelaugt.

»Alles klar, Lilli?«

»Eigentlich nicht.«

»Legen wir auf. Wir können jetzt sowieso nur warten.«

* * *

Ich wartete. Kochte mir Nervenberuhigungstee, den ich zwischen Lisas Küchensachen gefunden hatte. Setzte mich damit auf einen Stuhl in der Küche und trank langsam zwei große Tassen. Erst dann rief ich Frank an.

Nach dem Gespräch fühlte ich mich, als hätte ich einen ganzen Swimmingpool voller Nervenberuhigungstee nötig. Frank stand nicht auf Tee und Naturheilmittel, er benötigte nach meinem Anruf bestimmt eine Familienpackung Valium. Wahrscheinlich rannte er gerade aus der Buchhandlung. Sprang ins Auto und raste zu Mathildes Wohnung. Und falls er sie dort antreffen sollte, mit seinen Kindern, hatte er ihr Strafen angedroht, die einer mittelalterlichen Folterkammer zur Ehre gereicht hätten.

Ich trank noch zwei Tassen Beruhigungstee. Wählte zwischen den beiden Tassen noch einmal die Nummer von Mathildes Handy. Rief noch einmal bei Lisa an. Dann fiel mir ein, dass auf dem Küchenstuhl, auf dem ich gerade saß, heute Morgen beim Zähneputzen noch Frank junior gestanden hatte. Ich sprang auf wie elektrisiert, nahm die letzte Tasse Beruhigungstee mit in mein Zimmer, setzte mich auf meine Schlafmatte und schloss die Augen.

Stellte mir Mathilde vor, wie sie heute Mittag davonfuhr. Sah sie am Steuer des blauen Passat über die Autobahn jagen. Nach rechts und links schimpfen und Autofahrergrüße austeilen. Hinten auf der Rückbank hockten, eng aneinander gekuschelt, Frank junior und Liane und schliefen. Von weitem sah ich die Silhouette der Stadt. Die riesigen Türme des Doms, die hohen Bögen der Elbbrücken. Diese Vorstellung behagte mir nicht hundertprozentig, aber ich konnte sie immerhin ertragen. Mathilde fuhr sicher, den Kindern auf ihrer Rückbank ging es gut. Sie waren unterwegs nach Hause, wo ihr reizender Vater auf sie wartete und sich um sie kümmern würde.

Aber irgendwie rutschte mir dieses Bild immer wieder aus dem Projektor. Irgendetwas stimmte nicht daran. Wie war Mathilde denn heute Mittag im Laden gewesen? Ruhig und besonnen? Oder eher ein bisschen crazy? Überspannt, aufgeregt und gereizt? Und wohin würde so eine Mathilde fahren? Wirklich zurück an die Elbe? Oder vielleicht in eine ganz andere Richtung? Vielleicht stach sie der Hafer und sie entführte die Kinder mal kurz nach Berlin in den Tierpark? Oder in den Vergnügungspark an der Ostsee, in den sie mit ihnen fahren wollte, und ich hatte es nicht erlaubt? Und wieso sollte sie mit einer Fahrt an die Ostsee schon zufrieden sein? Vielleicht fuhr sie mit ihnen ja auch bis nach Paris? So oft hatte sie mit Frank junior und Liane davon geschwärmt, nach Disneyland zu fahren und Mickymaus die Hand zu schütteln. Ob Mathilde in ihrem aufgedrehten Zustand überhaupt ahnte, dass Mickymaus keine Lust hatte, zwei Kinder mit Masern auf Armlänge an sich heranzulassen und sich zu infizieren?

Aber auch diese Frage entglitt mir. Ich wurde herumgeschüttelt, an jedem Schienenstoß, in jeder Kurve ertönte dieses unangenehme trockene Quietschen. Noch ehe die Straßenbahn anhielt, wusste ich schon, dass Winter war. Die Türen öffneten sich, ich stieg aus und setzte den Fuß in den Schnee. Aber der Schnee war nicht kalt, ich trug meine roten Stiefel. Obwohl ich gar nicht mehr gewusst hatte, dass ich irgendwann in meinem Leben rote Stiefel besessen hatte, fiel es mir jetzt wieder ein. Ich stapfte durch den Schnee, hinüber zum Herrenkrug. Und da saß Mathilde, auf einem dieser weißen Gartenstühle. Mitten im Schnee, unter den kahlen Kastanien. Ich schlang die Arme um ihren Hals, schmiegte mich an sie. Dabei musste ich mich auf die Zehenspitzen stellen. Die Rückenlehne ihres Gartenstuhles reichte weit über meinen Kopf hinaus. Mathildes langer Wollmantel stand ein ganz kleines bisschen offen. Und darunter trug sie das Kleid. Dünne dunkelblaue Wolle mit weißen Tupfen. Auch dieses Kleid hatte ich längst vergessen, aber jetzt fiel mir ein, wie weich es gewesen war, und ich lehnte meine Wange daran. Wieder hoppelte der Hase vorüber und drückte seine Pfoten in den weichen Schnee. Schneeflocken rieselten auf mein Gesicht. Ich begann zu frieren.

Die Sonne färbte sich glutrot, ging langsam unter. Es wurde noch kälter. Die Luft wurde grün, die Dämmerung kam. Ich hörte die Sirene des Schiffes. Einmal, zweimal. Mathilde stand auf, eisiger Wind wehte über das Wasser. Eisschollen trieben vorüber. Wir standen unten am Fluss. Und mitten zwischen den Eisschollen … begannen leise die Glocken zu klingen. Nebelschwaden zogen vorüber. Und das Glockenspiel erklang, mitten im Schnee, direkt neben meinem Ohr … *Bis an dein kühles Grab … Und weiche keinen Finger breit …* – mein Herz fing an zu klopfen, stolperte, raste. Aufwachen, schnell, wach auf! Ich versuchte meine Augen zu öffnen, mich zu orientieren. Wo war ich? Auf der Matte in meinem Zimmer, eingeschlafen, den Kopf auf die Arme gestützt. Wo war mein Handy? Hier, dicht bei mir, ich musste nur den Arm danach ausstrecken, den Knopf drücken, das Gespräch annehmen.

»Ja? Mathilde?!«

Er hüstelte leicht asthmatisch. Lachte leise. »Ich … nein, nicht Mathilde.«

»Ach – Sie sind es.«

»Ja, und heute werden wir nicht unterbrochen. Heute können wir reden.«

»Gut, dann los.«

»Du klingst müde, Mädchen.«

»Sie rufen an, um zu reden – also reden Sie!«

»Ja … dann … Hat Mathilde dir erzählt, wer ich bin?«

»Nein, hat sie nicht.«

»Hm … ja … Vielleicht fange ich so an: Ich bin ein Freund deiner Mutter.«

Das war der falsche Satz. Plötzlich fühlte ich mich, als hätte ich mit zwei Fingern in eine Steckdose gefasst. »Ach ja? Und? Weiter?«

»Ja … nun … vielleicht denkst du, du kennst mich nicht. Aber wir sind uns letztens begegnet …«

»So? Wo denn?«

»Du hast auf der Treppe gesessen, vor Mathildes Wohnung, und ich bin gelaufen, um dir ein Glas Wasser zu holen.«

»Ich erinnere mich, ja. Und? Weiter?«

»Du erinnerst dich also. Ich wusste es!«

»Sagen Sie mir jetzt endlich, worauf Sie hinauswollen!«

»Ich … nun ja …«

»Wenn Sie ein Freund von Mathilde sind, dann sollen Sie nicht etwa bei mir anrufen, um mal nachzufühlen, wie meine Stimmung ist?! Ob ich schon weich werde und herumheule?! – Nein, ich heule nicht, und ich finde, dass das kein Spaß ist! Und falls sie denkt, sie kann mit mir machen, was sie will … ich … ich werde sie anzeigen, wenn sie nicht morgen früh mit den Kindern vor meiner Tür steht! Allerspätestens!«

»Hör mal, Mädchen –«

»Die Kinder gehören ins Bett!«

»Nun hör doch mal zu! Würdest du das bitte noch einmal sagen?!«

»Wie – noch einmal sagen?«

»Du willst deine Mutter anzeigen?«

»Haben Sie einen besseren Vorschlag?!«

»Ich, äh, ich …«

»Und tun Sie bloß nicht so, als ob Sie nicht verstehen würden. Und wenn Sie da mit drinhängen, wenn Sie sich dafür hergeben, ihre Späße mitzumachen, dann zeige ich Sie auch an! Also, raus mit der Sprache – wo ist sie? Wo sind meine Kinder?«

Er schwieg.

»Na, was ist?! Eine Minute Bedenkzeit?«

»Nee, Mädchen, jetzt reg dich erst mal ab, so kann man nicht reden. Also: Ich will das verstehen! Was ist mit deiner Mutter? Was hat sie gemacht?«

Seine Stimme war fest geworden. Keine Spur mehr von Asthma, keine Spur von Übergewicht. Die kräftige tiefe Stimme eines Mannes, der genau wusste, was er wollte und wie er es bekam.

»Ich sage, sie ist bei Ihnen! – Oder etwa nicht?!«

»Komm runter von deiner Palme! Wieso soll sie bei mir sein?!«

»Weil sie einfach verschwunden ist!«

»Verschwunden? … Das gibt's nicht!!!« Er atmete einmal tief durch. Als müsste er sich zu Geduld und Ruhe zwingen.

»Sie ist nicht hier in Waldstadt. Sie ist nicht bei sich zu Hause. Sie hat meine Kinder in ihr Auto geladen und ist mit ihnen losgefahren. Und bis jetzt ist sie nirgendwo angekommen. Capito, signore?«

»Ruhig, ruhig, Mädchen. Du meinst, sie ist weg? Sie hat sich verzischt?«

»Das sage ich doch die ganze Zeit! Und wenn Sie der Meinung sind, dass sie –«

Es machte Klick. Dann war Stille. Er hatte einfach aufgehängt. Ich nahm das Handy vom Ohr. Erst jetzt fiel mir auf – dieser Mann hatte mir immer noch nicht gesagt, wer er war.

* * *

Der Rest der Nacht verlief ruhig. Viel zu ruhig dafür, dass ich eigentlich darauf wartete, vom Telefonklingeln aus dem Schlaf gerissen zu werden. Ich lag auf der Schlafmatte, drehte mich von der rechten auf die linke Seite und von der linken Seite auf die rechte. Ich versuchte einfach nur ruhig zu atmen, immer weiter zu atmen, und die Bilder, die ununterbrochen durch meinen Kopf zogen, zu verdrängen. Drehende Karussells, auf denen übellaunig und zerbrechlich meine Kinder saßen. Zwei menschengroße Mickymäuse mit riesigen weißen Händen, die mir zuwinkten, dann meine Kinder auf die Arme nahmen und mit ihnen davongingen. Und zwischen alldem das lachende Gesicht von Mathilde.

Als die Sonne über dem Dach gegenüber aufging und auf den blauen Nachthimmel einen rosavioletten Schimmer hauchte, schreckte ich hoch. Ich lauschte. Nichts zu hören. Kein Telefonklingeln hatte mich geweckt. Ich war einfach aufgewacht, nur ganz anders als sonst. Es gab nicht die Minuten, in denen ich mich wohlig langsam aus dem Schlaf herausschälte. Ich schlug die Augen auf und wusste sofort, dass ich seit vielen Stunden keine Ahnung hatte, wo meine Kinder waren.

Eine furchtbare Anspannung zog an jedem Muskel in meinem Körper. Mein Kopf ... – nein, mein leichter Kopfschmerz von gestern Abend war verschwunden. Jetzt drückte das Innere meines Kopfes gegen meine Schädelwand wie ein Pflasterstein. Ich ging in die Küche, trank drei Gläser Wasser und schluckte meine Tablette.

Erst danach nahm ich mein Handy und wählte. Frank meldete sich sofort. Aber noch während er mir sagte, wie wütend er auf Mathilde war und wie oft er in der Nacht zu ihrer Wohnung gefahren war, um vergeblich an ihrer Tür zu läuten, gab es drei kleine Signaltöne in meinem Handy. Nichts weiter, keine Vorwarnung und keine Erklärung. Fünf Sekunden später brach die Verbindung ab. Ich wählte erneut. Eine freundliche Tonbandstimme erklärte mir sachlich, dass mein Guthaben Null Euro und Null Cent betrüge und damit für die gewünschte Verbindung nicht ausreiche. Ich legte das Handy neben mich auf die Schlafmatte und hoffte, dass Frank zurückrufen würde. Eine Minute verging. Eine zweite Minute. Ich starrte das Handy an wie ein Huhn, das endlich das Ei legen soll, das mich vor dem Verhungern rettet. Aber er rief mich nicht an und das Handy legte kein Ei. Ein Blick auf die Uhr – es war noch nicht einmal fünf. Also konnte ich kaum daran denken, schnell zu Lisa in den Laden zu fahren, um von dort aus mit ihm zu telefonieren. Oder mit Mathilde. Sollte ich also hier hocken und darauf warten, dass sich freundlicherweise irgendjemand irgendwann bei mir meldete. Wirklich super.

Eine neue Karte fürs Handy musste her. Die einzigen Läden, die um diese Zeit schon geöffnet hatten, waren Tankstellen. Zu Hause wäre ich in diesem Fall einfach mit dem Fahrrad auf die Jerichower Straße gefahren. Und hier? Wo, bitte, war die nächste offene Tankstelle? Hatte ich bei unserer Fahrt mit dem Lastauto irgendwo in Zossen eine Tankstelle gesehen? Ich ging ins Bad. Das Handy legte ich oben auf den Toilettendeckel. Immer in meiner Nähe, falls doch noch jemand so freundlich und mitfühlend sein sollte, mich anzurufen. Ich putzte meine Zähne, trank noch zwei Gläser Wasser. Dann fuhr ich los.

Ich stemmte mich in die Pedalen. Die kalte Morgenluft tat mir gut. Sie brachte mich wieder auf eine vernünftige Temperatur, wie Luftkühlung einen überhitzten Motor. Das half ein wenig gegen die Anspannung, die sich mehr und mehr in mir breit machte. Aber es half nicht gegen meine Wut.

Nach nicht einmal zehn Minuten stand ich mitten in Zossen an einer Straßenkreuzung und wartete auf Grün. Ich las die Wegweiser, so wie Mathilde sie gestern Mittag wahrscheinlich gelesen hatte. Nach Berlin, nach Potsdam, nach Baruth, nach Luckenwalde. Lauter gelbe Schilder. Und darunter die weißen Schilder für die stadtinterne Orientierung: zur Kreisverwaltung, zum Bahnhof, zur Polizeiwache.

Ich merkte nicht, dass die Ampel auf Grün sprang. Die Autofahrer hinter mir fingen an zu hupen. Erst da schob ich mein Fahrrad von der Fahrbahn auf den Fußweg. Was ich dann machte, hatte nicht viel zu tun mit Herunterkühlen und Ruhigbleiben. Ich folgte dem Schild in Richtung Bahnhof. Fuhr bergauf über den kleinen Vorplatz, das Halbrund der Straße hinauf. Schloss mein Fahrrad an einen Fahrradständer neben dem Blumenladen und ging auf den Bahnsteig. Wenn ich den nächsten Vorortzug in Richtung Berlin nehmen würde, war ich wahrscheinlich noch vor sechs Uhr am Flughafen Schönefeld. Dort hatte ich die Wahl, zum Bahnhof Zoo zu fahren und einen Zug in Richtung Ostsee zu nehmen. Oder ich flog einfach. Soweit ich wusste, gab es einen Flugplatz in Lübeck, also gar nicht so weit entfernt von dem Vergnügungspark, in den Mathilde mit den Kindern fahren wollte. Wenn alles gutging, konnte ich heute Mittag schon dort in Neustadt sein. Mit dem Flugzeug vielleicht sogar noch heute Vormittag. Und wenn ich dich finde, Mathilde – diesen Satz dachte ich immer wieder – ich lasse dich ausrufen, ich schicke den Kinder-Suchdienst auf deine Fährte, ich laufe immer wieder an sämtlichen Wasserrutschen und Achterbahnen vorbei, und wenn ich dich dann finde, Mathilde Schneider, dann wirst du was erleben! Und wenn ich dich dort nicht finde, dann … ja, dann fliege ich eben nach Paris.

Da stand ich also und wartete. Rechts und links von mir standen Männer und Frauen, gut gekleidet, geschminkt und frisiert, die nach Berlin zur Arbeit wollten. Der Bahnsteig war voll. Nur um mich herum hatte sich ein kleiner freier Raum gebildet. Verstohlen drehten sie die Köpfe und guckten mich von der Seite an.

Als sich die Schranken vorne an der Straße schlossen, war ich noch vollkommen überzeugt, dass ich gleich losfahren würde. Einsteigen, fahren, aussteigen, suchen, finden – alles klar. Aber als der Zug in den Bahnhof einfuhr, die Türen aufgingen und jeder Mann und jede Frau sich in Bewegung setzte um einzusteigen, da blieb ich stehen. Du bist dabei, etwas richtig Dummes zu machen. Plötzlich hörte ich ganz deutlich diesen Satz. Ich guckte mich um. Es stand niemand mehr neben mir, der etwas hätte sagen können. Irgendein kleiner Teil von mir bewahrte noch einen kühlen Verstand.

Dann war der Bahnsteig endgültig leer. Die Schaffnerin stand in der geöffneten Wagentür, guckte mich an. Deutete mit der Hand neben sich in den Wagen. Ich schüttelte den Kopf. Sie hob die Trillerpfeife, ließ die Türen schließen. Der Zug fuhr ab.

Als ich auf dem Bahnhofsvorplatz stand, mein Fahrrad wieder in der Hand, hatte ich jede Peilung verloren. Ich wollte etwas tun. Irgendetwas musste ich doch machen. Aber was? Was was was???

Eine unbändige Lust spürte ich, einfach einen Gegenstand zu nehmen und ihn gegen die Wand von diesem hässlichen grauen Bahnhof zu werfen. Mein Fahrrad? Den Fahrradständer? Ein paar Steine? Würde es ruhiger in mir werden, wenn hier die Scheiben klirrten? Verschaffte ein kaputtes Fahrrad mir wirklich Erleichterung?

Ich konnte keinen Schritt mehr machen, fing an zu weinen, war nicht mehr fähig, ein Taschentuch aus der Tasche zu holen. Da klingelte mein Handy. Und plötzlich konnte ich wieder. Bewegte mich. Wühlte das Handy aus meiner Tasche und nahm das Gespräch an.

»Ja?«

»Wo bist du denn, Lilli?«

»Fast schon in Lübeck, aber nur beinahe.«

»Ah ja. Gerade komme ich mit einer Thermoskanne mit Grünem Chinesen, um dich aufzuwecken, und du bist nicht hier. Da mache ich mir doch Sorgen!«

»Das Thema hatten wir gestern schon mal!«

»Ja. Und nun sag mir, wo du bist!«

»In Zossen. Auf dem Bahnhof.«

»Das bringt aber jetzt auch nichts! … Bei dir gemeldet hat sie sich nicht?«

»Nein.«

»Dann komm jetzt nach Hause und lass uns frühstücken.«

»Nein, das geht nicht.«

»Los! Komm!«

»Ich kann jetzt nicht frühstücken! Ich muss doch was tun!«

»Ja, sicher. Das überlegen wir, während wir essen. Hör auf zu heulen und schwing dich aufs Fahrrad!«

»Bitte, Lisa …«

»Was ist es? Hast du Angst? Oder ist es Wut, die dich so durcheinander bringt?«

»Ich weiß nicht, ich würde am liebsten etwas zerschlagen!«

»Ah ja. Weißt du, was ich gemacht habe, als ich auf meine Mutter mal schrecklich wütend war – ich habe mein Kissen und meine Bettdecke hingestellt und die beiden ganz furchtbar verdroschen.«

»Und das hat geholfen?«

»Danach war ich fertig wie nach einem Marathonlauf. Dann konnte ich weinen. Und dann war es gut.«

* * *

Mir half es auch. Als wir zwanzig Minuten nach sieben in unserer Küche auf dem Fußboden saßen, Grünen Chinesen tranken und Knäckebrot aßen, ging es mir wieder gut. Ich heulte zwar immer noch und Lisa musste mir ein Taschentuch nach dem anderen reichen. Aber das war nur noch ein Abfließen von etwas, was überflüssigerweise in mir aufgestaut war.

»Hast du heute Morgen schon ihr Handy angerufen?«

Ich schüttelte den Kopf. »Ich brauche erst wieder eine Handy-Karte. Eigentlich bin ich heute Morgen losgefahren, um eine zu kaufen. Aber dann stand ich plötzlich auf dem Bahnhof. Und die Karte habe ich immer noch nicht.«

Lisa zog ihr Handy aus ihrer Tasche und hielt es mir hin. »Bitte!«

Ich wählte. Irgendwie wussten wir beide, was jetzt passieren würde: Der Ruf ging raus, aber Mathilde nahm das Gespräch nicht an.

»Und jetzt, Lilli?«

»Ich denke, ich habe ihr genug Zeit gelassen.«

»Ja, das denke ich auch.«

»Falls sie mit den Kindern in den Hansa-Park gefahren ist, könnte ich sie dort ausrufen lassen.«

»Und falls sie sich für einen anderen Park entschieden hat? Soltau oder Bottrop-Kirchhellen? Oder vielleicht Billund?«

»Dann rufe ich eben überall an.«

Lisa goss mir noch eine Tasse Tee ein. Schüttelte den Kopf. »Ich glaube, das kannst du dir sparen. Deine Kinder wollen heute nicht Karussell fahren. Die wollen nur in ihr Bett.«

Sie stellte die Thermoskanne wieder auf den Boden zurück. Wir lehnten unsere Rücken gegen den Türrahmen. Tranken langsam den heißen Tee. Meine Tränen liefen immer noch. Lisa hob die Hand und streichelte mein Gesicht.

»Hast du eigentlich mal daran gedacht, dass etwas passiert sein könnte? Ein kleiner Unfall mit dem Auto, vielleicht auf der Autobahn?«

Ich zuckte zusammen. Nein, daran hatte ich nicht gedacht. Oder doch, ja, ich hatte daran gedacht. Nach den beiden winkenden Mickymäusen war das Bild eines zerbeulten blauen Passat in mir aufgetaucht, aus dem erst Rauchwolken stiegen und dann plötzlich Flammen schlugen. Aber dieses Bild hatte ich sofort wieder verschwinden lassen und war für den Rest der Nacht zu den Mickymäusen zurückgekehrt.

»Wir sollten mal die Krankenhäuser durchtelefonieren.«

»Alle zwischen hier und zu Hause? Oder alle zwischen hier und Lübeck? Oder zwischen hier und …«

»… können wir gar nicht schaffen. Ich sehe es ein, Lilli. Und die Polizei, vielleicht kann die uns helfen?«

»Wie? Ich soll zur Polizei gehen?!«

»Du musst ja Mathilde nicht gleich anzeigen. Du willst sie nur suchen lassen …«

Bevor ich meine Bettdecke und mein Kissen verprügelt hatte, hätte ich mich vielleicht für die Variante mit der Anzeige entschieden. Jetzt war ich friedlich gestimmt, wir leerten zusammen die Thermoskanne, Lisa lief zurück in den Laden, ich schwang mich aufs Fahrrad.

»Und vergiss nicht die Karte fürs Handy! Und sei freundlich zu den grünen Kollegen!«

Ich winkte ihr zu. Den weißen Wegweiser, der die Richtung zur Polizeiwache anzeigte, kannte ich schon seit heute Morgen.

Als ich vor dem Schreibtisch des diensthabenden Beamten saß, war es zehn Minuten nach acht. Der Mann hatte ausgeschlafene Augen, war frisch rasiert und duftete nach einem altmodischen Rasierwasser mit Lavendelnote.

Er beugte sich frisch und höflich über sein Formular und füllte sorgfältig Zeile für Zeile aus. »Sie heißen also …?«

Ich sagte es ihm. Meinen Vornamen, Nachnamen und Geburtsnamen, mein Geburtsdatum, Anschrift und Grund meines Aufenthaltes in Waldstadt. Meine Anschrift dort, Telefonnummer im Laden und private Telefonnummer. Nach ungefähr zehn Minuten waren wir endlich bei meinem Problem angekommen. Er schrieb emsig, ohne einmal aufzublicken. Ich durfte ihm die Namen der Kinder diktieren, wann geboren, wo geboren und wieso beide am gleichen Tag, im gleichen Monat, aber nicht in verschiedenen Jahren. Nach noch einmal fünf Minuten kamen wir bei Mathilde an.

»Name und Vorname Ihrer Mutter?«

»Schneider, Mathilde.«

»Geburtsname?«

»Ich weiß nicht.«

Zum ersten Mal seit einer Viertelstunde hob er den Kopf und guckte mich an. »Wie meinen Sie das – Sie wissen nicht?!«

»Der ist mir nie untergekommen, keine Ahnung, ehrlich.«

Das brachte mir heftige Minus-Punkte bei ihm, das konnte ich deutlich sehen.

»Nun gut. Also Mathilde Schneider, geborene Fragezeichen. – Und nun kommen wir zum eigentlichen Sachverhalt: Hat Frau Schneider so etwas schon einmal gemacht?«

»Was gemacht?«

»Die Enkel auf eine Spritztour mitgenommen?«

»Hat sie nicht, nein. Und eine Spritztour würde ich das auch nicht nennen.«

»Dazu kommen wir später. Zurechnungsfähig ist die Oma aber? Oder?«

»Meine Mutter ist nicht die Art von Großmutter, die morgens nicht weiß, wo sie am Abend ihre Zahnprothese abgelegt hat. Sie ist eine junge Frau von fünfundfünfzig Jahren.«

Er warf mir den nächsten leicht irritierten Blick zu. Möglicherweise klang meine Stimme nun auch schon ein ganz kleines bisschen ungeduldig.

»Liebe Frau Lukas! Das hat gar nichts zu sagen. Auch junge Frauen verschwinden in diesem Land beinahe täglich.«

»Das beruhigt mich jetzt wirklich!«

»Vielleicht ist sie mit einem Mann weggefahren?«

»Sie hat keinen Mann.«

»Mit einem Freund? Mit einem Liebhaber?«

»Aber nicht meine Mutter! So etwas hat sie nicht.«

»Schon gut, schon gut. Versuchen Sie ruhig zu bleiben, Frau Lukas. Bitte.«

»Ich gebe mir Mühe.«

»Macht sie möglicherweise Urlaub mit den Kindern? Nordsee, Ostsee? Einfach um Spaß zu haben.«

»Mit meinen Kindern fährt niemand nirgendwohin, ohne mich zu fragen.«

»Im Prinzip ist das richtig. Aber Sie haben sie selber beauftragt, auf Ihre Kinder aufzupassen. Ihre Mutter ist über achtzehn, sie ist körperlich und geistig fit, frei von Süchten und psychischen Krankheiten. Die Kinder sind also in einer ausreichenden Obhut.«

»Das trifft überhaupt nicht die Situation. Meine Kinder sind fünf!«

Er zögerte weiterzusprechen. Blickte auf seinen Schreibtisch, überlegte. »Die sind verdammt jung, da haben Sie Recht.« Trotzdem schüttelte er den Kopf. »Aber das ändert nichts an den Tatsachen. Die Obhut *ist* ausreichend. Und erst wenn Frau Mathilde Schneider sich bis heute Abend nicht bei Ihnen meldet – dann sagen Sie uns Bescheid. Und dann fangen wir an zu fahnden.«

Mir blieb fast die Luft weg. Gut, vor einer Stunde hatte ich noch nicht einmal daran gedacht, dass die Polizeiwache für mich die Lösung wäre. Aber während ich ihm diese vielen Auskünfte gab, hatte sich in meinem Inneren etwas verändert. Klar, meine Mutter war seit beinahe dreißig Jahren Witwe, und außer ihrer Arbeit im Museum und meiner Familie war da nichts und niemand, womit sie ihre Zeit verbrachte. Aber klang nicht jeder meiner Sätze als würde ich eine neunzigjährige Greisin beschreiben? Vielleicht hatte dieser duftende Beamte ja Recht, vielleicht war Mathilde zu einem Freund oder zu einer Freundin oder zu einem Liebsten gefahren. Von denen ich vielleicht gar nichts wusste. Mein Vertrauen in Mathilde schwand dahin wie die orangerosa Dunstschleier am Morgenhimmel. Und jetzt, wo er mich auf diese Möglichkeiten aufmerksam gemacht hatte, wollte dieser Mensch, dass ich einfach abwarte?! – Ich brauchte Hilfe, und zwar sofort!

»Aber ich habe doch schon eine ganze Nacht gewartet!«

»Das mag sein, aber Vorschrift ist Vorschrift. Mit der aktiven Suche fangen wir nach 24 Stunden an.«

Das konnte nicht wahr sein! In mir explodierte schon wieder etwas, ungefähr da, wo sonst meine kleine Hängematte vor Freude hin und her schwang. Mir wurde heiß, ich bekam keine Luft mehr. Schlagartig verlor ich die Fähigkeit, leise zu sprechen und meine Worte zu wählen. Ich sprang auf. Und dann brüllte ich los.

»Wissen Sie, wie ich das finde?! Wissen Sie, was Sie sind?!«

Er saß ruhig hinter seinem Schreibtisch und guckte zu mir auf. »Sagen Sie es mir doch einfach, dann weiß ich es.«

»Das könnte Ihnen gefallen! Ich will doch keine Klage an den Hals haben! Dann zahle ich achthundert Mark in Ihre Kaffeekasse! Für ein wahres Wort!«

»Ich bin Kummer gewöhnt.«

Er war nicht aus der Ruhe zu bringen. Griff nach dem Telefonhörer. Wählte eine Nummer und sprach leise ins Telefon. »Ist Polizeiobermeister Müller schon im Dienst? … Schicken sie ihn mir mal herunter? Danke … Ja, danke, ich warte.« Er legte auf.

Ich stand vor ihm. Knetete verzweifelt irgendetwas in meinen Händen. Vielleicht ein Formular von seinem Schreibtisch, das ich mir in meiner Rage gegriffen hatte, vielleicht auch mein Taschentuch.

»Was soll ich bloß machen? Was soll ich bloß machen?«

»Nichts. Sich nicht aufregen. Das Beste hoffen. Und warten.«

Irgendwo hinter mir wurde eine Tür geöffnet. Ein Mann kam herein. Olivgrünes Hemd und waldgrüne Hose. Ich nahm ihn kaum wahr.

»Ich hasse Sie. Ich hasse Sie … Das kann doch alles nicht wahr sein.«

Langsam fing ich an, mich in Richtung Ausgang zu bewegen. Ich fühlte mich schlecht. Richtig elend. Gerade eben hatte ich begriffen, wie hilflos ich wirklich war.

»Halt, nicht weglaufen!«

Der Mann in Olivgrün stand neben dem Diensthabenden und guckte über dessen Schulter in meinen Fragebogen. Überflog die Zeilen. Ich blieb stehen.

»Diese Frau möchte eine Vermisstenmeldung aufgeben – und ich kann nicht. Verstehen Sie?«

Der Mann in Grün nickte, brummte etwas, das ich nicht verstehen konnte. Griff über die Schulter des Diensthabenden und nahm den Fragebogen an sich. Las, gründlich und in Ruhe.

»Alles klar … Ja, ich sehe schon … Frau Lukas, Lilli.« Er hob den Kopf und guckte mich an. Lächelte. »Wie ich sehe, haben Sie einen Laden in der Bücherstadt?«

Ich nickte.

»Gut, gut. Kommen Sie doch mal mit nach nebenan!«

Er schob mich aus dem Raum in ein Nebenzimmer und schloss die Tür hinter uns.

»Müller, Oskar. Polizeiobermeister.«

Ich funkelte ihn böse an. Öffnete den Mund, um etwas zu sagen. Vielleicht auch nur, um ein wenig Dampf abzulassen. Polizeiobermeister Müller legte seine Hand fest auf meinen Arm.

»Jetzt hören Sie erst einmal auf zu schreien. Der Kollege tut, was er kann. Oder was er muss. Wer kann schon so, wie er möchte.«

Er sah mich an. Langsam schloss ich meinen Mund. Er nahm seine Hand von meinem Arm. Guckte mir ins Gesicht, lächelte.

»Alles klar?«

Ich nickte. »Sagen Sie mir doch bitte irgendetwas, was ich tun kann.«

»Ich versuche, Ihnen zu helfen. Mein Dienst fängt gerade erst an. Wenn ich wieder an meinem Schreibtisch bin, telefoniere ich die

Unfallbereitschaften durch und die Rettungsstellen. Alles, was am Weg von hier bis zu Frau Schneiders Wohnung liegt.«

Ich guckte ihn an.

»Haben Sie diese Möglichkeit schon in Betracht gezogen?«

Ich nickte.

»Lassen Sie es uns so formulieren: Das mache ich nur zum Ausschluss eines Unfalles. Damit will ich nichts über die Wahrscheinlichkeit sagen. In Ordnung?!«

Ich nickte wieder. »Und ich? Was kann ich machen?«

»Nichts. Gar nichts. *Ich* telefoniere mit den Rettungsstellen – *ich*, und nicht Sie, Frau Lukas. Und *ich* achte heute im Laufe des Tages darauf, ob Meldungen hereinkommen, die zu Ihrer Mutter und zu Ihren Kindern passen. Und wenn ich bei alldem nichts finde – dann gehen *Sie* bitte auf jeden Fall davon aus, dass es allen gut geht.«

Ich nickte immer weiter, aber das Brodeln in meinem Innern war noch nicht zur Ruhe gekommen. »Ich kann nicht nur im Laden sitzen und warten.«

Er guckte mir ins Gesicht. Streng, aber kompromissbereit. »Gut, gut. Sie können die Namen aufschreiben von allen Freunden, Freundinnen, Kollegen, Cousins und Cousinen, Müttern und Urgroßmüttern – jeden, mit dem Ihre Mutter in den letzten Jahren engeren Kontakt hatte, per Brief, per Telefon, E-Mail oder persönlich, ganz egal. Und jetzt gehen Sie nach Hause und versuchen Sie, sich nicht aufzuregen.«

»Ja. Danke.« Ich wandte mich langsam zum Gehen.

»Übrigens – Frau Lukas …«

Ich blieb noch einmal stehen, sah zu ihm zurück.

»Mein Onkel Gustav hat dort auch einen Laden eröffnet, draußen in Waldstadt. Müllers Brandenburgisches Geschichts-Antiquariat. Onkel Gustav ist eine total schräge Type. Vielleicht kennen Sie ihn?«

Ich nickte. »Gustav Müller, natürlich. Das ist unser Nachbar. Nachmittags trinken wir zusammen Tee.«

Er zog die Augenbrauen nach oben. Seine Mundwinkel zuckten, aber wirklich nur ein ganz kleines bisschen. »Na sehen Sie, Frau Lukas. Das fängt doch alles sehr gut an.«

* * *

Als ich die Polizeiwache verließ, zitterten meine Knie wie die Blätter einer Pappel. Ich schwang mich aufs Fahrrad. Entdeckte auf der anderen Seite vom Marktplatz eine Bäckerei, die frische Baguettes mit appetitanregenden Belägen hatte. Von der netten Verkäuferin ließ ich mir den Weg zur nächsten Tankstelle erklären. Um eine Ecke und um noch eine Ecke, Zossen war die Stadt der kurzen Wege. Alles in allem brauchte ich keine halbe Stunde, dann war ich mit Baguettes und Telefonkarte auf dem Weg zu Lisa und unserem Laden.

Während ich aus Zossen hinausfuhr und mich auf der Chaussee der Waldstadt näherte, spürte ich, dass der Luftkühlungseffekt von vorhin nicht mehr funktionierte. Ich war unruhig geworden. Auch der Pflasterstein in meinem Kopf meldete sich zurück. Der Schmerz breitete sich aus, setzte sich hinter meiner Stirn fest und in meinen Schläfen. Das Übliche eben. Aber genau darauf hätte ich jetzt sehr gut verzichten können. Ich schaffte es mühsam bis zum Laden, stieg vom Fahrrad und nahm das Paket mit den Baguettes in den Arm.

Einmal Klopfen genügte. Sofort erschien Lisa im Durchgang zu unserem hinteren Ladenraum. Sie kam eilig nach vorne und schloss die Ladentür auf. Nahm mich in die Arme, noch bevor das Läuten unserer Ladenglocke verklungen war. »Gibt es was Neues, Lilli?«

Ich schüttelte den Kopf.

»Bei mir auch nicht. Frank hat nicht angerufen, Mathilde hat sich nicht gemeldet. Gustav Müller war kurz vor Mitternacht das letzte Mal hier, um nachzufragen. Heute Morgen um sechs kam er von zu Hause und hat uns Tee mitgebracht, und jetzt hat er schon zweimal bei mir angerufen, wie ein besorgter Großvater. Auch wenn dich das jetzt vielleicht nicht tröstet, Lilli.« Sie streichelte mir über die Wange. »Komm, nimm eine Kopfschmerztablette. Und dann essen wir was.«

Wir schlossen die Ladentür. Lisa ging nach hinten, um sich die Hände zu waschen. Ich stellte mich an die Theke und wickelte das Paket mit den Baguettes auseinander. Lachs mit Zitrone für Lisa, Käse für mich. Schinken und Gurke für Gustav Müller.

»Ob er jetzt schon in seinem Laden ist?«

Lisa, zwei Räume entfernt und hinter der verschlossenen Toilettentür, verstand sofort, wen ich meinte. »Na klar doch. Die Nummer liegt neben dem Telefon auf dem Fußboden.«

Ich ging um die Theke herum und wählte seine Nummer.

»Gustav Müller, Müllers Bandenburgisches Geschichts-Antiquariat. Womit kann ich behilflich sein?«

»Guten Morgen. Wie wäre es, wenn Sie frühstücken kommen?«

»Oh.«

Mehr nicht. Er legte den Hörer auf. Keine Minute später stand er vor unserer Ladentür. Balancierte ein Tablett mit Tassen und einer großen Thermoskanne in seinen Händen.

Kurz danach duftete es in unserem Laden wie in einem französischen Bistro. Er hatte sogar an die Milch für den Kaffee gedacht.

»Tut mir Leid, meine Damen. So früh ist unsere Teestube noch nicht geöffnet. Und da blieb nur die alte Kaffeemaschine in meinem Hinterzimmer.«

»Danke, Gustav. Sie dürfen sich nicht dafür entschuldigen. Kaffee am Morgen ist eine wunderbare Idee.«

Lisa strahlte ihn an und er strahlte Lisa an. Dann rutschten ihre Mundwinkel herunter und sie senkte den Blick. Wir guckten alle nach unten auf die Tischplatte und rührten schweigend in unseren Kaffeetassen.

»Es könnte alles so schön sein.«

»Es wird ja auch wieder schön. Glauben Sie das nicht auch, Lilli?«

Ich zuckte die Schultern. Lisa und Gustav Müller packten ihre Baguettes fest mit beiden Händen und bissen herzhaft hinein. Mein Baguette lag unangerührt vor mir auf dem Tresen.

»Trink wenigstens einen Schluck Kaffee, Lilli. Noch besser wäre, du würdest essen.«

Ich schüttelte den Kopf. Es war so völlig daneben, dass das Wichtigste verschwunden war, was es in meinem Leben gab. Und ich hätte eben beinahe mit diesem ganz alltäglichen Kleinkram angefangen. Essen und trinken und vielleicht auch noch Bücherkisten auspacken und einen Laden eröffnen. Aber ohne meine Kinder wollte ich nichts von alldem tun.

Lisa guckte mich an und schüttelte heftig den Kopf. »Ich werde heute keine einzige Kiste auspacken. So etwas Normales, Alltägliches – das kann ich jetzt einfach nicht. Aber etwas anderes werde ich tun. Keine Ahnung, was das sein könnte, aber ich bleibe so lange hier stehen, bis mir etwas einfällt. Irgendwas müssen wir machen! Oder denkst du, dass Mathilde die Sache im Griff hat?!«

Sie kaute auf ihrem Baguette herum. Ein kleines Lachsstückchen hing zwischen ihren Lippen. Ich schwieg und guckte in meine Kaffeetasse und sortierte, was sie da eben gesagt hatte. Für meinen schmerzenden Kopf und meinen leeren Magen waren das viel zu viele Fragen auf einmal. Ich kramte das Röhrchen mit den Kopfschmerztabletten aus meiner Handtasche und trank die üblichen drei Gläser Wasser dazu. Lisa und Gustav Müller sahen mir teilnahmsvoll zu.

»Lilli? Hast du einen Auftrag für mich? Bitte, was ich kann, will ich gerne machen.«

Gustav Müller nickte. »Ich habe unseren Kollegen vom Musik-Antiquariat gebeten, heute nach meinem Laden zu schauen. Er wird meine Kunden höflichst bedienen oder auf später vertrösten. Somit stehe ich zu Ihrer Verfügung, Lilli. Ich und mein Wagen.«

Da war sie wieder. Diese Freundlichkeit, Hilfsbereitschaft, Warmherzigkeit, die meine Schutzmauern zum Schmelzen brachte. In meinem Hals schnürte sich etwas zusammen. Plötzlich konnte ich nicht mehr schlucken, meine Zunge nicht mehr bewegen. Irgendwo hinter meinen Augen begann etwas zu drücken und nach vorne zu schwimmen. Dann fiel ein kleiner Tropfen genau vor mir auf die Tresenplatte. Ein zweiter tropfte genau daneben, noch einer und noch einer. Ich guckte darauf hinunter und verstand nicht.

»Wehren Sie sich nicht gegen die Tränen, Lilli, weinen Sie. Das habe ich gleich gesehen, als Sie mir vorhin die Tür aufgemacht haben. Sie stecken voller unterdrückter Gefühle.«

Lisa reichte mir schweigend ein Tempotaschentuch. Und jetzt liefen mir die Tränen übers Gesicht. Zum zweiten Mal heute Morgen. Nichts konnte sie aufhalten. Ich stützte meinen Kopf auf die Tischplatte und heulte. Erst jetzt drang in mein Inneres vor, was mir schon die ganze Zeit Angst machte – dass vielleicht doch irgendetwas geschehen war.

Es dauerte lange. Erst zwanzig Minuten später hörte ich langsam auf zu schluchzen. Ich fühlte mich erschöpft, aber auch erleichtert. Meine Gedanken waren wieder ein wenig klarer.

Zuerst erzählte ich den beiden von meinem Besuch bei der Polizei.

Sie runzelten die Stirn, schüttelten immer wieder die Köpfe. Bis ich zu der Stelle kam, an der Polizeiobermeister Oskar Müller die Szene betrat. Gustav Müllers Gesicht hellte sich sofort auf.

»Der Junge übernimmt Ihre Sache – dann können Sie ganz beruhigt sein, Lilli, der macht seine Arbeit gut. Ohne Fehl und Tadel. Da sind Sie in besten Händen.«

Ich endete damit, dass ich von Oskar Müller und dem duftenden Diensthabenden nach Hause geschickt wurde, um abzuwarten. Ruhig bleiben und das Beste hoffen.

»Und, Lilli – was machen wir jetzt außer abwarten und Kaffee trinken?!«

»Ich soll eine Liste schreiben: alle Freunde von Mathilde, alle Verwandten. Sie wollen jeden wissen, mit dem sie in den letzten Jahren Kontakt hatte.«

»Das kommt mir vor wie eine Beschäftigungstherapie, Lilli. Solange Sie damit zu tun haben, können Sie keinen Unsinn machen und irgendwohin fahren oder irgendetwas zusammenschlagen.«

Lisa zuckte zusammen und sah Gustav Müller missbilligend an. »Wir könnten Frank noch einmal anrufen und ihn fragen, ob Mathilde inzwischen in ihrer Wohnung eingetroffen ist.«

Jetzt schüttelte ich den Kopf. »Wenn sie in der Wohnung wäre, hätte Frank längst angerufen.«

»Dann schreib doch die Liste, Lilli. Vielleicht bringt uns das ja doch weiter.«

»Das bringt uns gar nicht weiter. Mathilde hat keine Freunde. Und eine Familie haben wir auch nicht. Mit so einer Liste brauche ich gar nicht erst anzufangen.«

»Somit wäre das auch geklärt. Schade. Ich hoffe, der Junge hat noch ein paar bessere Einfälle.«

Lisas Wangen hatten sich stark gerötet. Sie redete sich in Rage. »Wir sollten uns mal in Mathilde hineinversetzen. Bis gestern dachte ich immer, diese Frau weiß, was sie tut. Aber jetzt habe ich meine Zweifel daran. In ihrem Inneren geht es drunter und drüber. Nehmen wir mal die störrische Variante an. Sie hat doch in allem ihren eigenen Kopf.«

»Stimmt. Leider.«

»Du nimmst die Kinder, Lilli, und ziehst mit ihnen weit weg von ihr. Hat mich sowieso schon gewundert, dass diese Frau sich das gefallen lässt. Aber dann fällt ihr eine wunderbare Möglichkeit vor die Füße – und sie holt sich die Kinder zurück. – Gehen wir da konform, Lilli?«

Ich nickte. »Ja, schon möglich.«

»Gut. Und was macht sie dann? Sie kostet es richtig aus. Vielleicht fährt sie mit den beiden in Urlaub. Macht sich mit ihnen eine nette Woche, und du sollst dich mal richtig ängstigen.«

Ich öffnete den Mund und holte tief Luft, um ungefähr das Gleiche zu sagen, was ich schon auf der Polizei zu diesem Thema gesagt hatte.

»Widersprich mir einfach mal nicht, Lilli. Wir wollen jede Möglichkeit durchgehen. Gibt es vielleicht einen Ferienort, wo sie in den letzten Jahren hingefahren ist? Wo sie jetzt nach dem Muster verfährt, dort war es schön, da will ich mal wieder hin?«

Ich überlegte, stellte mir Mathildes Ferienreisen der letzen Jahre vor. Einmal Småland, einmal Tirol, kein einziger Ort in Deutschland.

»Nein. Mir fällt nichts ein, was auf dieses Muster passt. Oder glaubst du, sie würde mit den beiden bis nach Schweden fahren?«

»Nein, eher nicht. Schade, Fehlanzeige.«

Jetzt wurde es wie beim Fernsehquiz. Ein Kandidat und zwei Quizmaster. Gustav Müller fing an, mich auszufragen.

»Gibt es einen Ort, wo die Kinderchen gerne hinwollten? Vielleicht hat sie ihnen auch ganz spontan einen Gefallen getan.«

»Daran haben Lisa und ich auch schon gedacht, und da gäbe es auch ein, zwei Orte. Aber die Kinder haben die Masern. Die wollten gestern doch nur nach Hause, sich ins Bett legen, ihre Ruhe haben.«

»Stimmt, stimmt. Diese Möglichkeit sollten wir auch vergessen.«

Er guckte aufmerksam in mein Gesicht, bevor er sich an die nächsten Fragen heranwagte. »Hat sie vielleicht doch einen Liebsten? Vielleicht einen, den Sie nur ahnen, Lilli, den sie aber vor Ihnen verborgen hat. Vielleicht ist sie zu so einem Bekannten gefahren?«

»Nein! So etwas hat sie nicht. Und da bin ich völlig … da bin ich ziemlich sicher.«

»Verzeihen Sie mir, Lilli. Diese Fragen sind sehr intim, aber ich dachte, sie bringen uns vielleicht weiter.«

Ich nickte und er drückte kurz meine Hand. Dann fiel ihnen nichts mehr ein, keine Fragen, keine neue Ideen. Wir schwiegen und rührten wieder in unseren Kaffeetassen. Rührten, rührten, rührten.

»Wenn man das lange genug macht, verfällt man in Trance.« Lisa legte ihren Löffel zur Seite und guckte uns triumphierend an. »Und wenn ich in Trance bin, kommen mir die besten Einfälle.«

»Das ist ja hochinteressant, Lisa. Wie oft haben Sie sich damit schon in Trance versetzen können?«

»Einmal. – Gerade eben. Während der Löffel sich drehte, habe ich noch einmal vor mir gesehen, was Mathilde gemacht hat, als sie gestern hier war. Jeden Satz, jede Bewegung, wie in einem Film. Und dabei fiel es mir ein.«

»Was denn?«

»Was fiel Ihnen ein, Lisa?«

»Mathilde hat gestern gesagt, sie wird mit den Kindern in die Wohnung fahren. Und in einer Stunde wollte sie dort sein und auf dich warten, Lilli. Eine Stunde – dabei wusste sie doch, dass wir nur fünf Minuten von hier entfernt wohnen. Was hatte sie mit dieser Stunde vor?«

»Vielleicht brauchte sie sie als Vorsprung?«

»Wie bei einer Flucht, um die Verfolger abzuschütteln? Das glaube ich eher nicht, nein. – Lilli, gib mir doch mal dein Handy!«

Ich griff in meine Tasche und reichte es ihr. Sie drückte die Tasten.

»Also: Einmal den grünen Punkt drücken, und da kommt schon die Anzeige: Verzeichnis der letzten Teilnehmer, die du angewählt hast – bitte, da haben wir es – du hast heute Nacht sehr oft versucht, bei Mathilde anzurufen. Das hier ist, soweit ich mich erinnere, die Nummer von Frank in der Buchhandlung. Das hier ist die von eurem Telefon zu Hause … Schlecht für mich – bei dir werden nur die letzten zehn angewählten Telefonnummern registriert. Und wenn du achtmal Mathildes Nummer wählst, dann wird alles andere überschrieben.«

Ich sah ihr zu, wie sie die Tasten drückte und die Anzeigen auf dem Display las. Gustav Müller guckte fasziniert auf die senkrechte Falte zwischen ihren Augenbrauen.

»Schade, schade … aber Moment … eine Möglichkeit gibt es noch: Ich gehe über den Kontomanager … Anrufkosten … Anrufe … Gesprächsdauer … – hier ist irgendwo ein Verzeichnis der letzten

Gespräche, die du geführt hast. Und vielleicht merkt sich dieses Verzeichnis ein paar Gespräche mehr. – Ja! Da ist es, Glück gehabt, Lilli.«

Lisa zog einen Zettel und einen Kugelschreiber zwischen unseren Bürosachen hervor. Sie sah auf das Display und notierte. Dann reichte sie mir den Zettel. »Hier, Lilli, das sind alle angewählten Telefonnummern, die du nicht in deinem Handy gespeichert hattest.«

»Und was soll ich damit?«

»Du streichst alle Nummern aus, die du selber angerufen hast. Und dann haben wir den Anschluss, mit dem Mathilde telefoniert hat.«

»Hm.«

Ich saß da und ließ die Mundwinkel hängen. So toll fand ich Lisas Idee eigentlich nicht. Mathilde ruft an, irgendwo, irgendjemanden. Und danach plant sie eine Stunde ein, um noch irgendwohin zu fahren oder um irgendetwas zu erledigen. Das eine musste mit dem anderen überhaupt nichts zu tun haben. Vielleicht hatte sie nur vergessen, ihren Dienst im Museum abzusagen? Oder sie konnte wegen unseren Masern einen Zahnarzt-Termin nicht einhalten? Aber bitte, ich wollte keine Möglichkeit von vornherein ausschließen. Ich nahm Lisas Zettel und fing an, Nummern auszustreichen. Das Wirtschaftsamt, das Finanzamt, die Bank. Mit diesem Verfahren destillierten wir Lisas Liste so lange, bis am Ende nur noch eine Nummer dastand.

»0337 …«

Ich las laut die Ortsvorwahl, die Telefonnummer. Gustav Müller runzelte die Stirn und räusperte sich.

»Das ist ja interessant!«

Wir hoben beide den Kopf und sahen ihn an.

»Es gibt mehrere kleine Orte rund um Zossen, die diese Vorwahl haben. Hat Ihre Mutter vielleicht Bekannte hier in der Gegend?«

»Auf keinen Fall. Ich habe doch schon gesagt, ich kenne niemanden, mit dem meine Mutter auch nur ein ganz kleines bisschen bekannt oder befreundet wäre. Nicht bei uns zu Hause und schon gar nicht in diesen Breiten.«

»Wie Sie meinen, Lilli. Aber vielleicht sind Sie ein bisschen zu schnell mit Ihrer Meinung?!«

* * *

Unser Kollege mit dem Musik-Antiquariat hatte einen Computer. Und er hatte eine CD mit sämtlichen Telefonnummern Deutschlands. Natürlich antiquarisch und ein paar Jahre alt. Aber in Zossen und den Dörfchen ringsum wechselten die Leute ihre Wohnungen und ihre Telefonnummern nicht so häufig wie die Einwohner vom Prenzlauer Berg oder von Manhatten. Und wenn Gustav Müller eines seiner uralten gelben Telefonbücher aus seinen Antiquariatsbeständen genommen und darin nachgeschlagen hätte, wären es wahrscheinlich immer noch dieselben alten Telefonnummern gewesen, denn die meisten Leute hier hatten ihren Anschluss bestimmt seit zwanzig Jahren. Mindestens.

Der Kollege legte die CD in den Computer. Gab die Telefonnummer aus meinem Handy ein. Wir standen um seinen Schreibtisch und starrten auf den Bildschirm, erwartungsvoll und ein wenig überfordert, wie in der Heiligen Nacht die Schafe neben dem Kind in der Krippe, die überhaupt nicht verstehen, was vorgeht.

Das Bild öffnete sich, eine Spalte mit Namen erschien, die den ganzen Bildschirm ausfüllte, der Suchlauf startete, wurde langsamer, stoppte. Und da war sie: Die Adresse desjenigen, mit dem Mathilde gestern von meinem Handy aus telefoniert hatte. Und ich hatte immer gedacht, das wäre verboten.

»Hüttner, Johannes, Baubetrieb. Margensee, Dorfstraße.«

Lisa schnappte sich einen Kugelschreiber und einen Zettel vom Schreibtisch und notierte. Gustav Müller stand neben ihr, hatte die Augen geschlossen und murmelte leise vor sich hin.

»Hüttner … Hüttner … Ich vergesse doch niemanden? … Ja, jetzt dämmert es mir: der Hannes. Johannes Hüttner, mit dem bin ich zur Schule gegangen. Mann, ist das lange her. Waren das Zeiten …«

»Ich würde gerne mit diesem Herrn Hüttner sprechen. Am liebsten gleich hinfahren. Können wir?«

Wahrscheinlich war ich zu leise. Keiner hörte mich, jeder hatte mit sich zu tun.

»Genau, der hat Maurer gelernt. Und seine Frau war … zwei Jahre jünger als wir. Zwei Klassen tiefer. Oder waren es drei Klassen?«

»Ich will ja nicht stören. Aber ich würde jetzt gerne dorthin fahren! Oder habt ihr eine andere Idee?!«

Dieses Mal hatte ich laut gesprochen. Richtig laut. Gustav Müller öffnete die Augen. Lisa ließ ihren Stift sinken. Sie starrten mich an.

Dann schüttelte Gustav Müller langsam den Kopf. »Nein, ich habe keine andere Idee. Ihre Idee, Lilli, ist die beste seit langem.«

»Gut, dann wollen wir mal hören, was sie mit diesem Hüttner besprochen hat. Also los, fahren wir!«

Lisa nickte dem Kollegen vom Musik-Antiquariat zu, und wir stürmten hinaus.

Gustav Müllers Auto stand in einer Seitenstraße, neben einem tadellos restaurierten Zigarrenbunker. Ein weißer Toyota mit kleinen Beulen und einer Lackierung, die schon langsam mattgrau wurde. Ein wenig in die Jahre gekommen, das war wie bei Hund und Herrchen. Dieses Auto war seinem Besitzer irgendwie ähnlich geworden.

Gustav Müller gab Gas. Wir rumpelten um die Kurve, bogen auf die alte Bundesstraße und fuhren mit Volldampf vorwärts. Dieses Mal nicht in Richtung Zossen, sondern in die Gegenrichtung. Gustav Müllers Fahrstil war vorwärts drängend wie Giacomo Casanova. Er beschleunigte heftig, bremste ab, beschleunigte wieder. Während wir noch zwischen den endlosen Häusern von Waldstadt hindurchfuhren, war mir schon wieder übel. Mein Kopf schmerzte schwerer und drückender. Aber als Lisa den Arm um mich legte und meinen Kopf an ihre Schulter lehnte, ließ das Bohren nach und die Schmerzen zogen sich auf ihr normales Ausmaß zurück. Übel war mir allerdings immer noch.

Gustav Müller fuhr mit uns um den ganzen großen See herum. Durch einen Wald und durch noch einen Wald. Der kühle Morgen war schon vorüber, die Augustsonne schien hell durch das Laub der Chausseebäume und spiegelte sich in den Autoscheiben. Zwei kleine Seen und zwei große Waldstücke später fuhr Gustav Müller auf Windesflügeln in Margensee ein. Er ging kein bisschen vom Gas und brauste die Dorfstraße hinunter. Riesige alte Linden und moderne Laternen säumten die Straße und machten sie ein ganz kleines bisschen unübersichtlich. Kurz hinter einer Kurve trat Gustav Müller heftig auf die Bremse. Wir kippten nach vorne, Lisa schrie auf, aber die Sicherheitsgurte hielten uns.

»So eine Frechheit! Haben Sie gesehen, meine Damen? Da stellen die mitten hinein in den Ort eine Radarfalle!«

Er gab wieder Gas. Wir fuhren weiter auf der Dorfstraße, bis ein Schild am Straßenrand uns davon in Kenntnis setzte, dass wir angekommen waren. Hüttners Stein-auf-Stein-Häuser. Baubetrieb Hüttner, Tradition seit 90 Jahren. Ein zweistöckiges Haus, das tadellos hergerichtet war, glänzende blaue Dachziegel, weiße Sprossenfenster, ein großer Vorgarten. Auf dem Grundstück daneben eine breite Toreinfahrt, Baufahrzeuge, Kleintransporter, Materialstapel, drei Männer in Arbeitsanzügen und ein großes pfeilförmiges Schild mit der Aufschrift ZUM BÜRO.

»Schau an, der Hannes. Hat was gemacht aus seinem geerbten Häuschen.«

Gustav Müller ließ den Toyota ausrollen, lenkte ihn an den Straßenrand und brachte ihn unter einer großen Linde zum Stehen.

Wie wir zu dritt die kleine Freitreppe vor dem Haus hinaufstiegen, das erinnerte mich an diesen Mafia-Film von Lina Wertmüller. Drei ernste Besucher klingeln unabweisbar an deiner Tür. Öffne ihnen – sonst kommen sie herein.

Ich durfte die Erste sein. Schritt auf die moderne schneeweiße Eingangstür mit den gewölbten Butzenscheiben zu und drückte die Klingel. Lisa und Gustav Müller blieben zwei Stufen tiefer stehen und guckten erwartungsvoll zu mir herauf.

Zuerst einmal passierte gar nichts. Ein Gong ertönte, sein Klang hallte irgendwo in den hinteren Räumen wider. Es blieb still im Haus. Ich klingelte noch einmal. Leise Schritte, die eine Treppe herauf- oder herunterkamen. Sie wurden lauter, deutlicher. Die Kontur einer Gestalt zeichnete sich hinter den Butzenscheiben ab. Ein Schloss, noch ein Schloss und noch eines mussten aufgesperrt werden. Dann öffnete sich die Tür.

Es war eine Frau. Größer als ich, etwas übergewichtig. Mit der Statur einer Holzfällerin. Ein ganzes Stück älter als Mathilde, aber sie hatte eine dieser Sturzhelm-Dauerwellen, die aus jeder Frau ein weibliches Wesen von unbestimmbarem Alter machen. Sie stellte sich in den Türrahmen, eine Hand an der Klinke, bereit, ihre Butzenscheibenpforte jederzeit wieder zuzuschlagen, und guckte herunter zu mir.

»Ja?«

Das klang gar nicht so unfreundlich wie sie aussah.

»Ich bin Lilli Lukas. Mathilde Schneider ist meine Mutter. Sie ist seit gestern verschwunden. Und da ich weiß, dass sie, kurz bevor sie verschwunden ist, mit Ihnen telefoniert hat, wüsste ich gerne, ob sie Ihnen gegenüber vielleicht erwähnt hat, wohin sie fahren wollte oder was sie vorhatte.«

Punkt. Ich holte tief Atem. Guckte sie erwartungsvoll an.

»So, so.«

Das klang nicht eben überrascht. Es klang auch nicht so, als hätte sie den Sinn meiner umständlichen Rede irgendwie nicht verstanden.

»So, so. Und ich dachte, Sie kämen wegen einem Auftrag.«

»Können Sie sich an ihren Anruf erinnern?«

Sie guckte mich immer noch an. Unverwandt. So als hätte sie einen dieser Haken in meine Augen versenkt, die die Bergsteiger einschlagen, um nicht von der Steilwand zu fallen.

»Frau Hüttner, erinnern Sie sich?«

Sie guckte mich an, überlegte, schüttelte langsam den Kopf. »Hier rufen so viele Leute an. Aufträge. Nachfragen. Kostenvoranschläge.«

»Also wissen Sie nichts von ihr?«

Sie schüttelte noch einmal den Kopf. Dieses Mal kam das schneller als beim ersten Mal. Ihre Augen ankerten immer noch fest in meinem Gesicht.

»Das kann aber gar nicht sein. Ich weiß ganz genau, dass sie mit Ihnen telefoniert hat. Ich kann es beweisen.«

»Meine Güte, möglich ist alles. Wir haben eine Sekretärin, eine Frau für die Buchhaltung, eine Putzfrau. Hier gehen viele ans Telefon, zum Beispiel jetzt, wenn ich Pause mache. Und nicht mal die Anrufe, die ich selber entgegennehme, kann ich mir alle merken.«

Was hatte ich eigentlich erwartet, als ich hier herausfuhr? Keine Ahnung. Vielleicht einen kleinen Hinweis, eine winzige Spur. Und nicht so ein muffeliges Gehabe, als hätte Mathilde nur einen Kostenvoranschlag für eine billige Garagenwand eingeholt. Mir war immer noch übel vom Autofahren. Jetzt wurde mir richtig schlecht. Ich drehte mich um, guckte zu Lisa und zu Gustav Müller, ließ meinen Blick über den Vorgarten schweifen. Etwas fiel mir noch ein.

»Und Ihr Mann? Vielleicht hat der mit ihr telefoniert?!« Ich guckte ihr wieder fest ins Gesicht.

»Kann sein. Meistens ist der aber auf irgendeiner Baustelle. Vielleicht war er gestern mal da. Vielleicht mittags zum Essen. Aber soweit ich mich erinnere … nein, war der gestern den ganzen Tag unterwegs.«

Wir gingen. Mein Nacken schmerzte, mein Kopf drückte, etwas in meinem Magen drehte sich.

Gustav Müller blieb stehen, das Gartentor in der Hand.

»Wenn die Frau irgendetwas weiß, wenn Ihre Mutter irgendetwas mit ihr besprochen hat, dann hat sie damit sehr schön hinter dem Berg gehalten. Sie waren einfach zu freundlich zu ihr, Lilli. Vielleicht gehen wir noch einmal zurück.«

»Gehen wir nicht. Wir hätten gar nicht erst herkommen sollen.« Lisa sprach selten mit solchem Nachdruck. Das Gespräch mit Frau Hüttner war ihr offenbar gegen den Strich gegangen.

Gustav Müller war vollkommen anderer Meinung. »Und wie sollen wir dann etwas herausfinden, liebste Lisa? Sollen wir uns hinter die große Linde auf der Straße stellen und die Frau heimlich beobachten?«

Sie fingen an zu streiten. Wirklich, Lisa und Gustav Müller standen sich gegenüber und keiften sich an wie zwei zänkische Katzen. Ich stand daneben, mein Blick schweifte wieder über den Vorgarten. Wie vorhin schon, Rittersporn, Rosen und Bauernrosen, Margeriten und Lavendelbüsche. Diese blühende Idylle weckte Aggressionen in mir. Wie vorhin schon blieb mein Blick an einem großen Fleck weißer Blüten hängen. Hohe Rispen schaukelten auf fülligen Stielen. Ich trat vom gepflasterten Weg hinunter auf das Blumenbeet, ging einfach zwischen Lavendelbüschen und Margeriten hindurch. Ein sanfter Duft wehte mir entgegen. Genau der Duft, der in unserem Antiquariat hing, in der Mittagszeit, wenn die Blumen in dem Steintopf am Fenster in der heißen Mittagssonne zu duften anfingen. Doch, das hier waren die gleichen Blumen. In Frau Hüttners Vorgarten wuchsen prächtige weiße Levkojen.

* * *

»Warum bist du vorhin eigentlich so schnell wieder ins Auto gestiegen, Lilli?«

Wir bogen gerade in die Gutenberg-Straße ein. Gustav Müller fädelte sich auf seinen alten Parkplatz neben dem Zigarrenbunker. Ich antwortete Lisa nicht. In den letzten zehn Minuten hatte ich nur noch geradeaus aus dem Autofenster gesehen und versucht mich zu entspannen. Trotzdem zog sich in meinem Kopf etwas zusammen, das sich wie eine beginnende Migräne anfühlte.

Und das wurde noch schlimmer, als wir um die Ecke liefen und einen ersten Blick auf unseren Laden warfen. Vor dem Schaufenster stand Oskar Müller. Moosgrüne Hose, olivgrünes Hemd, in der Hand eine weiße Mütze.

Gustav Müllers Gesicht hellte sich auf. »Oskar, mein Junge, willst du mich besuchen?«

Polizeiobermeister Oskar Müller grinste kurz, kam ein paar Schritte auf uns zu und streckte mir die Hand entgegen. »Nein, Onkel Gustav, ich wäre gerne auf ein paar Minuten zum Gedankenaustausch zu dir gekommen. Aber der Grund, aus dem ich hier bin, ist ein anderer.«

Er drückte meine Hand, nickte Lisa zu, nicht ohne ihr dabei aufmerksam ins Gesicht zu gucken.

»Frau Lukas, wenn Sie gestatten, würde ich gerne mit in den Laden kommen und Sie unter vier Augen sprechen.«

Mein Schritt stockte. Lisa nahm mir den Ladenschlüssel aus der Hand und schloss die Tür auf. Gustav Müllers Gesicht wurde ernst.

»Ich ziehe mich dann zurück, meine Damen.«

»Nein, Herr Müller, bitte nicht weggehen. Ich brauche Sie doch.«

Gustav Müller guckte zu Oskar hinüber, Oskar nickte. Gustav nickte zurück.

»Dann schwebe ich noch blitzschnell in die Teestube.«

Keine fünf Minuten später saßen wir zu viert an unserer Ladentheke. Lisa hatte eine extra-stabile Bücherkiste für unseren Besucher neben unsere Kisten gestellt. Gustav Müller zündete die Kerze im Stövchen an. Dann guckten wir alle erwartungsvoll Polizeiobermeister Oskar Müller an.

»Also, was ist? Haben Sie sie gefunden?« Mein Herz klopfte, mein

Nacken schmerzte, hinter meiner Stirn pochte es immer heftiger. Aber ich atmete ruhig und diszipliniert wie ein Taucher und ließ die Übelkeit, die in mir aufstieg, nicht noch größer werden.

Er schüttelte den Kopf. »Wir haben sie nicht gefunden, keine Angst, nein, von Ihrer Mutter oder Ihren Kindern gibt es keine Spur in den Unfallbereitschaften. Aber etwas anderes ist inzwischen passiert, was ich für äußerst relevant halte.«

»Was denn, was ist denn?«

»Ich habe einen netten Kollegen in Ihrer schönen Elbestadt, der mir noch einen Gefallen schuldete. Den habe ich vorhin gebeten, in die Wohnung Ihrer Mutter zu fahren und nachzusehen, ob sie vielleicht inzwischen dort eingetroffen ist.«

»Und?«

»Ja. Und … Die Tür stand offen, mitten im Wohnzimmer lag ein Mann auf dem Fußboden –«

»Was? Waaas?!« Ich konnte nicht an mich halten, fiel ihm ins Wort.

»… den wir später als Frank Lukas identifizieren konnten.«

»Oh Gott, Frank? Aber –«

»Es ist alles in Ordnung, es geht ihm gut. Er hat einen Schlag auf den Kopf bekommen, glücklicherweise nur einen leichten.«

Ich atmete tief ein und aus. Versuchte, klar zu bleiben und nicht ohnmächtig zu werden.

»Die Sache ist die: In die Wohnung Ihrer Mutter wurde eingebrochen. Es ist alles durchwühlt worden. Jeder Zettel, jede Schublade wurde umgedreht, sogar die Polster vom Sofa und die Matratzen vom Bett wurden aufgeschnitten. Ihr Mann ist wahrscheinlich zur falschen Zeit in die Wohnung gekommen und hat die Einbrecher überrascht.«

»Möchtest du einen Schnaps, Lilli?«

Lisa beugte sich teilnahmsvoll zu mir herüber. Ich schüttelte den Kopf. Gustav Müller nahm meine Tasse und goss mir Tee ein. Der Grüne Chinese hatte jetzt alle Hände voll zu tun, mich am Leben zu halten. Ich versuchte mein Gehirn zu benutzen, sortierte mühevoll meine Gedanken.

»Aber meinem Mann geht es gut? Wirklich? Sind Sie sicher, Herr Müller?«

»Ganz sicher!«

»Dann erklären Sie mir bitte, was da passiert. Ich verstehe nichts. Warum bricht jemand bei ihr ein? Sie hat nichts, was man stehlen könnte! Sie besitzt nichts, nur ihre alte Stereoanlage!«

»Gute Frage, Frau Lukas. Aber dazu kann ich nichts sagen. Sogar mein Chef, der eigentlich alles weiß, weiß gar nichts. Im Moment ist die Spurensicherung in der Wohnung, vielleicht können wir danach mehr sagen. Als erste Maßnahme haben wir beschlossen, dass wir jetzt auf Hochtouren nach Ihrer Mutter und Ihren Kindern fahnden.«

Lisa, Gustav Müller und ich saßen an unserer Ladentheke, blickten ratlos aus dem Fenster. Oskar Müller guckte auf die gefüllten Bücherregale. Wieder tauchte dieses Gefühl in mir auf, dass es völlig widersinnig war, was ich hier tat. Ruhig dasitzen, heißen Tee trinken, in kleinen Schlucken aus zarten Porzellantassen. Meine Hände begannen zu zittern. Auch Lisa konnte ihre Tasse nicht mehr ruhig halten.

»Vielleicht hat jemand herausgefunden, dass sie verreist ist, und nach ihren Wertsachen gesucht?«

Oskar Müller schüttelte langsam den Kopf. »Das wäre die Erklärung für einen ganz normalen Einbruch. In der Wohngegend von Frau Schneider sind Einbrüche allerdings nicht eben häufig. Und es ist ja auch keiner von den üblichen Einbrüchen. Bei denen wird der Fernseher mitgenommen und das Scheckheft. Aber hier versagen die normalen Erklärungen. Wir müssen uns erst eine Theorie zusammenbauen. Aber im Moment wissen wir nichts, tut mir Leid. Mein großer Chef wird darüber nachdenken, wenn er zwischen seinen großen Fällen mal Zeit hat. Ich habe heute lange darüber nachgedacht, aber ich habe auch keine Ahnung, was da vor sich geht.«

»Vielleicht sind sie ja entführt worden?«

»Nichts deutet darauf hin. Oder gibt es inzwischen eine Lösegeldforderung, von der Sie mir noch nichts gesagt haben?«

»Nein, gibt es nicht, verdammt noch mal, nein!«

Ich glaube, meine Stimme war wieder ein ganz kleines bisschen zu laut geworden. Alle guckten mich an. Ich hob die Hände und legte sie fest um meinen Kopf. Am liebsten hätte ich nichts mehr gehört von diesem ganzen unerfreulichen Gespräch, und nichts mehr gesehen.

»Heute Morgen war ich noch stinkwütend auf meine Mutter. Und jetzt? Was ist denn bloß los?!«

»Fragen Sie mich das nicht. Überlegen Sie, vielleicht kennen Sie ja die Antwort. Vielleicht wissen Sie etwas, was Ihnen bisher als Wissen noch gar nicht bewusst war. Irgendwelche Freunde, zu denen sie gefahren sein könnte. Irgendwelche Lieblingsorte. – Aber auch Drohungen, die jemand gegen sie ausgesprochen hat. Oder Leute, denen sie vielleicht Geld schuldet. Ganz egal, bitte überlegen Sie, Frau Lukas. Ich gehe jedem Ihrer Hinweise nach.«

»Als würde ich nicht seit gestern Abend ununterbrochen darüber nachdenken.«

»Wir machen das alle, seit gestern Abend.«

Lisa legte mir vorsichtig den Arm um die Schulter. Oskar Müller drückte mir hart aber herzlich die Hand. Nur Gustav Müller beteiligte sich irgendwie nicht mehr an unserem Gespräch. Er rührte in seiner Teetasse, blickte mit starren Augen auf den Strudel, der sich dabei bildete und wieder verschwand, sich bildete und verschwand.

»Onkel Gustav?«

Nichts, keine Reaktion.

»Herr Gustav Müller, hallo!«

Er hob den Blick. Guckte uns an. Ihm war völlig klar, dass er einen Moment lang überhaupt nichts mehr mitbekommen hatte. Aber das störte ihn nicht.

»Das bringt uns doch alles nicht weiter«, murmelte er leise. »Das muss man anders angehen, völlig anders.«

Ich nickte ihm zu und versuchte zu lächeln. Das verstand ich gut, dass dieser alte Herr allmählich die Nerven verlor. Ich fühlte mich schließlich auch vollkommen überfordert.

Fast eine Stunde lang saßen wir an der Ladentheke und überlegten, grübelten, ließen unsere Gedanken fließen. Sofern sie denn flossen. Manchmal nahm Oskar Müller einen Stift und schrieb ein paar Worte in sein Notizbuch. Aber das war nur sehr selten. Wir konnten uns nicht einmal darauf einigen, ob Mathilde bei der ganzen Sache die Finger im Spiel hatte oder nicht. Und wenn es so war – hielt sie jetzt immer noch sicher und souverän die Fäden in ihrer Hand?

Für die Fahndung kramte ich ein Foto von Frank junior und Liane aus meiner Handtasche. Ein Foto von Mathilde hatte ich nicht. Oskar Müller bat mich, in unsere Wohnung zu gehen, um von dort ein Foto zu holen. Aber das war nicht möglich. Mein Umzug nach Waldstadt war ohne jedes Foto von Mathilde vonstatten gegangen.

»Dann rufen wir Ihren Mann an. Sie sagen ihm, wo die Fotos liegen und er …«

Sinnlos, vollkommen sinnlos. Ich durchforschte in Gedanken meine Fotoalben, stellte mir sämtliche Bitte-mal-lächeln-Szenen der letzten Jahre vor – aber Mathilde hatte im Moment des Fotografierens entweder angefangen, den Tisch abzuräumen, oder ihr war plötzlich übel geworden oder sie war ganz einfach auf die Toilette gegangen.

»Tut mir Leid, Herr Müller. Es ist mir noch nie aufgefallen – ich habe kein Foto von ihr.«

Er schüttelte ungläubig den Kopf. Lisa und Gustav Müller rührten emsig in ihren Teetassen.

Oskar Müller wollte es ganz genau wissen. »Unter diesen Umständen, Frau Lukas, habe ich dann doch noch eine ganz kleine Frage: In Ihrer Vermisstenanzeige fehlt die Angabe des Mädchennamens Ihrer Mutter. Das ist sicher nur ein Versehen. Oder etwa nicht?!«

Er guckte mich an. Wie ein Mann mit einer Zange in der Hand eine Auster ansieht, weil er gespannt darauf ist, was wohl in der Schale sein wird, wenn er sie endlich aufknackt.

Ich zuckte die Schultern. »Nein.«

»Wie bitte?«

»Nein, den Mädchennamen meiner Mutter kenne ich nicht. Sie hat ihn nie erwähnt.«

»Und Sie haben nie gefragt?«

»Doch, schon. Aber Sie können sich nicht vorstellen … sie wird schrecklich grantig …«

Er guckte mich wieder an. Ich schlug die Augen nieder. Es gibt Dinge, die weiß man einfach. Es sei denn, man ist dumm wie eine Auster oder sonst irgendwie behindert oder man kann möglicherweise nicht wie alle normalen Menschen mit seiner Mutter reden – und dann weiß man sie eben nicht. Für welche dieser Möglichkeiten sich Polizeiobermeister Oskar Müller entschied, wollte ich lieber nicht wissen.

»Gut, gut. Ich werde dann losfahren, ich habe noch viel zu tun heute.« Er stellte seine Teetasse zurück auf das Tablett.

»Aber wenn es etwas Neues gibt, Oskarchen …«

»Ja, Onkel Gustav, natürlich, ich rufe euch an, wenn es etwas Neues gibt.«

* * *

Es war Mittag geworden. Die Sonne schien grell durch die Schaufensterscheiben. Die weißen Levkojen in ihrem Steintopf im Ladenfenster dufteten angestrengt in der Sommerhitze. Lisa ging nach vorne und öffnete weit unsere Ladentür. Aber auch das brachte keine Abkühlung. Kein Lüftchen bewegte die großen Kiefern vorne an der Gutenberg-Straße.

Ich fühlte mich schlaff wie ein heißer Pudding und war nur noch müde. Und gleichzeitig hellwach und angespannt wie das Drahtseil, das die Hängebrücke über dem Wasserfall hält.

»Du hast wenig geschlafen, Lilli. Geh doch ins Hinterzimmer und leg dich ein Stündchen hin.«

»Ja, tun Sie das, Lilli. Wenn Oskarchen anruft oder wenn wir eine neue Idee haben, dann wecken wir Sie.« Gustav Müller räumte die Teetassen zurück auf das Tablett und spazierte durch unsere offene Ladentür hinaus. »Schlafen Sie gut, Lilli!«

Lisa legte mir den Arm um die Schultern und führte mich sanft zu den Matten im Hinterzimmer. Ich legte mich hin. Auf die Matten, auf denen gestern noch meine masernkranken Kinder gelegen hatten. Und schlief nach zwanzig Sekunden ein. Träumte nichts, hörte kein Telefon, keine Geräusche vom Bücherkisten-Auspacken oder Regale-Umstellen.

Fast auf die Minute genau vier Stunden später wachte ich auf. Es war dämmrig, eine Wolldecke wärmte mich, eine Kerze brannte auf einer Untertasse neben mir auf dem Fußboden. Irgendwo in den vorderen Ladenräumen spielte leise Musik.

Ich stand auf, ging nach vorne. Lisa war gerade dabei, das Regal mit den Kinderbüchern neu zu sortieren.

»Du hast lange geschlafen, Lilli. Ich hoffe, es geht dir besser.«

»Mir ging es nicht schlecht.«

Sie lächelte milde und stieg von ihrer Leiter. »Dir ging es schlecht und das kannst du ruhig zugeben.«

»Gut, mir ging es schlecht und mir ist immer noch übel und ich gebe es zu. Und was jetzt?«

»Weiter weiß ich nicht, Lilli. Unser Versuch, mit dieser Frau Hüttner zu reden, war so albern. So sinnlos. Uns nimmt keiner ernst. Und jetzt machen die Herren von der Polizei irgendwelche Versuche, die auch ziemlich sinnlos aussehen. Ich hoffe nur, sie kommt bald von alleine zurück.« Sie guckte mich an. »Entschuldige bitte, Lilli, ich sollte dir jetzt ermutigende Dinge sagen und dir erzählen, wie toll ich die Polizei finde. Aber mein vernünftiger Bördeverstand sagt mir, niemand hat hier noch irgendetwas im Griff.«

Ich lehnte mich an die Wand, schlug die Hände vors Gesicht. Lisa legte den Arm um mich. Jetzt fing sie an zu weinen. Ich zog ihren Kopf an meine Schulter und streichelte ihren Rücken. Ich weinte nicht. Hielt sie einfach nur fest. Nach ein paar Minuten ging es uns beiden besser. Kaum zu glauben, aber es war so.

»Und – jetzt essen wir was, ja?«

Eigentlich wäre meine Antwort darauf ein glattes Nein gewesen. Aber ich ließ mich von Lisa ohne Gegenwehr zu unserer Ladentheke führen. Eine riesige altmodische Bratenplatte stand darauf. Lisa entfernte die Klarsichtfolie, mit der sie abgedeckt war. Leberwurstbrote, Käsebrote, Salatblätter, aufgeschnittene Radieschen.

»Gustav Müller hat für uns Abendbrot gemacht. Komm, greif zu, keine Ausreden bitte. Du musst unbedingt etwas essen – mir scheint, du brauchst noch ziemlich viel Kraft.«

Ich sah angewidert auf diese Ansammlung von Nahrungsmitteln. Lieber schaute ich aus dem Ladenfenster auf das Stück Himmel über der Gutenberg-Straße, das von hier aus zu sehen war. Die Sonne war schon untergegangen. Es musste irgendwann zwischen sechs und sieben Uhr sein. Langsam wurde es kühl im Laden. Durch den Raum zog ganz leicht der Geruch dieser dummen weißen Levkojen.

»Lisa – verkraftest du noch ein paar Dinge mehr, die du nicht verstehen kannst?«

Sie ließ ihre Hand mit dem Brot auf die Tischplatte sinken. »Noch mehr? Um Himmels willen.« Aber dann sah sie herüber zu mir und nickte schnell. »Ja, sicher, erzähl mal, ohne Rücksicht darauf, was ich ertragen kann.«

Gut. Ich klappte den Mund auf, suchte nach den richtigen Worten, mit denen ich ihr von den weißen Levkojen in Frau Hüttners Garten erzählen könnte und von einem asthmatischen Schwergewicht, das manchmal nachts auf meinem Handy anrief und behauptete, ein Freund von Mathilde zu sein. All die Dinge, die irgendwie in den Topf gehörten, in dem alles kochte. Vielleicht. Eventuell. Möglicherweise. Möglicherweise aber auch überhaupt nicht. Oder ganz im Gegenteil, diese Dinge brachten uns auf völlig falsche Ideen. Vielleicht bekam ich aber auch langsam eine Paranoia. Und Lisa würde mir genau das in ein paar Minuten sagen, wenn ich meine Levkojen-Geschichte zu Ende gestottert hatte. Ihr vernünftiger Bördeverstand würde jede meiner vagen Vermutungen streng betrachten und analysieren. Und am Ende zerrupfte sie meine Gedanken wie ein Unkraut. – Lieber wollte ich doch nichts sagen, kein Wort, nein.

»He, Lilli, was ist nun? Erzähle!«

Ich schüttelte den Kopf. »Meine verdrehten Geschichten behalte ich lieber für mich. Dann bleibt dein Verstand klarer und ich trübe dir nicht deinen Durchblick.«

»Ist das dein Ernst? Eben wolltest du doch noch reden?«

Ich schüttelte heftig den Kopf.

»Wie du willst. Aber wenn du es dir anders überlegen solltest – jederzeit!«

Ich nickte dankbar. Sah wieder hinaus auf die Straße.

»Alles klar, Lilli?«

»Ja, sicher.«

Alles war klar. So klar wie der Abenddunst über den Flutwiesen. So klar wie das Elbwasser im Zollhafen.

»Dann iss jetzt!«

Meine Hand fasste gehorsam über den Tisch, ich griff nach dem ersten Brot. Wir standen und kauten. Ich würgte an meinen Bissen, aber ich schluckte.

»Lisa, ich fahre jetzt nach Hause. Ich muss nachdenken.«

Sie guckte mich an. »Du meinst, du verkraftest es, alleine in unserer Wohnung zu sein?«

»Aber sicher.«

»Gut. Ich würde mich gerne heute Abend noch mit Gustav treffen. Ein bisschen zusammensitzen und reden. Du kannst mich jederzeit auf dem Handy erreichen.«

Ich nickte.

»Gut. Ich komme dann später nach Hause. Wenn du nichts dagegen hast.«

»Lisa, bitte, was sollte ich dagegen haben?! Ich halte es sehr gut alleine aus.«

* * *

Das war leicht übertrieben. Nein, es war eine ziemlich maßlose Übertreibung. Zumindest sah es am Anfang dieses Abends so aus. Ich schwang mich auf mein Fahrrad und fuhr nach Hause. Aber schon nach den ersten Metern auf der Gutenberg-Straße spürte ich wieder, wie dieser Druck aus meinem Nacken nach oben stieg.

In der Wohnung rannte ich zuerst auf die Toilette und übergab mich. Ging danach in die Küche und kochte mir aus Lisas Beständen eine Kanne Beruhigungstee. Schluckte eine Tablette gegen die Kopfschmerzen. Nahm endlich die Handy-Karte aus meiner Tasche und lud mein Guthaben auf. Und dann saß ich wieder auf dem Fußboden, den Rücken an die Küchentür gelehnt, trank beruhigenden Tee, dieses Mal aus einer roten Kindertasse, und grübelte. Sollte ich noch einmal versuchen, Mathilde mit dem Handy zu erreichen? Mein Gefühl für sie war mir völlig abhanden gekommen. Innerhalb weniger Stunden war es zwischen Hass und Wut und Beunruhigung und schrecklicher Angst hin und her geschwankt. Jetzt war in mir alles leer. Ich horchte in mich hinein, suchte.

Allerdings, wenn ich die Geschichte mit den Vergnügungsparks mal beiseite ließ – und die war noch lange nicht vom Tisch –, dann konnte ich inzwischen auch andere Dinge in Erwägung ziehen. Ich stellte mir vor, dass Mathilde gestern vielleicht doch noch eine Verabredung getroffen hatte, von der sie mir nichts erzählt hatte. Dass sie mit meinen Kindern im Auto zu dieser Verabredung gefahren war, ohne mich vorher zu fragen. Und wenn ich mir das vorstellte, dann wurde ich wieder wütend auf sie. Aber wenn ich mich auf der anderen Seite fragte, was eigentlich falsch daran war, meine Kinder mal eben kurz zu einem Termin mitzunehmen … oder vielleicht mit ihnen im Auto einen kleinen Umweg zu einem Supermarkt zu fahren, um noch schnell etwas einzukaufen – dann wusste ich, ich hatte überhaupt keine Veranlassung zu dieser Wut.

Und wenn Frank junior und Liane jetzt nicht da waren – niemand konnte behaupten, das hatte mit Mathildes Telefonat mit dem Anschluss von Hüttners zu tun! Nun gut, aber womit dann? War etwas falsch gelaufen? Was konnte passiert sein? Und was was was bitte sollte ich jetzt machen? Am liebsten hätte ich Mathilde angerufen und sie um Rat gefragt. Einmal mit ihr reden können, für ein paar Minuten. Sie stellte meistens die richtigen Fragen, sie brachte mich auf die Dinge, die mir weiterhalfen. Und nach dem Gespräch mit ihr würde mir besser sein, einfach schon, weil ich ihre Stimme gehört hatte und wieder wusste, dass sie für mich da war, wenn ich sie brauchte. Und es war verdammt unfair, dass sie gerade jetzt nicht für mich zu sprechen war. Oder?! Ich griff mein Handy und wählte Mathildes Nummer. Ließ es klingeln und rufen und rufen. Eine Minute, zwei Minuten. Nichts passierte. Niemand nahm mein Gespräch an.

Ich trug die Teekanne in mein Zimmer. Stieg über Kinderspielzeug im Flur. Hob die kleinen roten Schlafanzüge von meiner Schlafmatte, drückte sie an meine Wange und sog ihren Duft tief ein. Ich goss mir eine neue Tasse von Lisas Beruhigungstee ein. Trank ihn ganz langsam aus. Und war plötzlich sogar zu müde, mich auszuziehen. Ich legte mich mitten auf meine Schlafmatte und schaffte es gerade noch, die Wolldecke über mich zu ziehen.

Als mein Handy zum ersten Mal klingelte, hatte ich tief und traumlos geschlafen. Ich war sofort wach, schon beim ersten Klingeln. Drückte auf Anhieb die richtige Taste und nahm das Gespräch an.

»Lilli? Hallo, Lilli, gut, dass wir endlich reden können!«

Es war Frank und er hörte sich grauenvoll an.

»Mann, wie geht es dir? Ich habe mir Sorgen gemacht!«

»Aber doch nicht um mich, Lilli. Weißt du schon, dass in Mathildes Wohnung eingebrochen wurde?«

»Ja, das weiß ich. Und hast du gehört, ob die Spurensicherung etwas gefunden hat? Wissen sie schon, wer es war?«

»Wo denkst du hin. Die haben so viele Fingerabdrücke genommen und Spuren von Schuhsohlen. Und jetzt müssen wir warten. Unter Umständen kann das zwei Tage dauern, wenn der Computer nicht gleich findet, wonach er suchen soll.«

»Zwei Tage? Aber das geht nicht!«

Wir schwiegen beide.

»Und was ist nun mit deinem Kopf? Frank, mal ganz ehrlich!«

»Nichts. Nichts wirklich Schlimmes. Sie haben mir einen Verband gemacht. Heute Abend war ich schon wieder in der Buchhandlung.«

»Du musst dich schonen. Wie kannst du arbeiten gehen?!«

»Ich muss. Ich werde verrückt, wenn ich nur in der Wohnung sitze und warte.«

Er sagte kein Wort mehr und einen Moment lang hörte ich ihn nicht einmal atmen. Dann raschelte etwas, wischte, ganz dezent und leise. Jetzt war ich fast sicher, dass er den Hörer zuhielt, damit ich nicht hören konnte, dass er weinte.

»Frank? Bitte ...«

»Ich will die beiden zurückhaben! Ich will sie baden, ich will sie ins Bett bringen! Ich sehne mich so nach ihnen!«

»Ich auch. Sehr.«

»Wenn du wenigstens bei mir wärst, Lilli ...«

»Ich glaube, dass ich jetzt hier bleiben muss. Und du solltest dort sein. Falls sie doch noch in ihre Wohnung kommt. Dann bist du sofort da und kannst dich um Frank junior und Liane kümmern.«

»Glaubst du denn noch, dass sie zurückkommen?«

»Ja. Sicher. Was sollte ich denn sonst glauben?!«

»Ach, Lilli. Deinen Optimismus möchte ich haben.«

Wir schwiegen wieder. Jetzt hörte ich deutlich das leise Rascheln von einem Taschentuch.

Ich glitt allmählich in den Schlaf hinüber. Meine Gedanken fielen von mir ab, die Spannung in meinem Kopf ließ langsam nach. Aber der Tag war für mich noch nicht zu Ende. Das Handy klingelte. Ich wusste sofort, dass sein Atem schwer und stockend sein würde. Nahm das Gespräch an. Hörte seine Stimme in einem großen geschlossenen Raum, wie beim letzten Mal. Und lauschte auf seinen Atem, der schwer und stoßweise aus dem Handy kam.

»Hallo, Mädchen!«

»Hallo.«

»Nun, ist heute ein besserer Tag, um zu reden? Ist sie wieder da?«

»Wer? Mathilde?«

»Ja, deine Mutter! Ist sie reumütig zu dir zurückgekommen?«

»Nein. Ist sie nicht.«

»Ach?! Nicht reumütig, sondern hochmütig? Ja, so ist sie!«

»Nein, nicht reumütig und überhaupt nicht. Sie ist noch nicht wieder da.«

»Nicht da? Das finde ich aber gar nicht in Ordnung.«

»Ich auch nicht. Die Polizei sucht jetzt nach ihr.«

Wumm. Dieser Satz traf ihn wie ein Schlag mit dem Hammer. Er zog tief die Luft ein. Rang rasselnd nach Luft. Dann kam die Kraft seiner Stimme langsam zurück.

»Was? Die Bullen? Du hast deine Mutter angezeigt?«

»So würde ich das nicht nennen. Ich lasse sie suchen. Sie und meine Kinder.«

»Ach du Scheiße. Die Bullen! Wie konntest du das machen?! Die war doch schon immer … ein bisschen verückt. Eine kleine Schlampe. Die kommt schon zurück. Aber wann *sie* will.«

Da hatte er Recht, er hatte Mathilde ganz treffend beschrieben. Wenn ich Beweise dafür gesucht hätte, ob dieser Mensch meine Mutter wirklich kannte – mit den Sätzen lieferte er sie. Nur das Wort Schlampe stach darin wie ein Stachel. Schlampe nannten Männer Frauen, mit denen sie gerne mal was gehabt hätten, die aber nichts von ihnen wollten und sie abwiesen. Zitat Mathilde, wenn ich das richtig in Erinnerung hatte. Solche Erklärungen für dieses Wort gehörten zur Generation meiner Mutter, nicht zu meiner. Jetzt wurde ich unsicher: Hatte Mathilde vielleicht doch irgendwann einmal über einen verflossenen Verehrer gesprochen? Hatte ich es nur vergessen oder ihr nicht richtig zugehört? Auf jeden Fall sollte ich diesen Herrn ein wenig ernster nehmen.

»He, Mädchen, was ist los, träumst du?«

»Ich denke nach.«

»So? Ein bisschen zu spät, was?! Aber auch wenn sie noch nicht wieder da ist – wir beide könnten uns trotzdem mal treffen. Findest du nicht?«

»Ich … hm … was??? Warum sollten wir uns treffen?«

»Ich würde dich gerne kennen lernen. Deine Mutter hat so viel von dir erzählt. Was für ein großes Mädchen du geworden bist.«

»Ganz sicher, das bin ich. Und warum interessiert Sie das?«

»Weil ich dich schon kannte, als du noch so klein warst. So ganz klein. Ganz niedlich.«

»Ach ja?«

»Ja! Und jetzt könnten wir … Erinnerungen austauschen. Ein wenig über früher reden. Na, was sagst du dazu?«

»Was gibt es da schon zu reden?«

»Viel. Sehr viel. Deine Mutter behauptet, du hättest alles vergessen. Du hättest nicht die kleinste Erinnerung!«

»An was sollte ich mich erinnern?«

»Ja … an früher … an das große Haus … an deine Familie … an mich!«

»Ah ja. Aber ich erinnere mich nun mal nicht. An gar nichts.«

»Ach was, so was gibt es nicht. Lass mich nur mit dir sprechen, dann wird dir vieles wieder einfallen. Alles … ganz bestimmt.«

»Ich glaube, eher nicht.«

»Doch, doch! Wir müssen uns einfach nur sehen. Uns gegenüberstehen. Sozusagen Auge in Auge. Wann hast du Zeit für mich?«

»Ich … ähm …«

»Wie wäre es heute Abend? Jetzt gleich? So spät ist es noch gar nicht.«

An dieser Stelle unseres Gesprächs wurde ich endlich wach. Richtig wach. Mein klarer Verstand stellte sich neben mich und fing an, meine Worte zu kontrollieren, seine Worte zu überprüfen. Was wollte dieser Mann eigentlich von mir? Was war mit ihm los? Sein Atem zischte, das kannte ich schon. Aber seine Stimme war fest und zielstrebig. Bei seinen anderen Anrufen hatte ich den Eindruck, er hätte Mühe, die Substantive in die richtigen Fälle zu setzen und sich verständlich zu machen. Dieses Mal war es anders. Er wusste sehr genau, was er wollte. Pass auf, Lilli! Vorsicht! Lass ihn reden, aber lass ihn nicht über dich bestimmen!

»Wissen Sie … heute Abend lieber nicht.«

»Dann vielleicht morgen …?«

»Ja … ich denke schon … wir sollten uns noch einmal verständigen. Aber vielleicht könnten Sie mir ein wenig helfen, bis dahin?«

»Klar. Lass mal hören!«

»Sagen Sie mir, wo meine Mutter ist!«

»Was? Ich? Woher soll ich das denn wissen?!«

»Sie haben gesagt, dass Sie ein Freund meiner Mutter sind. – Ist sie nicht bei Ihnen?«

Er fing an zu lachen, sein Atem pfiff und wogte. »Nein, so weit kommt's noch.«

»Hat sie Ihnen gesagt, wohin sie fahren will?«

»Nein!«

»Kommen Sie, Sie kennen sicher Freunde, zu denen sie gefahren sein könnte? Geben Sie mir einen Tipp!«

»Nein! Überhaupt nicht! Nein nein nein!«

Sein Nein klang in meinen Ohren nach wie ein Echo. Eine kleine Sekunde lang dachte ich daran, ihn ein wenig zu erschrecken, damit er sich Mühe beim Nachdenken gab. Hallo, Herr Hüttner, Ihre Frau hat wunderschöne weiße Levkojen in ihrem Vorgarten. Ich habe heute Morgen feststellen können, wie schön sie duften. – Aber ich hielt mich zurück.

»Vielleicht haben Sie mit ihr darüber gesprochen, wohin sie fahren wollte?! Vielleicht jetzt, am Mittwoch? Sie haben Mathilde doch am Mittwoch gesehen, oder?«

Er zögerte, eine halbe Sekunde zu lange. »Was … wie … Wie kommst du denn darauf, Kindchen?!«

»Sie haben Sie nicht gesehen am Mittwoch?«

»Nein!«

»Aber Sie haben mit ihr telefoniert?«

»Was hast du für Ideen!«

»Doch. Mathilde hat –«

Vorsicht, Lilli, vorsichtig, vorsichtig!

»Mathilde hat mir gesagt, dass sie noch etwas erledigen will. Sich mit jemandem treffen. Und das waren Sie!«

»So ein Quatsch! So ein Unsinn!«

Es war der Klang seiner Stimme. Sein pfeifender Atem. Auch wenn seine Worte etwas anderes sagten – jetzt war ich sicher, dass ich mit meinen Vermutungen richtig lag. Mir wurde übel. Das Herz schlug mir bis zum Hals. Ich bekam keine Luft mehr, sprang von meiner Schlafmatte auf, riss die Balkontür auf, atmete tief die kühle Abendluft in meine Lungen. Nichts konnte mich beruhigen.

»Was ist los, Mädchen? Irgendwas nicht in Ordnung?«

»Doch … nein … danke, es geht schon wieder.«

»Gut, dann sprichst du mit mir? Du wirst dich mit mir treffen?«

Ruhig bleiben. Vorsichtig, vorsichtig.

»Selbstverständlich.«

»Ich rufe dich an. Geht das klar?«

»Aber ja!«

Er legte auf. Ich hielt das Handy noch in der Hand, während ich überlegte, was das alles bedeuteten könnte. Mein Kopf dröhnte, mein Herz pochte immer noch. Ich stützte mich auf das Balkongitter und sah zu den Häusern, die dem unseren gegenüberlagen. Überall waren die Fenster erleuchtet, die Balkontüren standen offen, um den warmen Abendwind in die Stuben zu lassen. Durch die geöffneten Türen fiel das Licht auf die Wiese zwischen den Häusern, auf den Fußweg, der die Wiese mit der Straße verband. Und ganz hinten, vor dem weißen Wegweiser mit der Aufschrift *Zur Bücherstadt,* stand ein Mann, ruhig und bewegungslos, und guckte zu mir herauf.

* * *

Als ich am Freitagmorgen um sieben die Tür zum Antiquariat öffnete, standen Lisa und Gustav Müller an der Ladentheke. Lisa trug denselben Pullover wie gestern, denselben Ohrring, hatte ihre Haare auf die gleiche Weise nach oben gesteckt. So als hätte sie sich die ganze Nacht nicht von der Stelle gerührt.

Sie standen eng beieinander und redeten, ich klinkte die Tür auf, die Ladenglocke läutete ihr Glockenkonzert und die beiden fuhren auseinander, guckten mir entgegen und erstarrten.

»Morgen, ihr beiden. Guckt mich nicht so entsetzt an! Oder ist was passiert?«

»Guten Morgen, Lilli. Wie geht es dir? Hast du gut geschlafen?«

Ich nickte. Aber meine Nacht war nicht allzu gut gewesen. Nicht einmal die kleine Radtour quer durch Waldstadt, die gerade hinter mir lag, hatte dazu geführt, dass meine Kopfschmerzen nachließen. Eher im Gegenteil. Ich ließ mich erschöpft auf eine leere Bücherkiste neben dem Tresen fallen und stützte die Hände unter meinen Kopf.

Gustav Müller hob die Kanne vom Stövchen und goss mir Tee ein. Ich atmete tief den Duft, spürte die Hitze, schloss die Augen. Lisa ging nach hinten, ich hörte den Wasserhahn. Sie kam zurück und stellte drei volle Gläser Wasser vor mir auf den Tisch.

»Danke!«

Ich nahm eine von meinen Tabletten, trank das Wasser. Mir wurde ein ganz kleines bisschen besser.

»Sie entschuldigen mich dann bitte, meine Damen. Ich glaube, ich sollte jetzt gehen. Ich helfe Ihnen hier sowieso nicht.«

Ich schüttelte heftig den Kopf. Lisa sprang von ihrer Bücherkiste und legte die Hand auf seine Schulter.

»Warte doch bitte. Einen kleinen Moment noch. Wir sollten es ihr erzählen!«

Ich hatte gerade nach meinem Tee gegriffen. Jetzt stellte ich die Tasse noch einmal auf den Tresen zurück. »Was müsst ihr mir erzählen, Lisa? Sag mir, wenn etwas passiert ist!«

»Nein, es ist nichts! Aber etwas anderes, Lilli ... vielleicht ist es wichtig ... Gustav, bitte, zeig es ihr.«

»Nein ... das ist alles so vage ... damit kann ich ihr jetzt nicht kommen ...«

»Bitte! Gustav!«

Er ließ sich wirklich lange bitten und ich hatte ein kleines bisschen den Eindruck, dass er Lisas Fürsprache genoss. Irgendwann kam er von der Ladentür zurück an den Tresen und stellte sich neben sie. Ein

Buch lag vor ihnen. Vor meinem Eintreten hatten sie sich ziemlich eifrig darüber gebeugt.

»Gut, Lilli, dann werfen Sie mal einen Blick in dieses Fotoalbum.«

Er schlug das Buch auf. Schwarze dicke Seiten, zwischen denen spinnwebendünne Pergamentblätter hingen. Kleine Schwarzweißfotos mit weißen Zackenrändern, Personen und Orte mit weißem Stift in altmodischer Schreibschrift unter die Bilder geschrieben.

»Dieses Fotoalbum, Lilli, gehörte meiner Mutter. Sie hat viel fotografiert, sehr viel. Eine alteingesessene Zossenerin, die viele Ereignisse mit ihrer Practica festgehalten hat. Manchmal waren ihre Fotos sogar in der Kreiszeitung. Sie hat mir zwanzig dicke Alben hinterlassen, und ich habe heute Nacht sehr lange in ihnen geblättert. Hier, in diesem sind Fotos aus den sechziger Jahren. Ich war damals ein junger Hirsch. Gerade in dieser Zeit hat sie oft private Fotos von mir geschossen, die auch für die Stadt von Bedeutung waren.«

Er überblätterte die ersten Seiten, suchte, schlug noch einmal zurück. Dann drehte er das Album zu mir herum. »Hier, Lilli, sehen Sie sich diese Aufnahmen an!«

Ich blickte auf die Seite, wahrscheinlich wie die berühmte Kuh, die sich ein Uhrwerk von innen ansieht. Vier gelbstichige Fotografien. Ein Fußballplatz, junge Leute in kurzen Sporthosen und Trainingsjacken. Drei Jungen auf einem Siegertreppchen. Hinter der bronzenen, der silbernen und der goldenen Stufe jeweils eine ganze Fußballmannschaft in Reihe aufgestellt. Und vor dem Siegertreppchen ein alter Herr und zwei hübsche blonde Mädchen, die einen Pokal auf die oberste Stufe der Siegertreppe hinaufreichen.

Ich hob meinen Blick von den Fotos und guckte Gustav Müller an. »Ja? Und? Was soll ich da sehen?«

»Sie sehen nichts? Ach, schade.« Er nahm das Album zurück und blätterte weiter, fast bis zum Ende. Schlug ein großes Doppelblatt auf, das mit handgemalten silbernen Eichenblättern umrahmt war. »Dann schauen Sie doch noch einmal, Frau Lukas. Hier, das ist acht Jahre später aufgenommen.«

Ich guckte wieder. Ein kleiner Saal, festlich mit Eichenzweigen geschmückt. Dunkle schwere Möbel, an den Wänden große Urkunden und die Öl-Porträts mehrerer alter Herren. Vor einem langen Tisch junge Männer und junge Frauen, fein gemacht mit steifen dunklen Anzügen oder kniekurzen hellen Kleidern mit Bolerojäckchen. Jeder von ihnen hielt eine Urkunde in der Hand.

»Und, Lilli?« Lisa beugte sich neben mir über das Album. Aber sie guckte nicht hinunter auf die Fotografien, sondern zur Seite, in mein Gesicht.

Auch Gustav Müller trat dicht neben mich. »Nun, Lilli, sehen Sie wieder nichts?!«

Ich wurde unruhig, schüttelte nur noch den Kopf. »Leute, was soll ich denn hier sehen, eurer Meinung nach?«

»Auf dem Fußballplatz, das junge Mädchen mit den blonden Zöpfen, die den Pokal überreicht. Oder hier, auf den Fotos von der Überreichung der Gesellenbriefe in der Industrie- und Handelskammer. Wenn Sie bitte genau hinsehen wollen.«

Ich versenkte meinen Blick in das Foto. Neigte den Kopf tiefer, ging noch dichter heran. »Was soll denn hier sein?«

Plötzlich erschien Lisas Zeigefinger in meinem Blickfeld. Sie bohrte ihn in das Foto, zeigte auf eine schlanke junge Frau mit hoch aufgetürmten blonden Haaren. »Die hier, Lilli, die Dritte von links, siehst du das nicht?! Das ist doch Mathilde!«

Zwanzig Fotografien und zwei Fotoalben weiter war ich noch immer nicht überzeugt. Sie zeigten mir die angebliche Mathilde in mehreren Lebensaltern und in verschiedenen Lebenslagen. Sie hieß allerdings nicht Mathilde, sondern Hilde. Und sie hatte niemals braune Haare, so wie ich sie aus meiner Kinderzeit in Erinnerung hatte, sondern trug blonde Zöpfe und später einen blonden Pferdeschwanz, den sie noch später zu einer hohen Lockenfrisur auftürmte, wie auf den Aufnahmen bei der Überreichung der Gesellenbriefe in der Industrie- und Handelskammer. Es gab ein Bild von einem festlichen Umzug über den Marktplatz von Zossen, auf dem sie als junge Frau neben einem geschmückten Pferdewagen lief und ihre Haare unter einem dicken Blumenkranz wieder in langen blonden Zöpfen über die Schultern herunterhingen.

»Und das soll meine Mutter sein?! Wie kommen Sie bloß auf so etwas?«

»Das war schon am Mittwoch, als sie kam, um die Kinder zu holen. Gleich als Ihre Mutter den Laden betrat. Ich hatte sofort so ein Gefühl … so ein … sie kam mir bekannt vor. Wie durch einen Schleier, über eine ungeheure Distanz … aber ich vergesse nie jemanden.«

Ich schüttelte den Kopf, starrte ihn an.

»Lilli, könnten Sie sich das denn nicht vorstellen?! Ihre Mutter, in sehr jungen Jahren. Warum soll sie denn nicht hier gelebt haben?!«

»Weil sie mir davon erzählt hätte. Früher schon. Oder spätestens jetzt, als ich ihr gesagt habe, dass ich nach Waldstadt gehe. Aber sie hat sogar ausdrücklich gesagt, dass sie Waldstadt nicht kennt, Wünsdorf, Zossen – sie ist niemals hier gewesen. Wir haben immer schon an der Elbe gelebt. Es tut mir Leid, Herr Müller, Sie haben sich sehr viel Mühe gemacht. Aber ich glaube …«

»Lilli, du musst offener sein. Bereit, dich überzeugen zu lassen. Was Mathilde dir irgendwann mal erzählt hat, das kann alles wahr sein. Aber es könnte auch nicht wahr sein. Sie könnte alles erfunden haben. Du kannst das nicht nachprüfen. Also vergiss es jetzt einfach mal.«

Ich glaube, mein Gesicht war ein einziges Fragezeichen, als ich Lisa ansah. »Kannst du mir irgendwie erklären, wie du das meinst?«

»Natürlich kann ich dir das erklären: Was hat dir Mathilde darüber erzählt, wo sie herstammt? Wo lebte ihre Mutter, ihr Vater?«

Ich zog die Schultern nach oben. »Bei uns, an der Elbe …«

»Und wo genau, in welcher Straße, in welchem Haus?«

»Weiß nicht.«

»Was?! Aber du hast Mathilde danach gefragt, oder?«

»Ja. Natürlich.«

»Und?«

»Sie hat gesagt, darüber will sie nicht sprechen. Niemals. Und fertig.«

»Und fertig?«

»Meine Güte, Lisa, du weißt, wie sie ist. Stur wie ein Esel. Wenn sie nichts sagen will, sagt sie nichts. Ich dachte dann, sie hat sich vielleicht mit ihren Eltern zerstritten. Und will sie nie wiedersehen.«

»Aber es sind *deine* Großeltern. Es ist auch ein Stück von *deinem* Leben! Lilli!«

Ich nickte. Da hatte Lisa absolut Recht und mir fielen keine klugen Argumente mehr ein, um mich gegen ihre Angriffe zu verteidigen. Nur – was hatte Lisas wirklich gute Beweisführung mit der jungen Frau auf den Fotos zu tun?

Ich schüttelte den Kopf, setzte mich wieder zurück auf meine Bücherkiste und schlug die Hände vors Gesicht. Gustav Müller legte seine Hand auf meine Schulter, ich glaube sogar, er streichelte mich.

»Lassen wir es gut sein für heute, Lilli. Machen Sie sich keine Gedanken mehr.«

Ich nickte. Gustav Müller schien mir nicht böse zu sein. Vielleicht war es ja auch vollkommen egal, ob das auf den Fotos nun Mathilde war oder nicht. Brachte mir ein *Ja, das ist sie* oder ein *Nein, ganz bestimmt nicht* meine Kinder zurück?

Gustav Müller schien meine Gedanken zu hören. Langsam nahm er seine Hand von meiner Schulter. »Wir sehen uns dann heute Nachmittag, meine Damen. Ich werde mich jetzt mal wieder um meine Bücher kümmern. Aber wenn Sie mich brauchen sollten oder wenn es etwas Neues gibt, lassen Sie es mich wissen. Dann bin ich in zwei Minuten zurück.«

Er räumte die Teetassen ab, stellte Stövchen und Kanne auf das Tablett. Winkte Lisa, warf mir einen letzten Blick zu und ging aus dem Laden.

Ich guckte ihm nach. Irgendetwas stimmte an diesem Abgang nicht. Wie hatte er mich eben angesehen? Traurig, irgendwie mitleidig? Oder eher forschend? Und nun ging er langsam, gebückt und in Gedanken versunken über den Innenhof, vor den Schaufenstern der Kollegen entlang. Vorne an der Ecke, vor dem Eingang zu den anderen Antiquariaten blieb er sogar noch einmal stehen und blickte nachdenklich zu mir zurück.

* * *

Die Kopfschmerztablette wirkte heute Morgen überhaupt nicht. Ich holte mir drei Gläser Wasser und nahm noch eine zweite Tablette. Es war die vorletzte. Ich raffte mich auf, drückte meine Kopfschmerzen in die hinterste Ecke meines Körpers und legte meine verwirrten Gedanken dazu. Dann hockte ich mich neben das Telefon auf den Fußboden und wählte unsere Nummer. Frank war zu Hause. Er hörte sich noch schlimmer an als gestern.

»Hast du was von ihnen gehört?«

»Nein. Und du? Irgendetwas?«

»Vergiss es. Langsam werden hier alle verrückt. Sogar Lisa.«

»Das kann ich verstehen. Ich fühle ich mich auch so … als würde ich neben mir stehen und mich beobachten. Als ob das nicht mir passiert, sondern einem anderen. Lilli, wenn ich Mathilde erwische …«

»Das sagtest du gestern schon.«

»Und vorgestern. Heute Nacht bin ich immer wieder aufgewacht und dachte, das Telefon klingelt. Oder es wird gleich klingeln und irgendetwas Schreckliches wird passiert sein und ich bin so weit weg und kann ihnen überhaupt nicht helfen. Ich kann nicht mehr, Lilli. Ich glaube, ich werde ihr gar nichts tun. Ich will nur noch, dass sie zurückkommt. Sie soll mir meine Kinder bringen. Und dann würde ich sie in meine Arme schließen …«

»Das Beste wäre vielleicht, du fährst jetzt in die Buchhandlung.«

»Auf keinen Fall, Lilli. Auf gar keinen Fall. Ich packe gerade meine Reisetasche. In zehn Minuten fahre ich los.«

»Los? Wohin denn?«

»Nach Zossen natürlich. Ich muss mit der Kripo sprechen.«

»Aber das mache ich doch.«

»Anscheinend nicht richtig. Seit gestern Abend läuft eine Fahndung, die überhaupt nichts bringt. Seit gestern Mittag suchen die in ihren Computern nach einem Sohlenprofil und ein paar läppischen Fingerabdrücken. Ich glaube, denen muss ich mal richtig Dampf machen! Ich muss mit dem Chef sprechen!«

»Frank, bitte!«

»Oder wollen die, dass ich ihnen ein Bestechungsgeld zahle?! Bitte, das mache ich!«

»Frank! Du hörst dich an, als ob du nicht mehr ganz bei dir wärst.«

»Lilli … verdammt noch mal … was soll ich denn machen?«

»Keine Ahnung! Bitte, halt durch, Frank! Bleib, wo du bist! Und bleib ruhig!«

Wir legten auf.

Lisa kam zu mir und legte mir die Arme um die Schultern. »Komm,

Lilli, lehn dich an. Wenn du willst, heul dich aus. Ihr habt beide keine Nerven wie Drahtseile.«

Jetzt kamen mir wirklich die Tränen. Und während ich an Lisas Schulter gelehnt weinte, fragte ich mich, wer wohl jetzt Frank trösten würde. Seine Verlagsvertreter, ein Kollege aus der Buchhandlung oder Steve Mager? Hatten Männer eigentlich Freunde, die ihnen ihre breiten Schultern hinhielten und sagten, komm, heul dich einfach mal bei mir aus?

* * *

Es war völlig unsinnig, aber an diesem Vormittag fingen wir an, die Regale mit den Technik-Bänden einzurichten.

Ich stieg auf die Leiter und Lisa reichte die einzelnen Bände zu mir herauf. Wir arbeiteten schweigend. Irgendwann ging Lisa nach vorne in den Laden und legte die Kassette mit den Liedern von Springsteen auf. Aber als das erste Lied erklang, *Driving home she grabs something to eat, Turns a corner and drives down her street,* ging Lisa zum Rekorder zurück und drückte ihn einfach aus. Zwei Stunden lang sagten wir beide kein Wort. Möglicherweise waren es sogar drei Stunden. Ich hatte genügend Zeit nachzudenken. Zu grübeln. Gesichter und Worte und Gesten an mir vorbeiziehen zu lassen. Nichts, nichts fiel mir ein. Nicht ein einziger Satz von Mathilde, den Polizeiobermeister Oskar Müller einen Hinweis nennen würde, dem er nachgehen könnte. Keine Freunde, keine Feinde. Vielleicht das seltsame Gefühl in meinem Bauch, wenn ich an Mathildes Verhalten in den letzten Wochen dachte. Aber zählten seltsame Gefühle im Bauch als Hinweise bei einer Fahndung?

Immer wieder aber landeten meine Gedanken bei dem weißen Fleck im Blumenbeet vor Familie Hüttners Haus. Mit Sicherheit war auch das nichts, wofür sich Oskar Müller interessieren würde. Aber wenn nun mein nächtlicher Anrufer wirklich der Chef vom Baubetrieb Hüttner wäre? Es sah sehr danach aus. Und dieser Mann lebte, wie ich von Gustav Müller wusste, auch schon sein ganzes Leben lang in dieser Gegend. So gesehen war Gustav Müller schon der zweite Mensch, der mir Hinweise dafür lieferte, dass Mathilde früher hier gelebt hatte. Vielleicht in Zossen, in Wünsdorf, in Waldstadt? Ja, alles möglich. Aber was brachte mir das? Sollte ich Polizeiobermeister Oskar Müller davon erzählen? Was würde dann passieren? Womöglich stellten sie die große Fahndung ein und suchten nur noch in dieser Gegend weiter? Aber andererseits – vielleicht wäre es sehr informativ, wenn Oskar Müller sich einmal ernsthaft mit dem Chef vom Baubetrieb unterhalten würde? Vielleicht könnte er aus Johannes Hüttner herausfragen, ob er sich möglicherweise mit Mathilde hatte treffen wollen, um alte Erinnerungen auszutauschen. Oder um zu überlegen, wo Mathilde sich mit meinen Kindern verstecken könnte, bis ich die Nerven verlor und nach Hause zurückkehrte. Nein, Unsinn, das war schon wieder so ein paranoider Gedanke von mir. Nein, damit sollte ich dem Polizeiobermeister lieber nicht kommen. Diesen schwergewichtigen Maurermeister würde ich schon alleine bezwingen. Was der wusste, das sagte er mir.

Sollte ich mich vielleicht auf mein Fahrrad schwingen und nach Margensee radeln, mich hinter die Linde vor Hüttners Haus stellen und mir diesen Mann mal ansehen? Einfach mal schauen, ob ich in seiner Nähe ein gutes oder ein schlechtes Gefühl bekam. Ja, das könnte ich machen. Jetzt, gleich, in einer Minute, könnte ich losfahren. – Und Lisa? Nein, Lisa sollte ich von dieser Aktion besser nichts erzählen. Wenn ich nachher zurückkam, würde ich hoffentlich klarer sehen, was ich von Hüttner zu halten hatte. Und dann, Lisas wachen Bördeverstand hin oder her, würde ich ihr von diesem Mann erzählen. Gustav Müllers phantasievollen Geschichten über Mathilde hatte sie heute Morgen ja auch ganz begeistert zugehört.

Genau in dem Moment, als ich Lisa sagen wollte, dass ich eine Tour mit dem Fahrrad machen würde, um auf andere Gedanken zu kommen, quietschten vor unserem Laden heftig die Bremsen eines Autos.

Lisa warf die Bücher, die sie mir gerade nach oben reichen wollte, zurück in die Kiste. Ich beugte mich von der obersten Stufe der Leiter hinab, um durch das Schaufenster nach draußen zu spähen. Aber es war nicht Mathilde. Vor der Tür stand ein Polizeiauto. Zwei Polizisten in Uniform stiegen aus und liefen mit flotten Schritten auf unseren Eingang zu. Ich erstarrte.

Sie rissen die Ladentür auf, es läutete auf die übliche barocke Weise. Mit einem Blick hatten sie alles unter Kontrolle, den vorderen Ladenraum und den hinteren, die Türglocke und Lisa und mich, oben auf meiner Leiter. Das dauerte eine halbe Sekunde, und schon stürmten sie auf uns zu und stürzten sich auf Lisa.

»Polizeimeister Sasse von der Polizeiwache Zossen. Frau Lukas, bitte kommen Sie mit!«

Lisa atmete einmal kurz durch und hob den Blick. »Kommst du runter, Lilli?«

Mir zitterten die Knie, als ich die Stufen nach unten stieg. »Ich bin Lilli Lukas. Was ist passiert?«

»Wir sind nicht zu einer Auskunft berechtigt, Frau Lukas. Wir sollen Sie nur abholen und zu Polizeiobermeister Müller bringen.«

Lisa ging nach vorne zum Tresen und kehrte mit unseren Taschen zurück. »Lilli, ich lasse dich nicht alleine fahren, ich komme mit.«

»Das ist nicht gestattet. Wir holen Frau Lukas ab und sonst niemanden!«

Ich holte tief Luft, auch Lisa atmete einmal tief durch. Wir umarmten uns kurz. Dann stieg ich mit den beiden freundlichen Herren ins Auto.

Wir fuhren nicht nach Zossen zur Polizeiwache. Wir fuhren auf der schnurgeraden Straße nach Zossen hinein, brausten über den Marktplatz, bogen in die Bahnhofstraße und fuhren schon wieder aus Zossen hinaus. Die Sonne schien warm von einem wolkenlosen Himmel. Der Tag wurde heiß. Hohe Chausseebäume zeichneten sich klar vor dem blauen Himmel ab. Freundliche Einfamilienhäuser, Gärten und Reihenhäuser, die friedlich in der Nachmittagssonne träumten. Eine lange Straße, ein langer Wald, ein Dorf, ein Ortsteil, ein weiteres Dorf, dann bogen sie mit mir von der Straße ab in einen dichten Wald. Hohe Kiefern, undurchdringliche Ahornbüsche, Birken, eine Reihe von Eichen. Bis in meinen Hals hinauf fühlte ich, wie heftig mein Herz schlug. Hinter jeder Wegbiegung erwartete ich etwas Schreckliches: ein ausgehobenes Loch im Waldboden, einen ausgebrannten Wagen. Mathildes Auto, das nur noch mit dem Heck aus einem Waldsee ragte. Am liebsten hätte ich die Augen geschlossen. Aber das wagte ich schon gar nicht.

Sie durchquerten mit mir den Wald. Das dauerte zehn oder zwölf Minuten, dann wechselte der Baumbestand. Keine Kiefern mehr, stattdessen Buchen, Buchen und Buchen. Irgendwann endete auch dieser Wald und wir fuhren auf eine Wiese hinaus. Weiter auf einem Feldweg, immer am Waldrand entlang. Wieder ein dichtes Gebüsch aus jungen Buchen oder Haselnussbäumen. Dahinter schimmerte etwas. Zwischen Bäumen am Waldrand versteckt. Ein blauer Passat.

Etwas aus meinem Magen wollte sofort nach oben.

»Anhalten!«

Sie warfen sich einen Blick zu, guckten zu mir auf die Rückbank. Das Auto hielt, ich riss die Tür auf und sprang nach draußen. Rannte hinter einen Busch und übergab mich.

»Verwischen Sie keine Spuren, junge Frau. Seien Sie vorsichtig!«

Ich kotzte zu Ende. Vorsichtig. Dann ging ich langsam die letzten hundert Meter auf den blauen Passat zu.

Zwei Frauen in weißen Anzügen hatten ihre Stahlkoffer auf der Wiese neben dem Passat aufgeklappt, beugten sich über Sitze und Armaturenbrett und suchten Spuren. Neben dem Auto stand ein hochgewachsener Herr mit gepflegtem Kurzhaarschnitt und heller Schimanskijacke. Oskar Müller stand neben ihm, mit einem Gesicht, als hätte er in eine Zitrone gebissen. Und neben Oskar Müller stand ein freundlich lächelnder Polizist mit einem angeleinten Schäferhund an der Hand. Auf der anderen Seite des Feldweges parkten drei Polizeiautos.

Ich ging langsam näher. Langsamer und immer langsamer. Dann lief ich neben mir. Sah mich auf Mathildes Auto zugehen, wie in Zeitlupe. Sah, wie der Hund seine Schnauze hob und zu mir herüberwitterte. Sah, wie der Hundeführer in meine Richtung guckte. Sah Oskar Müller seinen Blick von dem blauen Passat reißen und mir zunicken. Und sah mich laufen und laufen und laufen. Zuletzt steckte eine der Frauen von der Spurensicherung ihren Kopf aus der Autotür. Sie war die Erste, die mir entgegenlief. Sie fing mich auf.

»Ist ja gut, Kindchen, komm, ganz ruhig bleiben! Ist ja gar nichts passiert!«

Ich kam wieder zu mir. Oskar Müller schob seine Hände unter meine Arme. Von irgendwoher wurde ein Klappstuhl gebracht und unter meinen Hintern geschoben. Ich ließ mich fallen, lehnte mich zurück, ein stark riechendes Fläschchen wurde unter meine Nase gehalten, an meinen Handgelenken wurden heftig ein paar Punkte gedrückt. Das Gesicht von Oskar Müller erschien dicht vor meinen Augen.

»Frau Lukas, beruhigen Sie sich! Es ist nichts geschehen, worüber Sie sich aufregen müssten. Wir haben das Auto Ihrer Mutter gefunden. – Aber das ist auch alles. Es war niemand darin.«

Oskar Müllers Gesicht wurde zur Seite geschoben, der solide Haarschnitt mit der Schimanskijacke tauchte vor mir auf wie eine schwimmende Boje. »Frau Lukas – Hauptkommissar Meiers, Potsdam. Ich habe die Sache jetzt übernommen. Seien Sie unbesorgt, es wird alles getan.«

Sein Gesicht verschwand wieder aus meinem Blickfeld. Stattdessen tauchte der belebende Geruch des Fläschchens noch einmal auf. Aber die Stimme des Hauptkommissars hörte nicht auf zu reden. Weit weg und halblaut hörte ich deutlich jedes einzelne Wort.

»Wenn die Frau uns jetzt bloß nicht schlappmacht! Ich war gleich dagegen! Angehörige haben am Tatort nichts zu suchen! Das hält uns nur auf!«

»Und wer sollte uns sonst sagen, ob etwas im Wagen ist, was nicht hineingehört?«

»Das kann die Spurensicherung auch. Dauert nur unwesentlich länger. Sie sollten sich angewöhnen, sich an die Vorschriften zu halten, und zwar hundertprozentig. Ist das klar?!«

Die Frau von der Spurensicherung murmelte etwas und schwenkte das Riechfläschchen noch einmal vor meinem Gesicht. »Na, Frau Lukas, geht es Ihnen jetzt besser?«

Die andere Frau nahm ihre Finger von meinem Handgelenk. Sie guckten aufmunternd in mein Gesicht.

»Machen Sie sich keine so großen Sorgen. Wir haben keine Blutspuren gefunden, keine Spermaspuren, keine Spuren von einem Kampf … Und glauben Sie mir, wir sind sehr gründlich.«

Jetzt schob sich der freundliche Polizist mit dem Schäferhund in mein Blickfeld. »Seit einer Stunde sind wir mit der Hundestaffel unterwegs und suchen den Wald und die nähere Umgebung ab.«

Ich nickte langsam, schloss kurz die Augen. Atmete einfach weiter.

»Frau Lukas! Wenn es Ihnen besser geht, würde ich Sie jetzt gerne sprechen!«

Ich erhob mich langsam. Der Hauptkommisar sah mir entgegen.

»Soweit wir das zum jetzigen Zeitpunkt einschätzen können, gibt es keine Spuren im Auto, die auf Gewalt hindeuten. Es gibt also keinen Grund, in Ohnmacht zu fallen! Eigentlich können Sie sich freuen!«

Der Herr Hauptkommissar versuchte zu lächeln. Seine Lippen öffneten sich schmal und gerade wie zwei Straßenbahnschienen. Ich starrte ihn an, aber ich konnte nicht erkennen, ob er generell Schwierigkeiten hatte zu lächeln oder ob die Lage von Mathilde und den Kindern für ihn aussichtsloser war, als er zugab.

Er zeigte mir einen Wagenheber, ein zusammengeklapptes Warndreieck, einen dunkelblauen Regenschirm, eine Luftpumpe, einen zweiten Wagenheber, einen Satz Schraubenschlüssel, bei dem der größte fehlte.

»Gehört auch der zweite Wagenheber Ihrer Mutter, Frau Lukas?«

Ich nickte.

»Und der fehlende Schraubenschlüssel? Wir konnten ihn nirgendwo im Auto oder im näheren Umkreis finden.«

Ich schüttelte den Kopf. Der Schraubenschlüssel fehlte schon seit dem letzten Sommer. Wir waren mit Liane und Frank junior an die Elbe gefahren und die beiden hatten damit an einem angetriebenen verrosteten Holzpflug herumgeschraubt. Also Fehlanzeige. Einen großen hellblauen Lappen zeigte ich ihnen, den ich bisher nicht bei Mathilde gesehen hatte. Er hatte Wabenstrukturen und verschmierte tiefschwarze Flecke und sah aus wie ein überdimensionales Silberputztuch.

»Sonst noch etwas, was fehlt oder nicht hierher gehört? – Gut, dann danken wir Ihnen, Frau Lukas. Lassen Sie den Kopf nicht hängen! Denken Sie immer daran, verschwundene Kinder haben eine günstige Überlebensrate. Wir schaffen das schon!«

Der Hauptkommissar versuchte es noch einmal mit einem Lächeln, gab mir zum Abschied die Hand und wandte sich wieder Mathildes Passat zu.

Polizeiobermeister Oskar Müller nahm sanft meinen Arm. »Kommen Sie, Frau Lukas, ich bringe Sie zurück zum Wagen!«

»Herr Müller – was ist, bitte, eine Überlebensrate?«

Er zog mich mit sich. »Das ist die Wahrscheinlichkeit, im Durchschnitt gesehen, nach einem bestimmen Zeitpunkt den Vorgang noch positiv beenden zu können.«

»Was? … Wie bitte?«

»Ausschlaggebend ist der Zeitpunkt, gemessen vom Verschwinden der gesuchten Personen, nach dem die Wahrscheinlichkeit eines Wiederauffindens statistisch gesehen sinkt …«

Er zog und schob mich, immer vorwärts zu dem Polizeiauto, mit dem ich gekommen war. Ich sortierte, versuchte zu verstehen.

»Und was für eine Überlebensrate haben verschwundene Kinder?«

»Zwei Tage.«

»Oh Gott! Nur zwei Tage?!«

»Vielleicht sind es auch drei Tage. Das sind alles nur Durchschnittswerte! Statistik! Nichts weiter! Das hat gar nichts zu sagen!«

»Aber es sind doch schon wieder drei Tage!« Mir war plötzlich übel. Meine Beine wurden weich, meine Knie knickten ein.

»Frau Lukas, wenn Sie jetzt zusammenklappen, lässt mein Chef Sie ins Krankenhaus bringen. Und wenn Sie Pech haben, werden Sie dort bleiben, schon damit Sie ihn nicht mehr stören können bei seinen Ermittlungen. – Also los, tief durchatmen und schön ruhig weitergehen!«

Er griff kräftig unter meinen Arm. Ich gab mir Mühe. Er ließ mich nicht mehr los während der hundert Meter, die noch vor mir lagen. Öffnete mir die Autotür. Half mir beim Einsteigen. Dann erst fing er an zu reden.

Geduldig erklärte er mir, was an diesem Vormittag in diesem Waldstück geschehen war. Er erklärte es zweimal, weil mir immer noch so übel war, dass ich Mühe hatte, mich auf seine Worte zu konzentrieren.

Der Revierpolizist von Baruth hatte nach der offiziellen Einleitung der Fahndung seine übliche Runde durchs Städtchen auf die umliegenden Waldgebiete ausgedehnt. Hier hatte er, ziemlich weit abgelegen vom Ort und hinter Büschen versteckt, Mathildes Auto gefunden. Er hatte Oskar Müller verständigt, Oskar Müller hatte seinen Chef in der Polizeiwache verständigt, und der hatte die Meldung weitergeleitet in die übergeordnete Einrichtung. Oskar Müller war zu dem cleveren Revierpolizisten hinaus in den Wald gefahren, und gemeinsam waren sie den Reifenspuren gefolgt, um festzustellen, woher das Auto gekommen war, ehe es auf die Waldwiese hinausfuhr. Aber die Reifenspuren verloren sich im Laub unter den Buchen, zwischen denen in der Nacht eine Horde Wildschweine gewühlt hatte. Genau das bereitete den Suchhunden, die eine halbe Stunde später eintrafen, ziemlich heftige Probleme. Um das Auto herum und auf dem Boden vor den Wagentüren gab es überhaupt keine Spuren, nur tiefes weiches Waldmoos. Somit konnte bis jetzt niemand sagen, aus welcher Richtung das Auto gekommen war, wie viele Personen ausgestiegen und eventuell weggegangen waren. Es war, als wäre Mathildes Auto an einem Fallschirm zur Erde gesegelt und weich im Wald gelandet.

Bis auf die Dinge im Kofferraum, die sie mir gezeigt hatten, war das Auto leer. Nicht einmal die Jacken der Kinder waren darin oder die Reisetasche von Mathilde. Auf dem Armaturenbrett lag zusammengeknüllt der Zettel, auf dem Lisa die Adresse unserer Wohnung notiert hatte. Immer noch suchte die Spurensicherung jeden Zentimeter des Autos ab. Im Wald suchten die Hundeführer mit ihren Hunden.

Das war alles, was Polizeiobermeister Oskar Müller mir sagen konnte. Im Moment war er ratlos. Er hatte keine Erklärung dafür, warum Mathilde ihr Auto mitten im Wald stehen lassen und mit den kranken Kindern zu Fuß weitergehen sollte. Möglich, dass sie zurück zur Landstraße gelaufen und dann getrampt war. Aber das Auto war nicht kaputt und die Straße weit entfernt, somit schien das eher unwahrscheinlich. Oder war Mathilde schon hier im Wald in ein anderes Auto umgestiegen? Aber aus welchem Grund? Und in wessen Auto? Oskar Müller schlug mir noch einige andere Möglichkeiten vor, was Mathilde im Wald getan haben könnte, bevor sie ihr Auto verließ. Irgendwann schloss ich einfach die Augen. Es strengte mich furchtbar an, mir vorzustellen, was mit Frank junior, mit Liane oder mit Mathilde passiert sein könnte. Und es strengte mich noch mehr an, die schrecklichen Phantasien zu unterdrücken, die jetzt in mir aufstiegen.

»Und was ist mit den Spuren in Mathildes Wohnung?«

»Wir sind noch dabei. Bisher konnten wir nichts zuordnen.«

Ich war erschöpft und ich wusste nicht weiter. Mein Kopf schmerzte und mir war grün vor den Augen. Es war nur noch eine Frage der Zeit, dann würde ich ohnmächtig werden.

»Ich möchte jetzt losfahren!«

Oskar Müller winkte den beiden Beamten.

»Ich rufe Onkel Gustav an, damit er kommt und sich um Sie kümmert. Sie sollten zu einem Arzt gehen!« Er schlug die Autotür zu. »Und jetzt Kopf hoch!«

Wir fuhren los. Meine Tränen flossen. Ich lehnte mich zurück, griff in meine Handtasche und angelte mein Handy heraus. Drückte mich in den Nummernspeicher und wählte die Nummer von Mathildes Handy. Ich wusste ganz genau, dass ich jetzt nicht vernünftiger war als Gustav Müller mit seinen Fotoalben oder Frank, der nach Zossen kommen wollte, um die Polizei zu bestechen. Aber vernünftig oder nicht, ich wollte mit meiner Mutter sprechen. Sie fragen, was ich tun könnte. Jetzt, wo die ganze Sache von Stunde zu Stunde immer undurchsichtiger wurde.

* * *

Als die netten Herren mit mir durch den Wald zurückfuhren, begann es zu regnen. Erst nur leicht, dann ein wenig mehr und dann richtig heftig. Die Motorhaube dampfte, der Scheibenwischer mühte sich ab, die Wassermengen von der Frontscheibe zu schieben. Auf das Dach trommelten dicke Tropfen. Ich saß zusammengesunken auf dem Polster der Rückbank und versuchte, nicht mehr zu denken. In meinem Kopf dröhnte noch immer der Rufton von meinem Handy.

Während ich noch das Handy ans Ohr drückte, waren die netten Kollegen mit mir aus dem Wald hinaus und durch Zossen gefahren und kurvten jetzt bereits durch die Straßen von Waldstadt. Gelbe Mauern, gelbe Häuser, die Heeres-Sportschule und das Haus der Offiziere zogen am Autofenster vorbei. Mir war nur noch übel. Was auch immer jetzt noch in meinem Magen war, ließ sich nicht einmal mehr mit tiefer Bauchatmung beruhigen.

»Anhalten!«

Sie warfen sich einen Blick zu, drehten die Köpfe nach hinten. Die Bremsen quietschten. Ich kippte nach vorne. Sie sprangen aus dem Auto, meine Tür wurde aufgerissen, ich wurde nach draußen gehoben und an den Straßenrand gestellt und festgehalten, bis alles aus mir heraus war. Mehr als ein knappes Danke brachte ich nicht zustande. Ich zitterte, kalter Schweiß lief mir den Rücken hinunter.

»Wie wär's mit der Rettungsstelle, junge Frau?«

Ich schüttelte den Kopf.

»Zum Arzt Ihres Vertrauens?«

»Nein!«

»Apotheke?«

»Ich will einfach zurück in die Bücherstadt. Jetzt gleich.«

Sie nickten ergeben und halfen mir vorsichtig wieder in den Wagen. Er war sauber geblieben und das sollte wohl auch so bleiben. Diesmal machten sie keine Umwege und keine Besichtigungstouren durch Waldstadt mehr. Sie fuhren einfach in die Gutenberg-Straße und hielten mit quietschenden Reifen vor unserer Buchhandlung.

Wie ein Paket lieferten sie mich bei Lisa ab. Oder wie eine Schnapsleiche, die alleine nicht mehr nach Hause findet. Lisa rückte mir den Stuhl zurecht, auf dem sonst immer Gustav Müller saß. Ich wurde auf die Sitzfläche hinabgelassen. Schritte entfernten sich, unser Glockenspiel ertönte, die Tür schloss sich.

»Uff. Endlich sind sie weg. Ich fühle mich nie wohl in ihrer Nähe.« Lisa ging nach hinten in unsere kleine Toilette und kam mit einem Glas Wasser zurück. »Möchtest du eine von deinen Kopfschmerztabletten?«

Ich nickte dankbar, nahm das Wasser aus ihrer Hand und trank.

»Du musst dir jetzt keine Erklärungen abkrampfen, Gustav hat eben mit seinem Neffen telefoniert, wir wissen alles.« Sie streichelte über meinen Rücken und nahm mir das leere Glas ab. »Oskar hat Gustav und mich gebeten, uns um dich zu kümmern. Er hatte im Wald den Eindruck, dass du total am Boden bist. Und wenn ich dich so ansehe, Lilli, hatte Gustav vorhin genau die richtige Idee. Du kannst natürlich *Nein* sagen, aber wir beide sind der Meinung, du solltest endlich zu einem Arzt gehen.«

* * *

Die Straße zum Krankenhaus begann gegenüber vom Friedhof und führte dann neben dem Amtsgericht bergauf. Nach ungefähr zweihundert Metern blinkte Gustav Müller und fuhr mit seinem kleinen weißen Toyota auf das Krankenhausgelände.

Das Vorzimmer war nicht besetzt. Das Wartezimmer leer, kein Patient zu sehen. Es roch nach Kaffee und Tütensuppe und belegten Brötchen. Wir kamen gerade zur Mittagspause.

Gustav Müller öffnete für mich die Türen und schob mich von Raum zu Raum, bis wir vor der letzten Tür standen. Er klopfte, wartete keine Antwort ab, sondern drückte die Klinke und drängte mich hinein.

Ein heller Raum. Weiße Wände. Straff gespannte weiße Gardinen. Eine Reihe weißer Lampen. Ein Mann in weißem Kittel an einem weißen Schreibtisch. Auf dem eine Lampe mit grünem Glasschirm stand, wie sie die Journalisten in amerikanischen Filmen auf ihren Schreibtischen haben. Dieses Grün fesselte sofort meine Aufmerksamkeit. Es wirkte irgendwie anheimelnd, ein wenig beruhigend. Ich setzte mich auf den Stuhl vor dem Schreibtisch, guckte auf den grünen Lampenschirm. Dann hörte ich eine Stimme, die irgendwo hinter dem Lampenschirm hervor zu mir herübersickerte.

»Frau Lukas, ich freue mich, dass Sie den Weg zu mir gefunden haben.«

Ich nickte der grünen Lampe zu.

»Frau Lukas?«

Ich nickte noch einmal. Eine schnelle Bewegung hinter dem grünen Licht. Dann erlosch es. Ganz plötzlich.

»So, Frau Lukas, wenn ich die Lampe ausmache, können Sie mich viel besser sehen, stimmt's?«

»Ja …«

»Sie sind aus zwei Gründen hier, wenn ich richtig unterrichtet wurde. Erstens, weil Sie etwas zur Beruhigung brauchen, was Sie aber nicht lahm legt. Richtig?«

»Ja? … Doch … genau so … ja.«

»Gut. Ich schreibe Ihnen nachher etwas auf.«

Er guckte mich an. Jetzt erst nahm ich allmählich sein Gesicht wahr. Seine hohe Stirn, sein etwas rundes Gesicht. Mit dieser schwarzen eckigen Brille sah er ein wenig wie Gustav Müller aus. Nur etwas jünger, zehn Jahre, zwanzig Jahre. Ich hing diesem Gedanken nach. Irgendwie schien das jetzt bei mir häufiger so zu sein, dass sich etwas in meinem Kopf festsetzte und sich dort festhielt wie eine hängen gebliebene Schallplatte.

»Frau Lukas?«

Ich schreckte hoch. »Ja …?«

»Ich sagte gerade, Ihr zweites Problem scheint mir ebenso wichtig zu sein wie das erste. Ihre Kopfschmerzen, Ihre Migräne. Haben Sie mich gehört, Frau Lukas?«

»Ja.«

Ich versuchte mich auf diesen Gedanken zu konzentrieren. Kopfschmerzen, Migräne. So etwas hatte ich, ja.

»Wissen Sie, wovon ich rede, Frau Lukas?«

»Doch. Diese Kopfschmerzen. Sie haben Recht, ich bin eigentlich nie mehr ohne Kopfschmerzen. Und das geht so … seit … seit …«

»Ich weiß, seit mehreren Monaten. Ich weiß auch, dass bei Ihnen schon eine komplette Diagnostik gemacht wurde. Interessant finde ich, dass Sie bereits als Kind an solchen Kopfschmerz-Attacken litten. Es hörte auf, nachdem Sie geheiratet hatten und selber Kinder bekamen?«

Ich nickte. Er guckte mir ziemlich intensiv ins Gesicht. Konnte er das alles dort ablesen? An meinen Falten? An meiner Augenfarbe? Oder hatte Lisa meinen Besuch bei ihm dezidiert vorbereitet?

»Und wann genau fing es jetzt wieder an?«

Ich überlegte. Er ließ mir Zeit. Aber so ganz konnte ich mich nicht erinnern. Ich wusste nur, dass es ziemlich plötzlich wieder begonnen hatte und von Anfang an unheimlich heftig war.

»Sie erinnern sich nicht mehr?«

Ich schüttelte den Kopf.

»Ich habe da eine These. Es ist wirklich nur eine vage Vermutung, und normalerweise komme ich meinen Patienten nicht mit Thesen und Vermutungen, sondern nur mit Fakten. Aber in Ihrem Falle … vielleicht gestatten Sie mir …?«

Ich nickte. »Natürlich … Hauptsache ich werde die Schmerzen los.«

»Gab es in Ihrer Kindheit vielleicht ein Ereignis, das Sie sehr heftig berührt hat? Das könnte ein Unfall sein, ein schwerer Verlust, eine Misshandlung …«

»Sie meinen, ob ich als Kind misshandelt wurde?«

»Das meine ich auch, ja, aber das sind alles nur Beispiele. Meine Frage ist ganz allgemein: Haben Sie als Kind irgendetwas erlebt, was Sie in Ihrem Innersten total erschüttert hat?«

Schade. Ich atmete tief aus und lehnte mich weit zurück. Wenn dieser Mann vorhatte, sich bis in meine vorgeburtlichen Erlebnisse zu wühlen, würde ich nur meine Kräfte verschwenden. Augenblicklich hörte ich auf, darüber nachzudenken.

»Was ist los, Frau Lukas? Steigen Sie aus?«

»Ja. Diese Fragen bringen mir überhaupt nichts. Ich kann mich sowieso nicht erinnern. Meine Kindheit … das liegt so viele Jahre zurück.«

»Dann fragen Sie doch mal Ihre Mutter, ob die Ihrer Erinnerung … Oh, Entschuldigung, einen Moment lang hatte ich vergessen …« Er lehnte sich weit vor und legte seine Hände ganz kurz auf meine. »Finden Sie das nicht interessant, Frau Lukas, dass Sie keine Erinnerungen an Ihre Kindheit haben?!«

Ich überlegte, zuckte die Schultern. »Mein Gedächtnis ist nicht besonders gut.«

»Bei allem, was nicht Ihre Kindheit betrifft, ist Ihr Gedächtnis in Ordnung. Überlegen Sie mal: Welche Erinnerung könnte Ihnen jetzt einfallen? So weit zurück wie nur möglich. Kommen Sie, geben Sie sich Mühe. Irgendein Bild bleibt doch immer hängen. Ihr erster Tag im Kindergarten …«

Ich zuckte die Schultern.

»… Kleine Mädchen erinnern sich immer, wie ihnen die Zöpfe abgeschnitten wurden?«

Ich zuckte noch einmal die Schultern. Nichts. Nichts. Meine Zöpfe waren noch dran. Und wenn ich mich unbedingt erinnern wollte, war ich sowieso blockiert. Außer …

»Außer vielleicht …«

»Ja, Frau Lukas? Bitte?!«

»Meine Träume. Ich habe jetzt manchmal einen Traum …«

»Ja? Einen Traum, der sich wiederholt? Den Sie immer mal wieder träumen?«

»Ja, genau. Es sind Variationen, aber es passiert immer dasselbe, es sind auch immer dieselben Menschen. Ich, meine Mutter ... Es ist immer derselbe Ort, dieselbe Jahreszeit. Und ich bin ein Kind.«

»Gut, sehr gut. Und wie alt sind Sie in diesem Traum?«

Ich stockte wieder. Aber dieses Mal hatte ich einen Faden gefunden, den ich nicht mehr losließ. »Vier ... fünf ... nicht viel älter.«

»Und das Ereignis, von dem Sie da träumen – macht Ihnen das Angst.«

»Nein, eigentlich nicht. Ich fühle eher ... doch, Angst. Aber auch Freude. Die ziemlich heftig ist.«

»Vier oder fünf Jahre alt. Da haben wir einen Ansatz, wenn auch nicht viel mehr.«

Er nickte. Schwieg. Wir saßen uns gegenüber und guckten uns an. Wie mir schien, waren wir beide ein wenig unzufrieden miteinander.

»Und Ihre These? Warum sagen Sie mir Ihre These nicht?«

»Weil ich nicht sicher bin. Ich dachte, Sie hätten vielleicht als Kind ein Erlebnis gehabt, das unheimlich heftig war. Mit dem Sie damals, als Kind, nicht fertig wurden. Es kommt vor, dass sich so eine unbewältigte Sache danach in körperlichen Symptomen manifestiert. Die dann lebenslang anhalten können. Manche Menschen haben unerklärliche Schmerzen, manche haben Angst, sich in einem engen Raum aufzuhalten. Es ist sogar möglich, dass Menschen Sprachfehler bekommen oder dass sie erblinden. Diese Krankheit hat viele Gesichter.«

»Ich glaube, ich bekomme gleich Kopfschmerzen.«

»Ja, genau das meine ich. Wenn Sie sich an gar nichts erinnern, wäre bei Ihnen eine Gesprächstherapie nötig. Für wer weiß wie lange. Und dass Sie dafür jetzt keine Zeit und keine Nerven haben, das sehe ich völlig ein. – Welche Medikamente nehmen Sie zur Zeit?«

Ich reichte ihm die leere Packung aus meiner Handtasche.

Er schüttelte den Kopf. »Das habe ich befürchtet. Und wie viele davon? Eine täglich?«

»Im Moment sind es vier ... oder drei.«

»Um Himmels willen. Kein Wunder, dass Ihnen übel ist.«

Er stand auf, zog einen Schlüssel aus seiner Hosentasche, schloss einen weißen Schrank auf. Lauter bunte Packungen voller Pillen. Für mich war nichts dabei.

»Schade, für die Tabletten muss ich Ihnen nachher ein Rezept ausstellen. Zwei davon, täglich, mit viel Wasser. Das müsste genügen. Wenn wir Glück haben, müssen wir diese Dosis nicht weiter erhöhen.« Er schloss einen zweiten Schrank auf. »Und wenn Sie das Gefühl haben, Sie müssten sich beruhigen – dann bitte dieses Mittel. Bei Bedarf fünfundzwanzig Tropfen und keinen darüber. Und eine Stunde davor und eine Stunde danach keine von den Tabletten schlucken, aber das ist ja selbstverständlich. Also Vorsicht! Und jetzt – machen Sie sich bitte frei!«

»Wie bitte?«

»Ich kann Ihnen eine Spritze geben, damit Ihre Übelkeit aufhört. Damit Sie sich nicht mehr übergeben müssen. Damit sind Sie doch einverstanden?«

Ich nickte kraftlos, machte ergeben meinen Hintern frei und legte mich auf die schneeweiße Liege. Er war blitzschnell, hatte die Spritze schon in der Hand, als ich endlich ruhig dalag und versuchte, meine Muskeln zu entspannen. Er stach zu. Ich spürte nichts, nur einen kühlen Schauer, der durch meinen Körper lief. Bekam ein Pflaster auf meine Hinterbacke, stand auf, zog mich an. Wenn meine Kopfschmerzen meine Wahrnehmung nicht völlig eintrübten, dann spürte ich auf dem Weg zur Tür seine Hand auf meiner Schulter.

»Wir sehen uns. Ich bin sicher, dass ich Ihnen helfen kann.«

Gustav Müller stand im Flur vor dem Wartezimmer und trat unruhig von einem Bein aufs andere. Als er sah, dass sich die Tür zum Sprechzimmer öffnete, kam er mit schnellen kleinen Schritten sofort zu mir. Ich wurde wieder einmal übergeben.

»Da hast du dein Sorgenkind zurück. Ihr müsst jetzt schnell noch zur Apotheke, dann sollte sie eine von den Tabletten schlucken und sich etwas ausruhen. Geht das in Ordnung?«

Gustav Müller nickte eifrig.

»Ich hoffe, dass Ihre Familie bald gefunden wird, Frau Lukas. Und wenn nötig … für Sie finde ich jederzeit einen Termin. Wir müssen ohnehin noch einmal über Ihre Neurose reden. Kommen Sie einfach her, meine Sprechstundenhilfe ist instruiert.«

Ich nickte. Gustav Müller griff nach meinem Arm und wir wandten uns zum Gehen. Als ich diesem netten Arzt zum Abschied zunickte, fiel mein Blick auf das Namensschild neben seiner Tür. *Dr. Hermann Müller*. Das konnte ja wohl nicht wahr sein. Ich guckte zu Gustav Müller und wieder zurück zu Dr. Hermann Müller. War diese Ähnlichkeit mir nicht vorhin schon aufgefallen?!

»Dass Sie Müller heißen, ist wohl kein Zufall?«

Sie fingen an zu grinsen, beide.

»Heißen in dieser Stadt denn alle Müller?«

Sie grinsten weiter. Gustav Müller sogar noch ein ganzes Stück breiter als Dr. Hermann Müller.

»Nein, in dieser Stadt heißen nicht alle Müller, meine Liebe. Nur die Guten …«

Dann zog er mich sanft am Arm durch den Flur und öffnete die Tür zum Praxisausgang.

»Auf Wiedersehen, Frau Lukas. Mach's gut, Onkel Gustav!«

Hinter uns fiel die Tür zu.

* * *

Es war noch nicht einmal Nachmittag, aber ich war müde und zerschlagen, als wäre Mitternacht lange vorbei. Gustav Müller parkte mich zusammen mit seinem Auto und ging allein in die Apotheke, um meine Medikamente zu holen. Ich lehnte mich zurück in die abgewetzten Polster seines Toyota und träumte still vor mich hin. Wie lange war ich jetzt eigentlich hier? Drei Tage, vier oder fünf Tage? Und außer der Polizeiwache, der Kreisverwaltung, dem netten Bäcker am Markt und der Tankstelle hatte ich von Zossen noch nicht viel gesehen.

Dabei sah diese Stadt ganz interessant aus. Zweistöckige Häuser mit dem Flair von begütertem Kleinstadt-Klassizismus. Dazwischen winzige altersgebeugte Fachwerkhäuser, ein Neubau der Sparkasse. Es war ziemlich viel los auf der Straße um diese Zeit. Ein Lieferwagen stand vor dem Gemüseladen, ein zweiter Lieferwagen vor dem Jeans-Shop auf der anderen Straßenseite. Trotz dieser beiden Hindernisse versuchte ein ständiger Autostrom die enge Straße ohne Zeitverlust zu passieren. Und waren die Autos dort vorbei, mussten sie auch noch Gustav Müllers Toyota umschiffen. Und danach diesen Volvo, der genau hinter uns parkte.

Ich schloss die Augen. Nun hörte ich nur noch, wie die Autos hinter mir bremsten, den Gegenverkehr vorbeiließen, wieder anfuhren. Dieser Volvo hatte ein gelbes Nummernschild. Woher kam man eigentlich, wenn man so ein Nummernschild hatte? Aus Dänemark? Aus Holland? Oder aus England? Ich öffnete noch einmal die Augen und sah in den Rückspiegel. Das Lenkrad war bei diesem Auto auf der rechten Seite. Genau hinter mir also. Und genau hinter mir saß der Fahrer. Er trug eine dunkle Sonnenbrille, saß kerzengerade auf seinem Sitz und guckte aufmerksam zu mir her. Ich versuchte mich zu entspannen, schloss die Augen wieder. Hatte ich jetzt nur meine üblichen Kopfschmerzen und diese Sache namens Neurose, von der Dr. Hermann Müller eben gesprochen hatte? Oder begann etwas Neues in mir zu wachsen? Vielleicht litt ich jetzt noch dazu unter Verfolgungswahn?

Es dauerte noch ein paar Minuten, dann öffnete Gustav Müller die Autotür, ließ den Motor an und fuhr los, Richtung Waldstadt.

»Alles im grünen Bereich, Lilli?«

Ich ließ meine Augen geschlossen, aber ich nickte. »Alles in Ordnung, Gustav.«

Erst nachdem ich schon zweimal seinen Blinker gehört hatte, öffnete ich die Augen. Warf einen Blick aus dem Fenster, auf die freundlichen Einfamilienhäuser, die jetzt an mir vorüberzogen. Und einen zweiten Blick in den Außenspiegel, sah die Straße, die sich im Spiegel rückwärts abrollte, sich weiter und immer weiter von mir entfernte.

Und irgendwo dort, keine zwanzig Meter hinter uns, war es wieder. Dieses Auto, das sein Lenkrad auf der falschen Seite hatte. Und hinter diesem Lenkrad saß der Mann mit den kurzen grauen Haaren. Er hatte immer noch seine Sonnenbrille auf, guckte unentwegt geradeaus und betrachtete aufmerksam die Straße.

Vor einer Stunde hatte ich versucht, meine verschwundene Mutter anzurufen, um ihren Rat zu hören, wo ich sie finden konnte. Ich hatte seltsame Träume und beschäftigte mich intensiv mit der Bedeutung von weißen Levkojen. Ich musste vorsichtig sein. Gustav Müller und Lisa würden wahrscheinlich lachen, wenn ich ihnen von einem Mann mit einer schwarzen Sonnenbrille erzählte. Oder mich wieder zum netten Doktor Müller schicken. Aber ich spürte es ganz deutlich: Dieser Mann hinter dem rechtsseitigen Lenkrad guckte mich ununterbrochen an.

* * *

Lisa stand neben dem Tresen und zündete gerade die Kerze für das Stövchen an, als wir den Laden betraten. Sie nickte Gustav Müller zu, lächelte. Kam zu mir und legte den Arm um mich. »Nun, was sagt er, der Doktor?«

Statt einer Antwort hielt ich ihr die Packungen mit den Tropfen und den Tabletten hin, die er mir verschrieben hatte.

»Schade, der kann anscheinend auch nicht mehr als die anderen.«

Wir setzten uns an den Tresen und Lisa goss Tee ein. Sie stand noch einmal auf, holte mir ein Glas Wasser, träufelte fünfundzwanzig Tropfen zu meiner Beruhigung hinein und legte eine Tablette daneben. Ich schluckte. Dann hielten wir uns die Tassen mit dem heißen Tee vors Gesicht, guckten zu, wie der Dampf langsam nach oben stieg und sich über dem Tresen ausbreitete, und schwiegen. Lange, lange, lange. Und irgendwann …

Irgendwann sah ich plötzlich die Bäume vor mir. Bäume mit glatter grauer Rinde und beinahe runden grünen Blättern. Auf dem Waldboden unter den Bäumen rotbraunes Laub. Buchenlaub. Das war der Wald, in den mich heute Morgen die grünen Herren gefahren hatten. In dem man Mathildes Auto gefunden hatte. Überall dort hatten Buchen gestanden. Aber in den Wäldern rund um Waldstadt hatte ich nirgendwo sonst Buchen gesehen. Überall Kiefern, Kiefern und Kiefern, das war er, der typische märkische Wald. Aber hatte ich nicht irgendwo hier in der Nähe noch einen Buchenwald gesehen? Wo war ich denn in den letzten Tagen gewesen? Meistens hatten Lisa und ich hier im Antiquariat gearbeitet. Oder ich war nach Hause gefahren, in unsere neue Wohnung. Dort gab es auch nur Akazien und Kiefern. Aber Buchen … Buchen …?

»Sag mal, Lisa, haben wir eigentlich eine Karte von der Gegend hier?«

Sie schüttelte den Kopf. »Haben wir nicht, nein.«

»Dem Zustand können wir aber abhelfen.«

Gustav Müller schien froh zu sein, dass das Schweigen beendet war. Er stellte seine Teetasse zurück auf den Tresen und stand auf, ging aus dem Laden, überquerte den Innenhof, klopfte an eines der Schaufenster. Ging hinüber zur Eingangstür, bekam etwas in die Hände gedrückt und war zwei Minuten später wieder bei uns.

»Hier, bitte, der Kollege hat eine ausgezeichnete geographische Abteilung. Jede Menge Kartenmaterial. Ich hoffe, Lilli, Sie finden hier, was Sie suchen.«

Gustav Müller breitete eine Wanderkarte für Zossen und die umliegenden Dörfer vor uns aus.

»Sehen Sie, diese Karte ist eigentlich gar nicht bestandswürdig für ein Antiquariat, weil sie nämlich ganz neu ist. Aber eine ältere Karte hätte uns hier wenig genützt. Da wäre nämlich der Bereich, in dem wir uns gerade aufhalten, gar nicht eingezeichnet. Also, auf dieser Karte erkennen Sie alles: Hier liegt Zossen, hier Baruth, dort ist Mellensee und dort Margensee, nur um Ihnen zur Orientierung ein paar Eckpunkte zu geben. Und diese Straße, die gute alte Fernverkehrsstraße 96, die heute von Zossen über unser kleines Städtchen hinüber nach Sperenberg, nach Mellensee oder nach Margensee führt, die gab es hier in den letzten fünfzig Jahren gar nicht. Es gab sie natürlich, aber an dieser Stelle, 200 Meter hinter den letzten Häusern von Zossen, wäre einfach nur eine dicke schwarze Linie eingezeichnet und da wäre die Welt zu Ende. Und hinter der Linie war auf den Karten, die wir als normale Bevölkerung haben durften, nichts als ein weißer Fleck.«

Lisa und ich guckten, Kuh und Uhrwerk, das übliche Muster.

»Und wieso endete an dieser Linie alles, die Welt, die Straße, die Stadt Zossen?«

»Das fragen immer nur Leute, die neu in der Gegend sind. Genau hier, auf diesem Gelände, war früher die verbotene Stadt.«

»Die verbotene Stadt? Das klingt wie bei Indiana Jones!«

»Ja, oder wie in einer Geschichte aus der Bibel.«

»Ist aber Zossen, live und in Farbe, und hat überhaupt keinen Unterhaltungswert. Jedenfalls nicht für die Leute, die hier wohnen. Die haben unter dieser verbotenen Stadt eigentlich immer gelitten. –

Wenn Sie gestatten, meine Damen, würde ich gerne ein wenig referieren.«

Wir gestatteten.

»Alles, was Sie hier sehen, geht auf ein altes Kriegsgefangenenlager aus dem Ersten Weltkrieg zurück. Im Zweiten Weltkrieg wurde das ganze Gebiet ausgebaut. Das Dorf, das hier an dieser Stelle lag, wurde einfach weggeputzt, sozusagen eliminiert. Riesige Kasernen wurden auf dem Gelände gebaut, Wohnhäuser für die Offiziere und die höheren Ränge. 1937 fingen sie an, die Bunker in die Erde hineinzubauen. Allein die Grube, die dafür ausgehoben wurde, hatte eine Fläche von 130 mal 40 Metern. Dazu kam noch ein Anbau von 50 Metern Länge und 60 Metern Breite. An ihrer tiefsten Stelle war diese Grube 26 Meter tief. Zehn Meter unter dem Grundwasserspiegel! Ich weiß nicht, wie viele Güterzüge mit Sand von hier aus abtransportiert wurden. Jedenfalls entstanden so auf diesem Gelände nach und nach die berühmten Bunker. Es gab einen Weststollen, einen Nordstollen, einen Südstollen. Als das fertig war, war die gesamte Kommunikation der Wehrmacht bombensicher unter die Erde verlegt.

Und von Anfang an war das alles geheim. Jeder einzelne Arbeiter, der an den Bunkeranlagen arbeiten sollte, wurde vorher durchgecheckt. Es gab in der verbotenen Stadt abgegrenzte Bereiche: geheim, noch geheimer und als letzte Steigerungsstufe vielleicht ... unsichtbar oder etwas in dieser Art. Zu dieser Geheimhaltungsstufe gehörte die Bunkeranlage. Für Zivilisten aus Zossen war das sowieso ganz egal, die durften nicht einmal in die Nähe der Kasernenbauten. Und als nach dem Krieg dann das alles die Sowjetarmee übernahm ... davon habe ich Ihnen schon erzählt ... Da haben die Russen dann all diese Gebäude hier auf dem Gelände einfach weiter genutzt. So wie vorher die Deutschen. Der gleiche Verwendungszweck, nur mit einem anderen Vorzeichen. Und sie haben die Stadt hermetisch abgeschlossen. Um den ganzen militärischen Bereich eine weitere Mauer gezogen. Noch einen Stacheldraht um die äußere Mauer. Und dann Berliner Modell: Wachposten, Passierscheine, Niemandsland.«

»Was die mit ihrem Militärbereich machen, ist vielleicht noch irgendwie ihre Sache. Aber damit war ja das alte Dörfchen Wünsdorf völlig von seinen normalen Verbindungen abgeschnitten. Die konnten doch den Dörfern auf der anderen Seite vom See nicht einfach die Zufahrtsstraße sperren?!«

»Doch, die konnten. Das alles und noch viel mehr. Aber darüber will ich lieber schweigen. Fünfzig Jahre lang war dieses ganze Gebiet, auf dem wir uns hier befinden, für uns wie ausgelöscht. Für die meisten von uns jedenfalls. Die alte Fernverkehrsstraße Nummer 96 gab es hier einfach nicht mehr. Und wer von Zossen nach Mellensee wollte oder nach Margensee oder nach Wünsdorf, der musste zwanzig Kilometer Umweg fahren. Einmal herum um den ganzen See.«

Wir schüttelten die Köpfe. Versuchten uns hineinzudenken in das, was er da erzählte.

»Und warum wolltest du nun diese Karte sehen, Lilli?«

»Ich …? Was wollte ich?«

Doch, der Buchenwald fiel mir wieder ein. Ich stellte die Teetasse weg, suchte die Stadt Zossen, suchte Baruth und fuhr auf der Landstraße, die Zossen mit Baruth verband, mit dem Finger entlang.

»Weil ich die Stelle suchen wollte, an der sie heute Mathildes Auto gefunden haben.«

Ich fuhr weiter mit meinem Finger, durchquerte einige grün eingezeichnete Flächen, die viel zu klein waren, um als Wald überhaupt in Frage zu kommen. Dann fand ich links von der Straße ein größeres grünes Gebiet, von winzigen Wegen durchzogen. Der Weg, den die netten Kollegen mit mir gefahren waren, zog als dünner gelber Faden schnurgerade quer durch den Wald. Kam auf der anderen Seite des Waldes wieder heraus. Führte weiter genau am Waldrand entlang.

»Hier muss es gewesen sein, hier am Waldrand. Hier stand ihr Auto.«

Ich spürte schon wieder dieselbe Aufregung wie heute Morgen. Spürte, wie wieder etwas aus meinem Magen nach oben wollte, trommelte mit meinem Finger auf der Karte herum. Lisa und Gustav Müller guckten mich an, starrten auf meinen Finger.

»Na, Lilli, willst du dich jetzt nicht ein wenig hinlegen? Etwas ausruhen?«

»Nein, will ich nicht. Ich suche etwas.«

»Bitte, Lilli, regen Sie sich nicht auf.«

»Ich rege mich nicht auf! Ich will nur etwas sehen!«

Ich beugte mich wieder über die Karte, und jetzt hatte ich genau das vor Augen, was ich sehen wollte. Ich hatte richtig vermutet: Der Waldweg, an dem Mathildes Auto gestanden hatte, hörte an dieser Stelle nicht auf. Er führte weiter auf eine Wiese hinaus. Eine kleine Wiese. Sie lag eingebettet zwischen dem Wald, den wir durchquert hatten, und einem zweiten Wald. Beide Waldstücke waren so eng miteinander verbunden, dass es kein Wunder war, dass hier wie dort die gleichen Bäume wuchsen. Das andere Waldstück war etwas kleiner, es begann an einer etwas kleineren Landstraße, an einem kleineren See, berührte ein kleines Dorf an seiner Seeseite und endete weit hinter diesem Dorf. Dass ich dieses Dorf kannte, weil ich dort gestern ein Beet mit weißen Levkojen besichtigt hatte, wunderte mich nun überhaupt nicht mehr. Es war Margensee.

Das war ungefähr der letzte klare Gedanke, der mir in meinen Kopf kam.

Die Spritze, die Tablette und die Tropfen von Dr. Hermann Müller begannen zu wirken, und zwar ziemlich schnell. Ich wurde müde, dann wurde ich schläfrig. Saß am Tresen, hielt mühsam meine Teetasse fest. Mir fielen die Augen zu.

»Komm, ich bringe dich nach hinten, Lilli.«

»Ich bin überhaupt noch nicht müde!«

»Nein, du bist nicht müde. Du ruhst dich einfach ein bisschen aus. Dagegen ist doch nichts einzuwenden, oder?«

Eine Minute später lag ich auf der Matte, auf der in diesem Laden irgendwann alle lagen, die nicht mehr konnten. Weil sie die Masern hatten, weil sie ihre Mutter und ihre Kinder vermissten oder weil sie eine harmlose Spritze und ein paar simple Medikamente nicht verkraften konnten. Zwischen mich und die Welt schob sich ein Schleier, so dick wie eine Wolldecke. Aber ich hatte nicht vor zu schlafen. Mit einem letzten Rest von wachem Verstand versuchte ich mich dagegen zu wehren. Ich wollte wach bleiben! Es konnte doch sein, dass die Hundeführer bei ihrer Suche im Wald etwas finden würden. Es konnte sein, dass ein Anruf kam. Dann wollte ich aufspringen und zur Verfügung stehen!

Während ich mich noch heftig darum bemühte, meine Augen offen zu halten, löste sich plötzlich mein Körper von mir, klappte nach unten und verschwand unter mir. Nur meine Gedanken hingen noch träge und brav an der Stelle, an der ich sie eben gedacht hatte. Alles andere war verschwunden. Ich tastete vorsichtig nach der Matte, auf der ich lag, nach der Wolldecke, nach meinem Kopfkissen. Es war alles noch da, nur meine Gedanken und Gefühle hingen flach in der Luft und flogen in einem halben Meter Höhe dahin.

Das war nicht angenehm, aber es regte mich auch nicht auf. Es wunderte mich eher, dass ich überhaupt noch irgendein Gefühl hatte. Dass ich noch etwas hören konnte. Gustav Müller zum Beispiel, der im vorderen Ladenraum telefonierte.

»Hier ist dein alter Onkel, nun, was gibt es, mein Lieber? Habt ihr sie gefunden? … Nein? … Nicht nachlassen, Junge … Und die Spuren vom Einbruch in ihre Wohnung? … Schade, wirklich schade … Aber nein, wo denkst du hin, davon habe ich ihr noch nichts erzählt … Auf keinen Fall … Du stellst Fragen, Oskar. Es ist einfach der falsche Zeitpunkt. Das verkraftet sie nicht. Du solltest sie dir mal ansehen.«

Was war das? Was? Ich verstand nicht die Hälfte von dem, was er sagte. Hatte er eben behauptet, ich verkraftete etwas nicht? Und was sollte das sein? Das wollte ich sofort wissen. Ich wollte nach vorne in den Laden, um Gustav Müller danach zu fragen. Aber meine Beine waren ja immer noch verschwunden. Weggeflogen, irgendwohin. Ich versuchte, meinen Körper wiederzufinden, wieder Boden unter meine Füße zu bekommen. Und mitten in all diesen Wirrungen schlief ich ein. Ganz sanft.

* * *

Kalter Wind wehte über mein Gesicht. Vor mir saß das Kaninchen. Hob seine Vorderbeine aus dem Schnee und guckte mich an. Ließ sich wieder auf alle vier Pfoten hinab, lief ein paar hoppelnde Schritte durch den tiefen Schnee. Setzte sich wieder und guckte mich an. Bis ich verstand. Als das weiße Kaninchen das nächste Mal loslief, lief ich hinter ihm her. Zwischen den riesigen weißen Gartenstühlen hindurch, unter den verschneiten Zweigen der alten Kastanien. Bis es um die Ecke vom Musikpavillon bog und verschwand. Ich wusste, dort hinter dieser Ecke würde sein Bau sein und es würde darin verschwinden und ich müsste nur den Schnee ein wenig zur Seite schieben und könnte hinter ihm herspringen. Könnte durch den Tunnel nach unten fallen. Fallen. Fallen. Ich bog um die Ecke. Sah mich um. Sah den Eingang zum Tunnel. Jemand rief meinen Namen. Die Stimme meiner Mutter. Die Wand vom Musikpavillon verschwand. Der Schnee, der Tunnel, alles löste sich auf. Die Luft war plötzlich eiskalt. Die Sirene des Schiffes ertönte. Einmal, zweimal, dreimal. Wir standen am Ufer der Elbe. Der Himmel war grün, dämmrig, der Nebel verwischte alle Konturen. Glutrot ging die Sonne unter. Eisschollen krachten. Noch einmal die Sirene des Schiffes. Angst stieg in mir auf. Ich versuchte, an die Schnauze des weißen Kaninchens zu denken, weich, haarig, warm. Aber es gelang mir nicht. Das Schiff kam immer näher, seine Lichter leuchteten über das Wasser. Dann kam dieses Knirschen, der Motor des Schiffes brummte heftig, es drehte sich gegen die Mauer der Anlegestelle, stoppte. Ein Mann sprang über die Reling zu uns herüber. Mit einem Fellmantel, wie ein Bär. Er breitete seine Arme aus und hob mich hoch. Ich schmiegte mich an sein Gesicht, drückte meine Nase in seine Haare, lockige, weiche Haare. Sie rochen so, wie sie immer gerochen hatten. Auch sein Ohrring war da, zwischen meinen Fingern, wie immer schon. Meine Angst löste sich auf. Alles war wieder richtig. Mein Herz fing an zu schlagen wie wild, so glücklich war ich. Drückte mich an ihn, zappelte mit den Beinen. Da begann der Schmerz. Hinten in meinem Rücken, in meinem Nacken. Ballte sich dort zusammen zu einem Stein, schwer, scharfkantig, und so plötzlich wie ein Schlag mit einem Hammer. Dieser Schmerz stieg aus meinem Rücken herauf, breitete sich in meinem Kopf aus. Jede Berührung tat plötzlich weh. Nein, nicht mehr streicheln! Nicht mehr auf den Arm nehmen! Nicht mehr berühren. Ich fing an zu schreien. Er setzte mich zurück auf den Boden, vorsichtig, vorsichtig, mitten hinein in den Schnee. Und da stand meine Mutter. In dem Wintermantel, den sie jetzt jeden Tag trug, in ihrem blauen Wollkleid mit den weißen Tupfen. Die Eisschollen auf der Elbe krachten aufeinander. Ich hob den Kopf und guckte in ihr Gesicht, in dem Moment, als sie sich zu mir herunterbückte und mich in ihre Arme nahm. Aber ich erkannte sie nicht. Lange blonde Haare, ein geflochtener Zopf. Das war nicht Mathilde.

Das war nicht meine Mutter. Aber wenn sie es nicht war – wer war es dann? Die Eisschollen krachten. Ich fing an zu weinen. Die Frau, die meine Mutter sein wollte, streichelte mit ihren Fingern meine Wange. Der Schmerz in meinem Kopf dehnte sich aus.

»Lilli! Wach auf, Lilli!«

Erst ganz allmählich spürte ich, dass es eine zweite Ebene gab bei allem, was ich sah und hörte. Die Ebene der Wirklichkeit. Ich hörte die Stimme von Lisa, fühlte ihre Finger auf meiner Wange.

»Lilli, nun komm endlich zu dir!«

Ich schlug die Augen auf. »Oh mein Gott. Ich habe so schreckliche Träume.«

»Das war nicht zu überhören. Dein Handy hat eben geklingelt.«

»Ich habe nichts gemerkt.«

»Deswegen sage ich es dir ja. Vielleicht ruft sie noch einmal an.«

Jetzt klappte ich meine Augen richtig auf und guckte Lisa an. »Du meinst, Mathilde? Mathilde hätte eben versucht, mich zu erreichen?«

»Ja, ich dachte …«

Ich schüttelte den Kopf. Zuerst nur ganz sachte, dann immer entschiedener. »Nein. Das war nicht Mathilde. Ganz bestimmt nicht.«

»Wie kommst du darauf, Lilli? Wir warten seit Tagen, dass sie sich endlich meldet.«

Ich schüttelte wieder den Kopf. Spürte, wie sicher diese Gewissheit in mir war. So sicher, wie die Elbe nie zufriert. In fast keinem Winter.

»Mathilde ruft mich nicht an!«

Lisa schlug die Augen nieder. Wir schwiegen. Ich nahm mein Handy in die Hand und wir guckten darauf und warteten. Aber es klingelte nicht noch einmal.

»Vielleicht war es Frank?«

»Ganz sicher nicht. Der hat schon dreimal hier angerufen, auf unserem Antiquariatstelefon, während du geschlafen hast.«

»Ja? Wollte er uns etwas sagen?«

»Ich glaube eher, er wollte kontrollieren, ob du hier alles im Griff hast. Ob du die Polizei kontrollierst, ob die alles richtig machen.«

»Das ist nicht dein Ernst?«

»Doch, leider. Wörtlich: Lisa, sagen Sie ihr, sie soll sich immer an die Chefs in Potsdam wenden. Nie mit den kleinen Lichtern in diesem Kuhkaff verhandeln.«

»Danke. Das reicht als Kostprobe.«

Ich hob die Decke von meinen Knien und stand auf. Streckte mich vorsichtig. Suchte nach meinem Körper, nach meinen Beinen. Es war alles wieder in Ordnung. Sogar meinem Kopf ging es gut. Er war frisch und zum ersten Mal, seit ich in Waldstadt war, völlig schmerzlos. Vielleicht war Dr. Hermann Müllers Wundermedizin doch nicht so übel.

»Falls du noch belegte Brote hier hast, Lisa, würde ich jetzt gerne ein paar davon haben.«

»Du willst wirklich essen, Lilli?«

Ich nickte. »Und ich muss dir endlich von diesem Typen erzählen. Es gibt einen Mann, der mich nachts immer anruft. Ich glaube … doch, ich glaube, es ist dieser Herr Hüttner. Mit dessen Frau wir geredet haben. Und ich bin beinahe sicher, dass Mathilde sich am Mittwoch mit dem getroffen hat. Nur beweisen kann ich das alles nicht.«

Ich biss herzhaft in das Brot.

»Wie bitte? Was? Kannst du mir das genauer erläutern?!«

»Ja, sicher, Lisa, gerne. Sobald ich zurück bin. Aber jetzt muss ich erst mal los.«

* * *

Ein riesiger runder Sommervollmond hing hoch am Himmel und leuchtete für mich auf den Weg. Kein Licht am Fahrrad zu haben war eigentlich gar kein Problem. Zumindest dann nicht, wenn ich selbst auf diesem Fahrrad saß und nicht als Autofahrerin darauf angewiesen war, einen unbeleuchteten Radfahrer auf einer finsteren Chaussee zu erkennen.

Nachdem ich die letzte Straßenlampe von Waldstadt hinter mir gelassen hatte, legte ich einen schnellen Gang ein und sauste über die Chaussee, unter riesigen alten Alleebäumen. Ich spürte die Stämme der Bäume dicht neben mir, und ich konnte es eher fühlen als sehen, dass ich immer im gleichen Abstand zu ihnen gerade auf meiner Straße blieb. Nach fünf Minuten gabelte sich die alte Chaussee und ich bog auf den Fahrweg zum See ein. Ein Schilfgürtel begann direkt daneben. Von dieser Seite her flutete das helle Mondlicht zwischen den Bäumen hindurch auf den Asphalt. Die Chaussee lag jetzt vor mir wie ein grauer Spiegel. Noch einmal zehn Minuten später blieb der See hinter mir. Hier begann der Buchenwald.

Es war dunkel, ich versuchte mich an die Landkarte zu erinnern. Irgendwo an dieser Stelle der Chaussee hatte ich einen kleinen Weg gesehen, der hinüber zum Dorf führte. Der dann hinter dem Dorf, hinter den Gärten der Häuser entlang, ein kleines Stück weit durch den Buchenwald lief, dann über die kleine Wiese, die ich auf der Karte gefunden hatte, und schließlich an dem Waldstück ankam, an dem Mathildes Auto gefunden worden war.

Auf Gustav Müllers Karte war der Weg von der Landstraße nach Baruth hinüber zum Fundort von Mathildes Auto fadendünn eingezeichnet und ungefähr fünf Zentimeter lang. Aber von den Gärten von Margensee bis zu dieser Stelle im Wald maß der Weg einen, höchstens eineinhalb Zentimeter. Und sogar wenn man kein Fahrrad hatte und diese Strecke zu Fuß ging, dauerte das vielleicht gerade mal zwanzig Minuten.

Wer sich in der Gegend richtig gut auskannte, wusste bestimmt, dass es diese kurze Verbindung gab.

Es war finster in Margensee. Nur auf der einen Seite der Dorfstraße brannten die modernen dreiarmigen Straßenlaternen. Die andere Seite lag wie versunken zwischen den Lichtstreifen, die aus den wenigen erleuchteten Fenstern auf den Fußweg fielen, in einem schattigen Mondlicht.

Die ersten hundert oder zweihundert Meter fuhr ich noch mitten auf der hellen Dorfstraße. Dann bog ich auf einen schmalen Fahrradweg, der zwischen der Straße und den Häusern entlangführte. Die letzten hundert Meter bis zu Hüttners Haus fuhr ich nicht mehr. Ich stieg vom Fahrrad und schlich leise durch die Dunkelheit.

Ich hatte nicht vor, an Hüttners Tür zu klingeln, Frau Hüttner noch einmal die gleichen Fragen zu fragen wie gestern und die gleichen ausweichenden Anworten zu erhalten. Und ich hatte auch nicht die Absicht, Herrn Hüttner an die Tür zu bitten, um ihm mitzuteilen, dass er mir von jetzt an in die Augen sehen konnte, wenn er mir etwas sagen wollte. Irgendwie wusste ich überhaupt nicht, was ich tun wollte. Jedenfalls wusste ich es nicht mit meinem Kopf. Aber während ich noch überlegte und grübelte, war ich schon unter der Linde, die Hüttners Haus gegenüberstand. Lehnte mein Fahrrad an die Schattenseite des Baumes und ging nicht zu Hüttners hell beleuchtetem Haus.

Ich blieb im Dunkel und sah mich um. Als ich wusste, dass außer mir niemand auf der Straße war, lief ich los. Weiter auf dem unbeleuchteten Fahrradweg, vorbei an Hüttners Haus, vorbei an dem Gehöft daneben und danach noch genau drei Grundstücke weiter. Neben dem dritten Vorgartenzaun gab es eine Lücke. Auch eine meiner Entdeckungen auf der Wanderkarte. Hier begann ein richtiger Weg, zwischen diesem Zaun und dem Nachbargarten. Er führte zum See und hinunter zum Wald.

Ich überquerte die beleuchtete Straße. Bog in diesen Weg ein. Sofort war ich wieder in Dunkelheit eingehüllt. Vollkommen sicher, dass mich niemand gesehen hatte. Der helle Vollmond hing nicht mehr über mir am Nachthimmel. Dunkle Wolken zogen vorüber und verdeckten ihn beinahe ganz. Irgendwo hinter dem Horizont zog ein Gewitter auf.

Immer weiter entfernte ich mich von der Dorfstraße. Dort, wo die Gärten zu Ende waren, gabelte sich der Weg. Der breitere Teil führte in einem kleinen Bogen abwärts, auf den See zu und dann hinauf in den Wald.

Die andere Teil des Weges schlängelte sich schmal und schnurgerade hinter den Gärten entlang. Es war so vollkommen dunkel, dass ich nur noch mit den Füßen spürte, ob ich auf den Sand des Weges oder neben dem Weg in das hohe wuchernde Gras trat. Die Häuser vorne an der Straße waren von hier aus nur schwarze Silhouetten. Hin und wieder brannte ein Hoflicht oder eine abgedunkelte Lampe hinter einem der Fenster.

Dann stand ich hinter dem Garten von Hüttners Haus. Ein hoher Zaun aus spitzen Holzlatten. Eine schmale Gartentür, die mit einer Kette gesichert war. Ich hatte meinen Fuß schon zwischen die Latten geklemmt und wollte mich gerade nach oben ziehen, als mir bewusst wurde, was ich tat. Bei Licht besehen war das Hausfriedensbruch. Oder sogar ein Einbruch? Aber hier war kein Licht und ich weigerte mich einfach, diese Kategorien auf mich anzuwenden. Ich stieß mich mit dem aufgestützten Fuß von der Zaunleiste ab und zog mich hoch.

Meine Landung auf der anderen Seite des Zaunes war nicht ganz sanft. Es waren Stachelbeerbüsche oder Rosen. Ein paar Sekunden brauchte ich, um meine Schmerzen zu überwinden und mich zurechtzufinden. Dann entdeckte ich zwischen Kohlköpfen und Blumenbeeten den Weg zum Haus. Der Kies knirschte leise unter meinen Füßen. Je näher ich dem Haus kam, umso mehr gewöhnte ich mich an die Dämmerung und umso besser konnte ich sehen. Die hintere Haustür, die zum Garten hinausführte. Drei gleiche Fenster in der oberen Etage, hinter denen kein Licht brannte. Zwei kleine Fenster im Erdgeschoss, die alle dunkel waren. Rechts neben der Tür zum Garten war ein Rosenbusch. So groß und so dicht, dass ich das Fenster dahinter zuerst gar nicht wahrnahm. Ich bemerkte es erst, als ich den Duft der Rosen roch und schon beinahe davorstand. Das Fenster war offen, dahinter ein großer Raum, irgendwo in dem Raum eine schwache Lichtquelle.

Ich ging langsam, ganz langsam, immer näher an das Fenster heran. Bis ich die beiden Gestalten wahrnahm, die im Raum auf und ab gingen und ihre Schatten an die Wände und gegen die Decke warfen. Wie zwei eingesperrte Tiger in ihrem Käfig. Dann hörte ich auch ihre Stimmen. Frau Hüttner, diese Stimme kannte ich schon. Sie sprach laut, lange, wurde lauter und immer lauter, fing an zu schreien. Hörte erst auf, als eine andere Stimme ihr ins Wort fiel, eine Männerstimme, schwergewichtig und kurzatmig. Vielleicht auch asthmatisch.

Ich ging hinter einem niedrigen Busch in Deckung. Versuchte zu verstehen, worüber die beiden sprachen. Warum sie stritten, warum sie sich anschrien.

»Ich habe dir gesagt, dass das aufhören muss! Das sage ich dir schon lange!«

»Und ich habe dir gesagt, dass ich nichts mehr davon hören will! Was ich mache, ist meine Sache!«

»Du zerstörst unser Leben!«

»Ich zerstöre gar nichts! Und ich werde nicht damit aufhören!«

Sie. Er. Sie. Er. Laut. Lauter. Schreiend. Ich war so gefesselt, dass ich zuerst gar nicht bemerkte, dass sich hinten am Gartenzaun etwas tat.

Eine Bewegung, ein Schatten, der sich über den Zaun hob. Ich hörte ihn erst in dem Moment, als er zwischen den dornigen Sträuchern landete. Ein Aufprall, ein kleiner Schmerzenslaut. Ich duckte mich tiefer hinter den kleinen Busch, hinter dem ich Deckung gesucht hatte. Seine Schritte knirschten leise auf dem Kiesweg.

Auch er hatte zuerst leichte Orientierungsprobleme. Aber er hatte das offene Fenster schneller geortet als ich. Ging in die Knie und suchte Deckung. Zwei Sträucher entfernt von meinem. Dort hockte er und versuchte der Unterhaltung bei Hüttners zu lauschen.

Mein Herz schlug so heftig, dass ich den aufgeregten Rhythmus bis in meine Ohren spürte. Mir wurde heiß, ich fühlte vom Kopf bis hinunter zu den Füßen, wie meine Körpertemperatur anstieg. Wie ein Schnitzel, das von zwei Seiten gleichzeitig gebraten wird. Auch meine Fußsohlen brannten. Es gab für mich eigentlich nur eine einzige Möglichkeit. Ganz still hocken bleiben und hoffen, dass mich weder Herr und Frau Hüttner noch dieser Mann hier bemerken würden. Und das hätte wahrscheinlich auch geklappt, wenn er an seinem Platz geblieben wäre. Aber das tat er nicht. Er versuchte, näher ans Fenster heranzukommen. Vielleicht verstand er nicht, was die beiden dort drinnen sagten. Vielleicht hatte er mich entdeckt und wollte sich ansehen, wer da mit ihm das gleiche Hobby teilte.

Er kroch los und verließ die Deckung des Busches, hinter dem er gehockt hatte. Kroch einen Busch weiter, und noch weiter, dann war er nur noch einen einzigen Meter von mir entfernt. Ich hörte schon seinen Atem, konnte ihn beinahe schon riechen. Er drückte die Knie in den Kies des Weges, um noch weiter zu kriechen, noch näher an mich heran. Er hätte seinen Arm ausstrecken können und mich packen, wie in einem schrecklichen Alptraum.

Ich schrie auf. Das war dumm, das war ganz sicher das Dümmste, was ich in diesem Moment tun konnte. Ich schrie, sprang auf und stand plötzlich mitten in Hüttners Garten. Und dann machte ich nichts mehr. Lief nicht weg, rührte mich überhaupt nicht. Guckte den Mann an, der dort vor mir zwischen den Büschen kniete, guckte zu Hüttners Fenster hinüber.

»Bück dich! Los, bück dich wieder!! Komm wieder runter!!!«

Er kroch zu mir heran und versuchte nach mir zu greifen. Ich hörte seine Stimme, eine alte, aber kräftige Stimme, die ich noch nie gehört hatte. Sie klang kühl, aber nicht unfreundlich. Trotzdem brachte ich es einfach nicht fertig, wieder hinter meinem Busch in Deckung zu gehen. Drinnen im Zimmer kam Frau Hüttner an das offene Fenster und spähte in den Garten hinaus.

»Ist da jemand? Da ist doch jemand?! Los, Hannes, komm her, guck mal da raus!«

Jetzt kam auch Herr Hüttner ans Fenster, schob seine Frau zur Seite und lehnte sich weit in den Garten hinaus. Ich stand immer noch da, völlig erstarrt, keinen Fuß konnte ich rühren.

»Du da, na warte, jetzt komme ich, dir werde ich was erzählen!«

Er schlug die Fensterflügel weit auf, es knirschte in den Zweigen des Rosenbusches. Leichtfüßig wie eine Berggemse schwang sich Herr Hüttner aus dem Fenster hinaus in den Garten. Mir wurde übel.

»Hau ab, Lillian, lauf!« Der Mann neben mir sprang plötzlich auf, packte mich an der Schulter. »Lauf los, oder worauf willst du warten?!«

Er rüttelte mich, schob mich. Dann holte er aus und schlug mir mit der flachen Hand ins Gesicht. Das half. Meine Füße bewegten sich wieder. Ich rannte.

»Schnell, schnell, nimm dein Fahrrad! Ich halte ihn auf, bis du in Sicherheit bist!«

Ohne mich umzusehen, lief ich auf den Zaun hinter den Stachelbeerbüschen zu. Sprang mit beiden Füßen, ankerte meine Arme oben in die Latten und zog mich hoch.

»Na, Hüttner, willst du eine aufs Maul haben?!« Die Stimme des Mannes hinter dem Busch. Laut, kraftvoll, angriffslustig. »Los, Hüttner, komm schon, komm.«

Es wurde laut hinter mir. Die Erde bebte, als würden zwei feindliche Elefantenbullen aufeinander treffen. Schreie und Schläge, Zweige krachten, Blumenstöcke brachen zusammen. Ich zog mich über den Zaun. Rannte den Weg hinter den Gärten entlang. Erreichte die Straße, überquerte sie hastig, rannte bis zu der Linde gegenüber von Hüttners Haus. Packte mein Fahrrad. Und wäre beinahe gegen das Auto geprallt, das zwei Meter von meinem Rad entfernt geparkt war.

Ein dunkler Volvo. Ganz sicher ein dunkelblauer. Ich hielt noch einmal an und drehte mich um, um mir das Kennzeichen anzusehen. Schwarze Prägung auf gelbem Grund. Das Lenkrad auf der falschen Seite.

Ich schwang mich wieder aufs Rad und trat kräftig in die Pedalen. Keine fünf Minuten brauchte ich, dann lag das Dorf hinter mir und ich radelte neben dem See im Mondschein.

* * *

Schon von weitem sah ich den lichtdurchfluteten Raum, den die Straßenlampen von Wünsdorf unter den Kronen der alten Chausseebäume ausleuchteten. Ich versuchte, der dunklen Chaussee so schnell wie möglich zu entkommen. Ungefähr dreißig Minuten nach meinem rasanten Aufbruch in Margensee fuhr ich in Wünsdorf ein, noch einmal fünf Minuten später durch die hellen Straßen von Waldstadt. Diese dreißig Minuten waren lang gewesen, eine lange Zeit allein auf der dunklen Landstraße, in ständiger Angst, dass hinter mir Herr Hüttner oder Frau Hüttner auftauchen und mich mit ihrem Auto von der Straße fegen könnten. Aber selbst diese lange Zeit war nicht lang genug, um mich auch nur einigermaßen zu beruhigen.

Ich konnte einfach nicht aufhören, inzwischen war ich völlig atemlos, aber ich fuhr, fuhr und fuhr. Bog von der Hauptstraße ab, radelte zwischen hohen Kasernenbauten entlang, ohne sie überhaupt wahrzunehmen. Raste auf eine lange Mauer zu, durch ein Tor. Ein paar Spaziergänger waren auf den Straßen, ein paar Männer mit Aktentaschen waren nach einem sehr langen Arbeitstag immer noch unterwegs. Irgendwo in einer Nische der Mauer stand ein Pärchen, dicht aneinander gelehnt.

»He, Lilli, was machst du hier?!«

Ich trampelte und trampelte, fuhr immer noch weiter, bis ich merkte, dass ich gemeint war. Da erst zog ich die Bremse.

Es war Lisa, die sich aus dem Schatten der Mauer löste und hinter mir auf die Straße rannte. Gustav Müller kam ihr gemächlichen Schrittes nach. Dann standen sie beide da und sahen mich an.

»Wie siehst du denn aus, Lilli?!«

Ich japste, versuchte zu atmen. »Keine Ahnung.«

»Du bist ja vollkommen fertig. Dein Pullover ist zerrissen. Wo bist du gewesen?«

»In Margensee. Im Garten hinter dem Haus von Hüttners.«

Sie warfen sich einen Blick zu.

»Gustav, ich habe dir doch erzählt, dass dieser Hüttner Lilli anruft!«

»Und ich habe nicht kapiert, warum sie deshalb nach Margensee fahren muss?! Ganz alleine, ohne Schutz?!«

»Doch, Gustav! Das war einfach wichtig für mich! Ich habe im Garten gestanden. Hab sie belauscht. Hüttner und seine Frau. Sie haben furchtbar gestritten. Sich angeschrien. Und dann kam ein Mann. Über den Gartenzaun, genau wie ich. Und dann habe ich geschrien und der Hüttner wollte auf mich losgehen. Und dieser Mann ist ... hat sich dazwischengestellt. Hat sich mit Hüttner geprügelt. Vielleicht prügeln die beiden sich immer noch.«

Lisa und Gustav Müller standen vollkommen still und guckten herüber zu mir.

»Nie wieder fährst du allein zu diesen Leuten, Lilli!! Die sind ja gefährlich!« Lisa guckte Gustav Müller an. »Das musst du morgen früh sofort deinem Neffen erzählen. Wenn jemand so aggressiv ist – das hat doch was zu bedeuten!«

»Ich stand aber mitten in ihrem Garten. Im Dunkeln. Das ist doch ein Grund ... Vielleicht sollten Sie es lieber nicht Ihrem Neffen erzählen ...?!«

Gustav Müller schwieg. Schüttelte den Kopf. Sah mich an. »Sagen Sie mal, Lilli – wer war denn dieser Mann?«

»Der mich gerettet hat? Keine Ahnung.«

»War es ein junger Mann? Oder eher ein alter, so wie ich? Hatte er lange Haare oder kurze, hatte er Locken oder hatte er einen Bart? Vielleicht einen Schnauzbart, oder einen Vollbart, der vielleicht schon ein bisschen weiß wurde ...«

Er hörte überhaupt nicht mehr damit auf, mir Fragen über den Mann im Blumenbeet zu stellen. Ich überlegte kurz, ob ich ihm von dem blauen Volvo erzählen sollte. Aber wenn ich es richtig sah, dann überstieg schon diese Szene in Hüttners Garten sein Fassungsvermögen völlig. Also lieber nicht. Oder doch? Oder lieber doch nicht?

»Einen Vollbart? Was denn für ein Vollbart? Und wieso sollte der weiß sein?! Sie glauben mir nicht, Gustav?! Dieser Typ im Garten ist doch nicht der Weihnachtsmann!!«

»Unsinn, Lilli. Es ist nur … eine genaue Personenbeschreibung könnte uns vielleicht weiterhelfen. Ich rufe Oskarchen an und Oskarchen füttert damit seinen Computer …«

»Der dann drei Tage später mitteilt, dass er vollkommen überfragt ist.«

»Lilli, bitte, Gustav gibt sich doch Mühe.«

»Ja. Danke, Gustav. Hier bemüht sich jeder. Aber es wird nichts besser davon …«

»Sie haben ja völlig Recht, Lilli, aber wie dieser Mann aussah, das wäre schon allein darum wichtig, weil … weil … meine Güte, meine liebe Frau Lukas … wenn ich einmal richtig mit Ihnen reden könnte, ohne diese hemmende Rücksichtnahme auf Kopfschmerzen und Migräne …«

»Gustav!!!«

Lisa stand zwischen uns. Sie hatte von Gustav zu mir gesehen und von mir zu Gustav. Gustav griff ihre Schultern mit beiden Armen.

»Doch, Lisa! Wenn ich gefunden habe, wonach ich suche. Dann setzen wir uns an einen Tisch und reden endlich mal Klartext, notfalls mit einer Extraportion Kopfschmerztabletten, und dann werden wir sehen, wer überfragt ist …«

Nein, es wurde nichts aus einem Streit zwischen mir und Gustav. Glücklicherweise nicht. *Üb immer Treu und Redlichkeit.* Ich riss die Tasche von meiner Schulter, holte das Handy heraus.

»Ja, bitte?«

»Lilli, endlich nimmst du mein Gespräch an. Ich versuche schon den ganzen Nachmittag, dich zu erreichen.«

Wenn Frank diesen Versuch vor einer halben Stunde gestartet hätte, dann wäre ich noch viel schneller enttarnt worden. Einzubrechen und dabei das Handy nicht auszuschalten – das war überhaupt nicht clever von mir.

»Hallo, Frank. Gibt's was Neues?«

»Nicht bei uns hier. Sämtliche Computer der Polizei, des BKA und ich weiß nicht wer noch können mit den Fingerabdrücken aus Mathildes Wohnung überhaupt nichts anfangen.«

»Genau das Gleiche habe ich hier auch schon gehört. Allerdings nicht offiziell.«

Ich warf Gustav Müller einen Blick zu. Gustav Müller guckte zu Boden und wandte den Kopf ab.

»Gut, Frank, warum willst du mich so dringend sprechen?«

»Weil ich wissen will, was bei euch läuft. Was macht die Fahndung?«

»Sie haben Mathildes Auto gefunden.«

»Hab ich schon von gehört. Und sonst noch?«

»Keine Ahnung. Sie tun, was sie können.«

»Das ist augenscheinlich nicht genug. Und was macht die internationale Fahndung?«

»Wieso die internationale? Ihr Auto stand hier, drei Landstraßen weiter.«

»Das ist doch nur *eine* Spur. Von so vielen möglichen. Ich habe mich heute beschwert. Es geht schließlich um meine Kinder.«

Ich schwieg. Seine letzten Worte musste ich erst sortieren.

»Du machst ihnen nicht genug Druck, Lilli!«

»Was soll ich für Druck machen?! Dieser Polizeiobermeister hier bemüht sich wirklich.«

»Was? Was? Ein Polizeiobermeister ermittelt? Was ist denn das für ein Dienstgrad?! Der Mann ist ja ein Grüner! Ein einfacher Uniformträger! Ich werde mich sofort beschweren. Ich werde dafür sorgen, dass ein höherer Dienstgrad die Sache übernimmt. Und so lange tritt ihm auf die Füße, Lilli! Mach ihm Dampf!«

Ich glaube, mir klappte der Mund auf. Wäre ich nicht völlig sicher gewesen, dass weder Lisa noch Gustav Müller hören konnten, was Frank mir da erzählte – ich wäre dunkelrot angelaufen. Ich versuchte, ruhiger zu werden. Ruhig zu atmen. Eine kurze Sekunde lang spürte ich in meinen Nacken hinein, aber es fühlte sich nicht so an, als ob die Medikamente von Dr. Hermann Müller versagen würden.

»Lilli? Hast du gehört, was ich sage?! Mach es genau so! Oder willst du mit schuld sein, wenn den Kindern etwas passiert!«

Mir klappte schon wieder der Mund auf. Aber ich klappte ihn sofort wieder zu. »Frank! Es reicht!«

»Wie meinst du das, Lilli?«

»Halt den Mund, Frank!«

»Was?«

»Ja. Halt endlich die Klappe! Ruf mich nie wieder an!«

Ich trennte die Verbindung. Guckte um mich. Sah Lisa vor mir stehen. Ihr Unterkiefer rutschte gerade herab. Auch Gustav Müller sah etwas erstaunt aus.

»Alles im grünen Bereich, Lilli? Geht's Ihnen gut?«

»Ja, danke!«

Sie standen immer noch da und sagten kein Wort.

»Wundert euch nicht. Das musste einfach sein!«

Langsam, ganz langsam fingen die beiden an zu nicken.

Eine Dreiviertelstunde später saßen Lisa und ich in unseren Nachthemden auf meiner Schlafmatte. Gustav Müller hatte uns gehen lassen, nachdem wir ihm in die Hand versprochen hatten, ihn sofort anzurufen, falls sich etwas Besonderes ereignen sollte. Oder falls wir seine Hilfe brauchten. Lisas Hand hatte er dabei sehr viel länger festgehalten als meine. Dann hatte er etwas gemurmelt von viel zu tun und ganz dringend etwas suchen müssen, hatte sich mein Fahrrad ausgeliehen und war in Richtung Antiquariat verschwunden.

Jetzt saßen wir auf dem Fußboden in unserer neuen Wohnung und fühlten mit jedem unserer Sinne, wie leer diese Wohnung war. Am Fußende meiner Schlafmatte streckte der Plüschbär von Liane alle viere von sich. Die tomatenroten Kinderschlafanzüge knäulten sich zwischen seinen Pfoten zusammen. Wir vermieden es angestrengt, in diese Richtung zu sehen. Hielten uns an unseren dampfenden Tassen fest und tranken in sehr kleinen Schlucken heißen Beruhigungstee.

»Sag mal, Lisa – was habt ihr eigentlich dort gemacht, du und Gustav Müller? Als ich an euch vorbeiraste, dachte ich, da stehen zwei in der Ecke und küssen sich.«

Lisa blickte tiefer in ihre Teetasse. »Ich … wir … wir waren mitten bei einer Stadtbesichtigung.«

»Ah ja. Die berühmten Sehenswürdigkeiten. Die Attraktionen. Ich führe leidenschaftlich gerne, meine Damen. – Er gefällt dir, der Gustav?«

Lisa hob ihren Blick, grinste mich an. »Nee.«

»Na dann ist ja gut.«

»Trotzdem, glaub mir, wir waren eben auf dem Weg. Gerade kamen wir von der Heeres-Sportschule und wollten noch einmal in die Bunker. Zweimal war ich schon da unten, Lilli. Diese Bunker, die musst du dir unbedingt ansehen.«

»Vielleicht, irgendwann, wenn ich mich besser fühle. Wenn dieser Alptraum ein Ende hat.«

»Dann gehen wir zusammen, wir drei. Oder wir nehmen Mathilde mit. Aber nicht die Kinder, für die ist das nichts. Diese Bunker haben irgendwie … etwas Psychopathisches. Lange Gänge, du bist fünfzehn Meter unter der Erde – und es sieht aus wie in einer ganz normalen deutschen Behörde. Du bist wie in einer Zeitschleife. Alles ist verfallen oder zerstört. Und gleichzeitig spürst du, wie es sich wehrt, dieses seltsame Bauwerk gibt nicht auf. Das will sich nicht zerstören lassen. Völlig irre!«

Sie stand auf und goss uns noch einmal Tee ein. Ich legte ein paar Kopfkissen aufeinander und ließ mich zur Seite fallen. Ich spürte den Tag in meinem Körper. Mein Kopf fing wieder an zu schmerzen. Vorerst nur ein ganz kleines bisschen.

»Und über dir, Lilli, siehst du eine ganz normale Zimmerdecke. Aber darüber sind drei Meter Beton! Und mehr als sieben Meter Sand!«

Bei dieser Vorstellung schmerzte mein Kopf noch heftiger. »Das ist ja ein Grab, Lisa. Wie die Grabkammern der Pyramiden. Da kriegen mich keine zehn Pferde rein!«

»Ich sage nicht, dass es schön ist. Es ist faszinierend.« Lisa setzte sich neben mich, rollte meine Decke auseinander, breitete sie über unsere Füße. »Doch, Lilli, wir beide gehen in diesen Bunker. Es ist schön, Pläne zu machen für die Zeit, wenn sie wieder da sind. – Und da du jetzt sowieso nicht einschlafen kannst: Was war denn nun mit diesen Anrufen?! Der Hüttner mit der Baufirma ruft dich auf deinem Handy an? – Und Mathilde hat sich am Mittwoch mit dem getroffen? Woher weißt du denn das? Was hat dieser Mann mit Mathilde zu schaffen? – Entschuldige bitte, Lilli, ich habe den Eindruck, dass ich die wichtigsten Dinge nicht mehr verstehe?!«

Ich schüttelte den Kopf, schloss erschöpft die Augen. Aber Lisa hatte

Recht, ich war wirklich hellwach. An Einschlafen war überhaupt nicht zu denken.

»Das ist eine lange Geschichte.«

»Die Nacht ist lang, Lilli.«

»Aber die Geschichte hat keinen richtigen Anfang und kein Ende und keinen roten Faden …«

»Ich will ja nicht damit häkeln. Also? Kennst du den Hüttner irgendwoher?«

Gut, ich versuchte es. Zuerst erzählte ich Lisa von den Anrufen auf meinem Handy. Dann von den weißen Levkojen. Und davon, dass Hüttner behauptet hatte, ein alter Freund von Mathilde zu sein und mich schon lange zu kennen. Und dass er bei seinen Telefonaten bestimmt nicht so offensiv wäre, wenn er ahnen würde, dass ich ziemlich sicher wusste, wer er war. Lisa hörte zu, sagte manchmal *ja, aha, ach.* Als ich schließlich noch von dem blauen Volvo erzählte und von dem Mann, der gestern Nacht vor dem Wegweiser an der Straße gestanden und zu unserem Fenster heraufgesehen hatte, griff sie nach ihrem Handy. Aber dann schüttelte sie den Kopf, legte es wieder zur Seite.

»Sag mir mal eins, Lilli: Warum hast du mir diese ganzen Dinge nicht viel eher erzählt?«

»Weil jede Sache alleine gesehen überhaupt keinen Sinn hatte.«

»Und hat es jetzt einen Sinn für dich?«

Ich setzte mich auf. Nahm die Teekanne und goss mir noch eine Dosis Beruhigungstee ein. Blies ein paarmal über die dampfende Tasse, trank ein paar kleine Schlucke. Aber eine klare Antwort auf ihre Frage fiel mir nicht ein.

»Nein, im Gegenteil, ich verstehe immer weniger. Und egal, was ich tue und mit wem ich spreche – alles wird nur noch verworrener. Nur – ganz, ganz allmählich bekomme ich das Gefühl, dass alles doch irgendwie zusammenhängt.«

Lisa schüttelte den Kopf, sah vor sich hin. »Wenn du nicht meine Freundin wärst, Lilli, wenn ich dich nicht sehr lange kennen würde – dann würde ich sagen, du spinnst! Weiße Levkojen im Vorgarten – gibt es irgendjemanden in Margensee oder in Zossen, der keine weißen Levkojen in seinem Vorgarten hat?! – Du hast Paranoia, meine Liebe. Kein Wunder, bei dem, was du gerade durchmachst!«

Sie schob die Decke von ihren Füßen, stand auf, öffnete die Balkontür und trat nach draußen. Warmer Nachwind flutete zu mir ins Zimmer. Ich hörte, wie Lisa tief die Luft einzog.

»Sei mir nicht böse, Lilli. Das ist ... das ist so ein Schmarren – das kann ich einfach nicht glauben. Ich versuche, ruhig zu bleiben und die Übersicht zu behalten. Klare Fakten zählen. Alles andere ist nur verwirrend. Und jetzt muss ich tief durchatmen! Einmal am Tag wieder auftanken, so als wäre noch alles in Ordnung.«

Ich hörte sie diese laue Nachtluft einatmen und fing gerade an, sie um dieses Gefühl zu beneiden. Da stockte plötzlich ihr Atem.

»Mach mal das Licht aus! Komm nach draußen!«

Jetzt hielt auch ich den Atem an. Auf dem Balkon hüllte die Sommerluft mich ein wie ein warmer Mantel. Über den Baumwipfeln hing ein Mond, grell wie eine Apfelsine aus Plastik, der den Platz zwischen den Häusern hell beleuchtete.

»Siehst du auch, was ich sehe, Lilli?«

Ich ließ meinen Blick zwischen den Hauseingängen, den hellen Gartenmöbeln und den Sonnenschirmen hin und her schweifen.

»Nicht dort. Da, hinter dem Spielplatz, das Auto!«

Ich kniff die Augen zusammen und spähte. Richtig, sie hatte Recht. Genau hinter dem Klettergerüst stand ein dunkles Auto am Straßenrand. Es war nicht zu erkennen, ob jemand darin saß. Aber mein Gefühl sagte mir, dass es nicht leer war. Von dort drüben hatte man einen phantastischen Ausblick, frei und unverbaut bis zu uns herüber.

Und während wir beide dicht nebeneinander auf dem Balkon standen und hinübersahen, setzte das Auto sich langsam in Bewegung. Die Scheinwerfer wurden eingeschaltet. Es fuhr schneller und immer schneller die Straße hinauf, bog ab, ohne zu blinken, und entschwand unseren Blicken.

Und noch ehe sein Motor nicht mehr zu hören war, kam ein zweites Auto, irgendwo aus der Dunkelheit. Es fuhr langsam neben dem Spielplatz entlang. Erst als das andere Auto fast schon außer Sichtweite war, beschleunigte es allmählich, blinkte und verschwand in der gleichen Richtung.

Weder Lisa noch ich sagten ein Wort. Ich spürte, wie ich erst ganz langsam wieder zu atmen begann. Lisa hielt sich mit beiden Händen am Balkongitter fest. Sie war überhaupt nicht klar und ruhig geblieben.

»Eins dieser beiden Autos war ganz sicher ein blauer Volvo. Oder?«

»Oder auch keines von beiden.«

»Stimmt. Vielleicht sehen wir ja schon Gespenster?«

»Zwei Blechgespenster, die hintereinander herfliegen! Komm, Lilli, lass uns nach drinnen gehen.«

Wir schlossen die Balkontür sorgfältig, verschlossen die Wohnungstür, setzten uns wieder auf meine Schlafmatte und ankerten uns an unseren Teetassen.

* * *

In dieser Nacht klingelte kein Handy. Kein Schnee fiel auf die weißen Holzstühle vor dem Herrenkrug, keine Schiffssirene ertönte. Und keine Kinder kuschelten sich in meine Arme. Ich schlief wie ein Stein.

Beim Aufwachen fühlte ich mich weder leicht noch erholt. Nur steinschwer und steinmüde. Als ich um acht Uhr mit Lisa zusammen durch unsere Ladentür trat und das Glockenspiel hörte, wusste ich, in zehn Minuten würde ich wieder Bücherkisten auspacken und Regale einrichten. Nur um mich davon abzulenken, dass ich nichts dafür tun konnte, meine Kinder zu mir zurückzuholen. Ich rollte wie eine riesige steinerne Kugel, bergab, unausweichlich in einen Abgrund.

Wir zogen unsere Jacken aus, brachten unsere Taschen ins Hinterzimmer und ich griff gerade nach der ersten Kiste. Da klingelte unser Telefon.

»Frau Lukas? Hier ist Polizeiobermeister Oskar Müller.«

Mir wurde schlagartig übel. Die schwere Kugel versank, mitten auf dem Abhang. Ich ließ mich auf die Bücherkiste neben dem Tresen fallen. »Herr Müller – was ist denn?«

»Nichts, tut mir Leid, es gibt nichts Neues. Eine riesige Fahndung und keine einzige Spur.«

»Und warum rufen Sie an?!«

»Aus einem ganz anderen Grund. Ich wollte wissen, was Sie zu Onkel Gustavs Theorie sagen. Können Sie damit etwas anfangen?«

»Wie bitte?«

»Nun sagen Sie nur nicht, Onkel Gustav hat noch gar nicht mit Ihnen geredet?«

»Nein … ich habe ihn heute Morgen noch nicht gesehen.«

»Dann lege ich jetzt auf und rufe in einer halben Stunde noch einmal an. Und Sie setzen sich in Bewegung und gehen sofort zu ihm rüber. Ehe er einschläft. Er hat die ganze Nacht für Sie in seinen alten Papieren gewühlt.«

Oskar Müller legte den Hörer auf, ohne eine Antwort abzuwarten. Ich ließ seine Sätze noch einen Moment in mir nachklingen. Dann erhob ich mich und ging auf steinschweren butterweichen Beinen in Richtung Tür.

»Lisa, ich gehe kurz mal zu Gustav hinüber.«

»Gute Idee. Aber warum wartest du nicht, bis er mit dem Frühstück kommt?«

»Weil sein Neffe mich eben ziemlich autoritär angewiesen hat –«

Weiter kam ich nicht. Gerade in dem Moment, als ich die Hand nach unserer Türklinke ausstreckte, streckte auch Gustav die Hand danach aus. Von der anderen Seite. Er stand da wie aus dem Boden gewachsen. An seinem kleinen Finger baumelte eine Plastiktüte mit Brötchen, das übliche Teetablett ruhte auf seinen Armen.

Ich machte ihm die Tür auf und nahm ihm das Tablett mit den Tassen ab. Wir stellten das Stövchen auf. Lisa plazierte die Packung mit Dr. Hermann Müllers hammerharten Kopfschmerztabletten und ein Glas Wasser neben meiner Teetasse. Dann rückten wir eng zusammen und guckten Gustav erwartungsvoll an.

»Gustav, Sie wollten mir etwas erzählen?«

Er strich sich müde mit der Hand übers Gesicht. Es sah wirklich so aus, als hätte er keine einzige Minute geschlafen.

»Ich wollte Ihnen etwas erzählen? Wer sagt denn das?«

»Ihr Neffe, gerade eben, am Telefon.«

»So, so. Der Junge. Vielleicht klammert er sich auch nur an einen Strohhalm. Weil er weiter nichts in der Hand hat, trotz seiner Fahndung, seiner bundesweiten. Und weil sein Chef ihm Druck macht, weil irgendein Idiot sich im Polizeipräsidium über seine schlechte Arbeit in diesem Fall beschwert hat. Dabei fallen auch seinem Chef nur noch Aktionen ein, die überhaupt nichts bringen.«

»Das klingt nicht sehr ermutigend.«

Er schüttelte den Kopf. »Und was ich Ihnen zu sagen habe, ist auch nicht ermutigend. Ganz und gar nicht.«

Lisa griff nach der Teekanne und goss uns Tee ein. »Wie ermutigend es für sie ist, das kann Lilli selber entscheiden. Komm, Gustav, erzähl einfach.«

Er schüttelte den Kopf, strich sich noch einmal mit der flachen Hand über sein Gesicht. »Ich komme sowieso nicht drum herum. Seit ich euch gestern die Fotoalben meiner Mutter gezeigt habe, geht mir diese Geschichte durch den Kopf. Und glaubt mir, ich hätte diesen ganzen alten Mist viel lieber für mich behalten. Es wäre besser, alles käme wieder in Ordnung, die Kinder und die Oma würden sich wieder anfinden, ohne dass wir diese Ereignisse wieder aufleben lassen. Aber das ist nun ja wohl nicht so. Und jetzt muss ich über Dinge sprechen, Lilli, die Ihnen und mir wahrscheinlich sehr wehtun.«

Er trank einen Schluck Tee. Seufzte, traurig wie ein Hofhund bei Vollmond. Dann griff er in sein Jackett und holte einen Umschlag aus der Innentasche. Nahm alles heraus, was darin war, und breitete es zwischen unseren Teetassen auf dem Ladentisch aus. Zeitungsausschnitte, eine technische Zeichnung, ein paar Fotos.

»Fünfundzwanzig Jahre ist das jetzt her. Damals ist hier in der Gegend etwas Seltsames passiert. Über Nacht, im wahrsten Sinn des Wortes, ist damals eine ganze Familie verschwunden. Bruno Förster, mit dem bin ich zur Schule gegangen. Ein verrückter Typ, immer hat er irgendwelche irren Sachen gemacht. Wenn man in seiner Nähe war, kam man eigentlich nie so ganz raus aus dem Lachen. Wie Feuer und Wasser, wenn man ihn und mich nebeneinander stellte. Aber gerade deshalb haben wir uns sehr gut verstanden.

Bruno ist Zimmermann geworden, später, nach der Schule. In der dritten Generation, Großvater, Vater und Bruno. Bruno war gut als Zimmermann, sehr präzise, und mit viel Gefühl für alles, was man aus Holz machen konnte. Er konnte sogar tischlern. Schränke, Tische, Stühle. Wunderschöne Intarsienarbeiten hat er gemacht. Dieser kleine Familienbetrieb von seinem Vater konnte sich vor Aufträgen gar nicht retten. – Und das war Brunos Eintrittskarte in die verbotene Stadt.«

Gustav griff nach seiner Teetasse. Fuhr sich mit der Hand übers Gesicht, als müsste er dicke Spinnweben davon herunterwischen. Die Erinnerungen taten ihm nicht gut.

»Willst du noch Tee, Gustav?« Lisa stand auf und legte ihre Hand auf seine Schulter. Ließ ihre Hand nach oben gleiten, streichelte über seinen Hals, über sein Gesicht.

»Ja, gieß mir Tee ein. Leicht fällt mir das wirklich nicht. Selbst nach so vielen Jahren.«

Er trank, langsam, langsam. Ließ seinen Blick über die Fotos auf dem Tisch schweifen, sagte nichts. Irgendwann hielt ich sein Schweigen nicht mehr aus.

»Gustav, bitte!«

Er raffte sich auf. Seine Schultern strafften sich wieder. »Gut, natürlich, hören Sie zu, Lilli. Ihr erinnert euch sicher an das, was ich euch von der verbotenen Stadt erzählt habe. Die Russen kamen, Mauer drum, Wachposten, Berliner Modell. Keiner von uns hier aus der Gegend durfte jemals wieder dort rein. Die verbotene Stadt eben. Es gab nur ein paar ganz, ganz seltene Ausnahmen. Und das waren Leute wie Bruno.

Eigentlich hatten die Russen ja alles selber: ihre eigenen Ärzte, Lehrer, Verkäuferinnen. Die brauchten keinen von den deutschen Zivilisten, die in den Dörfern rundum oder in Zossen wohnten. Aber wenn sie gute Handwerker brauchten, Maurer, Tischler, Zimmerleute, da haben sie manchmal auch auf unsere Leute zurückgegriffen. Und das wurde Brunos Verhängnis.«

Ich hörte ihm zu und hielt mich schon wieder an meiner Teetasse fest. Guckte auf Gustavs Hände, die nervös an seinem Jackettkragen nestelten. Dann schweifte mein Blick über die Papiere, die er auf dem Tisch ausgebreitet hatte. Ein Foto lag unter den anderen Papieren versteckt, so dass nur die untere Hälfte herausschaute. Das Einzige, was darauf vollständig zu sehen war, waren Hände. Schmale kräftige Hände, die sich sanft um die Schultern eines Kindes legten. Das auf dem Schoß einer Frau saß. Er legte seine Arme um beide: um die Frau und das Kind. Mich durchzuckte ein Stromschlag. Ich sprang auf, fasste über den Tisch, griff zwischen die Papiere und zog das Foto heraus.

Gustav hörte auf zu reden. Er guckte zu mir, sein Mund klappte auf. Aber es kam kein einziges Wort mehr heraus. Lisa fasste nach seiner Hand. Sie hockten hinter ihren Teetassen und starrten mich an, als wäre ich ein Alien, das sich plötzlich mitten hinein in ihren Frühstückstee gebeamt hatte. Ich hielt das Foto, konnte fast nicht mehr atmen, meine Hände zitterten. Ein Mann, eine Frau und ein Kind. Der Stromschlag ballte sich oben in meinem Nacken zusammen und wurde zu einem Schmerz, der sich langsam über meinen Hinterkopf nach oben schob und zu meinen Augen wanderte.

»Also doch!«

Nur ganz leise murmelte Gustav diese Worte. Dann griff er noch einmal in die Innentasche seines Jacketts und holte sein Handy heraus. Entsperrte die Tastatur. Wählte eine Nummer.

»Lilli, nimm doch deine Tablette. Du siehst gar nicht gut aus.«

Lisa öffnete sogar die Packung für mich und schob mir Dr. Hermann Müllers Wunderwaffe gegen Kopfschmerzen über den Tisch. Ich nahm sie nicht. Ich konnte meinen Blick einfach nicht von diesem Foto losreißen. Ein großer dunkelhaariger Mann mit dem Ohrring der Zimmerleute im Ohr. Eine blonde Frau. Ein kleines Mädchen.

Meine Fingerspitzen glitten wieder über den Stoff seines Anzuges. Er fühlte sich weich und warm an. Kord, schwarzer Kord. Ein Arbeitsanzug mit leuchtend weißen Knöpfen. Ich spürte seine lockigen Haare, die sich störrisch unter meine Hände legten. Auch das Gefühl von glattem Metall lag plötzlich in meiner Hand. Ein runder goldener Ohrring zwischen meinen winzigen Fingerspitzen.

»Hallo, Oskar, dein alter Onkel ist hier. Wie es aussieht, solltest du besser herkommen … Ja … Nein, ich habe ihr noch nicht alles erzählt. Aber die Wirkung ist einfach … verblüffend … Ja … Komm her, Junge. Sieh sie dir selbst an.«

Er trennte die Verbindung. Guckte wieder mich an.

»Auf diesem Foto, das Sie da in der Hand halten, Lilli – das ist er, der Bruno. Groß, ziemlich dünn. Aber dünn waren wir alle in diesen Jahren. Er hat früh geheiratet. Das ist seine Frau, die Hilde. Und das ist ihre Tochter. Lillian. Als die Sache passierte, war die Kleine ungefähr vier … fünf Jahre alt.«

Ich guckte ihn an. Hielt immer noch das Foto fest. Meine Hände zitterten heftig. Auch meine Knie zitterten.

»Setz dich, Lilli. Und nimm die Tablette.«

Ich setzte mich wieder, schluckte gehorsam. Lisa setzte sich neben mich auf meine Bücherkiste und legte ihren Arm um meinen Rücken. Gustav räusperte sich.

»Kann ich weitersprechen, Lilli? Können Sie mir noch folgen?«

Ich versuchte, meinen schmerzenden Nacken zum Nicken zu bringen. »Reden Sie. Bitte!«

»Bruno wurde also damals in die verbotene Stadt geschickt. Altes Fachwerk ausbessern, einen Dachstuhl wieder in Ordnung bringen, da ging immer wieder mal was kaputt. Und mit ihm arbeiteten noch ein paar andere dort, ein Tischler aus Sperenberg, ein Maurer aus Zossen. Und ein Maurer aus Margensee. Mit Passierschein und Sondergenehmigung durften sie von der Wache am Tor bis zu ihrer Baustelle. Aber Bruno hielt sich nie an Vorschriften, der war überall. Am liebsten da, wo er gar nicht hindurfte. Der ging einfach rein in das Offizierskasino und trank mit den Offizieren ihre *sto* Gramm Wodka, bis zum frühen Morgen. Oder er besichtigte mal eben die Heeres-Sportschule, weil er wissen wollte, wie die Zimmerleute vor fünfzig Jahren den Dachstuhl so wunderbar hingekriegt hatten. So war er, der Bruno.

Aber eigentlich ging es Bruno um etwas anderes. Irgendein Ding hatte er da zu laufen, zusammen mit einem von den anderen Handwerkern. Und hol mich der Geier, ich wusste damals nicht, wer das war. Aber seit heute Nacht weiß ich es ...«

Vor unserem Laden quietschten Bremsen. Eine Autotür wurde zugeknallt. Hastige Schritte näherten sich. Unsere Ladentür wurde aufgerissen. Es ertönte das übliche Glockenspiel. Oskar Müller guckte von einem zum anderen, machte zwei lange Schritte und klopfte kurz mit der Faust auf den Tisch.

»Guten Morgen, alle zusammen. Lasst euch nicht stören. Ich stelle mich einfach hierher und höre zu, was Onkel Gustav erzählt. So ganz im Detail kenne ich die Geschichte ja auch noch nicht.«

»Morgen, mein Junge. Du kommst nicht zu spät. Ich bin immer ein bisschen umständlich. An der entscheidenden Stelle bin ich noch nicht.«

Lisa stand auf, holte zwei Gläser Wasser für mich. Ich trank beide, hintereinander. Sie goss mir noch einmal Tee ein. Die Tasse zitterte in meiner Hand. Lisa setzte sich wieder zu mir auf die Bücherkiste, legte den Arm um mich. Gustav Müller und Oskar Müller folgten jeder unserer Bewegungen mit den Augen.

»Also, der Bruno. Er hat nicht viel geredet über diese Sache. Aber manchmal hat er ein bisschen angegeben. Auf den Putz gehauen, wenn wir zusammen beim Bier saßen. Er würde in die Bunker gehen, bis runter ins Untergeschoss. Und da wäre was. Etwas, was wir alle gern hätten, jeder Einzelne von uns und jeder von den Russen. Was aber ihm gehört. Ihm und diesem Maurer. Und sie würden sich das holen.«

»Und was soll das gewesen sein, Onkel Gustav?«

»Ich weiß nicht. Etwas, was jeder gerne besitzen würde. Was alle deine Probleme löst … Hört sich an wie ein Geist aus der Lampe. Oder wie Geld.«

Meine Hände zitterten immer heftiger. Tee schwappte auf meine Knie. Lisa hielt sanft meine Finger, stützte meine Tasse.

»Gustav, du erzählst das so, als wäre es nicht gut gegangen.«

»Ist es auch nicht. Als ich ihn das letzte Mal sah … das ist jetzt fünfundzwanzig Jahre her. Und ich sehe ihn noch ganz genau vor mir. An einem Sonntag im September klingelt er mittags an meiner Wohnungstür. Meine Mutter freute sich immer, wenn Bruno kam. Aber er wollte nicht reinkommen. Keine Zeit, gleich draußen im Hausflur wollte er mit mir reden. Da standen wir, es war helllichter Tag, Kinder spielten im Hof, der Sonntagsbesuch von den Nachbarn ging die Treppe nach oben. Hinter der Wohnungstür stand meine Mutter und horchte, was wir so redeten. Also sagten wir nur das Nötigste, und auch das nur geflüstert: Gustav, sagt er zu mir, pass auf, heute Abend steigt das ganz große Ding! Wir haben uns jeden Schritt überlegt, wir haben alles geplant, aber wenn mir doch was passieren sollte, dann kümmere du dich um meine Mutter. – Er hatte noch eine Schwester, aber mit der kam die Greti nie so gut klar wie mit Bruno. – Also, Gustav, kümmere dich! – Und dann war er schon auf der Treppe. – Pass bloß auf dich auf, Mann! – Unten knallte die Haustür. Und weg war er.«

Gustav Müller schwieg. Seine Augen schimmerten, als würde er mühsam die Tränen zurückhalten. Jetzt zitterten seine Hände, aber nur ein ganz kleines bisschen.

»Und? Weiter?«

»Was war dann, Onkel Gustav?«

»Ja, was war dann?! Ich habe ihn nie wiedergesehen.«

»Wie?«

»Er ist einfach verschwunden. Er, seine Frau, seine Tochter. Sie sind alle verschwunden in dieser Nacht.«

»Er war weg? Er – und seine Familie?«

»Aber eine ganze Familie, Onkel Gustav – die verschwindet doch nicht so einfach?!«

»Doch, leider, so war es. Es war alles sehr seltsam. Sie haben keine Koffer gepackt. Sie haben nicht die Teller vom Abendessen abgewaschen. Nichts war so, wie Menschen es hinterlassen, die auf eine Reise gehen.«

»Also – verreist waren sie nicht? Hat denn keiner nach ihnen gesucht? Nach der Familie oder nach Bruno?«

»Ja bitte – wo denn? In der verbotenen Stadt? Das ist lächerlich. Nicht einmal unsere deutsche Polizei durfte dort rein. Da gab es keine Ausnahme, und die russischen Kollegen waren nicht fein in der Wahl ihrer Mittel. Da ging auch mal jemand ab nach Sibirien, wenn er sich nicht benahm, wie die es für angesagt hielten. In den siebziger Jahren vielleicht nicht mehr. Aber vielleicht ja doch. Keiner wusste das sicher.«

»Wer sagt überhaupt, dass sie in der verbotenen Stadt verschwunden sind?! Man hätte doch überall nach der Familie suchen können.«

»Sicher, das hat man ja auch. Dieses Foto, das Lilli in der Hand hält, das war damals in allen Zeitungen. Hier in Zossen, bis nach Berlin, bis nach Potsdam hing es an den Bäumen, in den Bahnhöfen, in jeder Kaufhalle. In unserer Lokalzeitung war es auf dem Titelblatt.«

»Und – hat man einen von ihnen gefunden?«

Gustav schüttelte den Kopf. Wischte sich mit der Hand übers Gesicht. »Die Behörden haben sie nachher für tot erklärt. Irgendetwas mussten sie machen, um die Sache abzuschließen und das Gerede über die Russen zu beenden. Sie haben behauptet, dass Bruno und Hilde und das Kind bei diesem Zugunglück unten bei Dresden ums Leben gekommen wären. Das war ein seltsamer Zufall, da war ein D-Zug entgleist, in derselben Nacht, in der die drei verschwanden. Es gab viele Opfer, die nicht mehr zu identifizieren waren.«

»An diese Version glaubst du aber nicht, Onkel Gustav?«

»Das mit dem Zugunglück habe ich schon damals nicht geglaubt. Ich habe einfach nicht akzeptieren können, dass er tot ist. Aber jetzt – seitdem ich Ihre Mutter gesehen habe, Lilli – jetzt denke ich anders darüber. Wie diese Frau den Kopf hält. Ihr Kinn, ihre Nase. Und wie sie spricht und wie sie beim Reden die Hände bewegt. Wissen Sie, es ist verdammt schwer, jemanden zu erkennen, den man fünfundzwanzig Jahre nicht gesehen hat. Aber jemanden zu erkennen, den man seit einem Vierteljahrhundert für tot hält, das ist fast unmöglich.«

Ich guckte ihn an. Legte langsam das Foto zurück auf die Tischplatte. Versuchte, meine Hände ruhig zu halten.

»Gestern Nacht, kurz nachdem ihr beide nach Hause gegangen wart, bin ich mit dem Fahrrad noch ein bisschen durch die Straßen gekurvt. Nur so, um besser denken zu können in der frischen Nachtluft. Da fuhr ein Auto an mir vorüber und darin saß Bruno. Dachte ich jedenfalls einen kleinen Moment lang. Mein alter Freund Bruno. Manchmal kann man seinen Erinnerungen nicht trauen, manchmal nicht einmal seinen taufrischen Eindrücken.«

Gustav Müller holte ein Taschentuch aus seiner Jackentasche und wischte sich damit über die Stirn, über die Augen. Er stöhnte leise. Griff nach seiner Teetasse wie nach einem Rettungsring.

»Ich kann nicht behaupten, Lilli, dass Ihnen das alles bei der Suche nach Ihren Kindern weiterhilft. Aber es *könnte* doch wichtig sein?!«

Ich nickte langsam. Was sollte ich sonst machen. Menschen mit Paranoia nicken eben zu allem. Gustav Müller, Lisa, Polizeiobermeister Oksar Müller – alle standen um den Tresen herum und starrten mich an. Am liebsten hätte ich das Licht ausgeschaltet und das Zimmer verdunkelt. Wann hatte dieser Wahnsinn eigentlich begonnen? Und womit?

* * *

Dann saßen wir da und taten das, was wir in den letzten Tagen immer taten, wenn wir nicht weiterwussten. Wir rührten in unseren Teetassen. Gut, diesen Satz mit der Paranoia dachte ich nur, ich sagte ihn nicht. Zu wem hätte ich ihn denn auch sagen können? Zu Gustav Müller? Zu Lisa? Zum Polizeiobermeister? Nur weil drei Menschen dieselben Gedanken denken, werden diese Gedanken nicht wahrer. Fakten, Fakten, Fakten! Aber woher denn, bitte?! Wer sollte mir die liefern?

Wir betrachteten das Foto, lasen den Zeitungsartikel, dessen Papier schon spröde und brüchig wurde. Die technische Zeichnung, die einen Schnitt durch alle Etagen eines Bunkers mit dem Namen Maybach I zeigte, legte ich dezent wieder zurück auf den Tisch, ohne sie mir gründlicher anzusehen. Genau wie die zweite Zeichnung, Bunkeranlage Zeppelin, Obergeschoss, Untergeschoss, Kellergeschoss. Kein Verständnis für Technik, keine Lust auf deutsche Geschichte. Meine zitternden Hände ließen ohnehin nicht zu, dass ich diese akribisch detaillierten Zeichnungen mit der millimeterhohen Beschriftung entzifferte.

Lisa hatte sich alles ganz genau angesehen, hatte mit Gustav Müller geflüstert. Jetzt kam sie zu mir zurück. »Lilli, deine Hände zittern. Dr. Müller hat dir Tropfen zur Beruhigung gegeben. Willst du?«

Ich nickte. Holte die Flasche aus meiner Handtasche, begann zu träufeln. Aber ich traf nicht einmal das Glas. Lisa nahm mir die Flasche ab, tropfte fünfundzwanzig Tropfen in mein Glas.

»Ich hoffe, sie sind genauso erfolgreich wie die Kopfschmerztabletten von Dr. Müller.«

Ich nahm das Glas aus ihrer Hand und trank folgsam. Diese Tropfen hatte ich auch schon gestern genommen. Aber irgendetwas war heute anders. Sie wirkten so rasant wie ein Überschallflieger. Drei oder vier Minuten lang rührte ich noch in meiner Teetasse, dann hörten meine Gedanken auf, sich durch meinen Kopf zu drehen, mich zu verwirren. Sie senkten sich herab wie Steine auf den Grund der Elbe und hielten mich fest. Ein dunkler Fleck auf dem Boden der Teetasse. Nein, ein heller Fleck – das Gesicht von Mathilde. Blass, mit schulterlangen braunen Haaren, wie sie mir von unserem Fenster in der Zollstraße zuwinkt, jeden Morgen, wenn ich in die Schule laufe. Blass, mit schulterlangen braunen Haaren, ein wenig älter geworden, wie sie mit meinen Kindern am Ufer der Elbe spazieren geht. Oder auf der Uferpromenade am Cracauer Wasserfall. Oder auf der neuen Hängebrücke. Oder blass, blond, mit einem langen Zopf, im Schnee vor dem Herrenkrug …

Ich begann zu frieren. Nein, eigentlich fror ich nicht. Nur mein Körper fror, aber das störte mich nicht, denn den klappte ich einfach unter mir weg. Übrig blieb ich, ohne Schmerzen, ohne zitternde Hände. Nur ich. Ich ich ich ich. Ich flog. Ich schwebte. Das war angenehm, leicht, fluffig. Keine Sorgen. Keine Probleme.

»Habe ich euch schon erzählt, wie viel Ärger Lilli in den letzten Wochen mit Mathilde hatte? Weil Mathilde auf keinen Fall wollte, dass Lilli mit den Kindern aus ihrer Reichweite verschindet. Dass sie sich anderswo eine eigene Existenz aufbaut. Wir haben oft überlegt, warum sie so ablehnend auf Lillis Pläne reagiert. – Aber wenn Mathilde wirklich die Frau ist, von der du eben erzählt hast, Gustav, dann hätte das alles einen Sinn. Dann war es diese Stadt hier, in die Lilli nicht gehen sollte. Nach München oder nach Bremen hättest du gehen dürfen, Lilli, aber eben nicht hierher. Nicht nach Wünsdorf, nicht nach Waldstadt.«

Hätte und wäre. Wenn und dann. Das waren keine Worte, die zu meinem Wortschatz gehörten. War ich das etwa, die da gerade gesprochen hatte? Nein, nicht ich. Wie durch einen zarten Nebel sah ich Lisa auf der anderen Seite des Tisches stehen. Lisa hatte geredet, natürlich. Sie war sie. Meine beste Freundin. – Und ich? Wer war ich? Meine beste … was denn? Ich fing an, mich wieder zu sortieren. Das dauerte, dauerte, machte ziemliche Mühe. Erst ganz allmählich wurde der Nebel lichter. Ohne mich hinzulegen, ohne drei Stunden zu schlafen. Ich kam langsam wieder zurück.

»Es passt doch alles zusammen, nicht wahr? – Lilli, hallo, bist du noch zu sprechen?!«

Doch, ich war wieder zu sprechen. Noch eine kleine Minute, dann hatte ich es geschafft, meine Aufmerksamkeit zu meinen Ohren zu schicken und meinen Mund wieder in Betrieb zu nehmen. Hören und sprechen. Umschalten bitte.

»Lilli?! Vielleicht willst du mal sagen, was du denkst!«

»Ich weiß nicht.«

»Doch, Frau Lukas, Sie sollten das wissen! Für mich ist wichtig, was Sie dazu sagen. Ich muss eventuell darauf reagieren.«

»Nein, zum Glück muss ich überhaupt nichts wissen! Mich interessiert nur, ob die Fahndung läuft und was dabei herauskommt. Solche alten Geschichten bringen mich doch nicht weiter!«

Gustav Müller atmete tief durch, stellte seine Teetasse klirrend auf den Tresen zurück.

»Gustav, bitte, es ist doch völlig normal, dass Lilli so reagiert!«

»Gut, Lisa, wenn du meinst.«

Er ließ sich auf seinen Stuhl fallen, wischte sich wieder mit dem Taschentuch übers Gesicht. Völlig am Ende seiner Kräfte, das bekam ich jetzt wieder mit. Anscheinend waren es nur die ersten zwanzig Minuten, in denen Dr. Müllers Beruhigungstropfen diese paralysierende Wirkung hatten. Ich war wieder bei mir. Mein Denkvermögen meldete sich zurück, gedämpft und beruhigt, aber unbeschädigt.

»Ich habe Ihre Mutter erkannt, Lilli, eigen-äugig sozusagen. Bitte glauben Sie mir!«

Ich schwieg verbissen. Zum ersten Mal seit vielen Stunden traten mir wieder die Tränen in die Augen. »Gibt's hier überhaupt noch einen, der nach den Kindern fragt? Ihr stochert irgendwo in der Vergangenheit und sorgt euch nur um Mathilde.«

Polizeiobermeister Oskar Müller schob die Augenbrauen zusammen und sah mich an. Lisa legte vorsichtig ihre Hand auf meine Hände.

»Wir wollen dir nur helfen.«

Dann schwiegen wir. Alle. Ich guckte Gustav Müller an wie ein trotziges Kind. Guckte zu Lisa. Guckte zu Oskar Müller. Der Polizeiobermeister räusperte sich.

»Gut, gut, Leute, ehe wir jetzt alle aufeinander einschlagen, referiere ich kurz den Stand der Ermittlungen: Mein Chef lässt gerade Disneyland Paris und Legoland in Dänemark nach den Kindern absuchen. Nebst allen Hotels, Busunternehmen, Flugreservierungen. Was eben dazugehört. Bisher ohne jedes Ergebnis. Auch die Spurensicherung in der Wohnung von Frau Schneider hat bisher nichts gebracht. Keiner der gefundenen Fingerabdrücke ist in einem unserer Computer gespeichert.«

»Oskarchen, Junge, meinst du auch, wir sollten diese alte Geschichte jetzt einfach vom Tisch wischen und nicht mehr darüber reden?«

Oskar Müller trank einen letzten Schluck Tee, stellte seine Tasse zurück auf den Tisch. Schüttelte bedächtig den Kopf. »Nein, das meine ich nicht.«

»Dann erzählst du davon deinem Chef?«

Polizeiobermeister Müller hörte gar nicht mehr auf, den Kopf zu schütteln. »Ich kann meinem Chef nicht erzählen, dass er nach einer Frau sucht, die vor fünfundzwanzig Jahren ums Leben gekommen ist. Und die Geschichte vom toten Bruno, der nachts im Auto durch Waldstadt fährt, die erzähle ich ihm auch nicht.«

»Dann kümmere du dich doch darum, Jungchen!«

Gustav Müller sah seinen Neffen aufmunternd an. Lisa nickte ihm zu. Ich starrte weiter verbissen in meine Teetasse.

»Ich? Diesen Fall hat längst mein Chef an sich gerissen. Weil sich jemand darüber beschwert hat, dass ich nur hier in der Gegend nach den dreien suche. Mein Chef hat die Hundestaffel abgezogen, die den Wald rund um die Fundstelle vom Auto Ihrer Mutter abgesucht hat. Mich hat er mit anderen Dingen beschäftigt, ich muss mich jetzt um den Einbruch in das Getränkelager in der Kirchstraße kümmern. Und darum, wer die beiden Männer am Bahnhof zusammengeschlagen hat. Und das *muss* ich untersuchen, keine Frage.«

»Wie soll es denn dann weitergehen? Jungchen?!«

»Es geht schon weiter, dafür sorge ich. Wenn ich dich richtig verstehe, Onkel Gustav, dann sind einige von den Handwerkern, die mit Bruno in der verbotenen Stadt gearbeitet haben, noch am Leben?«

Gustav Müller nickte. »Sicher, sicher. Da sind zwei oder drei, die du noch befragen könntest.«

»Mich interessiert vorerst nur einer von ihnen.«

»Ich ahne schon, wen du meinst. Der Mann, mit dem Bruno damals alles ausgeheckt hat, war der Hüttner. Johannes Hüttner, Margensee, die Baufirma in der Dorfstraße.«

Ich hörte auf, in meine Tasse zu starren, hob den Kopf, guckte Gustav Müller an. Polizeiobermeister Oskar Müller schrieb eifrig in seinem Notizbuch.

»Hüttner, Johannes … Und diesen Mann gibt's noch?«

Gustav Müller nickte. Lisa warf mir einen schnellen Seitenblick zu. Mit weit aufgerissenen Augen starrten wir beide Gustav Müller an.

»Der Hüttner war damals Maurermeister. Bruno hat nie seinen Namen erwähnt, aber irgendwie … Ich fresse eine Maurerkelle, wenn es nicht dieser Hüttner war, mit dem Bruno unten im Bunker das große Ding drehen wollte …«

Polizeiobermeister Oskar Müller stand auf, kam zu mir und legte mir seinen Arm auf die Schulter. Ein wenig zu schwer und ein wenig linkisch. Vielleicht fiel es ihm leichter, eine Großfahndung nach irgendwelchen Bankräubern zu leiten als eine Frau zu trösten, die ihre Kinder und ihre Mutter vermisste.

»Es geht schon weiter, Frau Lukas … Lilli. Verlassen Sie sich auf mich!«

* * *

Wir hörten, wie er den Motor startete, anfuhr und sich entfernte. Keiner von uns sagte etwas, bis das Auto hinter der nächsten Ecke verschwand. Dann erst griff Gustav Müller nach der Teekanne. Es waren genau noch zwei Fingerhüte voll Tee für ihn da. Er blies die Kerze im Stövchen aus und stellte die Kanne zurück. Immer noch hatte keiner ein Wort gesprochen.

»Lilli, eine Frage habe ich noch an Sie.«

»Ja?«

»Wären Sie bereit, mit mir nach Margensee hinüberzufahren? Ich würde Ihnen gerne jemanden vorstellen.«

Das Haus sah aus wie viele andere Häuser in der Dorfstraße von Margensee. Glatter Putz, hellgrau gestrichen, einstöckig, drei Fenster rechts, drei Fenster links, eine kleine Freitreppe genau in der Mitte. Die kleinen Giebel über den Fenstern bestanden aus gleichschenkligen Dreiecken, genau wie die über den riesigen Fenstern der klassizistischen Prunkbauten zu Hause am Hasselbachplatz. Völlig anders im Stil war die Hofmauer, die rustikal und bodenständig rechts und links vom Haus bis zum Giebel hinaufreichte. Und bis zum Giebel hinauf reichte auch das riesige Hoftor, das anscheinend für die Durchfahrt turmhoch beladener Heuwagen ausgelegt war. Als ich mit dem Fahrrad durch das Dorf gefahren war, war ich zweimal an diesem Haus vorbeigefahren, ohne es wahrzunehmen.

Der richtige Eingang war nicht der an der Freitreppe. Gustav Müller ging zum Hoftor und drückte auf eine Klingel. Noch bevor ich die Autotür hinter mir zugeschlagen hatte, war in dem riesigen Tor eine winzige Tür geöffnet worden. In der Tür stand eine Frau. Um die dreißig, wie ich, ungefähr so groß wie ich, eigentlich schlank, nur um den Bauch herum ein ganz kleines bisschen füllig. Sie hatte eine schmale Nase und helle Augen, die fast vollständig hinter ihren üppigen Haaren verborgen waren. Diese Haare waren das Bemerkenswerteste an ihr. Sie waren rotbraun und zogen sich zu dichten Korkenzieherlocken zusammen. Fast wie meine Haare. Nur hatte sie sie rundum auf Kinnhöhe abgeschnitten. Wuschelig und wild flogen sie bei jeder Bewegung ihres Kopfes auf wie ein Schwarm Vögel. Die Frau sah gut aus, nicht nur wegen diesen Haaren. Wenn sie mir nicht derartig ähnlich gesehen hätte, hätte ich von ihr gesagt, sie sei hübsch.

Die Frau legte Gustav den Arm um den Hals und drückte ihm einen Kuss auf die Wange. »Da seid ihr ja endlich!«

Dann schob sie sich mit einer schnellen Bewegung an ihm vorbei und trat aus der Tür. Ich stand immer noch hinter dem Auto und konnte mich nicht entschließen, einen Schritt auf sie zuzugehen. Sie musterte mich von oben bis unten und von unten bis oben. Hob die Hand, zeigte auf meine Haare und lächelte.

»Endlich mal eine Frau, die genau solche Chaos-Haare hat wie ich!«

Jetzt stiefelte ich um das Auto herum und stellte mich neben Gustav. Mit keinem Wort hatte er mir verraten, wohin er mich bringen wollte.

»Eigentlich kaum zu glauben, die ganze Geschichte. Aber wenn ich mir deine Pracht so ansehe – wir sollten wirklich mal nachdenken!« Sie hob die Hand, griff mitten hinein in meine Haare, wuschelte mir über den Kopf und umarmte mich. »Hallo, Lillian! Ich bin Gertraud.«

Ihre Zärtlichkeit überfuhr mich wie ein schwerer Schleppkahn. Ich sagte kein Wort, und ich weiß nicht, wie ich sie anguckte nach dieser

Vorstellung. Sie lächelte nur ein ganz kleines bisschen weniger, blickte kurz hinüber zu Gustav Müller. Der schüttelte kaum merklich den Kopf.

»Na, dann kommt mal rein in die gute Stube!«

Ihre Stimme klang wieder wie vorher. Herzhaft und freundlich. Sie ließ uns eintreten und schloss die Tür wieder ab. Dann ging sie voraus. Wir folgten ihr unter das kleine Wetterdach hinter der Einfahrt. Durch eine hohe Haustür, in einen Vorraum, der von oben bis unten voller Pflanzen stand. Topfblumen in jeder Größe und Farbe, auf Regalen an der Wand, auf allen Fensterbrettern und auf dem Tisch in der Mitte des Raumes. Große Kübelpflanzen standen in allen Ecken und schoben ihre Ranken und ihre riesigen Blätter die Wände hinauf. Sie gaben sich Mühe, aber sie konnten nicht ganz verbergen, dass der Raum schon lange einen neuen Anstrich nötig gehabt hätte.

Wir durchquerten das Blumenzimmer, noch einmal klinkte sie eine Tür auf. Hier begann ein langer halbdunkler Flur. An seinem Ende eine enge Holztreppe, die nach oben führte. Die Stufen knarrten heftig, als wir einer hinter dem anderen nach oben stiegen.

»Ich sage ihr auch immer, alles wäre einfacher, wenn sie nach unten ziehen würde. Ich würde die Räume herrichten lassen, in denen früher Bruno und Hilde gewohnt haben. Jeden Tag diese uralte enge Treppe nach oben zu kraxeln … Eines Tages wird sie das nicht mehr schaffen. Aber das will sie nicht hören. Sie sagt, alles hier bleibt wie es war, bis wir sie für den Sarg maßnehmen. Klar, ein richtiger Sturkopf war sie schon immer. Übrigens, Gustav, du warst lange nicht bei ihr. Ein paar Jahre …«

»Acht Jahre, um genau zu sein.«

»Ich war sehr erstaunt, als du heute Morgen anriefst. Aber ist schon in Ordnung. Nur, wundere dich nicht: Acht Jahre sind eine lange Zeit für eine Frau in ihrem Alter. Und du auch nicht, Lillian, krieg bitte keinen Schreck!«

Ich schüttelte den Kopf. Nein, ich würde keinen Schreck bekommen, was auch immer mich am Ende dieser Treppe erwarten würde. Ich verabschiedete mich gerade in einen Schwebezustand, in dem so etwas Reales wie ein Schreck gar nicht möglich war.

Wir hatten die Treppe erklommen und standen unter der Dachschräge des Hauses in einem geräumigen Vorraum. Er war holzgetäfelt und sah wie die Diele einer niedlichen Puppenstube aus. Nur eben düster. Die alten Holzbalken und die Holzwände waren dunkel wie ein Eichenwald. Glücklicherweise ließen zwei neue Dachfenster hoch oben über dieser altmodischen Finsternis die Sonne herein.

Neben dem einen Dachfenster rankte ein kleiner Efeu in einer Blumenampel bis hinunter zu einer Tür. Die Frau öffnete sie und ging vor uns her. Ein dämmriger Raum, endlos lang und so voll gestellt mit alten Möbelstücken, dass sein Ende von hier aus überhaupt nicht zu sehen war. Wir schlängelten uns um eine alte Kredenz, schoben uns zwischen einem großen Holzbett und einem wuchtigen Kleiderschrank durch einen schmalen Gang. Mit dem Rücken zum Schrank stand eine breite Anrichte, davor ein ovaler Esstisch, um den herum acht Stühle mit geflochtenen Lehnen und gepolsterten Sitzflächen standen. Sämtliche Möbelstücke eines langen Lebens waren in diesem Dachzimmer aufgereiht.

Erst als wir den ganzen Dachgeschossraum durchquert hatten und vor dem hinteren Giebel des Hauses standen, waren wir angekommen. Ein wuchtiger Ohrensessel, ein kleines Tischchen, auf dem Zeitungen und Bücher lagen. Zwei plüschige helle Sofas mit gelben Teerosen. Leise spielte ein Radio. In dem Ohrensessel saß eine alte Frau. Ihr Kopf war vornüber gesunken. Graue Locken fielen ihr ins Gesicht. An ihren greisenhaft großen Ohren hingen hellblaue Kristalle, so winzig wie Stecknadelköpfe. Sie glitzerten in der Mittagssonne, die durch zwei große Dachfenster hereinschien.

»Oma! Wach auf, Oma! Dein Besuch ist da!«

Sie hob augenblicklich den Kopf und war sofort völlig klar. Guckte zu Gustav, guckte zu mir und lächelte uns an.

Keine Viertelstunde später stand eine große bauchige Kaffeekanne auf dem Tischchen. Wir saßen auf den Teerosen-Sofas und hielten unsere Tassen in den Händen. Ein zartes Milchkännchen mit verschnörkeltem Henkel wurde herumgereicht.

Die alte Dame saß uns gegenüber in ihrem Ohrensessel und musterte uns. Sie gab sich überhaupt keine Mühe, ihre Neugier zu verbergen.

Zuerst wurde Gustav beguckt. Mund, Augen, Nase, seine ergrauenden schütteren Haare, sein runder Bauch. Sie lächelte und nickte ihm herzlich zu. Dann war ich dran. Ihr Lächeln verschwand, ihr Blick glitt ernst über mein Gesicht, ruhte lange auf meinen Augen, auf meinem Mund und ganz zuletzt erst auf meinen Haaren. Sie begann langsam zu nicken. Fing wieder an zu lächeln. Lachte und legte mir ihre Hand auf den Arm.

»Dass ich das noch erleben darf!«

»Nun, Greti, was sagst du?«

»Ich sage, sie ist es.«

»Das denke ich auch, Oma. Und sieh dir mal ihre Füße an!«

Gertraud beugte sich vor und deutete auf meine Turnschuhe. Sofort zog ich meine Beine an mich heran und versteckte meine Füße unter dem Teerosensofa.

»Ach was, Lillian, hab dich nicht so. Guck dir an, wie das bei mir aussieht!« Und schwups schlüpfte Gertraud aus ihren Schuhen und legte die Füße auf den Tisch.

Die alte Frau sagte nichts. Sie warf einen Blick auf meine Schuhe, dann streifte auch sie ihre Hausschuhe ab. »Lang und schmal, so dass einem keine vernünftigen Pumps passen. Das ist der Familien-Fluch, Kinder. Wenigstens der für uns Frauen.«

Ich guckte von einer zur anderen. Gustav Müller fing an zu lachen. Erst ganz leise, dann ein wenig lauter. Dann gab er es auf, seine Heiterkeit vor uns zu verbergen, und prustete los. Und dann lachten alle. Die Kaffeetassen auf den Knien schepperten, der ganze Tisch fing an zu wackeln. Nur ich lachte nicht. Gertraud war die Erste, die das bemerkte. Sie legte der alten Dame die Hand auf den Arm. Auch sie hörte auf zu lachen.

»Entschuldige bitte, Lillian, es tut einfach gut. Wir haben mehr als zwanzig Jahre getrauert. Und jetzt … plötzlich …«

»Ich heiße nicht Lillian, sondern Lilli!«

Meine Stimme klang ernst und mein Gesicht war wahrscheinlich verbissen und finster. Die alte Dame sah Gertraud an, Gertraud zog unmerklich die Schultern nach oben. Ihre Mundwinkel zuckten. Ich passte auf, dass mir nichts entging.

»Meine Mutter heißt Mathilde Schneider. Und was Gustav Müller hier veranstaltet, das ist seine Sache. Auch was Sie beide denken, ist Ihre Sache. Ich suche meine Kinder und meine Mutter – und sonst will ich nichts!«

Die alte Dame nickte langsam. Auch Gertraud nickte. Ihre Haare flogen.

»Ist aber nett von dir, dass du trotzdem zu uns gekommen bist!«

Die alte Dame lächelte wieder. »Hat Gustav dir nicht gesagt, wohin er dich bringt?«

Ich guckte hinüber zu Gustav. Er wich meinem Blick aus und versenkte sich in das Teeblumenmuster des Sofas.

»Sie mussten einfach hierher, Lilli. Sie mussten Greti und Gertraud kennen lernen.«

»Eben, eben. Wird schließlich Zeit, nach so vielen Jahren. Ich bin so froh, dass jetzt alle zu mir zurückkommen. Man weiß doch nie, wie viel Zeit einem noch bleibt.«

Ich guckte, nein, ich starrte sie an. Jetzt fing ich an, sie zu besichtigen, wie Steven Spielbergs Dinosaurier oder den steinernen Wald. Ihre schmale Gestalt, ihre hellblauen Augen, ihre schmale Nase. Ihre Haare, die aussahen wie das Fell von einem grau gewordenen Rauhaardackel und die selbst in ihrem Alter immer noch üppig waren.

Das also sollte, wenn ich der Geschichte von Gustav Müller folgte, meine Großmutter sein. Die Uroma meiner Kinder. Die Mutter von meinem Vater, der nicht einmal mehr in meinem Gedächtnis war. Nichts davon war zu glauben! Oder? Ich beugte mich vor und legte meine Hände auf die der alten Dame.

»Wieso sind Sie so sicher, dass ich Ihre Enkelin bin? Eigentlich denken Sie doch seit fünfundzwanzig Jahren, dass die Familie verunglückt ist?«

Sie zog ihre Hände unter meinen hervor, lächelte mich an und legte sie warm und schwer auf meine Hände zurück. »Seit fünfundzwanzig Jahren, um genau zu sein. Aber ich habe mir immer gewünscht, dass das nicht wahr ist. Ich hatte immer so eine Hoffnung … Das hat mich am Leben gehalten. Ich bin alt geworden damit. – Und jetzt sitzt du vor mir, Kindchen. Du lebst.«

»Und was ist mit meiner Mutter?«

»Ja, die Hilde … Es wundert mich nicht, dass ich nie wieder etwas von ihr gehört habe. Das Verhältnis meiner Schwiegertochter zu mir war kein so herzliches. Aber was spielt das heute für eine Rolle?«

»Ich wüsste gerne, ob meine Mutter Sie besucht hat. Jetzt, vor ein paar Tagen? Alleine oder zusammen mit meinen Kindern?«

Sie schwieg. Schüttelte bedauernd den Kopf. »Nein, Lillian. Glaub mir, ich würde dir so gerne etwas anderes sagen.«

Ich blickte in ihr Gesicht, die tiefen Falten neben ihren Mundwinkeln, die gramvoll zusammengepressten Lippen. Fühlte die Wärme ihrer Hände in mich hineinströmen. Drückte sie sanft.

»Kinder, Kinder, dass ich das noch erleben darf! Was soll ich nur tun, um so viel Glück zu verkraften. – Gertraud, Lillian, holt doch mal den Weinbrand aus der Kredenz, und die Gläser!«

Ich zuckte zusammen. Gertraud stand sofort auf und hob meine Hand aus der der alten Dame. Wie einen Holzhund auf Rädern zog sie mich hinter sich her, fast den ganzen Weg bis zurück zum anderen Giebel. Erst vor der alten Kredenz blieb sie stehen, drückte mir ein rundes Serviertablett in die Hand. Rotes Kirschholz mit eingelegten Intarsien. Eine Obstschale, in der Kirschen, Äpfel und Birnen lagen.

»Das Tablett hat der Bruno gemacht, irgendwann vor 500 Jahren. Wirklich schön, nicht?«

Ich nickte.

»Ja, der Bruno. Solange ich denken kann, erzählt sie jeden Tag, wie toll ihr Bruno war und wie großartig. Der war wirklich viel besser als jeder andere Zimmermann oder Tischler. Aber wen interessiert das heute noch? Bruno ist tot. Mein Vater ist tot, meine Mutter. Es ist keiner mehr da, nur noch ich und die Oma.«

Ich hörte auf, die Intarsien auf dem Tablett zu betrachten, und guckte wieder in Gertrauds Gesicht. Es war wirklich unglaublich: blaue Augen, schmale Nase, lockige Haare. Wer zwei Passfotos von uns beiden nebeneinander legte, würde nur Ähnlichkeiten erblicken. Zwei beinahe gleiche Briefmarken, nur ein paar kleine Fehler haben sich eingeschlichen. Suchen Sie die Unterschiede auf jedem Bild!

»Ich sehe das so: Wenn du wirklich ihre Enkelin bist, dann bist du meine Cousine Lillian. Und ich bin deine Cousine Gertraud. – Aber du musst vielleicht erst herausfinden, ob du Lillian bist. Oder ob du Lillian sein willst.«

Sie öffnete eine Tür in der Kredenz, hob die Gläser heraus und stellte sie auf das Tablett. Wir lächelten uns zum ersten Mal zu. Wie Cousine und Cousine. Lillian und Gertraud. Das klang wie Forelle Blau mit Bratkartoffeln, wie Stöckelschuhe und Gummistiefel. Sie grinste mich an und ich grinste zurück. Irgendwie hilflos, diese Situation hatten wir beide nicht ganz im Griff.

»Deine Eltern sind tot? Waren sie krank?«

»Das kann man so nicht sagen. Sie sind verunglückt, beide gemeinsam, vor zwei Jahren. Seitdem bin ich mit Oma alleine und sorge für sie.«

»Da hast du es nicht leicht.«

»Na, in deiner Haut möchte ich auch nicht stecken. Ich würde es nicht ertragen, wenn meine Kinder verschwinden.«

Ich ließ das Tablett sinken. Atmete tiefer.

»Entschuldigung, daran hätte ich jetzt nicht rühren sollen. Vielleicht tut uns ein kleiner Weinbrand ja wirklich gut. Oma nimmt das Zeug als Medizin gegen alles. Und ihr Doktor hat zum Glück nichts dagegen.«

»Dr. Hermann Müller aus Zossen?«

»Genau der. Den kennst du also auch schon.«

Ich nickte. Wir grinsten beide. Lillian und Gertraud klang auch ein wenig nach ankeifen und zänkischen Streitereien. Aber diese Gertraud gefiel mir. Ihren Vornamen hatte sie sich schließlich nicht ausgesucht. Und ich mir meinen auch nicht. Nicht Lilli und schon gar nicht Lillian.

Mein Kopf schmerzte schon wieder. Ich unterdrückte die Bilder von Liane und von Frank junior, die wieder in mir aufstiegen. Stattdessen blickte ich in Gertrauds Gesicht, auf die zarten geschliffenen Gläser, auf die wunderschönen Intarsien in der Kredenztür. Auf die Fotografien, die in intarsienbelegten Holzrahmen an der Wand hingen und auf der Kredenz standen. Fotos von einem großen schlanken Mann mit dunklem Lockenkopf. Von einer blonden jungen Frau, einem kleinen Mädchen. Ich bemerkte kaum, wie Gertraud mir das Tablett aus der Hand nahm.

»Diese Fotos darf ich nicht einmal staubwischen. Kein Mensch darf sie anrühren. Am besten nicht einmal ansehen. Die Fotografien von meiner Mutter und meinem Vater und mir hat sie vorne neben ihrem Bett stehen. Damit ist alles in Ordnung. Aber die hier …«

Wir traten beide näher heran und betrachteten die Bilder. Immer wieder Bruno, Bruno, Bruno. In einem schwarzen Zimmermanns-Anzug. Den runden Ohrring im Ohr. Vier- oder fünfmal das kleine Mädchen. Nur ein einziges Mal die junge Frau mit den blonden glatten Haaren, die ihr weit über die Schultern fielen. Ein Foto fiel mir besonders auf: zwei kleine Mädchen mit Wuschelmähnen nebeneinander auf einer breiten Schaukel.

Gertraud beugte sich vor und nahm diese Fotografie in die Hand. »Sieh dir das an: Das hier bin ich und das bist möglicherweise du. Auf der Schaukel, die Bruno für uns beide gebaut hat, hinten in unserem Garten.«

Ich nahm ihr das Foto aus der Hand und betrachtete es. Nicht der kleinste Funken einer Erinnerung leuchtete in meinem Kopf auf.

Gertraud sah mir aufmerksam ins Gesicht. »Gustav sagt, du kannst dich an gar nichts erinnern. Vielleicht wäre das für dich eine Therapie: Du setzt dich auf die alte Schaukel im Garten …«

»Im Moment schaukelt mein Kopf schon von ganz alleine.«

»Das verstehe ich. Ich hoffe, dass alles wieder in Ordnung kommt. Dass deine Kinder bald wieder da sind. Und wenn ich irgendetwas dafür tun kann – dann sag es!«

Sie stellte das Foto auf die Kredenz zurück. Ich ließ meinen Blick zum Abschluss noch einmal über die Fotografien gleiten. Bis in die hinterste Reihe. Und erstarrte.

»Was ist los, Lillian?«

»Das kann doch nicht wahr sein!«

Für einen kleinen Moment hörte mein Blut auf, durch meine Adern zu fließen. Ich nahm den kleinen Rahmen und hielt ihn Gertraud vors Gesicht.

»Sieh dir das an! Das sind meine Zwillinge! Am Ufer der Elbe, beim Spielen. In diesem Frühjahr!« Auch das nächste Foto holte ich nach vorne und hielt es ihr hin. »Und das hier – das bin ich, mit meinem Mann! In diesem Jahr, am ersten warmen Sonntag im Mai. Wir sind an die Elbe gefahren und spazieren gegangen. Wenn ich nur noch wüsste …«

»Ich schwöre dir, vor zwei Wochen standen diese Fotos noch nicht da!«

Gertrauds Stimme schien mir so leise, dass ich sie kaum noch verstehen konnte. Mein Herz klopfte laut, bis in den Hals hinauf. Trotzdem versuchte ich mich zu konzentrieren, diesen Tag in meine Gedanken zurückzuholen. Wie war das damals? Wir hatten unsere Schuhe ausgezogen, hatten am Ufer neben der Brücke im Wasser gespielt. Frank, die Kinder, Mathilde. Und ... da war dieser Mann, der auf die Brücke hochlief und von dort oben herunterfotografierte. Anscheinend mit einem Teleobjektiv, so lang wie eine Packung Spaghetti. Ich versuchte mich an sein Gesicht zu erinnern. Aber kein Bild stellte sich ein.

»Lillian, du siehst unheimlich wütend aus.«

»Ich *bin* wütend. Sag mal, seit wann ist die Oma eigentlich so hilflos? Ich meine, seit wie vielen Jahren sitzt sie schon in ihrem Sessel und kann sich nicht rühren?«

Gertraud fing an zu lachen. »Du denkst, sie kann nicht mehr aufstehen? Oma ist alt, aber sie ist beweglich wie ein Fisch im Wasser. Die Blumen unten im Vorraum, die pflegt sie alle noch selbst. Und hinten im Garten, die Gemüsebeete. Sie steigt sogar in den Kirschbaum, wenn sie meint, dass es sein muss. Warum fragst du?«

»Weil ich darüber nachdenke, ob sie sich vielleicht mit jemandem treffen konnte, ohne dass du davon erfährst.«

Gertraud stand einen Moment lang still, überlegte. »Du willst wissen, ob sie sich mit Bruno trifft?!«

»Ja. Falls er noch lebt. Oder mit irgendjemandem sonst, der uns fotografieren konnte.«

»Das wüsste ich auch gerne. Wenn Bruno noch leben würde ... Aber ich habe keine Ahnung: Spazieren geht sie eigentlich nie. Manchmal buddelt sie lange hinten im Garten. Und wenn ich auf der Arbeit bin, kriege ich sowieso nicht mit, was sie macht.«

»Vielleicht könntest du auf sie aufpassen, nur ein ganz kleines bisschen?«

»Da kannst du ganz sicher sein. Von jetzt an macht sie keinen Schritt mehr, von dem ich nichts weiß!«

Ich nickte ihr zu.

»Wo bleibt ihr denn, Kinder??!!!« Die Stimme von Oma Greti klang wirklich nicht schwach oder hilflos. »Wir sind schon bei der dritten Tasse Kaffee. Wo bleibt der Weinbrand?«

»Wir kommen schon. Ich habe nur die Gläser noch einmal poliert.« Gertraud öffnete eine andere Tür in der Kredenz, holte die Flasche heraus. »Schreib deine Handy-Nummer auf einen Zettel!«

Sie blinzelte mir noch kurz zu und setzte sich in Bewegung. Ich schnappte mir das Tablett und trabte hinter ihr her. Während ich lief, pustete ich kräftig über die staubigen Gläser.

* * *

Ich sehnte mich nach der Elbe. Nach ihrer Ruhe, nach ihrem stetigen kräftigen Fließen. Ich sehnte mich sogar nach ihrem Geruch, jetzt, mitten im Sommer. Ich hätte mich gerne ans Ufer gesetzt, auf die glatten Steine, oben, auf der Spitze einer Buhne, und auf den Strom geschaut. Ihn fließen sehen und fließen und fließen. Mehr wollte ich nicht.

Gustav Müller legte den Gang ein und ließ sein Auto zurück auf die Dorfstraße rollen. Seit ich diesen winzigen Schluck Weinbrand getrunken hatte, um mit der alten Dame anzustoßen, waren meine Kopfschmerzen nicht mehr allzu fest unter Verschluss. Ich lehnte mich an die Kopfstütze. Hinter meinen geschlossenen Augen sah ich den Strom. Ruhig und gleichmäßig und beruhigend.

»Ist Ihnen das auch aufgefallen, Lilli: Greti war nicht überrascht.«

Ich brummte leise, mehr fragend als zustimmend. Aber Gustav Müller hatte kein Ohr für verhaltene Töne.

»Ich meine, sie hält euch alle für tot. Und dann rufe ich sie an und lasse ihr ausrichten, dass ich ihr eine Frau vorstellen möchte, die vielleicht ihre Enkelin ist. Nach fünfundzwanzig langen Jahren. Und sie ist sofort einverstanden. So etwas gibt's doch gar nicht!«

»Hmmm.«

»Und noch etwas, Lilli: Sie fragt überhaupt nicht nach ihren Urenkeln. Ich erzähle ihr, dass Sie Kinder haben und dass nach Ihren Kindern gefahndet wird, und sie wundert sich überhaupt nicht. Sie hat plötzlich wieder eine zweite Enkelin und wird zweifache Uroma, von einer Minute zur anderen. Und sie fragt nicht nach. Details interessieren sie nicht. Ist doch seltsam, oder?«

Ich ließ das Bild vom Elbufer verschwinden und kehrte zurück in

Gustavs Auto. Mühsam setzte mein Denkvermögen sich wieder in Bewegung.

»Vielleicht kriegt Oma Förster nicht mehr alles mit?«

»Diese Frau? Die ist weitaus munterer, als sie durchblicken lässt. Ich hatte eher das Gefühl, sie weiß das schon alles.«

»Gertraud wusste auch alles.«

»Ja klar, Gertraud weiß es von mir, heute Morgen, am Telefon. Möglicherweise hat ihr mein Neffe Hermann auch schon das eine oder andere erzählt.«

»Hermann? Dr. Hermann Müller?«

Er nickte. »Sie ist seine Sprechstundenhilfe. Und seine Freundin … oder seine Liebste oder wie man das nennt, heutzutage. Aber seine Frau weiß nichts davon.«

Ich drehte den Kopf und guckte ihn an. Unsere Blicke begegneten sich. Er grinste.

»Gut, ist ja Hermanns Sache. Aber Oma Förster war schon immer … sagen wir: etwas gerissen.«

»Das Gefühl habe ich allerdings auch.« Meine Augen waren schon wieder geschlossen, aber ich spürte auch so, wie Gustav überrascht zu mir herübersah. »Haben Sie sich eigentlich damals um sie gekümmert, so wie Sie es Bruno versprochen hatten?«

»Aber natürlich. Es ging ihr sehr schlecht am Anfang. Sie konnte nicht schlafen, nicht essen. Stand ständig unter Beruhigungsmitteln. Damals war ich oft bei ihr. Nach zwei oder drei Jahren ging es ihr langsam besser. Sie hat immer noch schwarze Pullover getragen, aber innerlich wurde sie wieder stärker. Ihre Tochter und ihr Schwiegersohn bemühten sich ständig um sie. Und irgendwann wollte sie dann nicht mehr, dass ich so oft zu ihr kam. Ich hatte den Eindruck, sie wollte wieder leben und nicht mehr ständig an das Unglück erinnert werden. Ob das so funktioniert hat und ob ihr Leben damit glücklicher war, kann ich nicht sagen. Ich habe sie heute zum ersten Mal seit damals lachen sehen.«

Ich hatte noch immer die Augen geschlossen und versuchte mir ihr Gesicht vorzustellen, wie ich sie vorhin auf dem Sofa gesehen hatte. Die tiefen Falten auf der Stirn und um die Mundwinkel, ihre bleiche Gesichtsfarbe. Ich spürte, wie hinten in meinem Nacken wieder der

Schmerz begann. Ein Schneegestöber aus stechenden kleinen Nadeln schob sich zu der üblichen kleinen Kugel zusammen. Vielleicht lag es gar nicht an diesem winzigen Fingerhut Alkohol, vielleicht verlor die Tablette von Dr. Hermann Müller nach ein paar Stunden ganz einfach ihre Wirkung.

»Geht es Ihnen nicht gut, Lilli?« Gustav Müller ließ das Auto ausrollen und lenkte es an den Straßenrand.

»Nein, mir geht's ziemlich schlecht. Woher wissen Sie das?«

»Mittlerweile kenne ich Sie, so dass ich das schon an Ihrem Atem höre.«

»Mein Kopf fängt wieder an zu rumoren. Danke, dass Sie für mich anhalten.«

Ich schlug mühsam die Augen auf, sah mich um. Gustav saß mit sorgenvollem Gesicht neben mir auf dem Fahrersitz. Eine riesige Linde ließ ihre Zweige bis an mein Fenster herunterhängen. Ein Chausseebaum stand neben dem anderen, alte Linden, die ganze Straße hinauf, die noch vor uns lag. Aber nur auf der rechten Straßenseite begann der Wald gleich hinter den Linden. Auf der linken Straßenseite lag breit der Schilfgürtel. Dahinter der große See, an dem ich noch niemals gewesen war.

»Wissen Sie, Gustav, manchmal habe ich unheimliche Sehnsucht nach der Elbe. So als ob ich am Ufer wieder ruhiger werden könnte. Als ob mir am Fluss ein paar Antworten einfallen könnten auf diese vielen Fragen.«

»Wollen Sie zurückfahren nach Hause? Für einen Tag?«

Ich schüttelte den Kopf. »Ich habe gerade beschlossen, mir eine Ersatz-Elbe zu suchen. Wie groß ist der See?«

»Groß. Sehr groß. Gerade jetzt fällt mir ein: Hier vorne beginnt ein Weg, wenn Sie dem folgen, kommen Sie zu einer Stelle, an der Sie vom See keinen Anfang und auch kein Ende sehen. Nur das Ufer auf der anderen Seite. Und wenn Sie nicht allzu genau hingucken, können Sie sich sogar einbilden, dass das Wasser fließt.«

»Schummeln funktioniert bei so was nicht.«

»Sie haben es doch noch niemals probiert!«

Ich öffnete die Autotür, schnappte meine Tasche von der hinteren Sitzbank und stieg aus. »Ich probiere es *jetzt.*«

»Soll ich hier auf Sie warten?«

»Auf keinen Fall!«

Ich schlug die Autotür zu und ging los. Gustav kurbelte seine Scheibe herunter.

»Wie wollen Sie denn nach Hause kommen?«

»Ich laufe, ganz einfach. In ein, zwei Stunden bin ich bei euch im Antiquariat.«

Gustav guckte, als würde er gerne meinen Geisteszustand überprüfen, ehe er mich hier in der Wildnis alleine ließ. Aber er startete den Motor und fuhr. Ich lief los, hörte hinter meinem Rücken, wie er Gas gab und beschleunigte. Zweimal kurz drückte er auf die Hupe. Dann verschwand er auf der Landstraße in Richtung Waldstadt.

* * *

Der See war groß, und er war wunderschön. Sofern man auf Binnenseen und seichten Sandstrand mit kleinen Wellen und Erlen am Ufer stand. Es gab keine Brücke hinüber auf die andere Seite, auf der man stehen und weit in die Ferne blicken und nachdenken konnte. Auch das mickrige Lüftchen, das hier wehte, roch nicht nach moderndem Brackwasser und nicht nach faulendem Fisch, wie ich es brauchte, um auf klare Gedanken zu kommen. Aber wenn man von alldem absah, war es hier gar nicht schlecht.

Ich stapfte durch den Schilfgürtel, bog nach rechts in einen Schilfweg, folgte einer linken Gabelung und suchte so lange das Ufer ab, bis ich die Stelle fand, von der Gustav gesprochen hatte. Zwei dichte Erlenbüsche und eine alte Weide rahmten den Blick über den See wirklich so ein, dass eine weite bewegte Wasserfläche und sehr entfernt das andere Ufer zu sehen war. Mit viel Fantasie konnte ich mir vorstellen, am Ufer eines breiten Stromes ohne Anfang und ohne Ende zu stehen. Ich setzte mich auf den Stamm einer gefällten Erle und schloss die Augen. Hörte die zarten Wellen, die ans Ufer schlugen, roch den frischen Geruch nach Sommer und Sand.

Und es kam genau so wie ich es befürchtet hatte: Es funktionierte nicht. Keine Ruhe stellte sich ein, kein einziger klarer Gedanke.

Dabei waren es inzwischen schon eine ganze Menge Fragen, auf die ich eine Antwort suchte. Oder die ich anderen Leuten stellen musste.

Wenn Gustavs Geschichte stimmte, dann war es gut möglich, dass Mathilde gar nicht zum dicken Herrn Hüttner gefahren war, nachdem sie die Kinder bei mir abgeholt hatte. Auch das Haus der Familie Förster stand schließlich in Margensee und war von der Stelle, an der sie Mathildes Passat gefunden hatten, zu Fuß gut zu erreichen. Und dass die alten Dame abstritt, dass Mathilde bei ihr gewesen war, war doch wohl völlig egal.

Aber schon während ich diese Gedanken dachte, spürte ich wieder, wie vage das alles war. Sollte ich wirklich an diese ganzen seltsamen Zufälle glauben? Sollte ich glauben, dass Mathilde, mein Vater und ich vor dreißig Jahren in Margensee gelebt hatten? Und dass ich von allen Städten der Welt, in die ich hätte gehen können, ausgerechnet in die Bücherstadt kam? Nach Waldstadt, zwei Dörfer entfernt von Margensee? Dass mir hier Gustav Müller begegnete, der sämtliche Gesichter und Geschichten dieser Gegend in seinem Kopf und in seinen Archiven hatte. Und dass Gustav Mathilde in meinem Laden begegnet war. Und und und und.

Die Frage, ob Mathilde wirklich einmal zugestimmt haben konnte, ihre Tochter Lillian zu nennen, mir diesen exotischen, exaltierten Vornamen zu geben, war dann eher schon nebensächlich. Wieso, bitte, nannten sie und mein Vater ihre Tochter Lillian?! Lillian vom Kartoffelacker, Lillian aus den Hobelspänen. Etwa wegen Lillian Harvey, der Freundin der drei singenden Jungs von der Tankstelle? Unter normalen Umständen hätte ich mich darüber sicher unheimlich aufgeregt. Aber jetzt …

Ich schlug die Augen auf. So wurde das alles nichts. Meine Gedanken schweiften ab und verloren sich in unwichtigen Details. Auf die einzig wirklich wichtige Frage, was das alles mit meinen verschwundenen Kindern zu tun haben könnte, fand ich hier keine Antwort. Eigentlich hätte ich aufstehen und zurück nach Waldstadt laufen können. Aber da war diese riesige alte Weide. Sie stand dicht am Ufer, so dicht, dass ihre unteren Äste weit über das Wasser ragten. Beinahe völlig waagerecht. Ich fing an, auf dem stärksten Zweig auf den See hinauszusteigen, immer zwanzig Zentimeter über der Wasseroberfläche. Hielt mich fest an den oberen Zweigen, die in Kopfhöhe zu mir herunterhingen.

Vorne, fast an der Spitze des Astes, war eine Gabelung, so breit wie die Sitzfläche eines Küchenstuhles. Ich ließ mich vorsichtig darauf nieder. Saß zwischen den Ästen und Blättern verborgen und streckte vorsichtig die Füße aus. Sie reichten genau bis zum Wasser hinunter, sogar ins Wasser hinein. Ich zog meine Schuhe aus und warf sie zurück ans Ufer. Dann saß ich da, ließ die Füße im Seewasser baumeln, legte meine Arme auf die hängenden Äste, lehnte meinen Rücken gegen einen heraufragenden Zweig. Blinzelte in die Sonne und hörte nur noch das Plätschern des Wassers. Das leise Brechen der kleinen Wellen am Ufer. Mehr nicht. Mehr nicht. Mehr nicht.

Erst als ich die Schritte hinter meinem Rücken hörte, kehrte ich in die Wirklichkeit zurück. Meine Augen waren noch geschlossen, aber ich hörte, irgendwo hinten im Schilfgürtel, wie jemand sich zügig dem Ufer näherte. Das war keine Frau. Das waren die Schritte eines Mannes. Groß, sehr kräftig. Das war doch wohl nicht etwa Johannes Hüttner! Aber Hüttner hatte wahrscheinlich gerade Besuch von Polizeiobermeister Oskar Müller. Vielleicht war dieser Schilfläufer ja nur ein harmloser Spaziergänger.

Seltsam, wie schnell alle diese Gedanken durch meinen Kopf schossen. Das dauerte keine halbe Sekunde, dann hatte ich zu Ende gedacht und schlug die Augen auf. Mein Herz begann wild zu klopfen. Meine Muskeln spannten sich. Aber die Frage nach Kampf oder Flucht stellte sich nicht, auf der Spitze eines Weidenastes irgendwo über dem Wasser. Ich duckte mich zwischen die Zweige, so tief ich konnte, und drehte mich vorsichtig um.

Es war genau der Moment, in dem der Mann aus dem Schilfgürtel ans Ufer trat. Jetzt wusste ich, wer es war. Obwohl ich ihn immer nur von weitem oder im nachtdunklen Garten oder überhaupt nur sehr vage gesehen hatte, die drei oder vier Male, die ich ihm begegnet war. Er trat aus dem Schilf und kam herunter zum See. So dicht heran, dass seine Schuhspitzen von den Wellen berührt wurden. Schuhe, so lang und schmal wie ein Achter mit Steuermann. Er nahm seine Sonnenbrille ab und hielt sein Gesicht dem See entgegen, als würde er auf einen kräftigen Wind warten. Als würde er die Gerüche dieses Sees und dieses Ufers einatmen. Gerüche, die ihm sein Leben lang schon vertraut waren. Er warf seine dunkle Jacke ans Ufer, breitete die Arme aus und ließ sich vom warmen Wind über dem Wasser umspülen. Die kleine Creole an seinem Ohr glitzerte im Sonnenlicht.

Zum ersten Mal konnte ich ihn mir in Ruhe ansehen. Sein Körper war schmal, sehnig, mager. Seine Schultern breit und ein wenig gebeugt, als hätte er auch in dem Teil seines Lebens, in dem er angeblich nicht mehr am Leben war, immer schwere Dachbalken getragen. Und obwohl er sicherlich mindestens sechzig Jahre alt war, wirkte er immer noch unheimlich kräftig mit seinen langen Armen, seinen langen sehnigen Händen. Sein Pullover spannte über den Muskeln an Schultern und Oberarmen. Nur seine Haare waren ein wenig anders als auf den Fotos. Anders als in meinen Träumen. Sie waren kurz geschnitten, zentimeterkurz, standen lockig und grau über einer sonnengebräunten Stirn voller Falten.

An seinem Anblick war mir nichts unangenehm. Er war mir nicht einmal fremd. Obwohl ich das Wort Vater mit keinem Gedanken dachte, hatte ich das Gefühl, ich könnte jetzt aufstehen, zurück zum Ufer klettern, mich vor ihn hinstellen und …

Er öffnete seine Augen wieder, zog tief die Luft ein und schrie. Ich zuckte zusammen, mein Ast entglitt mir und ich griff nach den Zweigen über mir, um nicht ins Wasser zu fallen. Er schrie so, wie Ronja Räubertochter jedes Jahr nach dem Winter ihren Frühlingsschrei über die Täler hallen ließ. Laut und lange. Aber es klang nicht so freudig und glücklich wie es bei ihr immer geklungen hatte. Bei ihm hörte es sich an wie erbitterte Wut, die er endlich herausschreien wollte. Einen Moment lang hielt ich die Luft an. Aber er war so vertieft in seinen Schrei, dass er keinen Blick für meinen Absturz in der Weide hatte. Ich beugte mich wieder in die Blätter zurück und machte mich unsichtbar. Keine Sekunde lang ließ ich ihn aus den Augen.

Noch einmal ertönte sein wütender Schrei. Dann beugte er sich zur Erde, griff nach einem Stein und warf ihn weit über das Wasser. Als müsste er überschüssige Kräfte loswerden warf er noch einen Stein und noch einen. Griff nach einem Schuh, der am Ufer lag. Hob den Arm zum Wurf.

Aber das war mein Schuh!

»Haaalt!«

Ich hatte den Mund noch offen, da erst begriff ich, dass ich es war, die so laut gebrüllt hatte. Es war zu spät, mich zu ducken. Er stand da, den Schuh in der hoch erhobenen Hand. Suchte mit den Augen das Ufer ab, bis er die Stelle fand, von der aus er meinen Aufschrei gehört hatte. Es war einfach albern, noch weiter hier in der Weide zu hocken und zu hoffen, dass er mich nicht entdecken würde. Ich stand langsam auf. Drehte mich zurück zum Ufer, ganz langsam. Ging meine ersten Schritte und stellte mir vor, wie ich ihm in ein paar Sekunden gegenübertreten würde. Was, zum Geier, sollte ich zu ihm sagen. *Hallo, Vater!* Oder *Hi, Papa, da bin ich, dein alt gewordenes Kind. Du wolltest mich doch schon lange mal kennen lernen?!*

Hoch aufgerichtet balancierte ich die letzten Meter auf dem Ast der Weide. Er stand auf dem Ufersand, sah mir entgegen und ließ langsam den Arm sinken. Sein Mund öffnete sich kurz, als wollte er etwas zu mir sagen. Aber er sagte nichts und er ließ meinen Schuh nicht los. Seltsam, wie kleinste Details sich plötzlich in meine Aufmerksamkeit drängten. Mein Schuh in seiner Hand, die Falten um seine Augen, eine kleine Platzwunde auf seiner Wange. Ich sprang ans Ufer. Wir standen uns gegenüber. Er war ein ziemliches Stück größer als ich, so als wäre ich immer noch klein, noch nicht ausgewachsen.

»Lillian?«

Was sollte ich machen, ich nickte.

»Du weißt, wer ich bin?«

Ich nickte wieder.

»Du hast keine Angst vor mir?«

Ich schüttelte den Kopf. Er kam einen Schritt auf mich zu. Guckte zu mir herunter, wartete, wie ich reagieren würde.

»So oft habe ich mir gewünscht, dass wir uns wiedersehen. Meine Kleine!«

Ich machte gar nichts. Guckte ihm nur entgegen. Wie das Kaninchen, das in den offenen Schlund einer Schlange guckt, fühlte ich mich überhaupt nicht. Aber wie fühlte ich mich dann? Ich blickte in seine Augen, und wie vorhin schon, bei meiner Begegnung mit Gertraud, hatte ich das Gefühl, dass er mit dieser Situation genauso wenig umgehen konnte wie ich. Vielleicht dachte er gerade darüber nach, ob er mich einfach in die Arme nehmen sollte. Aber das wusste ich ganz sicher: Solche Vater-Gesten wollte ich von ihm nicht.

Ich sah schon, wie er langsam die Arme ausbreitete. Wie er den Fuß hob, um einen weiteren Schritt auf mich zuzumachen. Sollte ich ihm jetzt besser ganz schnell sagen, nein, lass das bitte bleiben?

Hinter meinem Rücken begann es plötzlich zu läuten. *Üb immer Treu und Redlichkeit,* frisch und munter, aus der Tiefe meiner Tasche. Ich zuckte zusammen. Nahm hastig die Tasche von der Schulter, stellte sie auf den Ufersand, zurrte den Verschluss auf, wühlte das Handy heraus und drückte die Taste, um das Gespräch anzunehmen.

»Hallo? Ja?«

Als ich mich wieder aufrichtete, war er verschwunden. So als hätte der Boden sich aufgetan oder als hätte der See ihn verschluckt. Unauffällig und vollkommen lautlos, wie er sich wohl ständig bewegt hatte. Durch mein Leben. Und durch meine Träume.

»Hallo, Lilli, hören Sie mich? Dann antworten Sie doch bitte!«

»Ja? Wer ist da?«

»Der Polizei-Müller. Das habe ich doch eben schon gesagt. Schon zwei Mal. Sind Sie betrunken? Haben Sie die Anspannung nicht mehr ausgehalten? Kein Mensch wär Ihnen deswegen böse.«

»Nein, Unsinn. Ich …«

»Ja …?«

»Ich habe gerade meinem Vater gegenübergestanden. Auge in Auge. Aber jetzt ist er mir gerade wieder abhanden gekommen.«

Polizeiobermeister Müller schwieg einen Augenblick. Räusperte sich. »Lilli! Ich wusste nicht, dass Sie zu Sarkasmus neigen.«

»Aber ich doch nicht!«

»Schön. An Ihrer Geradheit kann ich mich immer noch ein wenig aufrichten.«

»Gut. Bitte. Kommen Sie jederzeit darauf zurück.«

»Jederzeit? Wie wär's in zwanzig Minuten? Ich lasse Sie abholen.«

»Wieso abholen? Ist wieder was passiert?«

»Nichts, gar nichts. Ich muss nur mit Ihnen reden.«

»Sie lügen.«

»Nein, ich belüge Sie nicht. Wirklich. Kommen Sie einfach her und hören Sie mir zu. – Ach ja, noch etwas: Ich habe den Hüttner hier, in Gewahrsam. Auf den müssen Sie auch unbedingt einen Blick werfen.«

Meine Knie waren weich geworden bei seinen Worten. Diesen letzten Satz hörte ich beinahe schon nicht mehr. Was wollte dieser Mann mir sagen? Mir vielleicht schonend beibringen? Mein Herz begann heftig zu schlagen.

»Lilli? Frau Lukas? Hallo? Sind Sie noch da?«

»Ja!«

»Also, wenn Sie sich dann bitte bereitmachen würden. Wo soll ich die Beamten hinschicken? Ins Antiquariat?«

Mein Herz klopfte, klopfte, klopfte. Meine Knie wankten. Durch den Schilfgürtel würde ich es gerade noch schaffen.

»Schicken Sie sie auf die Chaussee von Wünsdorf nach Margensee. Auf der Höhe des Sees. Ich werde am Straßenrand stehen.«

»Was?! *Wo* sind Sie?!« Zehn Sekunden vergingen, bis er wieder etwas sagte. »Nein, Lilli, ich werde mich nicht mehr über Sie wundern. Bis gleich, ja!«

* * *

Die Polizeiwache roch nach einem Reinigungsmittel mit dem Duft frischer Bergwiesen und nach starkem Bohnenkaffee. Ob es an dem Morgen, an dem ich zum ersten Mal hier war, um Mathilde und Frank junior und Liane als vermisst zu melden, auch schon so gerochen hatte, konnte ich nicht mit Sicherheit sagen. Ich konnte mich nicht einmal mehr erinnern, vor wie vielen Tagen das war. Ich nahm meine Finger zu Hilfe und zählte nach, während ich mit weichen Knien zwischen Polizeimeister Sasse und seinem Kollegen die Treppe hinaufstieg. Am Mittwochmittag hatte Mathilde die Kinder bei uns im Antiquariat abgeholt. Am Donnerstagmorgen war ich hier beim Diensthabenden erschienen, am Freitag hatte der Revierpolizist von Baruth ihr Auto im Wald gefunden. Das war wirklich erst gestern gewesen. Heute war Samstag, und dass meine Kinder verschwunden waren, war jetzt vier Tage her. Vier Tage, in denen ich nichts, gar nichts von ihnen gehört hatte. Mir knickten plötzlich die Beine ein. Die Treppe unter meinen Füßen gab nach, ich trat ins Leere. Ich stieg weiter nach oben, aber ich kippte zur Seite, griff nach dem Eisengeländer und hielt mich gerade noch daran fest.

»Ist Ihnen nicht gut, junge Frau? Müssen Sie sich wieder übergeben?«

»Nein!«

»Sie sind uns nicht böse, wenn wir Ihnen ein bisschen unter die Arme greifen?«

»Nein … bitte, nein!«

»Aber Sie wollen doch nach oben, oder?! Also bei drei!«

Sie schoben ihre Arme unter meine Achseln, zählten flink und synchron und bei drei hoben sie mich beide gleichzeitig an, drehten mich wieder in Richtung Treppe und liefen weiter nach oben. Ob meine Füße noch den Boden berührten, schien ihnen nicht wichtig zu sein. Sie hievten mich bis in den zweiten Stock, schleppten mich einen langen Flur hinunter und stellten mich vor einer grau gestrichenen Bürotür ab. Klopften für mich, öffneten für mich die Tür. Wechselten drei Worte in das Zimmer, nickten mir zu und zogen sich dezent zurück. Wie ich hineinkam, war mein Problem.

Ich hielt mich im Türrahmen fest. Und während ich noch überlegte, ob ich meinen Knien vertrauen und die Schritte ins Zimmer wagen konnte, wurde drinnen ein Stuhl gerückt. Polizeiobermeister Müller schob seinen Kopf durch die geöffnete Tür, erfasste die Situation und reagierte so prompt, wie ich es von ihm kannte.

Drei Sekunden später saß ich auf einem Stuhl vor seinem Schreibtisch. Nach weiteren zehn Sekunden stand eine Tasse vor mir, eine zarte Tasse mit verschnörkeltem Henkel und Rosenmuster. Er goss mir Kaffee ein. Warf ein Stück Würfelzucker dazu und schüttete Kaffeesahne nach, bis die Tasse randvoll war.

»Der wird Ihnen gut tun!«

Das klang wie ein Befehl, und ich konnte nur hoffen, dass mein Körper so vernünftig war, dieser Anweisung zu folgen. Ich hob mühsam den Kopf und guckte ihn an.

»Danke, dass Sie gekommen sind, Lilli.«

Ich trank den ersten Schluck von seinem Kaffee. Er war heiß und wirkte noch schneller als die Tropfen von Dr. Hermann Müller. Ein paar Sekunden und ein paar Schlucke Kaffee später kehrte ich wieder ins Leben zurück.

»Als Erstes möchte ich Ihnen erzählen, was wir bei unserer Fahndung gefunden haben. Sind Sie frisch genug, um mir folgen zu können?«

Ich nickte ergeben. Meine Kaffeetasse hielt ich fest zwischen beiden Händen. Plötzlich konnte ich keinen Schluck mehr trinken. Gleich, gleich würde er mir etwas Schreckliches sagen. Mein Magen krampfte sich zusammen, wenn ich mir vorstellte, was das sein könnte. Aber ich wollte tapfer sein, auf keinen Fall schwach werden, bestimmt nicht heulen. Was auch immer meine Kinder ertragen hatten – ich sollte wenigstens stark genug sein, darüber zu reden.

»Gut, gut. Punkt eins, Lilli: Nach Ihrer Mutter und Ihren Kindern wird immer noch mit Hochdruck gefahndet. Im Legoland konnten wir sie nicht ausmachen. Keine Spur von ihnen. Nicht gestern und auch nicht vor drei Tagen. In sämtliche Hotels und Pensionen der Umgebung wurden Beamte geschickt. Nichts. Disneyland und die vielen Hotels ringsum sind allerdings etwas schwerer zu überschauen, dort dauert die Suche noch an.«

Ich hörte zu. Als würde ich auf ein Messer warten. Gleich, gleich. Es flog schon durch die Luft. Seine Klinge würde sich in meinen Rücken bohren. Eine Sekunde noch. Gleich.

»Gut, Herr Polizeiobermeister: Legoland Billund und Disneyland – und was weiter?«

Ich zitterte vor dem nächsten Satz, aber ich wollte ihn hören. Jetzt gleich, sofort.

»Danach kommen andere Vergnügungsparks, Badeorte, Ostseeinseln. Mein Chef schont keine Mittel, der lässt überall nach ihnen fahnden, wo er sie vermuten würde.«

»Ist das jetzt Ihr Ernst?«

»Meiner nicht. Aber der von meinem Chef. Er gibt sich Mühe, Lilli, glauben Sie mir. Diese internationale Fahndung haben Sie ihm zu verdanken. Wirklich, er tut, was er kann.«

Das Messer flog und flog und flog. Als wollte er immer weiter hinausschieben, mir das zu sagen, was mir wehtun würde.

»Los, Oskar, nun sagen Sie es endlich! Was ist passiert?!«

Er guckte mich an, schüttelte den Kopf. »Es gibt keine Spur von den dreien, das ist passiert.«

»Mehr nicht?«

»Mehr nicht. Ich schwöre.«

Jetzt zitterten meine Hände doch. Er blickte auf meinen Kaffee, der in der Tasse hin und her schwappte. Stand auf, lief um den Schreibtisch herum, nahm mir die Tasse ab und hielt meine Hände fest.

»Luft holen, Lilli. Tief durchatmen. Nehmen Sie eine von Hermanns Tabletten. Und dann trinken Sie weiter Ihren wunderbaren Kaffee, Sie brauchen Ihre Kräfte noch.«

Seine Stimme beruhigte mich etwas. Sie klang nicht, als würden irgendwelche Katastrophen in der Luft hängen. Mir wurde ein wenig besser. Er holte mir ein Glas Wasser vom Waschbecken in der Ecke. Ich schluckte eine Tablette, stand auf, trank noch zwei Gläser Wasser, setzte mich wieder. Oskar Müller drückte mir die Kaffeetasse wieder in die Hand.

»Gut, Lilli, gut, gut.«

Ich presste meine Lippen fest auf den Rand der Tasse und trank, einen kleinen Schluck, noch einen kleinen Schluck. Allmählich wurden meine Hände ruhiger. Das Zittern hörte langsam auf.

»Gut, gut, Lilli. Und jetzt weiter im Text. Punkt zwei ist die Spurensicherung in der Wohnung Ihrer Mutter. Die hat uns überhaupt nicht weitergebracht. Die Kollegen haben eine Menge ordentlicher Fingerabdrücke gefunden, eindeutig männlich und fast alle vom selben Mann, bis auf drei oder vier Abdrücke, die von einem zweiten Mann stammen. Aber auch die sind in keiner unserer Karteien gespeichert. Wir haben das BKA um Hilfe gebeten. Das BKA kooperiert mit Interpol. Und überall – nichts!«

»Also Ende der Fahnenstange?«

»Nein, eben nicht. Das ist es ja, worüber ich mit Ihnen reden wollte. Mein Chef bemüht sich, auf seine Weise. Aber ich habe da meine eigenen Ideen. Wir haben hier einen sehr netten Hundeführer, den ich bitten konnte, die Suche in der Gegend fortzusetzen, in der wir das Auto Ihrer Mutter gefunden haben. Bitte regen Sie sich nicht gleich wieder auf. Auch dieser Mann hat noch nichts gefunden. Und wenn er was findet, dann sage ich es Ihnen sofort. – Und außer dem netten Hundeführer haben wir hier auch einen sehr netten jungen Anwärter. Den habe ich aus seinem Wochenendurlaub geholt, der sitzt jetzt und wühlt sich durch die Archive.«

»Durch was für Archive denn bitte?!«

»Durch die Quellen und die Archive, die für uns erreichbar sind. Er sichtet alles, was vor fünfundzwanzig Jahren in dieser Gegend passiert ist und was mit Onkel Gustavs Geschichte zu tun haben könnte. Und da gibt es eine erste Spur. Oder sagen wir besser, eine erste Ungereimtheit: Ich habe vorhin eine Stunde darauf verwenden können, die Archive der Deutschen Bahn zu befragen. Übers Internet konnte ich mir die Unterlagen über das Zugunglück bei Dresden vor fünfundzwanzig Jahren schicken lassen. Da es lange her ist, sind die Akten inzwischen fast vollständig zugänglich. Und, Überraschung, die Opfer des Zugunglücks sind damals alle identifiziert worden. Ohne Ausnahme. Wenn jemand behauptet hat, dass es unidentifizierbare Opfer gab, die vielleicht Bruno, Hilde und Lillian Förster aus Margensee waren, dann war das eine glatte Erfindung.«

»Und was bedeutet das?«

»Das kann ich noch nicht sagen. Auf jeden Fall passt das zu Onkel Gustavs Interpretation dieser alten Geschichte. Dass nämlich Bruno, Hilde und Lillian Förster damals nicht umgekommen sind. Dass sie vielleicht sogar alle drei heute noch leben.«

Er hob den Blick und sah mir ins Gesicht. Ich begann langsam zu nicken.

»War Onkel Gustav mit Ihnen bei der alten Frau Förster?«

Ich nickte wieder.

»Und? Was haben Sie dabei für ein Gefühl?«

Ich zuckte die Schultern.

»Anders als heute Morgen?«

Ich nickte wieder.

»Dann war das kein Scherz vorhin am Telefon? Sie waren am See und haben dort Bruno gesehen?«

»Ich glaube, so ist es.«

»Der tote Bruno fährt also nachts mit dem Auto durch Waldstadt. Geht am See spazieren und erscheint harmlosen Spaziergängerinnen. – Haben Sie auch mit ihm gesprochen?«

»Nein, dafür verschwand er zu schnell.«

»Ah ja. Aber ich würde gerne mal ein paar offene Worte mit diesem Mann reden. Falls Sie ihn noch einmal sehen sollten, Lillian … äh, Lilli, überreichen Sie ihm bitte meine Karte. Mit der freundlichen

Bitte, sich dringend bei mir zu melden.« Er reichte mir einen kleinen Stapel hellgrauer Kärtchen über den Tisch.

»Und was machen wir jetzt …«

»… Oskar! Einfach Oskar!«

»Und was machen wir jetzt, Oskar?«

»Wir graben uns weiter durch die Archive. Wir suchen morgen im Presse-Archiv, und wenn wir Glück haben, dürfen wir dann auch schon ins Archiv des Polizeipräsidiums in Potsdam. Onkel Gustav wird die Ortschronik von Margensee durchforsten, die nahe liegenden Stadtarchive, vielleicht auch das Landesarchiv. Wenn das alles nichts bringt, müssen wir uns Zugang zu den russischen Militärachiven erbitten. Aber bis diese Erlaubnis erteilt wird, werden wir alt und grau sein.«

»Dann muss Ihr Chef Sie dabei unterstützen!«

»Lilli, bitte! Wenn ich meinem Chef erzähle, dass ich Stunden damit verbringe, den Einfällen von meinem schrulligen alten Onkel zu folgen – dann schickt der mich zum Drogen-Screening. Im besten Falle. Und was er sonst noch alles mit mir machen würde, das wäre gar nicht gut für den Stuhl, auf dem ich hier sitze. Und Ihr Mann, Lilli, der täglich bei ihm anruft, tut dafür auch sein Bestes. Also, lassen Sie ihn weiter glauben, dass ich Tag und Nacht versuche, diesen Einbruch in das Getränkelager aufzuklären. Den entscheidenden Tipp habe ich längst, aber das braucht er nicht zu wissen. Und damit habe ich Zeit und werde weiter in den Archiven suchen.«

»Das klingt, als käme nichts von der Stelle. Wie war das mit dieser Überlebensrate von verschwundenen Kindern? Zwei Tage? Vielleicht drei Tage?«

»Lilli, wenn ich an Statistiken glauben würde, würde ich mich pensionieren lassen.«

»Bitte tun Sie das nicht!«

»Ich suche weiter. Versprochen. Obwohl wir nicht einmal wissen, wonach wir suchen und ob es uns Ihren Kindern näher bringt. – Sagen Sie, ist Ihnen das auch schon aufgefallen: Es klingt völlig paradox, aber beide Fälle weisen Parallelen auf!«

»Was für Fälle denn? Was für Parallelen?«

»Damals vor fünfundzwanzig Jahren ist eine Familie verschwunden.

Vater, Mutter und Kind. Und jetzt verschwindet wieder eine Familie. Großmutter und zwei Kinder. Eine Person ist in *beiden* Fällen beteiligt.«

»Wer? Mathilde?«

»Ja. Sie ist offenbar in der Lage, zweimal zu verschwinden.«

Er stand wieder neben mir, seine Hände auf meinen Schultern. Ich guckte zu ihm hinauf und begann erneut zu zittern.

»Nicht mehr aufregen, Lilli. Wir beide müssen zusammenarbeiten. Wissen Sie noch, was mein Bruder zu Ihnen gesagt hat?«

»Jetzt kommen Sie doch nicht damit!«

»Hermann ist der Meinung, dass in Ihnen verdrängte Erinnerungen nach oben wollen. Darum die Kopfschmerzen, darum die Migräne.«

»Wunderbar. Und wenn ich mich jetzt immer noch nicht erinnern kann, dann haben Sie eine Ausrede, warum Sie meine Mutter und die Kinder nicht finden können?«

»Unsinn, nein. Bleiben Sie konstruktiv, Lilli, bitte. Dass Sie alte Erinnerungen in sich aufspüren – das ist Ihr Anteil an dieser Arbeit. Ich habe ein Buch für Sie, das Ihnen helfen könnte. *Wünsdorf und Zossen, Fotografien aus alten Zeiten.*«

Er ging zurück auf seine Seite des Schreibtisches, zog eine Schublade auf und hielt mir wirklich ein Buch hin. Ich warf einen vorsichtigen Blick darauf. Er blätterte die ersten Seiten auf. Lange Mauern, hohe Kasernenbauten, das Übliche eben.

»Möchten Sie, dass ich es Ihnen zeige?«

»Nein!« Ich sprang auf, nahm es aus seiner Hand, klappte es zu und hob langsam den Arm.

»Lilli!«

Gut, er hatte ja Recht, eine Antiquarin wirft nicht mit Büchern. Ich öffnete meine Hand und ließ das Buch einfach fallen. Wenigstens das. Es war ein Eineinhalb-Kilo-Bildband. Krachend fiel er auf die Tischplatte. Es schepperte ziemlich heftig, unsere Untertassen wackelten, unsere Tassen klirrten und zwei kleine Kaffeepfützen schwappten auf seinen Schreibtisch.

»Nein, Oskar, ich mache mit Ihnen keine Erinnerungstherapie. Das Einzige, was dabei rauskommt, sind nur wieder Kopfschmerzen. Sonst nichts, nichts, gar nichts!«

Wirklich, das war keine Übertreibung. In dem Moment, als ich die ersten Fotos sah, hatten sich in meinem Nacken die üblichen Schmerzen zusammengeballt. Begannen sofort scharf und stechend nach oben zu steigen.

»Lilli! Hören Sie jetzt bitte auf sich zu ereifern. Wir beide führen hier ein möglichst sachliches Gespräch und versuchen bitte *beide*, konstruktiv zu bleiben. Ist das eine Zielstellung, die Sie akzeptieren können?«

Ich nickte schwach. Ja, natürlich konnte ich die akzeptieren. Ich war auch bereit, mich zu bemühen. Wenn nur diese abscheulichen Kopfschmerzen nicht gewesen wären. Ich hob meine Tasche auf die Knie und suchte noch einmal die Tabletten von Dr. Hermann Müller heraus. Und die Tropfen.

»Brauchen Sie ein Glas Wasser?«

Ich nickte, noch schwächer als eben. Das Wasser kam, ich schluckte. Stellte das leere Glas auf dem Schreibtisch ab. »Sie können von mir nicht Erinnerungen verlangen, wo keine sind. Tut mir Leid.«

Polizeiobermeister Oskar Müller tauchte ein Tempotaschentuch in die Kaffeepfütze auf seinem Schreibtisch. Er guckte mich an. »Sie weinen, Lilli?«

»Nein!«

»Nein? Wirklich?«

Er zog noch eins von den Taschentüchern aus der Packung, hielt es mir hin. Ich wischte mir über die Augen.

»Nein, Oskar, ich weine nicht. Aber ich habe eine Idee.«

»Bitte, reden Sie!«

»Ich werde morgen nach Hause fahren. Ich werde in die Wohnung meiner Mutter gehen. Vielleicht kann ich herausfinden, was die Einbrecher mitgenommen haben. Möglicherweise hilft Ihnen das weiter.« Ich stand auf. Stellte mich vorsichtig auf meine wackligen Beine. »Und jetzt muss ich ins Antiquariat zurück. Ich bin schrecklich müde.«

»Gut, gut, Lilli!«

Er schnippte sein Taschentuch hinüber in den Papierkorb. Ich knetete meins immer noch zwischen meinen Händen.

»Eine gute Idee, Lilli, wirklich. Dann lassen Sie uns jetzt noch ganz schnell zum netten Herrn Hüttner gehen.«

»Aber ich muss doch –«

»Nein, kommen Sie, den Mann müssen Sie sich unbedingt ansehen. Danach lasse ich Sie sofort nach Hause bringen. Und ich werde heute Nacht noch im Deutschen Pressearchiv stöbern. Wozu gibt's denn das Internet? Wenn ich es schaffe, mein Pensum zu erledigen, hole ich Sie morgen früh mit dem Auto ab.«

* * *

Johannes Hüttner hockte auf einer schmalen hölzernen Bank wie ein Uhu auf dem Ast eines Baumes und hatte es besser als ich. Er durfte sich ausruhen. Polizeiobermeister Oskar Müller und ich standen in einem abgedunkelten kleinen Raum, hinter einer Glasscheibe verborgen, und sahen ihm dabei zu. Der dicke Herr Hüttner saß einfach nur da, die Augen geschlossen, die Arme verschränkt vor der Brust, seine breiten Hände untergeschlagen.

Das also war er. Johannes Hüttner. Ein Freund meiner Mutter. Groß wie ein Basketballer, schwergewichtig, asthmatisch. Kräftige graue Haare strubbelten sich von der Stirnglatze bis hinunter in den Nacken. Wie ein Mensch, der frühmorgens durch seinen Garten ging, um Levkojen für einen freundlichen Begrüßungsstrauß abzuschneiden, sah er nicht aus.

Sein rechtes Auge war von einem Bluterguss umrahmt wie von einem blauen Monokel. Auch sein linkes Auge sah nicht gut aus. Etwas weniger zugeschwollen, etwas weniger blau verfärbt. Eine kleine Platzwunde leuchtete dunkelrot unter dem rechten Auge. Zwischen Mund und Ohr zog sich quer über seine Wangen ein ganzes Knäuel von dünnen Schrammen, als wäre direkt vor seinem Gesicht ein Rosenbeet explodiert.

Polizeiobermeister Oskar Müller kniff die Augen zusammen und blinzelte zu ihm hinüber. »Vor dreißig Jahren durften wir nachts um drei Uhr aufstehen und mit unserem Vater den Weltmeisterschaftskampf im Boxen ansehen, live aus Amerika übertragen. Mein Vater, Onkel Gustav, mein Bruder Hermann und ich, mitten in der Nacht in der Stube auf unserem Sofa. Cassius Clay gegen Joe Frazier oder wer weiß wen. Ich war damals acht Jahre alt, aber das sehe ich noch ganz deutlich vor mir: Clay in die Ecke vom Ring gelehnt. Oder wie er auf und ab geht und seinen Gegner beschimpft und du siehst ihm richtig an, dass er wütend ist und Lust auf Gewalt und auf diesen Kampf hat. Daran muss ich denken, wenn ich diesen Mann sehe.«

Die Tür zu Hüttners Raum wurde geöffnet. Johannes Hüttner klappte die Augen auf, ohne sich zu bewegen. Ein Polizist trat ein, in der einen Hand eine Kaffeetasse, in der anderen Hand einen Teller mit belegten Broten. Er ging zu dem Tisch, der mitten im Zimmer stand, stellte Tasse und Teller ab und fing an, mit Johannes Hüttner zu reden. Johannes Hüttner reagierte nicht auf seine Worte. Er sah den Polizisten nur an, so als würde er lieber ihn als die belegten Brote zum Abendbrot verspeisen. Plötzlich riss er seinen Blick von ihm los und starrte auf die Scheibe, hinter der wir standen. Ich fing an zu frösteln.

»Keine Angst, Lilli. Er kann Sie nicht sehen.«

»Theoretisch weiß ich das. Aber er sieht wirklich beängstigend aus.«

Ich stand da und starrte auf sein Gesicht. Auf seine riesigen Hände. Meine Gedanken drehten sich irgendwo in der Tiefe dieses dunklen Raumes. Ich stellte mir vor, wie dieser Mann auf Liane wirken würde, wenn er ihr gegenüberstand. Oder auf Frank junior. Die Kinder würden ganz sicher Angst vor ihm haben. *Falls* Mathilde mit ihnen bei ihm war. Und falls nicht?

»Man spürt seine Wut sogar aus dieser Entfernung, nicht wahr? Soll ich Ihnen erzählen, was ich mit dem erlebt habe?«

»Bitte, bitte ...«

»Heute Morgen bin ich zu ihm nach Margensee gefahren, gleich nach dem interessanten Vortrag von Onkel Gustav. Glücklicherweise ist heute Samstag und Hüttner war noch zu Hause. Zuerst hat er mir erzählt, er hätte von Ihrer Mutter noch nie im Leben gehört. Das war sein erster Fehler, weil Onkel Gustav mir längst sämtliche Handy-Geschichten erzählt hatte. Danach wollte ich wissen, wer ihm dieses Veilchen verpasst hat. Und da ist er ausgerastet, völlig unvermittelt. Ein absoluter Choleriker.«

Hüttner, ein absoluter Choleriker. Das deckte sich mit den Erfahrungen, die ich mit ihm gemacht hatte.

»Und das war sein zweiter Fehler. Aber mitgenommen habe ich ihn, weil er so offensichtlich gelogen hat. Auch wenn er nicht ausgerastet wäre, hätte ich ihn vorgeladen. Damit er in Ruhe darüber nachdenken kann, ob er Ihre Mutter nicht vielleicht doch kennt. Bis jetzt hat er noch nicht einmal zugegeben, dass er am Mittwoch mit ihr telefoniert hat.«

Er schwieg und wir sahen dem Polizisten zu, wie er sich langsam aus dem Raum zurückzog, ohne Johannes Hüttner aus den Augen zu lassen. Dann schloss er die Tür hinter sich. Johannes Hüttner erhob sich schwerfällig, ging zum Tisch, warf einen prüfenden Blick auf die belegten Brote. Nahm die Brote, klappte sie zu einem dreistöckigen Haufen zusammen und schob sie sich in den Mund.

»Das Dumme ist, ich kann diesen Mann nicht lange festhalten. Wenn ich ihm nicht beweisen kann, dass er wirklich mit Ihrer Mutter gesprochen hat und dass sie mehr von ihm wollte als den Bau einer Garage in Auftrag geben – dann habe ich nur Onkel Gustavs Geschichte. Und Ihre weißen Levkojen.«

Irgendetwas in mir geriet außer Kontrolle. Die beiden Tabletten begannen zu wirken, auch die Beruhigungstropfen machten sich deutlich bemerkbar. Meine Knie wurden weich. Meine Kraft zerschmolz so schnell wie das Treibeis auf der Elbe im Frühling. Ich konnte mich kaum noch aufrecht halten. Sah mich nach einem Stuhl um. Aber in diesem Raum war kein Stuhl. Da war nur Polizeiobermeister Oskar Müller. Ich streckte den Arm nach ihm aus. Erwischte gerade eben noch sein olivgrünes Hemd. Hielt mich daran fest.

»Ist ja gut, Lilli, ist ja gut. Kommen Sie.«

Er zog mich an sich. Legte seinen Arm um mich, klopfte auf meinen Rücken und meine Schultern, ungefähr so wie es Männer tun, die sich mit ihren Freunden über ein Tor beim Eishockey freuen. Aber dann hörte er auf, auf mir herumzuklopfen, und hielt mich einfach nur fest. Und dann passierte es. Ich lehnte mich an ihn, drückte meinen Kopf an seine Schulter und weinte nun doch. Richtig heftig.

***

»Das hätte ich nicht gedacht, dass wir beide uns so schnell wiedersehen!«

Gertraud öffnete von innen die Beifahrertür und strahlte mich an. Hinter mir fiel die Tür der Polizeiwache scheppernd zu.

»Ist völlig richtig, dass du mich angerufen hast. Wir müssen unbedingt reden. Aber zuerst musst du mir erzählen, ob Oskar etwas für dich tun konnte. Gibt es was Neues von deinen Kindern?«

Ich ließ mich auf das Polster ihres alten Chrysler fallen. Schüttelte den Kopf. »Nichts wirklich Neues. Nur lauter unerfreuliche Kleinigkeiten.«

»Du hast am Telefon geweint, Lilli. Da habe ich natürlich vermutet … Ach, vergiss es. Lass uns losfahren.«

Die Ampel neben der Kirche am Marktplatz sprang auf Grün und Gertraud gab Vollgas. Das Auto begann heftig zu klappern, aber jeder Teil der Karosserie blieb an seinem Platz. Ich lehnte mich völlig erschöpft zurück. Solange dieser Wagen nicht sein Bodenblech verlor, war mir alles andere egal.

»Ich weiß, Lilli, dieses Klappern. Der alte Clarins war das Auto meiner Eltern. Die beiden sind beinahe zwanzig Jahre damit gefahren. Ich kann mich von ihrem guten Stück immer noch nicht trennen.«

Ich lächelte sie an. Aber dann schloss ich die Augen. Keine Sekunde lang konnte ich sie noch offen halten. Dieses Mal wirkten die Medikamente von Dr. Hermann Müller so, wie man es von respektablen Beruhigungstropfen und ordentlichen Schmerztabletten erwarten konnte. Sie warfen mich um. Ich wachte erst wieder auf, als Gertraud mit quietschenden Reifen vor ihrem Haustor hielt und die Handbremse anzog.

Gertrauds Küche war altmodisch und behaglich. Blau und weiß gewürfelte Übergardinen. Weiß gestrichene Holzstühle mit geschwungenen Lehnen. An der Wand hing ein uralter Handtuchhalter mit besticktem Vorhang. *Morgenstund hat Gold im Mund.* Die weißen Scheibengardinen im Fenster hatten das gleiche Muster wie die Gardinen hinter den Glasscheiben vom Küchenschrank. Sie sahen aus, als hätte die Hausherrin sie noch selber für ihre Aussteuer gehäkelt.

»Wundere dich nicht, Lilli. In dieser Küche ist fünfundzwanzig Jahre und länger nichts verändert worden. Manchmal ein frischer Anstrich, alles andere hat Oma verboten. Das kennst du ja schon von der alten Treppe. In diesem Haus soll immer alles so bleiben, wie es ist.«

»Wie es war, als ihr Bruno noch am Leben war?«

»Exakt. Aber wenn Onkel Bruno noch leben sollte, wie Gustav uns heute Morgen erzählt hat –«

»Du kannst neue Küchenmöbel bestellen. Er lebt, ich habe ihn gesehen.«

Ihr klappte der Mund auf. »Lillian?!«

»Doch. Vor zwei Stunden. Am See.«

»Bist du sicher?«

»Sicher weiß ich es nicht. Aber ich glaube, er war es.«

»Ah ja. Dann glaube ich, dass sie es auch weiß. Ich habe noch mal nachgedacht. Sie hat sich verändert. Sie ist ruhiger geworden, nicht mehr so rastlos, nicht mehr so grämlich und so verbissen. Manchmal hat sie sogar gelacht.«

»So?! Und seit wann?«

Gertraud ließ den Blick durch die Küche wandern, blickte lange auf die blau-weißen Gardinenkaros. »Seit wann … keine Ahnung … doch … Ich glaube, ich lebe in einem Irrenhaus … Seit ungefähr vierzehn Tagen.«

Zwei zerbeulte lindgrüne Thermoskannen standen auf dem Küchentisch. Wir setzten uns, Gertraud goss Tee in uralte Jenaer Teegläser. Es war spät am Nachmittag, beinahe schon Abend. Aber in dieser Küche war es immer noch sommerlich warm. Gertraud erhob sich noch einmal und öffnete die Küchenfenster, klappte die Flügel weit auseinander. Vom Garten wehte ein leichter Wind herein. Er roch nach Rosen, nach Blumenkohl und nach Thymian. Hühner krakeelten, ich hörte sogar ein Schaf blöken. Über das Veilchenmuster auf der Wachstuchdecke des Küchentisches krabbelten zwei schwarze Fliegen. Ich nahm mein Teeglas und fing an zu trinken. Ganz langsam wurde ich wieder wach.

Als ich Gertraud alles erzählt hatte, war die erste Kanne leer und auch von der zweiten schon mehr als die Hälfte getrunken. Ich hatte angefangen mit jenem sonnigen Frühlingssonntag an der Elbe, an dem wir heimlich oder eigentlich ziemlich unheimlich fotografiert worden waren. Hatte ihr von dem Volvo erzählt, der manchmal überraschend in meiner Nähe auftauchte, von den Männern, die nachts zwischen den Häusern standen und zu meinem Balkon hinaufsahen.

Und vom heutigen Nachmittag am Margensee und meiner Begegnung mit Bruno. Der Begegnung des vermutlichen Bruno Förster mit seiner vermutlichen Tochter, die gerade feststellte, dass sie gerne darauf verzichten würde, seine vermutliche Tochter zu sein.

Und wie schon heute Morgen musste ich zugeben, dass ich mittlerweile alles andere als belastbar und stabil war. Ich kam nicht zurecht mit dieser seltsamen alten Geschichte, deren plötzliche Konsequenzen ich nicht mehr überblicken konnte. In meinem Nacken zog sich das übliche Kopfschmerzen-Knäuel zusammen, wenn ich darüber nachdachte, dass ich meine Mutter vermisste. Aber stattdessen hatte ich plötzlich wieder einen Vater. Nein, bitte jetzt keine Kopfschmerzen. Und bitte keine Gedanken, die mir den festen Boden unter den Füßen wegzogen. Aber vielleicht hing ja doch alles miteinander zusammen – dann konnte ich dem Polizeiobermeister Oskar Müller so nicht weiterhelfen, Frank junior und Liane wiederzufinden. Denn dann war es wirklich nicht konstruktiv, wenn ich immer weiter darauf beharrte, dass ich nur das ahnungslose kleine Mädchen von Mathilde Schneider war.

»Ich wüsste gerne, ob Onkel Bruno noch lebt und was damals wirklich passiert ist mit seiner Familie. Aber es fällt mir schwer, so zu denken. Alles, was zwanzig Jahre lang die Geschichte meiner Familie war, ist plötzlich nicht mehr wahr.«

Ich nickte. Es war wie bei echten Cousinen. Wir sahen uns nicht nur ähnlich, sogar unsere Gefühle und unsere Gedanken gingen nun schon synchron vonstatten.

»Wenn ich die bin, für die ihr mich haltet, dann lebt Bruno noch. Und dann ist es möglich, dass meine Mutter am Mittwoch hier war. Mit meinen Kindern.«

»Und dass Oma darüber Bescheid weiß!«

»Die weiß viel mehr als wir beide denken.«

»Wir sollten sie fragen!«

»Da kann ich nur lachen. Wahrscheinlich hockt sie jetzt gar nicht da oben in ihrem Ohrensessel. Die Frau schleicht herum und trifft sich mit ihrem Bruno.«

»Was??? Wo???!«

»Wo? Was weiß ich denn! Im Wald. Oder am See. Oder hinten in eurem Garten!«

Gertraud fing an zu lachen. Lachte, bis Tränen in ihren Augen standen. Ich lachte nicht.

»Sie schleicht herum. Glaub mir!«

»Das tut sie nicht!«

»Doch! Ganz sicher.«

Draußen auf dem Hof löste sich ein Brett aus einem Stapel und rutschte krachend zu Boden. Gertraud wurde ernst, sah mich an, zog die Augenbrauen nach oben.

»Siehst du, das ist genau was ich sage. Vielleicht stehen die beiden gerade jetzt dort draußen und gucken in unser Fenster!«

Wir sprangen auf, liefen zu den offenen Küchenfenstern und spähten hinaus. Nichts, niemand zu sehen. Nur die alten Ställe, die auf der anderen Hofseite friedlich in der Nachmittagssonne lagen. Wir setzten uns wieder an den Küchentisch und guckten irritiert in unsere Teegläser.

»Das kann alles nicht wahr sein, Lillian. Gestern wussten wir beide noch nichts voneinander. Und irgendwie war noch alles in Ordnung.«

»Nichts war in Ordnung, sie hatten nur beschlossen, uns von dem ganzen Mist nichts zu erzählen. Ich habe so eine Wut auf meine Mutter … Ich möchte sie packen und …«

»Wir fragen die Oma!«

»Die wird uns nichts sagen.«

»Sie muss. Es geht schließlich um deine Kinder.«

»Du weißt selber, wie stur sie ist.«

»Wir könnten sie schütteln.«

»Gertraud!«

»Wie wär es mit Rizinusöl im Kaffee?!«

»Es muss andere Möglichkeiten geben.«

»Ja. Und was könnte das sein?«

Getraud presste die Lippen aufeinander. Ich sah, wie die Gedanken sich in ihr nach oben schoben und wieder nach unten sprangen wie die Kolben in ihrem alten Clarins. Ich guckte bestimmt auch nicht eben geistreich. Aber diese Phase dauerte nicht länger als eine, höchstens zwei Minuten, dann schob Gertraud energisch ihren Stuhl nach hinten und stand auf.

»Mit irgendetwas müssen wir anfangen. Ich will jetzt wissen, ob

Bruno noch lebt.« Sie ging zur Küchengarderobe, zog ihre Jeansjacke an.

Langsam stand ich auch auf. »Und wie willst du das rausfinden?«

Sie grinste. »Es könnte doch sein, dass wir auf dem Hof einen Mitbewohner haben, von dem ich noch nichts weiß.«

»Wenn das so ist – dann würde ich gerne mit Bruno reden!«

»Gut, Lillian, dann suchen wir zusammen nach ihm!«

Sie guckte mich an, grinste. Nahm eine Strickjacke vom Garderobenhaken und warf sie mir zu.

* * *

Der Hof der Familie Förster war wie der Bauernhof aus dem Holzbaukasten von Liane und Frank junior. Er erstreckte sich über eine riesige Fläche und setzte sich aus sehr vielen großen und kleinen Gebäuden zusammen, die überhaupt nicht zusammenpassten. Baustile und Baumaterial hatten im Lauf der Zeit häufig gewechselt. Das Wohnhaus, das direkt an der Straße lag, war glatt verputzt und hellgrau angestrichen. Wie bei großstädtischen Gründerzeithäusern waren die Fenster mit gleichschenkligen Dreiecken aus Stuck gekrönt, umgeben von schmalen Mörtel-Bändern, die sich weich fließend nach unten rollten.

Direkt an das Wohnhaus schloss sich die riesige Tordurchfahrt an, durch die ich heute Morgen zusammen mit Gustav Müller gegangen war. Zur Straße hinaus war sie verputzt und gestrichen, genau wie das Wohnhaus. Vom Hof aus zeigte sie sich von ihrer schmucklosen Seite. Es war ein einfacher roter Ziegelbau. Aus den gleichen roten Ziegeln war ein geräumiges zweistöckiges Werkstattgebäude gebaut worden, direkt hinter der Tordurchfahrt. Über der breiten Eingangstür stand mit schwarzer Farbe, die selbst nach dieser langen Zeit nicht abblättern wollte: *Heinrich Förster & Sohn. Tischlerei, Stellmacherei und Zimmerei.* Große Fensterfronten, die viel Licht hereinlassen sollten. Breite Türen, durch die man frisch verleimte Schlafzimmerschränke oder Balken für Dachstühle ganz bequem hinaustragen könnte. Allerdings waren die Glasscheiben in den Fensterfronten so dick mit Staub bedeckt, dass sie ebenso wenig Licht hereinließen wie die Ziegelmauern. Aber wenn seit fünfundzwanzig Jahren niemand mehr in dieser Werkstatt gearbeitet hatte, konnte das ja auch niemanden stören.

Gertraud trat mit mir aus dem Wetterdach auf den Hof hinaus. Die Sonne fing gerade an unterzugehen. Auf dem Birnbaum im Hof sang die erste Amsel. Zielstrebig lief Gertraud an dem roten Werkstattgebäude vorbei und an einem ebenfalls zweistöckigen Stallgebäude, das genau wie die Werkstatt aus roten Ziegeln gebaut war. Überquerte den Hof, stapfte an einer verschnörkelten gusseisernen Wasserpumpe vorüber und an der Stelle, an der früher genau in der Mitte des Hofes der riesige Platz für den Misthaufen gewesen war. Jetzt war alles von roten Sommerblumen überwuchert.

Hinter einem weiteren Stall und einem Gerätehaus mit angebautem Fahrradschuppen und einem überdachtem Lagerplatz für Kohlen gingen wir über einen kleinen Wiesenhof, auf dem drei riesige Kastanien standen. Durch die großen Blattwedel schimmerte ein braunrotes Haus. Es war aus sauber behauenen Feldsteinen zusammengesetzt, hatte tief liegende kleine Fensterhöhlen. Ein hohes Walmdach mit zwei Etagen, der Dachstuhl ein wenig gebeugt und angelehnt an eine verschachtelte Scheune, die damals, vor dreihundert oder vierhundert Jahren, praktischerweise gleich an das Haus angebaut worden war.

Das Haus war nicht bewohnt. Gertraud bog ein paar Bretter zur Seite, die als Schutz vor Einbrechern vor den offenen Vorraum genagelt waren.

»Wenn ich mich verstecken wollte oder meine alte Mutter besuchen und einmal in ihrer Nähe sein, ohne dass mich jemand zu sehen kriegt, dann würde ich hierher gehen!«

Gertraud sprach mit verhaltener Stimme, während wir durch den schmalen Spalt zwischen den Brettern in den finsteren Vorraum stiegen. Hier drinnen flüsterte sie. Vielleicht nicht nur, damit uns niemand hören sollte. Sondern auch, damit keines der Geräusche in diesem alten Haus unserer Aufmerksamkeit entging.

»Vor ein paar hundert Jahren war das hier das Wohnhaus der Familie. Das Haus vorne an der Dorfstraße gab es noch nicht. Es gab nicht mal die Straße. Später war dieses Haus dann das Altenteil und die Wohnung für die Töchter, die nicht zu verheiraten waren.« Gertraud blieb stehen und nahm meinen Arm. »Vielleicht erinnerst du dich an das Haus, Lillian? Wir sind manchmal hier gewesen, mit meinem Vater oder mit Onkel Bruno.«

Ich schüttelte den Kopf. Nichts, keine Erinnerung.

»Schade, Lillian!«

Wir gingen weiter. Auf dem gefliesten Fußboden im Vorraum lag ein Abtreter. Gertraud hob ihn an, zog einen riesigen eisernen Schlüssel darunter hervor, mit einem Bart, der so dick wie mein Daumen und mindestens ebenso lang war. Sie schob den Schlüssel ins Schloss der Haustür und drehte ihn. Ganz leicht und ohne das Knarren, das ich erwartet hatte, als wäre das Schloss erst vor kurzem geölt worden. Wir warfen uns einen Blick zu und gingen hinein.

Das Haus war angenehm kühl. Es roch nach trockenem Holz. Ganz leicht lag ein Geruch in der Luft, als wäre jahrelang reifes Korn in diesen Räumen gelagert worden. Wir standen in der Eingangshalle, der Putz rieselte von den Wänden, der Fußboden schwarz und beige kariert, mit Kacheln gefliest. Rechts und links in der Halle führten zwei doppelflügelige Türen zu den Wohnräumen. Genau gegenüber der Eingangstür stieg eine breite Holztreppe nach oben. Durch ein kleines vernageltes Fenster über dem Treppenabsatz drang das letzte Sonnenlicht. Kleine Staubwirbel drehten sich über der Treppe in den hellen Lichtstrahlen. Ich blieb stehen und guckte. Fest und scharfkantig wie die kleinen Knäuel aus Stahlwolle, mit denen man alte Holzfußböden scheuert oder angetrocknete Reste aus Töpfen kratzt, drehte sich in meinem Nacken schon wieder der Kopfschmerz zusammen.

»Nun komm, Lillian!«

Gertraud nahm meine Hand und zog mich hinter sich her. Wir stiegen die Treppe nach oben. Die hölzernen Stufen waren mehrere Zentimeter dick. Keine von ihnen knarrte. Oben ein kleiner Flur, drei Türen. Ein halbrundes Oberlicht über jeder der Türen, die wie wachsame Augen über den Flur und die Treppe blickten. Gertraud zog mich weiter, den Flur hinunter. Bückte sich plötzlich und schloss eine halbhohe Tür auf, die glatt und unauffällig in die Täfelung der Wand eingelassen war. Vollkommen anders als die anderen Zimmertüren und beinahe unsichtbar.

Die Tür sprang auf, wir ließen uns auf die Knie hinunter und krochen hindurch.

»Hier hinten war ich seit Jahren nicht mehr. Zum Glück bist du bei mir, Lillian. Ich würde gar nicht gerne alleine durch diesen Gang gehen.«

Ein dunkler Tunnel. Der Korngeruch wurde stärker. Staub und Stroh bildeten eine dicke Schicht auf dem Fußboden. Zwei oder drei Meter liefen wir tief gebückt weiter, dann standen wir wieder gerade. Ein schmaler Innenraum, der sich in lange Seitengänge verzweigte, wie ein alter Birnbaum. Holzverkleidete Dachsparren, durch deren Ritzen die Sonne fiel, ungestrichene Dielenbretter, eine dicke Schicht Stroh. Über unseren Köpfen hörten wir das Gurren von Tauben.

Dieser Teil des Hauses musste genau neben der alten Scheune sein, die von außen wie ein rechtwinklig angesetzter Anbau ausgesehen hatte. Hier drinnen gab es weder gerade Linien noch rechte Winkel. Ein leiser Luftzug wehte, jeder der schmalen Räume verlor sich irgendwo in der Finsternis.

»Das wirkt ziemlich unübersichtlich, stimmt's? Und das ist auch der Sinn dieser Bauweise. Die ersten Häuser in dieser Art wurden noch im Dreißigjährigen Krieg gebaut. Und der Förster-Clan lebte wirklich schon vor dieser Zeit hier im Dorf. Damals wussten die Bauern in dieser Gegend noch sehr gut, dass es manchmal wichtig war, sich zu verstecken.«

Sie ging ein paar Schritte zur Seite, wühlte mit dem Schuh im Stroh, das hier in noch dickeren Schichten lag.

»Schade. Die Leiter ist nicht mehr da. Oder ich habe nur vergessen, wo sie versteckt ist.«

Sie kam zu mir zurück. Hakte ihre Finger ineinander, drehte die zusammengeschobenen Hände mit den Handflächen nach oben, hielt mir die Hände hin. Ich wusste sofort, was sie meinte.

»Genau über uns sind zwei lose Bretter. Die schiebst du zur Seite. Dann wirfst du einen Blick in den Raum, der darüber ist. Aber vorsichtig!«

»Über uns ist ein Raum?«

»Den du von unten nicht sehen kannst.«

»Gut, na dann …«

Ich hielt mich mit beiden Händen an ihren Schultern fest und stieg auf die Räuberleiter. Tastete die Holzverkleidung der Dachsparren ab. Fand das erste lose Brett, dann das zweite. Das Gurren der Tauben über unseren Köpfen wurde leiser. Verstummte. Ich hob die Bretter an und schob sie zur Seite. Knallendes Flügelschlagen ertönte, die Tauben flogen. Ich hob meinen Fuß und drückte mein Knie auf die Schulter von Gertraud.

»Gelernt ist gelernt, Lillian. Darin waren wir schon früher ein Team!« Gertraud hielt unter meinem Gewicht fast den Atem an. »Du musst nicht hochsteigen, du musst nur einen Blick über den Fußbodenrand werfen und nachschauen, ob es dort oben bewohnt aussieht.«

Ich machte genau das, was sie sagte. Schob langsam, langsam meinen Kopf über den Fußbodenrand und guckte. Und sah überhaupt nichts. »Zu blöd. Hier oben ist alles dunkel.«

»Mein Fehler. Moment bitte.«

Die Räuberleiter unter mir schwankte. Ich klammerte mich an die Einfassung des Fußbodens, bis Gertraud wieder ruhig stand. Dann angelte ich nach der bleistiftdünnen Taschenlampe, die sie aus ihrer Hosentasche geholt hatte und mir nach oben reichte. Knipste sie an und zog mich noch einmal über den Fußbodenrand.

Ein schmaler Raum, genau unter dem Giebel. Ein schmaler Tisch, eine schmale Bank, alles aus den Brettern von märkischen Kiefern zusammengefügt. Und alles bedeckt von einer zentimeterdicken Schicht von märkischem Staub.

Ich knipste die Lampe aus und sprang zurück auf den Boden. Gertraud guckte mich an.

»Und?«

»Nichts. Da oben ist schon lange keiner mehr gewesen.«

»Schade. Weißt du, seit vierhundert Jahren sind dort oben die schwarzen Schafe der Familie vor der Polizei versteckt worden. Oder die Kinder der Familie vor den Landsknechten oder die Väter vor der Geheimen Staatspolizei oder vor der Staatssicherheit oder oder oder. Ich hätte schwören können, in dem Raum finden wir Bruno.«

»Aber der Weg über den Flur hier herauf sah nicht so aus, als ob jemand jeden Abend dort hochsteigt.«

»Das kann täuschen. Das Dach ist lang und verschachtelt, der Giebelraum hat nicht nur diesen einen Eingang. Allerdings kenne ich die anderen Eingänge nicht, die sind mir nie gezeigt worden. Meine Mutter hat mir von einem Gang erzählt, der draußen im Garten beginnt und durch einen steilen Kamin hier nach oben führt. Aber auch den Eingang kenne ich nicht und ich habe auch überhaupt keine Lust, durch einen engen Tunnel zu kriechen. Und wenn Bruno sowieso nicht dort oben ist, dann weiß ich auch nicht, wozu das sein müsste!«

* * *

Wir verließen das Haus und gingen zurück bis zu dem Platz mit den drei alten Kastanien. Ließen uns unter dem mittleren Baum auf den Boden fallen und lehnten unsere Rücken gegen den Stamm. Gertraud schlug mit der Faust auf den weichen Wiesenboden.

»Ich war so sicher, dass er da ist!«

Ich war einfach nur froh, wieder im Freien zu sein, und atmete tief die frische Luft ein. Durch die unteren Zweige der Kastanien sickerte sanftes Dämmerlicht. Nicht mehr lange, dann würde es dunkel werden. Gertraud hatte die Augen geschlossen und sah plötzlich schrecklich müde aus. Ihr Mund, ihre Stirn, ihre Augenbrauen, alles wirkte auf einmal erschöpft und verschlossen.

»Wieso hast du gedacht, dass du ihn gerade dort finden würdest?«

»Weil jeder in unserer Familie sich dort versteckt hätte.«

»Ach so.«

Mir fiel Mathilde ein. An jedem Sonntagnachmittag hatte sie beim Spazierengehen am Elbufer nach Liane und Frank junior suchen müssen. Hinter den Grashalmen auf der Dünung, hinter dem Brückenpfeiler. Und erst zuletzt war sie immer zu dem angeschwemmten Baumstamm hinter der Buhne gegangen, hinter dem die beiden hockten und lachten. Sie hatten jedes Mal dieses gleiche Versteck.

»Vielleicht ist ja genau das sein Problem?«

Gertraud bewegte sich nicht das kleinste bisschen, sie klappte nur ihre Augen auf. »Wie meinst du das, Lillian?«

»Die Frage ist doch: Vor wem muss dieser Mann sich verstecken? Sicher, vor der Polizei oder was weiß ich wem. Aber er versteckt sich doch auch vor dir. Und vor mir. Und vielleicht vor Mathilde.«

»Stimmt.«

»Da wird er sich doch nicht gerade ein Versteck suchen, das die ganze Familie kennt, oder?!«

»Du hast völlig Recht.« Gertraud schloss noch einmal für drei Sekunden die Augen, atmete tief durch, wuschelte sich mit den Händen den Staub aus den Haaren und sprang auf. »Komm, Lillian, wir gehen weiter!«

Sie lief vor mir her, auf die nächste Gruppe von Häusern zu. Wir suchten jeden Schuppen und jeden Stall ab. Als es schon fast dunkel war, öffneten wir die Tür, die zum Holzlager der alten Tischlerei führte. Auch dieses Türschloss hörte sich an, als wäre es erst vor kurzem geölt worden. Wir hatten längst aufgegeben, uns Blicke zuzuwerfen. Gertraud zog die Tür auf und ging einfach hinein. Würziger Holzgeruch schlug uns entgegen. Auf dem glatt gehobelten Holzfußboden lagen große Bretter und lange Balken, ordentlich zum Ablagern und Trocknen aufgestapelt und inzwischen ziemlich verstaubt.

Ein breiter Durchgang führte hinüber in den Maschinenraum. Jetzt war dieser Durchgang mit einer Schiebetür verschlossen. In der linken hinteren Ecke des Raumes stand, dick mit Staub bedeckt, eine riesige Drechselbank. In der rechten hinteren Ecke war ein kleiner Raum abgeteilt, in den sich jemand zurückziehen konnte, der trotz Maschinenlärm und Holzstaub konzentriert an einer Konstruktion arbeiten wollte. Oder eine Kostenaufstellung machen oder Rechnungen schreiben. Wir glaubten beide nicht mehr wirklich daran, das zu finden, wonach wir suchten. Wir wollten einfach nichts auslassen, fertig werden und dann aufhören können, uns in diese Idee zu verbeißen.

Wir öffneten die Tür zu dem kleinen Raum und ließen den Lichtstrahl von Gertrauds Taschenlampe über die Wände leuchten. Schlossen die Tür wieder und liefen weiter. Blieben stehen, guckten uns an. Gingen wieder zurück. Rissen die Tür auf. Der Lichtschein unserer Taschenlampe glitt noch einmal über die Wand. Über den Fußboden. Über die Möbel im Raum.

Wir standen da, als hätte uns jemand am Eichenparkett festgeschraubt. An der hinteren Wand stand ein schneeweiß bezogenes Bett. Daneben ein Regal mit Büchern, eine Reisetasche, ein Seesack, in der Mitte des Raumes ein Tisch, zwei Stühle. Sogar eine liebevoll angerichtete Obstschale mit einem kleinen Schälmesser wartete auf die Heimkehr des Bewohners.

»Verdammt noch mal! Das hält doch keiner für möglich!«

»Das kannst du laut sagen. Freundliche Worte fallen mir auch nicht ein.«

»Wir haben immer noch Glück, dass er nicht gerade im Bett liegt und sich Äpfel schält!«

»So einfach macht er es uns nicht. Er ist zwar nicht hier, aber er hat dafür gesorgt, dass er merkt, wenn ihn jemand entdeckt hat.«

Ich bückte mich und zog an dem haardünnen Faden, der von einem winzigen Nagel am Türrahmen herunterhing. Auch in der Tür war, kurz über dem Fußboden, ein kleiner Nagel befestigt. Und auch von diesem Nagel hing ein Stück Faden herunter. Die andere Hälfte. Wir hatten ihn zerrissen, ohne es zu bemerken. Einfach dadurch, dass wir die Tür zu seinem Zimmer geöffnet hatten.

»Lillian! Würdest du bitte mal kurz hier warten!«

Gertraud lief nach draußen. Ich blieb mitten im Holzlager stehen und sah ihr nach, wie sie den Hof überquerte und zwischen den Ställen verschwand. Hörte, wie sie die Tür zum Haus öffnete, ein paar Sekunden vergingen, dann hörte ich sie die Küchenfenster verschließen. Die Haustür klappte noch einmal. Eine Minute später war sie wieder bei mir. Legte ein großes weißes Blatt auf Brunos Wohnzimmertisch und drückte mir einen Kugelschreiber in die Hand.

»Los, Lillian. Wir beide haben ihm eine Menge zu sagen. Dir lasse ich gerne den Vortritt. Und wenn er schon nicht hier ist, dann hinterlassen wir ihm wenigstens eine Nachricht.«

* * *

Noch während ich auf Gertrauds altem Fahrrad auf der Chaussee in die Pedalen trat, dachte ich darüber nach, ob ich die richtigen Worte gefunden hatte. Das klang so profan: *Ich weiß, dass du hier bist. Ich möchte dich sprechen. Ruf mich an oder komm zu mir. Und mach endlich Schluss mit diesen Geheimnissen! Lilli.* Dieser letzte Satz mit dem Ausrufungszeichen hatte mir besondere Probleme gemacht. Aber als er dann auf dem Papier stand, wusste ich, dass er richtig war. Weil ich einfach die Nase voll davon hatte, wie ein Zirkusbär an einem Ring durch die Nase herumgeführt zu werden und immer nur so viel von allem zu erfahren, wie dieser Bruno mir zugestand.

Gertraud und ich hatten uns geeinigt, die alte Frau Förster nicht mit Rizinus oder Kaffee-Entzug zu foltern. Wir mussten sie nicht zwingen, uns von Brunos Besuchen zu erzählen, das war nicht mehr nötig. Jetzt würden wir alles selber herausfinden. Und dass ich von ihr etwas über das Verschwinden von Mathilde oder Frank junior und Liane erfahren hätte, das glaubte nicht einmal Gertraud. Und die war inzwischen bereit, der alten Frau auch die heimtückischsten Schlechtigkeiten zuzutrauen.

Gertrauds Angebot, mich im alten Chrysler zurück nach Waldstadt zu fahren, hatte ich dankend abgelehnt. Und ließ mir dann, anstelle eines eineinhalbstündigen Fußmarschs, das klapprige alte Fahrrad ihrer Mutter aufzwingen. Meiner Tante also. Aber das war schon wieder ein Gedanke von der Sorte, die ich für heute genug gedacht hatte.

»Hast du keine Angst, nachts alleine auf der Chaussee?«

»Was soll mir noch passieren?!«

Ich schwang mich auf das quietschende Diamant-Rad und fuhr los. Die Chaussee lag ruhig unter dem Vollmond. Kleine Wolken hingen über dem See. Das Schilf raschelte leise. Nicht das kleinste Lüftchen wehte. Irgendwo bellte ein Reh. Oder ein Hund. Oder ein Suchhund. Nein, ich verscheuchte jeden Gedanken, der mir jetzt wehtun könnte. Ich war nur noch müde, ich war erschöpft. Ich hatte genug von allem und wusste ganz genau, dass der nächste Tag auch nicht einfacher sein würde als dieser. Auf jeden Fall wusste ich eines, und diesen Satz dachte ich immer wieder, während ich kräftig und gleichmäßig in die Pedalen trat: Ich werde nicht zusammenbrechen, egal, was noch kommt, ich breche nicht zusammen!

Schon während ich die Tür zu unserer Wohnung aufschloss, roch ich Lisas frisch gebrühten Beruhigungstee. Ich warf Gertrauds Strickjacke in meinem Zimmer auf den Fußboden, legte meine Tasche dazu und ging in die Küche.

»Hallo, Lisa, schön, dass du auf mich gewartet hast!«

Aber die Küche war leer. In einem Windlicht brannte eine kleine

Kerze. Der Küchentisch war jetzt aufgebaut, darauf stand das Stövchen, auf dem Stövchen eine duftende Kanne Tee. Vor dem Tee lag ein Zettel. *Bin bei Gustav. Es gibt nichts Neues. Wenn du mich brauchst, ruf mich auf meinem Handy an. Lisa.*

Dies war der Tag der Zettel. Und der Tag der nicht gemachten Anrufe. Oder sollte ich Lisa zu mir bitten, um ihr haarklein meine letzten Stunden zu schildern? Brauchte ich heute Abend ihre Schulter, um mich daran auszuweinen? Eine kleine Minute lang überlegte ich, ob ich vielleicht Frank anrufen sollte und ihn fragen, ob die Spurensicherung inzwischen die Ergebnisse aus Mathildes Wohnung hatte. Oder ob er sich besser fühlte als gestern. Aber auch das ließ ich bleiben. Niemanden anrufen, nichts mehr hören. Ich hatte meine eigenen Gefühle, meine Gedanken, und das war vollauf genug.

Doch, eines musste ich noch machen. Ich ging in mein Zimmer, ließ das Licht ausgeschaltet und öffnete die Tür zum Balkon. Warme Nachtluft schlug mir entgegen. Die Gardinen wehten. Ich schlug sie auseinander und trat nach draußen.

Kein Auto hinten am Spielplatz, kein Mann vor dem weißen Wegweiser. Niemand unten zwischen den Bäumen oder irgendwo sonst auf dem Rasen. Ich ging wieder hinein, ließ die Balkontür offen. Holte mir eine große Tasse von Lisas Beruhigungstee aus der Küche, legte mich so wie ich war, in Jeans und Shirt, auf die Matte in meinem Zimmer und schlief sofort ein.

Kein Handy klingelte in dieser Nacht, niemand rief an. Ich hörte nicht einmal die Wohnungstür, als Lisa nach Hause kam. Aber irgendwann ertönte die Sirene des Dampfers.

Kalter Wind weht. Die Eisschollen treiben. Mathilde und ich stehen am Ufer. Ich sehe ihren Wintermantel, ihr blaues Kleid. Der Wind zerrt an ihren langen Haaren. Ich friere, so heftig wie immer. Aber ich weiß von Anfang an, dass ich in einem Traum bin. Leichter Eisregen hat gerade begonnen. Mathilde zieht meinen Mantel fester um mich. Bindet die Bänder meiner Kapuze zusammen. Lächelt mir aufmunternd ins Gesicht.

»Mir ist so kalt, Mama.«

»Sei tapfer, Lilli!«

Der Wind heult. Das Treibeis kracht. Weiße Nebelwolken fliegen vorüber. Irgendwo in weiter Ferne ertönt noch einmal die Sirene.

»Komm, Lilli, gehen wir rüber zur Anlegestelle.«

Es ist noch die alte Brücke und die alte Anlegestelle für Ausflugsdampfer, zu der wir gehen. Die Holzbalken ächzen, die Eisschollen drücken sich gegen sie. Der Nebel ist dichter geworden. Die Sonne hängt tieforange über der Silhouette der Stadt. Der Himmel ist grau. Gleich wird die Nacht kommen. Gelbe Scheinwerfer leuchten matt durch den Nebel. Die Umrisse eines Schiffes tauchen hinter den Scheinwerfern auf. Langsam legt es sich gegen die Anlegestelle. Genau in diesem Moment krachen ein paar riesige Eisschollen aufeinander. Das Schiff schlingert. Sein Motor heult auf. Die alten Holzbalken krachen, die schmale Brücke hebt sich und knirscht, als würde sie zusammenbrechen. Mathilde reißt mich in ihre Arme, ein paar schnelle Schritte, sie springt auf das Ufer zurück. Langsam kommen die Balken der Brücke zur Ruhe. Der Dampfer stoppt. Sein Motor verstummt. Nur die gelben Scheinwerfer bewegen sich noch, ihre Lichtkegel leuchten den Strand ab. Mathilde hebt ihren Arm und winkt.

Dann kommt er. Vom Schiff herunter, durch Dämmerung, Schnee und Nebelwolken stapft ein Mann. Zuerst sehe ich ihn nur als Silhouette vor dem gelben Scheinwerferlicht. Dann steht er vor mir. Sein Mantel hat lange Zotteln, er sieht aus wie ein Bär. Ich verstecke mich hinter Mathilde. Aber dann sehe ich unter dem Mantel seinen Anzug. Ich weiß sofort, wie diese Hosenbeine sich anfühlen. Schwarz, warm, flauschig, weich und gerippt. Mein Herz fängt an zu klopfen, schneller und immer schneller, so glücklich bin ich.

»Das Treibeis. Tut mir Leid. Wir hätten beinahe nicht kommen können. Und jetzt haben wir noch die Landungsbrücke kaputtgefahren.«

»Das Kind hat gefroren. Und, wie geht es dir?«

»Ich vermisse euch, beide. Ich habe eine Wohnung genommen, für uns alle. Dort geht vieles leichter. Völlig easy.«

»Ich ändere meine Meinung nicht. Wir schaffen es hier. Besser als dort.«

»Aber ihr müsst nur einsteigen. Völlig risikolos. Es ist alles vorbereitet.«

Ich höre sie reden, wie ich es schon immer kenne. So viele solcher Unterhaltungen habe ich zwischen diesen beiden Stimmen gehört, am Frühstückstisch, beim Mittagessen, beim Abendbrot. Dieses Streiten ist mir so anheimelnd, so unheimlich vertraut. Und jetzt schreie ich. Vor Freude. Komme hinter Mathildes Rücken hervor und stelle mich vor sie. Strecke die Hände aus und berühre den Stoff seiner Hose. Lache.

»Na siehst du, jetzt erkennst du mich. – Groß ist sie geworden. Aber so schmal. Und so zart.« Er kniet sich in den Schnee, beugt sich herunter zu mir. Zieht den Handschuh aus, berührt mit den Fingerspitzen meine Wange. Streicht darüber, sanft, ganz sanft. »Na du! Lillian, meine Kleine. Deine Haare sind lang geworden!«

»Lilli! Sie heißt jetzt Lilli. Das war am einfachsten.«

»Lilli. Kommst du auf meinen Arm?«

Ich nicke heftig, und er breitet seine Arme aus und legt sie um meinen Rücken. Hebt mich hoch. Ich fliege nach oben bis an sein Gesicht. Drücke meine Nase an seinen Hals, in seine Haare. Es kitzelt und es riecht so, wie nur er riecht. Ich schmiege mich an ihn, ganz fest. Zwischen seinen Locken und seinem Schal hängt der goldene Ohrring. Ich spüre ihn zwischen meinen Fingerspitzen, wie immer, ganz vertraut, alles wie immer.

Und da beginnt es. Hinten in meinem Nacken fängt etwas an zu stechen. Scharfkantig, schwer, heftig. Langsam schiebt sich dieser Schmerz nach oben, steigt hinauf in meinen Kopf. Wird immer stärker, immer kräftiger. Ich fange an zu schreien. Seine Berührungen tun mir jetzt weh. Er soll mich nicht mehr anfassen. Nicht mehr anfassen! Ich schreie, so laut ich nur kann.

Er setzt mich zurück auf den Boden. Da stehe ich, mitten im Schnee, mit meinen roten Stiefeln. Höre sie reden, streiten. Und dann ist es vorbei. Ich falle, kopfüber nach vorne. Höre Krachen und Donnern. Wasser rauscht, Steine bersten, etwas trifft mich am Rücken. Ich hebe die Arme und lege sie um meinen Kopf. Und schreie. Schreie schreie schreie. Ich werde aufgehoben, auf die Beine gestellt. Mathilde kniet neben mir, nimmt mich in ihren Mantel, streichelt mich. Bis ich nur noch schluchze. Sie sagen kein Wort mehr. Er steht da und guckt zu uns herunter. Dann sehe ich, wie er sich von uns abwendet, wie er uns den Rücken zudreht und sich langsam entfernt. Durch den Nebel, durch die Dämmerung. Vor uns auf dem Strand stehen zwei Koffer. Groß und zusammengeschnürt. Mathilde nimmt sie, in jede Hand einen, und geht zurück über den Strand.

Ich stehe still und sehe ihm hinterher. Mein Herz schlägt langsamer, immer langsamer.

* * *

Als ich am nächsten Morgen um sechs Uhr die Haustür öffnete und auf die Straße hinaustrat, ging hinter den hohen Wipfeln der Kiefern gerade die Sonne auf. Rot und klar, wie es üblich war an warmen Augusttagen. In Gedanken war ich noch immer bei meinem Traum. Meine Fingerspitzen fühlten den weichen Stoff seines Anzuges. In meiner Nase haftete noch der Geruch seiner Haut. Ich hatte nichts vergessen, was ich in dieser Nacht gesehen oder gehört oder gerochen hatte. Eher im Gegenteil. Es war wie im Kino, wenn man nach zwanzig Jahren noch einmal in den gleichen Film geht. Man sieht dieselben Personen, dieselben Bilder. Aber jetzt offenbaren sich andere Facetten, andere Details. Eine dunkle Stelle leuchtet auf, auf die ich zuvor nicht geachtet hatte. Und plötzlich löst der Film völlig andere Gefühle aus.

Geistesabwesend trat ich auf die Straße hinaus. Warf einen Blick über die Baumwipfel auf die aufgehende Sonne. Blickte mich auf der Straße um. Und kam ganz langsam zu mir. Es war viel mehr los auf der Straße, als ich erwartet hatte, an einem Sonntag zu dieser frühen Zeit. Ein paar Männer mit Aktentaschen schritten zügig die Straße hinauf. Eine Frau mit einem kleinen Kind an der Hand trat aus dem Haus gegenüber. Zwei oder drei Männer waren dabei, ihre Autos für den Familienausflug bereitzumachen.

Nur Polizeiobermeister Oskar Müller war nicht gekommen. Ich versuchte mich zu erinnern. Vor zehn Minuten, als ich den Zettel für Lisa geschrieben hatte, war ich noch völlig sicher gewesen. *Fahre mit Oskar Müller nach Hause, Mathildes Wohnung ansehen. Lasse mein Handy eingeschaltet, ruf mich an, wenn etwas los ist.* Ich hatte eine von Dr. Müllers Kopfschmerz-Vermeidungstabletten geschluckt und war auf die Straße gegangen. Aber jetzt kamen mir leise Zweifel. Hatte er wirklich gesagt, dass er heute kommen würde, um mich abzuholen?

Um sechs Uhr oder um sieben Uhr? Oder kam er erst morgen? Übermorgen? Quatsch, Unsinn, niemals hätten wir diese Sache um einen einzigen Tag verschoben. Heute morgen um sechs Uhr wollte er vor meiner Haustür auf mich warten.

Das war also geklärt. Ich blickte mich um. Viele Autos kamen die Straße herauf, fuhren vorbei und entfernten sich. Die Fahrer, die in der Nähe meiner Haustür geparkt hatten, stiegen ein, fuhren los. Einer dieser Männer stand auf der anderen Straßenseite, an einen alten weißen Opel gelehnt, guckte zu mir herüber. Lächelte mir zu.

Ich schüttelte abweisend den Kopf. Dann erst sah ich ihn mir genauer an. Mittelgroß, ein wenig rundlich. Braune Haare, locker nach hinten gekämmt, und nicht eben kleine Geheimratsecken. Er trug blaue Jeans, eine hellblaue Jeansjacke. Und wieso wunderte ich mich darüber, dass er keinen grünen Pullover trug? Kein olivgrünes Hemd?

Es war mir unheimlich peinlich. Ich hob schnell die Hand und winkte ihm zu. Und wünschte mir, dass die vielen Sekunden, die ich gebraucht hatte, um ihn ohne seine Uniform zu erkennen, ihm nicht aufgefallen waren.

Auch als wir schon auf der Höhe von Ludwigsfelde auf der Autobahn fuhren, warf ich immer noch vorsichtige Seitenblicke zu ihm hinüber, um festzustellen, ob ihm meine Entgleisung vorhin aufgefallen war. Er machte nicht den Eindruck.

»Nun, Lilli. Sie sind so einsilbig heute Morgen?«

»Ich? Nein!«

»Gut, gut. Ich dachte schon, Sie hätten Angst?«

Ich schwieg. Darüber, was mich heute erwarten könnte, hatte ich mir überhaupt keine Gedanken gemacht. »Ich hoffe, wir werden heute nichts tun, wovor ich Angst haben müsste.«

»Das sehe ich auch so. Ich hoffe es. Aber schon diese Formulierung ist interessant – darin steckt das dumpfe Gefühl, was auch immer wir heute in dieser Wohnung finden werden, es könnte einen Erdrutsch bewirken.«

Wir verfielen beide in Schweigen. Jeder von uns hing seinen Gedanken nach. Meine waren verworren und seltsam. Was Polizeiobermeister Oskar Müller dachte, war ihm nicht anzusehen. Mitten im Hohen

Fläming fuhr er von der Autobahn ab. Wir setzten unseren Weg über Landstraßen fort. Durch kleine Dörfer, wo hinter den Zäunen Gladiolen und Rosen blühten. Vor uralten Feldsteinmauern schoben riesige Sonnenblumen ihre breiten Köpfe gegen die Sonne. Wir fuhren durch Wälder, überquerten kleine Bahnübergänge. Rollten durch eine lange Allee, in der grüner Wacholder sich an hohe weiße Birkenstämme schmiegte.

»Meine Lieblingsstraße im Fläming.«

Sagte Oskar Müller. Dann schwiegen wir weiter. Erst als am Horizont zum ersten Mal die Silhouette des Domes sichtbar wurde, blinkte er, fuhr nach rechts an den Straßenrand, holte eine Thermoskanne und zwei Tassen von der Rückbank und goss uns Tee ein.

»Den habe ich für Sie gekocht, Lilli. Sonst trinke ich immer Kaffee.«

»Für mich hätten Sie sich diese Mühe nicht machen müssen.«

»Doch, ich wollte. Dieser Tee erinnert mich an die Stunden bei Ihnen im Laden, mit Ihrer Kollegin und Ihnen und Onkel Gustav. Und mal abgesehen von den traurigen Umständen waren das für mich sehr gute Stunden. Also trinken Sie Ihren Tee und machen Sie sich um mich keine Sorgen.«

Ich trank also. Ließ meinen Blick den vorbeifahrenden Autos folgen, in Ermangelung eines Löffels und der Möglichkeit, schweigend in meiner Teetasse zu rühren und auf den kleinen Strudel zu starren. Eine andere Chance, meinen sorgenvollen Gedanken zu entkommen, hatte ich hier nicht.

»Machen Sie sich Ihr Herz nicht schwer, Lilli. Sie gehen einfach nur von Zimmer zu Zimmer und sehen sich um. Mehr ist es nicht.«

»Ich habe keine Angst.«

»Gut, gut. Vielleicht ist ja alles ganz einfach und Sie bemerken, dass der CD-Player fehlt oder die Mikrowelle. Und dann wäre es am Ende doch nur ein simpler Einbruch.«

»Sie hat keinen CD-Player. Auch keine Mikrowelle. Sie hat nur das Nötigste. Einen antiquierten Fernseher, ein Telefon, eine alte Stereoanlage, das bestimmt niemand mehr verkaufen kann.«

»Und wie sieht es aus mit Bildern, Schmuck, Antiquitäten?«

»Nichts. So etwas hat sie nicht. Und sie hasst Schmuck. Ringe stören sie an den Fingern, Broschen zerreißen die Blusen, Ketten drücken am Hals, und mit dem Geld dafür könnte man Besseres anfangen. Ich habe ihr vor drei Jahren eine Kette aus Schaumkorallen zum Geburtstag geschenkt. Das gab nur Theater! Mit solchen Reaktionen rechnet man nicht bei einem Geburtstagsgeschenk.«

»Lisa sagte mir, Ihre Mutter wäre eine Frau, die sich sehr geschmackvoll zurechtmacht. Die sich schminkt, sich gut anzieht.«

»Stimmt, völlig richtig. Aber Schmuck trägt sie nicht. So ist sie nun mal.«

Er warf mir einen Blick zu, guckte prüfend in mein Gesicht. Aber er sagte kein Wort mehr zu diesem Thema.

»Noch Tee, Lilli?«

»Ja, danke.«

Ich hielt ihm meine Tasse hin. Trank. Langsam. Bei jedem Schluck spürte ich deutlicher, dass ich Mut brauchte, um das zu tun, was jetzt von mir erwartet wurde. Nicht nur wegen meiner Furcht vor der Reaktion von Mathilde.

* * *

Meine Schritte waren nur noch sehr langsam, als wir in dem Haus in der Potsdamer Straße die Treppe hinaufstiegen.

Polizeiobermeister Oskar Müller blieb auf dem Treppenabsatz stehen und drehte sich zu mir um. »Lilli? Wo bleiben Sie denn? Keine Lust mehr?«

»Mathilde wird mich beschimpfen, wenn sie erfährt, dass ich in ihrer Wohnung herumgeschnüffelt habe.«

»Ja, ganz sicher. Aber Sie würden sogar darüber glücklich sein. Wenn Sie sie nur endlich zurückhaben.«

Ich entgegnete gar nichts. Stapfte weiter hinter ihm her.

»Was würden Sie sagen, Lilli, wenn Sie jetzt doch zu Hause wäre. Wir würden uns mit dem kaputten Türschloss plagen. – Und plötzlich würde Ihre Mutter die Tür von innen öffnen und uns fragend ansehen. Und Sie, Lilli, würden dastehen mit diesem schuldbewussten Gesicht, wie ein Schulkind.«

Was für Dinge ich manchmal tue, wenn meine Nerven angespannt sind. Ich lief plötzlich ein paar schnelle Schritte, überholte ihn auf dem Treppenabsatz und boxte ihm im Vorbeigehen in die Rippen.

Vor der Wohnungstür hing ein rotweißes Absperrband. Ein riesiges Dienstsiegel musste entfernt werden. Und während Polizeiobermeister Oskar Müller damit beschäftigt war, fragte ich mich, woher ich eben noch meinen Übermut genommen hatte. Meine Knie wurden weich und fingen zehn Sekunden nach meinem Eintritt in die Wohnung an zu zittern. Ich sah die offen stehenden Schranktüren, die herausgerissenen Schubfächer im Garderobenschrank. Warf von der Wohnungstür aus einen Blick durch die offene Tür in die Küche und in die Wohnstube. Jetzt schlotterten meine Knie.

»Ruhig bleiben, Lilli. Ganz ruhig. Einen Stuhl?«

»Nein. Danke.«

Ich atmete durch. Tief, ruhig, einatmen, ausatmen. Versuchte mich nicht aufzuregen. Nicht über die aufgeschnittenen Polster der beiden Sofas vor dem Stubenfenster. Einatmen, ausatmen. Nicht aufregen darüber, dass aus der alten Spiegelkommode alle Schubladen herausgerissen und ausgekippt waren. Der Geschirrschrank war ausgeräumt bis auf den letzten Teller. Ruhig bleiben, Lilli, ganz ruhig. Spaghetti, Mehl, Zucker, Kaffee, alles lag verstreut auf dem Küchenboden.

»Nun, Lilli? Ist Ihnen schon etwas aufgefallen?«

»Nein. Bisher nicht.«

»Schade. Dann suchen Sie weiter. Schön aufmerksam bleiben.«

Ich suchte. Konzentriert und angespannt ging ich weiter von Zimmer zu Zimmer. Sah nach, ob der Fernseher noch an seinem Platz war, der alte Plattenspieler, das alte Radio. Guckte einmal. Und noch einmal.

»Jetzt was gefunden, Lilli?«

»Nein!«

»Nichts, was Sie vermissen?«

»Es ist alles da.«

»Wie sieht es aus mit dieser Kette aus Schaumkoralle. Solche Perlen sind doch nicht billig. Ist die hier nirgends zu finden?!«

»Nein, die kann hier nicht liegen. Ich musste sie damals zurückbringen. Und Mathilde hat dann Legosteine für die Zwillinge gekauft, für das ganze Geld.«

»Nette Oma!«

»Doch. Eigentlich schon.«

Wir standen in Mathildes Wohnzimmer, neben den aufgeschnittenen Sofas, auf denen ich so oft gesessen und mit ihr Tee getrunken hatte. Und dabei hatten wir auf den Wasserfall hinuntergesehen. Oder wir hatten keinen Tee getrunken, weil wir uns vorher gestritten hatten. Halt, Moment, mir fiel etwas ein. Ich ging hinüber in Mathildes Schlafzimmer. Sah mich auf dem Fußboden um. Guckte in den Kleiderschrank, suchte zwischen alten Schuhkartons, wühlte die letzten unbeschädigten Wäschestapel auseinander.

»Jetzt ist Ihnen etwas eingefallen, stimmt's?«

»Ja, es fehlt wirklich etwas. Das ist ein paar Monate her, da hing ein riesiger Blumenstrauß an ihrer Wohnungstür. Und darin steckte ein kleines Kästchen, und in dem Kästchen lag eine wunderschöne alte Brosche, zwei Ohrringe.«

»Also doch ein Schmuckstück! Das klingt interessant. Und über diesen Schmuck hat sie sich gefreut?«

»Nein. Sie war außergewöhnlich wütend.«

»Gut, gut, Fehlanzeige. Vielleicht hat sie die Sachen verkauft?«

»Den Blumenstrauß hat sie damals sofort in den Mülleimer gestopft. Aber was sie mit diesem wunderschönen Schmuck gemacht hat – keine Ahnung.«

»Das wird ja immer interessanter! Wissen Sie, von wem das Geschenk war?«

»Nein. Auf der Karte stand keine Unterschrift. Aber Mathilde wusste genau, wer ihr das geschickt hatte. Das war einer der Gründe, warum sie so wütend wurde.«

»So, so. Endlich mal etwas, was nach einem wichtigen Hinweis klingt. Wenn wir den Schmuck hier nicht mehr finden sollten, will ich eine präzise Beschreibung davon. Ich muss wissen, wie viel er wert ist und wo er herkommt. Morgen früh um acht setzen Sie sich bei mir an den Computer und sehen unsere Karteien an. Vielleicht erkennen Sie ihn irgendwo wieder.«

Ich stand da und guckte ihn an. Überlegte, was das, was er da eben zu mir gesagt hatte, bedeuten könnte.

»Lilli? Was ist?! Suchen Sie weiter!«

Gut, das tat ich. Ich suchte das ganze Schlafzimmer nach dem Schmuck aus dem Blumenstrauß ab. Besser gesagt, das, was von

Mathildes Schlafzimmer noch übrig war. Ich stellte mir vor, wie Mathilde zumute sein würde, wenn sie diese Zimmer wieder aufräumen würde, die zerbrochenen Kästen reparieren, das zerschlagene Geschirr in den Müll tragen, die zerrissenen Kleider wegwerfen. Ganz sicher würde es ihr gut tun, wenn ich den Laden in Waldstadt dann für ein paar Tage Lisa überlassen würde. Die Kinder könnte ich mitbringen. Oder sollte ich sie bei Lisa lassen? Schon der Anblick dieser wüsten Zerstörung würde deprimierend auf sie wirken …

Genau so, wie er jetzt deprimierend auf mich wirkte. Was dachte ich da eigentlich für verworrene Gedanken? Ich ging zurück in die Stube, klappte ein Fenster auf und ließ mich auf eins der aufgeschnittenen Sofas fallen. Lehnte mich hintenüber, schloss die Augen und lauschte dem Rauschen des Wasserfalles. Sofort spürte ich das Gefühl von weichem Sand unter meinen Fingerspitzen. Roch den Gestank von faulendem Brackwasser. Dachte an Streifzüge durch die Büsche am Ufer, an das Lachen meiner Kinder und an geangelte Plötzen.

»Lilli! Sie sind doch noch lange nicht fertig?!!!«

Widerwillig öffnete ich die Augen. »Doch, ich bin fertig. Ich mache hier nichts mehr.«

»Das kann nicht wahr sein! Bis auf dieses fehlende Schmuckstück haben wir kein nennenswertes Ergebnis!« Er baute sich vor den Sofas auf, ruderte mit den Armen, guckte wütend herunter zu mir.

»Aber ich habe mir Mühe gegeben!«

»Trotzdem, hier ist doch noch mehr zu holen!!!«

Ich schwieg.

»Gut, gut, wenn Sie nicht mehr wollen, brechen wir das Unternehmen ab.« Er ließ sich auf das andere aufgeschnittene Sofa plumpsen, bei dem die Stahlfedern noch ein wenig ungeschützter nach außen ragten als bei diesem Sofa. »Aua!«

Sofort klappte er seinen Oberkörper wieder nach vorne, verlagerte sein Gewicht, bis er eine weniger bohrende Stellung gefunden hatte. Dann saß auch er mit ausgebreiteten Armen auf seinem Sofa, kippte den Kopf nach hinten und sah an die Zimmerdecke.

»Ein schönes Geräusch ist das, dieses Rauschen.«

»Sie sollten es erst im Frühjahr hören. Oder gleich nach der Schneeschmelze.«

»Ich kann mich auch jetzt wunderbar dabei entspannen. Meine Gedanken beruhigen. Fokussieren. Kontemplieren.«

Seine Stimme wurde leiser und immer leiser. Zwei, drei Sekunden lang war auch sein Atem vollkommen entspannt und ruhig. Dann schlug er unvermittelt die Augen auf.

»Wow, Lilli, da taucht ein neuer Gedanke auf! Gibt es in diesem Haushalt vielleicht einen Zollstock?!«

»Ja, sicher!«

Als ich mit dem Zollstock aus dem Badezimmer zurückkam, stand er vor dem Sofa und wippte ungeduldig auf den Fußspitzen. Riss mir den Zollstock aus der Hand, klappte ihn auf, rannte damit hinaus in den Flur. Fing an, den Flur auszumessen. Langsam folgte ich ihm.

»Sagen Sie, Lilli, ist Ihnen niemals aufgefallen, was für einen bizarren Grundriss diese Wohnung hat?! Dieser Flur ist völlig verwinkelt, voller merkwürdiger Ecken. Seltsam und unübersichtlich.«

Er notierte Maße und Abstände auf einem kleinen Zettel. Addierte, subtrahierte, verglich.

»Ich kann es drehen, wie ich will: Wenn ich von der Breite, die der Flur hier vorne hat, die Tiefe und die Breite dieser beiden Einbauschränke abziehe, dann bleibt noch beinahe ein Meter übrig. Dieser eine Meter müsste doch wieder auftauchen, als Schornstein oder als Vorsprung in der Stubenwand oder als Versorgungsstrang in der Küche zum Beispiel. Aber er taucht nirgendwo auf. Er steckt irgendwo zwischen diesen Einbauschränken oder in dieser verwinkelten Weiterführung des Flures hinter der Ecke. Haben Sie dafür eine Erklärung, Lilli? Haben Sie so eine unübersichtliche Wohnung schon irgendwo sonst gesehen?!«

Ich nickte. Doch, diese Art, eine Wohnung zu verschachteln und zu verbauen, kam mir bekannt vor. Es war ungefähr das gleiche Prinzip, nach dem auch das alte Haus hinten in Gertrauds Garten gebaut worden war. Nur dass dort die Verwirrung genau geplant war und den Landsknechten des Dreißigjährigen Krieges galt, vor denen man die Angehörigen seiner Familie verstecken wollte. Ich erzählte Polizeiobermeister Oskar Müller davon.

»Genau, Lilli, das denke ich auch. Danke, Sie haben sofort verstanden, was ich meinte.«

»Nein, eigentlich nicht. Oder wollen Sie sagen, dass diese unübersichtliche Bauweise hier mit Absicht so angelegt wurde?«

»Ganz genau.«

»Und Sie denken, meine Mutter wusste davon?«

»Aber sicher! Ich nehme an, sie war die Auftraggeberin.«

»Das wäre nicht eben typisch für meine Mutter.«

»Eigentlich doch. Ich hatte schon manchmal das Gefühl, wenn wir beide von ihr sprachen – wir reden über zwei völlig unterschiedliche Frauen.«

»Ach ja?«

Ich setzte zu einer heftigen Antwort an, aber dann schwieg ich, nahm meine Unterlippe zwischen die Zähne und biss darauf. Er registrierte zufrieden mein Schweigen. Schob beide Arme in die Tiefe des ersten Einbauschrankes, verschwand bis zu den Ellenbogen darin und tastete, klopfte und wühlte, wie ein Elefantenchirurg, der einen verschluckten Regenschirm wieder ans Tageslicht holen soll. Das dauerte mindestens fünf Minuten. Dann hellte sich sein Gesicht plötzlich auf und seine Hand kam mit einer schmalen Leiste wieder zum Vorschein.

»Da! Das ist der Schlüssel für alles!«

Ich nickte, etwas verbissen.

»Wenn diese Leiste entfernt wird, kann man die Bretter an der hinteren Rückwand verschieben!«

Er verschob sie. Dann holte er ein Brett nach dem anderen aus dem Schrank heraus. Arme Mathilde. Ohne die Hilfe eines Tischlers kriegte sie diesen Garderobenschrank nie wieder heil zusammen.

»So, und jetzt gucken Sie mal hier hinein, Lilli. Das ist doch genau das, wovon ich die ganze Zeit gesprochen habe!«

* * *

Gut, er hatte Recht gehabt. Hinter Mathildes eingebautem Garderobenschrank befand sich eine Nische. Sorgfältig ausgemauert und mit einer festen eisernen Tür gesichert. Oskar Müller holte ein kleines Schlüsselbund aus seiner Arbeitstasche und probierte ein paar von den Schlüsseln aus. Dann machte es knacks und die Tür sprang auf. Der Platz hinter der kleinen Eisentür war nicht besonders geräumig, aber die winzige Pappkiste, die hier stand, füllte ihn ganz und gar nicht aus.

»Gut, gut. Sehr interessant. Eine alte Schachtel!« Oskar Müller hob sie heraus und hielt sie mir hin. »Vorsicht, Lilli! Alte Schachteln haben es manchmal in sich!«

Es war ein alter Schuhkarton, vergilbt und schmucklos. An seinem Deckel rissen bereits die Ecken ein. Vorsichtig nahm ich ihn aus Oskar Müllers Hand und drehte ihn hin und her. Ein Etikett klebte an seiner Stirnseite: Schuhfabrik Roter Stern, Burg. Und darunter stand blau gedruckt, wie mit einem Stempel aus meiner alten Kinderpost: Kinderschnürstiefel, rot. Größe 29.

Wir setzten uns nebeneinander auf ein Sofa, vor das offene Fenster mit dem Rauschen des Wasserfalles. Vorsichtig hob ich den Deckel an. Und erlebte sofort eine Überraschung.

Das Erste, was obenauf in dem Schuhkarton lag, war eine flache, schmale Schachtel. In die genau ein kleines Paar Wiener Würstchen hineinpassen würde. Oder … Sie war schwer, genauso schwer wie sie gewesen war, als ich sie zum ersten Mal in meiner Hand gehalten hatte. Ich verzichtete darauf, den Deckel zu öffnen, drückte Oskar Müller die verschlossene Schachtel in die Hand.

»Bitte, hier drin ist der Schmuck aus dem Blumenstrauß, nach dem wir vorhin gesucht haben.«

Seine Augenbrauen sprangen in die Höhe. Er guckte mich an. Dann zog er ein blütenweiß zusammengelegtes Stofftaschentuch aus der Brusttasche seiner Jeansjacke, legte es schützend über seine Fingerspitzen, nahm die Schachtel vorsichtig aus meiner Hand und klappte sie auf.

Jetzt hatte ich Ruhe. Vorsichtig faltete ich ein brüchiges Stück Zeitungspapier auseinander. Ein vergilbter Artikel, ausgeschnitten aus einer Lokalzeitung. *UNSERE ELBE FÜHRT TREIBEIS!* Darunter ein Foto, die breite Stromelbe, schneebedeckte treibende Eisschollen. Und eine altmodische hölzerne Landungsbrücke. Die Pfähle, auf der sie ruhte, waren geknickt und zersplittert wie dünne Streichhölzer. *SCHIFF WURDE VON EISBLÖCKEN GEGEN LANDUNGSBRÜCKE GEDRÜCKT. Das englische Lastschiff »Themse II« wurde bei starkem Schneesturm vom Treibeis überrascht und trieb gegen die alte Landungsbrücke am Herrenkrug. Der Kapitän entschuldigte sich bei der Stadt. Die*

Brücke soll bis zum nächsten Frühjahr repariert werden. Spaziergänger werden dringend gewarnt, die zerstörte Brücke oder treibende Eisschollen zu betreten.

Ich hielt dieses raschelnde Stück alter Zeitung fest. Mit meiner Ruhe war es vorbei, meine Hände zitterten. Glücklicherweise hatte Oskar Müller mit dem Schmuck aus der kleinen Schachtel so viel tun, dass er keine Zeit hatte, mich zu beobachten.

Unter dem Zeitungsblatt lagen Fotos. Stapelweise alte Fotos, von denen Mathilde immer wieder behauptet hatte, sie nicht zu besitzen. *Fotos von dir, als du klein warst, Lilli? Haben wir nicht, die sind beim Umzug verloren gegangen. Fotografien von deinem Vater? Wenn ich gewusst hätte, dass er so früh von uns geht, dann hätte ich schon ein paar Aufnahmen von ihm gemacht. Aber gräme dich nicht, Lilli, du hast ja deine Erinnerungen an ihn.* Nichts hatte ich gehabt, nichts nichts nichts. Und da waren sie nun doch. Der große schlanke Mann mit dem schwarzen Arbeitsanzug aus Kord, mit den lockigen Haaren und der kleinen Creole im Ohr. Die junge Frau mit dem langen blonden Zopf. Das kleine Mädchen auf ihrem Schoß, dünn, stöckerbeinig, die Locken kurz und verwuschelt. Zwei kleine Mädchen mit Wuschelmähnen, auf einer Schaukel in einem verwilderten Garten. So, das reichte. Ich stopfte den dicken Stapel Fotos in den Karton zurück, warf den Zeitungsartikel darauf und drückte den Deckel zu. Diesen Kasten würde ich mir mit Gertraud zusammen noch einmal ganz langsam ansehen. Schwarzweißfoto für Schwarzweißfoto, Gesicht für Gesicht. Oder mit Mathilde. Hier lag alles bereit, gesammelt und geordnet, für den Tag, an dem sie mir alles sagen wollte. Auf die Ausreden, die sie mir auftischen würde, war ich wirklich gespannt.

Ich stand auf. Verschloss das Fenster. Das anheimelnde Rauschen des Wasserfalles verebbte.

»He, Moment, Lilli, was machen wir mit dem Schmuck?«

»Den können Sie behalten! Und jetzt muss ich zum Herrenkrug. Frische Luft und die Elbe! Hoch vom Sofa, Herr Polizeiobermeister! Wir fahren Tee trinken. Danach können wir dann meinetwegen auch meinen Mann besuchen.«

* * *

Mathildes Wohnung mit einem neuen Dienstsiegel und frischem Klebeband wieder vorschriftsmäßig zu verschließen dauerte noch viel länger als in sie hineinzukommen. Erst ungefähr eine Stunde später saßen wir draußen im Herrenkrug, auf neuen weißen Gartenstühlen.

Ich schwieg, versuchte meine Gedanken zu beruhigen und zurück in meine Erinnerungen zu tauchen. Ich überließ es Oskar Müller, was er für uns bestellte und was ich trinken würde. Grünen Tee mit Zitrone, grünen Tee mit Sahne, grünen Tee mit gar nichts oder mit zuckerfreien Haferkeksen. Ich war ziemlich übellaunig, seit ich den Karton in die Hand bekommen hatte. Mürrisch, verbissen, unzufrieden, griesgrämig, verbittert. Und ich hatte schon wieder Kopfschmerzen. Ich konnte mich beruhigen, so viel ich wollte, die Erinnerungen an die Anlegestelle im Winter und an meinen Vater im zotteligen Bärenmantel tauchten nicht wieder auf.

»Lilli! Ich wusste gar nicht, wie schön es bei Ihnen ist!«

»So?«

»Aber nun sehen Sie sich doch mal um! Hören Sie den Fluss? Und hören Sie die Vögel?!«

Okay, ich tat ihm den Gefallen und guckte mich um. Lauschte. Ja, über uns in den alten Kastanien zwitscherten die Vögel, die zwischen den Blättern vor der Augusthitze Zuflucht gefunden hatten. Von der Elbe herauf tönten die Signale der Ausflugsdampfer. Scharenweise liefen Spaziergänger über die Wiesen zur Elbe hinunter. Vom Ufer her klangen Badegeräusche zu uns herauf. Der übliche Sommergeruch nach Brackwasser und totem Fisch fehlte hier oben allerdings völlig. Es war einfach nur schön. Und ich war zu Hause, ich hatte genau das, wonach ich mich in den letzten Tagen immer wieder gesehnt hatte.

»Wenn Sie wollen, zeige ich Ihnen nachher die neue Hängebrücke an der Anlegestelle. Von dort aus können Sie kilometerweit sehen, über alle Elbbrücken, über alle Kirchen und Klöster und Türme, über den ganzen Strom.«

Er lächelte, nickte zustimmend. Ein hübscher junger Mann segelte aus der Lokaltür und stellte Teekanne und Kaffeekanne vor uns hin.

»Gut, gut, zeigen Sie es mir. So gefallen Sie mir schon viel besser. Und jetzt nehmen Sie eine von Hermanns gefürchteten Kopfschmerztabletten, trinken Sie Ihren Tee und machen nicht mehr so ein griesgrämiges Gesicht, ja?!«

Ich tat das. Trank Tee, schluckte, trank wieder Tee. Dann verschob ich meine Versuche, zurück in meine Träume zu steigen, auf später. Vielleicht könnte ich ihn nachher bitten, mich eine Stunde alleine am Ufer sitzen zu lassen. Oder ich ließ ihn ohne mich nach Hause fahren. Ich könnte an der Elbe entlang zum Bahnhof laufen und später den Zug nehmen.

Halt, stopp, meine Gedanken waren schon wieder auf Abwegen. Ich nahm noch einen Schluck Tee und versuchte mich wieder ganz auf diesen Augenblick zu konzentrieren. Auf Oskar Müller, auf diesen Gartentisch im Herrenkrug.

»Ich will Ihnen nicht die Laune verderben – aber was denkt eigentlich Ihr Chef, wo Sie heute sind?«

»Der denkt genau das, was die Wahrheit ist. Wir sind bei der Polizei, meine Liebe, ich kann diesem Mann nicht irgendwelche Märchen erzählen. So läuft das nicht. Er hat mir einen Tag Zeit gegeben, den Spuren des Einbruchs auf diese Weise zu folgen. Heute Abend erwartet er mich mit einem aussagekräftigen Bericht. Und ich denke, den kann er haben. Vielleicht schaffe ich es bis dahin sogar noch, den Schmuck zu identifizieren. Oder die Fingerabdrücke von der Schachtel. Warten wir es ab.«

»Ja, warten wir es ab. Lassen Sie mir noch ein, zwei Stunden Zeit, dann kann ich vielleicht auch etwas dazu beitragen. Inzwischen könnte ich immerhin schon akzeptieren, dass ich wahrscheinlich das kleine Mädchen bin, von dem Gustav Müller gestern Morgen erzählt hat.«

»Wahrscheinlich oder ganz sicher?«

»Ganz sicher ziemlich wahrscheinlich. Meine Erinnerungen kommen zurück. Langsam. Ich kann sie nur noch nicht steuern.«

Er guckte mich an. Nahm meine Teekanne, goss sich Tee in seine halb volle Kaffeetasse, füllte Zucker und Sahne auf. Trank. »Sie sind also wirklich Lillian. Lillian Förster.« Er stellte seine Tasse zurück, verzog nicht das kleinste bisschen das Gesicht.

»Wenn ich jetzt sage, ich bin es – was ändert sich? Suchen Sie trotzdem weiter nach meinen Kindern? Vielleicht sollte ich mich noch nicht festlegen?«

»Ich wüsste dann, dass wir unsere Kräfte auf die Suche in dieser Gegend konzentrieren sollten. Sehr wahrscheinlich sind sie dann nicht in Disneyland, nicht in Bottrop Movieworld oder in einem anderen dieser unübersichtlichen Vergnügungsparks. Alles wäre ein klein wenig klarer. – Also: Sind Sie Lillian?«

Ich holte tief Atem. Schloss kurz die Augen. Angelte nach meiner Teetasse.

»Also?«

»Schmeckt Ihnen Ihr Kaffee?«

»Für den Preis hätte ich etwas Besseres erwartet.«

Er sagte kein Wort mehr, schloss seinen Mund, guckte mich an. Ich rührte in meinem Tee, rührte, rührte. Ein leuchtender silbriger Schimmer betrat den äußersten Rand meines Gesichtsfeldes, zog flink wie ein kleiner Komet in der Nähe unseres Tisches über den weißen Kiesweg und verließ unsere Umlaufbahn wieder. Ich stoppte meinen Teelöffel und sah diesem Schimmer nach. Zwei, drei Sekunden brauchte ich, bis ich reagierte.

»Hallo, Frau Brömme!«

Der silberne Schimmer huschte weiter. Wahrscheinlich knirschte der Kiesweg viel zu laut unter ihren kleinen Füßen. Ich sprang auf, lief ein paar Schritte neben ihr her. Berührte sanft ihren Arm.

»Frau Brömme, hallo, erinnern Sie sich an mich?«

Sie erschreckte kein bisschen. Blieb stehen, guckte zu mir herauf, lächelte mich freundlich an. Dann wurde ihr Gesicht plötzlich ernst. »Ja, natürlich, ich weiß, wer Sie sind. Es tut mir sehr Leid, was passiert ist, Lilli. Uns allen im Haus tut es Leid. Wir hoffen so, dass Ihre Mutter und Ihre Kinder sich wieder anfinden. Und zwar bald.«

Ich nickte ihr zu. »Was für ein Zufall, dass ich Sie hier treffe! Sie wollten sicher gerade an die Elbe hinuntergehen.«

Sie schüttelte energisch ihre weißen Locken. »Wo denken Sie hin, meine Liebe, es gibt keine Zufälle!«

Nun gut, dachte ich, wenn sie meint.

»Frau Brömme, ich sitze hier mit einem freundlichen Herrn von der Polizei. Wenn Sie gerade Lust haben, sich ein wenig auszuruhen, dann setzen Sie sich doch ein wenig zu uns.«

Sie blieb stehen, guckte mir ins Gesicht, zögerte. Das lavendelfarbene Sommerkleid, das gerade so lang war, dass es ihre mageren Knie bedeckte, wehte mit Rüschen und Jabots im sanften Elbsommerwind.

»Er ist wirklich nett. Kommen Sie ruhig, Frau Brömme.«

»Ich weiß nicht.« Sie stand immer noch fest auf derselben Stelle.

»Es ist so ein heißer Tag. Vielleicht möchten Sie etwas Kaltes trinken? Ich lade Sie ein.«

Ihre Füße rückten endlich einen Millimeter in meine Richtung. »Es liegt nicht daran, dass ich nicht mit Ihnen hier sitzen will. Eigentlich wollte ich Ihnen schon lange etwas erzählen. Ich weiß nur nicht … na gut … Warum denn nicht heute?!«

Frau Brömme mit den silbernen Engelslocken setzte sich an unseren Tisch, zupfte die Rüschen an ihrem Lavendelkleid gerade. Lächelte Polizeiobermeister Oskar Müller zu und winkte lässig dem hübschen jungen Mann, der gerade zwei Tische neben uns rot und grün schillernde Eisbecher servierte.

Oskar Müller stellte seine Tasse ab und ließ die alte Dame keine Sekunde mehr aus den Augen.

»Oskar, darf ich Ihnen Frau Brömme vorstellen. Die Frau, der wir unsere wunderbare Ladenklingel verdanken.«

Sie lächelte ihm zu. Er stand auf und verbeugte sich, kurz und schneidig. Jetzt riss ich meine Augen auf.

»Oh, richtig, meine alte Ladenklingel. Sie benutzen sie wirklich?!«

»Aber natürlich. Sie ist ein wahres Prunkstück.«

»Das freut mich, dass sie noch einmal zu Ehren kommt. Habe ich Ihnen erzählt, dass diese Klingel schon in unserer ersten Bäckerei in Alt Salbke über der Ladentür hing?«

»Ja, Frau Brömme, Sie haben.«

»Nun gut, ich will mich nicht wiederholen. Junge Leute langweilen sich schnell. Aber wenn Sie ein ganz kleines bisschen Geduld mit mir haben, dann würde ich Ihnen gerne von damals erzählen.«

Sie nickte dem jungen Mann huldvoll zu, der den großen Becher Eiskaffee mit viel Sahne vor sie hinstellte, den sie bei ihm bestellt hatte.

Gerade fing es an, mir Leid zu tun, dass ich sie an unseren Tisch genötigt hatte. Sonderlich scharf war ich nicht auf ihre Geschichten aus der guten alten Zeit, als die Brötchen noch so viel größer waren als heute und nicht mehr als fünf Pfennige kosteten. Aber wenn so eine Oma erst ins Reden kam, dann hatte man Glück, wenn es wirklich bei einer einzigen Geschichte blieb.

»Erzählen Sie ruhig, Frau Brömme. Ich höre Ihnen zu.«

Ich rührte in meinem Teeglas. Lauschte auf das ferne Rauschen der Elbe, auf die Sirenen der Lastkähne, auf das Murmeln der Spaziergänger. Frau Brömme redete. Redete, redete.

»... Ihre Mutter hatte damals noch diese langen blonden Haare und sie muss erst ganz neu in der Stadt gewesen sein. Das war deutlich zu merken, weil sie nicht einmal wusste, wo das Postamt war oder wie man zum Hasselbachplatz kam.«

He, Moment mal! Plötzlich war ich ganz Ohr. »Was sagten Sie gerade, Frau Brömme?«

»Sie waren damals erst vier oder fünf Jahre alt, Lilli. Ein sehr zartes Kind, blass, ganz zerbrechlich, immer irgendwie mit Kopfschmerzen belastet. Ganz kurze Wuschelhaare hatten Sie, ich habe damals immer gedacht, Sie wären ein kleiner Junge. Und Sie wollten nie etwas essen, auch wenn ich Ihnen das leckerste Stückchen Kuchen vor die Nase hielt. Sie haben immer den Kopf weggedreht. Haben immer hinter Ihrer Mutter gestanden, ein sehr ängstliches Kind eben. Und Sie sind nie alleine zu uns gekommen, nicht mal um ein paar Brötchen zu holen. Ihre Mutter hat Sie niemals auch nur eine Sekunde lang aus den Augen gelassen.«

Frau Brömme ergriff ihren Löffel und schöpfte gedankenverloren das Sahnehäubchen von ihrem Eiskaffee. Ich sah aus dem Augenwinkel, wie Oskar Müller sie mit großen Augen anstarrte und kaum zu atmen wagte.

»Meine Mutter hat mir immer erzählt, dass sie ihr ganzes Leben hier in der Stadt gewohnt hat. Sind Sie ganz sicher, dass Mathilde damals wirklich gerade hier angekommen war?«

»Aber hundertprozentig, mein Kind. Sie sprach ja noch völlig fremd, man hörte ihr deutlich an, dass sie nicht von hier war.«

Oskar Müller klappte den Mund auf, um eine Frage zu stellen. Aber er besann sich, atmete leise aus und klappte seinen Mund wieder zu.

»Und wie sprach sie? Ich meine, konnte man ihr anhören, wo sie herkam?«

Frau Brömme zog sich den Plastikhalm in den Mund und trank einen kräftigen Schluck von dem eisgekühlten Kaffee. »Ich nahm an, sie käme aus der Berliner Gegend. Aber als ich sie mal danach fragte, hat sie das rundweg abgestritten. Richtig böse ist sie geworden, sie hätte schon immer hier gelebt und wir sollten sie doch alle in Ruhe lassen. Und da habe ich gedacht, gut, Mädchen, wenn du meinst.« Frau Brömme griff wieder zum Löffel und rückte der Kugel Vanilleeis zuleibe, die tief unten in ihrem Kaffeeglas schwamm. »Sie ist danach nie wieder in unsere Bäckerei in Alt Salbke gekommen. Ich bin dann auch von dort weggegangen. Diese Bäckerei hat mein Schwager weitergeführt, und mein Mann und ich haben die gut gehende Bäckerei und Konditorei auf dem Werder von meinen Schwiegereltern übernommen.«

Ich lauschte mit offenem Mund und weit aufgerissenen Augen.

»Und so ein Jahr, eineinhalb Jahre später habe ich sie wiedergesehen. Da stand sie plötzlich in unserem Laden.«

»Das war vielleicht zu der Zeit, als wir diese kleine Wohnung in der Zollstraße bekommen hatten.«

»Das wär ein gutes Ende zu laufen von der Zollstraße bis zu unserem Laden, aber damals gab es nicht alle naselang einen Bäcker, und es wäre schon möglich. Jedenfalls stand sie eines Tages in unserer neuen Bäckerei vor dem Ladentisch. Und da habe ich sie kaum noch erkannt. Sie trug keine langen Hosen mehr, sondern einen kurzen Rock. Und ihr Haar war nicht mehr lang, sondern so kurz wie Streichhölzer. Und es war nicht mehr blond, sondern dunkelbraun. Aber eins war deutlich zu sehen: Es ging ihr besser.«

»Und ich? War ich auch dabei?«

»Sicher, meine Liebe, sicher. Sie hatten sich auch wunderbar rausgemacht. Sie waren stabiler, hatten zugenommen. Und sie hat nicht mehr Lillian zu Ihnen gesagt, sondern Lilli. Erst habe ich wohl dumm geguckt, aber dann dachte ich mir, bitte, Mädchen, wenn du dir so viel Mühe machst, dann will ich dir das nicht kaputtmachen. Und da habe ich ihr ganz klar gezeigt, dass ich sie noch nie vorher gesehen hatte. Und sie hat natürlich auch so getan, als hätte sie mich noch nie gesehen. Und als wir uns jetzt, nach zwanzig Jahren, in diesem Haus am Cracauer Wasserfall wieder begegnet sind, da war ich mir beinahe sicher, dass sie wirklich nicht mehr wusste, wer ich war.«

»Eine faszinierende Geschichte, Frau Brömme.«

Frau Brömme legte ihren Löffel zur Seite. Das letzte Häppchen Vanilleeis verschwand eben zwischen ihren Lippen. Der letzte Schluck von ihrem Eiskaffee war schon lange getrunken. Unter den alten Kastanien war es ein wenig dämmrig geworden. Der Himmel war nicht mehr blau und sonnig. Eine Wolkenschicht hatte sich zusammengezogen. Von der Elbe herauf war ein dumpfes Grollen zu hören. Ein leichter Wind bauschte die Rüschen an Frau Brömmes Kleid.

Oskar Müller winkte dem jungen Mann und bezahlte unsere Rechnung. Ich hätte noch stundenlang hier sitzen und Frau Brömme zuhören können.

»Schade, dass Sie sich heute erst entschlossen haben, mir das alles zu erzählen.«

»Junge Leute wie Sie hören meist nicht so gerne die Geschichten von alten Frauen.« Sie öffnete ihre kleine Handtasche, zupfte ein spitzenumhäkeltes weißes Tuch heraus und tupfte sich damit über ihre Lippen. »Und außerdem konnte ich ja nicht wissen, dass Ihre Mutter nie mit Ihnen darüber gesprochen hat.«

* * *

Oft hing ein Gewitter am Himmel, drohte mit schwarzen Wolken und Blitzen und Donner, aber es schaffte einfach nicht den Sprung vom anderen Ufer der Elbe auf diese Flussseite herüber. An diesem Nachmittag war es anders. Der Himmel überzog sich so schnell mit Gewitterwolken, dass der hübsche junge Mann im Herrenkrug gerade noch unser Geschirr und die bunten Sitzkissen zurück ins Restaurant bringen konnte. Dann setzte der Wind ein. Frau Brömme hielt den Kragen ihres lavendelfarbenen Kleides vor ihrem Hals zusammen.

»Aus meinem Spaziergang am Ufer wird wohl nichts mehr werden!«

»Wir fahren Sie gerne nach Hause. Es ist jetzt nicht sehr bequem in der Straßenbahn, wenn alle Spaziergänger gleichzeitig zurück in die Stadt wollen.«

Oskar Müller nickte eifrig zu meinen Worten. Frau Brömme nahm lächelnd unser Angebot an. Sie kuschelte sich behaglich in eine Ecke der breiten Rückbank des Opel, verzichtete auf den Sicherheitsgurt und guckte aufmerksam in den Regen, der vom Himmel stürzte wie ein überlaufendes Flussbett, während wir langsam in die Stadt zurückfuhren.

Ich sammelte meinen Mut, um meine letzte Frage zu fragen, während ich vor der Haustür in der Potsdamer Straße Oskar Müllers riesigen grünen Polizeiregenschirm über den weißen Engelskopf von Frau Brömme hielt.

»Sagen Sie bitte, Frau Brömme …«

»Ja, mein Kind? Fragen Sie!«

Sie schob gerade mit flinken Fingern ihren Hausschlüssel ins Schloss und stemmte ihre zarte Schulter gegen die Tür, um sie aufzudrücken. Ich half ihr nicht, eine halbe Minute brauchte ich noch.

»Ich meine … was ich fragen wollte … ich …«

»Nur immer drauflos. Eine gestandene Bäckersfrau aus der Börde kann so schnell nichts erschüttern!«

»Gut, dann also: Können Sie sich vielleicht erinnern, ob damals ein Mann bei meiner Mutter war? Immer? Oder wenigstens manchmal?«

Frau Brömme hörte auf, ihr zartes Leichtgewicht gegen die Haustür zu drücken. »Sie wollen wissen, ob ich irgendwann mal Ihren Vater gesehen habe?«

Ich nickte eifrig.

»Da muss ich Sie enttäuschen, Lilli. Nein. Nicht ein einziges Mal. Sie war immer alleine.«

Ich nickte ergeben. Frau Brömme drehte noch einmal den Schlüssel, ich drückte die Tür für sie auf. Sie winkte mir zu und schwebte silbrig von dannen. Ich blieb stehen und sah zu, wie die Tür langsam wieder ins Schloss fiel.

So viel Glück wie Mathilde, dachte ich, während Oskar Müller mit seinem kleinen Opel schnittig über das nasse Straßenpflaster der Strombrücke fuhr, so viel Glück musste man erst einmal haben. Fünfundzwanzig Jahre lang erzählte sie mir irgendwelche Lügen und mehr oder weniger klug erfundene Geschichten über unser Leben und kam damit wunderbar durch. Und dann musste sie sich nicht einmal damit quälen, mir nun endlich alles zu sagen – ich erfuhr es von anderen, von vielen anderen, in nur ganz wenigen Tagen. Aber es gibt keine Zufälle, hatte Frau Brömme vorhin mit tiefster Überzeugung gesagt. Ob dieser Satz mir helfen konnte, meine Kinder zu finden, darüber musste ich erst noch nachdenken. Oskar Müller ordnete sich ein und fuhr unaufhaltsam immer näher an die Elbe-Buchhandlung heran. Pardon, an die Buchhandlung Lukas, mit den kiwigrünen Leuchtbuchstaben über dem Eingang.

Er rollte auf einen Parkplatz und zog die Handbremse an. Jetzt gab es für mich eigentlich nur noch die Möglichkeit auszusteigen und mit ihm gemeinsam zu Frank in die Buchhandlung zu gehen. Ich hatte keine Lust, Frank zu sehen. Ich hatte keine Lust, neue Verhaltensmaßregeln von ihm zu bekommen. Ich hatte nicht einmal Lust, ihn zu trösten. Und dass Frank der unmögliche Mensch war, dem Oskar Müller den Ärger mit seinem Chef zu verdanken hatte, weil Frank sich über die provinzielle Arbeitsweise der Polizisten in Zossen beschwert hatte – das müsste ich Oskar Müller nun ja wohl auch noch sagen. Bevor er und Frank sich in zwei Minuten gegenüberstanden.

Ich stieg langsam aus und schlug die Autotür hinter mir zu. Die Zentralverriegelung klickte. Auf das Autodach fielen die letzten Regentropfen. Das Gewitter war vorüber. Ich ging um das Auto herum, zu Oskar Müller hinüber. Holte tief Atem, öffnete den Mund und –

»Wissen Sie eigentlich, Lilli, dass Ihr Mann mich jeden Tag mindestens dreimal anruft?«

»Was?«

»Er will alles wissen, jeden Schritt, den wir bei den Ermittlungen gehen, jeden Gedanken, den wir denken, jede neue Entscheidung. Übrigens hat er mir gesagt, dass Sie ihm verboten haben, Sie anzurufen. Stimmt das?«

»Stimmt. Leider. Hat er Ihnen erzählt, warum er mich nicht mehr anrufen soll?«

»Ja. Das heißt nein, nicht direkt. Er meinte, Sie wären im Moment ziemlich nervös und gereizt.«

»Ah ja, und ich hatte keine Lust, mir ständig sagen zu lassen, was ich zu tun und zu lassen und welchen Schritt ich als Nächstes zu gehen hatte. Das ist doch wohl Grund genug, auf ihn wütend zu sein!«

»Ist es. Möglicherweise. Wahrscheinlich. Aber aufgeregte Mütter von verschwundenen Kindern sehen vieles völlig anders als die dazugehörigen aufgeregten Väter. Das ist eine Tatsache.«

»Darüber würde ich gerne mehr wissen. Wenn die Kinder wieder da sind …«

Ich blieb erschreckt stehen. Bei meinem Gespräch mit Oskar Müller waren wir in den Breiten Weg eingebogen und immer weitergelaufen, ohne dass ich es überhaupt bemerkt hatte. Jetzt standen wir direkt vor der Buchhandlung. Wo sollte Frank auch sonst seine Zeit verbringen?

Ich schloss die Tür vom Seiteneingang auf. Wir gingen die Treppe hinauf. Klopften kurz an und öffneten die Tür zu Franks Büro.

Frank saß an seinem Schreibtisch. Den Kopf zwischen beiden Händen. Die Papiere vor ihm auf der Tischplatte waren zerknautscht und verwühlt. Seine Augen schimmerten unter Tränen. Vielleicht hätte ich ihn doch nicht so lange ohne Anruf lassen sollen, dachte ich noch. Dann drehte er seinen Kopf und sah uns entgegen. Sprang auf, kam auf mich zu, legte seine Arme um meinen Hals. Ich hatte kein Bedürfnis nach dieser Geste. Seine Umarmung zu ertragen strengte mich an, als müsste ich mit einem Alptraum kämpfen.

»Ist ja gut, Frank, ist gut.«

Ich machte mich von ihm los. Er stand vor mir und weinte.

»Es tut mir so Leid, Lilli. Ich weiß, ich habe mich meist nicht besonders gut mit ihr verstanden. Aber eigentlich war sie gar nicht so unrecht. Man weiß das nur nicht immer zu schätzen als Schwiegersohn. Aber hätte ich denn ahnen können … Und was ist jetzt bloß mit den Kindern? –«

Ich unterbrach ihn einfach. Hob die Hand und deutete auf Oskar Müller, um die beiden miteinander bekannt zu machen. »Frank, das hier ist Polizeiobermeister –«

Da erst fiel es mir auf.

»Was hast du da eben gesagt, Frank?«

Frank guckte mich an, mit weit aufgerissenen Augen. Guckte zu Oskar Müller. Guckte wieder zu mir. »Lilli, weißt du es denn noch nicht?«

Oskar Müller stürzte an mir vorbei zu Franks Schreibtisch. »Darf ich bitte Ihr Telefon benutzen? Danke!«

»Was weiß ich noch nicht, Frank?«

»Hallo? Polizeiobermeister Müller hier, Oskar. Was ist los, Leute? Warum ruft mich denn keiner an?!«

»Meine Güte, nun rede, Frank, rede!«

»Mein Handy? Natürlich habe ich mein Handy bei mir. Aber sicher, es ist eingeschaltet … Oh. Nein, tut mir Leid, das muss auf der Autobahn passiert sein. Schaltet sich anscheinend aus, wenn es für längere Zeit den Kontakt verliert.«

»Frank, nun steh nicht so da! Rede! Was ist mit den Kindern? Was ist mit Mathilde?«

»Nein, ich habe es nicht kontrolliert … Nein … Und jetzt sagt mir endlich … Ach? Was? … Wann? … Und wo? … Das überrascht mich … Und die Kinder? … So, so … Nein, ihr müsst sie nicht mehr erreichen, sie ist bei mir. Ihr Handy ist vielleicht auch ausgefallen … Nein, das sage ich ihr selber. Macht einfach weiter. In zwei Stunden bin ich bei euch.«

Polizeiobermeister Oskar Müller legte den Hörer auf. Stand da, ließ die Arme hängen. Guckte mich an. Auf der anderen Seite stand Frank, mit hängenden Armen. Starrte in mein Gesicht.

»Verdammt noch mal, redet endlich! Sagt mir, was los ist!«

Oskar Müller stellte sich vor mich. »Ohne lange Vorrede, Lilli: Man hat Ihre Mutter heute Morgen gefunden. Sie ist tot.«

* * *

Eine Autobahn kann zu einer Startbahn für Düsenjets werden, wenn man Dr. Hermann Müllers Schmerztabletten plus K.-o.-Tropfen im Kreislauf hat. Polizeiobermeister Oskar Müller fuhr ohne Propeller und ohne Tragflächen, aber mit seinem schnellsten Triebwerk. Von oben regnete es, von unten schlugen harte Pfützen unter das Bodenblech. Die anderen Düsenjets zogen abgeschlagen an meinem Fenster vorbei. Wenn ich zwischendurch meine Augen für zwei Sekunden öffnete, schüttelten andere Fahrer neben mir die Köpfe oder hoben die Faust zum Gruß gegen den kleinen Opel von Oskar Müller.

»Sehen Sie einfach nicht hin, Lilli. Machen Sie ruhig die Augen zu. Ich fahre so schnell ich kann.«

Regen prasselte auf das Autodach. Der kleine Scheibenwischer ratterte ohne Pause. Und irgendwann, irgendwann kamen wir an.

Wir fuhren von hinten heran. Zwischen den letzten beiden Häusern auf der Dorfstraße begann ein Feldweg, bei dem die Spurbreite unter den Autoreifen mit schmalen Betonschwellen ausgelegt war. Zwischen die Schwellen hatte der Regen eine tiefe Rinne gewaschen. Dieser Regen oder der Regen davor, ganz egal.

Der Weg führte zwischen den Häusern hindurch, zwischen den Gärten, bis hinunter zum Wald. Hier bog er ab und führte als Wirtschaftsweg hinter den Gärten entlang. Die Reifen des kleinen Opel sprangen rumpelnd von Betonschwelle zu Betonschwelle. Dann waren wir da. Rot-weiße Absperrbänder flatterten zwischen Bäumen. Ungefähr fünfhundert Meter vor unserem Ziel stand ein Polizist in Uniform und hob seine Kelle. Es war immer noch hell, aber die Kelle fing an zu leuchten, als er sie über seinen Kopf hielt.

»Ach, Sie sind's. Du bist es, Oskar. Du kannst ganz glatt durchfahren. Die Kollegen packen gerade ein. Brauchst dich nicht vorzusehen, alle Spuren sind gesichert. Und nach dem Wolkenbruch heute Nachmittag kannst du sowieso nichts mehr verwischen.«

Dann beugte er sich vor und warf einen Blick auf mich. Ich hielt mühsam meine Augen offen und sah ihm entgegen.

»Willst du sie wirklich dorthin mitnehmen? Oder soll ich einen Wagen anfordern und sie nach Hause bringen lassen?«

Oskar Müller guckte mich an. »Wollen Sie mitkommen, Lilli? Oder nach Hause?«

»Mitkommen!«

»Gut, gut, sie kommt mit. Ich verantworte das.«

Der Uniformierte vor dem Fenster hob zwei Finger an den Rand seiner Mütze und Oskar Müller gab Gas.

»Alles in Ordnung, Lilli?«

»Alles im grünen Bereich.«

Der helle Wartburg der Frauen von der Spurensicherung stand auf der anderen Seite des Weges, daneben ein grünes Polizeiauto. Oskar Müller lenkte seinen Opel an den Waldrand. Irgendwo im Wald bellten Hunde. Wir stiegen aus.

Es war das hintere Ende von Försters Garten. Fünf oder sechs weit ausladende alte Eichen wuchsen in einer Gruppe zusammen. Unter den Eichen standen die letzten drei Häuser von Försters verstreutem

Bauernhof. Es waren wahrscheinlich die einzigen drei Gebäude, in denen Gertraud und ich gestern Abend nicht nach Bruno Förster gesucht hatten.

Eine flache Scheune und zwei kleine Ställe, die augenscheinlich schon mehrere Jahrzehnte nicht mehr benutzt wurden. Die Tür zu dem einen Stall stand weit offen. Zwei Scheinwerfer auf dreibeinigen Stativen beleuchteten den Eingang zum Stall und das Innere wie zu Filmaufnahmen. Gerade in dem Moment, als wir durch die breite Einfahrt in den Garten traten, kam eine Gestalt im weißen Mondlandungstruppen-Anzug der Spurensicherung aus dem Stall heraus. Sie zog ein langes Stromkabel hinter sich her und wickelte den Zugang zu einem dritten Scheinwerfer auf. Da bemerkte sie uns. Legte die Kabelrolle auf den Boden und kam uns entgegen.

»Guten Tag, Frau Lukas. Darf ich Ihnen mein Beileid aussprechen. Glauben Sie mir, wir tun alle, was wir nur können.«

Ich nickte ihr zu. Sie blickte in mein Gesicht, betrachtete sekundenschnell meinen Mund, meine Augen, so als wäre sie irritiert, dass keine Tränen flossen. Dann nickte sie mir noch einmal zu und wandte sich an Oskar Müller.

»Oskar, wir packen gerade zusammen. Kommst du bitte mit rein, ich zeige dir alles.«

»Gut, gut, dann lass uns mal reingehen.«

Sie drehten beide die Köpfe zu mir.

»Lilli, würde es Ihnen etwas ausmachen …«

Ich schüttelte den Kopf, wie in Zeitlupe. »Gehen Sie nur, Oskar. Ich bleibe hier stehen.«

Sie gingen vor mir den Weg hinunter. Ehe sie den Stall betraten, standen sie ein paar Sekunden vor der Tür, im hellen Scheinwerferlicht. Die Frau im Mondlandungsanzug zeigte nach unten auf den Boden, zeigte auf die Steine der Schwelle, zeigte einen halben Meter auf der Wand nach oben und dann hinein in den Stall. Langsam setzte ich mich in Bewegung und lief hinter den beiden her.

Es war ein Schweinestall von der ganz alten Sorte. Keine Intensivhaltung, sondern drei oder vier schmale Boxen auf jeder Seite. Futtertröge aus Ton vor jeder Box, zentimeterdicke Gitterstäbe, die vom Boden bis zur Decke reichten. Zwischen beiden Boxenreihen ein breiter Gang, in der Mitte des Ganges eine Futterkiste vor der hinteren Wand. Lang gestreckt und kniehoch, wie ein ägyptischer Sarkophag. Der Deckel war zur Seite geschoben, das Innere sehr gut ausgeleuchtet. Die Futterkiste war leer.

»… Herr Schmidt von der Hundestaffel hat sie gefunden. Er hatte heute erst um dreizehn Uhr Dienstbeginn, da ist er mit seinem Rocky gleich früh um sieben schon losgegangen. Und irgendwo bei seinem Rundgang außen um das Dorf herum hat Rocky diese Spur aufgenommen.«

»Genialer Hund.«

»Und ein verdammt nettes Herrchen. Er hat uns angerufen, da war es Neun Punkt dreißig. Als wir kamen, war der Deckel der Futterkiste geschlossen. Die Kiste ist aus Gussbeton, dadurch hatten wir eine konstante, relativ kühle Temperatur, auch in den letzten Tagen. Wir haben den Deckel geöffnet, und darin lag sie. In einen Teppich gewickelt, gut verschnürt.«

Ich stand vor der Stalltür, keine dreißig Zentimeter hinter dem Scheinwerfer, der hell den Stallgang beleuchtete. Sie konnten mich beide nicht sehen. Aber ich hörte jedes Wort. Überdeutlich.

»Sie ist nicht hier getötet worden?«

»Ganz sicher nicht. Sie hat eine tiefe Wunde am Hinterkopf, wie von einem großen Stein, einem massiven Stuhl oder etwas Vergleichbarem. Sie muss heftig geblutet haben, aber es ist kein bisschen Blut hier im Stall zu finden. Blut ist nur in dem Teppich, in den sie gewickelt war.«

»Gut, gut, alles klar. Habt ihr schon eine Ahnung, wie sie hierher gekommen ist?«

»Heute Morgen, als wir kamen, waren noch deutliche Autospuren zu sehen. Reifenspuren, die von hinten bis an den Garten heranführten. Es muss auch Schleifspuren gegeben haben, die aber gründlich verwischt worden sind. Trotzdem hatten wir Glück, dass es nicht einmal geregnet hatte in den letzten Tagen. Eine Viertelstunde nachdem wir hier draußen die Reifenabdrücke ausgegipst hatten, ging der Wolkenbruch los.«

»Und das Auto, mit dem sie hierher kam, ist …«

»… ihr eigenes. Richtig. Erinnerst du dich an die Spur, die wir damals am Waldrand in ihrem Kofferraum gefunden hatten?«

»Die Haare an der Unterkante des Kofferraumes. Und diese winzige Blutspur …«

»Jetzt wissen wir besser, woher diese Spuren kamen.«

»Seit wann lag sie hier? Kannst du dazu was sagen?«

»Nein, Oskar. Sie ist seit mehreren Tagen tot. Aber ich weiß nicht, seit wann. Nicht mal Pi mal Daumen, tut mir Leid. Die Kollegen in Potsdam rufen dich sicher spätestens morgen früh an.«

Jetzt erst bemerkte ich die zweite Frau von der Spurensicherung. Sie hatte ihren silbernen Metallkoffer in der Hand und war wahrscheinlich gerade auf dem Weg zu ihrem Auto. Jetzt trat sie neben mich.

»Frau Lukas, Sie sollten hier aber nicht stehen. Kommen Sie, helfen Sie mir, die Stative zum Wagen zu tragen.«

Sie nötigte mir ein winziges Metallstativ in die Hand. Brav wie eine Aufziehpuppe trottete ich hinter ihr her zum Wartburg. Sie öffnete den Kofferraum, lud ihren Koffer hinein. Nahm mir das Stativ ab. Zog ihr Handy aus einer Tasche ihres Anzuges und wählte.

»Hallo, Sie hatten mich gebeten, Ihnen Bescheid zu geben, wenn Frau Lukas da ist. Also jetzt: Bescheid!« Sie trennte die Verbindung. Ließ die Autotür offen, stand mit mir neben dem Auto und lächelte mich freundlich an. »Das war ein Regen heute, nicht wahr?«

Ich nickte geistesabwesend.

»Der war schon lange nötig. Die Blumen in meinem Garten, das Gemüse, alle lassen die Köpfe hängen, nach einer Woche Trockenheit. Das Grünzeug kann einem Leid tun, nicht wahr?«

»Ja, ganz sicher.«

Aus der Tiefe des Gartens waren jetzt Schritte zu hören. Schwere Schritte, die sehr schnell näher kamen.

»Da, hören Sie?« Ich flüsterte, aber auch das nur noch ganz leise.

»Ja, ich höre. Frau Lukas. Möchten Sie sich vielleicht setzen?«

»Ich? Warum denn?«

Ich merkte plötzlich, dass mein Herz zu rasen begonnen hatte. Seine Schläge pochten in meinem Hals. Aber sie bewirkten nichts mehr. Ich fühlte mich leer, wie ausgehöhlt, schwach. Meine Knie zitterten.

Die Schritte kamen näher, aber ich konnte sie fast nicht mehr hören. Ich hörte nur noch mein klopfendes Herz. Dann sah ich Gertraud. Sie kam quer durch den Garten, rannte zu den Ställen hinüber. Trat durch die beleuchtete Stalltür, kam wieder heraus, blickte sich um. Die Frau neben mir hob ihren Arm.

»Hier sind wir, hier oben!«

Gertraud rannte los. Die schweren Gummistiefel an ihren Füßen dröhnten bei jedem Schritt. Mein Herz hämmerte und schlug. Und während ich sah, wie Gertraud näher kam, langsam wie im Zeitraffer bei einer Fußballübertragung im Fernsehen, wurde die Zahl der Gedanken in meinem Kopf immer geringer. Bis nur noch ein einziger Gedanke da war. Ganz genau und abgezählt. Klar und deutlich wie goldene Schrift hinter Glas, von heller Sonne beleuchtet.

Mathilde ist tot, dachte ich. Meine Mutter ist tot. Meine Mutter.

Und wo sind jetzt meine Kinder?

Das war der zweite dieser gut beleuchteten klaren Gedanken. Und bei dem blieb ich hängen. Bis Gertraud bei mir war. Sie breitete die Arme aus und fuhr breit wie ein Schleppkahn auf mich zu.

»Na, komm her, meine Kleine!«

Mir knickten die Beine weg. Es wurde dunkel um mich. Die Stimmen verrauschten.

»Kommt hier mal jemand?! Oskar, schnell, Oskar!«

»Hast du sie? Meine Güte, ausgerechnet hier, wo die Baumwurzeln sind!«

»Moment, gleich ist die Trage auseinander geklappt. So, jetzt, fertig.«

Ich wurde gelegt, herumgedreht, angehoben, geschaukelt, flog, weiches Gras kitzelte meine Handflächen.

»Frau Förster, Sie haben ja einen unheimlich großen Garten!«

Eine Tür knarrte beim Öffnen. Ein Vorhang streifte kurz meinen Kopf. Noch eine Tür wurde geöffnet.

»Sollten wir vielleicht doch einen Krankenwagen holen?«

»Auf keinen Fall! Nein, nicht nötig!«

Ich hörte alles ganz deutlich. Ich wusste, ich war dabei. Aber es ging mich nichts an. Es interessierte mich nicht. Nicht wirklich.

»So, hier ist es. Einmal noch um die Ecke. Da auf das Sofa bitte.«

Ich landete weich. Sehr weich. Etwas wie Fell berührte mein Gesicht. Ich klappte die Augen auf, um sie sofort wieder zuzumachen. Spürte

Gertrauds Hände, wie sie mich zudeckten und einen Moment lang auf meinen Schultern verweilten.

»Schlaf ein bisschen, Lillian. Es tut mir alles so Leid. – Aber du musst das nicht alleine durchstehen.«

Ich fühlte, wie das Zimmer sich langsam leerte. Türen klappten. Die Stimmen wurden leiser. Schritte entfernten sich über den Hof.

Mein Herz tat mir fast überhaupt nicht weh. Ich wachte auf und alles fühlte sich fremd an. Das Sofa, auf dem ich lag, die Gedanken, die ich dachte, die Gefühle in meinem Körper. Nicht der kleinste Schmerz war in meinem Kopf. Mein Geruchsvermögen war klar wie ein Bergbach. Ich roch Tee aus Ingwer und Zitronenmelisse. Ich hörte, wie die zerbeulte grüne Thermoskanne aufgeschraubt wurde. Wie der Tee aus der Kanne floss, in eine Tasse, in eine zweite, eine dritte Tasse. Die Thermoskanne wurde wieder zugeschraubt. Drei Menschen flüsterten miteinander.

»Da haben wir wirklich Glück gehabt, wenn ich das mal so sagen darf.«

»Glück?«

»Klar. Gestern Abend haben wir alle Häuser auf dem Gelände nach dem Versteck von Onkel Bruno abgesucht. Ich mag diese alten Ställe dort hinten nicht besonders, deshalb hatte ich sie bis zuletzt aufgeschoben. Sonst hätte Lillian ihre Mutter vielleicht selber gefunden.«

»Ach was. Nur wenn sie so einen feinen Geruchssinn wie ein Hund hätte.«

»Oskar!«

»Ich weiß, Onkel Gustav, sorry, ich bin manchmal ein Trampel. Eigentlich habe ich das gesagt, um Gertraud zu beruhigen.«

»Das ist dir eher nicht gelungen.«

»Gut, Gertraud, ich entschuldige mich.«

»Angenommen.«

»Schön, wenn ihr euch wieder vertragt, Kinder. Dann lasst uns jetzt über die wesentlichen Dinge reden.«

»Und die wären?«

»Die wären? Ich finde es einfach Scheiße, was hier passiert ist! Und ich habe keine Erklärung dafür.«

»Die habe ich auch nicht, Onkel Gustav.«

»Verdammt noch mal, ich mache mir Sorgen!«

»Mach dir ruhig weiter Sorgen, lieber Onkel. Ich habe auch bald keine Ideen mehr, wo ich noch nach den Kindern suchen soll. Die Hundestaffel wühlt gerade zum dritten Mal die Wälder um. Sämtliche verfügbaren Kollegen gehen in den Dörfern von Haus zu Haus und befragen die Leute. Potsdam hat mir ab morgen früh eine Sonderkommission versprochen. Aber wenn jetzt nicht durch Tatwaffe, Todeszeit oder Spuren am Fundort ein paar konkrete Erkenntnisse kommen, dann weiß ich nicht weiter.«

»Das ist äußerst schwach, Junge.«

»Ja, das ist es.«

»Ich möchte wissen, wie ich dem Mädchen helfen kann.«

»Wenn mir etwas einfällt, werde ich es dir sagen.«

Dann sprach keiner mehr. Sie saßen da und schwiegen. Mir wurde jetzt erst bewusst, dass ich wach war. Aber ich wollte nicht wach sein. Nur noch schlafen, schlafen, nicht mehr an Mathilde denken, nicht mehr an Liane und Frank junior. Nur vergessen, vergessen, vergessen. Am besten nicht einmal mehr wissen, wer ich selber war. Hätte Mister Spock vom Raumschiff Enterprise jetzt ans Fenster geklopft, dann hätte ich ihn gebeten, mich hier wegzubeamen. Auf irgendeinen x-beliebigen Mond hinter Alpha-Centauri, auf dem nie die Sonne schien. Ganz egal, bitte nur weit, weit weg.

»Was glaubst du, Oskar, seit wann liegt sie in dieser Futterkiste?«

»Wann haben wir ihr Auto gefunden? Am Freitag? Dann liegt sie seit Freitag oder Donnerstag oder Mittwoch ...«

»Das ist so hart. Lillian macht sich Sorgen um sie, und sie ist längst ...«

»Das habe ich bei solchen Suchaktionen schon öfter gedacht: Manchmal würde ich lieber endlos weitersuchen, als sie dann schließlich zu finden.«

»So oder so, in Lillis Haut möchte ich nicht stecken.«

»Wer möchte das schon. Ich möchte nicht mal in meiner Haut stecken. Wie soll ich jetzt klären, ob jemand eine alte Dame erschlägt, um zwei kleine Kinder zu rauben? Oder ob dieser jemand die alte Dame erschlägt, warum auch immer, und die beiden Kinder zufällig in dieses Geschehen geraten. Oder, wenn Frau Schneider erschlagen wurde, um an die Kinder heranzukommen – dann ist noch die Frage zu klären *warum*. Will da jemand die Kinder verkaufen? Will er sie seinem Kinder-Porno-Handel als Warenbestand einfügen? Will er sie seiner Frau schenken, weil er an Adoptivkinder nicht herankommt?«

»Bitte, Oskar, hör auf! Hör auf, hör auf!«

»Nein, Gertraud, das sind genau die Fragen, mit denen ich mich jetzt herumschlagen muss. Und jetzt muss ich zugeben, mein Chef hatte Recht, als er die Suche nach den dreien von Anfang an international geführt hat. Falsch war nur diese Einschränkung auf die Vergnügungsparks. Und trotzdem …«

»Trotzdem …?«

»Ja, trotzdem! Ich werde hier weitersuchen, ganz intensiv, hier, in dieser Gegend. Ob es dem Chef passt oder nicht. Und es wäre zuerst einmal wichtig für mich, alles über Bruno zu erfahren. Den von heute, den lebendigen Bruno, falls es ihn wirklich gibt. Also, Gertraud: Ihr habt nach ihm gesucht? Hier auf dem Hof?«

»Ja.«

»Und? Gefunden?«

»Du wirst es nicht glauben, Oskar. Er ist hier.«

»Nein!«

»Doch. Es hat ein hübsches sauberes Zimmer im alten Holzlager.«

»Was sagst du, Gertraud? Der Bruno lebt?! Seht ihr, seht ihr, das hab ich doch immer gesagt!«

»Als wir das Zimmer gefunden haben, gestern Abend, dachte ich, schlimmer kann es nicht mehr kommen. Und schon kommt es, und noch viel schlimmer.«

»Ja, jetzt ist seine Frau tot. Und liegt keine hundert Meter von seinem Versteck entfernt, aufgebahrt wie eine ägyptische Mumie in einem Beton-Sarkophag.«

»Oskar, diesen sarkastischen Polizistenton mag ich an dir überhaupt nicht!«

»Sorry, Onkel Gustav, es war ein harter Tag für mich. Ich wollte damit auch nur sagen … oder zur Diskussion stellen, ob der berühmte Bruno sich vielleicht auf diese Weise seiner Opfer entledigt?!«

»Onkel Bruno ist doch kein Serienkiller!«

»Der ist nicht mal ein Mörder. Der war einfach nur zur falschen Zeit hier. Wie das so ist bei dummen Verdächtigungen.«

»Na, na, na, Onkel Gustav, jetzt übertreib's aber nicht!«

»Keine Bange, Jungchen. Wir sollten mal mit ihm sprechen. Das würde bestimmt vieles klären.«

»Wir haben ihn gestern Abend um eine Audienz gebeten. Vielleicht meldet er sich.«

»Wenn er sich bei dir meldet, Gertraud, dann sag ihm, sein alter Freund aus Jugendtagen möchte gern mit ihm reden.«

»Gut, gut. Und sag ihm, der dumme Polizist, der den Fall seiner ermordeten Frau untersucht, möchte ihm auch ein paar Fragen stellen. Er soll mich anrufen! Aber pronto prontissimo! Oder ich werde ihm ein paar Beamte schicken, die ihm persönlich eine Vorladung auf sein Kopfkissen legen.«

»Aber, Oskar, Junge, glaubst du wirklich, Bruno hätte seine eigene Frau ...?«

»Erst mal glaube ich gar nichts. Ich will ihn befragen.«

»Gut so! Vielleicht weiß Onkel Bruno, wer auf die überaus passende Idee kommen könnte, seine Frau ausgerechnet hier auf unserem Hof zwischenzulagern.«

»Und ob dieser jemand ein Kinderfreund ist ...«

»Leute, Leute – euch behagt mein Polizistenton nicht? Was ihr da vom Stapel lasst, ist auch nicht von schlechten Eltern.«

»Wir sollten wirklich ein wenig leiser reden. Wenn sie aufwacht und hört, was wir reden ...«

Sie schwiegen. Lauschten in meine Richtung.

»Schläfst du, Lillian?«

Nein, ich schlief nicht. Ich beamte mich gerade zum Alpha-Centauri. Aber meine Fantasien kamen mit mir. Ich sah plötzlich die zwei kleinen Mädchen, die vor ein paar Jahren in Belgien in einem Kellerverlies gefangen gehalten worden waren, gequält und vergewaltigt. Melissa und Julie. Überall hatten damals Suchbilder von ihnen gehangen, in Bahnhöfen, in Cafés, in Supermärkten, an Straßenbäumen. Aber man hatte sie erst gefunden, als sie verhungert waren. Ganz genau sah ich jetzt ihre Gesichter vor mir. Obwohl ich damals kaum gewagt hatte, mir diese Aushänge genau anzusehen. Warum nur? Ganz klar, aus

Angst, mir könnte das Gleiche passieren. Jetzt sah ich deutlich die Wände von ihrem Kellerverlies, sah sie dort liegen, schlaff, reglos. Meine Zähne fingen an aufeinander zu schlagen, klapperten. Ich schloss schnell die Augen. Aber die Bilder blieben. Blieben. Blieben. Da halfen nur meine Tropfen. Oder meine Tabletten. Am besten beides. Ich lauschte. Die drei Stimmen im Zimmer hatten längst wieder zu reden begonnen. Ich versuchte, ruhig zu atmen. Noch viel ruhiger als eben.

Irgendwann schurrten Stühle, eine Tür klappte. Es wurde still im Zimmer. Ich stand auf, nahm eine halb gefüllte Teetasse vom Tisch, zählte meine Tropfen hinein, schluckte. Beides, Tropfen und Tablette. Und trank zwei Tassen Melissentee hinterher. Als Gertraud ein paar Minuten später ins Zimmer zurückkam, lag ich längst wieder unter der flauschigen Wolldecke. Meine Zähne klapperten nicht mehr. Ich ließ meinen Körper auf dem Sofa zurück und entschwebte. Irgendwohin, in die Wolken.

* * *

Vielleicht kannte der Diensthabende in der Polizeiwache Zossen mich und meine Geschichte mittlerweile. Daran, dass er zu dieser frühen Morgenstunde nicht genug zu tun hatte, konnte es jedenfalls nicht liegen. Um ihn herum war es betriebsam wie auf einem Bauernmarkt. Polizisten und Polizistinnen, mit und ohne Uniform, liefen durch den Wachraum, telefonierten, versammelten sich vor einer großen Wandkarte oder standen in Gruppen zusammen und diskutierten. Dazwischen saß ruhig der Diensthabende und guckte auf seine Überwachungsbildschirme. Als er mich entdeckte, winkte er eifrig, deutete auf die beiden Polsterstühle, die auf der oberen Treppenstufe im Vorraum standen, und griff zum Telefon. Fünf Sekunden später hörte ich oben im ersten Stock eine Tür klappen. Eilige Schritte kamen die Treppe herunter. Dann wurde die Sicherheitstür von innen geöffnet.

»Guten Morgen, Lilli.«

»Guten Morgen, Oskar.«

Seine Wangen waren eingefallen, sein Gesicht grau und von kurzen schwarzen Bartstoppeln bedeckt. Seine Haare sahen zerzaust aus, als ob er sich tagelang nicht gekämmt hätte. Ich stieg neben ihm die

Treppe nach oben. Gruppen von Polizisten kamen uns entgegen oder gingen hinter uns die Treppe hinauf. Oskars kurze Seitenblicke, ob ich vielleicht gerade wieder dabei war, gegen das Geländer zu fallen, entgingen mir trotzdem nicht.

»Oskar, es geht mir gut, Sie müssen sich keine Sorgen machen.«

Von da an blickte er nur noch geradeaus und bahnte uns ruhig den Weg, bis wir oben vor seiner Zimmertür waren. Er hielt mir die Tür auf. Es roch nach frisch gebrühtem Kaffee. Auf meinem Platz stand schon die Rosentasse bereit.

»Setzen Sie sich, Lilli. Schon gefrühstückt?« Er wartete mein Kopfschütteln nicht ab, sondern griff sofort zum Telefon. »Hallo, ja, der Oskar hier ... Ich weiß, dass du viel zu tun hast ... Ja, sehr viel ... Gut, gut, trotzdem, sei so nett und schick jemanden rüber zur Bäckerei Muschert. Ein Baguette mit Lachs und eines mit Käse ... Nein, bloß kein Fleisch an so einem Morgen.«

Er legte auf. Holte die Kaffeekanne von der Maschine und goss ein. Erst in meine Tasse, dann in seine. Gönnte jedem von uns drei Stücke Würfelzucker, öffnete acht kleine Sahnedosen und schüttete die Sahne in unseren Kaffee.

»Das brauchen Sie heute, Lilli. Und ich brauche es auch, ich habe die ganze Nacht an diesem Schreibtisch verbracht.«

Ein paar Minuten später klopfte jemand kurz an die Tür und brachte ein Paket mit Muscherts duftenden Frühstücksbaguettes. Polizeiobermeister Oskar Müller goss uns gerade den zweiten Kaffee ein. Wir parkten die Baguettes auf zwei Tellern am Rand seines Schreibtisches. Dass da etwas auf uns wartete und dass wir eigentlich vorgehabt hatten zu frühstücken, vergaßen wir beide sofort, als wir zu reden begannen.

»So, Lilli, sind Sie fit?«

Ich nickte.

»Und nicht umfallen! Oder rechtzeitig Bescheid sagen!«

Ich nickte wieder. Er fing an. Die üblichen Fragen, ob ich eine gute Nacht gehabt und gut geschlafen und brav meine Kopfschmerztablette genommen hätte, schenkte er sich. Er kam gleich zur Sache.

»Also, Lilli, ich möchte nicht drum herumreden: Wir haben noch nichts gefunden.«

Schon dieser erste Satz wirkte auf mich wie ein Schlag mit einer Baseballkeule. Ich starrte ihn an. »Nichts gefunden? Was soll das denn heißen?!«

Er spürte sofort, dass er schon den ersten Schritt zu weit gegangen war. »Das heißt, Klartext, die Überprüfung der Schmuckstücke aus der Wohnung Ihrer Mutter hat noch nichts ergeben. Keiner vermisst diesen hübschen alten Schmuck – kein Juwelier, kein privater Sammler.«

»Aber das wollten Sie eigentlich gar nicht sagen. Sie wollten über meine Kinder reden …«

»Ja … ähm … ja, das wollte ich. Wir haben sie nicht … noch nicht gefunden. Aber wir suchen weiter. Sie sehen ja, was hier los ist. Eine riesige Sonderkommission verteilt sich gerade auf die verschiedenen Arbeitsräume. Ein Stab ist aktuell dabei, das gesamte Anwesen der Familie Förster zu durchkämmen. Gertraud Förster hat uns freundlicherweise die Erlaubnis gegeben. Die Hundestaffel ist erweitert worden und hat bereits im Morgengrauen den Wald hinter Försters Garten durchstöbert. Jetzt suchen sie hinten am See. Und danach durchkämmen sie den Wald, in dem wir das Auto Ihrer Mutter gefunden haben. Zum wiederholten Male. Sie sehen, das Areal ist groß. Aber die Hunde sind sehr gut ausgebildet. Und mit einer so riesigen SoKo im Rücken … Lilli, verlieren Sie nicht den Mut. Das kann alles noch werden.«

Ich nickte verbissen. »Wonach suchen Sie eigentlich? Ich meine … im Wald, am See … was erwarten Sie dort zu finden?«

Er schluckte. Guckte in seine Kaffeetasse und wich meinem Blick aus. »Fragen Sie nicht so viel, Lilli!«

»Ich will es aber wissen!«

»Hören Sie, ich darf mit den Angehörigen von Opfern überhaupt nicht –«

»Von Opfern? Was heißt hier *von Opfern?!* Und wie war das mit dem Kofferraum?«

Seine Augen wurden schmal, er guckte mich an. »Was für ein Kofferraum, bitte?«

»Der Kofferraum vom Passat meiner Mutter. Die Haare, die die Spurensicherung von ihr gefunden hat, die winzige Blutspur!«

»Woher wissen Sie das?«

»Warum haben Sie mir davon nichts gesagt?!«

»Weil das bisher keine Fakten erbracht hat, sondern nur vage Hinweise. Die Spuren hätten bei vielen Gelegenheiten entstanden sein können. Ich wollte Ihnen keine Sorgen machen, Lilli. Noch mehr Sorgen! Und vielleicht völlig umsonst.«

»Ich hasse diese Art von Schonung! Merken Sie sich das!«

Er schloss seinen Mund. Nickte.

Ich spürte wieder, was ich schon gestern Abend plötzlich so überdeutlich gespürt hatte: Meine Gedanken hatten sich reduziert, waren konzentriert und geordnet. Absolute Klarheit herrschte in meinem Kopf.

»Und jetzt will ich wissen, was meiner Mutter passiert ist! Ganz egal, was Sie irgendwelchen Angehörigen sagen dürfen und was nicht!«

»Meinen Sie wirklich, dass Sie das ertragen können?«

»Keine Schonung!«

»Gut, gut. Bitte, bitte. Also: Die ersten Nachrichten von der Gerichtsmedizin in Potsdam liegen mir seit zwanzig Minuten vor: Der Tod ist am Mittwoch eingetreten, frühestens am Mittwochnachmittag ab 16 Uhr Null-Null, spätestens in der Nacht 24-Null-Null. Die Präzision wird noch nachgeliefert. Ich habe gerade einige Beamte zur Firma Hüttner geschickt und lasse von allen, die den Telefonanschluss von Hüttners benutzen konnten, das Alibi für die Zeit der Morde feststellen.«

Er holte tief Luft, griff nach seiner Kaffeetasse, nahm einen langen Schluck, guckte mich an.

»Sie können ruhig weiterreden.«

»Wirklich? Auch wenn es sehr unangenehm wird?«

Ich nickte.

»Gut, dann weiter: Bei der Tatwaffe können die Kollegen in Potsdam sich schon genauer festlegen. Ihre Mutter wurde mit einem Stein erschlagen. Ein bisschen Glimmer, ein bisschen roter Feldspat. So etwas liegt hier auf jedem Acker, an jedem Waldrand, in jedem Garten. Eine typisch brandenburgische Tatwaffe eben. Das hilft uns für den Moment noch nicht weiter, ist aber gut zu wissen. Da wir den Stein nicht haben, kennen wir auch seine Form nicht. Und können demzufolge nicht sehr viel über Schlagwinkel, Größe der schlagenden

Person oder Schlagkraft sagen.« Er sprang auf, ging zum Fenster und klappte beide Flügel auf. »Geht's Ihnen wirklich gut, Lilli? Noch einen Kaffee?«

Ich schüttelte den Kopf, er goss ein.

»Der Teppich, in den sie eingewickelt war, hat noch keinen Hinweis geliefert. Die Kollegen beschäftigen sich eingehend damit. Wann verkauft, wo verkauft, Preislage, Staubproben aus dem Flor oder aus dem Teppichgrund. Aber auch da brauchen wir noch Zeit und Geduld.«

»Hat Bruno Förster sich schon bei Ihnen gemeldet?«

»Nein.«

»Ich hoffe, Sie werden ihn ordentlich weich klopfen.«

»Heißt das, Lilli, dass Sie ihn verdächtigen? Seine Frau erschlagen zu haben oder sogar …«

»Oder sogar seine Enkel? Ich will einfach, dass Sie nichts auslassen, das ist alles. Und falls er Ihnen offenbart, warum er damals verschwunden ist, dann will ich das auch wissen!«

»Aber sicher, Sie wären die Erste, der ich davon erzählen würde. Und für den Fall, dass Bruno Förster nicht kooperativ ist, haben wir Anträge gestellt, damit wir im Archiv der Landespolizei in Potsdam suchen dürfen. Diese alte Geschichte von Onkel Gustav ist im Moment die einzige konkrete Spur, der ich nachgehen kann. Ich hoffe, das wird sich bald ändern.«

»Und wo lässt Ihr Chef jetzt nach meinen Kindern suchen? Bei der Kelly Family oder am Atlantischen Ozean?«

»Spuren, bei denen man mit der Intuition eines alten Onkels arbeiten muss, sind nichts für meinen Chef. Hier hat er mir das Feld überlassen. Und er geht die üblichen Wege. National und international. Wobei die auch oft sehr erfolgreich sind.«

»Und die wären?«

»Lilli …«

»Oskar! Ich will alles wissen!!!«

»Das Normale eben. Und das Internet. Angebote von Kinderhändlern. Pornohändler. Adoptionsfirmen. Organe …«

Ich sprang auf. Stürzte ans offene Fenster. Atmete.

»Lilli! Brauchen Sie etwas?«

»Die Toilette. Schnell!«

Er lief vor mir her, hielt mir seine Bürotür. Stiefelte den Flur hinunter, öffnete die Toilettentür. Ich rannte hinein.

»Soll ich Ihnen behilflich sein, Lilli?«

Ich schlug die Tür hinter mir zu. Klappte den Klodeckel samt Brille nach oben und kniete mich davor. Mein Kopf war klar, und mein Magen bemühte sich gerade um Klarheit. Krampfte sich zusammen, würgte.

Als ich wieder aus der Toilette kam, stand Oskar Müller noch immer davor und wartete auf mich. Er guckte auf die Tränen, die meine Wangen hinunterliefen. Griff in seine Tasche und hielt mir ein Taschentuch hin. Ich ging hinter ihm den Flur hinunter, zurück in sein Zimmer. Setzte mich ihm gegenüber. Guckte in sein Gesicht.

»Geht's Ihnen jetzt besser?«

Ich nickte.

»Brauchen Sie Medikamente, Lilli? Ihre Tabletten? Ihre Tropfen?«

Ich schüttelte den Kopf. Er schob mir den Teller hin.

»Gut, gut, wie auch immer. Vielleicht sollten wir etwas essen. Seit einer halben Stunde warten unsere Baguettes!«

Wir guckten beide auf unsere Teller hinunter.

»Und denken Sie nicht, dass es mir gut geht, Lilli. Zwei verschwundene Kinder und … und …«

»… und eine erschlagene Großmutter …«

»Ja, so ist es. Ich habe mich schon lange nicht mehr so beschissen gefühlt. Und so ratlos.«

Ich schwieg. Er blickte mir ins Gesicht. Deutete aufmunternd auf meinen Teller. Ich überlegte kurz. Griff nach dem Baguette und biss einfach hinein.

»Sagen Sie, Oskar … würde es Ihnen weiterhelfen, wenn Sie wüssten, wer den Einbruch in Mathildes Wohnung verübt hat?«

»Aber ganz sicher!«

»Haben Sie Hüttners Fingerabdrücke schon mit denen aus der Wohnung verglichen?«

Oskar Müller guckte mich an. Kaute. »Wieso Hüttner? Den wollte ich nur nach dem Telefongespräch mit Ihrer Mutter fragen. Und ihn ein bisschen herunterkühlen. Und in Ruhe sein Alibi klären. Sonst nichts.«

Er sah still vor sich hin, kaute. Dann hellte sich sein Gesicht auf.

»Lilli, das ist eine gute Idee. Und wir haben Glück: Der Mann ist immer noch hier. Nachdem Ihre Mutter gestern Morgen gefunden wurde, waren meine Mitarbeiter so aufmerksam, sofort eine Verlängerung seiner Verwahrungszeit zu beantragen. Wegen Verschleierungsgefahr.« Er griff zum Telefonhörer.

»Moment, Oskar, eine kleine Sekunde noch. Könnten Sie auch noch jemand ins alte Holzlager auf dem Förster-Hof schicken? Dort stand ein Wasserglas auf dem Tisch und ein Obstmesser lag auf einer Schale. Daran sind ganz bestimmt Fingerabdrücke zu finden. Und wenn ich mich richtig erinnere, waren *zwei* Männer in Mathildes Wohnung, oder?«

* * *

Den kleinen Raum kannte ich schon. Dieses Mal ging es mir besser als beim ersten Mal, als ich durch die kleine Tür trat, denn ich hatte nicht gerade eben erst Dr. Hermann Müllers wirkungsvolle Pillen genommen. Und ich hatte mich mit Muscherts Baguettes gestärkt.

Keine fünf Minuten verstrichen, dann ging in dem kleinen Zimmer auf der anderen Seite der Glasscheibe die Tür auf und seine Schwergewichtigkeit Johannes Hüttner wogte in den Raum. Er trug schwarze Sporthosen, die oben weit wie Kornsäcke waren und sich unten mit Gummizügen fest um seine Knöchel schmiegten. Ein Anzug, wie ihn manche Leute im Fitnessstudio und andere zu Hause beim Fernsehen tragen. Sein blaues Auge fing gerade an, etwas blasser zu werden. Seine Haare waren ungekämmt. Sein Gesicht sah noch viel bedrohlicher aus als beim ersten Mal.

Die Tür zu unserem Raum wurde geöffnet, der Beamte, der heute Morgen für meinen zügigen Durchlass am Eingang gesorgt hatte, steckte seinen Kopf durch die Öffnung und flüsterte nur ein Wort: »Stinkwütend!«

»Das ist nicht zu übersehen. Passt mir bloß auf den Dicken auf! Und jetzt macht mir eine Komplett-Serie von seinen Fingern. Aber unheimlich höflich bitte, sonst nimmt der uns noch die Einrichtung auseinander.«

»Aber mit Vergnügen!«

Er schloss die Tür hinter sich. Wir standen in dem kleinen Raum und sahen zu, wie der Beamte zu Johannes Hüttner hineinging, ein paar Sätze mit ihm redete. Hüttner krempelte seine Ärmel nach oben, betrachtete sinnend seine Unterarme. Dann nahm der diensthabende Beamte Hüttners Pranke zwischen seine Hände und wählte den ersten Finger aus. Einen Finger nach dem anderen musste Hüttner in ein kleines Kästchen drücken und anschließend über einem vorbereiteten Formular abrollen. Johannes Hüttner war vollkommen friedlich. Das Einzige, was das Raubtier in ihm verriet, waren die Blicke, mit denen er den Beamten begleitete. Er guckte ihn an, als wollte er ihn in der Luft zerreißen, ihn verprügeln, ihn zusammenschlagen, ihm einen Ziegelstein zwischen die Schulterblätter werfen. Oder einen kräftigen Feldstein.

»Alles in Ordnung, Lilli? Sie sind so auffallend still geworden?«

»Ach was, geht schon.«

»Trotzdem, Moment bitte!«

Oskar Müller öffnete die Tür, ging hinaus und kam mit einem rollenden Bürostuhl zurück. Er fragte nichts, schob mir den Stuhl hin, packte mich an den Schultern und drückte mich auf das Polster hinunter.

Zwei oder drei Finger waren Johannes Hüttner und der mutige Beamte inzwischen weitergekommen. In dem Moment, als die Rollen des Bürostuhles über den Fußboden scharrten, entzog der dicke Herr Hüttner dem Beamten seine Hand, machte zwei große Schritte auf die Scheibe zu, hinter der wir saßen. Ballte beide Hände zu riesigen Bauarbeiterfäusten, holte aus und ließ sie an die Scheibe knallen. Ich sprang auf und hechtete in Richtung Tür. Die Scheibe wackelte. Klirrte heftig. Aber sie hielt.

»Lilli, Sie müssen hier keine Angst haben, das wissen Sie doch! Er kann Sie nicht einmal sehen!«

Ich fröstelte. Aber als ich in mich hineinhorchte, spürte ich ganz deutlich, nein, ich hatte keine Angst mehr vor diesem Mann. Jedenfalls nicht um mich.

»Haben Sie sich mal vorgestellt, Oskar, wie sich das anfühlt, wenn so ein Mann zwei kleinen Kindern gegenübersteht?«

Oskar Müller riss seinen Blick davon los, wie drei kräftige Beamte den wütenden Hüttner gepackt hatten und wieder zurück zu seinen Fingerabdruck-Formularen brachten. Er drehte den Kopf zu mir herum und guckte mich an. »Ich wundere mich schon den ganzen Morgen über Sie, Lilli. Sie reden völlig anders als sonst, Sie denken anders. Plötzlich ist alles bei Ihnen so erstaunlich klar.«

»Ja, seit gestern.«

Ich ging zurück zu meinem Bürostuhl und setzte mich wieder. Schweigend sahen wir dem Beamten zu, wie er den letzten Finger von Johannes Hüttner auf dem Bogen abrollte. Dann nahm er den Bogen, öffnete eine Tür, die in einen Nebenraum führte. Drückte hier auf den Lichtschalter. Vor einem weiteren Teil unserer Glasscheibe wurde es hell. Es war ein winziger Raum, ebenso karg möbliert wie der erste. Allerdings stand ein Computer auf einem Tisch an der Wand. Daneben etwas, das wie ein Scanner aussah. Der Beamte klappte ihn auf und schob das Formular mit den Fingerabdrücken hinein. Gab seine Befehle in den Computer.

Fasziniert guckten wir zu. Eine Grafik tauchte auf dem Bildschirm auf. Zwei mal fünf balkenförmige Prozent-Anzeigen, die sich langsam auffüllten. Als sich endlich auch der letzte Balken gefüllt hatte, standen alle Anzeigen bei 100 Prozent. Der Beamte drehte sich zu unserer Glasscheibe um, hob die Hand und streckte seinen Daumen nach oben. Volltreffer. Zehn Schleppkähne versenkt.

Oskar Müller fing an zu lachen. »Entschuldigen Sie, Lilli! Jetzt kann ich den Dicken festhalten bis Pflaumenpfingsten. Mal sehen, wie er mir erklärt, warum er in die Wohnung einer Frau einbricht, die er gar nicht kennt, mit der er noch nie gesprochen hat, nicht einmal am Telefon.«

* * *

Wer in Brandenburg über einen Dorf-Friedhof geht, kennt in einer halben Stunde die ganze Geschichte dieses Dorfes. Seit wann wohnt eine Familie dort? Hat sie viele Abkömmlinge, deren Namen in jedem Jahrhundert wieder auf den Grabsteinen auftauchen? Oder ist sie eine von den neuen, von den zugezogenen Familien, die vielleicht sogar erst seit 200 oder 300 Jahren in dem Dorf leben?

Von alldem interessierte mich eigentlich überhaupt nichts. Aber es gab keinen anderen Ort. Als Lisa an diesem Mittag vor der Polizeiwache in Zossen stand, um mich abzuholen, fiel mir nur ein einziger Platz ein, an den ich wollte.

»An die Elbe, Lisa.«

»Und stattdessen?«

»Keine Ahnung. Wie wäre es mit einem Friedhof?«

Lisa guckte mich an wie eine Irre, der man auf keinen Fall widersprechen möchte, bis die Kollegen mit der weißen Jacke eintreffen und ihr die Ärmel auf dem Rücken zusammenbinden.

»Gut, wie du meinst, Lilli.«

Wir winkten Polizeiobermeister Oskar Müller zu, der mich wirklich bis vor die Tür eskortiert hatte, um ganz sicher zu sein, dass ich auf keinen Fall ohne Begleitung meine nächsten Schritte machen würde. Dann hielt mir Lisa die Tür von Gustavs kleinem weißem Toyota auf, ich stieg ein. Lisa setzte sich hinter das Steuer und wir fuhren los. Nicht etwa auf den Friedhof von Zossen. Lisa überquerte den Marktplatz und schlug zielstrebig den Weg nach Margensee ein.

Der Friedhof lag etwas außerhalb. Ein kleiner, sauber geteerter Weg bog von der Dorfstraße ab. Junge Ebereschen ließen in der Mittagshitze die Zweige hängen. Zwei Katzen balgten sich zwischen den hohen Gräsern am Wegrand. Rechts und links vom Weg standen die netten kleinen Laternen, die in Margensee anscheinend das ganze Leben beleuchteten, von der Haltestelle für den Schulbus bis zum letzten Weg auf den Kirchhof.

Lisa lenkte Gustavs Auto langsam und fast geräuschlos die kleine Straße bergauf. Zwei alte Frauen in schwarzen Kittelschürzen schoben ihre Räder gerade eben in den Fahrradständer an der Kapelle. Wir parkten Gustavs Auto und passten uns ihrem Tempo an. Warteten, bis sie mit Harke und grüner Plastikgießkanne vor uns durch das schmiedeeiserne kleine Tor in der Ligusterhecke gegangen waren. Dann schlugen wir den Rundweg ein. Im Schatten riesiger alter Eichen, über den breiten Kiesweg, außen herum um das Mittelfeld, entlang an den Ligusterhecken und der alten Friedhofsmauer.

Und da waren sie dann: vierhundert Jahre Margenseer Dorfgeschichte. Hinter Zuckerhutfichten, Zwergtannen und Kriechwacholder versteckt, erinnerten altmodische schwarze Granitsteine an die Bewohner von Margensee, die den Ort bevölkerten, als weder Autos noch elektrisches Licht das Dorfbild bestimmt hatten. Familie Krause hatte einen hohen schwarzen Stein in die Friedhofsmauer eingelassen, von einem Rundbogen gekrönt und von zwei kleinen Stelen flankiert. Ihre Ruhestätte zierten ein goldenes Kreuz und eine Reihe von Namen. Urgroßvater und Urgroßmutter waren nicht sehr alt geworden. Großvater und Großmutter hatten dann schon mindestens zehn Jahre länger als ihre Eltern gelebt. Sie hatten nicht mehr erfahren, dass auch nach 1870 noch einige Kriege über Deutschland hinweggegangen waren. Erst ihre Enkelkinder waren mit diesen Kriegen in Berührung gekommen. An einen Urenkel erinnerte nur ein Spruch, der in die untere Zeile dieses großen Grabsteines geschlagen worden war. *Unsterblich unser Sohn, gefallen 1944 in Stalingrad.*

Die Grabstelle neben der Familie Krause mit den vielen Generationen, die in Margenseer Boden begraben waren, gehörte einer Familie Steinacker. Ebenfalls ein hoher schwarzer Grabstein, oben der Rundbogen, an den Seiten zwei Stelen. Auch auf diesem Grabstein standen viele Namen aus vielen Jahrhunderten. Zum Grab der Familie Krause hatten sie einen großen Abstand gelassen. Auf dem Margenseer Friedhof gab es keine Enge und kein Gedränge von schmalen Grabstellen, wie sie auf den Stadtfriedhöfen inzwischen üblich waren. Zumindest die Familien, die sich nicht mit den vielen Grabstellen im Mittelfeld gemein machen wollten, breiteten sich über mehrere Meter in die Länge und in die Höhe aus.

Nach zehn Minuten wussten wir, dass der gesamte Stammbaum des Dorfes auf drei Familien zurückzuführen war. Die Krauses, die Steinackers und die Försters waren die Familien-Clans, die auf die ältesten Grabstellen in der alten Friedhofsmauer verweisen konnten.

»Die Försters gehören natürlich dazu. Das war ja nicht anders zu erwarten.«

»Ich habe eigentlich gar nichts erwartet. Ich wollte einfach nur über den Friedhof gehen und mich dabei ausruhen.«

»Und ich dachte, du suchst nach deinen Verwandten. Jetzt, wo du weißt, dass du eine vom Förster-Clan bist. Ist es ein gutes Gefühl zu wissen, dass du zu einer Sippe gehörst, die mindestens seit dem Dreißigjährigen Krieg in diesem Dorf lebt?«

Ich stand da und betrachtete den uralten Grabstein. Schwarzer Rundbogen, schwarze Seitenstelen. Herr Stellmacher Otto Förster nebst Gemahlin gaben sich die Ehre. Mein Großvater? Mein Urgroßvater? Oder mein Ururgroßvater? Ich war nicht in der Stimmung, darüber nachzudenken, an welcher Stelle im Stammbaum dieser alten Familie der Platz für mich war.

Otto Förster und seine Frau hatten fast genau zur gleichen Zeit gelebt wie die alten Krauses und die alten Steinackers. Vielleicht hatten die drei Familienväter an einem schönen Sonntag vor 400 Jahren auf einem kleinen Hügel gestanden und über die dichten Wälder, die weiten Ebenen und den großen See geblickt und dann beschlossen, sich an diesem Fleck Erde niederzulassen. Sie hatten zur gleichen Zeit ihre Häuser gebaut, ihre Höfe errichtet und waren ungefähr zur gleichen Zeit wieder von der Erde gegangen. Ein gut gemeinter Anfang. Kinder waren geboren worden, diese Kinder hatten wieder Kinder bekommen. Und dann waren Kriege gekommen, Seuchen, Krankheiten, Morde und Totschlag. Langsam hatte sich dieser kleine Friedhof gefüllt. Und ganz am Ende war es dann vielleicht auch egal, ob man hier lag, weil man am falschen Tag an einem falschen Ort einen Atemzug getan und sich mit einem unbesiegbaren Erreger infiziert hatte. Oder ob man hier lag, weil ein anderer es für richtig gehalten hatte, einem einen riesigen Feldstein auf den Kopf zu schlagen. Am Ende war alles friedlich. Zwitschernde Vögel in hohen Eichenkronen, magerer Sandboden, grüne Plastikgießkannen. Aber so einfach war es eben doch nicht. Wie würde ich mich fühlen, wenn Mathilde hier in dieser friedlichen brandenburgischen Erde liegen müsste, und der Typ mit dem Feldstein könnte einfach weiterleben wie bisher? Oder im Gefängnis sein, aber weiterleben. Und wie würde ich mich fühlen, wenn er meine Kinder – nein, diesen Gedanken schnitt ich ab und schob ihn weit von mir. Ich wollte weiter daran glauben, dass meine Kinder am Leben waren. Dass ihnen nichts passiert war, dass niemand ihnen etwas getan hatte oder tun würde. Jeden anderen Gedanken konnte ich gar nicht zulassen, schon allein darum, weil er mir meine letzte Kraft rauben würde.

»Lilli, ich glaube, dieses Grab hier ist dein Grab!!!«

»Was?!«

»Auf dem Grabstein hier steht: *Ein tragisches Unglück – Unser geliebter Sohn Bruno, seine Frau Hilde und unser kleiner Engel Lillian.*«

Lisas Entdeckung riss mich aus meinen Gedanken. Ich stürmte durch die Reihen, bis ich zu der ausladenden Esche kam, unter deren Zweigen ein breites Familiengrab lag. Natürlich wieder mit einem Grabstein, der in die honorige Friedhofsmauer eingelassen war. Umrahmt von sauber geharktem weißem Kies und lachsroten Begonien.

Lisa stand unter der Esche und guckte auf den nicht eben bescheidenen Grabstein hinunter. Ich stellte mich neben sie, las, schluckte. Ein paar verwelkte Blüten hingen zwischen den prallen dunkelgrünen Begonienblättern. Ich bückte mich und zupfte sie ab.

»Oma Förster hat dich gut bepflanzt und gegossen.«

»Vor ein paar Tagen hätte ich noch mit dir zusammen böse Witze gerissen. Aber jetzt frage ich mich, wer wohl in diesem Grab liegen mag. Vielleicht haben sie wirklich drei Opfer von diesem Zugunglück hierher bringen lassen. Drei, die sich nicht mehr wehren konnten.«

»Oder sie haben einfach ein paar Trümmer des Eilzuges hier zur ewigen Ruhe gebettet.«

»Aber wer veranlasst denn so etwas? Wer hat hier vor fünfundzwanzig Jahren so viel Macht gehabt?«

»Müßige Frage, Lilli. Es ist so, wie es ist.«

»Nein, das ist keine müßige Frage. Ich bin sicher, dass ich das wissen muss. Das und noch so viel mehr.«

Lisa drehte den Kopf und guckte mich von der Seite an. Ein bisschen so wie vorhin vor der Polizeiwache. »Wenn du meinst … vielleicht hast du Recht.«

Aber Lisa hatte sich schnell wieder im Griff. Sie bückte sich zu meinem Grab hinunter, fasste hinter den schwarzen Grabstein und zog eine kleine Harke hervor. »Deine Oma hat an alles gedacht. Ihr kann man sogar seinen Tod anvertrauen.«

Sie fing an, den weißen Kies zwischen den Begonien glatt zu harken. Harkte, harkte, harkte immer noch weiter. Richtete sich auf und guckte mich an.

»Dieses Harken hat einen ähnlichen Effekt wie das endlose Rühren in einer Teetasse. Mir ist gerade ein Gedanke gekommen: Wenn deine Mutter und Bruno in diesem Dorf aufgewachsen sind, dann wird vielleicht auch jemand von Mathildes Familie hier liegen. Ihre Eltern oder ihre Urgroßeltern. Lass uns mal durch die Reihen gehen. Eine Familie Schneider wird sich doch finden lassen. Und wenn ihre Familie hier liegt, dann könntest du sie hier beerdigen lassen. In ihrem Dorf. Damit schließt sich ihr Kreis.«

»Daran habe ich vorhin auch schon gedacht. Aber im Moment ist alles noch ein unentwirrbares Durcheinander. Wie es aussieht, hat Mathilde diesen Namen für sich einfach erfunden. Möglicherweise war sie ja auch eine von den Steinackers. Oder eine vom Krause-Clan. Wer weiß das?«

»Wer das weiß? Frag deine Omi. Die alte Dame wird dir alles erklären. Wenn sie möchte.«

»Gute Idee.«

»Das kommt alles vom Harken.«

»Und als Erstes wird sie mir erklären müssen, seit wann sie weiß, dass sie seit fünfundzwanzig Jahren ein Grab pflegt, in dem ganz bestimmt niemand von ihrer Familie liegt.«

Lisa schob die Harke an ihren Platz hinter dem Grabstein zurück. Sie legte den Arm um mich. Aber ich wollte ihren Arm nicht. Ich wollte keinen Trost, ich wollte nicht einmal eine Berührung. Nicht weil mir dann wie immer die Tränen gekommen wären, sondern weil plötzlich eine unbändige Wut in mir aufstieg. Meine Hände ballten sich zu Fäusten, ohne dass ich etwas dafür oder dagegen tun konnte. Meine Lippen pressten sich fest zusammen, mein ganzes Gesicht verzog sich. Und ich spürte den heftigen Drang, meinen Fuß zu heben und gegen diesen protzigen schwarzen Grabstein zu treten. So lange, bis er aus seiner Verankerung reißen und gegen die Mauer stürzen würde. Oder wenigstens, bis ich dieses großmütterliche Arrangement aus Begonien und Kies in Grund und Boden getrampelt hätte.

»Wenn dir nach Heulen ist, Lilli, dann heule doch endlich!«

Meine Fäuste wurden so fest, dass meine Fingernägel sich schmerzhaft in meine Handflächen drückten.

»Und wenn du schreien willst, schrei! Dich hört hier niemand. Die alten Muttchen sind längst gegangen.«

Das half. Ich konnte jetzt auch gar nicht mehr anders, ich legte den Kopf in den Nacken, öffnete meinen Mund wie ein heulender Wolf bei Vollmond und atmete tief, aus und ein und aus. Und jetzt lösten sich endlich die ersten Tränen. Flossen über meine Wangen. Und wie die Wölfe heulen, so weinte ich, jammerte, winselte, obwohl das ganz sicher das Letzte war, was ich auf diesem Friedhof tun wollte. Zuletzt schrie ich wirklich, riss mir die Jeansjacke von den Armen, knüllte sie zusammen, schleuderte sie auf den Sandboden und trat darauf herum. Bis meine Wut ganz allmählich weniger wurde.

* * *

Ich weiß nicht, wie lange das dauerte, aber es dauerte lange. Irgendwann streckte Lisa ihre Hand nach mir aus und berührte sanft meinen Arm. Ich hörte auf, meine Jacke zu quälen, guckte Lisa an. Sie sagte nichts, deutete nur mit dem Kinn zu der kleinen schmiedeeisernen Pforte, durch die wir den Friedhof betreten hatten. Dort hinten stand ein Mann. Mittelgroß, untersetzt und ein wenig rundlich. Mit einem Radrennfahrer-Helm auf seinem runden Kopf, einem figurnahen dunklen Windbraker. Stützte sich auf ein Sportrad und ließ seinen Blick über den Friedhof schweifen. Bis er Lisa und mich entdeckt hatte. Er hob kurz den Arm, grüßte, rollte sein Rennrad zum Fahrradständer und kam durch die kleine Pforte zu uns herein.

»Ob der mich eben hat schreien hören?«

Lisa schüttelte den Kopf. »Mach dir keine Sorgen, Lilli. Nicht darum.«

Wenn Lisa Recht hatte, hatte sie Recht. Ich hob meine Jacke auf, klopfte den trockenen Sand aus den Ärmeln und zog sie an. Dann standen wir still neben meinem Grab und warteten, bis er bei uns war.

»Guten Tag, Frau Lukas. Können Sie sich an mich erinnern?«

Ich ließ meinen Blick an ihm hinauf- und hinuntergleiten. Sein dunkler Windbraker irritierte mich etwas. Ein heller Anzug schien besser zu ihm zu passen. Oder ein helles Sweatshirt. Oder ein weißer Kittel. Ja, genau, das war es.

»Herr Doktor Müller?«

»Genau, ganz genau, Frau Lukas. So schlecht ist Ihr Gedächtnis doch gar nicht.« Er gab Lisa die Hand, stellte sich vor. Dann wandte er sich wieder mir zu. »Darf ich Ihnen mein Beileid aussprechen. Das klingt jetzt wie eine abgedroschene Floskel. Und es ist ja auch eine, gewissermaßen. Aber was soll man in so einer Situation sagen?! Das Schlimmste, was man befürchtet hat, ist passiert. Aber noch nicht das Allerschlimmste. Nehmen Sie bitte meine guten Wünsche an. Und glauben Sie mir, ich möchte Ihnen behilflich sein, wo immer ich kann.«

Ich nickte ihm zu. Wühlte ein Paket Taschentücher aus meiner Tasche und fing an, mein verheultes Gesicht zu trocknen.

»Wenn Sie nichts dagegen haben, könnten wir uns dort auf die Bank unter den Pappeln setzen. Ich muss dringend mit Ihnen reden.«

Ich nickte kurz, schniefte, zog das nächste Taschentuch aus meiner Packung. Meine Tränen hatten lange gebraucht, um endlich zu fließen, jetzt hörten sie nicht mehr auf.

Mein Weinen irritierte ihn überhaupt nicht. Er sah mir dabei zu, nickte, berührte kurz meinen Arm. Dann lehnte er sich bequem zurück, sah nach oben in die hohen Kronen der Pappeln und wartete ganz ruhig ab. Die väterlich besorgten Fragen, ob ich auch daran gedacht hatte, heute Morgen meine Kopfschmerztablette oder die Beruhigungstropfen mit der verheerenden Wirkung zu nehmen, stellte er nicht. Streckte die Beine aus und hörte den Vögeln beim Zwitschern zu. Bis ich endlich bereit war, ihm zuzuhören.

»Mein Bruder hat mir gesagt, dass ich Sie wahrscheinlich hier finden kann. Er hielt es für wichtig, dass ich zu Ihnen komme. Sie wollen alles wissen, ohne geschont zu werden, sagt er. Und bitte, da bin ich.«

Ich zog das nächste Taschentuch aus der Packung, wischte über meine Augen, guckte ihn an.

»Oskar hat Ihnen sicher erzählt, dass er einen Antrag gestellt hat, die alten Polizei-Archive in Potsdam benutzen zu dürfen.«

»Ja, das hat er. Aber soweit ich weiß ...«

»Genau, Dienstwege sind lange Wege. Inzwischen sind fünf Kollegen dieser SoKo im Archiv und suchen. Aber ich habe einen Weg gefunden, der erheblich kürzer ist.«

Ich hörte auf, mir über das Gesicht zu wischen und sagte kein Wort mehr.

»Auch unser Krankenhaus hat ein Archiv. Patientenakten, Personalakten, technische Daten. Ich musste nur erst darauf kommen, dass dort ja auch alte Fälle dokumentiert sind. Können Sie mir folgen, Frau Lukas?«

»Ich bin mir nicht sicher.«

»Sie werden mich gleich verstehen. Das Datum auf der Lokalzeitung, in der damals mit diesem Familienfoto nach Ihrer Familie gesucht wurde – dieses Datum habe ich als Koordinate benutzt. Ich dachte, zwei, drei Tage davor, zwei, drei Tage danach. Und so war es dann auch.«

»Was war so?«

»Ich habe sämtliche Zugänge und Abgänge des Krankenhauses in diesen Tagen gesichtet. Und das war schon auffällig: An zwei aufeinander folgenden Tagen gab es keine Zugänge und keine Abgänge. Was natürlich Unsinn ist, so etwas kommt einfach nicht vor in einem derartig großen Krankenhaus. Es war eher so, als hätte jemand ein wenig zu gründlich sauber gemacht, ein paar Seiten zu viel aus dem Register gerissen. Aber die diensthabende Oberschwester im Operationssaal war auch sehr gewissenhaft, und ihre Eintragungen sind dem Räumtrupp entgangen. Sie hat in der Nacht zwischen den beiden bereinigten Tagen zwei Notoperationen dokumentiert.«

»Bruno Förster wurde dort operiert?«

»Nein, nicht Bruno Förster. Es waren zwei Offiziere der russischen Armee. Beide waren sehr schwer verletzt und nicht mehr transportfähig, sonst hätte man sie ganz bestimmt mit dem Hubschrauber in ein Militärkrankenhaus geflogen.«

»Ich verstehe immer noch nicht, was das heißen soll.«

»Ich habe auch eine ganze Weile gebraucht, bis ich diese Tatsachen interpretieren und in den großen Zusammenhang einordnen konnte. Erinnern Sie sich, dass Bruno am Tag seines Verschwindens zu Onkel Gustav gesagt hat, er hätte ein ganz großes Ding vor? Onkel Gustav hat damals vermutet, dass dieses große Ding mit dem Bunker in der verbotenen Stadt zu tun hätte. Und jetzt glaube ich, Onkel Gustav hatte Recht. Beide Offiziere waren bei ihrer Einlieferung in den Operationstrakt völlig durchnässt. Ihre Uniformen waren voller Schuttbruchstücke und Gesteinsmehl. Und sie hatten beide dieselbe Art von Verletzung: Metallsplitter, die in einer ziemlich breiten Streuung von ventral und lateral in ihre Körper eingedrungen waren.«

»Und was heißt das nun alles?«

»Das passt genau zu Onkel Gustavs Geschichte! Dieses Kellergeschoss vom Bunker Zeppelin steht unter Wasser. Wie Gerüchte sagen: seit einer Explosion in den siebziger Jahren. Meine These ist nun: Es gab tatsächlich eine Explosion unten im Kellergeschoss vom Bunker Zeppelin und danach einen Wassereinbruch. Und zwar genau in der Nacht, in der die beiden Offiziere so schwer verletzt wurden. Und das war – das kann man nachprüfen – dieselbe Nacht, in der Bruno mit seiner Familie verschwunden ist. Beweisen kann ich diese Zusammenhänge nicht, aber solange keiner von Oskars Kollegen, die in den Archiven suchen, ein Gegenargument findet, ist das für mich die einzig logische Erklärung. Die beiden Offiziere waren übrigens nicht zu retten, die sind beide noch in derselben Nacht an ihren Verletzungen gestorben.«

* * *

An den Stamm der alten Eiche, die ihre Zweige schattenspendend und irgendwie auch behütend über das Dach der kleinen Trauerhalle hielt, hatte jemand einen Zettel geklebt. Das musste passiert sein, während Lisa und ich mit Dr. Hermann Müller unter den Pappeln bei den Familiengräbern gesessen hatten. Der Zettel war nicht größer als eine A4-Seite und er sah auch sonst nicht besonders aus. Trotzdem klinkten Lisa und ich die kleine Friedhofspforte hinter uns zu und gingen sofort hinüber.

Mitten auf dem Zettel war ein Foto von zwei kleinen Kindern. Meinen Kindern. Es war ein Foto von ihrer Geburtstagsparty. Liane und Frank junior lachten zu uns herunter, wie sie gelacht hatten, als sie die Roller ausgepackt hatten, die Frank und ich ihnen in diesem Jahr geschenkt hatten. Unter ihrem Foto waren ein paar Textzeilen. *Wer diese Kinder gesehen hat … vermisst seit dem letzten Mittwoch … Meldungen an die Polizeiwache oder an das Polizeipräsidium …* und so weiter und so weiter.

Wir standen vor der Eiche, lasen, und ich spürte wieder, wie heftig mein Herz schlagen konnte, wenn ich an meine Kinder dachte.

»Das ist genau wie damals.«

Ich drehte mich um und guckte Lisa an. »Was ist wie?«

»Lilli, wo warst du mit deinen Gedanken?

Ich zuckte die Schultern. Lisa brauchte keine große Erklärung. Sie warf einen Blick auf den Zettel am Eichenstamm, einen Blick auf mein Gesicht und hatte verstanden.

»Ich meine, das ist doch genau so, wie es Gustav erzählt hat. Vor fünfundzwanzig Jahren, als überall in Zossen und in den Dörfern Zettel hingen, auf denen nach Mathilde und dir und Bruno gesucht wurde.«

Ich zuckte die Schultern. Egal, alles egal. Oder nicht egal, was wusste ich denn. Langsam ging ich zum Auto zurück. Sortierte mein Herzklopfen, meine Gefühle, meine Gedanken.

»Wo soll ich dich hinfahren, Lilli? Nach Hause? Oder in den Laden?«

Ich schüttelte den Kopf. Versuchte mich zu orientieren. Merkte, dass ich unbedingt wissen musste, ob es etwas Neues gab, bevor ich mich entscheiden konnte, was ich als Nächstes tun sollte.

»Vielleicht möchtest du noch einmal mit unserem Polizeiobermeister sprechen?«

»An den habe ich auch gerade gedacht. Aber ich werde nicht zu ihm hinfahren. Ich rufe ihn an.«

»Okay, mach das, ich warte auf dich.«

Lisa ging zum Auto und holte eine riesige Flasche Wasser heraus. Sie nahm einen Schluck, kam zu mir und hielt mir die Flasche hin. »Ist leider nur lauwarm.«

Ich trank. Und bevor ich Polizeiobermeister Oskar Müller anrief, öffnete ich meine Handtasche, angelte die Packung mit den Kopfschmerztabletten heraus und schluckte meine Mittagstablette. Ein wenig verspätet, aber nicht zu spät. Mein Kopf hatte noch nicht wieder zu schmerzen begonnen, trotz all der Dinge, die in den letzten Stunden auf mich eingestürmt waren. Dann stopfte ich die Tablettenpackung zurück in die Tiefe der Tasche und holte mein Handy heraus. Wählte die Nummer von Oskar Müller in der Polizeiwache. Lisa ging hinüber zur Trauerhalle, neben der der Toyota im Schatten der Eiche stand, und setzte sich auf eine kleine Parkbank.

»SoKo ›Kinder‹, Polizeimeisterin Hertelt, was kann ich für Sie tun?«

Eine junge Frau, eine angenehme, ein wenig kühle Stimme.

»Ich möchte Polizeiobermeister Müller sprechen. Hier ist Lilli Lukas.«

»Frau Lukas? Die Mutter der Kinder?«

»Ja, die bin ich.«

»Einen kleinen Moment bitte, ich suche ihn.«

Im Handy wurde es still, dann erklang Musik, *Für Elise* oder eine der anderen gängigen Warteschleifenmusiken. Es dauerte lange, und ich hatte nicht das Gefühl, dass die Frau Polizeimeisterin während dieser Minuten durch die Polizeiwache irrte und nicht in der Lage war, Oskar Müller zu finden. Mich plagte eher die Vorstellung, dass eine halbe Sonderkommission um Oskar Müller herumstand und ihn instruierte, was er mir sagen durfte und welche Ermittlungsergebnisse er mir lieber verschweigen sollte, bevor man ihm den Telefonhörer in die Hand gab.

»Hallo? Frau Lukas?«

Seine Stimme. Aber irgendwie auch nicht seine Stimme. Und nicht sein üblicher Tonfall.

»Sind Sie das, Oskar?«

»Am Apparat. Polizeiobermeister Oskar Müller. Frau Lukas, Sie rufen an, um nach den Ergebnissen unserer Ermittlungen zu fragen?«

»Ja …«

»Es liegen keine neuen Ermittlungsergebnisse vor.«

Ich war so verwirrt, dass ich kein Wort sagen konnte.

»Genügt Ihnen diese Auskunft fürs Erste?

»Ja. Sicher.«

»Gut. Wir haben Ihre Telefonnummer, wir rufen Sie an, sobald es etwas Neues gibt.«

Er legte auf. Ich stand auf der Auffahrt zum Friedhof, die warme Nachmittagssonne hing noch ziemlich genau über mir. Aber mir war kalt geworden. Fröstelnd zog ich meine Jeansjacke enger um mich.

Lisa erhob sich von ihrer Bank und kam zu mir. »Und?«

»Keine Ahnung. Ich bin nicht mal sicher, dass ich wirklich mit ihm gesprochen habe.«

»Ah ja. Und was machen wir nun?«

»Gestern hatte ich immer noch einen Einfall, was ich tun könnte. Aber seit sie Mathilde gefunden haben …«

»Seitdem bist du ratlos.«

»So kann man es sagen. Ratlos. Hilflos. Ich weiß nicht, was los ist. Ich weiß nicht, was damals los war. Und ob heute und damals etwas miteinander zu tun haben … Keine Ahnung. Es kann alles verkehrt sein.«

»Aber du vertraust Oskar?«

»Wie meinst du das?«

»Ich meine, du glaubst, dass er das Richtige tut, um die Kinder zu finden?«

»Das Richtige, ja, mit den Mitteln, die ihm zur Verfügung stehen.«

»Denkst du, andere Mittel wären besser? Hast du eine Idee, weißt du andere Mittel?«

»Vielleicht, ja. So ganz vage … habe ich das Gefühl, dass ich etwas tun kann. Dass das auch das Richtige ist. Aber ich stehe davor und kann es nicht greifen.«

»Doch, Lilli, du kannst.«

»Ich kann was?!«

»Was auch immer. Was du willst. Du hast dich sehr verändert in den letzten Tagen.«

Wir gingen nebeneinander zu Gustavs Auto. Ich gab Lisa die Flasche zurück.

»Willst du nicht mitkommen, Lilli?«

Ich schüttelte den Kopf.

»Okay, in Ordnung, tu, was du für richtig hältst. Ich fahre nach Waldstadt und bringe Gustav sein Auto zurück. Dann gehe ich in den Laden und warte auf den Möbelwagen. Ich habe in der letzten Woche noch drei kleine Bücherregale bestellt und ein Sofa. Die werden heute Nachmittag geliefert.«

»Was für ein Sofa?«

»Ein Schmöker-Sofa wie wir es früher hatten, in unserer Kinderbuch-Ecke.«

Ich stand da, guckte sie an.

»Lilli! Ich habe die Vorstellung, dass deine Kinder heute oder morgen wieder da sind. Oder spätestens übermorgen Und dass unser Leben dann weitergeht. So wir vorher. Wie wir es geplant hatten.«

Wir standen uns gegenüber. Sahen uns in die Augen. Sie hob die Arme und zog mich an sich. Hielt mich fest. Ich lehnte mich nicht an sie an, nicht das kleinste bisschen. Der Autoschlüssel klapperte in ihrer Hand. Ich machte mich von ihr los.

»Ich schaffe das schon. Mach dir keine Sorgen, Lisa.«

»Tu ich schon nicht. Jedenfalls nicht um dich.«

Sie stieg ins Auto, ließ den Motor an. Wendete und fuhr langsam den schmalen Fahrweg zwischen den Ebereschen hinunter. Ich warf meine Tasche über die Schulter und lief hinterher. Lisa war beinahe schon unten an der Dorfstraße angekommen, als das Auto plötzlich stoppte. Ich sah die weißen Rückfahrstrahler aufleuchten. Mit schnellem Tempo fuhr sie rückwärts den Weg wieder herauf. Bremste neben mir, kurbelte ihre Scheibe herunter.

»Hätte ich fast vergessen, Lilli: Wenn ich irgendetwas für dich tun kann, egal, was es ist – ruf mich an!«

* * *

Margensee war ein langes Dorf. Wie Perlen auf einer Halskette waren alle Häuser hintereinander entlang der Dorfstraße errichtet worden. Einstöckige Häuser mit glattem Putz und hellgrauem oder farbigem Anstrich. Kleine Freitreppen vor den Häusern, stachelige Mahonien und schlanker Wacholder. Hohe Mauern oder geschmiedete Zäune mit kräftigen Pfeilspitzen an der Oberkante umgaben blühende Vorgärten. Es war früh am Nachmittag. Die Sonne stand immer noch hoch am Himmel. Ein paar Tauben pickten in den Fugen zwischen den Gehwegplatten. Breite Linden säumten die Dorfstraße. Zwischen den alten Bäumen standen die neuen Straßenlampen. Ab und zu hing am Stamm einer Linde das kleine Suchbild mit dem Foto von Frank junior und Liane.

Ich lief die Dorfstraße hinunter. Zwei alte Frauen mit grünen Plastikgießkannen kamen mir entgegen, starrten mich an. Vor dem Fleischer parkte eine junge Frau ihren Kinderwagen genau vor der

Schaufensterscheibe. Sie wartete, bis ich an ihr und ihrem Kinderwagen vorbeigelaufen war, sah mir lange nach. Erst dann ließ sie ihr Baby alleine und ging in den Laden hinein.

Ungefähr dreihundert Meter war ich seit dem Fleischer gelaufen, da klingelte es in meiner Handtasche. Ich riss die Tasche von meiner Schulter, klappte sie auf, suchte das Handy und nahm das Gespräch an.

»Ja, hallo?«

»Lilli, sind Sie das?«

»Ja.«

»Ich bin es, Oskar. Entschuldigung, ich konnte vorhin nicht reden. Der halbe SoKo-Stab stand um mich herum und hörte mir zu. Jetzt habe ich mich aufs Klo verzogen und telefoniere mit meinem Handy.«

»Danke, dass Sie wegen mir so gefährlich leben.«

»Das ist nicht gefährlich. Und ich mache es gerne, für Sie. Ich will Ihnen ja auch nur sagen, dass es wirklich nichts Neues gibt, eigentlich.«

»Eigentlich. Und uneigentlich?«

»Uneigentlich? Nein, wirklich, nichts. Die Sonderkommission ist noch einmal verstärkt worden. Zweihundert Frauen und Männer. Die Hundestaffel hat Hilfe bekommen, aus Berlin und aus Norddeutschland. Das heißt, alles ist jetzt viel intensiver – die Suche in den Dörfern, die Suche im Wald, die Suche in den Archiven.«

»Intensiver, aber genauso erfolglos?«

Ich glaube, ich sprach immer lauter. Schon, als mein Handy zum ersten Mal geklingelt hatte, hatten meine Hände zu zittern begonnen. Mein ganzer Körper war plötzlich wieder in Aufruhr. Meine Stimme ließ sich nicht mehr regulieren.

»Gut, gut, ja, im Moment sind wir noch erfolglos. Aber es ist wirklich eine andere Qualität als vorher. Jetzt wird gerade erwogen, Satellitenbilder von der Umgebung auszuwerten. Oder Luftbilder von Tornados der Bundeswehr. Irgendwann müssen wir einfach etwas finden. Behalten Sie Ihren Mut, Lilli, bitte.«

»Das hört sich schrecklich gut an.«

»Doch, das finde ich auch, wirklich. Und auch der Stab in Potsdam tut viel. Die deutschlandweite Fahndung, die internationale, alle Medien: Radio, Fernsehen, Internet. – Aber etwas anderes macht mir jetzt Probleme …«

»Was denn? Was?!«

Ich hatte sicher sehr laut gesprochen, anscheinend unheimlich laut. Eine junge Polizistin war gerade aus einem Haus gekommen. Ein Mann brachte sie bis an die Gartentür, um hinter ihr abzuschließen. Jetzt standen beide am Zaun und guckten mich an.

»Nein, bitte nicht aufregen, Lilli. Es geht um unseren Freund Hüttner. Der wird von uns weiter vernommen. Inzwischen hat er zugegeben, dass er in der Wohnung Ihrer Mutter war.«

»Klar doch, wie könnte er das jetzt noch abstreiten?!«

»Aber er sagt, er wollte sie einfach nur besuchen. Er hätte die Tür nicht aufgebrochen.«

»Dann müssen Sie ihm den Einbruch beweisen, das schaffen Sie doch.«

Die Polizistin und der Mann warfen sich einen Blick zu. Stützten sich, jeder auf seiner Seite, auf den Gartenzaun und starrten mich an.

»Er war drin in der Wohnung, das ist das Wesentliche. Und er hat alles durchsucht. Der Beweis dafür sind seine Fingerabdrücke, das genügt. Aber er passt höllisch auf, dass er nichts zugibt, was wir nicht sowieso wissen. Sein ganzes Verhalten ist total seltsam geworden. Er lügt mir die Jacke voll, dann erzählt er, dass er mit Ihrer Mutter zusammen in Zossen zur Schule gegangen ist, dann guckt er mich an und fängt plötzlich an zu lachen. Und springt auf und schnauft wie ein Ochse und ich denke, jetzt ist es so weit, jetzt wird er das ganze Zimmer auseinander nehmen. Aber dann tut er nichts. Holt ein paarmal tief Luft, lacht, setzt sich wieder.«

»Der Mann ist verrückt?«

»Möglich. Oder auch nicht. Vielleicht spielt er ja nur den Irren. Ich glaube, ich sollte Hermann mal danach fragen. So, und jetzt machen wir Schluss. Keiner glaubt mir, dass ich so lange auf dem Klo sitze.«

»Gut, ich danke Ihnen, dass Sie mich angerufen haben. Wenn Sie nichts dagegen haben, melde ich mich in einer Stunde wieder.«

»Was? In einer Stunde schon?! Wissen Sie, dass Ihr Mann heute schon vier Mal bei mir angerufen hat?!«

»Es wird mir schwer fallen, das nicht auch zu tun.«

»Bis später, Lilli. Etwas später bitte!«

Er trennte die Verbindung. Ich öffnete meine Tasche und legte das Handy zurück. Als ich den Blick hob, stand die junge Frau vor mir.

»Polizeimeisterin Mergentin, wir suchen hier nach zwei kleinen Kindern, wie Sie sicher schon durch die Aushänge an den Bäumen gesehen haben.«

Ich nickte.

»Würden Sie bitte so freundlich sein und sich ausweisen?«

Ich nickte immer noch.

»Das ist keine Verdächtigung, es dient nur der Vollständigkeit. Wir möchten alle Personenbewegungen in dieser Gegend erfassen.«

Ich seufzte, aber ich wühlte in meiner Tasche, so lange, bis ich meine Geldbörse mit meinem Ausweis gefunden hatte. Sie verglich sorgfältig das Passbild mit meinem Gesicht. Blickte lange auf meinen Namen.

»Ist das Zufall, dass Sie denselben Namen wie die Kinder tragen?«

»Ganz bestimmt nicht. Es sind meine Kinder.«

»Das erklärt vieles. Geht's Ihnen einigermaßen?«

»Nein. Aber es ist schon in Ordnung. Danke.«

»Ich verstehe. Wenn ich etwas für Sie tun kann, würden Sie mir das bitte ohne Hemmungen sagen?!«

»Sie tun ja schon etwas.«

»Ja. Dann gehe ich mal weiter, wenn jetzt nichts mehr ist.«

»Ja. Danke.«

Sie legte ihre Hand kurz auf meinen Arm, drehte sich um, ging und klingelte an der nächsten Haustür. Jetzt erst sah ich, dass der Mann, mit dem sie an der Gartentür gestanden hatte, zu uns herausgekommen war und dicht neben mir stand. Er musterte mich von der Seite, nickte mir zu.

»Nichts für ungut, liebe Frau. Und alles Gute!«

* * *

Die kleine Tür in dem großen Hoftor war nicht abgeschlossen. Ich klingelte trotzdem. Fünf Sekunden später steckte Gertraud ihren Kopf aus einem Fenster in der unteren Etage.

»Du bist das, Lillian. – Warum kommst du nicht rein?«

»Aber ich kann doch nicht einfach …«

»Natürlich kannst du. Jeder macht das. Und du gehörst zur Familie.«

Gut, ich klinkte die Tür auf. Trat in den haushohen Vorraum. Ging langsam zur Haustür hinüber. Immer langsamer. Und fing an mich zu fragen, was ich hier wollte. Vorhin auf dem Friedhof hatte ich ganz sicher gewusst, dass damals vor fünfundzwanzig Jahren noch viel mehr passiert war, als Gustav Müller und seine Zeitungsmeldungen mir sagen konnten. Auch die Geschichten, die die alte Frau Brömme mir erzählt hatte, sagten nicht alles. Auch nicht Mathildes geheimer Wandschrank. Hinter allem gab es noch eine Wahrheit, noch eine Geschichte. Ich wusste nur nicht, wonach ich fragen sollte. Und ich wusste nicht, wen. Vor mir lag ein Schlüssel, und ich hatte keine Ahnung, in welches Schloss er passen könnte. Ich musste ihn aufheben, und wenn ich das richtige Schloss gefunden hatte, würde sich eine Tür für mich öffnen. Eine Tür, hinter der vielleicht alles wieder gut werden würde. Und irgendwie wusste ich, dass ich in diesem Haus richtig war.

»Schön, dass du kommst, Lillian.« Gertraud kam mir aus der Haustür entgegen und legte die Arme um mich. »Vielleicht sollte ich dir einen Schlüssel machen lassen für das Hoftor und für die Haustür, falls doch einmal abgeschlossen ist.«

»Einen Schlüssel?«

»Nun guck mich doch nicht so an. Ja, das ist jetzt auch dein Haus. Es muss offen sein für dich.«

Ich sagte kein Wort mehr. Gertraud zog mich ins Haus, lief vor mir her durch den langen Flur und drückte mich in der Küche auf einen Stuhl.

»Jetzt gibt's erst mal Tee.«

Sie goss ein, aus der zerbeulten grünen Thermoskanne. Drückte mir die Tasse in die Hand. Goss sich auch eine Tasse ein. Setzte sich mir gegenüber an den breiten Küchentisch. Der Geruch von zartgrüner Zitronenmelisse und kräftigem Ingwer zog leise über den Küchentisch.

»So, jetzt können wir reden.«

Aber wir redeten nicht. Wir tranken. Schwiegen. Tranken wieder.

Gertrauds Augen huschten über mein Gesicht, von meinen Augen zu meiner Stirn zu meinen Lippen.

»Du willst wissen, wie es mir geht?«

Sie schüttelte den Kopf. »Lass nur, ich sehe schon.«

Wir schwiegen wieder. Gertraud goss noch einmal Tee ein. Holte tief Luft.

»Ich rufe Gustav alle zwei oder drei Stunden an. Gustav ruft Oskar an. Dadurch weiß ich, dass sie noch keine Spur haben.« Sie stellte ihre Tasse auf den Tisch und legte ihre Hand auf meine Schulter. »Es tut mir so Leid, Lillian. Den ganzen Vormittag haben Polizisten unseren Garten durchsucht, unser Wohnhaus, alle Gebäude. Ich habe es ihnen gestattet, weil sie so schnell keinen Durchsuchungsbefehl bekommen hatten. Außer Brunos Zimmer im Holzlager haben sie nichts gefunden. Gibt es noch irgendetwas, was ich für dich tun kann?«

»Keine Ahnung. Ich fühle mich so … ach, ich weiß nicht. Aber bei einem bin ich beinahe sicher: Ich denke … ich spüre, dass alles, was jetzt passiert, mit meiner Vergangenheit zu tun hat. Mit Mathildes Vergangenheit. Ich möchte endlich etwas darüber erfahren. Aber ich weiß nicht, wo ich suchen soll.

»Frag doch Bruno.«

»Und wo ist Bruno? Bei mir geht die Welt unter und der lässt sich nicht blicken. Dabei bin ich sicher, er weiß alles darüber!«

»Ich weiß nicht, wo er steckt. Keine Ahnung. Seit sie gestern die Hilde da hinten im alten Stall in der Futterkiste – Oh, Entschuldigung, das war dumm von mir. Ich wollte sagen, dass er seit vorgestern Abend, seit wir sein Versteck entdeckt haben, nicht mehr hier war.«

»Weißt du das sicher?«

Sie nickte. »Mitten in der ganzen Durchsuchungshektik heute Vormittag kamen zwei Frauen von der Spurensicherung und haben aus Brunos Zimmer im Holzlager das Wasserglas mitgenommen und das Obstmesser. Es lag alles noch genau so da, wie wir es verlassen hatten. Sogar dein Brief lag noch auf dem Tisch.«

»Scheiße! Dann frage ich die alte Dame.«

»Da mach dir keine Hoffnungen. Seit ich ihr erzählt habe, dass die Hilde tot ist und dass man sie hier, auf dem Hof, in den alten Ställen … seitdem ist sie völlig durcheinander. Die Durchsuchung hat sie zum

Glück nicht mitbekommen. Ich habe Hermann gebeten, nach ihr zu sehen, er kommt nachher zum Hausbesuch. Und bis dahin muss sie ihre Tropfen nehmen. Nur – die Wirkung davon ist manchmal verheerend.«

»Aber wen soll ich denn sonst fragen?!«

Gertraud nickte. Zuckte die Schultern, stellte ihre Teetasse zurück auf den Tisch und erhob sich. »Du hast Recht, Lillian. Dann muss sie da eben durch. Komm, gehen wir nach oben.«

* * *

Das Dachfenster stand offen. Vögel zwitscherten unten im Garten. Die Luft hier oben war lau und frisch.

Greti Förster saß zusammengesunken in ihrem Sessel. Ihr Kopf war zur Seite gesunken und lehnte matt an den Polstern. Eine warme Wolldecke hüllte sie ein bis zu ihren Schultern. Sie sah nicht mehr so blühend aus wie bei meinem ersten Besuch.

»Hallo, Oma. Wach auf, Lillian ist da!«

Langsam rückte sie ihren Kopf wieder zurück in die Senkrechte. Schlug mühsam die Augen auf. Guckte uns an, mit einem Blick, der eigentlich durch uns hindurchging.

»Guten Tag, Frau Förster. Wissen Sie noch, wer ich bin?«

Sie guckte in mein Gesicht, kniff die Augen zusammen. Nickte.

»Frau Förster, ich möchte mit Ihnen reden.«

»Ich weiß schon, die Hilde ist tot.«

Sie sackte wieder in sich zusammen. Ihr Kopf sank nach vorne. Ich drehte mich um und sah abwartend zu Gertraud. Die schüttelte ganz leicht den Kopf.

»Wahrscheinlich ist sie nur müde von den Tropfen. Frag einfach weiter.«

Im selben Moment, als ich den Mund öffnete, um ihr die nächste Frage zu stellen, richtete Greti Förster sich wieder auf, guckte mir ins Gesicht, völlig klar. Nur ihre Stimme klang noch ein wenig alt und brüchig. »Eines musst du aber wissen, Lillian: So etwas macht mein Sohn nicht.«

»Das habe ich auch nicht behauptet.«

»Doch, alle denken das jetzt.«

»Für mich spielt es keine Rolle, was alle denken. Was sagt er selbst denn dazu?

»Wer?«

»Bruno!«

»Bruno? Soll das ein Witz sein?! Wie soll ich denn Bruno fragen?!«

»Ich weiß, dass er hier auf dem Hof ist. Und ich weiß, dass Sie ihn gesehen haben.«

»Lüge!«

»Gut, dann kennen wir Brunos Meinung eben nicht. Aber *Sie* können mir vielleicht auch sagen, wieso meine Mutter tot auf Ihrem Hof liegt.«

»Auf *unserem* Hof, Lillian.« Gertrauds Stimme kam leise von hinten.

»Gut, auf *unserem* Hof liegt. Und vielleicht könnten Sie mit mir zusammen darüber nachdenken, wer ihr das angetan hat. Sie wissen doch, was damals wirklich passiert ist.«

»Mein Bruno macht so etwas nicht.«

»Das sagten Sie eben schon. Und das habe ich auch nicht behauptet.«

Ihr Kopf sank nach vorne, aber wieder nur für vier oder fünf Sekunden. Dann richtete sie sich auf. Auch ihre Stimme war jetzt kräftig und klar. »Hast du nicht? Es kam mir so vor!«

»Nein! Und wenn Sie sich jetzt mal ein bisschen Mühe geben – Sie können mir bestimmt helfen, meine Kinder wiederzufinden.«

»Oder eine Vermutung anstellen, wo sie sein könnten.« Wieder Gertrauds Stimme, leise aus der zweiten Reihe.

»Genau das meine ich. Ich brauche Ihre Hilfe, Frau Förster. Sie sind ihre Großmutter … ihre Urgroßmutter.«

Sie rührte sich nicht. Guckte mich unverwandt an.

»Bitte!!!« Ich holte tief Atem. Presste meine Lippen fest aufeinander. Beim nächsten Wort hätte ich sicher geschrien.

»Aber der Bruno … der war es nicht …«

Sie sank wieder in sich zusammen. Ich hatte nicht vor, meinen Impuls zu unterdrücken. Ich wollte sie anschreien. Sie aus ihrem Sessel ziehen und bei den Schultern packen und schütteln, bis sie endlich mit diesen Ausweichmanövern aufhörte. Ich machte einen Schritt nach vorne. Aber Gertraud war schneller als ich. Sie fasste mich fest am Arm, drehte mich in Richtung Tür und zog mich resolut hinter sich her.

Wir waren noch nicht einmal an der alten Kredenz angekommen, da spürte ich die Bewegung hinter unserem Rücken. Ein Glas fiel zu Boden, zerbrach. Die alte Dame stöhnte auf.

»Aber er hat doch genug gebüßt!«

Ich blieb stehen. Gertraud ließ meinen Arm los. Wir drehten uns um. Da stand sie, war endlich aus ihrem Ohrensessel aufgestanden und sah hinter uns her. Ihre Wolldecke war auf den Boden gefallen. Ihre langen schmalen Füße steckten in verwaschenen schwarzen Herrensocken. Einen kleinen Moment lang hatte ich den Eindruck, es wären meine eigenen Füße, die dort auf dem roten Perser standen. Langsam ging ich zu der alten Dame zurück.

»Wer hat genug gebüßt? Bruno?«

»Nun lasst ihn doch endlich in Ruhe!«

Jetzt stand ich neben ihr. Ich hatte keine Ahnung, welche Frage ich ihr stellen sollte. Aber ich wusste, es war so weit. Ich stand einfach nur da, wartete, blickte aufmerksam in ihr Gesicht.

»Er hatte Angst. Ist doch klar. Er wollte nicht nach Sibirien.«

Jetzt kam auch Gertraud zu uns zurück. Sanft, vorsichtig, mit leisen Schritten.

»Von Sibirien kam keiner zurück. Ihr habt keine Ahnung, wie das war, damals. Die ganze Familie hätten die mitgenommen. Die konnten hier alles machen, so wie ihnen gerade war.«

Sie brach in Schluchzen aus. Wie eine unglückliche alte Vogelscheuche stand sie da, grauhaarig, mager, zittrig, schlug die Hände vors Gesicht. Weinte. »Er hatte Angst. Angst, Angst, Angst!«

Ihr ganzer Körper wurde vom Schluchzen geschüttelt. Sie versuchte Luft zu holen. Aber ihr Hals schien keine Luft mehr durchzulassen. Sie fing an zu husten, wurde dunkelrot, bekam keine Luft.

»Bitte, Oma, beruhige dich!«

Gertraud fasste sie zart am Ellenbogen. Strich mit der flachen Hand über ihren Rücken. Schlug ein paar leichte Schläge zwischen ihre Schulterblätter. Holte aus und schlug einen heftigen Schlag. Die alte Dame erstarrte. Ihre Augen weiteten sich. Blickten starr. Dann zuckten ihre Augenlider, fingen wieder an zu schlagen. Ihre Erstarrung löste sich. Ihr Blick wurde wieder lebhaft. Sie sah Gertraud an, guckte zu mir.

»Geht's wieder, Oma?

Sie nickte.

»Gut, dann setz dich doch wieder hin.«

Gertraud drehte sie vorsichtig herum und führte sie zum Sessel zurück. Davor lag das zerbrochene Glas. Ich machte ein paar schnelle Schritte, überholte die beiden und schob die Scherben zusammen. Gertraud drückte sie behutsam in den Sessel hinunter, hob ihre Decke vom Fußboden, deckte sie zu. Holte ein neues Glas, goss Wasser ein, nahm eine kleine Medizinflasche und tropfte ein paar Tropfen hinein.

»Hier, Oma, deine Arznei.«

Die alte Dame nahm ihr das Glas aus der Hand, trank. Ihr Gesicht entspannte sich fast augenblicklich. Das war meine Chance.

»Also, was war nun? Warum sollte Bruno nach Sibirien kommen?«

Gertraud legte die Hand auf meinen Arm und zog mich. »Nun lass mal locker, Lillian.«

»Nein, ich war viel zu lange höflich.«

»Lass sie nur fragen, Kind, sie muss es doch wissen. Das war wegen der Sprengung. Weil sie ahnten, dass jemand im Bunker war. Und wenn die gewusst hätten, dass er die Explosion überlebt hat, die hätten nicht lange gefackelt.«

»Was hat er gesprengt? Den Bunker?«

Sie hob den Blick und guckte mich an. Ihre Augen wurden von einer Sekunde zur anderen müde. Verschleierten sich. Ihre Beruhigungstropfen schienen ähnlich zu wirken wie die K.-o.-Tropfen, die Dr. Hermann Müller mir verordnet hatte. Gertraud legte ihre Hand auf meinen Arm. Schüttelte sachte den Kopf.

»Die selber haben den Bunker gesprengt ... den Keller ... sie wollten ... aber Bruno war unten ... mit dem Hüttner zusammen ...«

»Und was wollten sie da? Das war die verbotene Stadt. Was wollten die beiden da unten?«

Sie presste die Lippen aufeinander. Lächelte schwach. »Alles ist eingestürzt. Hüttner ist rausgekommen ... Wo Bruno war, wusste der Hüttner nicht. Aber du, Lillian ...«

Ihre Augen schlossen sich. Ihr Kopf rutschte wieder zur Seite, fing sich an den Polstern des Sessels. Ihr Mund klappte auf. Sie fing an zu schnarchen. Ich rüttelte leise an ihrer Schulter.

»Komm, Lillian, lass sie schlafen. Du kannst morgen weiterfragen.«

Gertraud zog mich zur Tür. Widerstrebend ging ich hinter ihr her.

»Nun komm schon, was bringt denn das jetzt?! – Mach's gut, Oma, ich komme später wieder und bringe dich ins Bett.«

* * *

Erst unten im Hausflur blieben wir stehen.

»Wenn ich irgendwann herausfinde, dass sie gewusst hat, wo meine Kinder sind. Und mir nichts sagt … Ich bringe sie um.«

»Lillian, sie ist deine Großmutter! – Komm, lass uns noch einen Tee trinken!«

»Ich erwürge sie. Ich würde sie sogar schlagen …«

»Also keinen Tee mehr? Und was dann?«

»Keine Ahnung. – Doch! Wenn *sie* mir nichts sagt, muss ich eben doch Bruno fragen.«

»Bruno? Na bitte, sehen wir nach, ob wir ihn finden können. Gehen wir ins Holzlager. Vielleicht ist er ja inzwischen gekommen.«

Wir gingen. Quer über den Hof, an der Werkstatt vorbei, über den Wiesenhof mit den drei alten Kastanien. Ihre Blätter hingen fast bis zur Erde herunter. In ihren Zweigen zwitscherten Vögel. Es war spät am Nachmittag, sie warfen immer noch tiefe Schatten.

»Übrigens, Lillian: Seit wir am Samstag das Versteck von Bruno gefunden haben, habe ich jeden Tag alle Wege geharkt, die zum Holzlager führen.«

»Ja? Wieso das denn?«

»Ich lasse mich nicht gerne austricksen. Es könnte ja sein, dass er hier ist, aber sich nicht bei uns meldet. Das wollte ich dann genau wissen …«

»Und? Hast du ihn erwischt?«

»Ach was. Es waren immer nur die Trapsen von unseren Hühnern zu sehen. Einmal war die Fährte von einem Reh auf dem Geharkten. Und heute Morgen haben die Polizisten alles zertrampelt. Aber da hatte ich vorher schon kontrolliert.«

»Vielleicht fliegt er ja über die Wege. Oder er hat frühmorgens im Dunkeln alles wieder glatt geharkt, was er zertreten hatte.«

Gertraud verlangsamte nicht ihren Schritt, sie drehte nur blitzschnell den Kopf zu mir herum und guckte mich an. »Wie stellst du dir das vor?!«

Wir waren beinahe am Holzlager angekommen. Gertraud zeigte nach unten und ich sah die Wellenlinien, Kreise und Dreiecke, die sie auf die Wege geharkt hatte. Ich nickte ergeben. Diese Muster konnte er nicht einfach morgens in der Dämmerung wieder herstellen, auch wenn er ein Einstein der Gartenkunst wäre.

Somit wussten wir, was wir sehen würden, wenn wir die Tür zu seinem Zimmer öffneten. Ich zögerte kurz, holte noch einmal tief Atem, dann klappte ich die Tür auf. Die Leere in diesem Zimmer schlug mir entgegen wie eine Flutwelle. Was hatte ich auch anderes erwartet?

Ich trat ein, sah mich um. Er war einfach nicht da und ich würde ihn nichts fragen können. Damit musste ich mich jetzt abfinden, ob mir das gefiel oder nicht. Ich ging quer durch das Zimmer zum Tisch, nahm die Obstschale in beide Hände und schleuderte sie auf den Fußboden. Guckte zu, wie sie auf den Boden auftraf und in Stücke zersprang.

Ganz langsam wurde es Abend. Eine Amsel sang hoch oben in einem Birnbaum, eine zweite Amsel stand auf dem Dachfirst über Greti Försters Zimmer und zwitscherte. Ein leichter Abendwind wehte durch die Zweige der Obstbäume. Die Sonne stand nicht mehr über uns am Himmel. Kleine Wolken hingen jetzt dort oben, glühten rosa und orange. Aber hier unten, in dem verwilderten Garten, durch den Gertraud mich führte, konnte ich unter den hohen Bäumen gerade eben noch die Wege vor meinen Füßen erkennen.

»Bück dich, Lillian, der Apfelbaum hat dieses Jahr tief hängende Zweige.«

Ich bückte mich, auch wenn ich die Zweige in diesem Dämmergrau nur noch als Schatten ausmachen konnte. Wir passierten die Obstbäume, ein Rosenrondell, einen weiteren Birnbaum mit einer singenden Amsel. Dann wurde der Garten dichter. Wir schoben uns sachte durch eine zugewachsene Weinlaube, gingen an einem kleinen Teich vorüber, der von breit wuchernden Kopfweiden und hohen Hundsrosenhecken umgeben war. Ganz am Ende des Gartens war nur noch Wildnis. Ein Urwald aus Wildrosen und Obststräuchern, mit Haselnussbüschen zu einem undurchdringlichen Gestrüpp verwachsen. Wie die Hecke, in der sich hundert Jahre lange alle Prinzen verfangen, um darin zu verhungern. Wir waren da.

Zwei ausladende alte Linden standen zwischen den letzten Obstbüschen und der Haselnusshecke. Die Schaukel hing zwischen den beiden Bäumen. Ein dicker Ast an jedem Baum trug ein Seil, aufgehängt an einer kräftigen Kette. Zwischen den Seilen hing ein Nilpferd. Ein runder Baumstamm, etwas dünner und leichter als die Linden, die ihn halten sollten. Er hing entrindet und geschmirgelt ungefähr einen Meter über der Erde, gabelte sich an einer Seite und hielt an der anderen Seite einen dicken Ast in die Höhe, einen dicken Kopf auf einem mächtigen Hals.

»Hier ist unsere alte Schaukel, Lillian. Die wollte ich dir letztens schon zeigen.«

Ich stand da und schwieg. Guckte. Horchte in mich hinein. »Bricht sie ein, wenn ich mich darauf setze?«

»Setz dich einfach und probier es. Vielleicht willst du ein bisschen schaukeln?«

Ich ging zu dem Nilpferd und streichelte ihm über die kleinen Ohren. Ließ mich langsam, langsam auf seinen Rücken nieder. Ich war sicher, dass ich viel zu schwer war für diese uralte Schaukel. Sobald ich mein ganzes Gewicht auf dem Balken hätte, würde alles zusammenbrechen. Aber als ich probeweise meine Füße vom Boden hob, fing die Schaukel sofort an zu schwingen. Die Seile, die Ketten, die Äste der Linden, alles bewegte sich leicht und ohne zu ächzen hin und her.

Gertraud setzte sich neben mich. Nicht so langsam und vorsichtig, wie ich mich eben gesetzt hatte. Mit einem kräftigen Schwung pflanzte sie sich mit ihrem gesamten Gewicht auf einmal auf die Schaukel. In einem weiten Bogen schwang das Nilpferd nach hinten. Wir schrien beide und klammerten uns aneinander fest. In meinem Bauch kribbelte es.

»Das ist ein Gefühl in der Magengegend, was? Du musst überhaupt keine Angst haben. Bruno hat sie damals gebaut, und nach Brunos Tod hat mein Vater sie jedes Jahr repariert. Vor drei oder vier Jahren noch einmal richtig gründlich. Und jetzt repariere ich die Ketten und tausche jedes Frühjahr die Seile aus. Ehe ich mich selber darauf setze.«

»Wirklich? Du schaukelst?«

»Na klar doch. Aber immer hat was gefehlt.«

»Wie – gefehlt?«

»Du hast gefehlt, Lillian. Diese Schaukel kommt erst richtig in Schwung, wenn zwei darauf sitzen. Mindestens zwei.«

Gertraud beugte ihren Rücken nach hinten und stieß sich kräftig mit den Füßen ab. Wir flogen und kreischten. Wäre jetzt jemand mit einem Fotoapparat gekommen, hätte die alte Dame ein neues Foto für die Bildersammlung auf ihrer Kredenz gehabt.

»Das geht großartig, siehst du. Und wenn deine Kinder dann auch mit uns schaukeln …«

Da war es wieder. Breitseite, Volltreffer, in der einzigen Minute an diesem Tag, in der ich nicht an meine Kinder gedacht hatte. Ich legte die Hände um den Hals des Nilpferdes und lehnte meine Wange daran.

»Entschuldige bitte. Ich bin ein Trampel. Ich wollte ganz bestimmt nicht …«

»Ist schon gut. Du kannst doch nichts dafür.«

Die Schaukel schwang weiter. Ganz tief unten in meinem Nacken fühlte ich diesen Schmerz, der sich angewöhnt hatte, von dort nach oben in meinen Kopf zu steigen und sich in mein Leben zu drängen. Aber der Schmerz war heute nicht stark. Wie eine Taschenlampe mit verbrauchten Batterien flackerte er nur ein ganz kleines bisschen, pikte, stach. Ich überlegte, wann ich das letzte Mal die Tablette von Dr. Hermann Müller genommen hatte. Vor drei Stunden? Vor fünf Stunden? Aber sollte ich jetzt von der Schaukel aufstehen, um nach einem Schluck Wasser zu suchen?

Ich beschloss, das auf später zu verschieben. Schlimmer als diese Kopfschmerzen war ohnehin etwas anderes. Ein Gefühl in meinem Hals, als ob ich den Fußball von Liane und Frank junior verschluckt hätte. Und dieser Fußball steckte nun dort oben fest, drückte und ließ mich nur schwer atmen. So schwer, dass mir Tränen in die Augen traten. Und zusammen mit diesen Tränen kroch ein kleiner Satz in meine Gedanken, den ich in den letzten Tagen nicht ein einziges Mal in mir nach oben gelassen hatte. Ich kann nicht mehr, dachte ich plötzlich. Ich kann nicht mehr, ich kann nicht mehr. Ich will, dass Frank junior und Liane jetzt sofort wieder hier sind, dass alles nur ein schrecklicher

Alptraum war. Und wenn das nicht so ist, dann breche ich zusammen. Jetzt. Sofort. Auf der Stelle. Ich klammerte mich am Hals des schwingenden Nilpferdes fest und versuchte, diese Gedanken zu unterdrücken. Das war einfach Unsinn, lähmte mich, hinderte mich am Denken. Es gab doch so viele Menschen, die nach Frank junior und nach Liane suchten. Immer wieder war da jemand, der mir half oder mir seine Hilfe anbot. Und jedes Mal machte mich das wieder stärker. Nein, ich konnte noch, ganz sicher. Und ich hatte … doch, ich hatte immer noch Hoffnung.

»Weißt du noch, Lillian, wenn wir früher auf der Schaukel saßen, warst du immer vorne und hast dich an den dicken Hals gelehnt. Ich war hinter dir und hielt mich an dir fest.«

Ich ließ den Hals des Nilpferdes los und drehte mich zu Gertraud um, schüttelte den Kopf.

»Na? Keine Erinnerung daran? Immer noch nicht?«

»Nein. Überhaupt nicht.«

»Aber ich weiß es ganz genau. Als wir letztens hinten in dem verlassenen alten Haus waren … dir ist das vielleicht gar nicht aufgefallen: Ich habe dich hinter mir her gezogen und du bist mir gefolgt. Und jeder Schritt, jede Wendung, jedes Bücken kam bei dir genau an der richtigen Stelle. So wie früher. Ich bin vollkommen sicher, dass du das warst, mit der ich früher durch das Haus gestromert bin.«

Ich sagte nichts. Hörte ihr zu, guckte sie an.

»Und falls ich es dir noch nicht gesagt habe in diesem ganzen Durcheinander: Willkommen in unserer Familie. Du gehörst hierher, du bist Omas Enkelin und Bruno ist dein Vater. Ob du darüber begeistert bist, ist eine andere Frage. Aber ich freue mich über dich.«

Sie legte die Arme um mich. Der Fußball in meinem Hals drückte und trieb die Tränen in meinen Augen höher.

»Wenn du heulen willst, Lillian, dann heule doch.«

»Nein!«

»Oder willst du lieber alleine sein, wenn du weinst?«

»Nein!!!«

Ich schniefte und schluckte. Die Schaukel begann wieder leise zu schwingen.

»Ich gehe jetzt in die Küche und mache uns Abendbrot. Und dann essen wir hier und hören den Amseln zu und sitzen hier draußen, bis es ganz dunkel ist. Das ist auch wie früher. Und danach bringe ich dich zurück nach Waldstadt.«

»Ich will nichts essen, mach dir keine Mühe. Und ich will auch nicht zurück nach Waldstadt!«

»Nein? Möchtest du lieber hier bleiben?«

»Nein, hier bleiben will ich auch nicht.«

»Wo willst du denn dann hin?«

»Weiß ich nicht. Keine Ahnung. Ich habe das Gefühl, als müsste ich nur losgehen und könnte die Kinder sofort finden. Aber ich sitze hier und kann immer nur heulen.«

»Du meinst, es fühlt sich an, als ob du etwas tun könntest, dich aber gleichzeitig dafür entscheidest, es nicht zu tun. Warum auch immer.«

»So ungefähr … ja.«

»Das sind Schuldgefühle. So etwas kenne ich, das habe ich erlebt, als meine Eltern starben. Aber Schuldgefühle bringen dich nicht weiter, die hemmen dich nur. Und ehe dir jetzt so ein richtiger Klotz am Bein wächst, lass deinen Kummer raus. Nachher überlegen wir, wie es weitergeht. – In Ordnung?«

Ich nickte.

»Aber zuerst solltest du essen. Essen und Trinken hält Leib und Seele zusammen. Das ist eine Großmutterweisheit. Ich könnte auch sagen: Wenn du nicht isst, wirst du zusammenklappen. Und wenn deine Kinder dann wiederkommen, haben sie keine Mutter, die sie in die Arme schließt, sondern nur noch einen bedauernswerten Pflegefall.«

Gertraud stand auf. Die Schaukel schwang heftiger. Ich legte meine Hände wieder fest um den Nilpferdhals.

»Bis gleich, Wuschel.«

Meine Tränen liefen schon und ich konnte kein Wort mehr sagen. Nicht *Na, mach doch,* oder *Gut, dass du für mich da bist.* Nicht einmal ein einfaches *Danke* brachte ich heraus. Aber ich war sicher, sie wusste, was ich ihr sagen wollte. Vielleicht fühlte sie meine Gedanken in ihrem Rücken, während sie schnell den schmalen Pfad am See entlanglief und zwischen den Obstbäumen verschwand.

* * *

Die Amsel sang immer noch. Die kleinen Wolken waren dunkel geworden. Nur an ihrem unteren Rand schimmerten sie noch orange und rosa. Der Himmel hatte sein goldenes Leuchten verloren und wurde grau. Der Abend kam. Mir fiel bei diesem Anblick nur ein, dass Liane und Frank junior jetzt irgendwo in der Dunkelheit ganz alleine waren. Diesen Gedanken konnte ich kaum ertragen. Ich sah zwei kleine Kinder, die Hand in Hand auf einer einsamen dunklen Straße liefen. Die im Schein einer Baulampe in der Maurerwerkstatt von Johannes Hüttner saßen und Abendbrot aßen. Oder sie kauerten in einem dunklen Zimmer, hungrig und müde, und wussten nicht, wer am Abend ihre Tür öffnen würde. Jemand, der ihnen das Abendbrot brachte? Ein Kunde? Ein Freier? Ein Käufer? – Schluss! Schluss mit diesen Gedanken!

Mathilde war auf dem Hof der Familie Förster gefunden worden. Auf dem Terrain, auf dem Bruno sich bestens auskannte. Also saßen sie vielleicht in einem finsteren Raum, in einem fensterlosen Keller, irgendwo hier, ganz in meiner Nähe? Aber hatte nicht die Sonderkommission mit fünfzig Leuten das ganze Gebiet abgesucht und nicht die kleinste Spur von den beiden gefunden?

In meinem Kopf drehten sich Bilder wie in einem Strudel, wurden dunkler und dunkler. Für keines dieser Bilder wollte ich mich entscheiden. Nichts davon sollte wahr sein. Aber für eines musste ich sein, schon darum, weil es noch eine Möglichkeit gab, die noch viel schlimmer war. Meine Gedanken verschwammen. Und waren gleichzeitig unerbittlich und klar. Solange ich geglaubt hatte, Frank junior und Liane wären mit ihrer Großmutter zusammen, hatte ich sie für beschützt und versorgt gehalten. Selbst wenn Mathilde so verrückt gewesen wäre, mit den beiden bis nach Paris zu jetten – sie war ihre Großmutter und sie passte ganz bestimmt auf sie auf. Aber jetzt war klar, dass die Kinder schon seit Mittwoch allein waren. Seit sechs Tagen. Ohne Schutz, ohne vertrauten Menschen. Wie lange hielten fünfjährige Kinder so etwas aus?

Ich klammerte mich fest an den Hals des Nilpferdes. Und obwohl ich mich nicht mit den Füßen vom Boden abstieß, schwang die Schaukel heftig auf und nieder. Ich weinte. Und wie schon heute Mittag auf dem Friedhof geriet mein ganzer Körper in Aufruhr. Immer neue

Bilder drehten sich mir entgegen. Ich drückte meinen Mund an das Holz der Schaukel, um nicht laut durch den Garten zu schreien.

Gertraud blieb lange weg, viel länger als man benötigt, um ein paar Brote zu schmieren und zwei Kannen Melissentee zu kochen. Aber ich brauchte diese lange Zeit. Bis ich alle Bilder gesehen hatte, bis meine Tränen alle geweint waren, verging bestimmt eine halbe Stunde.

Ich richtete mich auf. Mein Körper war leichter geworden. Meine Kopfschmerzen waren beinahe verschwunden. Mir ging es besser. Trotzdem nahm ich meine Handtasche und wühlte darin nach meinen Tabletten. Und als ich eine davon geschluckt hatte, trocken, ohne etwas dazu zu trinken, knickte ich noch eine zweite Tablette aus der kleinen Packung. Vorsichtshalber, weil ich mich nicht einmal mehr erinnern konnte, ob ich irgendwann heute Mittag oder heute Nachmittag meine zweite Kopfschmerztablette genommen hatte. Denn dass diese sinnlosen Schmerzen mich lahm legten, das durfte mir jetzt nicht auch noch passieren. Als ich die Tabletten zurück in die Tasche legte, spürte ich das Handy zwischen meinen Fingern. Ich überlegte kurz, ob ich Oskar Müller anrufen sollte. Aber ich rührte das Handy nicht an. Wenn es etwas gab, das er mir erzählen musste, würde er sich bei mir melden. Von irgendeiner Herrentoilette oder einem anderen verschwiegenen Örtchen. Und dann würde ich die Dinge erfahren, die wirklich wichtig waren. Und nicht das, was er sich abringen müsste, wenn ich ihn inmitten seiner SoKo-Kollegen ausfragen würde.

Also nahm ich nur meine Taschentücher heraus, trocknete mein Gesicht und ließ den Blick durch den Garten schweifen. Suchte nach den singenden Amseln. Atmete. Konzentrierte mich darauf, ruhiger zu werden.

»Lillian! Bitte erschrick nicht!«

Ich fiel fast von der Schaukel vor Schreck.

»Lillian! Hier bin ich, hier.«

Ich blickte mich um. Diese Stimme war nah, sehr nah. Aber ich hatte nicht gehört, dass jemand über die Wege gelaufen war und sich mir genähert hätte. Ich ließ das Nilpferd los und drehte mich zu dem undurchdringlichen Gestrüpp hinter mir um. Und da stand er. Groß, kräftig, mit breiten Schultern und doch irgendwie schmal. An seinem Ohr glänzte die kleine Creole. Er stand einfach da, in seinem dunklen

Seemannspullover, und ließ die Arme hängen. Unten aus den Ärmeln guckten seine Hände hervor. Und auch diese Hände waren mir nun schon vertraut: lang, kräftig und schmal. Wenn ich ihn gebeten hätte, die Schuhe auszuziehen, ich war sicher, dass die Füße, die ich dann zu sehen bekommen hätte, ebenfalls kräftig und lang und sehr schmal waren.

»Lillian, bitte, hab keine Angst vor mir! Lauf nicht weg! Lass uns miteinander reden!«

»Das ist eine richtig gute Idee, nach fünfundzwanzig Jahren. Weißt du, wo meine Kinder sind?« Ich zog die Nase hoch und wischte ein letztes Mal über meine Augen.

Er schüttelte langsam den Kopf. »Das weiß ich leider nicht.«

»Ich glaube dir nicht! Du läufst hier herum wie der große Rächer. Du bist nie zu sehen und doch überall. Und willst mir erzählen, du weißt nichts! Sag mir, wo meine Kinder sind!!!«

»… Es tut mir Leid, Lillian. Einen Tag lang habe ich nicht aufgepasst. Einen einzigen Tag lang. Und da ist es passiert.«

»Du meinst, dass jemand meine Mutter erschlagen hat?«

Er nickte.

»So etwas passiert doch nicht einfach!«

»Yes, of course, darling, du hast Recht. Gib mir zehn Minuten und ich versuche es dir zu erklären.«

Ich nickte. Er setzte sich in Bewegung, kam langsam aus den Büschen heraus, näherte sich der Schaukel.

»Wenn du mir zu nahe kommst, schreie ich.«

Er stoppte, änderte seine Richtung und lief in einem weiten Bogen um die Schaukel herum. Kam gut sichtbar von vorne auf mich zu und setzte sich zwei Meter vor mir auf den Boden. »All right, Kind?«

Ich nickte wieder. Er umfasste seine Knie, sah zu mir hoch. Das letzte Licht war beinahe verschwunden, aber die Sommersprossen auf seinen Händen erkannte ich sogar noch in dieser Dämmerung.

»Well … Lillian … da sitze ich nun. Dir gegenüber. Weißt du, wie oft ich mir das vorgestellt habe? Was ich dir dann sagen will. Ich habe dir so oft Briefe geschrieben, früher, als du noch ein Kind warst. Meine Kleine …«

»Ich hatte dich was gefragt!«

»Well, well, ich beantworte schon deine Frage. Soweit ich weiß, geht es um diesen Tag, als Hilde hierher gefahren ist, um deine Kinder zu holen. Aber das hat sie mir vorher nicht verraten. Sie ist losgefahren, ohne ein Wort zu sagen, wie sie eben so war. Und als ich sie besuchen wollte an diesem Tag … und klingelte … war die Tür offen. Da lag ein Mann auf dem Fußboden, das Gesicht nach unten. Ich hab kurz nach seiner Schlagader gefühlt, mich nicht lange aufgehalten, bin sofort auf die Füße gesprungen und weg war ich.«

Er schwieg, guckte mich an. Als versuchte er in meinem Gesicht zu lesen, ob diese unterlassene Hilfeleistung für mich in Ordnung war.

»So, so. Und was hast du danach gemacht?«

»Sie war nicht im Museum, sie war telefonisch nicht zu erreichen. Also bin ich sofort hierher gefahren.«

»Ah ja. Und wieso gerade hierher? Eben hast du gesagt, du wusstest nicht, dass sie hierher wollte.«

»Ich wollte auch nicht zu ihr. Ich wollte zu dir. Du warst hier. Du und die Kinder.«

»Absolut überzeugend.«

»Sag mal, muss ich mich hier verteidigen?! Ich habe der Hilde doch nichts getan!«

»Ja ja ja. Alles klar. Und was wolltest du hier, bei mir und den Kindern?«

»Ich war ständig hier, in deiner Nähe. Mindestens jeden zweiten Tag.«

»Was?«

»Ich musste doch nachsehen, ob er dich in Ruhe lässt.«

»Wer?«

»Der Hüttner natürlich, der dicke Hannes. Aber dieses Mal hatte ich den Eindruck, dass irgendetwas nicht in Ordnung ist … und da bin ich geblieben … Und so nach und nach … und durch die Suchmeldungen in der Zeitung … habe ich erst erfahren, dass sie hierher gefahren ist. So eine Verrückte. Das hätte sie niemals tun dürfen. Genau wie du niemals hättest herkommen dürfen.«

»Ein bisschen verspätet, die Warnung. Danke!«

Er schlug die Augen nieder. Zog die Schultern nach oben. Nickte. »Ist ja lange gut gegangen, sehr lange. Bis zu diesem Frühling. Da stand der Hüttner plötzlich vor ihrer Tür. Hatte fünfundzwanzig Jahre nach euch beiden gesucht. Sie hat mir sofort geschrieben. Es war ihre erste Nachricht an mich seit damals … Ich habe euch immer geschrieben, jedes Jahr, Briefe geschickt und euch Geld bringen lassen. Nicht auf den offiziellen Wegen. Ich habe immer einen Freund als Boten gesandt …«

»Nun weich nicht vom Thema ab! Das kannst du alles später erzählen!«

»Ist ja gut, ist ja gut, Lillian. Das gehört alles zum Thema! Ich bin sofort nach Deutschland gekommen, als ich Hildes Nachricht hatte. War ja klar, der Typ ist einfach übel, und es war mein Part, mit dem Dicken fertig zu werden. Aber ich wurde nicht mit ihm fertig …«

»Den dicken Klops besiegst du mit links! Was ist denn daran so schwierig?«

»Was daran schwierig ist? Dass es mich offiziell gar nicht gibt. Der dicke Hannes weiß bis heute nicht, dass ich hier bin. Er weiß auch nicht, unter welchem Namen ich in England lebe. Wahrscheinlich weiß er nicht einmal, dass ich überhaupt lebe. Und dabei sollte es bleiben. Denn wenn der mich hier in die Klauen kriegt … der macht mir mein Leben kaputt.«

»Aber in der Nacht … dort, in seinem Garten … da bist du doch auch einfach auf ihn losgegangen?!«

»In dieser Nacht war es dunkel, und der Dicke konnte gar nicht so schnell gucken, wie ich ihm die Faust aufs Auge gedrückt habe. Aber wenn ich ihn davon abhalten soll, Hilde zu bedrohen oder sie zu erpressen, das ist … eigentlich geht das gar nicht …«

Er hörte auf zu reden, guckte mir ins Gesicht. Wahrscheinlich war mir anzusehen, dass ich gerade anfing, die Orientierung zu verlieren.

»Hüttner hat meine Mutter bedroht?! Er hat jahrelang nach ihr gesucht? Was will der?«

»Ach, Lillian … wenn man Hüttner kennt, weiß man, was der will. Völlig klar. Hüttner dachte, die Hilde wäre reich. Sie hätte noch Schmuck oder Gold. Sein Geld war schon lange verbraucht.«

Jetzt verlor ich völlig den roten Faden. »Was für Gold sollte Mathilde haben? Was für Schmuck? So etwas hat sie doch nicht, oder?«

Er guckte mich an, als wäre ich ein Wellensittich, der Worte vor sich hin plappert, ohne irgendetwas zu verstehen. »Natürlich hatte sie nichts. Du weißt, dass sie nie etwas damit zu tun haben wollte. Nicht damals und nicht heute. Aber das hat Hüttner nicht davon abgehalten, ihr immer weiter zu drohen. Und als er aus ihr nichts herausholen konnte, da verfiel er auf dich.«

»Auf mich? Wieso denn auf mich?«

»Lillian, du fragst wie jemand, who hasn't the slightest idea of nothing … von nichts keine Ahnung hat.«

»Aber ich habe doch keine Ahnung!«

»Was?!«

»Was heißt denn hier *was???*«

»Du weißt gar nichts?«

Ich schüttelte den Kopf.

»Sie hat dir nichts erzählt?«

»Nein … nichts. Kein Wort.«

»Das sieht ihr ähnlich. Typisch Hilde. – Aber du kannst dich erinnern?«

Ich schüttelte wieder den Kopf.

»Das hat Hilde auch behauptet. Deine Erinnerungen an damals wären dir abhanden gekommen. Aber ein ganz kleines bisschen weißt du noch, Lillian, don't you?«

»Hör auf!«

»My goodness! Ich komme zu dir, weil ich dir endlich erklären will, warum ich damals nach England gegangen bin. Ohne euch. Warum du ohne mich leben musstest. Warum sie unbedingt hier bleiben wollte, mit dir. Aber so etwas sagt sich nicht in drei Worten, und unsere Ehe zu beschreiben, das wäre … schwierig. Aber jetzt bringst du mich dahin, dass ich wieder nur über diese verfluchte alte Scheiße rede. Dass ich erkläre und mich rechtfertige und … Nein, Lillian, das mache ich nicht, das habe ich nicht nötig, das ist vorbei, vorbei, vorbei …!«

Er hockte immer noch auf der Erde, aber er hob die Arme, fuchtelte damit durch die Luft, trommelte mit den Fäusten auf den Boden. Der konnte bestimmt richtig wütend werden, das war deutlich zu sehen. Ich guckte ihm seelenruhig zu und ließ ihn weiter die Arme schwenken.

»Vielleicht erzählst du mir später von eurer Ehe. Wenn die Kinder wieder da sind.«

»Irgendwann werden wir Ruhe haben, of course.«

»Gut, dann sag mir jetzt … Glaubst du, dass Mathilde sich mit Hüttner getroffen hat, am Mittwoch, bevor sie verschwunden ist?«

»Möglich wäre es. Aber ich bin mir nicht sicher.«

»Wenn der Typ so gefährlich für sie war, dann wäre es doch aber nicht logisch, dass sie zu ihm fährt, oder?!«

»Genau. That's it. Sie wollte sich von ihm fern halten. Das hatten wir so besprochen.«

»Aber ich glaube … nein, ich bin beinahe sicher, dass alles mit ihm zu tun hat.«

»Maybe, okay, okay. Wär ja möglich. Aber ich habe den Hüttner in den letzten Tagen so oft beobachtet. Ich war sogar in seinem schicken Haus und habe mich dort umgesehen, auch wenn seine Vera mir dabei ständig in die Quere kam. Und ich habe nichts entdeckt, was so aussah, als hätte er deine Kinder entführt oder als hätte er Hilde umgebracht.«

»Aber wer war es dann?«

»Warum muss es denn Hüttner sein. Vielleicht hat die Hilde ja auch noch andere Freunde oder Bekannte, die wütend auf sie waren. Sie ist manchmal … sehr konfrontativ … sie hatte fünfundzwanzig Jahre Zeit, um sich Feinde zu schaffen.«

»Das wär viel zu einfach! Hüttner … Hüttner ist unser Problem!«

»Ich kann ihn nicht mehr beobachten, der kleine Polizeiobermeister hat ihn einkassiert.«

»Klar, das weiß ich. Aber dieser Mann ist die einzige Spur, die ich habe. Er und du. – Und wenn ich dich mal ausklammere aus meinen Verdächtigungen, und das tue ich jetzt einfach – dann bist du immer noch der Einzige, der mir helfen kann bei dieser bekotzten verfahrenen Kiste! Hilf mir endlich!!!«

»Well, well, keep cool, darling!«

»Also: Könnte es vielleicht sein, dass der Hüttner die Kinder entführt, um Mathilde dazu zu bringen, dass sie ihn mit mir reden lässt? Oder … nein … anders: um mich dazu zu bringen, dass ich mit ihm rede?!«

»Du meinst, er hat die Kinder entführt und dabei ist irgendetwas schief gegangen und dann hat er die Hilde … nicht mit Absicht, sondern mehr aus Versehen …?« Bruno schüttelte den Kopf. »Weißt du, Darling, Hüttner mag ja habgierig sein und vielleicht ist er auch dumm und ein Schläger. Aber der ist doch kein Mörder!«

»Überlege dir gut, was du sagst.«

»Das tue ich schon. Und möglich wäre ja, dass du Recht hast. Aber hättest du dann nicht spätestens am Donnerstag einen Brief von ihm gehabt? Eine kleine Erpressung?«

»Stimmt … Allerdings – er hat mich oft angerufen. Er hat ein paarmal versucht mit mir zu reden. Es kam nur immer wieder etwas dazwischen.«

»Gut, nehmen wir an, so ist es. Und was machen wir nun mit dieser Erkenntnis? Willst du zu ihm hinfahren? Mit ihm reden?«

»Nein … Ich weiß nicht … Ich weiß ja nicht mal, worüber.«

»Und außerdem sitzt der Dicke bei der Polizei in Zossen in Gewahrsam.«

»Vielleicht erzählst du mir erst mal, was dieser Mann von Mathilde wollte. Und worüber der mit mir reden will.«

Bruno lachte kurz auf. Es klang hart und bitter. »Nein!«

»Wie – nein?«

»Darüber rede ich nicht. Das habe ich doch schon gesagt.«

»Lass mich raten: Das ist wieder diese ominöse alte Geschichte …«

»Sorry, Darling …«

»Nichts mehr, kein Sorry. Ich will es wissen!!! Bruno Förster dreht ein ganz großes Ding. Seine Familie verschwindet … Also? Fang schon an, Bruno!!!«

»Lillian, bitte, ich habe dafür gebüßt. So lange, bis ich nicht mehr konnte. Was ich dir vorhin erzählt habe, das reicht völlig aus. Mehr brauchst du nicht zu wissen. Wir müssen jetzt einfach aufpassen, dass Hüttner nicht an dich rankommt. Und ich werde weiter versuchen, die Kinder bei ihm zu finden. – Obwohl ich nicht daran glaube, dass er –«

»Das sagtest du schon! Und jetzt habe ich genug von deinen Ausflüchten! Ich muss meine Kinder finden – und wenn du mir nicht hilfst, dann mache ich dir Ärger! Ich muss nur mein Handy nehmen und unseren Polizeiobermeister anrufen, dann steht morgen früh dein Name in allen Zeitungen …«

»Das kannst du nicht machen!«

»Ich kann noch viel mehr! Es sind meine Kinder, was glaubst du, was ich für die alles tun kann?!«

Wir hatten lauter geredet, immer lauter. Im Garten waren plötzlich Stimmen zu hören. Ziemlich nahe, am Rosenrondell oder sogar schon an der Weinlaube. Schritte näherten sich über den Weg. Bruno saß noch eine Sekunde lang auf dem Boden, lauschte. Dann fuhr er hoch, machte drei kräftige Schritte, sprang dicht neben mir über die Nilpferdschaukel und verschwand in der Haselnusshecke.

Als Erste erschien Gertraud zwischen den Hundsrosenbüschen. Sie balancierte eine weiße Porzellanplatte in der einen Hand, auf der sich belegte Brote und Gurkenscheiben und Tomaten türmten, in der anderen hielt sie drei große Henkeltassen.

»Es hat ein bisschen länger gedauert, Lillian, ich musste mich erst noch um Oma kümmern. – Und dann sieh mal hier, wer gerade erschienen ist!«

Hinter Gertraud kämpfte sich Gustav Müller über den verwilderten Gartenweg. In jeder Hand eine verbeulte Thermoskanne, unter dem Ellenbogen eine dicke Wolldecke. »Hallo, Lilli! Ich hatte das Fahrrad von Gertraud noch im Laden, das ich mir letztens von Ihnen geliehen habe. Und da dachte ich mir, wirst es mal besser zurückbringen.«

Gustav Müller bückte sich, stellte die beiden Thermoskannen auf den Boden. Dann faltete er die Wolldecke auseinander, um sie auf den Boden zu legen. Ich ahnte, was gleich kommen würde, ließ sein Gesicht nicht aus den Augen. Gustav Müller schwang die Wolldecke hoch in die Luft. Und da passierte es. Hinter meinem Rücken gab es eine kleine Bewegung. Gustavs Blick folgte dem Knacken der Zweige. Seine Augen weiteten sich. Sein Lidschlag stoppte. Sein Mund klappte auf.

»Hallo, Gustav!«

Gustav ließ die Decke zu Boden schweben. Er sagte kein Wort, stand einfach nur da und guckte. Fünf Sekunden, zehn Sekunden, zwanzig Sekunden.

»Bist du das, Bruno?!«

Ich spürte einen heftigen Luftzug, Bruno sprang wieder neben mir über die Schaukel. Dann standen sie sich gegenüber. Der rundliche kleine Gustav, der große schmale Bruno. Plötzlich, wie von Fäden gezogen, breiteten beide im selben Moment die Arme aus. Umarmten sich. Hielten sich fest. Gustavs Kopf ruhte an Brunos Brustkorb. Als sie sich irgendwann wieder losließen, hatte Gustav Tränen in den Augen.

»Mensch, Gustl, nun heul nicht!«

»Ach, Bruno, altes Haus. Ich bin so was von froh, dass du noch lebst. Dass wir uns doch wiedersehen.«

»Ich wusste immer, dass wir das schaffen. Und nichts für ungut, Gustav, für den Kummer und das ganze Theater damals. Ich habe eben auch schon versucht, mich bei Lillian zu entschuldigen.«

Gustav hob die Hand, winkte ab.

»Und außerdem danke ich dir, dass du dich in den letzten Tagen um Lillian gekümmert hast.«

Gustav hob noch einmal die Hand, um abzuwinken. Da erst fiel ihnen ein, dass sie nicht alleine waren. Sie sahen sich nach uns um.

»Mädchen, wisst ihr, wer das ist?!«

»Aber sicher.«

»Na klar, Gustav.«

»Fast dreißig Jahre tot und sieht frisch und jung aus. Beinahe wie damals.«

Gertraud stellte die Platte mit den belegten Broten vorsichtig auf die Decke, die vor Gustav auf dem Boden lag. Stellte die Tassen daneben. Bei alldem ließ sie die beiden Männer nicht aus den Augen.

Gustav Müller guckte immer noch fassungslos von einem zum andern. »Kinder, ich glaube das nicht! Das kann alles nicht wahr sein!«

Bruno hatte sich besser im Griff. Er legte Gustav noch einmal kurz die Hand auf die Schulter, dann drehte er sich um und sah Gertraud und mich an. Sein Mund verzog sich zu etwas, was beinahe aussah wie ein Lächeln. »Lillian, würdest du uns bitte bekannt machen?!«

»Aber natürlich. Das hier ist meine Cousine Gertraud.«

Bruno nickte, steif lächelnd, beinahe ein wenig britisch. »An dich erinnere ich mich gut. Du warst der zweite kleine Wuschel im Haus.«

»Das ist aber Jahre her. Du hast dich lange nicht sehen lassen!« Gertraud ging zu ihm und reichte ihm die Hand.

Er hielt ihre Hand lange fest, sah ihr ins Gesicht. Dann zog er sie an sich und schloss sie in die Arme. »Auch bei dir muss ich mich entschuldigen.«

»Das musst du gar nicht. Oder du machst es später, wenn wir irgendwann mal in Ruhe zusammensitzen.«

»Ja, das hat Lillian mir auch gerade vorgeschlagen.«

Hinter den beiden erklang immer noch leises Schniefen. Gustav Müller wühlte in seinen Jackentaschen nach einem Taschentuch.

»Gustav, bitte …«

»Kümmert euch einfach nicht drum, Kinder, ich muss das jetzt rauslassen.«

Das ganze Wiedersehen wurde langsam zu einer Szene, als wären Weihnachten und Ostern auf einen Tag gefallen. Gustav hatte sein Taschentuch endlich gefunden, schnaubte sich umständlich die Nase, wischte die Tränen von seinen Wangen. Bruno trat neben ihn und boxte ihm leicht in die Seite.

»Nun werden wir doch nicht Trübsal blasen, was, Alter?«

»Ach Bruno, und jetzt kommst du auch noch genau im richtigen Moment.«

»Ich denke eher, ich komme ein wenig zu spät.«

»Ob so oder so – setzt euch und lasst uns erst mal was Handfestes essen. Du bleibst doch zum Essen, Onkel Bruno?«

»Aber sicher bleibe ich.«

»Kinder, Kinder, das ist ein Tag heute! Eigentlich schade, dass Lisa nicht hier ist. Finden Sie nicht auch, Lilli? Sie hätte Bruno sicher gerne kennen gelernt. Aber sie hat sich auferlegt, die drei Bücherregale zusammenzubauen, die heute geliefert wurden. Damit hat sie zu tun bis nach Mitternacht.«

»Nein, Gustav, ich weiß nicht, ob ich das schade finde.«

»He, Lillian, was ist mit dir los?«

»Nichts. Gar nichts. Was soll schon mit mir los sein?!«

Sie guckten mich an, Gertraud, Bruno und Gustav Müller. Aber ich sagte nichts mehr, zog nur die Schultern nach oben, kniff meine Lippen zusammen.

Wir setzten uns auf die Decke. Gertraud goss Tee ein. Sie und ich tranken aus einer Tasse. Und wenn ich das richtig verstand, dann murmelte sie auch dabei wieder etwas wie *Alles genau wie früher*. Die beiden Männer stürzten sich auf die Brote. Es war ein Bild, harmonisch und friedlich wie auf diesem alten Gemälde, auf dem Männer und Frauen so nett miteinander beim Picknick am Ufer der Seine sitzen. Und dann hielten wir Kriegsrat.

* * *

Zuerst trugen Gertraud und Gustav und Bruno alles zusammen, was ihnen ganz allgemein zu verschwundenen Kindern einfiel. Bei den meisten Gedanken, die ihnen dazu kamen, drehte sich mir der Magen um und ich brauchte viel Melissentee, um die haarsträubenden Fantasien wegzuspülen. Aber als die drei all diese Möglichkeiten zum zweiten Mal durchgingen und sich ausmalten, in welche Situationen Mathilde und die Kinder geraten sein könnten, da versuchte ich, klar zu bleiben und mitzudenken. Ich hatte mir vorgenommen, nicht zusammenzubrechen, und ich hielt mich an diese Absprache.

Ungefähr eine Stunde lang analysierten wir Varianten. War Mathilde vorsätzlich ermordet worden oder war der Mord eher aus Versehen passiert, weil sie sich einer Entführung der Kinder widersetzt hatte? Wem würden wir es zutrauen, zwei Kinder zu entführen, um für ihre unbeschädigte Rückgabe Geld von den Eltern zu erpressen? Nun gut, diese Möglichkeit schied irgendwie aus, da weder Frank noch ich bisher eine Lösegeldforderung bekommen hatten. Was für andere Gründe konnte es geben, meine Kinder zu entführen? Geld? Hass? Irgendwelche Ziele, die wir erst noch herausfinden mussten? – Oder war alles Zufall? Fremde Menschen entführen zwei fremde Kinder, die ihnen zufällig im falschen Moment über den Weg laufen? – Wenn diese Variante die richtige war, dann konnten wir gar nichts machen. Nichts, nur dem Chef von Polizeiobermeister Oskar Müller vertrauen, seiner SoKo, seiner Fahndungsarbeit.

Seltsamerweise hatten wir alle den gleichen Gedanken: Wir mussten *hier* nach den Spuren der Kinder suchen. Darin stimmten zumindest Gertraud, Gustav und ich vollkommen überein. An dieser Stelle unserer Überlegungen tauchte wieder der Name von Johannes Hüttner auf. Wohin konnte Mathilde gefahren sein, am Mittwoch, nachdem sie die Kinder bei mir abgeholt hatte? Wohin – oder zu wem? Und wer war am Donnerstag in Mathildes Wohnung eingebrochen? Wer hatte dort alles durchwühlt? Vielleicht weil er etwas suchte, was Mathilde in ihrem geheimen Wandschrank versteckt hatte. Oder weil er ein paar Dinge holen wollte, die zwei entführte Kinder dringend benötigten. Nun, wer? – Immer wieder *wer?*

Dann waren alle mit ihren Ideen am Ende. Wir saßen da, sahen hinauf in die dunklen Silhouetten der Bäume und in den apfelsinenfarbenen Mond, der sich langsam über den dunkelblauen Himmel schob. Wir schwiegen. Ich versuchte herauszufinden, ob diese letzte Stunde mir in irgendeiner Weise geholfen hatte, die Kinder wiederzufinden. In mir braute sich eine riesige Wut zusammen.

Ich trank meinen Tee aus und stellte die Tasse auf die Decke zurück. Sogar in dieser Finsternis spürte ich, dass Gertraud mich ansah.

»Lillian, du hast wenig geredet in der letzten Stunde. In den letzten zehn Minuten hast du gar nichts gesagt.«

»So, habe ich nicht?«

»Ja, Lilli, das fiel mir auch schon auf, dass Sie nicht mehr ganz bei der Sache sind. Oder hat es einen anderen Grund, dass Sie so lange schweigen?«

Ich sagte nichts.

»Lillian …?«

»Ach! Wieso fragt ihr gerade mich?!«

»Well, ich glaube, ich weiß, was du meinst, Lillian«, sagte Bruno plötzlich leise. »An genau diesem Punkt waren wir beide vorhin auch schon.«

Alle schwiegen. Ich bedauerte, dass es so dunkel war, dass ich Brunos Gesicht nicht sehen konnte. Aber wenn der Stier mir seine Hörner hinhielt, wollte ich ihn auch daran packen.

»Wenn wir uns alle jetzt darauf einigen könnten, dass Mathilde am Mittwoch zu Hüttner gefahren ist … sich mit ihm getroffen hat … dürfen wir dann jetzt bitte auch endlich darüber nachdenken, *warum?!* Bruno weiß viel, aber er will nicht reden. Dabei ist dieser Hof, auf dem Mathilde gefunden wurde, auch der Hof, auf dem Bruno zu Hause ist –«

»Zu Hause *war*, Lillian.«

»Gut, Gertraud, auf dem Bruno zu Hause *war*. Und Johannes Hüttner ist eng befreundet mit Bruno –«

»*War* eng befreundet, Lillian.«

»Ja, Gertraud, er *war*. Aber es gibt etwas zwischen den beiden, was bis heute anhält!«

Schweigen. Keiner sagte ein Wort. Eine Minute verging, eine zweite. Die Stille zwischen uns wurde lauter als die Grillen, die ringsum unter den Zweigen zirpten.

»Bruno! Ich will, dass du redest!«

Nichts, keine Antwort.

»Was ist – rede endlich!!«

»Ich … ich glaube nicht, dass das nötig ist. Ich favorisiere ohnehin die Variante, dass es anonyme Täter sind.«

»Was du nicht sagst, Bruno?!«

»Ja, Lillian! Das habe ich auch vorhin schon gesagt: Ich bin sicher, die Kinder sind nicht bei Hüttner. Er ist einfach nicht der Typ für solche brutalen Geschichten. Und wenn ich glauben würde, dass der dicke Hannes deine Kinder hat, dann würde ich sie dir zurückholen. Ohne Rücksicht auf die Folgen für mich. Damned, das kannst du mir glauben!«

»*Du* sollst aber nicht zu ihm hingehen! *Du* sollst auch nicht alleine entscheiden, was richtig ist! Ich muss mir selber ein Bild machen. Es ist *mein* Leben, um das es hier geht. Es ist *meine* Mutter, die ums Leben gekommen ist. Es sind *meine* Kinder. Und nun fang endlich an! Rede!!!«

»Nein, Lillian!«

»Doch!!! Jetzt!!!«

»Nein!«

»Lillian! Bitte!«

»Ehe ihr beide aufeinander losgeht – darf ich vermuten, Lilli, es geht Ihnen um diese Geschichte, die damals passiert ist?«

»Ganz genau, Gustav, darum geht's mir. Ihr Freund Bruno soll mir sagen, was damals passiert ist. Mit ihm? Mit Johannes Hüttner? Was ist da gelaufen? Und was will, daraus folgend, dieser Hüttner von meiner Mutter? Warum bin ich dabei wichtig? Um diese Fragen dreht sich doch alles. – Aber das Einzige, was mir Bruno erklärt, ist, dass er genug gebüßt hat und dass es zu lange her ist und dass es andere Spuren geben muss, die wir verfolgen können.«

»Genau so, Lillian. Hüttner hat nichts mit dem Verschwinden der Kinder zu tun. Auch nicht mit dem Mord an Hilde. Wenn es so wäre … dann … dann wüsste ich es! … Warum glaubt ihr mir nicht?!«

»Dir glaube ich natürlich alles. Du schleichst seit Monaten hinter mir her. Du beobachtest mich bei jedem Schritt und lässt dich nie bei mir sehen. Das sind viele Gründe, dir vollkommen zu vertrauen.«

»Hören Sie, Lilli, vielleicht sollten Sie nicht ganz so heftig –«

»Ja, Gustav, natürlich, ich vergreife mich gerade im Ton. Aber ich –«

»Lillian, jetzt hör endlich auf, sonst gehe ich!«

»Du bleibst hier! Hilf mir endlich … du … du … *Vater!*«

Dieses Wort zischte durch die Luft und traf ihn wie eine wärmegesteuerte Rakete. Er sagte nichts mehr. Für zwei, drei Sekunden war es, als hörte seine Welt auf, sich weiter zu drehen. Dann kam, leise und sanft wie immer, vom Rand der Wolldecke die Stimme von Gertraud.

»Leute, jetzt ist es genug!«

Wir schwiegen verbissen.

»Es geht heute ganz allein darum, wo die Kinder sein könnten. Alles andere werden wir noch besprechen – aber später.«

»Genau das denke ich auch. Und jetzt, altes Haus, rede. Wir sind wirklich nicht wesentlich weiter gekommen in der letzten Stunde. Wenn du uns nicht hilfst, wissen wir nichts mehr, was wir noch tun können!«

»Mensch, Gustav …«

»Bruno???!!!«

»Gustav … glaubst du wirklich, das bringt was?«

Gustav schwieg.

»Das können wir entscheiden, wenn wir es gehört haben!«

»Lillian!!«

»Ja, Gertraud?!«

»Lass ihn doch einfach in Ruhe!«

Trotz der Dunkelheit konnte ich beinahe fühlen, wie Gertraud missbilligend den Kopf schüttelte. Sie griff nach der Thermoskanne, tastete sich von Tasse zu Tasse und goss uns allen noch einmal frischen Tee ein.

»Well … of course … dann …«

Brunos Stimme klang finster. Er nahm Gertraud die dampfende Tasse aus der Hand, setzte sie an die Lippen, pustete kurz in den viel zu heißen Tee und trank.

* * *

»Ja, nun … wo soll ich beginnen? Diesen Tag habe ich so oft verflucht. Und ich habe noch nie, niemals … mit niemandem … darüber gesprochen. Aber diese Explosion … der Tag an dem wir alle von hier verschwunden sind … das ist nicht der Anfang. Schon mein Vater hat immer wieder versucht, sich die Koffer zu holen. Nur – mein Vater ist nicht ein einziges Mal in die verbotene Stadt auch nur hineingekommen. Solange ich denken kann, hat der immer gesagt, Bruno, die Hälfte von beiden Koffern gehört uns! Wir geben nicht auf, und wenn *ich* es nicht schaffe – *du* schaffst es.«

»Bitte, Bruno, wenn ich dich noch einmal unterbrechen darf …?«

»Ja, Gustav!«

»Von was für Koffern sprichst du?«

»Oh, of course, I forgot. Das habe ich vergessen, ihr wisst ja von nichts. Also … diese Koffer, die … die sind unser Familienfluch. Damit fängt alles an. Damals war ich dreizehn, der dicke Hannes war auch nicht viel älter. Wir wohnten hier, auf dem Stellmacherhof, Hannes und seine Mutter wohnten in der alten Schäferei. Und unsere Väter … eigentlich alle Väter aus dem Dorf … waren nicht mehr da, die waren alle Soldaten, das war mitten im Krieg. Und irgendwann wurden unsere beiden Väter hier nach Wünsdorf versetzt, zum Technikpersonal für die Telefonanlagen. Und das muss schon mehr zum Ende des Krieges hin gewesen sein, da lief alles schon in Richtung Chaos, sonst wäre es nie passiert, dass jemand fünf Kilometer neben seinem Heimatdorf stationiert wurde.

Also unsere Väter, in Bunker Zeppelin, Fernmeldebunker für die Heeres-Stabsvermittlung. Es wimmelte dort von Menschen. Eng wie Ölsardinen, überall liefen Kabel, pausenlos gingen die Telefone. Deutschland wurde bombardiert, es gab mehr Stress als gut war. Und wenn sie mal keinen Dienst und keine Kabel zu verlöten hatten, dann klappten die Väter unten im Nordstollen, neunzehn Meter unter der Erde, ihre Pritschen von den Wänden und legten sich schlafen. Oder sie gingen im Wald spazieren. Die kannten sich ja aus hier, und jeder Zaun hat auch ein paar Löcher. Irgendwann bei ihren Spaziergängen trafen sie einen Menschen im Wald … nein, nicht einen Menschen, damals waren viele unterwegs, weg von Berlin, die Bomben fielen, es war ja zu ahnen, dass alles bald zu Ende ging. Also Frauen, Kinder, alte Leute, und alle zu Fuß, durch die Wälder. Und in dieser Nacht, völlig finster, es ist Neumond, kommt ein Männlein, zitternd, sagte mein Vater immer, wenn er davon erzählte. Der zitterte so, als wüsste er schon, dass er gleich sterben wird. Hat einen kleinen Koffer in der Hand. Und auf den Rücken geschnallt einen großen Koffer, der auch wirklich beachtlich schwer war. Und der Wald war stockdunkel, und am Anfang ist es wohl auch nur Spaß gewesen, aber der Mann gab die Koffer nicht her. Und die beiden waren ziemlich am Ende mit ihren Nerven, und so muss es passiert sein. Der Vater von Hannes hob seinen Gewehrkolben, und der kleine Mann … lief dagegen. Es war ja Krieg, sagte mein Vater immer, und im Krieg stirbt eben immer mal einer.

Also hatten sie jetzt zwei Koffer und eigentlich wussten sie auch nicht so recht, was sie damit wollten. Gleich die zehn Kilometer nach Hause laufen und die Koffer hier auf dem Hof in der Scheune verstecken? Aber der Weg war weit, und es war schon bald Morgen, also entschieden sie anders. Schlichen ins Lager zurück, mit den Koffern, schlichen runter ins Untergeschoss. Und bevor sie sich wieder auf ihre Schlafpritschen legten, verzogen sie sich in eine ruhige Ecke und klappten die Koffer auf. Und wussten, sie sind Millionäre. Mehrfache Millionäre, beide, mindestens. Goldbarren, Brillanten, Schmuck … NOKIA-Aktien … und was weiß ich, es war nicht mehr viel, woran sich mein Vater nach dem Krieg noch erinnert hat, aber daran hat er sich erinnert. – Und nun ratet, wo die beiden die Koffer versteckt haben?!«

»Im Bunker natürlich, gleich da unten!«

»Ganz genau richtig, Gustav. Wenn der Krieg vorbei ist, holen wir uns die Koffer, haben sie gesagt. Aber der Vater von Hannes ist nicht zurückgekommen aus der Gefangenschaft. Und als mein Vater endlich kam, saßen schon lange die Russen in Wünsdorf und hatten einen Stacheldraht um alles gezogen und ließen keinen mehr rein in die Bunker. Und ich habe zwanzig Jahre lang immer wieder zu hören gekriegt, dass wir reich sind wie Könige, dass die Russen auf unserem Reichtum sitzen und dass sie uns gehören – zwei Koffer.

Well, wir haben uns angestrengt, der dicke Hannes und ich. Und wir haben es ja dann auch geschafft, wir beide. Wir waren gute Handwerker, wir haben den Checkup bestanden und durften dann irgendwann in der verbotenen Stadt arbeiten. Für die russische Armee. Erst waren das immer so kleine Aufträge, eine Täfelung reparieren, einen Dachstuhl ausbessern. Und fast immer standen wir dabei unter strenger Bewachung. Dann wurden die Aufträge größer, die Bewachung wurde lockerer. Ein paarmal haben sie gar nicht auf uns aufgepasst, und da sind wir in den Bunker runter. Geschlichen, mit Angst und Herzklopfen. Drei Etagen tief in die Erde.

Und das war riesig … das war … beeindruckend! So hatten wir uns das nicht vorgestellt, nach den Erzählungen vom Vater. Wie ein Bürohaus, das in die Erde hinein gebaut wurde statt in den Himmel. Das Untergeschoss, in dem wir dann standen, war … achtzig Meter lang, vielleicht hundert? Es gab Abzweigungen, Seitentreppen, Verbindungsstollen rüber zu diesem anderen Bunker. Aber inzwischen hatten die Russen alles umgebaut, jetzt waren da stillgelegte Nebenflure, zugemauerte Räume. Treppenabgänge waren überflutet. Wir mussten lange suchen, um genau den Teil der Lüftungsanlage zu finden, der der richtige war. Gleich daneben sollten die Öffnungen für die Abluftrohre sein, daneben der Stahlschrank mit der Lüftungselektrik. Und dahinter, in einer Nische … Well, wir haben es erst gefunden, als wir zum dritten Mal unten waren … Das hat über ein Jahr gedauert. Und beim vierten Mal hatten wir dann auch das richtige Werkzeug dabei und konnten die Stahlplatten an der Rückwand der Schränke lösen und abschrauben. Ja, und dahinter standen sie. Die Koffer. All dieser Schmuck und das Gold. Damned. Wir waren wie betrunken. Mein Leben lang hatten sie es mir erzählt, das war wie eine Kindergeschichte … wie ein Märchen. Und jetzt stand das Zeug plötzlich vor mir. Und ich dachte, wow!!!«

»Bruno, bitte, ich will dich nicht drängen …«

»Ich weiß, ich weiß, ich bin nicht so gut im Erzählen. Also, wir haben die Koffer gesehen, zum ersten Mal, und jetzt wussten wir, diese Koffer sind viel größer und viel schwerer, als wir uns vorgestellt hatten. Und es ist viel zu gefährlich, sie mitzunehmen und zu pokern, ob wir damit an den Wachen vorbeikommen. Oder einen ordentlichen Haufen von dem Zeug in unsere Werkzeugkisten zu packen. Die wurden so oft gefilzt, mal morgens beim Reingehen, dann wieder mal abends. Und wenn die uns mit irgendetwas aus den Koffern erwischt hätten, hätten die uns nach Sibirien geschafft. Oder sie hätten uns gleich erschossen. Standrechtlich, sozusagen, auch wenn der Krieg dreißig Jahre vorbei war. Also haben wir an dem Tag jeder nur ein paar ganz kleine Schmuckstücke genommen. Zum Zeigen, für zu Hause, als Beweis, dass wir es gefunden hatten. Und haben die Koffer wieder zugemacht und in das Versteck zurückgestellt und sind ganz regulär vom Gelände gegangen. Und haben uns dann überlegen müssen, wie wir das anstellen. Und wenn ich von heute aus gucke, dann ist in den letzten fünfundzwanzig Jahren kein Tag vergangen, wo ich nicht dran gedacht hätte. Und wo ich mir nicht gesagt hätte … ach, shit … Hätten wir uns doch verdammt noch mal etwas Besseres einfallen lassen …«

Bruno schwieg. Er atmete schwer und unregelmäßig. Ich hörte, wie er noch einen Schluck von seinem Tee nahm. Ein paar Sekunden vergingen, aber ich verspürte nicht mehr das Bedürfnis, ihn anzutreiben oder ihm böse Fragen zu stellen. Er hob die Arme und ich stellte mir vor, dass er sie hinter seinem Kopf verschränkte und sich hintenüber lehnte, um hinauf zum Mond und zu den Sternen zu sehen.

»He, ihr sagt ja gar nichts? … Es ist bedrückend, wenn keiner von euch mit mir redet. Lillian, willst du nicht meckern?! Just a little bit?«

»Nein, will ich nicht.«

»Well, ihr wisst jetzt, worum es geht. Den Rest können wir irgendwann später besprechen.«

»He! Moment mal! Da fehlt doch die Hälfte!«

»Rede ruhig weiter, Onkel Bruno, wir hören dir immer noch zu.«

»Und keiner von uns bricht den Stab über dich. Also komm, Alter, überwinde dich!«

Ich hörte, wie Bruno in der Dunkelheit atmete, schniefte, in seinen Hosentaschen nach einem Taschentuch suchte. Leise sprach er dabei mit sich selber. »Nein! ... Vergiss es! ... Nein nein nein! ...«

»Bruno? Sagtest du etwas?«

»Ach was. Nein.« Seine Stimme zitterte.

Wir warteten. Minuten vergingen.

»Bruno?«

»Ja doch, well, ja doch ... Ich will ja reden! ... Aber ... Ich wollte immer irgendwann zurück nach Deutschland kommen und Lillian alles erzählen. Ob das Hilde nun recht wäre oder nicht. Aber jetzt ... jetzt ... bitte ... habt Verständnis für mich. Es geht nicht ...«

Ich presste meine Lippen zusammen. Du sagst dazu nichts, dachte ich. Dieser Bruno braucht Zeit, und ein paar Minuten kann er ruhig noch bekommen. Danach wird er reden, dafür sorge ich.

Zwei oder drei Minuten später kam Brunos Stimme neben mir aus der Dunkelheit. Jetzt zitterte sie nicht mehr, sie hörte sich fest an und beinahe klar.

»Unser Plan war nicht gut. Es musste alles zu schnell gehen. Plötzlich hieß es, der Bunker soll gesprengt werden. Am Anfang dachten wir, das wäre nur ein Gerücht. Dann hatte plötzlich jeder im Dorf davon gehört. Aber wann – das wusste so genau keiner. Also nahmen wir die Sache ernst.

Den anderen Bunker, Maybach I, hatten sie auch schon versucht zu sprengen. Das war damals total in die Hose gegangen. Die Bauten von Maybach I waren ein bisschen zusammengerutscht, aber standen immer noch aufrecht. Die berühmte deutsche Wertarbeit ging eben nicht kaputt.

Und jetzt, zehn Jahre später, wollten sie also Zeppelin sprengen. Unseren Bunker. Drei Meter dicke Betonwände, eigentlich war das lachhaft. Aber vielleicht hatten sie ja aus der misslungenen Sprengung von Maybach I was gelernt und wussten jetzt, wie sie es anstellen mussten. Und was würde dann aus unseren Koffern werden. Aktien brennen! Schmuckstücke können schmelzen!

Also Attacke. Weil wir nicht herausfinden konnten, wann diese Sprengung sein sollte ... Und das war ein Fehler von mir. Ich wusste es nicht genau. Und ich dachte, so genau muss ich das auch nicht wissen.

Für mich war nur wichtig, dass mir nicht mehr viel Zeit blieb, um die Koffer zu holen …«

Bruno verstummte. Ich hörte, wie er versuchte, seinen Atem zu beruhigen. Aber seine Stimme klang fest, als er weitersprach. Entschlossen, kühl, beinahe unbeteiligt.

»Hüttner und ich sind also runter. Und ran an den Stahlschrank und die Platte mit der Elektrik herausgehoben und die Rückwand abgeschraubt und die Koffer aus der Nische gezogen. Der dicke Hannes hat den kleinen Koffer genommen und ist sofort losgelaufen zur Treppe. Ich wollte den anderen Koffer nehmen und auch sofort losgehen – da sah ich die Kabel hängen. Das sind diese Schrecksekunden, von denen du denkst, dass sie Stunden dauern. Aber in Wirklichkeit vergehen nur Sekunden oder Zehntelsekunden. Ich guckte die Kabel an. Überlegte. Dann wurde mir klar, dass beim letzten Mal keine Kabel an diesen Verteilerstellen gewesen waren. Dann sah ich, dass die Kabel aus dem Kasten heraus und am Boden entlang und auf die Wände hinaufführten. Den ganzen langen Flur hinunter. Und alle fünf, sechs Meter verschwanden sie in diesen Bohrlöchern in der Wand.

Mit dem Kopf hatte ich noch gar nicht begriffen, was ich da entdeckt hatte, da schlug mein Herz schon los wie ein Schmiedehammer. Ich dachte noch, shit, warum bin ich kein Elektriker, dann wüsste ich, was hier los ist. Dann wüsste ich, ob wir vielleicht sogar schon beim Abschrauben der Trägerplatte die Zündung ausgelöst haben. Wie ich da stand und nachdachte, das kam mir vor wie eine Ewigkeit, aber es kann nicht lange gedauert haben. Irgendetwas wollte ich noch machen, irgendwie wollte ich die Katastrophe aufhalten. Da gab es schon die erste Detonation. Genau am anderen Ende des Tunnels, ungefähr vierzig, fünfzig Meter entfernt. Die Explosion war hinter einer Kurve, eine Treppe und zwei Wände waren dazwischen. Aber es war schrecklich. Eine unheimlich schwere Druckwelle, Schutt flog durch die Luft. Diesen Staub konnte man kaum atmen. Also sind wir gerannt … der Dicke und ich … bloß raus hier!

Aber ich war so verrückt, ich dachte immer noch, egal, das klappt schon, irgendwie kriege ich den Koffer doch noch raus aus dem Bunker. Und bin stehen geblieben, hab den Koffer aufgemacht und mir ein paar von den Sachen in die Taschen gestopft. Kleine Goldbarren, Schmuckstücke, sogar ein paar von diesen feuchten Papieren. Das war ohne jede Logik, wir haben nur Zeit verloren. Fünfzehn Sekunden, zwanzig Sekunden. Als ich den Koffer zuschlug und dann losrennen wollte ... waren wir einfach nicht schnell genug. Und dann ... wie aus dem Nichts ... kamen sie die Treppen herunter.«

Da saß ich, in Gertrauds Garten, klammerte mich an meiner Teetasse fest und konnte kaum atmen. So deutlich wie den Abendwind in den Wipfeln der Linden hörte ich das Krachen der Explosionen, von denen Bruno erzählte, atmete die staubige Luft, spürte Brunos Angst. Ich bemühte mich, ruhig zu bleiben und nicht in den Teller mit den belegten Broten zu fallen. Und war erstaunt über den kühlen Ton, in dem Bruno erzählte. Kalte Worte, kalter Tonfall. Hinten in meinem Nacken ballten sich meine üblichen Kopfschmerzen zusammen. Kurz wie ein Blitz schoss mir der Gedanke an meine Tabletten durch den Kopf. Hatte ich sie vorhin schon genommen? Doch, mir war so. Oder doch nicht?

»Lillian, du sagst ja gar nichts. Hörst du mir denn nicht zu?«

»Aber doch, ich höre dir zu. Ganz bestimmt!«

»Ich habe noch Tee, Onkel Bruno. Möchtest du noch eine Tasse?«

»Ja. Ja bitte. Meine Zunge ist ganz trocken geworden.«

Gertraud goss ein. Ich hielt ihr meine Tasse hin, und Gertraud füllte auch sie voll. Bruno pustete in seine Tasse, lange, lange, dann hörte ich, wie er trank, gierig, als hätte er seit Stunden keinen einzigen Schluck zu trinken bekommen.

»Also ... die Schritte. Sie rannten die Treppe herunter, am anderen Ende des Bunkers. Die Telefonzentrale im ersten Bunkergeschoss wurde immer noch streng bewacht, auch wenn sie wahrscheinlich gar nicht mehr genutzt wurde. Und jetzt kamen die Wachen, wir hörten Schritte, Stimmen, laute Kommandos. Mir blieb keine Zeit mehr. Wir versuchten zu rennen. Schneller. Noch schneller. Und dann explodierte die zweite Sprengladung. Die Druckwelle war noch viel stärker als die erste. Die Mauern neben uns knirschten, Eisentüren schoben sich ineinander. Hinter uns fing es an zu rauschen, Wasser gurgelte als ob ein Leck in ein U-Boot geschlagen wäre. Ich schob den Koffer in diesen Kabelschacht, vor dem wir gerade standen. Und dann –«

Üb immer Treu und Redlichkeit … Bis an dein kühles Grab … Und weiche keinen Finger breit … Mir war so übel. Ich brauchte lange, bis ich begriff, dass dieses Geräusch nicht zu Brunos Erzählung gehörte. In meiner Tasche klingelte das Handy. Es klingelte zweimal, dreimal, fünfmal. Bruno schwieg.

»Tut mir Leid …«

»Aber nein, Lillian, macht gar nichts. Und jetzt solltest du vielleicht rangehen.«

Er atmete tief durch und ich spürte deutlich, wie froh er war, nicht weiterreden zu müssen. Ich griff nach der Tasche, wühlte darin herum, schob die Taschentücher zur Seite, die Tabletten, die Tropfen. Dann hatte ich es endlich gefunden. Drückte auf Anhieb die richtige Taste und nahm das Gespräch an.

* * *

»Hallo, Lilli, bitte erschrecken Sie nicht. Ich bin es.«

»Oskar?«

»Ganz genau. Der überarbeitete Polizeiobermeister. Ich meine es ernst, bitte nicht aufregen: Ich rufe nur an, weil ich gerade mal wieder auf der Toilette alleine sein darf und Ruhe zum Reden habe. Nicht weil ich Ihnen sagen will, dass irgendetwas passiert ist.«

Schon während Bruno eben erzählt hatte, war die Unruhe in mir von Minute zu Minute gewachsen. Jetzt flammte sie hoch und breitete sich aus wie ein Buschfeuer. Niemals würde Oskar Müller mich anrufen, um mir einfach nur Guten Abend zu sagen. Irgendetwas musste passiert sein.

»Gut, Oskar, legen Sie los, reden Sie!«

»He, ich habe das Gefühl, dass Ihre Nerven blank liegen. Das ist wirklich nicht nötig!«

»Vielleicht lassen Sie mich das entscheiden?! Und jetzt sagen Sie mir, warum Sie mich anrufen … Bitte.«

»Gut, gut. Ich wollte Sie nur fragen, ob Sie vielleicht Ihren Mann vom Bahnhof in Schönefeld abholen möchten. Sie haben viel zu bereden und er könnte dadurch ungefähr zwei Stunden Fahrzeit sparen.«

»Was? Mein Mann kommt? Wieso das denn?!«

»Hm. So hatte ich mir Ihre Reaktion eigentlich nicht vorgestellt. Oder vielleicht doch, ja, die Tendenz war schon länger zu erkennen.«

»Warum nimmt er nicht seinen BMW? Solange ich ihn kenne, ist er nie mit der Bahn gefahren!«

»Jetzt aber schon. Er nimmt starke Psychopharmaka.«

»Ganz egal, ich hole ihn nicht ab!«

»Alles klar, dann schicke ich ihm einen Wagen. Möglicherweise ist es sogar besser, wenn wir ihn hier in unseren Räumen haben. Er war so aufgebracht, als er vorhin anrief. Ich werde ihm eine tolerante Kollegin zur Seite stellen.«

»Gut, bitte, wenn Sie wollen.«

Die Spannung in mir ließ ein ganz kleines bisschen nach, so dass ich meine Gedanken fokussieren konnte. Meine Antennen für Zwischentöne waren scharf geworden wie die Sensoren eines Rauchmelders.

»Und nun, Oskar, sagen Sie mir das, was Sie eigentlich sagen wollten!«

»Was? Ja, nun …«

»Los, raus mit der Sprache!«

»Gut, gut. Aber nicht gleich erschrecken. Es geht um Hüttner …«

Nein, wenn es um Hüttner ging, erschreckte ich nicht. Oder nur ein ganz kleines bisschen. Ich nahm ganz ruhig meine eiserne Rüstung vom Garderobenhaken, zog meine kugelsichere Weste an, holte meine Pumpgun unter den Dielenbrettern hervor …

»Machen Sie es nicht so spannend, Oskar, erzählen Sie einfach. Was ist mit dem Hüttner?«

»Leider nichts Gutes: Ich muss ihn entlassen. Seine Frau ist mit einem Anwalt gekommen, der hat hier beim Gericht ganz tough mit einem ärztlichen Attest gewedelt. Darauf steht, dass der Dicke Hypertoniker ist und sich nicht aufregen darf, weil sonst die Gefahr besteht, dass sein Blutdruck ins Unermessliche steigt, so wie beim Hau-den-Lukas auf dem Rummelplatz. Am Ende bekommt er vielleicht einen Herzinfarkt, Exitus, und die Polizei ist wieder mal schuld.«

»Aber er hat doch … Er hat doch in Mathildes Wohnung eingebrochen. Und er hat Frank niedergeschlagen. Schwer verletzt. Und dass er meine Kinder –«

Oskar Müller fiel mir ins Wort. »Da wir ihm bisher nur beweisen können, dass er die Wohnung Ihrer Mutter durchwühlt hat, konnte die Staatsanwältin beim besten Willen nicht Nein sagen. Hüttner sagt, die Wohnung war offen, er hat sie nicht aufgebrochen. Dass er Ihren Mann niedergeschlagen hat, hat er bisher nicht zugegeben. Er streitet alles ab. Und es gibt keine aktuelle Spur von ihm zu Ihrer Mutter oder zu den Kindern. Nichts, vollkommene Fehlanzeige.«

»Ich kann das nicht glauben. Sie lassen ihn wirklich laufen?!«

»Objektiv besteht keine Fluchtgefahr.«

Ich schwieg. Versuchte zu atmen.

»He, was ist los, Lillian? Hat Oskar die Kinder gefunden?« Gertrauds Gesicht war plötzlich dicht neben meinem, ihr Mund dicht an meinem Ohr.

Ich legte meine Hand über das Mikro des Handys. »Nein. Er teilt mir nur mit, dass er den Dicken laufen lässt.«

»Was?? Nein!! Und wann ist es so weit?«

Ich nahm meine Hand wieder vom Mikro herunter. »Wann lassen Sie ihn zurück in die Freiheit?«

»Jetzt, in zwei Minuten. Sobald ich aus der Toilettentür komme, wird dieser Anwalt sich auf mich stürzen.«

»Jetzt gleich also.« Ich wiederholte seine Worte für alle, die neben mir saßen. Aber dieses Mal vergaß ich, das Mikro zu verdecken.

»Als ob nicht alles schon schlimm genug wäre!«

Gertraud flüsterte, immer noch dicht neben meinem Ohr. Bruno und Gustav brummten böse und waren dabei überhaupt nicht leise.

»Bullshit!!«

»Das ist ja, als ob man den Mörder hat und dann lässt man ihn wieder laufen!«

»Sagen Sie mal, Lilli, was sind das für Stimmen? Sind Sie im Antiquariat?«

»Nein, ich sitze bei Gertraud im Garten.«

»... bei *uns* im Garten!«

»Ich sitze bei uns im Garten. Zusammen mit Gertraud und Gustav und ...«

»Und?«

»Und mit mir selber. Und es gibt auch nichts Neues bei mir.«

»Lilli, Sie verschweigen mir etwas?!«

»Nein!« Ich gab mir Mühe und ließ meine Stimme ganz harmlos klingen.

»Erpresst Sie jemand? Gibt es eine Lösegeldforderung? Verlangt jemand von Ihnen, dass Sie nicht mit der Polizei kooperieren?«

»Nein, Oskar, wieso denn?!«

Nicht nur mein Ton hatte sich verändert. Auch die Stimme von Oskar Müller klang nicht mehr so sanft, beruhigend, tröstend wie sonst. Sie war jetzt eher forschend geworden, scharf, ein wenig misstrauisch.

»Nein. Bitte, glauben Sie mir, mich erpresst niemand. Und ich kooperiere mit Ihnen. Sie dürfen nicht denken –«

»He, Moment, Lilli. Sie müssen mir jetzt nicht antworten. Wenn Sie gerade nicht reden können oder sich nicht völlig sicher sind, was Sie sagen wollen, dann sagen Sie nichts mehr! Verweigern Sie die Aussage! Das darf jeder bei mir. Aber nur eine gewisse Zeit lang.«

»In Ordnung.«

»Na sehen Sie! Ich bin gespannt, was Sie mir erzählen werden. Vielleicht bringt es uns ja irgendwie weiter? – Und der Dicke … der kriegt die ganz lange Leine … Also, keine Angst haben. Bis dann.«

»Ja. Bis wann?«

Er hatte aufgelegt. Ich hielt das Handy noch in der Hand. Überlegte, was ich von seinen letzten Sätzen halten sollte. Aber dann schob sich ganz schnell etwas anderes in den Vordergrund: Was hatte ich wohl von einem frei herumlaufenden Hüttner zu erwarten? Mein Herz raste schon, seit Bruno mit seiner Bunker-Geschichte begonnen hatte. Der vertraute Schmerz zog sich in meinem Nacken zusammen. Dieser Schmerz war nicht eben kleiner geworden, während Oskar Müller mir seine Neuigkeiten erzählte. Hatte ich etwa doch Angst? Fürchtete ich mich vor einem übergewichtigen alten Mann, der asthmatisch war, zu hohen Blutdruck hatte, sich immer fürchterlich aufregte und laut herumbrüllte?! Ich fühlte in mich hinein. Doch, ich hatte Angst vor ihm.

Vielleicht deshalb, weil ich in den letzten Tagen so viele üble Dinge über ihn erfahren hatte und nun auch seine schlechte Seite kannte.

Vielleicht hatte er mich sogar erkannt, hinter der undurchschaubaren Glasscheibe in der Polizeiwache. Dann war er ohnehin nicht mehr gut auf mich zu sprechen. Er würde nie wieder so nett und freundlich zu mir sein wie vor einer Woche, nachts am Telefon.

Meine Angst vor dem dicken Herrn Hüttner machte mich wütend. Und meine Angst vor diesen Schmerzen, die mich jederzeit lahm legen konnten. Vielleicht kam ja alles auch daher, dass ich mich viel zu sehr aufregte. Die Kontrolle über meinen Körper verlor. Aber dagegen gab es zum Glück ein Mittel. Oder jedenfalls etwas, was ich in diesem Moment für ein gutes Mittel hielt. Ich tastete in der Dunkelheit nach meiner Handtasche.

»Lillian, du sagst ja gar nichts?«

»Ich war in Gedanken. Wozu soll ich etwas sagen?«

»Zu dem, was ich gerade erzählt habe. Der Bunker, die Koffer, die Sache mit Hüttner.«

»Ich denke darüber nach.«

»Ich kann mir schon vorstellen, was du sagen willst. Wenn ich damals weitergerannt wäre nach der ersten Explosion, wenn ich nicht stehen geblieben wäre und den Koffer nicht aufgemacht hätte ...«

Ich hörte auf, nach meiner Tasche zu tasten, und lauschte in die Dunkelheit. Brunos Stimme. Leiser als eben, unterbrochen von kurzen hastigen Atemzügen, aber immer noch distanziert, sehr beherrscht, kalt.

Ich musste zugeben, irgendwie hatte ich Bruno nur mit einem Ohr zugehört. Hinter jedem Wort hatte ich nach einem Hinweis gesucht. Wusste er, wo meine Kinder waren? Hatte die Geschichte damals im Bunker etwas mit ihrem Verschwinden zu tun? Und was sagte mir Brunos Bericht über den dicken Herrn Hüttner? Hatte mich das, was sich Bruno in den letzten zwanzig Minuten abgerungen hatte, überhaupt irgendwie weitergebracht?

»Lillian, bitte, sag was.«

»Du hattest ein Vierteljahrhundert Zeit zum Nachdenken – jetzt denke ich!«

Wir schwiegen. Alle. Eine Minute verging. Zwei Minuten. Fünf Minuten. Die Grillen zirpten. Die Schmerzen in meinem Nacken stiegen langsam nach oben. Mein Herz stolperte. Meine Tasche zu finden wurde immer wichtiger für mich. Ich suchte weiter. Tastete über die Decke.

»Bitte, Lillian …?!«

Wahrscheinlich war ich nicht die Art Tochter, die er sich erträumt hatte. Aber ich konnte jetzt nicht mit ihm reden. Ich fühlte mich elend. Sogar meine Hände zitterten. Ich brauchte meine Beruhigungstropfen. Ich tastete weiter, fand endlich meine Tasche, wühlte darin herum. Dann hatte ich die Tropfen.

»Gertraud, ist noch Tee in der Kanne?«

»Aber sicher.« Gertraud goss ein, fühlte nach meiner Hand und gab mir die Tasse zurück. »Hier, bitte. Möchte sonst noch jemand?«

Niemand meldete sich. Jetzt hatte anscheinend jeder mit sich zu tun. Keiner hatte noch etwas zu sagen. Nur die Grillen. In meinem Inneren brodelte es. Atmen, ruhig atmen, immer weiteratmen. Die Hände ruhig halten, den Schmerz unterdrücken. Und weiteratmen. Nichts war mehr einfach.

Minuten vergingen. Dann fiel mir die kleine Medizinflasche in meiner Hand wieder ein. Ich musste improvisieren. In dieser Dunkelheit sah ich nicht einmal den Tee in meiner Tasse. Ich schraubte den Verschluss ab, schüttelte zehnmal die Flasche mit dem Tropfer nach unten. Es schmeckte ziemlich bitter, was ich da zusammengemischt hatte. Aber ich trank die Tasse leer.

Da klingelte mein Handy zum zweiten Mal.

* * *

Es dauerte keine Sekunde, dann hatte ich es in der Hand.

»Hallo, kleine Lillian, das hättest du nicht gedacht, dass ich dich so bald wieder anrufen kann, stimmt's?!«

Mir stockte der Atem. Jetzt hatte ich sie – die Vorstellung davon, was ein Hüttner, der nicht mehr unter polizeilicher Bewachung stand, für mich zu bedeuten hatte.

»Nun, meine Kleine, so schweigsam?!«

»Ich warte einfach, was Sie mir zu sagen haben.«

»Klug! Klug warst du schon immer. – Wo bist du jetzt gerade?«

»In Margensee. Im … Ich gehe spazieren, auf der Dorfstraße.«

»Ach. Alleine?«

»Ja. Natürlich.«

»Was für dich so natürlich ist. Aber bitte, tu, was du nicht lassen kannst. Und jetzt pass auf: Du und ich, wir beide müssen uns treffen.«

»Was? Wir beide treffen uns?! Ich glaube nicht, dass ich das möchte.«

»Du möchtest das vielleicht nicht. Aber sieh es doch mal so: Willst du deine Kinder nun wiedersehen oder nicht?«

»Die Kinder? Sie wissen, wo meine Kinder sind?« Ich schrie. Eine Amsel flog laut kreischend aus einem Gebüsch auf.

»Ja, sicher. Sicher weiß ich, wo deine Kinder sind.«

»Geht es ihnen gut? Wo sind sie?«

»Eben habe ich dich noch gelobt, weil du klug bist. Kleine Lillian – triff dich mit mir, dann können wir alles besprechen. In Ordnung?«

»Überredet. Ja! Wann treffen wir uns?«

»In Margensee bist du … Hast du dein Fahrrad bei dir?«

»… Ja.«

»Schön. Dann in zwanzig Minuten. In Waldstadt, in deiner Buchhandlung.«

»In zwanzig Minuten? Sie meinen *jetzt? Heute?* Es ist doch schon dunkel!!!«

»Ja. Na und?!«

»Gut, gut. Ich habe ja Licht in der Buchhandlung.«

»Na siehst du. Und kein Wort zu irgendjemandem. Ist das klar?!«

»Klar. Natürlich. Wie Sie meinen.«

»Und denke ja nicht, du könntest mich austricksen. Wenn du die Polizei anrufst … diese SoKo. Oder diesen albernen Gustav und deine blonde Freundin. Ich warne dich, Mädchen!«

»Sie warnen mich?!«

»Ja! Du möchtest doch, dass sie unversehrt sind, wenn du sie wiederhast?! Dass sie leben?!«

»Ja, natürlich!!«

»Na dann bitte. Halte dich an das, was ich sage. Mach nur einen Fehler …«

»Was?! … Was soll denn das heißen?! … Wollen Sie meine Kinder umbringen? Nicht, nein, tun Sie ihnen nichts! Bitte! Bitte …«

»He! Halt die Klappe! Ich sage, wie es geht – und du machst es! Dann passiert gar nichts. Klaro?«

»Ja.«

»Und jetzt schwing dich aufs Rad und fahr los.«

Er trennte die Verbindung. Ich schrie auf. Ich musste einfach schreien, diesen Druck, der sich in mir aufgestaut hatte, hielt ich keine Sekunde länger aus. Plötzlich klickte vor mir in der Dunkelheit ein Feuerzeug. Eine kleine Flamme flackerte auf. Gustav Müller streckte seinen Arm aus und leuchtete in mein Gesicht.

»Wer war denn das?«

Ich konnte kaum atmen. »Nichts. Niemand. ... Das war Frank.« Ich schrie gleich noch einmal. Sprang auf, streckte mich, lief ein paar Schritte. Doch die Spannung wich nicht von mir.

»So, so. Ja. Der Frank also. Der Frank, mit dem Sie verheiratet sind?«

»Und der will deine Kinder umbringen, Lillian? Wenn du jetzt die Polizei rufst? Oder wenn du seine Forderungen nicht erfüllst?«

»Nein! Nein, er ist nur sauer! Wenn ich nicht am Bahnhof ... ich soll ihn abholen ... in Schönefeld ... und da habe ich gesagt ...«

Gertraud beugte sich vor, ihr Gesicht erschien neben der Feuerzeugflamme. Sie sah mir besorgt in die Augen.

»Jetzt bleib mal ganz ruhig. Wer ist es? Was will er? Und wann will er dich treffen?«

»Ich ... nein ... ich sage nichts ... ich soll nicht ...«

»Ruhig bleiben, Lillian, du bist nicht allein! Du kannst dich auf uns verlassen!«

Gertraud guckte zu Gustav, zu Bruno. Alle drei nickten mir zu. Die Feuerzeugflamme verlosch.

Fünf Minuten später war alles gesagt und geregelt. Gertraud und Gustav hatten zwei Sekunden gebraucht, um darauf zu kommen, dass Johannes Hüttner der Anrufer war und dass er die Kinder entführt hatte. Nur Bruno war nicht dieser Meinung. Er war mit nichts zufrieden, was Gertraud und Gustav sich jetzt ausdachten, um mir bei meinem Treffen mit Hüttner zu helfen. Nein, er fand es dumm und viel zu riskant, sich heimlich durch den Hintereingang ins Antiquariat zu schleichen, während ich dort mit dem dicken Herrn Hüttner redete. Es sei auch kompletter Schwachsinn, dass ich im Gespräch versuchen sollte herauszufinden, wo er die Kinder versteckt hielt, und dass sie dann dorthin fahren und die Kinder befreien könnten. Außerdem war Lisa in der Buchhandlung und schraubte Regale zusammen, und wenn ich nicht lange genug vor Herrn Hüttner in Waldstadt war, um sie wegzuschicken, dann würde es gar nicht erst zu einem Gespräch mit ihm kommen.

»Aber bitte – wenn ihr meint, dass der Hüttner nicht lügt, dass ihr ihm glauben wollt – dann nehmt seine Worte ernst. Und dann sollten wir den Mann nicht unterschätzen, dann ist er möglicherweise ja doch gefährlich. Und wenn er die Kinder wirklich hat … was wir aber nicht genau wissen … dann hat er ja vielleicht auch die Hilde umgebracht. Aber ganz egal, ob er mit dem Tod von Hilde zu tun hatte oder nicht – auf jeden Fall ist das jetzt Sache von Profis. Die Polizei muss verständigt werden, gemeinsam müssen wir eine Strategie festlegen. Und zwar noch bevor Lillian losfährt.«

»Abgelehnt. Ich muss in fünfzehn Minuten in Waldstadt sein.«

»Dann verspätest du dich eben ein wenig!«

»Dann ist er vor mir im Laden und sieht Lisa!«

»Lisa können wir anrufen. Sprich erst mit dem Neffen von Gustav!«

»Aber er hat gesagt, er bringt die Kinder um, wenn ich nicht rechtzeitig da bin. Oder wenn ich die Polizei verständige. Oder wenn ich mit Lisa und Gustav –«

»Das hat er so nicht gesagt. Und dieses Oder-oder-oder ist doch auch ziemlich auffällig, das zeugt überhaupt nicht von zielgerichtetem Verhalten! Vielleicht ist er ja irre? Vielleicht weiß er gar nichts von deinen Kindern? Er jongliert nur mit deiner Angst!«

»Und wenn du nicht Recht hast??!! – Ich fahre jetzt los!«

Ich war aufgestanden und sprang neben der Decke auf und ab. Auch Gertraud, Gustav und Bruno hatten sich erhoben. Bruno lief unruhig an der anderen Kante der Decke hin und her.

»Lillian, du bist dabei, eine riesige Dummheit zu machen!«

Er bückte sich, hob wahrscheinlich seine Jacke vom Boden auf. Und auch dieses Mal wählte er den Umweg über die Schaukel auf dem Weg in die Haselnussbüsche. Aber jetzt stieg er langsam wie in Zeitlupe über das schwingende Nilpferd, über jedes Hindernis. Als wäre er so in

Gedanken versunken, dass er kaum noch darauf achten konnte, wohin er gerade trat.

»Wir sehen uns später. Wenn du mich brauchst, werde ich da sein, Lillian!«

Aber sicher doch. Ich hätte lachen können, wenn mir nach Lachen zumute gewesen wäre. Ich legte den Kopf in den Nacken, sah nach oben. Schräg über uns stand der Große Wagen am sternklaren Himmel. Der Mond hatte sich hinter die einzige dicke Wolke verzogen, die heute Abend dort oben hing. Sein Licht strahlte dahinter hervor und leuchtete sanft über den Garten. Ein paar Dinge gab es schon noch, die zuverlässig an ihrem Platz waren.

»Lillian?«

»Ja, Gertraud?«

»Ich glaube, du musst jetzt los, wenn du rechtzeitig im Antiquariat sein willst. Soll ich dich mit dem Auto hinfahren?«

»Nein, danke, das geht nicht. Ich habe Hüttner gesagt, dass ich mit dem Fahrrad hier bin … Ach ja, eben …«

»Dann leihe ich dir meins.«

Ich war immer noch schrecklich aufgeregt, meine Hände zitterten, das Herz schlug mir bis zum Hals. Mein Nacken schmerzte. Ich wusste nicht, ob ich in diesem Zustand überhaupt Fahrrad fahren konnte. Aber dann fiel mir ein, dass ich gerade eben meine Beruhigungstropfen genommen hatte. Noch ein paar Minuten, dann würde ich endlich ruhiger werden.

Und nur den Bruchteil einer Sekunde, so kurz wie ein Blitz, der über den Himmel zuckt, dachte ich daran, dass es vielleicht gar nicht so gut war, wenn ich auf dem Fahrrad saß und die Tropfen fingen an zu wirken.

»Gut, dann bis später! Ich rufe euch an … wenn ich weiß, wo die Kinder sind, oder wenn ich sie wiederhabe.«

»Bis später, Lilli. Hier habe ich noch etwas für Sie, falls der Himmel zu dunkel wird …« Gustav hielt mir sein Feuerzeug hin.

»Und falls das Feuerzeug ausfällt, habe ich auch noch etwas für dich.« Gertraud griff in die Tasche ihrer Strickjacke und klemmte mir ihre bleistiftstarke Taschenlampe in die Hand.

»Danke. Drückt mir die Daumen!«

Es war alles absurd. In Zossen arbeitete eine SoKo von über 200 Polizisten daran, meine Kinder zu suchen. Und ich lief hier alleine los. Ausgestattet mit einem Feuerzeug und einer winzigen Taschenlampe. Mir fehlten nur noch ein Kompass, ein Fahrtenmesser, ein paar wasserfeste Streichhölzer und eine eiserne Ration Vollkornbrot. Ich stapfte mit zitternden Knien hinter Gertraud her, an den Hundsrosenhecken vorbei, an dem kleinen See, durch die Weinlaube. Schon im Gehen knöpfte ich mir die Jacke zu, zog den Kragen fester. Unter den drei großen Kastanien hatte Gustav das Fahrrad abgestellt. Ich nahm es, wir gingen weiter bis vorne zum Tor. Gertraud zog das Schlüsselbund aus ihrer Strickjacke und schloss für mich auf.

»Es wird alles gut werden, Lillian. Wir fahren sofort los, keine Bange. Und vorher rufen wir deine Freundin Lisa an, damit sie sich aus dem Laden verzieht.«

Sie drückte mich an sich. Ich schwang mich aufs Fahrrad und fuhr los. Und noch während ich unter den hellen Laternen der Dorfstraße dahinraste, fing ich an, mir das Gespräch mit dem dicken Herrn Hüttner vorzustellen. Was konnte er von mir wollen? Welche Forderungen würde er stellen? Wollte er Geld haben? Oder wollte er das, wovon Bruno gesprochen hatte: mit mir reden, über etwas, was ihm unheimlich wichtig war – und von dem weder Mathilde noch Bruno mir bisher gesagt hatten, was es war.

* * *

Die Landstraße war menschenleer, der Himmel immer noch klar. Der Große Wagen strahlte. Der Mond leuchtete silbrig über die Chaussee. Warm und trocken strich der Nachtwind über mein Gesicht. Mir war heiß wie an einem Augustnachmittag auf einer unbeschatteten Elbwiese. Trotzdem trat ich kräftig in die Pedalen. Ich hörte meinen Atem, ein bellendes Reh irgendwo in den Wäldern, das leise Rascheln der Buchenblätter und mein klapperndes Fahrrad.

Ich fuhr und schwitzte. Erst als ich an die Stelle kam, wo der Wald auf der einen Seite der Chaussee einem breiten Schilfgürtel Platz machte, wurde die Luft etwas kühler. Der Geruch von Wasser lag in der Luft. Frösche quakten.

Ich dachte daran, dass jetzt eben Gertraud den Telefonhörer einhängte. Dass sie den Zündschlüssel für den alten Chrysler vom Haken nahm, dass Gustav inzwischen das große Holztor öffnete. Dass im Dachgeschoss eine alte Frau schlief, die von all den Katastrophen nichts mitbekam. Und dass ich möglicherweise noch in dieser Nacht meine Kinder in die Arme schließen würde. Vielleicht in zwei Stunden, vielleicht schon in einer …

Etwas schepperte irgendwo vorne auf der Chaussee. Ich trat weiter in die Pedalen, suchte mit den Augen die Straße vor mir ab. Hörte das Scheppern zum zweiten Mal, diesmal sehr viel lauter als eben. Ungefähr einhundert Meter vor mir rollte eine Bierbüchse auf die Straße. Ich bremste. Überlegte es mir anders und stemmte mich wieder in die Pedalen, gewann schnell an Tempo. Wechselte auf die andere Straßenseite, um der Dose auszuweichen. Und war schon beinahe daran vorbei, als ein Schatten sich aus dem Wald löste und auf die Straße sprang. Keine drei Meter vor mir.

»He, Kleine! Lillian! Hast es viel zu eilig!«

Ich brauchte zwei Sekunden, um diese Stimme zu erkennen. Bremste, mein Hinterrad rutschte über den rauen Straßenbelag. Kam in Schräglage. Das Fahrrad kippte. Ich sprang von den Pedalen und schaffte es im letzten Moment, sicher auf den Füßen zu landen. Er machte zwei große Schritte, dann war er neben mir.

»Hallo, Lillian! Ich habe umdisponiert. Wir treffen uns hier, auf der Landstraße. Den Treffpunkt in deinem Laden verschieben wir einfach auf später!«

Da stand er, in den gleichen schlabbrigen Trainingshosen, die er schon in der Polizeiwache getragen hatte. Er hielt schon die nächste volle Bierbüchse in der Hand. Sein Atem wogte heiß und übel riechend zu mir herüber.

»Los, Lillian, da auf dem Waldweg steht mein Auto. Leg dein Fahrrad ins Gras und steig ein! Schnell!«

»Warum sollte ich in Ihr Auto steigen, Herr Hüttner?«

»Weil ich es sage!«

Ich zögerte. Stand unschlüssig mitten auf der Chaussee, hielt den Lenker von meinem Fahrrad fest.

»Los! Los!«

Er packte mich am Ellenbogen, zog mich in Richtung Straßenrand.

Ich ließ mich ziehen. Ein wenig unschlüssig war ich. Was bezweckte dieser Mann damit, dass er hier auf mich wartete und nicht am Antiquariat, wie verabredet? Was änderte sich dadurch für ihn? Was veränderte sich für mich? Ich lief neben ihm her, beschäftigt mit meinen Gedanken. Lehnte mein Fahrrad an eine der Linden am Straßenrand. Ging neben ihm, zwischen Büschen und Unterholz, in den Wald hinein.

Tief in mir hörte ich eine Stimme, die sich heftig bemühte, mich zurückzuhalten: Bist du verrückt, Lilli, mit diesem Mann darfst du nicht in den Wald gehen! Es ist stockdunkel! – Und eine andere Stimme, die mir zuredete: Er hat deine Kinder, es gibt gar keine andere Möglichkeit, du musst tun, was er sagt! – Irgendwie stand ich plötzlich neben mir. Lief neben mir her, gab mir gute Ratschläge, versuchte mich zu ermutigen. Ich empfand das Unwirkliche dieser Situation. Und dachte den Bruchteil einer Sekunde daran, dass ich dieses Gefühl kannte. Neben mir sein, mich aus meinem Körper herausheben, mich beobachten.

Es war gar nicht weit. Der dicke Herr Hüttner und ich liefen einen ausgewaschenen Waldweg hinunter. Schon nach zwanzig Metern leuchtete mir ein strahlendes Schimmern aus der Finsternis des Waldes entgegen. Das helle Mondlicht spiegelte sich in einer glatten glänzenden Fläche. Hüttners Auto. Ich schwebte darauf zu. Der dicke Herr Hüttner ging neben mir. Schwer atmend, mit schweren Schritten. Das Bier in der Dose in seiner Hand schwappte hin und her. Ein öliges Glucksen.

Und daneben war noch ein Geräusch. Leise, ganz leise zuerst. Dann lauter, immer lauter, hallte es von der Chaussee herüber. Der Motor eines Autos, das sehr schnell näher kam. Die Landstraße lag in meinem Rücken, aber ich musste mich nicht umdrehen, um zu wissen, was dort durch die Dunkelheit raste. Mit keuchendem Motor und klappernder Karosse. Der alte Chrysler näherte sich schnell, einen winzigen Moment hörte ich ihn ungefiltert von Bäumen und Büschen, genau hinter meinem Rücken. Aber das dauerte nur einen Lidschlag lang, dann war er vorbei und ich hörte das Klappern wieder leiser werden. Das Brummen des Motors verebbte irgendwo zwischen den Bäumen. Der dicke Hüttner hielt mir seine Autotür auf.

»So, kleine Lillian, dein Taxi!«

Ich stieg ein. Oder besser: Ich sah mich einsteigen. Sah, wie der dicke Herr Hüttner meine Autotür zuschlug. Er lief um das Auto herum. Für einen kurzen Augenblick zeichnete sich seine Silhouette schwarz vor dem dunkelblauen Himmel ab. Fast sah es aus, als würde er schwanken und sich an der Motorhaube abstützen. Aber dann klappte er die Fahrertür auf, schwang sich behende auf den Sitz, ohne seine Bierdose an die Armatur oder an das Lenkrad zu stoßen, und schlug die Tür kräftig zu. Kein Anzeichen von Unsicherheit, keine Hinweise auf Betrunkensein.

»Also, mein Fräulein, nun lass uns mal loslegen!«

Er sah mich an. Trank einen kräftigen Schluck Bier. Guckte wieder zu mir. Trank die Dose leer. Kurbelte das Fenster herunter und warf sie hinaus. Griff auf den Hintersitz und zog zischend die nächste Bierdose auf.

»Na, Lillian, du sagst ja gar nichts?! Hat's dir die Sprache verschlagen?«

Nein, die Sprache verschlagen hatte es mir nicht. Eigentlich nicht. Aber irgendwie doch. Ich saß neben mir und sah mich neben dem dicken Herrn Hüttner sitzen. Und es war mir nicht klar, wer jetzt meinen Mund öffnen musste, um etwas zu sagen. Ich, die dort saß und zu Herrn Hüttner hinüberblickte, oder ich, die daneben hockte und mich beobachtete. Ein paar klare Gedanken hätten mir jetzt sehr viel weiter geholfen. Ein paar klare Worte in die Richtung vom dicken Herrn Hüttner. Aber welche Worte? Was wollte der Mann hören?

»Worüber wollen Sie mit mir reden, Herr Hüttner?«

Er nahm noch einen Schluck. Guckte mich an. Fing an zu lachen. »Worüber? Mensch, Lillian, du kleine Ahnungslose!«

Er lachte weiter. Tief glucksend. Sein Atem fing an zu pfeifen, seine Lungen pressten sich zusammen. Er rang nach Luft, fing an zu husten. Es dauerte eine halbe Minute, dann hatte er sich wieder im Griff, wurde ruhiger, kurbelte das Fenster herunter, atmete ein paar tiefe Züge der lauen Nachtluft. Dann ließ er den Motor an.

* * *

Er fuhr. Und fuhr und fuhr. Ich versuchte mich zu konzentrieren, meine Augen offen zu halten. Aber das wurde von Minute zu Minute schwieriger. Schließlich gelang es mir nur noch mit großer Anstrengung, den dunklen Buchenwald vor dem Autofenster vorbeiziehen zu sehen, die hohen Kiefernwälder und die dürren Akazien, leuchtende Straßenlaternen, gelbe Häuser. Als ich das letzte Mal die Augen öffnete, sah ich nur noch eine unendlich lange gelbe Mauer.

Irgendwann hielt der dicke Herr Hüttner sein Auto an. Er stieg aus, ließ den Motor laufen. Ich hörte ihn mit einem Schlüsselbund klappern, das so umfangreich war wie das eines Gefängniswärters. Dann quietschte ein eisernes Tor. Herr Hüttner stieg wieder ins Auto, fuhr ein paar Meter, hielt wieder an, stieg aus, ließ den Motor laufen. Wieder quietschte das Tor, wieder klapperte das Schlüsselbund. Aber meine Augen konnte ich nicht mehr öffnen.

»Das ist gut gesichert, was, Lillian? Fast genau noch wie damals.«

Ich sagte nichts mehr.

»He, was ist, bist du wach, Lillian?«

»… Ja, Herr Hüttner, vollkommen.«

»Na, sag bloß. Ich möchte mal wissen, was sie dir gegeben haben. Und da behaupten die immer, Alkohol schadet. Dass ich nicht lache!«

Er lachte wirklich, heiser und trocken. Legte wieder den Gang ein, fuhr weiter. Noch ein Tor wurde geöffnet und wieder verschlossen. Er fuhr und fuhr. Ich sah nichts mehr, schwebte irgendwo über mir, ohne noch irgendeinen Gedanken denken zu können. Hörte nur noch das Brummen des Motors. Und gab auf. Ließ endlich meinen Körper nach unten klappen. Verabschiedete mich von den letzten festen Koordinaten um mich her, der Frontscheibe vor mir, dem Polster in meinem Rücken, dem Autositz unter meinem Hinterteil. Um mich her versank alles im Raunen des Motors. Mir ging es nicht schlecht dabei.

Irgendwann spürte ich auch den Motor nicht mehr. Nur noch Stille. Und vielleicht eine Stimme? Doch …

»So, Mädchen, packen wir's!«

Die Stimme vom dicken Herrn Hüttner.

»He, Lillian, aufwachen! Aussteigen! Komm! Die Fahrt ist zu Ende! – Pennt einfach weiter. Da hört sich doch alles auf!«

Ich unterschied ein paar Worte. Hörte den Tonfall, schroff, laut, hart. Eine Tür wurde zugeknallt. Eine Autotür. Schritte in meiner Nähe. Meine Tür wurde geöffnet. Warmer Atem hauchte über mein Gesicht. Ein widerlicher Geruch traf meine Nase.

»Ja nun, Mädchen! Was soll das denn werden?! Nun reiß dich doch mal zusammen! Lillian! Komm zu dir! … Oder willst du nicht wissen, wo deine Kinder sind?!«

Ein paar Schläge klatschten in mein Gesicht. Und das war es wohl. Diese Schläge brachten mich zurück ins Leben. Dazu dieses Stichwort, das in mir nachhallte wie das Echo einer Kirchenglocke. Meine Kinder … meine Kinder … natürlich, ich war unterwegs zu ihnen. Ich wollte sie wiederfinden. Nun komm doch mal zu dir, Lilli! Mach die Augen auf! Was war nur mit mir los?! Was hatte dieser Typ mir gegeben? Zum Schlucken, zum Trinken, zum Inhalieren?! Was für ein ekelhaftes Gefühl, einen Körper zu haben, der tief unter den Gedanken hing, die ich gerade dachte. Komm zurück, Lilli! Das klappt doch sonst auch immer! Immer, wenn … richtig, jetzt fiel es mir ein: Diese Tropfen hatte ich vorhin genommen, und eine von den Tabletten. Oder zwei Tabletten und zweimal Tropfen? Keine Ahnung … keine Ahnung …

»Na, Mädchen, was ist?! Steigst du aus? Oder soll ich dich tragen?!«

* * *

Meine Füße liefen. Ich atmete tief. Die Nachtluft war kühl geworden, tat mir gut. Meine Augen ließen sich wieder öffnen. Ich klappte sie auf. Guckte. Dicht neben mir schnaufte Herr Hüttner, in der einen Hand eine Bierbüchse, in der anderen Hand ein Schlüsselbund. Rechts und links von uns war das Nichts. Ein paar einsame schwarze Bäume vor einem dunkelblauen Nachthimmel. Unter meinen Füßen festgefahrener Sandboden. Oder, nein, das war kein Sand und keine Erde, das war ein Straßenbelag. Eine Teerstraße, ein wenig löchrig, wahrscheinlich so alt wie die Waldstadt und von keiner einzigen Lampe beleuchtet.

Meine Füße waren schwer wie Senkbleie, aber sie gingen, immer weiter. Und ganz langsam wurde ich wieder klarer. Ich guckte mich um. Sah die Sterne über uns. Schräg über mir auf dem weiten Himmel stand noch immer der Große Wagen. Der Große Wagen …

he, Moment mal, wo hatte ich den heute Abend schon gesehen? Ich strengte mich an. Suchte meine Gedanken zusammen. Es war, als müsste ich eine Zitrone erst aus Fruchtfleisch, Schale und Saft zusammenfügen, ehe ich sie auf die Zitruspresse drücken konnte. Richtig, der Große Wagen hing über diesem Garten, in dem ich vorhin gesessen hatte … bei … Ja, jetzt hatte ich wieder alles zusammen: Der Große Wagen hing über dem Garten von Gertraud. Meiner Cousine. Und Gustav Müller hatte auch in dem Garten gesessen. Und Bruno. Gesichter fielen mir ein, die zu diesen Namen passten. Ich kam wieder ins Lot. Und dann wusste ich auch wieder, worüber wir gesprochen hatten.

»Na, Fräulein Lillian, immer noch voll im Tee?«

»Hmmm? … Nö … nein, nein …«

Ich brummte undeutlich. Vielleicht war es nur eine ganz normale Schutzreaktion, aber ich hatte nicht vor ihm zu zeigen, dass ich auf dem Weg der Besserung war. Zuerst einmal musste ich verstehen, was hier los war. Langsam drehte ich den Film zurück, den ich in der letzten halben Stunde erlebt hatte. Hatten nicht Gertraud und Gustav im Garten gesagt, dass sie bei mir sein wollten, wenn ich mit dem dicken Herrn Hüttner zu reden hatte? Nun ja, und wo waren sie jetzt? Sehr wahrscheinlich doch wohl an dem Treffpunkt, den wir vereinbart hatten. Und wieso hatte ich mich davon abbringen lassen, zu diesem Treffpunkt zu fahren? Nein, stopp, die letzte Frage musste ich streichen, die brachte mich jetzt nicht weiter. Zwischen mir und der Antwort lag ohnehin der Nebel der Undurchschaubarkeit, den Dr. Müllers Tropfen über alles zu breiten vermochten. Wenn ich die Frage konstruktiv umformulierte, musste sie heißen: Wie bringe ich Gertraud und Gustav hierher?

Hierher? Ja, wohin denn? Wo war ich eigentlich? Ging auf meinen bleischweren Beinen auf einer nachtschwarzen Straße. Und merkte gerade, dass meine Schritte viel zu leichtfüßig geklungen hatten auf den letzten Metern. Das musste ich schleunigst ändern. Ich fing wieder an zu schlurfen. Und dann versenkte ich mich weiter in meine Gedanken und drehte den Film noch ein wenig zurück. Bis zu der Stelle im Wald, als der dicke Herr Hüttner den Motor anließ. Er gab Gas – und dann? Wohin hatte er sein Auto gelenkt?

Viel fiel mir nicht ein. Die gelben Häuser, die lange gelbe Mauer, die beiden verschlossenen Tore, durch die er mit mir gefahren war. Hatte ich nicht vorhin einen kleinen Moment lang gedacht, ich würde die Gutenberg-Straße vorbeiziehen sehen, draußen vor dem Autofenster? Mein Antiquariat? Keine hundert Meter weiter begann die schmale Straße, die hinauf zum alten Stadion führte. Zu dem Stadion, das ein verkleinertes Abbild des Stadions war, in dem 1936 in Berlin die Olympischen Spiele veranstaltet worden waren. Hier in Wünsdorf hatten die deutschen Sportler sich stilgerecht vorbereitet. Gustav hatte von diesem Stadion geschwärmt, ich hatte nur wieder einmal nicht zugehört. Und was hatte Gustav weiter erzählt? Wenn man nach links abbog, nicht nach rechts zum Stadion, wohin kam man? Durch zwei alte Eisentore, die mit dicken Ketten verschlossen waren, gesichert mit großen Schlössern …? Wohin führte die linke Straße? Wir hatten alle zusammen im Antiquariat gestanden und uns über den Plan der Verbotenen Stadt gebeugt. Ich hatte das Bild wieder vor mir, graue Linien und schwarze Straßennamen auf grauem Papier. Das Wort *Endbauwerk* fiel mir ein … wie ein Echo davon das Wort *Weststollen*. Dieser ganze Stadtplan war mir damals vorgekommen wie ein fernes Echo … Was denn für ein Echo? Was für verdrehte Gedanken begann ich da gerade zu denken?! Ich versuchte mich an den Stadtplan zu erinnern, an die Wege, an die Straßen. An Gustavs Worte …

Was hatte er an diesem Tag über die verbotene Stadt gesagt? Und warum, zum Geier, hatte ich damals nur einen flüchtigen Blick in den Stadtplan geworfen?! Schon nach dem ersten Hinsehen war das Bild einer langen gelben Straße in mir aufgestiegen. Ich sah ein riesiges Haus, das schräg wie ein Kartenhaus in die Erde gerutscht war … War das dieses Endbauwerk? Endbauwerk West? Endbauwerk Nord? Gegen all diesen Unsinn in meinem Hirn hatte ich mich versperrt. Und im selben Moment hatten auch wieder meine Kopfschmerzen begonnen und ich hätte ohnehin aufhören müssen, in die Karte zu starren oder Gustav zuzuhören, der pausenlos über alte Häuser und alte Geschichten philosophierte.

Und schwups, verfing ich mich so in meinen Gedanken, dass ich nicht mehr die Straße vor meinen Augen sah. Knöcheltief stolperte ich in ein Loch, das viele verregnete Jahre in den Straßenasphalt gespült hatten. Ich verlor fast die Balance. Mein Fuß knickte um und fing sofort an zu schmerzen. Ich war wieder wach.

»He, Mädchen, pass auf, du torkelst wie ein Quartalssäufer. Dass dir bloß nicht noch was passiert, so kurz vor dem Ziel!«

Der dicke Herr Hüttner packte meinen Ellenbogen und hielt mich. Sein Griff war fest wie die Klammerung eines Tackers. Aber glücklicherweise musste er gleichzeitig seine Bierdose festhalten. Das war meine Chance. Ich torkelte noch einmal, machte ein paar große, für ihn viel zu schnelle Schritte und zerrte meinen Ellenbogen aus seiner Hand. Er ließ mich gewähren. Nahm den letzten Schluck aus der Dose und warf sie in hohem Bogen in die Büsche am Straßenrand. Zog die nächste Dose aus seiner Jackentasche, riss sie auf, trank. Blieb stehen und fing wieder an zu lachen. Um uns her war Stille. Es war schrecklich – die Stille der einsamen Straße und dieses Lachen. Ein irres Kichern. Irgendwie begann die Sache mit dem dicken Herrn Hüttner aus dem Ruder zu laufen.

Und ich hatte es mir so leicht vorgestellt, mit ihm fertig zu werden. Ein bisschen reden, ein bisschen aushorchen und ansonsten aufpassen, dass er mich nicht zu fassen kriegte. Jetzt, ohne die paralysierende Wirkung von Dr. Müllers Tropfen, spürte ich nichts so stark wie den Impuls, durchzustarten und einfach wegzulaufen. Aber sofort sah ich Frank junior und Liane vor mir … er war dabei, mich zu ihnen zu führen. Ich musste weiter neben ihm hergehen. Egal, wie ich mich jetzt fühlte. Egal …

Mich fröstelte. Ich steckte die Hände in die Taschen meiner Jeansjacke. Und da, plötzlich, fühlte ich etwas zwischen meinen Fingern.

* * *

Es war überhaupt nicht einfach, das Handy zu benutzen, ohne es aus der Jackentasche zu ziehen. Ich tastete nach der Menüsteuerung und startete einen Blindversuch. Tastatur entsperren, Nummernspeicher wählen. Und jetzt alle Nummern durchdrücken, das halbe Alphabet. Die ADAC Pannenhilfe, die ADAC Verkehrsinfo, die Autowerkstatt, in die Frank seinen Wagen zur Inspektion brachte. Nur keinen vergessen, nicht die Freundin, die ich seit dem Studium nicht mehr gesehen hatte, nicht die Ärztin, zu der ich mit Frank junior und Liane ging, wenn sie krank wurden. Als Nächste kam die Nummer von Gertraud. Aber dies war ihr Anschluss in Margensee, und dort würde ich sie jetzt wohl kaum noch erreichen. Also weiterdrücken, eine Nummer weiter, noch eine Nummer. Und dann hatte ich ihn wahrscheinlich, den Eintrag, den ich haben wollte. Ich wählte, und ich konnte nur hoffen, dass ich keinen Eintrag vergessen hatte. Sonst würde ich vielleicht gleich das Motel in Leipzig in der Leitung haben oder die Computeransage von meinem Kontomanager.

Tief in meiner Jackentasche ertönte das Freizeichen. Es klickte kurz. Ich hörte die Stimme von Lisa. Das hoffte ich jedenfalls. Die Stimme redete, stellte ein paar Fragen, schwieg. Ich zog das Handy ein ganz kleines bisschen aus der Jackentasche heraus. Torkelte mich mit ein paar Schritten in eine ordentliche Entfernung vom dicken Herrn Hüttner und fing laut an zu reden.

»He, Sie, Herr Hüttner …«

»Na, kleines Fräulein, mit einem Mal so gesprächig?«

»Wohin gehen wir eigentlich?«

»Zu deinen Kindern natürlich. Was fragst du so blöd?«

»Ich meine … ich wollte …« Ich torkelte wieder. Jetzt nur nicht zu vernünftig klingen. »Ich dachte … vielleicht … das ist doch die Straße zu diesem Endbauwerk … oder?«

Der dicke Herr Hüttner blieb stehen. Warf seine halb volle Bierbüchse in die Büsche, packte mich an der Schulter und schüttelte mich. »Nun sage mal, Mädchen! Du kennst diese Straße? Hast du mich die ganze Zeit zum Narren gehalten? Du erinnerst dich ja doch?!«

»Ich … nein … Sie meinen, ich …? Ach was!«

Au Scheiße, wo war ich da nur hineingeraten! Aufpassen, Lilli! Vorsicht! Ich blieb stehen, fasste mir an die Stirn.

»Mein Kopf … au … oh, mein Kopf!«

»Lillian! Mach mich nicht zum Affen!«

Er packte mich mit seiner Eisenklammer-Hand am Oberarm und zog mich vorwärts. Mit einer Kraft, die mir keine Möglichkeit ließ, meine Befragung fortzusetzen. Jetzt trieb er mich nur noch vorwärts. Nach ungefähr einhundert Metern gab er mir plötzlich einen Stoß in die Seite. Nun torkelte ich wirklich, von einer Straßenseite auf die andere. Eine schmale Böschung hinab.

»Aua!«

»Stell dich nicht so an!«

Aber es war keine Böschung ins Nirgendwo. Hier begann ein Weg. Ein schmaler Weg, von Birken gesäumt und von halbhohen Büschen, die in mein Gesicht schlugen, während der dicke Herr Hüttner mich zügig vorwärts schob. Immer noch umklammerte ich in meiner Jackentasche das Handy.

»Mann, ich will jetzt wissen, wo wir hingehen!«

Keine Antwort. Neben den diffusen Silhouetten der Birken tauchte der Schatten eines Hauses auf. Breit wie ein Ozeandampfer. Spitzes Dach. Aber der Dachfirst stand schief ... Mondlicht fiel durch die fensterlosen schrägen Zimmer, leuchtete kleine helle Streifen über den Birkenweg.

»Was ist das für ein zusammengefallenes Haus, Herr Hüttner? Das ist gar nicht kaputt ... nur so schief ... auch die Wände ... versinken in der Erde ...?«

Ich redete laut und zum Mithören. Und ich gab mir Mühe, einigermaßen benebelt zu klingen. Ob er mir diese Nummer immer noch abnahm, wusste ich nicht. Denn er zog mich weiter vorwärts, meinen Arm fest umklammert, immer schneller und schneller.

Wieder eine abrupte Änderung der Richtung. Im rechten Winkel von dem Birkenweg hinunter. Noch einmal peitschten Zweige in mein Gesicht. Wieder spürte ich festen Straßenbelag unter den Füßen. Eine schmale Straße, unsere Schritte auf dem glatten Beton hallten von den Befestigungen der Straßenränder wider. Kleine Mauern, die langsam anstiegen. Höher und höher. Stetig führte die schmale Straße bergab.

Bergab ... bergab? Mir war plötzlich, als würde ich mich an einen Film erinnern. Eine Straße, die schnurgerade bergab führte. Und diese schrägen Häuser, an denen wir eben vorbeigelaufen waren. Ich erinnerte mich an keinen Film, ich war mitten darin. In einem Film, den ich noch niemals zuvor gesehen hatte. Den es eigentlich gar nicht gab. Aber vorhin im Garten hatte Bruno ein paar Szenen daraus erzählt. Woraus? Aus meinem Film? Vorsicht, Lilli! Vorsicht! Dr. Hermann Müllers Vergiss-alles-und-reg-dich-nicht-auf-Tropfen waren dabei, mein Gehirn umzurühren. Löschten Speicher, verschoben Erinnerungen. Änderten vielleicht gerade mein Passwort!

Der dicke Herr Hüttner zog mich weiter. Bergab, schneller, als meine Füße gehen konnten. Oder gehen wollten. Denn nun wusste ich plötzlich, was am Ende dieses Weges war. Da wollte ich nicht hin. Ganz bestimmt nicht.

* * *

Man brauchte nur einen Schlüssel. Und den hatte der dicke Herr Hüttner. Er schloss auf. Klappte eine Tür auf, die so stark war wie eine Hauswand. An der Innenseite der Tür hing ein Rad, wie zum Verschließen eines Schotts auf einem U-Boot. Eine kniehohe Türschwelle, die sich mit einem Stahlrand fest mit der Tür verbinden ließ. Eine zweite Tür. Wieder mit einem Stahlrand, wieder mit einem Rad verschließbar. Der dicke Herr Hüttner schloss auch diese Tür auf. Schimmel- und Modergeruch schlugen uns entgegen.

»So, meine Kleine, da wären wir!«

Das hatte ich mir fast schon gedacht.

»Ich gehe da nicht rein!«

»Was?!«

»Nein! Mir wird jetzt schon übel!«

»Das ist so egal, wie dir wird!« Er packte meinen Arm mit seinem Schraubzwingengriff. »Los! Vorwärts!«

Ich ließ das Handy in meiner Jackentasche los. Ankerte beide Hände am eisernen Türrahmen und klammerte mich daran fest. Er schob mich. Aber meine Umklammerung hielt. Ich musste mich nur unheimlich anstrengen.

»Wenn Sie noch weiter an mir herumzerren, schreie ich!«

Er ließ mich sofort los. »Du schreist nicht, Lillian!«

»Doch!«

Ich klappte meinen Mund auf und fing an zu schreien. Zuerst nur ein ganz kleines bisschen, überhaupt noch nicht laut. Aber er hob blitzschnell den Arm und schlug mir mit ganzer Kraft seine flache Hand ins Gesicht.

»Schnauze!«

Ich konnte kaum atmen vor Schmerz.

»Hast du vergessen, dass es um deine Kinder geht? Das hier ist kein Ausflug! Also halt die Klappe und mach, was ich sage!«

Ich konnte noch immer nicht wieder richtig atmen. Der dicke Herr Hüttner drückte mich mit seinem Körper gegen die Wand. Ich bekam Lust, mein Knie zu heben und es zwischen seine Beine zu rammen. Aber diese Lust unterdrückte ich. Genau wie den Hass, der jetzt in mir aufstieg. Das waren weder Dr. Müllers Tropfen noch seine Tabletten, die mich friedfertig machten. Ich dachte an Liane und an Frank junior.

Sollte dieser Mann die beiden wirklich hier unten versteckt halten? Was für ein schreckliches Verlies. Wie das Innere einer Pyramide. Wie ein zwanzig Meter tiefer Sarkophag. Ein Grab aus Beton.

»Wenn Sie meine Kinder hier unten eingesperrt haben, bringe ich Sie um!«

Fehler gemacht, Lilli. Er presste mich noch fester an die Mauer als eben. Sein Gesicht kam meinem ganz nahe. Er blinzelte in meine Augen. Sein Mund war verzerrt.

»Jetzt weiß ich's, mein Fräulein, du bist weder bekifft noch benebelt. Du bist völlig klar – du weißt, was hier läuft, und du weißt, was ich von dir erwarte. Und wenn ich dich jetzt loslasse, dann bitte, verschwinde. Aber ich werde hier runtergehen. Und wenn ich ohne dich da unten ankomme, dann nehme ich deine Kinder und drehe ihnen den Hals um. Das geht ganz einfach, die haben Hälse wie Gänse. Zum Teufel noch mal, glaub mir! Ich mach das! – Also, kommst du nun mit oder nicht?!«

Er lockerte den Druck seines Körpers. Ich konnte endlich wieder atmen. Stand da und keuchte. Dann gab er mich frei. Ich hätte mich umdrehen können und wegrennen, diese lange Straße einfach wieder hinauf.

»Nun, Lillian?!«

All die klugen Ideen, die wir in den letzten Stunden zusammengetragen hatten, waren aus meinem Kopf verschwunden. All die gescheiten Sätze, die Polizeiobermeister Oskar Müller über den dicken Herrn Hüttner gesagt hatte, über Mathilde, über meine entführten Kinder. Ich stand da, roch den modrigen Gestank, der uns aus der Tiefe entgegenwehte, und hatte das Gefühl, als wehte dieser Geruch jeden Gedanken aus meinem Kopf hinaus. Schon wieder paralysierte sich mein Gehirn, bis nur noch ein einziger Gedanke übrig blieb: *Meine Kinder*. Und noch ein zweiter, ganz kleiner Gedanke, der so schnell durch meinen Kopf zog, dass ich ihn nicht fassen konnte.

Irgendetwas, was Oskar Müller über den dicken Herrn Hüttner gesagt hatte … Wenn er ihn freilassen müsste … wenn er ihn aus dem Gewahrsam entließ … dann würde er … eine tolerante Beamtin zu seiner Begleitung abstellen? Ihn zum Bahnhof schicken, damit er Frank abholte? – Gelöscht, alle meine Dateien! Diese Tabletten … ich hasste diese Tabletten! Und diese Tropfen! Nie wieder würde ich so etwas nehmen. Nie wieder!

»Nun gut, Herr Hüttner. Ich komme mit. Aber ich bleibe dabei: Wenn Sie meine Kinder hier unten gefangen halten, in diesem beschissenen Bunker, bringe ich Sie um!«

»Na, dann komm, Lillian, und sieh es dir an!«

Er nahm meinen Arm. Drehte mich in Richtung Tiefe und drückte mich abwärts.

* * *

Nun war ich da, wo ich nie und auf keinen Fall sein wollte. Hinter uns fielen zwei Türen in ihre Verriegelungen. Wir standen im Dunkeln. Eine kräftige Taschenlampe flammte auf. Ihr Lichtkegel huschte über die Wände, suchte. Fing ein Bündel von Leitungen ein, die wie die Gleise einer elektrischen Autorennbahn in einer breiten Spur über die Wand liefen und in einen Verteilerkasten mündeten. Neben dem Kasten ein Block von Lichtschaltern. Nicht sechzig Jahre alt, aber doch ziemlich altmodisch. Der dicke Herr Hüttner streckte den Arm danach aus. Und während er damit zu tun hatte, die richtigen Schalter zu finden, schob ich vorsichtig meine Hand in die Tasche von meiner Jeansjacke und zog mein Handy ein paar Zentimeter heraus. Drückte Licht auf das Display. Aber ich konnte nicht mehr sehen, welche Verbindung ich vorhin hergestellt hatte. Das Display war leer. Zwei massive Stahltüren, drei Meter dicker Beton. Die Ingenieure, die diesen Bunker konzipiert hatten, kannten keine Probleme mit der Reichweite von ihrem Handy.

Der dicke Herr Hüttner fuhr immer noch mit dem Finger an den Schalterreihen entlang. Dann hatte er endlich gefunden, wonach er suchte. Er drückte vier oder fünf dieser Schalter. Es klickte kurz. Neonlampen flammten auf. Plötzlich standen wir nicht mehr in einem finsteren alten Bunker. Um uns herum wuchs ein hell erleuchtetes Treppenhaus. Ich ließ das Handy in die Jackentasche zurückgleiten.

Alles hier unten war riesig. Ich sah einen Ölfarbensockel, so hoch, dass er weit über meinen Kopf hinausreichte. Er war in diesem typischen Hellgrün gestrichen wie jede seit ewigen Zeiten nicht renovierte Behörde oder Verwaltung. Zwei riesige Lüftungsrohre, in die ich bequem hineingepasst hätte, kamen von außen durch die Wand und liefen steil abwärts ins nächste Untergeschoss. Eine breite Rampe führte zu einem Fahrstuhl, mit dem sie wahrscheinlich sogar Autos in die Tiefe transportiert hatten. Und zu meinen Füßen begann eine breite Steintreppe, die tief nach unten führte. Mein Herz schlug heftig. In meinem Nacken ballte sich ein Schmerz zusammen, so dick und kratzig, als würde sich dort das übliche Knäuel Stacheldraht zusammenrollen. Aber dieses Mal war mir übel dabei, so übel, dass ich mich an die Wand lehnen musste. Der dicke Herr Hüttner packte meinen Arm fester und schob mich vor sich her.

»Na komm schon, lauf, lauf …«

Ich schleppte mich vorwärts, warf dabei vorsichtig einen Blick über das Geländer. Was ich sah, führte nicht dazu, dass mir besser wurde. Die Treppe führte ins Bodenlose. Licht gab es nur im Obergeschoss. Schon im Untergeschoss lagen die Stufen im Dunkel. Und auch dort in der Dunkelheit ging es noch tiefer hinab. Aber was auch immer dort unten kommen mochte … am Grunde des Treppenhauses, bis auf die letzten Stufen hinauf, stand Wasser. Sickerte wirklich Grundwasser durch drei Meter dicke Betonwände? Leise glucksten Tropfen. Sofort fielen mir wieder Frank junior und Liane ein. Wenn die beiden bloß nicht hier unten waren. Mir war schrecklich kalt.

Der dicke Herr Hüttner zog mich unsanft von der Treppe hinunter ins erste Stockwerk. Grüne Ölfarbenwände. Hell erleuchtet. Ein endloser Flur. Ich blieb stehen, guckte. Auch der dicke Herr Hüttner blieb stehen. Dieser Anblick schien ihn zu überwältigen. Er öffnete eine frische Bierdose, leerte sie in wenigen Zügen, ließ die Dose fallen. Sie schepperte auf den Steinfußboden. Der Klang breitete sich aus, hallte mit vielen Echos den Flur hinunter.

»Siehst du, Lillian, das ist er … unser Bunker.« Er guckte mir beifallheischend ins Gesicht, lockerte seinen Schraubzwingengriff ein ganz klein wenig. Seine Augen strahlten. »Zeppelin, unser Fernmeldebunker. Die Heeres-Stabsvermittlung. Hier gab es alles, drei Etagen tief, Strom und Wasser und Luft, so viel kannst du gar nicht atmen. Und das brauchten die auch. Hier hat es gewimmelt von Menschen. Ein Großraumbüro am anderen ... Und die Flure so breit, wenn es schnell gehen musste, konnten die Chefs hier unten mit dem Jeep zu ihrem Stabsraum fahren ...«

Ich verschloss meine Ohren. Er war der Dritte heute, der mir ganz nebenbei einen Vortrag über deutsche Geschichte hielt, über Dinge, die mich überhaupt nicht interessierten. Seine Füße standen nicht still, genau wie sein Mundwerk. Er zog mich vorwärts.

»Eine drei Meter dicke Bunkerdecke, darüber ein voller Meter Beton-Zerschellschicht, und dann noch sieben Meter Erdaufschüttung! Wenn du alle Etagen nebeneinander legst, hast du eine Fläche von fünf Quadratkilometern. Das ist Deutsche Baukunst!«

Ich nickte. Wo zum Geier konnte man hier zwei kleine Kinder verstecken? Wo konnten die beiden hier unten so viele Tage überleben?

»Da staunst du, was Mädchen?! Eine ganze Welt unter der Erde. Weißt du, wie oft ich inzwischen hier war? Seit die Russen weg sind ...«

Er zog mich weiter, den Flur hinunter, endlos lang. Alles war sauber und gut beleuchtet. Wären die Wände nicht von dieser graugrünen Schimmelschicht bedeckt gewesen, hätte es wirklich ausgesehen wie in einem Bürohaus. Ich ging langsamer und versuchte Gerüche aufzunehmen. Aber nirgendwo roch es nach Wärme oder nach Essen oder nach meinen Kindern. Mir war inzwischen so übel, dass ich mich nur noch hinsetzen wollte.

»Komm, komm weiter, musst keine Angst haben. Hier passiert nichts, hier stürzt nichts mehr ein. Hier führen sie Touristen durch die Gänge, überall sind Lampen, und die Wände halten ...«

Er zog mich um eine Ecke, in einen zweiten Flur, in einen Raum, leer, kalt. Eine meterdicke Mauer trennte ihn von dem Flur und den anderen Räumen. Breite Schächte liefen nebeneinander über den Fußboden und ließen kaum Platz, um den Raum sicher zu durchqueren.

»Kabelschächte, Lillian. Der Vermittlungssaal, früher liefen hier die Telefonverbindungen zu allen Heeresteilen. So weit Deutschland reichte, bis nach Rußland, bis Italien. Ein Telefonist saß neben dem anderen ...«

Der dicke Herr Hüttner redete und redete. Er hielt meinen Arm und half mir, die leeren Schächte zu überspringen. Durchquerte mit mir einen weiteren Raum, wechselte durch zwei Flure. Und redete ohne Ende. Ich verlor langsam die Orientierung.

»Hier war Hochbetrieb, mein Kind ... Stress ... in Deutschland fielen schon Bomben ... aber das interessiert dich wohl weniger ...«

Ganz genau, mir reichte es. Ich hatte genug von historischen Vorträgen. Ich blieb stehen.

»Herr Hüttner! Ich möchte endlich wissen, wo meine Kinder sind!«

Er guckte mir kurz ins Gesicht, zerrte mich weiter.

»Ich will, dass Sie jetzt zur Sache kommen!«

Nichts, er lief nur weiter. Murmelte vor sich hin, Fakten, Zahlen, Maße. Ich blieb stehen.

»Was wollen Sie von mir, Herr Hüttner? Ich möchte zu meinen Kindern!! Bringen wir es hinter uns!«

Er drehte sich zu mir um, packte mich mit beiden Armen, schob mich den Flur hinunter, ohne mich auch nur anzusehen. Aber ich guckte ihn an. Sein Gesicht war rot. Er schnaufte. Rang nach Luft. Atmete hastig. Er sah aus, als könnte er nicht mehr lange so weiter.

Aber noch konnte er. Er bugsierte mich in einen Seitengang, eine kurze Treppe hinauf, einen kleinen Gang entlang, ein paar Stufen hinunter. Trümmer und riesige Brocken aus Beton und Ziegelsteinen versperrten den Weg geradeaus. Ein Geflecht aus Stahldrähten hing von der Decke herunter. Einen kleinen Moment lang schien die Luft frischer zu sein. Von irgendwoher hörte ich das Singen eines Abendvogels. Ich warf einen Blick nach oben. Ein Loch, so rund und tief wie die Öffnung eines Brunnens, klaffte über unseren Köpfen in der Decke. Sehr hoch über mir hing ein kleines Stück Himmel, dunkelblau, ein paar winzige Sterne. Ich blieb stehen und guckte nach oben. Drei Meter Betondecke, sieben Meter Erdaufschüttung. Wie gerne würde ich jetzt dort oben sein. Mit Frank junior, mit Liane ...

»Siehst du, Lillian! Die *konnten* den Bunker nicht sprengen! Deutsche Baukunst ... wir mussten uns gar keine Sorgen machen!«

Er stürmte weiter. Die Luft wurde wieder stickig. Kein Vogel war mehr zu hören. Der Gang, durch den der dicke Herr Hüttner mich jetzt führte, verlief schräg nach unten. Nach zwanzig Metern standen wir wieder in einem Treppenhaus. Hier gab es keine Treppe mehr, die nach oben führte. Es ging nur hinab in die Dunkelheit. Aus der Tiefe kam Modergeruch, noch viel feuchter, kälter und atemberaubender als alles, was ich bisher hier unten gerochen hatte. Wasser gluckste irgendwo in der Tiefe. Die Wände waren nicht mehr hellgrün von Ölfarbe oder graugrün vom Schimmel. Dort unten waren sie schwarz. Ob ich wollte oder nicht, meine Atemzüge wurden flacher. Diese Luft war nicht zu atmen, diese Atmosphäre nicht zu ertragen. Kalter Schweiß sammelte sich zwischen meinen Schulterblättern und rann meinen Rücken herunter. Niemals würden Frank junior und Liane hier unten auch nur einen einzigen Tag lang überleben können.

An dieser Stelle des Bunkers beschloss ich, dass die beiden nicht hier unten sein konnten. Sie durften einfach nicht hier sein! Kinder mussten jeden Tag etwas zu essen und zu trinken bekommen. Und der dicke Herr Hüttner machte nicht den Eindruck, als wäre er täglich hier hinuntergestiegen, um sie zu versorgen. Er war auch nicht der Typ des freundlichen alten Onkels, der meine Kinder so gut tröstete, dass sie es hier unten aushalten konnten.

Und noch etwas machte mich sicher, dass die beiden nicht im Bunker waren. Touristen wurden durch diese Gänge geführt, hatte der dicke Herr Hüttner gesagt. Auch Lisa und Gustav Müller waren hier unten gewesen, wahrscheinlich nicht nur einmal. Irgendjemand von all diesen Menschen hätte doch meine Kinder bemerken müssen! Wenn sie wirklich hier waren! Aber das waren sie nicht, nein, sie mussten irgendwo anders sein. Über der Erde. In frischer Luft und im Sonnenlicht. Er musste mir nur noch sagen …

»Warum lachst du, Lillian?«

»Ich bin jetzt sicher, dass meine Kinder nicht hier unten sind.«

»Ha, wie kommst du denn darauf?! Mach nur ja keinen Fehler!«

»Wissen Sie, was ich denke?! Ich denke, Sie haben nur einen Trick gesucht, um mich hier herunterzulocken.«

Er hielt inne. Drehte sich zu mir um, guckte mich an. »Kluges Mädchen!«

Der Schweiß auf meinem Rücken rann stärker.

»Herr Hüttner, wo haben Sie meine Kinder versteckt?!«

Er drehte sich von mir weg. Wandte sich einem Block von Lichtschaltern zu, der an der Wand neben der Treppe hing. Glitt mit seinen Fingern über die Schalter. Als er jetzt weitersprach, klang seine Stimme anders, ganz anders als eben noch.

»Wir gehen den Weg jetzt zu Ende, Lillian, dann … dann sage ich es dir …«

Er kippte ein paar Schalter nach unten. In dem Treppenflur, der nach unten führte, klickten die Lampen an. Der Flur unter uns wurde hell. Dann gab es einen heftigen Knall. Laut wie ein Schuss. Ein kurzes Knistern. In dem Schaltkasten neben den Lichtschaltern sprangen die Sicherungen heraus. Der Flur wurde wieder dunkel.

»Keinen Schritt gehe ich weiter! Erst meine Kinder!«

Der dicke Herr Hüttner zog wieder seine Taschenlampe aus der Jackentasche, schaltete sie ein, fuchtelte damit vor meinem Gesicht. »Lillian, mach mich nicht wütend! Wir müssen hier runter! Komm!«

»Ich mache nicht mehr, was Sie wollen!«

Ich überlegte, ob ich einfach ausholen und ihm die Taschenlampe aus der Hand schlagen sollte. Da sperrte der dicke Herr Hüttner seinen Mund auf und fing an zu schreien. Ganz plötzlich. Wütend, laut wie eine Sirene, kraftvoll. Seine Taschenlampe zischte haarscharf über mir hin und her, wie das Schwert eines Samurai. Ich zog den Kopf ein, hielt meine Hände über mich. Eine kleine Ewigkeit schien zu vergehen, dann hörte er auf zu schreien, genauso überraschend und übergangslos wie er begonnen hatte. Sein Arm mit der Taschenlampe sank wieder nach unten.

Seine Stimme war atemlos, klang gepresst, als würde er mühsam etwas in sich festhalten, was er auf keinen Fall nach draußen lassen wollte. Nur, was auch immer es war, es war schon auf dem Weg.

»Hast du Angst vor mir, kleine Lillian?! Ja ja ja, arrogant bist du, wie deine Mutter. Tu jetzt bloß nichts, was dir hinterher Leid tun könnte! – Sonst werde ich rückgängig machen, was ich hier unten für dich getan habe!!!«

»Was …?«

Ich hatte gerade darüber nachgedacht, ob ich nicht einen gezielten

Tritt zwischen seine Beine setzen und versuchen sollte, in diesem Gängegewirr den Weg nach oben zu finden. Innerlich hatte ich schon ausgeholt. Jetzt stoppte ich.

»Was haben Sie schon für mich getan?!«

»Ich? … Ich habe dir dein Leben gerettet, Lillian!«

Dieser Satz haute mich um. Mir klappte der Mund auf. Meine Abwehr brach für einen Moment zusammen. »Sie …? Mir …? Mein Leben …?!«

Er guckte mich an, von oben bis unten, schüttelte den Kopf. Seine Stimme klang atemlos, heiser. »Was? Du weißt es nicht? Hast es wieder vergessen?!«

»Was hab ich vergessen?! Was??«

Ich schrie. Er lachte tonlos.

»Ich habe dich rausgetragen!«

»Wo raus?«

»Na hier, aus dem Bunker.«

Mir knickten die Knie ein.

»Der Bruno, der alte Mistkerl, ist weggerannt. Hat dich einfach hier liegen lassen! Der dachte doch, du wärst tot!«

Ich rutschte zu Boden, den Rücken an die schwarze Wand gelehnt. Auch in mir lief irgendetwas aus dem Ruder.

»Nicht gewusst, Schätzchen?«

Ich schüttelte den Kopf.

Der dicke Herr Hüttner kam ganz nahe an mich heran, guckte prüfend in mein Gesicht. »Lillian, bei dir weiß ich nie, ob du die Wahrheit sagst!«

* * *

Paralysiert. Starr und apathisch stieg ich hinter dem dicken Herrn Hüttner die dunkle Treppe hinab. Jeder Schritt fiel mir schwer. Ich verstand nicht, was hier ablief. Mein Kopf war leer. Nein, nicht völlig leer. Das stechende Stacheldrahtknäuel lag hinter meiner Stirn und drückte gegen meine Schädeldecke, gegen meine Augen. Beim besten Willen, ich konnte nicht denken, ich konnte gerade eben noch die Stufen vor meinen Füßen erkennen. Oder den hellen Lichtkegel von Hüttners Taschenlampe, der über die Wände tanzte. Der erste etwas klare Gedanke kam mir zwei Treppen tiefer. Warum, zum Geier, wanderte ich eigentlich immer noch hinter diesem Mann her?

»Weiter geht's, vorwärts!«

Immer tiefer die Treppe hinab. Dann kam das Wasser. Noch eine oder zwei Stufen ging es im Wasser nach unten. Ein schmales Brett war wie eine Brücke ausgelegt, vom Treppenhaus bis hinüber in den Flur. Ich trat hinter dem dicken Herrn Hüttner auf das federnde Brett und schob mich langsam vorwärts. Bis wir in diesem Flur standen. Er war breit und endlos lang wie ein Flussbett.

Der dicke Herr Hüttner leuchtete mit seiner Taschenlampe. Die Decke hing niedriger über unseren Köpfen, viel niedriger als im Obergeschoss. Die schimmeligen Wände rückten näher, ragten rechts und links vor uns aus dem Wasser heraus. Über unseren Köpfen liefen Leitungen, kreuzten sich Rohre. Verstreut über die endlos lange Wasserfläche zu unseren Füßen lagen Ziegelsteine.

»Siehst du die Ziegelsteine, Lillian? – Immer darauf treten, dann kriegst du keine nassen Füße.«

Wollte ich hinter dem dicken Herrn Hüttner im Dunkel laufen und bei jedem Schritt nach dem nächsten Stein tasten? Ich verzichtete auf diese Art der Fortbewegung. Aber immer noch hielt der dicke Herr Hüttner meinen Arm in seinem Schraubzwingengriff.

»Sofort loslassen!«

Er ließ los. Ich trat von der Planke hinunter. Das Wasser war eiskalt. Es reichte weit über meine Knöchel hinauf, lief von oben in meine Schuhe und schloss sich um meine Beine wie eine eiskalte Umklammerung.

Der dicke Herr Hüttner stapfte vor mir her, balancierte schwerfällig über die Ziegel und stützte sich mit der freien Hand an der schimmeligen Wand ab.

Der Boden war rutschig wie ein lange nicht gereinigter Swimmingpool. Trotzdem gingen wir sehr schnell vorwärts. Schon nach zwanzig Metern war das letzte bisschen Licht aus dem Treppenhaus hinter unseren Rücken verschwunden. Es gab nur noch den Lichtschein von Hüttners Taschenlampe. Vor uns dehnte sich die Wasserfläche aus. Die Wände schimmerten feucht und schmierig. Auf den Eisenträgern, die über unseren Köpfen die Leitungen hielten, sammelte sich Wasser und tropfte herab.

Zwei Mumien wanderten durch die Labyrinthe ihrer Pyramide. Nein, wenn so das Innere einer Pyramide aussehen würde, dann hätte keine einzige dieser Mumien sich bis heute erhalten. Dann würden nicht einmal die Pyramiden selber heute noch stehen. Aber diese Bunker hielten. Immerhin schon über sechzig Jahre. Deutsche Baukunst … Qualitätsarbeit … Lächerlich.

Ich spazierte über eine von Sonnenlicht gleißende Sandfläche. Heiß schien die Sonne auf meinen Rücken herunter, Wärme stieg vom Boden auf und heizte die Sohlen meiner Füße. In der Ferne lag ein Palmenhain, schimmerten die Pyramiden. Ihre Spitzen gleißten golden in der glühenden Abendsonne. Ich atmete tief, entspannte mich, spürte nichts mehr. Nicht meine Kopfschmerzen. Nicht einmal meine eiskalten Füße …

Vorsicht, Lilli, Vorsicht. Was für seltsame Gedanken schwirrten schon wieder durch meinen Kopf. Das hier war keine Situation, aus der ich einfach flüchten sollte. Das funktionierte so nicht. Zuerst versuchte ich, meine Füße wieder zu spüren. Ja, da waren sie, nass und so kalt wie die Elbe bei Treibeis. Dann meldete sich der Modergeruch in meiner Nase zurück, meine Kopfschmerzen, meine Übelkeit. Es war alles noch da. Auch der dicke Herr Hüttner mit seiner Taschenlampe. Aber irgendetwas veränderte sich, während er vor mir herlief, redete, redete, mit der Taschenlampe hierhin und dorthin zeigte, über die Wände leuchtete, Stahltüren, offene Räume und beginnende Seitengänge rechts und links in den Tunnelwänden … Über mir breite Bahnen elektrischer Leitungen, die schnurgerade über die Decke liefen, sich verzweigten und wieder zueinander fanden … Ich legte den Kopf in den Nacken. Ging weiter, guckte nur noch nach oben. Und hatte plötzlich ganz deutlich das Gefühl, ich müsste nur meine Hand zur Seite ausstrecken, dann …

Dann? Was dann? Mein Herz begann heftig zu hämmern. Es hatte doch schon oben an der Eingangsschleuse so schnell geklopft, dass ich Mühe gehabt hatte, es wieder zu beruhigen. Ging es wirklich noch schneller? Doch … jetzt fing es an zu rasen.

»Du, Hannes …?«

Was war das? Meine Stimme? So zart und leise? Waren das meine Kopfschmerzen, die mir plötzlich so zusetzten? Die Schmerzen wurden wirklich von Minute zu Minute stärker, von Sekunde zu Sekunde …

Der dicke Herr Hüttner blieb stehen. Drehte sich zu mir um. Schwenkte den Lichtkegel seiner Taschenlampe über mein Gesicht. Ich blinzelte zu ihm hinüber.

»Was hast du da eben gesagt, Lillian?«

»Wer? Ich?«

Pieps pieps pieps.

»Lillian, meine Kleine … du erinnerst dich?!«

Nein, ich erinnerte mich nicht. An gar nichts.

Er leuchtete immer noch mitten in mein Gesicht. »Ach, Lillian …«

Er drehte sich um und lief weiter. Ich blieb stehen, bis meine Augen sich wieder an die Dunkelheit gewöhnt hatten.

»Lillian … wo bleibst du??!!«

Er sprang von seinen Ziegelsteinen herunter ins Wasser. Mit ein paar Schritten war er wieder bei mir. Packte mich an den Schultern und schob mich vorwärts. Eisbrecher und Schleppkahn. Das Wasser rauschte. Er lenkte mich den Gang entlang, um eine enge Kurve, noch eine Kurve, dann ging es weiter geradeaus, immer voran. Ich hatte das Gefühl, als würde er mich im nächsten Moment auf seine Arme nehmen …

»Geh, Lillian, lauf … lauf … gleich sind wir da!«

Und dann waren wir da. Eine letzte Kurve. Ein enger Gang, eine Nische auf der rechten Seite und eine Nische zur linken. Ein Stahlschrank auf jeder der beiden Seiten. Bündel von Leitungen. Zwei breite Lüftungsrohre. Der dicke Herr Hüttner blieb stehen, drückte seine Pranken auf meine Schultern und stoppte mich.

»Nun, Lillian …?«

»Was?!«

Meine Stimme, was war los mit mir? War mir meine Stimme abhanden gekommen?!

Der dicke Herr Hüttner leuchtete die Wände ab. »Na, was ist, kleines Mädchen …? Guck auf die Lüftungsrohre, guck auf die Schaltschränke … bitte! Versuch es, Lillian! Es wäre gut, wenn du dich an irgendetwas erinnern könntest! Gut für uns alle!«

»Aber an was???«

Er packte mich wieder an den Schultern, wirbelte mich herum. »Da! Da! Sieh hin, Lillian, du erkennst es wieder! Du musst nur wollen!«

»Ich war nie hier unten!«

Er brummte unwillig, atmete schwer. Bückte sich, keuchte, während er mit dem Kopf nach unten weitersprach. »Warte, warte, ich habe ein paar Illuminationen vorbereitet. Damit siehst du viel besser.«

Er öffnete einen Stahlschrank. Eine Autobatterie wurde sichtbar, ein paar dünne Leitungen, die aus dem Stahlschrank heraus und die Wand hinaufführten. Es knackte kurz, Lampen leuchteten auf. Eine Party-Lichterkette. Rote, grüne und gelbe Glühbirnen, über die Decke gespannt. Ein seltsam unwirkliches Licht breitete sich aus. Schwarze Wände in gelben Lichtschein getaucht, in das Licht roter Flammen ... Ich glaube, mir klappte der Mund auf.

»Na, Lillian ... na???«

Nein, ich knabberte weiter auf meiner Unterlippe. Mir war schwindlig. Mein Kopf pulsierte, zog sich zusammen, öffnete sich wieder. Meine Ohren dröhnten, irgendetwas in meiner Nähe knallte, krachte, zerplatzte. Etwas in meinem Inneren zersprang.

Ich sah den dicken Herrn Hüttner an. Aber der stand ganz ruhig neben mir. Guckte mit funkelnden Augen in mein Gesicht. Für den gab es weder Krachen noch Bersten.

Ich hob die Hände, drückte sie auf meine Ohren.

»Lillian, was ist?«

»Nichts ... nichts ...«

»Doch, Lillian, ich sehe es an deinem Gesicht – du erinnerst dich! Es war ja auch hier, ganz genau hier ... diesen Stahlschrank hatte mein Alter vor die Nische gebaut. Mein Alter und Brunos Alter ... Und Bruno und ich, wir haben ihn abgeschraubt. Du musst dich erinnern, Lillian, du hast doch daneben gestanden. Du hast uns dabei zugesehen!«

Er guckte mich an. Ich schüttelte langsam den Kopf.

»Ich war nie ... in der verbotenen Stadt ...«

Sehr überzeugend schienen meine Worte nicht mehr zu klingen. Der dicke Herr Hüttner lächelte, nickte wissend.

»Doch, das warst du. Das ist ja das Unglück! Und du weißt es. Diese

Sprengung … du warst die erste gute Idee, die uns kam. Unser Lockvogel … Zwei Handwerker, die hier jeden Tag ein und aus gehen. Und dann kommen sie eben mal anders, lachen, sind betrunken, mit einem Kind an der Hand. Und das Kind mit einem Puppenwagen. – Na, Lillian, na???«

Ich schüttelte den Kopf.

»Und wie gut das klappte, wir haben ja selber gestaunt! Kein Soldat am Tor hat uns gefilzt. Nur den Wodka haben sie uns weggenommen, wie geplant. Wir sind durchgegangen … Ringsrum war Feierabend. Genau das richtige Durcheinander. Und wir sind in den Bunker. Den gleichen Weg wie eben … Lillian …???!«

Ich stand vor ihm, guckte. Meine Augen aufgerissen, wahrscheinlich so groß wie Teeschalen.

»Es dämmert dir, stimmt's …? Hier … hier hast du gestanden. Wir haben die Koffer aus der Nische geholt. Bruno hat den großen Koffer … in deinen Puppenwagen … Alles klar, Lillian?«

Ich starrte ihn an. Zuckte die Schultern.

»Brav, brav, gib dir Mühe, Mädchen! … Ich war schneller … Bruno … mit dir an der Hand … mit dem Puppenwagen … mit dem großen Koffer … ich bog da vorne um die Kurve …«

»Und dann?«

»Dann … keine Ahnung … dann explodierte die erste Ladung … Donner über Stalingrad … und ich bin gerannt … gerannt …«

Ich stand immer noch da, guckte ihn an. Konnte keinen Finger mehr rühren. Mein Kopf schmerzte, die Explosionen in meinen Ohren dröhnten. Er redete weiter, gestikulierte. Ich verlor seinen Ton, hörte nicht mehr, was der dicke Herr Hüttner sagte. Aber ich sah ihn, überdeutlich. Groß, massig, das Gesicht rot, gelb und grün beleuchtet. Er atmete schwer. Mit beiden Händen fuchtelte er durch die Luft. Hielt plötzlich inne. Griff sich an sein Brustbein, presste die Hände auf sein Herz. Versuchte zu Atem zu kommen. Schaffte es langsam, richtete sich wieder auf. Der Ton kam zurück.

»Lillian … nun sag schon! Du erinnerst dich?!«

»Aber ich bin doch … ich war erst fünf Jahre alt.«

Die Schmerzen pressten sich von innen gegen meine Schädeldecke. Meine Augen taten weh. Ich konnte sie kaum noch offen halten.

»Lillian … versuch es!!! … Du und Bruno … ihr wart zusammen, hier hinten … als die Explosion kam … Ich war schon vorne um die Ecke, hab euch nicht mehr gesehen … hab gewartet … eine halbe Ewigkeit … irgendetwas muss Bruno gemacht haben … irgendwo seid ihr gewesen … als ich zurückkam, nach euch geguckt habe … kamt ihr beide den Gang herunter … hinter euch brannte es … und Bruno … hatte den Koffer nicht mehr … keinen Koffer, keinen Puppenwagen … und ich … rannte … auf euch zu … Bruno, der Koffer, wo ist der … er rief irgendwas … versteckt … Nische … Rohre … Es war laut, alles krachte, dröhnte … Und dann plötzlich … explodierte noch eine Ladung. Eine Druckwelle … das Licht ging aus … überall Feuer, alles brannte … stürzte ein … ich dachte … ich werde begraben, sechzehn Meter tief in der Erde, unter all dem Beton …«

Genau das Gefühl hatte ich jetzt auch. Ich wurde begraben. Unter sechzehn Meter tief vergrabenen Erinnerungen. Es gab einen Knall. Lauter als jeder Donner, den ich je gehört hatte. Die Erde unter meinen Füßen bebte. Etwas flog durch die Luft, kam von allen Seiten, raste auf mich zu. Traf mich am Kopf. Mein Hinterkopf wurde warm, schwer. Bruno hielt immer noch meine Hand. Dann wurde es dunkel. Ich schrie auf. Mir wurde übel, ich schloss die Augen. Dann stürzte alles zusammen …

Ich stützte mich an der Wand ab, um den Stoß aufzufangen. Aber der Stoß kam nicht. Ich öffnete die Augen wieder. Nichts flog durch die Luft, alles war noch an dem Platz, an dem es fünfundzwanzig Jahre gestanden hatte. Feuchte Wände, Leitungen, Rohre. Die bunte Lichterkette. Ich atmete schwer. Die Luft war heiß, staubig, brannte, war nicht zu atmen. Auch der dicke Herr Hüttner atmete beinahe gar nicht mehr. Er stand vor mir. Presste die Hände auf seine Rippen, auf sein Brustbein, auf sein Herz, auf seinen Hals. Starrte mich an. Die Schmerzen in meinem Kopf wurden unerträglich. Ich krümmte mich, hob die Arme, legte sie um meinen Kopf und fing an zu schreien.

»Nein … nein …!«

Aber das war es nicht, was er von mir wollte. Er packte mich, riss mir die Hände vom Kopf, zerrte mich hoch, stieß mich an die Wand.

»Lillian, komm … komm … zeig mir, wo der Koffer ist!«

Er stieß mich den Gang hinunter.

»Hier … hier seid ihr gewesen, du und der Bruno. Bei der zweiten Detonation …«

Er stieß mich weiter, weiter, ich fiel gegen die Tunnelwand, versuchte immer wieder auf die Beine zu kommen, bekam den nächsten Stoß.

»Hier … als ich euch nicht mehr gesehen habe. Als Bruno den Koffer versteckt hat … Wo ist der Koffer … Lillian … ich habe alles abgesucht … zehn Meter … zwanzig Meter … höchstens dreißig … weiter kann er mit dir nicht gelaufen sein …«

Er packte mich an den Schultern, riss mich hoch. Das Tunnelwasser lief an meinen Beinen abwärts. Keinen Schritt, dachte ich, keinen Schritt gehe ich hier noch vorwärts. Ich weigerte mich einfach, meine Füße zu bewegen. Er schleifte mich weiter. Keuchte. Rang nach Atem. Der dicke Herr Hüttner an der Tür zum Wahnsinn. Und in was für einer Tür lag ich?

»Du warst doch neben ihm … Lillian … erinnere dich!!! … Der Koffer … der Koffer …???!!!«

Er schüttelte mich. Ließ mich los. Fing an auf mich einzuschlagen. Seine Hände trafen meinen Kopf, mein Gesicht. Ich hob meine Arme. Versuchte mich vor seinen Schlägen zu schützen.

»Sag es mir, Lillian … sag es mir!!!«

Er schlug, immer weiter. Erst mit den Händen, dann mit den Fäusten. Dann rammte er seine Ellenbogen in meine Rippen. Ich beugte mich vor, drehte ihm den Rücken zu. Mein Kopf schien zu zerspringen. Meine Rippen schmerzten. Ich stellte meine Füße wieder fest auf den Boden. Sammelte meine Kräfte …

»Du kleine Kröte, du denkst, mit mir kannst du es machen! Genau wie deine Mutter! Hätte ich dich damals doch liegen lassen! Hätte ich bloß nach dem Koffer gesucht!!!«

… Ich hob mein Knie und trat zu.

Er hörte auf mich zu schlagen. Presste die Hände zwischen seine Beine. Kreischte. Richtete sich wieder auf. Stand plötzlich vor mir, größer und schwerer, als ich ihn jemals vorher gesehen hatte. Schwang die Arme. Ich bückte mich, sprang einen Schritt zur Seite. Machte mich für einen weiteren Tritt bereit. Ließ ihn nicht aus den Augen …

»Lillian, aus dem Weg!«

Eine Stimme. Hinter mir. Ein Schatten löste sich von der Wand.

Ein Mann, groß, schmal, hager. Sprang zwischen den dicken Herrn Hüttner und mich. Rammte seine Fäuste in Hüttners Magengrube. Drehte sich blitzschnell, wuchtete seine Ellenbogen zwischen Hüttners Rippen. Drehte sich wieder, hob den Fuß und setzte einen Tritt unter Hüttners Kinn.

Der dicke Herr Hüttner sackte zusammen. Etwas klickte fest und metallisch. Dann stand er da, nach unten gebeugt, beide Arme mit Handschellen fest an ein Lüftungsrohr gefesselt.

* * *

Ich war auf die Knie gesunken. Versuchte zu atmen. Das Pulsieren in meinem Kopf zu unterdrücken. Bruno stand vor mir, beugte sich zu mir herunter. Auch sein Atem ging schneller, keuchte.

»Wie geht's dir, Lillian? Bist du in Ordnung?«

Ich nickte. »Bruno … danke!«

»Atme, versuche ruhiger zu werden. Keine Angst haben. Jetzt wird alles gut!«

Ich tat, was er sagte. Er kniete neben mir. Zog mich hoch aus dem eiskalten Wasser, richtete mich vorsichtig auf.

Neben uns schrie der dicke Herr Hüttner. Dröhnend wie King Kong. Seine Handschellen schlugen an die Lüftungsrohre. Er richtete sich auf. Setzte zum Sprung an.

Bruno fasste mich um den Rücken, schob mich zur Seite. Der dicke Hüttner kreischte und sprang.

»Hannes … nun gib endlich Ruhe!«

Hannes Hüttner wurde schlagartig still. Lauschte. »Bruno? Bruno Förster? Bist du das?«

»Nee.«

»Doch, du bist es!!«

»Ich bin gar nicht hier.«

»Du lebst noch!« Hüttner fing an zu lachen. Atemlos, keuchend, immer lauter. Ein schrilles Lachen. Vielleicht hatte er jetzt die Tür zum Wahnsinn durchschritten. »Du lebst! Und du hast den Koffer!«

»Nein. *Du* hast einen Koffer. Den kleinen Handkoffer, den hast *du* damals mitgenommen. Raus aus dem Bunker.«

»Aber ich doch nicht, ich hatte die Kleine …«

»Und den Koffer. The devil knows, weiß der Teufel, wie du das gemacht hast.«

Der dicke Herr Hüttner lachte. Nickte. Kicherte irre. Ich starrte ihn an. Versuchte weiterzuatmen. Egal, ob die Luft hier unten brannte oder ob sie feucht und voller Fäulnis war. Bruno legte mir die Hand auf den Rücken. Ganz ruhig. Wir guckten uns an, dann sahen wir beide zum dicken Hüttner hinüber.

»Ja … na bitte, dann hatte ich eben den Koffer. Er stand mir ja wohl auch zu. Aber das Geld war schnell alle. Und du, Bruno …« Er keuchte, öffnete seinen Mund, konnte kaum noch atmen. »Aber du, Bruno, du hast den großen Koffer genommen! Du Schwein. Du verdammtes –«

»Nein. Den großen Koffer hatte ich nicht. Leider nicht. Oder … nicht leider … es war besser so …«

»War es nicht!!! War es nicht!!!«

»Glaub mir, Hannes!«

»Dir? … Glaube ich nicht!!!! … Du verdammter …« Er richtete sich auf. Sein Atem versagte. Er öffnete den Mund, weiter, noch weiter. Seine Augen wurden größer, starrten zu uns herüber …

»Wir müssen was tun, Bruno!«

Bruno ließ mich los, ging auf den dicken Herrn Hüttner zu, fasste nach seiner Jacke. »Hannes, wo hast du dein Asthmaspray?«

Aber Hüttner warf sich zurück, hob sein Knie, trat nach Brunos Kopf, traf ihn an der Nase. Bruno sprang nach hinten. Ein dicker Blutstrom quoll aus seinen Nasenlöchern. Ich wühlte in meiner Jeansjacke nach meinen Taschentüchern. Bruno nahm sie mir aus der Hand, presste sie in sein Gesicht.

»Ich glaube, er will keine Hilfe.«

Wir drehten uns um. Bruno nahm Hüttners Taschenlampe aus dem Schaltschrank, leuchtete vor uns über die Wasserfläche.

»Komm, Lillian, lass uns gehen …«

Wir gingen.

»Wieso bist du eigentlich hier?«

»Frag nicht, Kind. … oder doch, frag ruhig, das steht dir zu … Ich habe es geahnt … Nein, das ist gelogen. Ich wusste, was der von dir wollte. Ich wusste, dass er seit fünfundzwanzig Jahren nur eines im

Sinn hatte. Den Koffer zu finden. Und dazu brauchte er dich. Oder mich. Aber mich hatte er nicht …«

Wir stiegen die Treppe nach oben zum Obergeschoss. Ich merkte jetzt erst, dass Bruno den Arm um meine Schultern gelegt hatte. Aber es war schon in Ordnung.

Erst als wir im Obergeschoss in den Treppenflur traten, hörten wir die Stimmen. Viele Stimmen, laut, sehr schnell näher kommend. Kommandos ertönten. Hastige Schritte knallten. Eine Sirene heulte. Eine zweite Sirene.

»Ich glaube, ich sollte jetzt gehen.«

»Bruno …«

»Du machst das schon, Lillian. Ich suche weiter nach den Kindern. Mit Gottes Hilfe …«

Er drückte mich an sich. Ich fing an zu weinen. Auch in seinen Augen sah ich ein Schimmern, das ein wenig aussah wie Tränen.

»Übrigens, Lillian, wir sind nicht durch den Gang geradeaus zurückgerannt nach der ersten Detonation. Ich habe versucht, den Verbindungsstollen zu nehmen, rüber zum anderen Bunker …«

Er streichelte mir über den Kopf. Wenn ich es richtig in Erinnerung habe, drückte er für den Bruchteil einer Sekunde seine Lippen auf meine Stirn. Dann spürte ich den kleinen Handschellenschlüssel in meiner Hand. Und dann ging Bruno. Trat in den hell erleuchteten Flur des Obergeschosses. Öffnete eine Eisentür, ging hindurch und verschwand.

* * *

Eine Sekunde nachdem er die Tür hinter sich geschlossen hatte, stürmten zwanzig uniformierte Polizisten um die Ecke, rannten den Flur herunter auf mich zu. Die Waffen in ihren Händen blinkten im Neonlicht. Sie sahen mich, blieben stehen, die Waffen im Anschlag.

»Hände hoch! Stehen bleiben! Keine Bewegung!«

Oskar Müller kam hinter ihnen um die Kurve gerannt. Hastete zwischen ihnen hindurch. Auf mich zu. »Lilli! Sie leben! Gott sei Dank!«

Er breitete die Arme aus und hätte mich beinahe umarmt, aber er besann sich rechtzeitig.

»Waffen runter!«

Die Polizisten ließen die Waffen sinken. Noch einmal rannte ein Trupp Polizisten um die Kurve, stoppte ab und blieb hinter den Kollegen stehen.

»Hüttner ist unten, im Untergeschoss. Vorsicht, machen Sie kein Licht an, er steht mit den Füßen im Wasser.« Ich drückte Oskar Müller den Handschellenschlüssel in die Hand.

»Lilli? Was ist das?«

»Er hängt an einem Lüftungsrohr. Möglicherweise ist der Mann wahnsinnig!«

Oskar Müller guckte auf den Schlüssel in seiner Hand wie auf einen seltsamen Käfer. »Ich glaube, das werden Sie mir erklären müssen!« Er hob den Blick und guckte in mein Gesicht. »Aber nicht jetzt. Sie sehen schrecklich aus, Lilli. Sie gehören sofort in ein Krankenhaus!« Er hob den Arm. »Müller Zwei!«

Einer der Polizisten trat neben ihn. Oskar Müller drückte ihm sorgfältig den kleinen Schlüssel in die Hand.

»Hier! Holen Sie den Irren aus dem Untergeschoss und bringen Sie ihn hier raus! Vorsicht mit Strom, da unten steht alles unter Wasser! – Und wir gehen jetzt, Lilli! Haben Sie keine Angst mehr, jetzt wird alles gut!«

Er legte vorsichtig seinen Arm um mich. Hinter uns stürmten die Polizisten die Kellertreppe hinunter. Wir liefen los. Langsam, als würde er eine gebrechliche alte Frau über die Straße geleiten, führte mich Oskar Müller durch Gänge und Flure zum Eingang hinauf.

* * *

Ich hatte mich gegen die Spritzen gewehrt. Ich hatte diskutiert und immer wieder betont, wie wichtig es war, dass ich wach blieb, dass ich weiter nach meinen Kindern suchte. Aber dann hatte der Stationsarzt seinen Kollegen Dr. Hermann Müller mitten aus seiner Sprechstunde heraus auf die Station geholt. Und mit Dr. Müller war Gertraud gekommen. Hatte meinen Kopf gestreichelt, hatte sanft zu mir heruntergelächelt. Und hatte mir eigenhändig die Spritzen gegeben. Alle drei. Danach schlief ich ein.

Ich träumte nichts. Ich klappte auch nicht nach unten. Ich schwebte einfach nur über meinem Bett. Wenn ich zu mir kam, sah ich schwarze Tunnelwände, helle Flammen, fliegende Trümmer. Geldscheine flogen durch die Luft, fingen Feuer, verbrannten. Ich sah einen Mann durch die Dunkelheit springen, schnell und geschmeidig wie ein bengalischer Tiger. Sah einen Fluss mit treibenden Eisschollen, ein Schiff am Ufer, einen zotteligen Bären mit einem Ring im Ohr. Sah eine Futterkiste aus grauem Beton, der Deckel zurückgeschoben, bis zum Rand voll mit Hafer. Und ich sah Liane und Frank junior, irgendwo in einem finsteren Tunnel, kalt, hungrig, zitternd, in einem überschwemmten Verlies ... Nichts, kein Happy End. Als meine Gedanken dort ankamen, fing ich an zu schluchzen. Ich schwebte weiter über meinem Bett, aber ich weinte immerzu. Da tauchte so plötzlich wie ein Springteufel das Gesicht von Frank in meinem Blickfeld auf.

»Ist ja gut, Lilli, ist ja gut!«

Er strich mir die Haare aus dem Gesicht, kühlte meine Stirn mit einem eiskalten Lappen. Und gab nicht eher Ruhe, bis ich endlich aufhörte zu weinen. Er verstand überhaupt nichts. Weinen war das Einzige, was mir half. Was den Bildern ihre Kraft nahm und den Druck in mir kleiner machte.

Ich schlief wieder ein. Und tat genau das, was die Leute im Krankenhaus von mir wollten. Ausruhen. Wieder zu mir finden. Und wahrscheinlich irgendwann über alles hinwegkommen.

Stunden vergingen oder Tage, keine Ahnung. Ich schlief. Irgendwann klappte ich meine Augen auf. Vor dem Fenster meines Krankenhauszimmers war es dunkel. Ein erster Sonnenstrahl schob sich gerade auf den schwarzblauen Himmel. Frank saß auf einem Stuhl neben meinem Bett, den Kopf vornüber gesunken. Er schnarchte leise. Durch die geöffnete Tür fiel Licht. Eine Krankenschwester schob einen kleinen Wagen herein und stellte ihn neben meinem Bett auf. Breitete Ampullen und Spritzen darauf aus. Dann bemerkte sie, dass ich wach war.

»Frau Lukas, wie geht es Ihnen?«

Ich konnte kaum noch meinen Mund öffnen. Krächzte nur heiser. »Wasser!«

»Aber natürlich. Wenn Sie wieder bei sich sind, können wir den

Tropf mit der Nährlösung entfernen. Ich muss nur erst den Arzt fragen, der muss das entscheiden.«

Sie goss eine dunkle Flüssigkeit in eine Schnabeltasse. Hob gekonnt meinen Kopf hoch und setzte die Tasse an. Es schmeckte widerlich, aber ich trank.

Draußen auf dem Flur entstand plötzlich Bewegung. Türen klappten. Etwas klirrte zu Boden. Die Schwester wandte ihr lächelndes Gesicht von mir ab, ließ meinen Kopf zurück auf das Kissen sinken.

»Einen Moment bitte, ich sehe nach, was da los ist.«

Aber sie musste nicht nachsehen. Eine halbe Sekunde später wurde meine Tür weit aufgerissen und Dr. Hermann Müller stürmte herein. Jetzt wurde mein Kopf endgültig fallen gelassen.

»Herr Dr. Müller ...?!«

»Keine Sorge, Schwesterchen, hier passiert gar nichts. Ich muss nur mit Frau Lukas sprechen!« Er schob den Wagen zur Seite, ließ sich schwungvoll auf meinem Bett nieder. »Lilli, wie geht's Ihnen? Was machen die Kopfschmerzen?«

Ich lauschte in mich hinein. Bewegte vorsichtig meinen Kopf hin und her. »Die machen gar nichts. Alles ist ruhig.«

»Gut zu hören. Vielleicht haben Sie es schon hinter sich. Ihr altes Trauma. Nur noch ein, zwei Jahre Gesprächstherapie ... Aber deswegen bin ich nicht gekommen!«

Ich richtete mich auf. Jetzt verspürte ich den ersten Schmerz, seitdem ich wieder zum Leben erwacht war. In meinem Handrücken steckte eine Nadel. Ein kleiner Plastikschlauch war mit Heftpflastern fixiert. Als ich mich aufsetzte, zog ich einen riesigen Tropfständer mit gefüllter Plastikflasche zu mir her. »Au!«

»Moment, meine Liebe, das wird sicher gleich entfernt werden. Aber jetzt muss ich Ihnen etwas erzählen!!«

»Sie haben die Kinder?! Endlich?!«

Er schüttelte den Kopf. »Tut mir Leid, Lilli ...«

»Nein?! Aber wieso nicht?! Der Hüttner ... Sie müssen den Hüttner verhören! Der weiß, wo die Kinder sind!«

»Johannes Hüttner ist nicht mehr vernehmungsfähig. Der Mann hatte einen Nervenzusammenbruch, jetzt liegt er im Haftkrankenhaus, unter ständiger Bewachung. Das dauert Wochen, bis der wieder zu sich zu kommt.«

»Aber er weiß, wo die Kinder sind, wahrscheinlich hat er sogar selber –«

»Sorry, Lilli, die Verhörspezialisten in Potsdam haben getan was sie konnten, aber im Moment weiß der Mann nicht einmal mehr, wie er heißt. – Trotzdem, bitte, beruhigen Sie sich. Oskar und der Stab sind ununterbrochen im Einsatz. Das Haus von diesem Hüttner haben sie komplett auf den Kopf gestellt, jeden Schrank auseinander genommen …«

»Und?«

»Nichts. Leider. Aber es gibt eine neue Spur!«

Ich sah ihn erwartungsvoll an. Auch Frank war irgendwann in den letzten Minuten wach geworden, gähnte verhalten, sagte kein Wort.

»Nun? Ja??«

»Geduld, Geduld! Zuerst muss ich Ihnen erzählen, wer gestern Nachmittag hier im Krankenhaus in die Notaufnahme eingeliefert wurde.«

»Nun reden Sie schon!«

»Eine Frau … Mitte fünfzig, ziemlich groß, kräftige Statur. Sie hat sehr hohes Fieber. Rote Flecke im Gesicht und auf den Armen. Und dieses typische Exanthem um die Ohren herum!« Er guckte mich erwartungsvoll an. Guckte zu Frank. Sah die geduldige Nachtschwester an. »Alle schweigen? Und Sie, Schwesterchen? Wofür halten Sie das?«

Die Schwester brauchte keine zwei Sekunden für ihre Diagnose. »Die Frau hat die Masern.«

»Richtig!«

Ich verstand nichts.

»Lilli, Sie haben doch sonst keine so lange Leitung. Jetzt müssen Sie überlegen, wie eine Frau in diesem Alter sich mit Masern infizieren kann!«

Gut, ich grübelte … grübelte … Sie hatte Kontakt mit Erkrankten … Wahrscheinlich mit Kindern … Ihre Kinder haben die Masern, nein, ihre Enkelkinder, völlig logisch.

»Ich sehe, dass Ihnen die richtigen Gedanken durch den Kopf ziehen. Aber was wäre nun, wenn sie gar keine Kinder hat?! Und auch keine Enkelkinder?! Und sie arbeitet auch nicht im Kindergarten oder in einer Schule. Nichts, völlige Fehlanzeige. Nun, Lilli???«

Ich guckte ihn an. Nichts. Mir fiel nichts mehr ein. Meine Gedanken stockten.

»Dann fragen Sie mich endlich, wie die Frau heißt!«

Ein Bild tauchte plötzlich vor meinen Augen auf. Frank junior … Liane … die roten Flecken hinter ihren Ohren … Ich atmete durch. Heftig. Schlug die Decke zurück, hob meine Beine über die Bettkante.

»Ja, bitte, wie heißt sie?!?«

»Sie ahnen es schon, das sehe ich! Moment, bitte …« Er beugte sich über mich, zog die Pflaster von meinem Unterarm.

»Ich ahne gar nichts! Sagen Sie es mir endlich! Wer ist diese Frau!?!«

Das letzte Pflaster wurde von meinem Handrücken gezogen. Die Nadel aus der Vene entfernt. Eine Kompresse auf die Einstichstelle gedrückt.

»So, jetzt kann ich es Ihnen sagen: Die Frau ist Vera Hüttner. Die Angetraute von Johannes Hüttner aus Margensee.«

Ich sprang aus dem Bett.

* * *

Die Station, auf der in diesem Krankenhaus erwachsene Menschen mit ansteckenden Krankheiten isoliert wurden, lag genau über uns. Dr. Hermann Müller hob seinen Zeigefinger und deutete die Treppe hinauf. Ich rannte die Stufen nach oben. Rüttelte an der Stationstür. Klingelte Sturm.

Die Schwester, die mir aufmachte, sah eine Frau in dreckigen Jeans vor ihrer Tür stehen, die ein rosa Stationsnachthemd äußerst schlampig in den Hosenbund gestopft hatte. Sie setzte ihr finsterstes Schwesterngesicht auf.

»Stehen bleiben, hier an der Tür! Ich hole den Stationsarzt!«

»Das können Sie immer noch machen! Bringen Sie mich erst mal zu Frau Hüttner!«

»Na hören Sie, die Frau hat Fieber. Sie braucht Ruhe. Und Sie wollen sich doch wohl nicht anstecken? Oder?!«

Sie musterte mich weiter von oben bis unten. Ich holte tief Luft, um den nächsten Satz vom Stapel zu lassen. Da ging hinter meinem Rücken die Fahrstuhltür auf. Dr. Hermann Müller stürmte den Flur herunter. Die Erfahrung, von einer aufgebrachten Patientin im rosa Nachthemd zur Seite geschubst zu werden, blieb der Schwester erspart.

»Entschuldigen Sie, Lilli, der alte Fahrstuhl …«

Er stellte sich neben mich, guckte der Schwester in die Augen. Ihr Gesicht wurde unversehens freundlich.

»Herr Dr. Müller, guten Morgen!«

»Guten Morgen, Schwester Inge. Das hier ist Lilli Lukas, die Mutter der Kinder, die schon so lange vermisst sind. Wir befinden uns mitten in einem Notfall. Frau Hüttner, die Sie hier auf Ihrer Station haben, ist sehr wahrscheinlich diejenige, die uns weiterhelfen kann. Sie weiß möglicherweise, wo die Kinder sind. Ein paar Fragen an sie, und wir könnten die Kinder finden!«

»Die Frau ist hochinfektiös!«

»Das nehme ich auf meine hippokratische Kappe.«

»Hört sich unheimlich wichtig an. Nun gut, rein mit Ihnen.«

Sie trat zur Seite. Ich stürmte vorbei.

»Zimmer 118!«

Ich rannte den Flur hinunter. Hinter mir Dr. Hermann Müller. Ich riss die Tür zu Zimmer 118 auf. Stürmte zu dem einzigen Bett, das darin stand. Erfasste alles blitzschnell, die Frau im Bett, den Tropf, die Batterie von Spritzen und Ampullen auf dem kleinen Wagen. Das Überwachungsgerät, das den Rhythmus ihres Herzschlags aufzeichnete, mit seinem leisen regelmäßigen Piepsen.

Die Frau lag auf dem Rücken. Hatte die Augen geschlossen. Ihre Wangen glühten. Um ihr Gesicht standen die dauergewellten Haare schweißnass ab. Ich rüttelte ihre Schulter. Sie schlug die Augen auf. Rot unterlaufene Augen, die verschleiert und trübe blickten. Aber sie erkannte mich sofort.

»Ah, Lillian. Na, Kleine …«

Ich starrte sie an.

»Ich bin mit deiner Mutter zusammen zur Schule gegangen, weißt du das?«

Ich nickte. »Frau Hüttner, Sie können mir sagen, wo meine Kinder sind …«

»Was denn für Kinder, Kleine?«

»Meine Kinder. Sie kennen sie … Sie haben sie gesehen. Sie müssen ihnen sogar ziemlich nahe gekommen sein. Sonst hätten Sie nicht ihre Masern!«

Vera Hüttner fing an zu lachen. »Ja, ja, Lillian, meine Kleine. Alles rächt sich, immer, irgendwann …!«

Sie schloss ihre Augen. Biss sich auf die Unterlippe, als müsste sie ihren Mund verschließen und sich daran hindern, noch ein einziges Wort zu sagen. Ihr Atem beschleunigte sich. Das kleine Gerät auf dem Tisch neben Frau Hüttners Bett piepte schneller. Auf dem grünen Bildschirm wurden die Schläge, die eben noch ruhig und gleichmäßig gewesen waren, etwas hektisch. Die Spitzen wurden häufiger, die Täler zwischen den Spitzen flacher. Dann fing das Gerät an zu summen. Ein eindringlicher tiefer Alarmton. Die Schwester schob mich zur Seite. Griff nach dem Überwachungsgerät, schaltete den Alarmton aus.

»Vielleicht gehen Sie doch lieber wieder. Frau Hüttner regt sich viel zu sehr auf.«

Vera Hüttner öffnete die Augen, drehte den Kopf, starrte auf den Monitor. »Muss ich sterben, Schwester?«

Die schüttelte freundlich den Kopf.

Vera Hüttner hob ihren Arm und klammerte sich an sie. »Schwester, Sie belügen mich! Aber Sie müssen es mir sagen!«

»Nein, Frau Hüttner, so schnell stirbt es sich nicht!«

»Doch … doch … Aber ich will nicht sterben! … Ich will … jetzt noch nicht!«

»Dann tun Sie es doch einfach nicht! Bleiben Sie ruhig, Frau Hüttner! Warten Sie, ich gebe Ihnen was zur Beruhigung. – Herr Dr. Müller, ich hole nur schnell den Stationsarzt. Behalten Sie die Sache so lange im Auge?!«

»Aber sicher!«

Die Schwester drehte sich um und ging aus dem Zimmer.

Frau Hüttner atmete immer heftiger. Sie fing an zu wimmern. Der Überwachungsmonitor zeichnete eine Zacke an der anderen. »Ich will nicht sterben! Nein …! Bitte! …«

»Genau das ist es, Frau Hüttner! Ich will auch nicht, dass meine Kinder sterben. Und darum sagen Sie mir, wo Sie die beiden gesehen haben. Los jetzt!« Ich packte sie an der Schulter. Rüttelte sie.

Dr. Hermann Müller ließ seinen Blick nicht vom Überwachungsmonitor. Er schob die Zungenspitze zwischen seine Lippen, so wie Menschen es tun, die etwas abwägen müssen, kleinste Mengen, feinste Unterschiede. Er nickte mir zu. »Okay, fragen Sie weiter.«

»Frau Hüttner, wo waren meine Kinder??! … War Ihr Mann bei ihnen, als Sie sie gesehen haben? … Wann war das? … Wo hat er sie versteckt?«

Sie schloss die Augen. Ich rüttelte stärker an ihrer Schulter.

»Frau Hüttner! Geben Sie sich Mühe! Machen Sie jetzt nicht schlapp!«

Sie verzog das Gesicht. Es sah aus, als wollte sie weinen. Aber es kam keine einzige Träne aus ihren Augen. Die Spitzen auf dem Monitor stiegen in die Höhe, wurden unregelmäßig. Ihr Atem ging schwerer. Ihr Brustkorb hob und senkte sich heftig. Ihre Lippen bebten.

Ich starrte sie an. Diese Frau hatte wirklich Mühe, am Leben zu bleiben. Ich ließ ihre Schulter los. Wandte mich zum Gehen. Trat durch die Tür zurück in den Flur. Ich gab auf.

»Ich habe es ja nicht mit Absicht gemacht!«

Dieser Satz kam so laut, als hätte sie mich gerufen. Ich sprintete zurück ins Zimmer. Dr. Hermann Müller stand immer noch neben ihr, tätschelte ihren Arm, beobachtete den Monitor.

»Was haben Sie nicht mit Absicht gemacht? Frau Hüttner?«

Vera Hüttner schlug ihre roten Augen auf. »Wieso taucht sie denn bei uns auf …?!«

»Meine Mutter? Sie war bei Ihnen?«

»Sie war doch verschollen … tot … begraben … seit zwanzig Jahren … Zwanzig Jahre war Ruhe … keiner hat mehr darüber gesprochen … es war vorbei … alles gut gegangen … Und dann kommt sie … hat den Stein in der Hand … den Findling … aus meinem Vorgarten … Sagt, sie lässt ihn fallen, auf meine Fliesen … im Vorraum … wenn ich nicht mit ihr rede …«

Sie atmete hastig. Bei jedem Atemzug kam ein hohles Pfeifen aus ihr heraus. Ich trat neben sie, nahm ihre Hand zwischen meine Hände. Vera Hüttner sah mich an, klammerte ihre Finger um meine Finger.

»Hilde, geh weg … ich … ich will nicht mehr … nichts mehr davon hören … Hat alles nur Unglück gebracht … das ganze Geld … immer nur Unglück … Aber sie geht nicht … und ich … will nur, dass endlich Ruhe ist … Sie soll … verschwinden, bevor der Hannes nach Hause kommt … Sie soll endlich … ihren Mund halten …«

Der Herzfrequenzton des Überwachungsgeräts schrillte beängstigend schnell. Auf dem Flur hallten Schritte. Zwei Schwestern stürmten herein, zwei junge Ärzte. Meine Finger wurden aus der Umklammerung ihrer Hand gezogen, ich wurde aus dem Zimmer geschoben. Vera Hüttner redete immer noch, gestikulierte, hob die Arme, schmetterte sie zurück auf die Bettdecke, als würde sie die Szene im Vorraum ihres Hauses gerade noch einmal erleben. Jetzt schrie sie hinter mir her, als müssten ihre Worte mich unbedingt noch erreichen.

»Lillian … glaub mir … ich habe … es nicht mit Absicht gemacht … ich hab ihr nur den Stein aus der Hand genommen und … es ist einfach passiert …«

In meiner Magengrube ballte sich ein Schmerz zusammen, als hätte ich einen Schlag dorthin bekommen. In meinem Kopf blitzten Bilder auf. Vera Hüttner mit ihrer Holzfäller-Statur schwingt einen Feldstein über ihrem Kopf wie eine Axt. Mathilde liegt tot auf dem Boden. Blut auf dem Muster des Teppichs, rotes Muster und rotes Blut. Die Ränder des Teppichs schlagen über Mathilde zusammen. Licht aus. Schnitt. Die Holzfällerin trägt den Teppich auf ihren Armen durch die Dunkelheit unter den Eichen hinter dem Garten von Bruno. Öffnet die Stalltür mit einem Tritt gegen eine Brechstange. Schiebt den Deckel der Futterkiste zur Seite.

Schnelle Bilder, die aufblitzten wie ein Gewitter in einem Horrorfilm. Mein Kopf drückte. Aber ich schaltete den Schmerz aus. Mit einem Sprung war ich zurück an der Tür, stand wieder an ihrem Fußende. Vera Hüttner lag nicht mehr so ruhig da wie eben. Ihre Beine bewegten sich unter der Decke, als wollte sie weglaufen. Ihr Oberkörper warf sich hin und her, sie versuchte sich aufzurichten. Kein Ton war mehr von dem Überwachungsgerät zu hören. Mit hastigen

Händen zogen die Schwestern Spritzen auf, drückten die Sensoren auf Vera Hüttners Finger zurück.

»Und die Kinder, Frau Hüttner, meine Kinder, die waren doch bei ihr?«

»Die Kinder … hatte Hilde in ihrem Auto … habe ich nicht gewusst. Du musst sie finden … Lillian … in meinem Haus … die verhungern sonst … bitte … Lillian …!«

Ihre Stimme brach ab. Ihr Oberkörper wurde schlaff, ihr Kopf fiel zur Seite. Ich guckte auf sie hinunter. Die Spritzen hatten so abrupt angefangen zu wirken. Dr. Hermann Müller stand plötzlich hinter mir, warf einen Blick hinunter auf Vera Hüttner.

»Kommen Sie, Lilli!«

Er nahm meine Schultern, drehte mich von dem Bett weg, zurück in Richtung Tür. Schob mich hinaus. Die Tür zu Zimmer 118 wurde hinter uns geschlossen. Wir gingen den Flur hinunter. Meine Knie flatterten wie Schmetterlingsflügel. Dr. Hermann Müller fing mich auf. Aber das war nur ein kleiner Moment. Dann stand ich wieder fest auf meinen Beinen. Frank saß auf einer Bank am Ende des Flures. Sein Gesicht kam langsam auf mich zu.

»Lilli, ich …«

Ich drehte mich von ihm weg.

»Meine Güte, was ist denn?!«

»Lieber Herr Lukas, das war gerade ziemlich anstrengend für Ihre Frau. Finale Überforderung!«

»Was? Ja …? Und – was ist jetzt?«

»Ich rufe sofort meinen Bruder an. Die SoKo muss das Haus von Hüttners noch einmal durchsuchen.«

Ich kam wieder zu mir. »Und ich rufe Gustav an. Lisa. Gertraud.«

»Nein, Lilli, Sie ziehen erst einmal dieses schreckliche Nachthemd aus! Und bis Sie Ihre eigenen Sachen wieder am Leibe haben, rufe ich Gustav und Gertraud und Ihre Freundin an, einverstanden?!«

Ich nickte dankbar. »Ja, sicher!!«

»Gut, meine Liebe. In zehn Minuten sehen wir uns. Mein Auto steht auf dem Parkplatz, direkt am Haupteingang.«

* * *

Halb Margensee lief über die Dorfstraße. Alte Frauen in schwarzen Kittelschürzen, junge Frauen in Jeans und besticktem T-Shirt. Junge Männer mit Fahrrädern, einen Husky an der Leine oder einen Schäferhund. Alle rannten in die gleiche Richtung, in die wir auch fuhren. Zum Haus von Vera und Johannes Hüttner.

Ein paar Männer mit schlabbrigen Trainingshosen mussten schon vor ein paar Minuten, beinahe gleichzeitig mit dem Suchtrupp der SoKo, beim Haus eingetroffen sein. Sie standen auf dem Fußweg vor dem Haus in einem Trüppchen zusammen. Zogen stumm an ihren Zigaretten und sahen zu, wie ein dritter und ein vierter Mannschaftswagen sich in die Reihe der Autos vor dem Haus einordneten, wie die Polizisten heraussprangen und ins Haus rannten. Ein grün-weißer Opel stand schon vor dem Haus, ein dunkelblauer BMW, ein alter weißer Opel. Über der Krone der alten Linde auf der anderen Straßenseite ging gerade die Sonne auf.

Dr. Hermann Müller lenkte seinen kleinen Suzuki zentimetergenau zwischen den Einsatzwagen der Polizei hindurch, bis dicht an den Gartenzaun. Direkt vor die Schuhspitzen der Männer mit den Trainingshosen. Wir sprangen aus dem Auto. Öffneten das Gartentor. Einer der Raucher rief hinter mir her.

»Kopf hoch, junge Frau! Bloß nicht aufgeben!«

Wir stürmten die Treppe hinauf. Die Haustür war offen. Vor uns lag die Eingangshalle. Blitzblank und sauber. Schneeweiß gekachelt. Die Wände weiß, schneeweiße Trockenblumen in einer weißen Bodenvase. Vor all dieser Reinheit ein Polizist in Oliv und Grün.

»Tut mir Leid, ich weiß, wer Sie sind, aber ich darf keinen durchlassen. Auch Sie nicht!«

»Aber wir wollten … wir können vielleicht behilflich sein!«

»Ganz sicher können Sie das! Aber nicht hier drin! Und nicht jetzt!«

»Aber wir müssen rein! Holen Sie doch Polizeiobermeister Oskar Müller, der wird Ihnen sagen, dass wir –«

»Den hole ich, sicher! In einer halben Stunde!«

»Wieso erst in einer halben Stunde?!«

»Polizeiobermeister Müller ist gerade unten im Keller.«

»Aber da müssen wir auch hin!«

»Nein!«

»Nein?«

»Nein!«

Es war sinnlos. In meinem Kopf ballte sich ein Schmerz zusammen, der sich bald zu einer richtigen Migräne auswachsen würde. Aber ich wollte keine Kopfschmerzen, auf gar keinen Fall, ich konnte jetzt keine Migräne vertragen. Ich atmete tief, während ich mit dem Polizisten verhandelte, drängte den Schmerz bis in meine Fußsohlen und ließ dabei meinen Blick über die unschuldig weißen Kacheln im Vorraum schweifen. Über diese entsetzlichen schneeweißen Wände. Alles makellos, kein Riss, kein Fleck, nicht der kleinste Kratzer. Vera Hüttner hatte den Angriff auf ihre perfekte Schönheit so erfolgreich verteidigt …

»Lilli …?«

Ich schreckte zusammen. Dr. Hermann Müller nahm mich an den Schultern und schob mich die Treppe hinunter zurück in den Vorgarten. Mein Blick schweifte immer noch, über die Blumenbeete. Blauer Rittersporn, rosa Cosmea, rote Rosen, Flecke von weißen Levkojen … Ich schniefte, schluckte die Tränen hinunter, die in mir aufstiegen.

Und da standen wir dann. Frank, Dr. Hermann Müller und ich. Standen und standen und lauschten. Alles war still. Dann waren laute Kommandos aus dem Haus zu hören. Ein paar verhaltene Hammerschläge dröhnten aus dem Keller nach oben. Holz zersplitterte. Ich zuckte zusammen, machte einen Schritt auf die Haustür zu. Dr. Hermann Müller hielt meinen Arm fest.

»Bleiben Sie hier, Lilli. Die machen das schon alles ordentlich!«

Aber jetzt konnte ich nicht mehr stillstehen. In meinem Kopf toste es, mir war übel, mein Herz raste. Ich ließ mich auf einen der Findlinge vor dem Steingarten fallen. Sprang sofort wieder auf, als hätte ich mich auf eine heiße Herdplatte gesetzt. Lief zum Gartenzaun.

Inzwischen waren alle hier angekommen, die wir vorhin überholt hatten. Sie standen mit ein oder zwei Metern Abstand auf der anderen Seite des Zaunes, blickten herüber zu mir. Ich sah in eine lange Reihe von Gesichtern. Sie erwiderten stumm meinen Blick, nickten mir zu, manche lächelten. Keiner guckte kühl und beobachtend, als würde er auf eine Sensation warten.

»Halten Sie durch, Frau Lukas! Die finden die Kinder!«

»Das wird schon wieder! Sie schaffen das!«

Ich nickte ihnen zu. Eine Reihe von Autos kam die Dorfstraße heruntergefahren. Der weiße Wartburg der Spurensicherung. Der kleine Toyota von Gustav Müller. Ein blauer Lieferwagen mit der Aufschrift *Ho-Ti* Hoch- und Tiefbau. Alle parkten nebeneinander auf dem letzten freien Stück Straße, das unter der Linde gegenüber von Hüttners Haus noch geblieben war. Die Frauen der Spurensicherung traten durch die Gartenpforte, nickten mir zu, gingen an uns vorüber. Die große Tür des Lieferwagens der Baufirma wurde zugezogen. Forsch und massig wie eine Herde Elefanten trabten vier Männer in Maureranzügen die Treppe hinauf. Vorschlaghämmer, Bohrmaschinen, Meißel und Brechstangen in den Händen. Der Polizist nickte, ließ sie passieren. Wieder machte ich einen Schritt auf die Treppe zu. Wieder wurde ich festgehalten. Mein Blick kreuzte sich mit dem des Polizisten oben auf der Treppe. Ich schrie.

»Was ist los? Haben Sie das Verlies gefunden?«

Der Polizist schüttelte den Kopf. »Was denn für ein Verlies, Frau Lukas?! Bitte, bleiben Sie ruhig!«

Ja, was denn für ein Verlies? Wieso hatte ich die ganze Zeit dieses Bild vor Augen: einen engen Kellerraum, keine Fenster, meterdicke Mauern. Finsternis, Stille, Wassertropfen, die zu Boden fallen. In eine Ecke gekauert Frank junior und Liane. Melissa und Julie … Plötzlich fühlte ich, wie jemand den Arm um meine Schultern legte, mich an sich drückte.

»Lilli, vergiss nicht, dass ich da bin! Jetzt kann ich mich um alles kümmern. Und du kannst dich entspannen, wein dich mal aus! Komm …«

Ich hob den Kopf, blickte in Franks Gesicht. Schrie auf. Sprang einen Schritt zur Seite, um mich seinem Arm zu entziehen. Rempelte gegen einen Torpfosten. Stellte fest, das war gar kein Torpfosten, das war …

»Lilli, meine Liebe, guten Morgen, wir haben uns lange nicht gesehen!«

Es war Gustav Müller, der gerade mit Lisa von der Straße herein in den Vorgarten kam.

»Hermann hat uns angerufen, er hat uns schon alles erzählt. – Und, was ist nun?«

Ich zuckte die Schultern. Lisa lächelte mir zu, legte die Arme um mich. Dann stand Frank neben ihr, zerrte sie zur Seite und verwickelte sie in ein Gespräch. Ich stand da, sagte kein Wort mehr, sah ihnen nach.

Plötzlich waren drinnen im Haus laute Hammerschläge zu hören. Ein Motor wurde angeworfen, eine große Bohrmaschine fing an, sich in eine Mauer zu fressen. Die Hammerschläge dröhnten heftiger. Die Menschen auf der anderen Seite des Zaunes kniffen die Augen zusammen und verzogen die Gesichter. Manche hoben die Hände und hielten sie über ihre Ohren.

»War denn unser Oskar schon draußen und hat Bericht erstattet?« Gustav Müller musste laut schreien, um den Lärm zu übertönen.

Dr. Hermann Müller schüttelte den Kopf. Das Kreischen der Bohrmaschine hielt an, eine zweite Maschine wurde angeworfen, ein zweiter Hammer fing an, kräftige Schläge zu schlagen. Wir standen. Lauschten. Ich versuchte, keine Bilder in mir aufkommen zu lassen. Aber ich sah sie trotzdem. Das Verlies im Keller … einen Raum, den niemals wieder jemand betreten soll, eine Mauer, die ihn für immer verschließt … Ich schloss die Augen. Öffnete sie wieder. Ich durfte doch nichts verpassen. Aber es passierte nichts, was ich hätte verpassen können. Die Maschinen arbeiteten. Wir standen. Warteten. Lauschten. Fünf Minuten, vielleicht zehn.

Dann verebbte der Lärm so plötzlich wie er begonnen hatte. Die Maschinen verstummten. Nur noch vereinzelt waren ein paar Hammerschläge zu hören. Wir standen weiter, warteten, lauschten. Keiner sagte ein Wort. Dann erschien Polizeiobermeister Gustav Müller oben im weißen Vorraum. Der Polizist an der Treppe winkte ihm zu. Deutete zu uns in den Vorgarten. Oskar Müller guckte zu uns herunter, ging noch einmal zurück in den Vorraum. Kam endlich zu uns heraus.

»Und?«

Oskar Müller war bleich. Bartstoppeln bedeckten sein Kinn und seine Wangen. Er nickte uns zu, guckte langsam von einem zum anderen. »Guten Morgen, Onkel Gustav. Guten Morgen, Lilli.«

Er nahm meine Hände und ich spürte wieder kurz seinen Impuls, mich in die Arme zu schließen. Stattdessen drückte er meine Hände kräftiger, rang sich ein Lächeln ab.

»Oskarchen, sag endlich, was ihr gefunden habt?!«

Polizeiobermeister Oskar Müller schüttelte langsam den Kopf, lächelte gequält. »Nichts, Onkel Gustav! Wir haben alles abgesucht, vom Dachboden bis zum Keller. Und wir haben gar nichts! – Eigentlich … doch, ja, wir haben eine Menge gefunden, was wir nie vermutet hätten. Einen Tresor im Schlafzimmer, den wir bis jetzt noch nicht öffnen konnten. Einen geheimen Raum im Keller, zugemauert, vor wer weiß wie vielen Jahren. Und einen rechteckigen hellen Fleck auf dem Teppichboden im Wohnzimmer, der genau die Größe von dem Teppich hat, in den Frau Schneider gewickelt war, als wir sie …« Er senkte den Blick, blinzelte schuldbewusst zu mir herüber. »Entschuldigung, Lilli, aber wie soll ich es anders sagen?! – Auf jeden Fall deutet nichts in diesem Haus darauf hin, dass die Kinder hier waren. Oder dass sie vielleicht sogar noch hier sind.«

* * *

In den nächsten zwei Stunden suchte die Sonderkommission den Garten ab. Vierzig oder fünfzig Polizisten liefen mit Spaten zwischen den Beeten umher, durchsuchten die Garage, das Gerätehaus, den Fahrradschuppen. Mehrere große Chefs vom Polizeipräsidium und Polizeiobermeister Oskar Müller gingen zwischen den Suchtrupps hin und her, fragten, zeigten, gestikulierten. Nach der ersten Stunde traf die Hundestaffel ein. Oskar Müller schickte zwei Suchhunde nach drinnen, um noch einmal das Haus abzusuchen. Die beiden anderen Hunde schnüffelten sich durch die Nebengebäude und durch den Garten. Wir standen immer noch da, taten nichts, sahen einfach nur zu.

»Im Garten zu suchen hat nicht viel Sinn. Frau Hüttner hat vorhin zu mir gesagt, die Kinder wären im Haus …«

»Aber, Lilli, es gibt auch diese seltsamen Falltüren im Gartenboden! Hast du den Film mit Freddy Krüger gesehen, der hatte seine Opfer …« Frank guckte mich an, mir schien, irgendwie triumphierend.

Ich sprach einfach weiter. »Und Frau Hüttner hat gesagt, wenn wir die Kinder nicht finden, dann würden sie … verhungern.«

Ich schluckte, atmete tief ein und aus. Ich hatte am Gartenzaun gestanden und ich hatte leise gesprochen. Aber Dr. Hermann Müller und Gustav Müller hatten die Köpfe gedreht und mir zugehört.

»Herr Dr. Müller?«

»Ja, Lilli?«

»Wie lange war die Frau schon so krank, bevor sie ins Krankenhaus kam? Ich meine … konnte sie … war sie überhaupt noch in der Lage …«

»Sie meinen, ob Frau Hüttner gestern noch in der Lage war, die Kinder zu versorgen?«

Ich guckte ihn an. Nickte.

»So ein Fieber *entwickelt* sich … Ich denke, vorgestern konnte sie das auf jeden Fall noch. Aber gestern … möglich wär's schon, aber nicht sicher … Tut mir Leid, ich hab keine Ahnung.«

Ich blickte zu Boden. Gustav Müller hatte kein Wort gesagt, nur von einem zum anderen gesehen. Jetzt hob er den Kopf, ließ seinen Blick über die Menge vor dem Gartenzaun schweifen. Eine Gruppe von alten Herren stand, dicht zusammen, ein wenig abseits. Gustav hob die Hand, winkte zu ihnen hinüber. Dann setzte er sich in Bewegung und ging zielstrebig in Richtung Gartentor.

»Einen Moment, Kinder, ich komme gleich wieder.«

In der Gartentür stieß er beinahe mit einem Fahrrad zusammen. Gertraud bremste heftig, sprang vom Rad, schob sich zur Tür herein.

»Entschuldigung, Gustav, ich fahre wie eine Irre. Das macht alles die Aufregung!«

»Kein Problem!«

Gertraud ließ ihr Fahrrad in die Lavendelbüsche am Weg fallen und kam zu mir. »Guten Morgen, Lillian! Ich hatte Schwierigkeiten mit Oma, ich konnte leider nicht eher. Was gibt's denn jetzt Neues?«

Immer die gleiche Frage. Ich schüttelte wieder den Kopf. Sah, dass Dr. Hermann Müller ihre Hand nahm. Sie guckte in sein Gesicht, lehnte sich kurz an seine Schulter. Es sah aus wie eine zufällige Berührung. Sie lächelten sich an. Ich ertappte mich dabei, dass ich sie viel länger ansah als ich eigentlich wollte. Und dass ich Gertraud beneidete. Aber um was denn? Um diese Berührung? Ich hätte zu Frank gehen können und mich an seine Schulter lehnen. Ich war so verwirrt, nichts lag mir jetzt ferner als das …

Lisa stand immer noch ein paar Schritte abseits mit Frank zusammen. Immer wieder hatte sie zu mir herübergesehen. Jetzt sah sie, dass Gertraud gekommen war. Sie hob die Hand, nickte Frank noch einmal kurz zu, dann ließ sie ihn stehen, obwohl er noch immer intensiv auf sie einredete. Drei kurze Schritte, und sie war bei uns.

»Lisa, ich möchte dir Gertraud vorstellen, meine Cousine!«

Sie schüttelten sich die Hände.

»Wird Zeit, dass wir uns endlich mal gegenüberstehen!«

»Nachdem wir so oft miteinander telefoniert haben.«

»Wenn wir jetzt auch noch was tun könnten!«

Lisa schüttelte den Kopf.

»Heißt das, wir machen gar nichts? Wir lassen die Bullen suchen und stehen hier nur rum?!«

Lisa nickte. Ich nickte.

Gertraud zog die Schultern nach oben. »So was Blödes! Das kann ich nicht aushalten!«

In diesem Moment kam Gustav Müller mit flottem Schritt in den Garten zurück. Einer der alten Herren ging neben ihm her. Er war gut gekleidet, grauer Flanell, eine Prinz-Heinrich-Mütze thronte, ausgerichtet wie mit der Wasserwaage, genau in der Mitte auf seinem schmalen Kopf.

»Das ist ein alter Freund von mir, der sich hier sehr gut auskennt. Schon sein Großvater hat hier in Margensee –«

»Schon mein Urgroßvater, Gustav … nee, warte, schon mein Ururgroßvater war das, der hier seinen Acker hatte … So, nun fragt mich. Womit kann ich euch helfen?«

»Lilli hat mich eben daran erinnert, dass die Vera im Krankenhaus zu ihr gesagt hat, die Kinder wären im Haus.«

»Aber, Onkel Gustav, sie sind nicht im Haus! Die Frau hatte Fieber, die hat phantasiert! Sonst hätte Oskar sie längst gefunden. Seine Leute suchen seit Stunden!«

»Siehst du, Hermann, das ist genau das, was ich meine. Ganz genau!«

Gustav guckte zu Prinz Heinrich, Prinz Heinrich blinzelte zurück.

»Und, mein lieber Neffe, wenn Vera Hüttner sagt, dass die Kinder im Haus sind, dann sind sie im Haus. Da bin ich ganz sicher.«

Prinz Heinrich nickte. »Freilich, Gustav, der Frau kann man glauben!«

»Aber – das fiel mir auf, Lilli – Vera hat nicht gesagt, in welchem Haus! Oder?!«

Gustav Müller, Prinz Heinrich, Dr. Hermann Müller, Lisa, Gertraud und Frank guckten mich an. Ich schüttelte langsam den Kopf. »Nein … hat sie nicht … das ist wahr …«

»Gut, schön, mit dieser Auskunft können wir schon was anfangen. Lasst uns mal überlegen …« Gustav Müller guckte von einem zum anderen. »Hat jemand eine Idee?«

»Nein, Onkel Gustav. Es wäre doch aber total unlogisch, dass sie die Kinder in irgendeinem fremden Haus verstecken sollte?!«

»Eben, mein lieber Neffe, eben! Genau das will ich sagen!« Gustav Müller guckte noch einmal von einem zum andern. Dann wandte er sich wieder Prinz Heinrich zu. »Sie wird die Kinder nicht in einem Haus verstecken, das nicht *ihr* Haus ist. Die Frage ist somit, ob Vera Hüttner vielleicht noch ein zweites Haus hat. Muss gar nicht hier sein, auf diesem Grundstück. Muss nicht mal in Margensee sein …«

»Gute Idee, Onkel Gustav! Soll ich schnell im Katasteramt anrufen? Oder soll ich …«

Gustav Müller schüttelte den Kopf, hob die Hand, deutete auf den alten Herrn neben ihm. Prinz Heinrich zog die Augenbrauen zusammen. Senkte seinen Blick nach innen. Grübelte. Schüttelte langsam seinen Kopf.«

»Nee, Gustav, nee …«

»Doch! Ganz sicher! Du musst einfach noch mal überlegen.«

Prinz Heinrich grübelte weiter. Eine Minute verging, eine zweite. Dann flog ein kleines Lächeln über sein Gesicht. »Wenn du Recht hast, lieber alter Freund, dann hast du Recht … Das war … 1938 …«

»Ja?«

»1938 hat sich hier im Ort der Vater von unserem jetzigen Gastwirt angesiedelt. Hat ein Grundstück gekauft. Von Veras Großvater. Das Grundstück, auf dem heute die *Alte Reuse* steht. Dieses Grundstück reicht von der Hauptstraße bis zum Seeufer runter. Aber ich kann mich genau erinnern, dass wir früher dort Schlittengefahren sind. Auf dem Hügel am Waldrand. Und meine Mutter sagte immer, wir sollen uns bloß nicht erwischen lassen von dem Alten. Von dem Großvater von der Vera …«

Ich verstand gar nichts, starrte in das Gesicht von Prinz Heinrich, guckte zu Gertraud, zu Hermann Müller, zu Gustav. Alle drei nickten begeistert.

»Bingo! Das wird's dann wohl sein!«

»Wie bitte? Was wird was sein?! Ich verstehe kein Wort!«

»Lilli, bleiben Sie ruhig, das ist doch ganz logisch.«

»Völlig logisch, Frau Lukas. Lassen Sie mich das erklären: Wenn das Grundstück von Veras Großvater damals noch bis zum Wald reichte –«

»Aber der Gastwirt hat nur den Teil vom Grundstück gekauft, den er für die *Reuse* gebrauchen konnte –«

»Freilich, mein lieber Gustav, dann wurde damals das Grundstück geteilt. Und der Teil zwischen Wald und *Reuse* … ist die größere Hälfte, sozusagen, dieses Landstück ist riesig. Ihr seid vorhin dran vorbeigefahren, ist heute alles verwildert … Aber damals waren da Äcker und Scheune und Stallungen. Sogar noch ein Wohnhaus, so ein ganz altes, mit 'nem Walmdach …«

Ich hielt den Atem an. Guckte zu Gertraud hinüber. Sie erwiderte meinen Blick. Wir nickten uns zu.

»Gut, meine Lieben. Wenn unsere kleine Vera nun keine Geschwister hatte …«

»Nee, Gustav, Vera war nur alleine …«

»Volltreffer, ich wusste es – dann gehört dieses Grundstück jetzt ihr! Und dann …« Gustav Müller sprach den Satz nicht mehr zu Ende. Er drehte sich auf dem Absatz um. Ging auf dem schmalen gepflasterten Weg nach hinten, in den Garten. Ließ seinen Blick schweifen, suchte nach Oskar, hob winkend die Hand.

Aber bis Gustav es endlich geschafft hatte, dass Oskar sich die Minute Zeit nehmen konnte, um ihm zuzuhören, saß Gertraud schon längst auf ihrem Fahrrad und trat kräftig in die Pedalen. Ich saß auf dem Gepäckträger hinter ihr.

* * *

Alles war so, wie ich es schon gesehen hatte. In dem riesigen alten Garten, der zum Haus von Gertraud und Oma Förster gehörte. Dieser Garten hier war noch viel älter und schien noch viel größer zu sein. Er war noch verwilderter und verwachsener als ein verwunschener Garten im Märchenfilm. Eine Ansammlung von alten Scheunen, Ställen und Vorratslagern ragte mit ihren Dächern zwischen den Kronen der Bäume heraus. Wände aus braunem Feldstein, Mauern aus Lehm, aus gebrannten Ziegeln schimmerten durch das Unterholz. Ganz weit hinten erhob sich der Hügel, auf dem der Mann mit der Prinz-Heinrich-Mütze Schlitten gefahren war. Dahinter begann der Wald, hoch und düster.

Wir radelten einfach hinein. Der Zaun, der 1938 ganz bestimmt noch alles gesichert hatte, war inzwischen zu Brennholz geworden. Hüfthoch wuchernde Gräser und Unkraut schlossen uns ein, riesige Rosensträucher und wilde Apfelbäume. Gertraud radelte mitten hindurch. Wir fuhren vorbei an einer Scheune aus verwittertem rotem Backstein, an einem alten Schweinestall. Hinter Scheune und Stall lag der Anfang eines schmalen Pfades. Gertraud lenkte ihr Fahrrad um den Stall und wir fuhren den Pfad hinauf.

»Seltsam, nicht?! Ob Rehe solche Wege durch die Wildnis treten?«

»Wär schon möglich. Ganz besonders, wenn das Reh Vera heißt.«

Gertraud fuhr noch schneller. Brennnesseln peitschten unsere Arme. Im hohen Gras neben dem Weg lag schneeweiß ein zusammengefaltetes Einwickelpapier. Es war feucht vom Morgentau, aber der Schriftzug der Bäckerei Muschert war noch sehr gut zu erkennen.

»Gertraud, hast du gerade –«

»Hab schon gesehen, Lillian!«

Sie legte sich kräftig vornüber. Und dann waren wir da.

Ein altes Haus, Bauernbarock mit Walmdach, im rechten Winkel waren Ställe und Scheune ans Wohnhaus angebaut. Ich sprang vom Gepäckträger. Und während Gertraud noch einen Platz für ihr Fahrrad suchte, hatte ich schon damit begonnen, die Bretter vor der Eingangstür zu entfernen. Sie saßen unheimlich fest, die Brechstange der Handwerker vom *Ho-Ti*-Bau hätte ich jetzt gut brauchen können. Ich schloss meine Finger fest um die Bretter, Gertraud hängte sich an mich und wir zogen mit unserem ganzen Körpergewicht. Dann war der Durchgang zur Haustür endlich offen.

Gertraud zögerte. »Scheiße, Lillian, hier ist doch seit Jahren niemand mehr gewesen!«

»Hast du eine bessere Idee?«

Wir schlüpften hinein. Drückten die Klinke der Haustür hinunter. Verschlossen, natürlich. Wir bückten uns, tasteten, suchten. Unter dem uralten verwitterten Fußabstreifer, unter den Brettern, die die Löcher im Fußboden überbrücken sollten. In der Lücke zwischen der Wand und der Türfüllung fanden wir endlich den Schlüssel. Wir schlossen auf.

Die Tür knarrte schrecklich. Ließ sich ein winziges Stück weit öffnen. Wir stemmten uns beide dagegen. Der Türspalt wurde ein wenig größer. Wir sammelten unsere Kräfte, drückten weiter. Es gab einen Knall. Die Tür kippte aus ihrer Verankerung. Hielt sich noch an ihrer unteren Angel. Dann brach sie auch dort. Ihr Holz splitterte, sie krachte zu Boden, wir stürzten beide hinterher.

Das ganze Haus schien zu beben. Staub füllte die Luft wie Morgennebel. Wir lagen benommen auf dem Kachelmosaik in der Diele. Ich fühlte einen stechenden Schmerz in meinem Oberarm, einen drückenden Schmerz in meinem Kopf.

In diesem Moment hörten wir die Motoren brummen. Autos näherten sich dem Haus. Zweige knackten, Äste brachen. Handbremsen wurden angezogen, Autotüren knallten, Stimmen kamen näher. Ein Hund schlug an. Witschte eine Sekunde später durch die Haustür und stand sofort über uns. Schnüffelte feucht über mein Gesicht, über das Gesicht von Gertraud. Bellte laut, um zu melden, dass er uns gefunden hatte.

»Kannst du aufstehen, Gertraud?«

»Meinst du, dass Fiffi uns lässt?«

Diese Frage mussten wir uns nicht mehr beantworten. Ein kurzer Pfiff ertönte.

»Rocky, aus!«

Rocky ging einen Schritt zurück und setzte sich brav auf seine Hinterbacken. Durch den Spalt zwischen den Brettern zwängte sich ein uniformierter Polizist mit einer Hundeleine. Herr Schmidt, Rockys Chef von der Hundestaffel. Hinter ihm wurde eine Brechstange zwischen die Bretter vor dem Eingang gesetzt, das Holz krachte, der Eingang war frei.

Der nette Herr Schmidt reichte uns seine Hand und half uns beim Aufstehen. »Frau Lukas, Sie müssen nicht alles alleine machen!«

Wir standen wieder auf unseren Füßen. Eine Traube von Polizisten quoll zur Tür herein. Allen voran Polizeiobermeister Oskar Müller. Er guckte Gertraud und mich an, musterte uns von oben bis unten, schüttelte sachte den Kopf.

»Wie es scheint, kennt ihr euch sehr gut aus hier?!«

Wir nickten zögernd.

»Gut, gut, dann … Vorn geht Polizeimeister Schmidt mit Rocky, dahinter ihr beide. Und danach alle, die jetzt neben mir sind.«

Er blickte in die Runde. Die Polizisten nickten ihm zu. Wir drehten uns zur Treppe und marschierten nach oben. Aber Polizeiobermeister Oskar Müller war sofort neben uns. Griff uns bei den Ellenbogen und lief zwischen Gertraud und mir die Treppe hoch.

»Keinen Schritt ohne mich! Verstanden?!«

Wir nickten. Mein Herz klopfte so heftig – es war mir überhaupt nicht unangenehm, dass er neben mir war.

* * *

Das Haus war wie eine Fotokopie des Hauses, das Gertraud und ich nach dem Versteck von Bruno durchsucht hatten. Die breite Treppe nach oben, die kleine Galerie, von der drei Türen zu den Zimmern im oberen Stockwerk führten. Auch die drei Oberlichter, die über den Zimmertüren auf die Treppe hinabsahen, waren die gleichen. Aber der Rest stimmte nicht. Es gab keine Täfelung an den Flurwänden, es gab nur verwitterten Putz und verblichene Farben. Da war keine kleine Geheimtür, die wir aufdrücken konnten, um in den kleinen Geheimgang zu kriechen. Augenscheinlich gab es überhaupt keine Verbindung zwischen dem Wohnhaus und dem Scheunentrakt.

Wir suchten die Flurwände ab, öffneten die Türen zu den Zimmern und blickten auch dort über alle Wände. Nichts.

»Scheiße!«

»Wonach sucht ihr beide hier eigentlich? Was wollt ihr finden?«

»Das Versteckzimmer!«

Oskar Müller starrte uns an. Rocky hockte brav auf den Dielenbrettern neben seinem Herrchen und hechelte angespannt. Oskar Müller guckte den Hund an, sah zu uns, schüttelte den Kopf.

»Fällt dir das auch auf, Lillian, dass hier alles so übersichtlich ist?! Als wäre es so gebaut worden, um mitzuteilen, dass hier ganz bestimmt kein Versteck ist. Vielleicht sollten wir doch noch einmal nach draußen gehen, um das Haus herum, und den Eingang durch die Scheune nehmen?«

»Von da aus gibt's keinen Zugang, das wär viel zu einfach!«

Wir blieben stehen, grübelten. Nur unsere Füße konnten nicht stillstehen, trampelten pausenlos, immer auf derselben Stelle. Die Polizisten hinter und neben uns auf der Galerie standen still, guckten fragend zu Oskar Müller hinüber. Nur Rocky erhob sich, leise, unauffällig. Strich an der Flurwand entlang. Klemmte seine Nase in den Türspalt zu einem der Zimmer. Drückte die Tür auf. Ging langsam und vollkommen ruhig zu dem offenen Kamin an der Zimmerwand. Hielt seine Nase ein paar Sekunden lang in den Feuerraum, in den Luftzug, der nach oben wehte, und setzte sich neben das Kamingitter. Ganz still, ganz unauffällig.

Gertraud und ich waren ihm bis zur Tür gefolgt. Wir sahen uns an.

Gertraud schüttelte den Kopf. »Ich hasse Kamine!«

Jetzt kam auch Oskar Müller ins Zimmer, gefolgt von Polizeimeister Schmidt.

»Und ich werde ganz bestimmt nicht in diesem engen Schlot nach oben steigen!«

»Ich hasse Kamine genauso wie du. Aber ich gehe jetzt. Und du hilfst mir!«

»Lillian! Das ist schrecklich! Das ist so eklig!«

»Sicher … sicher …« Ich bückte mich und war schon fast in der Öffnung des Kamins verschwunden. Jemand packte mich mit festem Griff, zog mich zurück.

»Sagen Sie, Lilli, wär's nicht auch möglich, dass es einen anderen Zugang gibt zu dem Zimmer, nach dem Sie suchen?!« Oskar Müller hatte meinen Arm eng umschlossen und hielt mich fest. »Es behagt mir nicht, Sie in diesen unüberschaubaren Kamin steigen zu lassen. Ohne Schutz, ohne Begleitung.«

»Wieso ohne Begleitung, Oskar, ich bin doch bei ihr!«

»Macht mich nicht wahnsinnig, Mädchen! – Also: Wo könnten wir nach einem weiteren Zugang suchen?«

»Möglicherweise im Garten, unter einem Baum. Oder in einem von den alten Ställen oder in einer Scheune. – Oskar, bitte, diese Eingänge sind gut versteckt, es kann Stunden dauern, bis Sie einen zweiten gefunden haben …«

Er atmete tief, guckte uns an. Auf der Treppe waren plötzlich Schritte zu hören. Viele Schritte. Ein paar ganz besonders kräftige Schritte voran.

»Ich glaube, da kommt die Obrigkeit …«

Polizeimeister Schmidt sprach fast konspirativ leise. Rocky spitzte die Ohren. Polizeiobermeister Oskar Müller atmete noch tiefer als eben. Es klang fast wie ein Seufzen.

»Gut, gut, ihr beiden, dann klettert jetzt ganz schnell los!«

* * *

Niemals in meinem ganzen Leben war ich in einem engen Kamin nach oben gestiegen. Aber ich wusste ganz genau, wie es ging. Ich stemmte mich mit dem Rücken gegen die eine Wand des Kamins, stemmte die Füße fest gegen die andere Wand und drückte mich die ersten Zentimeter nach oben. Spannte die Arme auseinander wie das Gestänge eines Regenschirms, hielt mich damit zwischen den Wänden in der Schwebe, schob wieder meinen Rücken nach oben. Rutschte langsam mit den Füßen nach. Die Sohlen meiner Turnschuhe ankerten sich fest auf der verrußten Kaminwand. Nicht auszudenken, ich hinge hier und hätte an den Füßen irgendwelche hochhackigen Pumps!

Langsam stemmte ich mich aufwärts. Schweiß rann über meinen Rücken. Die Kaminwände rochen verräuchert und versottet. Aus der Tiefe wehte ein kühler Luftzug herauf. Ich konnte nichts sehen, aber ich hörte ganz deutlich, dass mit einem kleinen Abstand Gertraud hinter mir herkletterte.

Irgendwann fand ich keinen Halt mehr hinter meinen Schulterblättern. Noch ein paar Zentimeter, noch ein paar feste Züge, dann saß ich mit dem Hintern auf einem Podest. Es war völlig finster hier oben, ich tastete um mich, fand keine Wände. Mit den Händen maß ich den Platz, den ich haben würde, dann stieg ich nach oben und hockte mich neben der Kaminöffnung auf den Boden.

»Gertraud …?«

Sie erreichte gerade das Ende des Kamins und ich half ihr, sich über die Kante zu rollen.

»Schön, Lillian, hier ist es ja finster! Und jetzt?«

Sie erhob sich und machte die Kaminöffnung frei. Jetzt leuchtete ein schmaler Lichtschein zu uns nach oben. Leise Stimmen drangen von unten herauf. Fünf oder sechs schwarz verrußte Wände, die uns dicht umschlossen, im Abstand von nicht einmal einem Meter. Nur an einer Wand gab es weit oben einen Spalt für den Rauch des Kaminfeuers. Aber der Spalt war eng, wenn ich meine Hand ganz schmal machte, passte sie gerade eben hinein.

»Ach, schade!«

»Ja, Scheiße! Wenn wir jetzt wenigstens eine Lampe hätten. Meine Taschenlampe! … Nein, warte, die hatte ich doch neulich …«

Aber na klar doch! Ich wühlte sofort in den Taschen meiner Jeansjacke. Fand tatsächlich das Feuerzeug, das mir Gustav Müller in Gertrauds Garten gegeben hatte. Fand auch Gertrauds Taschenlampe, die so dünn wie ein Bleistift war.

»Hier ist sie.«

Ich reichte sie ihr hinüber. Sie schaltete sie ein. Ich knipste an Gustavs Feuerzeug, so lange, bis ich eine stabile Flamme hatte. Wir leuchteten beide die Wände ab. Stück für Stück. Und nach den Wänden die Decke. Streifen für Streifen. Und da war es.

»Völlig logisch, es muss über dem Kamin sein, sonst hätten sie den Abzug ja auch gerade nach oben bauen können!«

»Ich stehe nicht immer auf Logik. Aber in diesem Fall …«

»Hauptsache, du stehst überhaupt noch. Lillian, siehst du, wie deine Hände zittern? Glaubst du, du könntest sie fest ineinander falten? Ich falle nicht gern auf die Nase.«

»Nein, du gehst nicht nach oben. Es sind *meine* Kinder. *Du* machst *für mich* die Räuberleiter!«

Meine Hände zitterten, das musste ich zugeben. Auch meine Knie zitterten. Immer stärker. Und trotzdem …

»Los, Gertraud!«

»Nein!«

Wir schwiegen, standen da, starrten uns durch die Dämmerung an. Irgendwie waren wir beide mit unseren Kräften am Ende. Und mit unseren Nerven. Und vor allem hatten wir Angst vor dem, was uns dort oben, am Ende der Räuberleiter, erwarten würde.

»Vielleicht solltest du erst mal nach ihnen rufen?! Vielleicht können sie uns hören?!«

Ich legte den Kopf in den Nacken. Versuchte, irgendetwas aus dem Raum über uns wahrzunehmen. Einen Geruch vielleicht, das Geräusch einer Bewegung, eine Stimme? Aber nichts war zu riechen oder zu hören.

»Los, Lillian, trau dich!«

Gut, ich traute mich. Leise, ganz leise. »Liane? Hallo?! Frank junior?!«

»Lauter, Lillian, das kann keiner hören!«

»Liane!!! Frank junior!!!«

Da! Etwas bewegte sich über unseren Köpfen. Ein leises Scharren über dicken Holzbohlen. Und noch einmal. Etwas kratzte über den Fußboden, und dann …

»Mami?«

Ich hielt den Atem an.

»Bist du da unten, Mami? Bist du doch noch gekommen?!«

Danach dauerte es nur noch Sekunden. Gertraud faltete ihre Hände vor dem Bauch zusammen und ich stieg darauf. Tastete über mir die Decke ab, bis ich die Bretter fand, die man nach oben drücken konnte. Schob die Bretter zur Seite und zog mich hinauf. Und da waren sie. Ein verdunkeltes Zimmer. Frank junior saß auf dem Boden und hielt mir seine Arme entgegen. Liane lag auf einem Wandbett, hatte die Augen geschlossen. Aber sie hatte mich gehört, hob ihre Hände in meine Richtung, ohne die Augen zu öffnen, und lächelte.

An der Wand lehnte eine Apfelpflücker-Leiter aus Aluminium. Ich ließ sie zu Gertraud hinunter. Dann schloss ich Frank junior und Liane in die Arme.

Gertraud kam nach oben. Guckte sich um, erfasste alles mit einem Blick. Beugte sich über das Loch des Einstiegs und rief laut hinunter. »Oskar?!«

Oskars Stimme antwortete von ganz tief unten. »Was ist los, Gertraud?«

»Wir haben sie gefunden. Sie sind hier. Und sie leben!«

Es gab wirklich eine Tür. Sie war von außen verschlossen. Nach ungefähr zehn Minuten stieg ein freundlicher junger Handwerker im Blaumann durch den Kamin zu uns herauf. Er warf einen Blick auf die Kinder, nickte uns zu, lächelte. Hielt sich nicht lange mit dem riesigen alten Türschloss auf, sondern startete einfach die Motorsäge, die er beim Aufstieg an einem Riemen um seinen Hals gehängt hatte. Ich drückte Frank junior und Liane fest an mich, aber sie hatten keine Angst vor dem lauten Motor, der direkt neben ihren Köpfen brummte. Oder sie hatten keine Kraft mehr, noch vor irgendetwas Angst zu haben.

Es dauerte lange, ein Loch in die dicken Holzbohlen der Tür zu sägen. Der junge Handwerker strengte sich an, bis sich auf seiner Stirn und auf seinem Rücken Schweißbäche bildeten. Die Motorsäge ächzte. Erst nach Minuten kippte endlich das erste Stück Bohle aus der Tür, so dick wie eine Männerfaust. Ein enger Gang wurde sichtbar, der steil nach unten führte. Der junge Mann sägte weiter, bis das Loch in der Tür so groß war, dass er bequem hindurchpasste, dann machte er sich an den Abstieg. Wir hörten seine tastenden Schritte noch über die brüchigen alten Stufen nach unten steigen, da witschte Rocky durch den Gang zu uns nach oben in die Bodenkammer. Schnupperte feucht über unsere Hände, setzte sich vor uns, bellte kurz und hechelte wieder nach draußen, die enge Treppe hinab.

Die Zeit, die danach noch verging, spielte keine Rolle. Eine junge Polizistin kam durch den Kamin nach oben, brachte Wasser für Gertraud und mich. Und zwei Plastikflaschen mit Elektrolytlösung nebst zwei Zugängen, um Frank junior und Liane einen Tropf mit einer ersten Notversorgung anzulegen. Aber Gertraud streichelte beiden über die Köpfe, sah ihnen in die Augen, kniff in die Haut auf ihren Unterarmen und entschied, dass es nicht nötig war, zu solchen brachialen Methoden zu greifen. Stattdessen gab sie ihnen von der Lösung zu trinken. »Aber wirklich nur einen einzigen Schluck. Ich muss erst mal sehen, was ihr noch vertragen könnt.«

Irgendwann stand dann Oskar in dem ausgesägten Loch in der Tür. Hinter ihm drängte sich Frank in den engen Raum. Polizisten brachten zwei schmale Tragen. Die Chefs aus Potsdam schoben sich drahtig einer hinter dem anderen die Treppe hinauf.

Ich fing an zu weinen, als Oskar und Gertraud mir Frank junior aus dem Arm nahmen und ihn vorsichtig auf die Trage betteten. Aber er lächelte und ließ sich ohne Widerstand von den Polizisten nach unten tragen. Auch Liane ging es besser, nachdem sie ein paarmal von der Elektrolytlösung getrunken hatte. Sie hatte ihre Augen wieder geöffnet, beobachtete genau, wie die Trage mit ihrem Bruder durch die Tür entschwand.

»Kommst du auch gleich, Mami?«

Ich nickte. Tränen liefen mir über die Wangen. Ich umarmte Gertraud, umarmte Oskar, ließ mich auch von Frank umarmen.

Irgendwo in dem riesigen Garten endete der enge steile Gang. Wir bückten uns tief, schoben uns durch ein enges Feuerloch und traten in einen kleinen Kellerraum, der vielleicht irgendwann einmal zum Aufbewahren der Kartoffelernte gedient hatte. Oder der einfach nur dazu da war, den Eingang zum geheimen Raum der Familie Hüttner und ihrer Vorfahren zu tarnen.

Drei Stufen führten aus dem Keller nach oben, dann waren wir draußen. Warm schien die Sonne. Es war Mittag oder früher Nachmittag. Ungefähr fünfzig Polizisten standen unter den alten Apfelbäumen. Die Suchhunde lagen brav nebeneinander im Gras. Zwei Krankenwagen mit Blaulicht kamen auf einem schmalen Weg zwischen Büschen und Bäumen gefahren. Eine junge Frau mit kurz geschnittenen braunen Haaren riss ihren Fotoapparat vor die Augen und fotografierte uns. Aus dem Augenwinkel sah ich das Licht von Scheinwerfern ganz in meiner Nähe aufleuchten. Ein Mikrofon wurde vor meinen Mund gehalten. Von irgendwoher schob sich eine Kamera in mein Blickfeld.

* * *

In den nächsten Tagen lebten wir in einem seltsamen Zustand zwischen Trotz und Verwirrung. Hatten wir nur phantasiert? Oder war uns das alles wirklich passiert? Keiner von uns wollte darüber reden. Aber sobald wir miteinander sprachen, ging es immer nur darum.

Was auch immer gewesen war, doch, das Antiquariat wollten wir eröffnen. Es war genau zwei Wochen her, dass wir Frank junior und Liane wiedergefunden hatten. Lisa und ich erledigten die letzten Handgriffe in unserem Laden. Wir räumten die Kunstbände in den hinteren Raum, trugen die Kinderbücher nach vorne und stellten sie in das Regal neben dem Kuschelsofa. Liane und Frank junior halfen uns dabei. Zumindest redeten wir ihnen ein, dass sie uns tatkräftig unterstützten. Aber sie schafften nicht viel, ihre Ausdauer reichte nicht weit. Nach ein paar Minuten setzten sie sich irgendwo auf den Fußboden und sahen stumm vor sich hin. Höchstens drei oder vier Sätze am Tag waren sie seit ihrem Verschwinden zu sprechen bereit. An diesem Morgen hatten sie noch keinen einzigen Satz gesagt.

Wir hatten eine Kassette in den Recorder geschoben, Springsteen gab wirklich alles. *Driving home she grabs something to eat / Turns a corner and drives down her street …* Aber keiner von uns sang mit. Es war eine Stimmung wie vor einer Beerdigung. Jedes Mal, wenn dieser Gedanke in mir auftauchte, dachte ich mit Sorgen daran. Mathilde, du liebe Güte, Mathilde. Das war ja schon morgen. Und ich lebte immer noch mit dem Gefühl, dass ich einfach nur das Telefon nehmen und ihre Nummer wählen müsste. Dass ich ihr endlich alles erzählen wollte, was in den letzten Tagen passiert war.

Wir hatten noch so viel vor uns.

Es war noch nicht ganz Mittag, als unsere Ladenglocke ihr barockes Läuten läutete. Unwillig stellte ich die letzten Bücher ins Regal zurück. Ich wollte keine Journalisten mehr sehen, und Interviews geben wollte ich sowieso nicht. Lisa blickte prüfend in mein Gesicht.

»Lilli, soll ich das für dich erledigen?«

»Ach was!«

Ich stürmte nach vorne in den Laden. Und blieb stehen wie festgeschraubt. In der offenen Ladentür stand Bruno. Schwarze Sonnenbrille, blaue Jacke, blauer Toyer, hochgeschlossen und viel zu warm für diesen Sommertag. Stand einfach nur da, sah mich an. Schwieg. Wir schwiegen beide.

»Well … soll ich wieder gehen, Lillian, oder darf ich die Ladentür hinter mir zumachen?«

Ich ging auf ihn zu. »Natürlich sollst du reinkommen! Bruno!«

Er schloss mich in die Arme. Ich ließ es mir gefallen. Frank junior und Liane kamen langsam aus dem hinteren Ladenraum. Guckten mürrisch, fingen an zu lachen und sprangen ihm in die Arme.

Bruno fing sie auf. Beide gleichzeitig. Das war genau die Nummer, die ich mit den beiden so lange geübt hatte.

»Sagt mal, Kinder … ihr kennt Bruno?«

»Klar doch, Mami, das ist Welle, der Freund von Oma. Der ist mit uns ins Kino gegangen!«

»Was?«

»Ja, ins Brückenkino. Und er hat uns jedes Mal Popcorn gekauft, so viel!«

»Genau, und so viel Cola, dass Oma geschimpft hat!«

Sie schmiegten sich an ihn. Ich stand da und guckte ihnen zu. Seit ich sie wiederhatte, sah ich meine Kinder zum ersten Mal lachen.

»So, black sheeps, jetzt verschwindet. Geht nach hinten und spielt. Ich muss mit eurer Mutter reden!« Bruno setzte die beiden zurück auf den Boden. »He, stopp, Moment noch!«

Er klappte seine Jacke auf, nahm zwei verschnürte Päckchen heraus. Drückte jedem ein Paket in die Hand. Sie stürmten ins Hinterzimmer.

»Lisa! Lisa, gib schnell die Schere!«

Ich sah ihnen nach. Ich hatte über Psychotherapien nachgedacht, über Therapien mit Streicheltieren, über Geistheiler. Manchmal war alles so einfach.

Bruno trat neben mich, legte mir den Arm auf die Schulter. »Well … hast du vielleicht einen Tee für mich?«

* * *

Lisa ging mit Frank junior und Liane zum Mittagessen. Bruno und ich setzten uns an die Ladentheke und rührten in unseren Teetassen. Schwiegen. Aber kein Telefon klingelte, keiner kam, um uns aus unserer Hilflosigkeit herauszuhelfen. Erst bei der zweiten oder dritten

Tasse sagte Bruno sein erstes Wort. Nein, eigentlich sagte er immer noch nichts. Er stand auf, ging zu dem Bügel, auf den ich seine Jacke gehängt hatte, und kam mit einem winzigen Päckchen wieder.

Ein flaches Päckchen, in das höchstens ein Paar Wiener Würstchen passen würde. Oder ein Armband, oder eine Armbanduhr. Er legte es vor mir auf die Tischplatte und ich hatte das Gefühl, als würde ich den Tag mit dem Blumenstrauß an Mathildes Wohnungstür noch einmal erleben. Ein Déjà-vu. Mir stiegen Tränen in die Augen.

»Lillian, bitte ...«

»Immer wenn ich an Mathilde denke ...«

»Ja, ja ... mir geht es auch nicht anders.« Er runzelte die Stirn, hob die Hand und strich sich damit übers Gesicht. »Willst du es nicht aufmachen, dein Päckchen?«

»Ich kann nicht ...«

»Dann mache ich es auf!«

Er löste das schmale Band und klappte das Kästchen auf. Ich sah hinein. Es war der Schmuck von Mathilde. Meine Tränen liefen noch stärker. Aber er war es nur auf den ersten Blick. Auf den zweiten Blick sah ich die Unterschiede. In meinem Kästchen lagen ein Ring, ein Armband, zwei Ohrringe. Alles wie Mathildes Schmuck aus winzigen roten Granaten zusammengesetzt, in einem Bett aus silbernen Rosen. Aber grazil, zart, weniger vornehm, nur halb so protzig wie der Schmuck von Mathilde.

Bruno hatte keine Berührungsängste. Er nahm den Ring aus dem Kästchen, griff nach meiner Hand und schob ihn mir auf den Finger. »Passt! Sieht schön aus! Soll ich dir die Ohrringe anstecken?!«

»Bitte, Bruno, ich will keinen Schmuck aus dem Koffer tragen!!!« Ich schüttelte mich beinahe vor Entsetzen.

Bruno fing an zu lachen. »Aber, Lillian, glaubst du wirklich, mit so blutigem Zeugs würde ich zu dir kommen?! Diesen Schmuck und den von deiner Mutter hat eine nette junge Goldschmiedin in Stockholm gemacht. Den habe ich dieses Frühjahr gekauft, als ich mit meinem Schiff in Schweden war. Da wusste ich ja schon, dass ich euch wiedersehe.«

Ich sah auf das Kästchen hinunter. Mathilde hatte sich damals über die Schmuckstücke so schrecklich aufgeregt ...

»Was ist, willst du mir nicht glauben?! Ich habe den Koffer nicht aus dem Bunker herausgeholt! Und ich habe schon lange nichts mehr von dem, was ich damals aus dem Koffer genommen hatte. Kein Gold, keinen Schmuck, nichts!«

Er sprach schnell, hastig, so voller Sorge, etwas Falsches zu sagen. Etwas, das mich verletzen könnte. Oder ihn bei mir in Verruf bringen. Ich guckte ihn an, sah, wie er sich abmühte. Natürlich, ich wollte mich auch bemühen. Jetzt nur nicht wieder in Schweigen versinken! Ich hob meinen Blick, legte meine Hände auf seine Hand.

»Danke, Bruno! Danke für alles! Für den Schmuck! Und auch sonst …!«

Er nickte, streichelte meine Hände. »Lillian, ich …«

Ich sah ihm in die Augen.

»Bitte … weißt du … warum ich eigentlich hier bin: Wir beide … wir haben noch eine Rechnung offen. Eine … wie soll ich das sagen …«

»Bevor du gehst, möchtest du reinen Tisch machen?«

Sein Rücken straffte sich. Seine Hände erstarrten. »Wie kommst du darauf, dass ich weggehen werde?«

»Du machst Abschiedsgeschenke. Du benimmst dich wie jemand, der lange verreisen will.«

Er schwieg, atmete tief. Aber dann blickte er mir offen in die Augen und zuckte die Schultern. »Du hast Recht. Ich werde nicht hier bleiben. Es ist zu gefährlich für mich.«

Ich begann langsam zu nicken.

»Und deshalb … bitte, hör mir zu, Lillian! Ich habe immer gewusst … irgendwann muss ich dir alles sagen. Ich will es ja auch. Aber ich … hatte immer Angst, dass du mich dafür hassen würdest … wie deine Mutter … Und nun hat dir der dicke Hannes schon alles gesagt …«

Es ging um den Bunker. Natürlich, worum sollte es sonst gehen. Es ging um die wenigen Stunden, die das Leben unserer Familie so völlig verändert hatten. Um ein paar falsche Entscheidungen. Um ein paar heftige Lügen. Um Streiten und Auseinanderleben. Um Neid, um Morden und um Verzweiflung.

Bruno biss sich lange auf den Lippen herum, sagte ein paar Sätze, schwieg, redete, machte lange Pausen. Solange er mir von seiner Ehe mit Mathilde und dem Zusammenleben mit ihr und seiner Mutter erzählte, bemühte ich mich, nur mit einem Ohr hinzuhören. Aber dann redete er von seinem Vater und dem Vater von Hüttner, die am Ende des Krieges unten im Bunker ihren Dienst getan hatten. Nur ein paar Kilometer von ihrem Heimatdorf entfernt. Von da an gab ich Acht, dass ich kein Wort verpasste. Brunos Vater hatte den Krieg und die Kriegsgefangenschaft überlebt. Er nahm *beide* Jungen heimlich zur Seite und erzählte ihnen von den Reichtümern unten im Bunker, die ihnen gehören würden. Die Jungen wurden älter, wurden erwachsen, Brunos Vater starb. Und dreißig Jahre lang ging es bei allen Entscheidungen, die Bruno oder Hannes für sich trafen, auch um den Schatz im Bunker.

Außer vielleicht bei den Frauen. Hüttner verliebte sich in die blonde Hilde mit dem scharfen Verstand und dem heftigen Mundwerk. Aber Hilde hatte sich in Bruno verliebt. Bruno und Hilde bekamen ein Kind, ein kleines Püppchen mit wuscheligen Haaren. Und Hannes und seine Vera hatten von Jahr zu Jahr sehnlicher auf ein Kind gewartet. Alte Geschichten, uralte Geschichten. Und sie dauerten immer noch an.

Bruno schwieg wieder, biss auf seiner Lippe herum. »Und dann, Lillian, dann kam der Tag, an dem wir dich mit in den Bunker nahmen. Kein Tag ist seitdem vergangen, an dem ich nicht an dich gedacht hätte, an meine Fehler, Lillian, an diese schrecklichen Stunden …«

Er senkte den Blick. Ich baute ihm keine Brücke. Eigentlich hatte ich genug von diesen Bunkergeschichten. Ich kannte Vera Hüttners Version der Dinge. Ich hätte gerne noch Mathildes Version gehört. Beide vielleicht miteinander verglichen. So wie Brunos Version mit der vom dicken Herrn Hüttner. Oder Greti Försters Version mit der von Mathilde. Vielleicht hätte ich dann irgendwann die ganze Geschichte begriffen. Hätte und wäre. Wollte und wenn …

* * *

Als Lisa mit Liane und Frank junior vom Essen zurückkam, stand Bruno auf.

»Ich muss los, Kinder. Wenn du nichts dagegen hast, Lillian, sehen wir uns … morgen?«

Ich nickte. Keine Frage, natürlich sollte er zu Mathildes Beerdigung kommen.

Er nahm Frank junior und Liane noch einmal auf den Arm. Drückte sie an sich. Drückte auch mich. Noch in der Ladentür, unter dem Läuten der Ladenglocke, neigte er seinen Mund dicht an mein Ohr.

»Glaubst du, dass du mir verzeihen kannst?«

»Aber sicher. Ich war dir nie böse. Ich wusste ja nicht mal, dass es dich gibt.«

»Danke, Lillian. Und danke dafür, dass du bei der Polizei über mich geschwiegen hast! … Vielleicht schaffe ich es ja … well … vielleicht kann ich irgendetwas von diesem ganzen Mist wieder in Ordnung bringen?«

Ich sah zu ihm hoch, schüttelte langsam den Kopf.

Bruno nickte. »Ich weiß ja auch nicht, wie.«

Er hauchte mir einen Kuss auf die Stirn, drehte sich um und ging. Über den hellen Innenhof, vor zur Gutenbergstraße. Ich stand da, sah hinter ihm her und wartete, bis sein blauer Volvo sich vorn auf der Straße entfernte.

Liane und Frank junior standen neben mir. Ich streichelte ihnen über die Wangen. Irgendwann würde ich an der Reihe sein. Dann müsste ich den beiden die ganze Geschichte erzählen. Müsste ihnen erklären, wer sie sind, woran ihre Oma starb, wo ihr Opa ist. Aber nicht jetzt. Sondern … keine Ahnung. Es gibt ihn einfach nicht, den Moment im Leben, der ganz genau richtig ist.

* * *

Ein letzter Traum. Meine roten Kinderstiefel drücken. Ich stehe mitten im Schnee. Die Luft um mich her ist grün. Hinter dem Dom geht glühend die Sonne unter. Auf der Elbe schwimmt Treibeis. Die Sirene eines Schiffes dröhnt über das Wasser. Die Landungsbrücke erzittert. Ein Mann im Zottelfell kommt zu mir herüber. Lange Locken, einen goldenen Ring in seinem Ohr. Er schließt mich in die Arme. Vorsichtig, immer darauf bedacht, mir nie wieder wehzutun.

Hätte ich den Koffer nur nicht noch einmal geöffnet, sagt er leise. Der Sturm heult, die Wellen schlagen ans Ufer, aber ich kann ganz deutlich jedes Wort hören. Hätte ich nur nicht so viel Zeit damit vergeudet, mir so viel Zeugs in die Taschen zu stopfen, wie nur eben hineinging. Hätte ich lieber den Koffer zugelassen und ihn zurück in die Nische gestellt. Und hätte stattdessen dich auf den Arm genommen und wäre mit dir gerannt … gerannt … Die Schaukel schwingt leise. Wir sitzen nebeneinander. Er hält mich in seinen Armen. In den Zweigen singen die Amseln. Die Wellen schlagen ans Ufer. Wild, heftig, laut.

Ich warte auf gar nichts mehr. Jetzt sehe ich alles vor mir. Es ist alles gesagt. Oder geträumt. Eben traumhaft. Bruno. Du … Vater –

It doesn't matter, dad. Von heute gesehen.

* * *

Es war der einzige Ort, an den ich ohne die Kinder ging. Ich rief Gustav Müller an. Der stand zwei Minuten später in unserem Laden. In raschelnder Wetterjacke und Gummistiefeln. Ein zweites Paar Gummistiefel in der einen, eine dicke Taschenlampe in der anderen Hand.

»Sind Sie wirklich sicher, Lilli?! Ich dachte, Sie hätten genug von diesem finsteren Loch!«

»Einmal noch, Gustav! Bitte!«

»Willst du vorher noch deine Tropfen nehmen?«

Lisa guckte besorgt, war schon unterwegs, um mir ein Glas Wasser zu holen. Ich schüttelte nur den Kopf.

Gustav schloss auf. Wir betraten die Schleuse, stiegen langsam nach unten. Gustav verschloss jede Tür sorgfältig hinter uns.

Ich hielt mich nicht lange damit auf, etwas wiedererkennen zu wollen. Erst im Untergeschoss holten die Erinnerungen mich langsam ein. Der dicke Herr Hüttner hielt mich am Arm gepackt und führte mich in den Bunker. Wir waren die Treppe hinuntergestiegen. Wir waren geradeaus gelaufen. Lange, lange, an so vielen Lüftungsrohren und Eisenschränken und Nischen und Schaltkästen vorüber …

Gustav lief neben mir, leuchtete vor uns über die Wände und über die Wasserfläche. Keiner von uns benutzte die Ziegelsteine, die der dicke Herr Hüttner für sich ausgelegt hatte.

Hier vorn waren wir um die Kurve gegangen. Wieder gab es Nischen, wieder Lüftungsrohre. Alles wie gehabt. Und dann … hier … endlich waren wir an der Öffnung angekommen, in der die Großväter damals die Koffer versteckt hatten. Ich entfernte die rotweißen Absperrbänder, die die Spurensicherung der Polizei vor alles gehängt hatte. Tastete durch den Hohlraum. Na klar doch, alles leer, hier war nichts. Ich stand da, sah vor mich hin, tat nichts mehr, und … plötzlich ging es. Vielleicht, weil ich mich gar nicht erinnern wollte, an diesen Tag vor fünfundzwanzig Jahren. Weil ich jetzt nur noch Brunos Worte hörte, zusammen mit den Worten vom dicken Hannes. Daraus bastelte ich mir meine Bilder zusammen. Und schon sah ich uns: Wie wir den Koffer nehmen, wie wir loslaufen, wie die erste Explosion kommt … wir bleiben stehen … Bruno wirft den Koffer auf die Erde … klappt den Deckel zurück, nimmt etwas aus dem Koffer heraus … schließt den Deckel wieder … Dann rennen wir weiter … nein, nicht weiter, wir laufen zurück … schieben den Koffer wieder in die Nische … Halt, Moment, den Film noch mal ein kleines Stück zurückspulen. Das wäre ja genau die Variante, die der dicke Herr Hüttner immer verfolgt hatte. Falsch verfolgt hatte. Und Bruno?

Da stand ich, mitten im Tunnel, die Füße verpackt in Gummistiefel, bis zu den Waden im Wasser. Sah Bilder vor mir, hörte Worte … Mein Kopf schmerzte, mir war übel. Ich überlegte, überlegte nun doch. Vorsicht, Lilli, du musst keine von diesen schmerzhaften alten Erinnerungen in dir nach oben lassen. Auch das hatte ich alles noch vor mir.

Was hatte Bruno zu mir gesagt, nachdem er den dicken Herrn Hüttner an die Lüftungsrohre gekettet hatte? Wir waren zurück nach oben gegangen, wir hatten die Polizisten gehört, die die Treppen heruntergelaufen kamen. Bruno hatte eine Tür geöffnet, und bevor er dahinter verschwand, bevor er die Tür hinter sich zumachte …

»Gustav …?«

»Ja, Lilli?«

»Gibt es hier einen Seitengang … ich meine, so etwas wie einen Übergang … eine Verbindung … zu einem anderen Bunker?«

»Die gibt es, ja. Einen kleinen Moment bitte …« Er watete vor mir her durch das Wasser. Den breiten Gang hinunter, um eine Kurve, in einen schmalen Gang. »Hier, Lilli, hier beginnt er. Der Verbindungsstollen zu Maybach I. Der Ringstollen von Maybach I ist leider zerstört worden. Deshalb endet der Verbindungsstollen …«

Es war gar nicht nötig, dass ich seinem Vortrag weiter zuhörte. Ich stiefelte in den Gang hinein. Er war eng, Decke und Wände voller Leitungen, voller Rohre. Weit konnte Bruno mit mir nicht gekommen sein hier drin. Ich suchte die Wände ab, guckte hinter alle Rohre.

Es war fast nicht zu sehen. In diesem dämmrigen Licht sah das Ding aus wie ein Stück schwarzer Beton.

»Gustav, könnten Sie bitte …!«

Gustav leuchtete mit der Taschenlampe nach oben. Nein, das war kein schwarzer Beton, das war ein großer, schwarz verschimmelter Klumpen. Ein Fall für die Müllkippe.

»Igitt, sieht der eklig aus!«

»Sie meinen, das ist er? Der alte Koffer?«

»Aber ganz sicher!«

Wir standen im Wasser, den Kopf in den Nacken gelegt, guckten hinauf.

»Vielleicht sollten wir ihn einfach da oben lassen. Dieses Scheißding!«

»Nein, Lilli, ich glaube, die Idee ist nicht gut.«

Gustav machte für mich die Räuberleiter. So wie Bruno sie damals für mich gemacht hatte. Steig auf meine Hände, Lillian, jetzt auf meine Schultern, jetzt auf die Rohre da oben. Ich gebe dir den Koffer hinauf. Und du schiebst ihn … ganz weit nach hinten. Gut, meine Kleine, sehr gut, und jetzt komm ganz schnell wieder runter. Da hinten findet der Dicke ihn niemals.

Es war alles so einfach. Ich stieg auf Gustavs zusammengefaltete Hände, streckte die Arme über den Kopf nach oben. Und zog den Koffer heraus.

* * *

Am nächsten Morgen regnete es in Strömen. Wie es sich für solche Tage gehört.

Gertraud hatte mir einen schwarzen Rock geliehen, Lisa legte eine ihrer schwarzen Blusen auf meine Schlafmatte. Aber ich konnte nicht, ich entschied mich für Grün. Steckte die rot-silbernen Ohrringe an meine Ohren, schob den Ring auf meinen Finger, das Armband auf meinen Arm.

Um zehn Uhr stand Frank vor unserer Tür. Wir fuhren mit seinem BMW hinüber nach Margensee.

Mit Gustavs Hilfe hatte ich alles entschieden. Gustav hatte in den Registern der Friedhofsverwaltung nach dem Grab von Mathildes Eltern gesucht. Aber das gab es seit vielen Jahren nicht mehr. Das Grab, in dem Bruno Förster, seine Frau Hilde und ihr geliebtes Kind Lillian lagen, kam auch nicht in Frage, das war schon belegt. Also hatten wir für Mathilde eine eigene Grabstelle ausgesucht, unter den Zweigen einer uralten märkischen Eiche, mitten in einem neuen Gräberfeld. Ich wusste nicht, wie Mathilde sich ihre Beerdigung gewünscht hätte. Vielleicht wollte sie, nachdem sie mehr als zwanzig Jahre an der Elbe gelebt hatte, lieber dort begraben werden? Keine Ahnung. Die Möglichkeit, selber zu entscheiden, wohin sie gehörte, hatte sie jetzt nicht mehr.

Wir bogen von der Dorfstraße ab, fuhren den kleinen Weg hinüber zum Friedhof. Der Himmel war grau. Ganze Reihen von aufgespannten Regenschirmen wogten zum Friedhof hinauf.

Frank parkte den BMW in der langen Reihe neben den anderen Autos. Meine Tür wurde geöffnet, Polizeiobermeister Oskar Müller hielt seinen Schirm über mich.

»Lilli, bitte …« Er gab mir die Hand. Warf einen professionellen Blick auf den Schmuck an meinen Ohren, blickte hinunter auf mein Armband, sah meinen Ring. »Lilli …?«

Ich zuckte die Schultern. It doesn't matter.

»Schön, Oskar, dass Sie gekommen sind!«

Dann klappte ich meinen Schirm auf, hielt ihn neben seinen. Die Kinder stiegen aus, fassten sich an den Händen und gingen unter unseren Regenschirmen hinüber zum Friedhof. Frank lief neben uns her, nahm Frank junior an die Hand, hielt seinen Schirm über seine

Kinder. Wir liefen zwischen den Reihen der Gräber entlang, über den aufgeweichten Sandboden. Bis an Mathildes Grab.

Alle waren gekommen. Gustav Müller und Lisa standen Arm in Arm und lächelten mir freundlich entgegen. Gertraud stand mit der alten Frau Förster neben ihnen. Dr. Hermann Müller blickte kritisch in die von Kunstrasen umrahmte Grube. Sogar die Kollegen von den anderen Antiquariaten waren gekommen. Und hinter ihnen standen all die Leute, die ich schon kannte, von dem Tag, als wir in Hüttners Haus nach den Kindern gesucht hatten. Eben halb Margensee.

Hinter einem dicken Säulenwacholder stand ein hochgewachsener Mann mit kurzen grauen Haaren, eine Creole im Ohr. Schwarze Sonnenbrille, dunkelblaue Jacke, dunkelblauer Troyer. Heute passte das Wetter endlich zu den Sachen, die er trug. Ich blickte unauffällig zu ihm hinüber, hob ein ganz kleines bisschen die Hand, winkte. Bruno neigte den Kopf, auch nur ein ganz kleines bisschen, und nickte mir zu. Glühend wie einen überhitzten Steinbohrer fühlte ich den Blick von Oma Förster in meiner Seite.

Oskar Müller beugte sich über Liane hinweg dicht an mein Ohr. »Mein großer Chef lässt sich übrigens entschuldigen. Er wäre heute gerne bei Ihnen gewesen, aber er hat ganz überraschend die Masern bekommen.«

Ich verschluckte mich fast. Aber ich ließ den Säulenwacholder nicht aus den Augen. Oskar Müller folgte meinem Blick.

»Kennen Sie diesen Mann, Lilli? Ist das vielleicht Bruno?«

»Aber nein, wo denken Sie hin. Das ist ein Verlagsvertreter, ein alter Geschäftspartner. Er war grad in der Nähe …«

Oskar Müller schüttelte langsam den Kopf. »Lilli, Lilli!« Dann sah er an mir hinunter. »Und der Koffer …?«

»Was für ein Koffer, Oskar?«

»Der Koffer, der neben Ihren Füße steht. Das ist doch hoffentlich nicht der Koffer, hinter dem der irre Herr Hüttner die ganze Zeit her war?«

»Doch, genau der.«

»Ach du Scheiße! Warum bringen Sie den hierher?«

»Weil ich nicht wissen kann, wer noch von dem Koffer weiß. Hier kann jeder ihn sehen. Und falls er ihn haben möchte, dann weiß er jetzt, zu wem er kommen kann, um danach zu fragen.«

Aber keiner kam. Keiner riss mir den Koffer aus der Hand. Keiner verhaftete Bruno. Wir verabschiedeten uns von Mathilde Schneider. Senkten den Sarg von Hilde Förster hinab in die grüne Kunstrasengrube. Alles war ruhig. Verregnet und traurig.

Frank wartete nicht bis zum Abend. Gleich nach der Beerdigung stieg er in seinen BMW und verschwand. Ich hätte nicht sagen können, warum ich darüber so erleichtert war. Manchmal ist es einfach wohltuend, aus einer inneren Distanz auch eine äußere Distanz machen zu können.

Der Verlagsvertreter mit der Creole im Ohr kam, um sich von mir zu verabschieden. Wir standen uns lange gegenüber, dann reichte er mir die Hand. Frank junior und Liane waren glücklicherweise gerade mit Lisa und Gertraud beschäftigt. Aber wie ich Bruno kannte, hatte er genau diesen Moment abgepasst.

»Bis bald, Lillian!«

»Mach's gut!«

Kein Wort über den Koffer zu meinen Füßen. Farewell, dad. It doesn't matter. Er ging zwischen den Gräbern entlang. Der Regen fiel auf seinen Kopf, auf seine Schultern. Ich blickte ihm lange nach.

»Und es ist *doch* Bruno!«

»Nein, Oskar! Nein!!!«

»Gut, gut, lassen wir das. – Übrigens, Lilli, dass Ihr Mann sich vorhin so schnell verabschiedet hat …«

»Mein Mann?«

»Ja, die Tendenz war schon länger zu erkennen. Das kommt öfter vor, ist statistisch erwiesen …«

»Was?!«

»Dass Ehen zerbrechen, wenn es unlösbare Probleme gibt. Zum Beispiel, wenn Kinder entführt werden oder wenn sie ermordet werden. Frauen sind oft viel stärker. Aber machen Sie sich keine Sorgen, ich bin sicher, das kommt wieder in Ordnung. Er braucht nur etwas Zeit.«

Ich guckte ihn an. Schwieg. Er ging einfach darüber hinweg.

»Sagen Sie Lilli, wissen Sie schon, ob Sie wieder zurück an die Elbe gehen?«

Ich schüttelte den Kopf. »Ich gehe nicht zurück. Ganz sicher nicht.«

»Ah ja. Und Ihren Laden in der Bücherstadt?«

»Werden wir in der nächsten Woche eröffnen.«

»Oh. Gut, gut, dann komme ich. Nächste Woche. Ich suche ein Buch über –«

»Das hat bestimmt Onkel Gustav!«

»Nein, Lilli, was ich möchte, das hat er nicht!!!«

***

Wir entschieden uns für die Havel. Ersatzweise, weil es viel zu weit war bis an die Elbe. Für alle, die vielleicht noch an dieser Sache beteiligt waren. Eigentlich schade, denn die Havel war längst nicht so gut geeignet, wie die Elbe es war. Nicht so tief, nicht so verschlingend und reißend.

Es war schon Abend, als wir endlich in Potsdam ankamen. Noch unterwegs im Auto testeten wir in Gedanken alle Brücken. Und entschieden uns für die Glienicker Brücke. Weil große Ereignisse immer auf dieser Brücke stattfanden. So gesehen war sie mindestens genauso gut für uns geeignet wie die meisten Elbbrücken.

Frank junior und Liane hielten sich an den Händen und liefen voraus. »Mensch, Mami, hier gibt es ja doch richtiges Wasser!«

Der zweite Satz von Liane an diesem Tag. Gustav Müller und ich gingen langsam hinter den beiden her. Frischer Wind wehte. Der Himmel hatte sich grau bezogen, sogar schon mit ein paar Wölkchen in Lila. Die schwarzen Regenwolken von heute Morgen waren verschwunden. Kein Mond leuchtete auf uns herab, keine Sterne. Aber die Straßenlampen und die Scheinwerfer, die die Brücke anstrahlten, waren hell genug. Jeder, der uns sehen wollte, sah uns deutlich.

Ich stützte mich auf das Geländer. Sehnte mich für einen kleinen Moment nach dem Geruch der Elbe, nach der glühenden Abendsonne hinter den Türmen vom Dom, nach Schaumkämmen auf den Wellen und tiefen Strudeln. Aber vor allem sehnte ich mich nach meiner Mutter. Alles andere wäre schon wieder in Ordnung gekommen, wenn Mathilde nur bei uns wäre.

Gustav Müller hob den Koffer auf das Geländer. »Weinen Sie ruhig, Lilli.«

»Das hilft doch nicht! Mathilde ist tot, wegen diesem blöden Koffer!«

»Nicht wegen dem Koffer. Sondern wegen der Schuld.«

»Schuld? Mathilde?!«

»Gewissermaßen … ist das wie in einer griechischen Tragödie. Es bezahlen die, die gar nicht wissen, worum es geht.«

»Das trifft auf Mathilde nun auch wieder nicht zu. Nicht ganz.«

»Ich rede ja auch nicht nur von Ihrer Mutter. Ich rede von Ihnen, von Ihren Kindern. Eine Generation gibt an die nächste weiter.«

»Den Koffer?«

»Die Schuld!«

»Nein, Gustav, bitte! Lassen Sie es uns einfach zu Ende bringen!«

»Also dann …«

Gustav Müller gab dem Koffer einen Stoß. Er flog waagerecht ungefähr einen Meter über das Geländer hinaus. Dann raste er in die Tiefe. Schlug in das Wasser zwanzig Meter unter unseren Füßen. Schwamm eine kleine Sekunde lang auf dem Strom und versank. Die sanften Wellen formten noch ein paar seichte Ringe über der Stelle, dann war alles so ruhig wie vorher. In dem dunklen Fluss spiegelten sich die Lichter der Brücke.

»Gustav, ich glaube, der Koffer ist viel zu schnell gefallen! Vielleicht hätten wir doch ein paar Steine weniger hineinlegen sollen?«

»Unsinn, der fiel genau richtig! Sie haben doch selber den Koffer in der Hand gehabt, als der Schmuck und das Gold noch darin waren?!«

Ich nickte. Sah verbissen auf das Wasser hinab. Jetzt fing ich doch an zu weinen. Gustav Müller nahm meine Hand.

»Kommt, Kinderchen, kommt, ich glaube, eure Mutter will gehen!«

Liane und Frank junior warfen einen letzten Blick auf die Wellen und liefen vor uns her.

»Übrigens, Lilli, die Briefe … Die habe ich vorhin doch lieber zur Post gebracht. Der Briefkasten ist vielleicht nicht sicher.«

»Gustav, wenn ich Sie nicht hätte …«

»Geht schon, geht schon! Nun werden wir sehen. Wer sich da wohl meldet … Irgendjemandem muss das Zeug doch gehören!«

Wir warfen einen letzten Blick zurück. Schwarzes Wasser, dunkler Himmel. Ich hatte noch so viel vor mir …

Dagmar Scharsich

Die gefrorene Charlotte

Ariadne Krimi 1048 · ISBN 3-88619-548-1

August 1989, die letzten Wochen der DDR, Ostberlin. Die stille Cora Ost bekommt zum dreißigsten Geburtstag von ihrer Tante sieben »Gefrorene Charlotten«, zarte Porzellanwesen aus der riesigen, kostbaren Puppensammlung. Dann droht der Sammlung Pfändung, Cora trifft einen Antiquitätenexperten, ein Mord geschieht! Zugleich spitzt sich um sie herum die Atmosphäre von politischem Unmut, bürokratischem Stellungskrieg und Verdächtigungen zu, bis niemand niemandem mehr trauen kann …

Ein geschichtlich brisanter, literarisch überragender Wendekrimi.

»Kriminelle Chronik der sterbenden DDR. Jenseits der spannenden Krimihandlung das ganze Aroma des historischen Sommers von '89, als das Volk der DDR seine Machthaber zum Teufel jagte.« *Basler Zeitung*

»Von einer erstaunlichen schriftstellerischen Meisterschaft: Die Autorin brilliert mit einem Feuerwerk von zugleich volksnahen und umwerfend originellen Metaphern in allerbester Brecht'scher Tradition. – Eine rundum lohnende Lektüre.« *Stiftung Lesen*

»Ein dichter, radikal persönlicher Wenderoman.« *SFB*

»Mit Witz und treffsicheren Beschreibungen kunstvoll verwoben, schlüssig und gut geschrieben, vor allem aber derart spannend, dass es schon einige Selbstbeherrschung kostet, abends brav das Licht auszuschalten …« *ORB*

Monika Geier

Wie könnt ihr schlafen

Ariadne Krimi 1110 · ISBN 3-88619-840-5

Mitten im tiefsten Grün des Pfälzerwaldes, abseits der großen Städte, scheint die Welt noch in Ordnung. Die Haustüren bleiben unverschlossen – man kennt sich. So auch in Kreimheim, einem kleinen Nest zwischen Kaiserslautern und Neustadt an der Weinstraße. Hinter den zugeklappten Fensterläden des verschlafenen Städtchens rumort es jedoch gewaltig.

Auf dem maroden, aber immer noch herrschaftlichen Anwesen der Familie Marquardt tauchen die Überreste einer Neugeborenenleiche auf. Bettina Boll, Kommissarin beim Ludwigshafener Morddezernat, wird aus dem Urlaub geholt und zur Lösung des Falls in die Hinterpfalz geschickt. Eigentlich ist ihre Blamage vorprogrammiert – denn besagte Kinderleiche liegt bereits seit rund 25 Jahren unter der Erde.

Für die Dörfler ist der Fall klar: Erstens gab es nur einen im Ort, der außerehelich schwängerte – Martin Marquardt, der Bruder des Bürgermeisters, der bei einem »tragischen Unfall« ums Leben kam. Zweitens gibt es nur eine Kreimheimerin, deren Ruf zweifelhaft genug ist: Malerin Klara Sorell, eine Zugezogene, gibt im Gemeindehaus Aktzeichenkurse. Also ist ihr auch ein Kindesmord zuzutrauen. Dorfmoral.

Während der zähen Ermittlungsarbeit und mühseligen Spurensuche in uralten Klatschgeschichten spitzt sich die Situation in Kreimheim zu …

Monika Geier seziert in ihrem Debüt die Doppelmoral des Landlebens hinter den Blumenkästen der Wohlanständigkeit. Ein spannender, kurzweiliger Krimi, aber Vorsicht: Kreimheim ist überall.

»Monika Geier verfügt über die Bösartigkeit aller guten Krimiautorinnen, über Witz und Raffinesse für wirklich subtile Plots. Ihre Bücher sind mehr als eine Entdeckung, sie sind eine Befreiung von schlecht gewordener Konvention.« *Die Zeit*

Monika Geier

Neapel sehen

Ariadne Krimi 1136 · ISBN 3-88619-866-9

Der Sommer treibt seltsame Blüten. Irrlich – eine kleine Gemeinde mitten in der malerischen Pfalz: Die mörderische Sommerhitze lässt die Einheimischen in Lethargie versinken. Doch dann findet die trügerische Beschaulichkeit ein jähes Ende. Im nahe gelegenen Steinbruch entdeckt man die zerschmetterte Leiche der Irrlicher Sportlehrerin Aurelie Loor. Ein Unfall? Die mit dem Fall betraute Kommissarin Bettina Boll und ihr Kollege Willenbacher von der Ludwigshafener Polizei haben Zweifel. Berechtigterweise: Schließlich war Aurelie Loor begeisterte Freeclimberin und die Wand im Steinbruch ein ›Spaziergang‹.

Boll und Willenbacher beginnen im Umfeld der Toten zu ermitteln. Schnell stoßen sie auf einen Sumpf menschlicher Abgründe und kaputter Existenzen. Gehässigen Klatsch gibt es reichlich: über die zwielichtigen Gestalten aus der benachbarten Containersiedlung (alles Kleinkriminelle und Huren!), die eigenbrötlerischen Bewohner vom Antoniushof (das Ergebnis jahrhundertelangen Inzests!) und natürlich über das Opfer selbst: Naturschützerin Aurelie Loor hat das ländliche Idyll gern aufgemischt und sogar in ihrem Freundeskreis zwiespältige Gefühle hervorgerufen.

Das zeigt sich schon bei der Zeugenbefragung von Katrina Klein und Wolfgang Antoni, die die Leiche entdeckt haben. Während Katrina, die Jugendliche aus der Containersiedlung, nichts als hingebungsvolle Begeisterung für die ältere Freundin empfindet, hält sich Wolfgang Antoni seltsam bedeckt. Anscheinend hatte der grobschlächtige Außenseiter vom Antoniushof mit seinen absonderlichen sexuellen Vorlieben eine abstruse Abhängigkeitsbeziehung zu der Toten …

Der zweite Krimi um Kommissarin Bettina Boll: Gewandt führt Monika Geier an die Abgründe menschlicher Alltagsschicksale. Mit dem ihr eigenen Scharfsinn und düsterem Humor zeichnet sie Psychogramme der Außenseiter und Randfiguren unserer Gesellschaft, die trotz all ihrer Absonderlichkeiten immer auch menschlich bleiben.

Martina Bick

Blutsbande

Ariadne Krimi 1130 · ISBN 3-88619-860-X

Hamburg verschwindet gerade im Winternebel, als in einer Baugrube im ruhigen Vorort Wellingsbüttel ein fast vollständig erhaltenes menschliches Skelett ausgebaggert wird. Die Gerichtsmedizin datiert den Tod des etwa 70-jährigen Mannes auf vier bis fünf Jahre vor dem Fund. Kriminalkommissarin Marie Maas stößt bei ihren Nachforschungen auf die Nichte des ehemaligen Grundstückseigners, die als Filmproduzentin in Mexiko-City lebt. Ein Glück für Maries Lebensgefährten Tomkin, der seit längerem erfolglos versucht, die reiseunlustige Kommissarin zu einem Mexiko-Urlaub zu überreden. Warum nicht zwei Fliegen mit einer Klappe schlagen, fragt sich Marie und begibt sich auf der Fährte des namenlosen Toten auf eine wilde Karibik-Odyssee.

»Marie Maas: koffeinsüchtig, Fernbeziehung, beruflich überengagiert, angenehm, unspektakulär und ganz hanseatisch-kühl. Sehr empfehlenswert.« *Rosige Zeiten*

»Handfeste, spannende Krimiunterhaltung, die in jeder Bibliothek gern gelesen wird.« *ekz*

Heute schön, morgen tot

Ariadne Krimi 1138 · ISBN 3-88619-868-5

Eine Hamburger Dozentin mit eingeschlagenem Schädel, am Tatort keine Einbruchspuren, nur der Laptop fehlt. Kriminalkommissarin Marie Maas kommt bei ihren Ermittlungen nicht weiter. Bis eine Spur sie schließlich zu einer früheren Freundin der Toten nach Flensburg führt.

Warum nicht bei der Gelegenheit ein paar entspannende Tage an der Förde verbringen? Doch statt gemütlicher Abendessen mit ihrem Lebensgefährten Tomkin erwartet Marie ein stürmisches Wochenende. Denn die Spuren ihres aktuellen Falls führen in die komplizierte NS-Vergangenheit des deutsch-dänischen Grenzgebiets ...

Katrin Kremmler

Blaubarts Handy

Ariadne Krimi 1131 · ISBN 3-88619-861-8

Ich lebe seit zwei Jahren in Budapest. Arbeite als »Assistentin« in einer internationalen Firma und promoviere. Ich habe mir hier ein kleines Leben zusammengebaut bestehend aus: a) meinem Job, b) meiner Diss, c) Szene. Der abenteuerliche Alltag einer studierenden lesbischen Böromaus im wilden Osten.

Crime noir zwischen postsozialistischem Realismus und postkoitaler Romantik: Gabriella Müller hegt ein zärtliches Gefühl für verfallene Plattenbauten, Plastiktüten in kahlen Bäumen und verlebte Ungarinnen.

Als ehrenamtliche Telefonberaterin der Homo-Hotline bekommt Gabi die haarsträubendsten Geschichten zu hören – bis sie plötzlich zur unfreiwilligen Schlüsselfigur einer mörderischen Affäre wird …

Die Mär vom Blaubart ist völlig aus dem Leben gegriffen. Nur dass der kompromittierende Gegenstand hier in Ungarn kein goldener Schlüssel ist.

Es ist ein Handy.

Brigitt Albrecht

Jeschek und Jones – Wiener Blut

Ariadne Krimi 1144 · ISBN 3-88619-874-X

Martha Marix Jones, Programmiererin von anforderungsbezogenen Datenbanken, versucht sich im schönen Wien auf eigene Füße zu stellen. Da wird ihr Exfreund erschlagen und ihr Laptop geraubt. Seltsamerweise scheint Kommissar Jeschek geneigt, sie an den Ermittlungen zu beteiligen – bis zum höllischen Showdown! Ein temperamentvoller Krimi aus der Donaumetropole.

Adriana Stern

Hannah und die Anderen

Nachtbrenner 3013 · ISBN 3-88619-993-2

Hannah reißt aus. Im Fluchtgepäck ein Tagebuch voller Erlebnisse, Geschichten und Namen, die ihr Angst machen und sie verwirren. Warum musste sie von zu Hause weg? Und wer sind diese Anderen, die behaupten, zu ihr zu gehören?

Es ist nicht das erste Mal, dass Hannah Dinge tut, die sie nicht versteht, böse Ahnungen hat, die durch nichts begründet scheinen, und Vorwürfe erhebt, die andere in Teufels Küche bringen ...

Hautnah und spannend wie ein Krimi erzählt *Hannah und die Anderen* von der Selbstfindung eines multiplen Mädchens.

»Ein spannendes, trauriges und packendes Buch, mit dem Jugendliche und Erwachsene für das Thema multiple Persönlichkeit sensibilisiert werden. Kaufen!« *ekz-informationsdienst*

»*Hannah und die Anderen* schildert einfühlsam und spannend das Leben einer 15-Jährigen mit einem Handicap.« *Mädchen (Urlaubstipps)*

»Ein absolut hervorragendes, unglaublich behutsames Buch, dem ich Tausende von LeserInnen in jedem Alter wünsche. Ein Buch, das jeder jedem empfehlen sollte! *www.kunstundbuecher.at*

Bernd Michels

Akte Zirkon

Adrenalin 2048 · ISBN 3-88619-948-7

Die Republik fiebert den Jubiläumsfeierlichkeiten in der neuen Hauptstadt Berlin entgegen. Alle großen Nachrichtenmagazine basteln an letzten Beiträgen für die Live-Show zum Jahrestag. Da platzt die Bombe: Ein Spion sitzt im Kanzleramt!

»Zirkon«, der legendäre DDR-Top-Agent, soll inzwischen in Moskaus Diensten stehen. Dass ausgerechnet die CIA ihm diese Information zuspielt, irritiert Thomas Bertram, *Magazin*-Chefredakteur mit dem Ruf des Stasi-Jägers. Ein Versuch der amerikanischen Falken, die rotgrüne Bundesregierung zu diskreditieren?

Bertram aktiviert seinen alten Kumpel Jernberg, der seit seiner Enttarnung als angeblicher Stasi-Spitzel sein Dasein als versoffener Pornoreporter fristet. So beginnt die Jagd auf den letzten unentdeckten Top-Spion der DDR …

Akte Zirkon ist ein Schlüsselkrimi. Mit einem Feuerwerk aus brisantem – authentischem! – Material und despektierlichen Pointen beweist der Journalist und Krimiautor Bernd Michels, dass es auch nach Ende des Kalten Krieges heißen Stoff für spannende und intelligente Agentenstorys gibt: deutsch-deutsche Realität (original aus dem Nachlass der Stasi) in einem augenzwinkernd-provokanten Polit-Thriller.

Laubenleiche

Adrenalin 2038 · ISBN 3-88619-938-X

Kieler Woche: Im Getümmel der Bier- und Würstchenbuden an der Förde ergehen sich auch Journalist Lars Remmers und sein Freund Striebeck aus Schwerin. Der redliche Ost-Cop Striebeck hat nichts als Urlaub und einen harmlosen Flirt im Sinn. Doch am nächsten Morgen erwacht er in einer Schrebergarten-Laube und weiß nicht mehr, wie er dorthin gekommen ist. Was sich als besonders ungünstig erweist, da er nur Minuten später von der Kieler Kripo festgenommen wird – als Sexualmörder!

Lars Remmers fällt mit der Pressemeute in die Gartenkolonie ein, ohne auch nur zu ahnen, dass sein Freund der Schlagzeilenstoff ist, nach dem die Kollegen geifern …

Weiterlesen! Krimis bei Ariadne

Albrecht, Brigitt
- Jeschek & Jones - Wiener Blut
Ariadne Krimi 1081; ISBN 3-88619-874-X

Allen, Kate
- Wie es dir gefällt
Ariadne Krimi 1081; ISBN 3-88619-581-3

Andreae, Christine
- Grizzly
Ariadne Krimi 1114; ISBN 3-88619-844-8

Beadle, Jeremy
- Unterm Strich
Pink Plot 2041; ISBN 3-88619-941-X

Bick, Martina
- Blutsbande
Ariadne Krimi 1130; ISBN 3-88619-860-X
- Heute schön, morgen tot
Ariadne Krimi 1138; ISBN 3-88619-868-5

Bushell, Agnes
- Tanz der Schatten
Ariadne Krimi 1071; ISBN 3-88619-571-6

Çakan, Myra
- Downtown Blues
Social Fantasies 2065; ISBN 3-88619-965-7

Camones, Ann
- Verbrechen lohnt sich doch!
Ariadne Krimi 1065; ISBN 3-88619-565-1

Cannell, Dorothy
- Auf dem Holzweg
Ariadne Krimi 1058; ISBN 3-88619-558-9
- Der Witwenclub
Ariadne Krimi 1026; ISBN 3-88619-526-0
- Die dünne Frau
Ariadne Krimi 1016; ISBN 3-88619-516-3

Carlson, P.M.
- Blut ist dicker als Mord
Ariadne Krimi 1100; ISBN 3-88619-830-8
- Blutstrom
Ariadne Krimi 1090; ISBN 3-88619-590-2
- Bühne frei für Mord
Ariadne Krimi 1064; ISBN 3-88619-564-3
- Grabes Stimme
Ariadne Krimi 1076; ISBN 3-88619-576-7
- Heiß genug für Mord
Ariadne Krimi 1070; ISBN 3-88619-570-8
- Makler und Mord
Ariadne Krimi 1052; ISBN 3-88619-552-X
- Miss Mooney
Ariadne Krimi 1132; ISBN 3-88619-862-6
- Sicher ist nur Mord
Ariadne Krimi 1022; ISBN 3-88619-522-8
- Studie mit Mord
Ariadne Krimi 1082; ISBN 3-88619-582-1
- Todes Hauch
Ariadne Krimi 1106; ISBN 3-88619-836-7
- Versuch mit Mord
Ariadne Krimi 1032; ISBN 3-88619-532-5
- Vorspiel zum Mord
Ariadne Krimi 1012; ISBN 3-88619-512-0

Cody, Liza
- Eva langt zu
Ariadne Krimi 1140; ISBN 3-88619-870-7
- Eva sieht rot
Ariadne Krimi 1134; ISBN 3-88619-864-2
- Was sie nicht umbringt
Ariadne Krimi 1128; ISBN 3-88619-858-8

D'Arnuk, Nanisi Barrett
- Vollzug
Ariadne Krimi 1119; ISBN 3-88619-849-9

Day, Marele
- Der letzte Tango der Dolores Delgado
Ariadne Krimi 1094; ISBN 3-88619-594-5

Douglas, Lauren Wright
- Artemis' Töchter
Ariadne Krimi 1053; ISBN 3-88619-553-8
- Lauernde Bestie
Ariadne Krimi 1005; ISBN 3-88619-505-8
- Sieben Leben
Ariadne Krimi 1041; ISBN 3-88619-541-4

Dreher, Sarah
- Stoner McTavish
Ariadne Krimi 1011; ISBN 3-88619-511-2
- Stoner McTavish 2 - Schatten
Ariadne Krimi 1023; ISBN 3-88619-523-6
- Stoner McTavish 3 - Grauer Zauber
Ariadne Krimi 1043; ISBN 3-88619-543-0
- Stoner McTavish 4 - Gefangene der Zeit
Social Fantasies 2055; ISBN 3-88619-955-X
- Stoner McTavish 5 - Die andere Welt
Ariadne Krimi 1141; ISBN 3-88619-871-5
- Stoner McTavish 6 - Stoner verkehrt in schlechten Kreisen
Ariadne Krimi 1093; ISBN 3-88619-593-7
- Stoner McTavish 7 - Rat der Schamanin
Social Fantasies 2047; ISBN 3-88619-947-9

Duffy, Stella
- Septemberfrau
Ariadne Krimi 1099; ISBN 3-88619-599-6

Engels, Kim
- Zur falschen Zeit am falschen Ort
Ariadne Krimi 1017; ISBN 3-88619-517-1

Forrest, Katherine V.
- Amateure
Ariadne Krimi 1015; ISBN 3-88619-515-5
- Beverly Malibu
Ariadne Krimi 1029; ISBN 3-88619-529-5
- Die Tote hinter der Nightwood Bar
Ariadne Krimi 1007; ISBN 3-88619-507-4
- Knochenjob
Ariadne Krimi 1125; ISBN 3-88619-855-3
- Kreuzfeuer
Ariadne Krimi 1113; ISBN 3-88619-843-X
- Töchter der Morgenröte
Social Fantasies 2057; ISBN 3-88619-957-6
- Tradition
Ariadne Krimi 1037; ISBN 3-88619-537-6
- Treffpunkt Washington
Ariadne Krimi 1107; ISBN 3-88619-837-5

Foster, Marion
- Wenn die grauen Falter fliegen
Ariadne Krimi 1002; ISBN 3-88619-503-1
- Wenn die Macht ihr Netz auswirft
Ariadne Krimi 1035; ISBN 3-88619-535-X

Geier, Monika
- Neapel sehen
Ariadne Krimi 1136; ISBN 3-88619-866-9
- Wie könnt ihr schlafen
Ariadne Krimi 1110; ISBN 3-88619-840-5

Weiterlesen! Krimis bei Ariadne

Hall, Patricia
- Tödlicher Frost
Ariadne Krimi 1122; ISBN 3-88619-852-9
- Tödlicher Sommer
Adrenalin 2035; ISBN 3-88619-935-5
- Tödliche Wahl
Adrenalin 2022; ISBN 3-88619-922-3

Hansen, Joseph
- Fade Out
Pink Plot 2051; ISBN 3-88619-951-7
- Feindschaftsdienst
Pink Plot 2067; ISBN 3-88619-967-3
- Totengeld
Pink Plot 2062; ISBN 3-88619-962-2
- Tyrannenmord
Pink Plot 2071; ISBN 3-88619-971-1

Haug, Frigga
- Jedem nach seinen Bedürfnissen
Adrenalin 2021; ISBN 3-88619-921-5
- Jedem nach seiner Leistung
Adrenalin 2005; ISBN 3-88619-905-3

Jay, Charlotte
- Das Gift der neuen Welt
Ariadne Krimi 1108; ISBN 3-88619-838-3

Kemmerzell, Anja/Laudan, Else
- Wie schreibe ich einen Krimi?
Ariadne Leitfaden 01; ISBN 3-88619-717-4

Konopik, Iris/Laudan, Else
- Best of Sex bei Ariadne
Ariadne Leitfaden 04; ISBN 3-88619-719-0

Konopik, Iris/Montag, Stefanie
- Coming Out Lesebuch
Ariadne Leitfaden 02; ISBN 3-88619-718-2

Kremmler, Katrin
- Blaubarts Handy
Ariadne Krimi 1131; ISBN 3-88619-861-8

Lasserre, Sonja
- Gestern, heute und kein Morgen
Ariadne Krimi 1020; ISBN 3-88619-520-1

Lauren, Jessica
- Zweimal sterben
Ariadne Krimi 1051; ISBN 3-88619-551-1

Lehtolainen, Leena
- Kupferglanz
Ariadne Krimi 1118; ISBN 3-88619-848-0

Macquet, Claire
- Auf der Suche nach Ammu
Ariadne Krimi 1061; ISBN 3-88619-561-9

Magezis, Joy
- Schüttelfrost
Ariadne Krimi 1028; ISBN 3-88619-528-7

Marcy, Jean
- Eiskaltes Blond
Ariadne Krimi 1133; ISBN 3-88619-863-4
- Lady Madonna
Ariadne Krimi 1139; ISBN 3-88619-869-3

McAllester, Melanie
- Der Missionar
Ariadne Krimi 1137; ISBN 3-88619-867-7

McDermid, Val
- Abgeblasen
Ariadne Krimi 1120; ISBN 3-88619-850-2
- Der Aufsteiger
Ariadne Krimi 1059; ISBN 3-88619-559-7
- Der Fall
Ariadne Krimi 1033; ISBN 3-88619-533-3
- Das Gesetz der Serie
Ariadne Krimi 1112; ISBN 3-88619-842-1
- Das Kuckucksei
Ariadne Krimi 1095; ISBN 3-88619-595-3
- Luftgärten
Ariadne Krimi 1124; ISBN 3-88619-854-5
- Das Manuskript
Ariadne Krimi 1105; ISBN 3-88619-835-9
- Das Nest
Ariadne Krimi 1021; ISBN 3-88619-521-X
- Die Reportage
Ariadne Krimi 1013; ISBN 3-88619-513-9
- Skrupellos
Ariadne Krimi 1126; ISBN 3-88619-856-1

Michels, Bernd
- Akte Zirkon
Adrenalin 2048; ISBN 3-88619-948-7
- Laubenleiche
Adrenalin 2038; ISBN 3-88619-938-X
- Mafiakind
Adrenalin 2020; ISBN 3-88619-920-7

Miller, Martha
- Neun Nächte
Ariadne Krimi 1135; ISBN 3-88619-865-0

Möllenberg, Holger
- Die Adonisfalle
Pink Plot 2061; ISBN 3-88619-961-4

Moers, Meier, Büring, Budéus
- Die Beatles - Geschichte und Chronologie
Ariadne Leitfaden 03; ISBN 3-88619-698-4

Muser, Martin
- Granitfresse
Adrenalin 2023; ISBN 3-88619-923-1
- Das ohmsche Gesetz
Adrenalin 2063; ISBN 3-88619-963-0

Nava, Michael
- Das innere Gesetz
Pink Plot 2018; ISBN 3-88619-918-5
- Der kleine Tod
Pink Plot 2001; ISBN 3-88619-901-0
- Die lange Nacht
Pink Plot 2068; ISBN 3-88619-968-1
- Goldjunge
Pink Plot 2003; ISBN 3-88619-903-7
- Stadt der Ehre
Pink Plot 2011; ISBN 3-88619-911-8
- Todes Nähe
Pink Plot 2030; ISBN 3-88619-930-4
- Verbrannte Erde
Pink Plot 2040; ISBN 3-88619-940-1; gebunden
Pink Plot 2056; ISBN 3-88619-956-1; Taschenbuch

Outland, Orland
- Mordsduft
Pink Plot 2049; ISBN 3-88619-949-5
- Todschick
Pink Plot 2042; ISBN 3-88619-942-8

Weiterlesen! Krimis bei Ariadne

Pincus, Elizabeth
- Einsamer Twist
Ariadne Krimi 1121; ISBN 3-88619-851-0
- Katerwalzer
Ariadne Krimi 1127; ISBN 3-88619-857-X
- Schleppertango
Ariadne Krimi 1109; ISBN 3-88619-839-1

Redmann, J.M.
- Mississippi
Ariadne Krimi 1055; ISBN 3-88619-555-4
- Sag niemals ja
Ariadne Krimi 1087; ISBN 3-88619-587-2
- Stein der Waisen
Ariadne Krimi 1103; ISBN 3-88619-833-2
- Stirb, Jokaste!
Ariadne Krimi 1069; ISBN 3-88619-569-4

Riefflin, Karen (Hg.)
- Waterkant in Mörderhand
Kriminalgeschichten aus Hamburg
ISBN 3-88619-494-9

Scharsich, Dagmar
- Die gefrorene Charlotte
Ariadne Krimi 1048; ISBN 3-88619-548-1
- Verbotene Stadt
Ariadne Krimi 1142; ISBN 3-88619-872-3

Scheen, Kjersti
- Vorhang zum Tod
Ariadne Krimi 1102; ISBN 3-88619-832-4

Schulman, Sarah
- Ohne Delores
Ariadne Krimi 1025; ISBN 3-88619-525-2
- Die Sophie Horowitz Story
Ariadne Krimi 1077; ISBN 3-88619-577-5

Scott, Rosie
- Tage des Ruhms
Ariadne Krimi 1036; ISBN 3-88619-536-8

Småge, Kim
- Die weißen Handschuhe
Ariadne Krimi 1014; ISBN 3-88619-514-7
- Nachttauchen
Ariadne Krimi 1056; ISBN 3-88619-556-2
- Tapetenwechsel
Ariadne Krimi 1086; ISBN 3-88619-586-4

Stern, Adriana
- Hannah und die Anderen
Nachtbrenner 3013; ISBN 3-88619-993-2

Stevenson, Richard
- Umgepolt
Pink Plot 2024; ISBN 3-88619-924-X
- Verraten und verkauft
Pink Plot 2037; ISBN 3-88619-937-1

Sulzenbacher, Hannes
- Letzter Walzer
Pink Plot 2069; ISBN 3-88619-969-X
- Wiener Gift
Pink Plot 2050; ISBN 3-88619-950-9

Taylor, Jean
Wir wissen, wo du wohnst
Ariadne Krimi 1101; ISBN 3-88619-831-6

Thommes, Susanne
- Kronzeugen
Adrenlin 2026; ISBN 3-88619-926-6

Togawa, Masako
- Der Hauptschlüssel
Ariadne Krimi 1010; ISBN 3-88619-510-4

Webb, Cynthia
- Florida Blues
Ariadne Krimi 1111; ISBN 3-88619-841-3

Wilson, Barbara
- Belladonna - Neun Reisen mit Cassandra
Ariadne Krimi 1097; ISBN 3-88619-597-X
- Der Porno-Kongreß
Ariadne Krimi 1019; ISBN 3-88619-519-8
- Ein Abend mit Vivaldi
Ariadne Krimi 1123; ISBN 3-88619-853-7
- Ein Nachmittag mit Gaudí
Ariadne Krimi 1027; ISBN 3-88619-527-9
- Mord im Kollektiv
Ariadne Krimi 1079; ISBN 3-88619-579-1
- Schwestern der Straße
Ariadne Krimi 1049; ISBN 3-88619-549-X
- Trubel in Transsylvanien
Ariadne Krimi 1057; ISBN 3-88619-557-0

Wilson, John Morgan
- Der Gerechte
Pink Plot 2031; ISBN 3-88619-931-2

Wings, Mary
- Sie kam allein
Ariadne Krimi 1115; ISBN 3-88619-845-6
- Sie kam als Mann
Ariadne Krimi 1129; ISBN 3-88619-859-6
- Sie kam gestochen scharf
Ariadne Krimi 1085; ISBN 3-88619-585-6
- Sie kam zu spät
Ariadne Krimi 1031; ISBN 3-88619-531-7
- Sie war schnell wie der Blitz
Ariadne Krimi 1047; ISBN 3-88619-547-3

Ariadne Forum
Frauenkrimi-Almanach
Über ISSN 0941-6749 unter Angabe der Heft-Nr.
Ab Ariadne Forum 2 zusätzlich eigene ISBN
- Ariadne Forum 1 – 1992/93
AF; ISSN 0941-6749; 5 DM
- Ariadne Forum 2 – 1993/94
AF; ISBN 3-88619-693-3; 7 DM
- Ariadne Forum 3 – 1994/95
AF; ISBN 3-88619-694-1; 8 DM
- Ariadne Forum 4 – 1996/97
AF; ISBN 3-88619-695-X
- Ariadne Forum 5 – 1997/98
AF; ISBN 3-88619-696-8

Futuristische Krimis

Marge Piercy

Er, Sie und Es

SF - Social Fantasies 5002 · ISBN 3-88619-936-3

Zwischen Cyberspace und jüdischer Mythologie: Der Zukunftsroman *Er, Sie und Es* verbindet die actionreichen Abenteuer einer jungen Cyberspace-Spezialistin mit der nachdenklichen Weisheit des jüdischen Golem-Mythos: Unter dem Kunsthimmel einer Konzernstadt des 21. Jahrhunderts kämpft die Technikerin Shira um das Sorgerecht für ihr Kind. Tausende Kilometer entfernt, in der freien Metropole Tikva, erzählt ihre talmudkundige Großmutter Malkah einem Cyborg Gutenachtgeschichten. Die Legende führt zurück ins 16. Jahrhundert. Denn wie einst Rabbi Loew einen Golem schuf, um das Prager Ghetto vor Pogromen zu schützen, so braucht auch die Stadt Tikva ein Bollwerk gegen die mächtigen Multi-Konzerne …

»Marge Piercy hat das, was wenige Schriftsteller heute haben: eine soziale Phantasie, die ihr Zukunftsvisionen erlaubt, wo andere die Politik längst aufgegeben haben.« *(NDR Buchtip)*

Frau am Abgrund der Zeit

SF - Social Fantasies 2015 · ISBN 3-88619-915-0

Consuelo »Connie« Ramos lebt in den Slums von New York. Als sie versucht, ihre Nichte vor einem Zuhälter zu schützen, wird sie bewusstlos geprügelt und erwacht im Irrenhaus. Doch da ist jemand, den Anstaltsmauern nicht fern halten können: ein geheimnisvolles Wesen namens Luciente, das schon früher manchmal bei Connie aufgetaucht ist. Luciente behauptet, nur virtuell anwesend zu sein – ein Mensch aus der Zukunft. Undenkbar?

Connie Ramos' Gratwanderung zwischen gewaltsam verabreichten Psychopharmaka und einer gesunden, menschlich reiferen Zukunft birgt phantastische Entwürfe zu heutigen Problemen und globalen Krisen. Der Roman wird zum Thriller, als sich zeigt, dass Lucientes Zeit durch Connies Gegenwart gefährdet ist …

FUTURISTISCHE KRIMIS

Marcus Hammerschmitt

Der Opal

SF - Social Fantasies 2060 · ISBN 3-88619-960-6

Sie ist eine Auftragskillerin im Weltall und ihr Raumschiff ist in sie verliebt! Die galaktische Söldnerin Latil – abgebrüht, vielsagend tätowiert, vom Leben hart geprüft und eigentlich nur geringfügig psychotisch – ist daran gewöhnt, immer auf dem Sprung zu sein. Der aktuelle Auftrag strapaziert allerdings ihre jähzornige Ader: Nicht nur, dass ihr geborgtes Schiff pubertiert und eine adoleszente Schwäche für Latil entwickelt. Der »Opal«, Lebensraum ihrer Auftraggeber, ist ein Kosmos für sich, undurchschaubar und von einer Spezies bevölkert, die an Selbstüberzeugtheit kaum zu überbieten ist.

Der Zensor

SF - Social Fantasies 2070 · ISBN 3-88619-970-3

Die Zukunft Europas zwischen malerischen Mythen und Hightech-Futuristik: In Spanien herrschen – Ironie der Geschichte – die Mayas. Mit nanotechnologischem Know-how kontrollieren sie den Südwesten Europas. Zentrum ihrer Macht ist Nanotikal, umgeben von biotechnisch erzeugtem Urwald. Dort waltet der Zensor, oberster Sicherheitsbeamter des großen Ahau. Der Zensor ist an Macht gewöhnt – und an Intrigen. Doch es gibt Dinge in Nanotikal, die selbst er nicht wissen darf …

Für den Guerillero Enrique ist das Leben auf Messers Schneide nichts Neues, Anschläge und desperate Aktionen gehören zu seinem Alltag. Doch dann gerät Enrique an eine Aufgabe, für die seine Mischung aus Klugheit, Charisma und Entschlossenheit nicht genügt. Denn jemand will ihn benutzen – als Werkzeug für einen grauenhaften Vernichtungsschlag …

Schnelle, raffinierte Handlungsfäden, die ausgeklügelte Balance der zwei grandios unterschiedlichen Protagonisten und phantastische Milieuskizzen fügen sich zu einem Leseerlebnis, das Science-Fiction-Freunde wie Gourmets der gehobenen Spannungsliteratur begeistern wird.